U0687726

社会·历史·文学

贺照田 何浩 主编

中国大百科全书出版社　知识出版社
Knowledge Publishing House

图书在版编目（CIP）数据

社会·历史·文学 / 贺照田，何浩主编 . -- 北京：中国大百科全书出版社，2023.3
ISBN 978-7-5202-1153-6

Ⅰ. ①社… Ⅱ. ①贺… ②何… Ⅲ. ①中国文学—文学史—20 世纪 Ⅳ. ① I209.6

中国版本图书馆 CIP 数据核字（2022）第 097372 号

社会·历史·文学

贺照田　何　浩　主编

策划编辑	李默耘
责任编辑	程　园
责任印制	李宝丰
出版发行	中国大百科全书出版社
地　址	北京市西城区阜成门北大街 17 号
邮　编	100037
网　址	http://www.ecph.com.cn
电　话	010-88390739
印　刷	阳谷毕升印务有限公司
开　本	710 毫米 ×1000 毫米　1/16
字　数	446 千字
印　张	30
版　次	2023 年 3 月第 1 版
印　次	2023 年 3 月第 1 次印刷
书　号	ISBN 978-7-5202-1153-6
定　价	69.00 元

社会史何以作为视野？

倪 伟

　　文学研究必须贯彻历史化的原则，即把研究对象放在其得以产生的社会历史脉络中来考察，这似乎已经成为学界的一种共识。对于那些自觉地秉承马克思主义思想传统的文学研究者来说，它更是必须遵循的第一原则。詹姆逊就提出了"永远都要历史化"的口号，认为这是一切辩证思想的一个绝对的，甚至可以说是"超历史"的律令。但怎样才算是历史化，却仍然是一个各方争辩不休、难有定论的问题。很多时候，历史化会被挪用为一种意识形态化的策略，用以颠覆既有的关于历史的权威叙述。20世纪80年代以来关于"重写文学史"的各种尝试就隐含了这样的目的，所谓"重返历史现场"，其实就是意在重构历史。这些策略性的做法或许在某种程度上印证了后结构主义的观点：历史不是超越文本表征的真实的、客观的存在，而只是在特定的话语系统中被建构起来的叙述。如果承认这一观点，那么文学和历史之间的关系自然也就需要改写：历史既不是文学的根源所在，更不是其最终指涉的对象。然而这种说法本身却潜藏着某种危险性。尽管历史总是通过各种叙述来呈现，但它毕竟不能被还原并等同于叙述本身。我们必须承认，在关于历史的各种叙述背后仍然有着某种作为"事实"而存在的"真实"，正是各种不同叙述之间的彼此竞争和互相辩驳，使我们得以在某种程度上触摸到这种"真实"。如果不存在这种可以当作试金石来检验和评判各种不同叙述所宣称的真理性的"真实"，那么包括历史和文学在内的一切叙述，在根本上就是等值的，其结果是一切理性的辩论都变得毫无意义了。这就陷入了极其乏味的相对主义的泥淖。

　　因此，我们无论如何都必须坚持历史"真实"的存在，尽管这种"真实"并非某种有待去发现的现存之物，而是需要我们通过对各种历史材料的爬梳、整理、归并和勾连，在思维中去创造性地把握，并在与各种既有叙述持续进行论辩的过程中，才能逐步接近真理。在此意义上，历史研究就是在对各种历史文献、材料以及叙述进行考辨的基础上通过重构叙述来实现的"求真"活动，而强调文学研究的历史化则是要求在遵循历史研究的一般前提下，在更广阔的历史视野中来把握文学作品和文学现象的意义，进而获得关于文学、关于社会及其历史运行方式和过程的某种真知。需要指出的是，文学研究的历史化原则并不是说要重返历史与文学的二元论模式，重新确认两者之间的价值等级秩序，仿佛文学研究特别是文学史研究只是历史认知的必要补充或是注脚，我们强调的是文学实践本身即构成历史的一部分，因而必须"历史地"来研究文学。正如托尼·本尼特所言，"历史地"研究文学就是要考察其与同时并存的其他社会实践之间的变化不定的关系，以此为背景来研究文学自身的独特性、偶然性和可变性。① 而文学的这种独特性当然并不是指文学在自身形式上的独特性，而只是说其形式和实践的独特意义即在于它们为我们更深入地认识那些关乎社会历史的运行方式及进程的重大的、根本性的问题提供了一条独特的、不可替代的理解路径，这些问题当然也是诸如政治史和法律史等历史研究的分支领域所要探究的。

"北京·当代中国史读书会"的朋友们这些年来一直在锲而不舍地研读 20 世纪四五十年代的各种历史文献，力图在充分吸收当代中国史研究已有成果的基础上，开拓那些以往不被重视但对于理解 1949 年后的中国社会历史进程不可或缺的事件、现象和经验，以期在新的思想视野中重构中华人民共和国成立后的具体历史状况，深入把握中国革命和社会主义实践的内在脉络、张力，以及各个历史阶段的特殊的结构性因素，从而更准确地理解当下"中国"这一特定形态得以形成的内在历史逻辑。这些朋友多数有着文学研究的专业背景，出于对文学的热爱及对当下文学研究现状的某种不满，他们又积极发起、推动了"社会史视野下的中国现当代文学"这一新的研究进路，希望由此推进对于 20 世纪中国的一些非常重要的文学经

---

① 〔英〕托尼·本尼特：《文学之外》，强东红等译，人民出版社，2016，第 47 页。

验的理解深度，并在此基础上提炼出一些重要的思想和理论课题。这部论文集就是他们的这种开创性工作的阶段性成果，由此我们当不难体察到他们深切的现实关怀和不凡的理论抱负。而在我看来，最值得我们重视的，也许不是他们在具体的研究中所得出的初步结论，而是其研究视野和方法所蕴含的强大的思想冲击力，它提醒我们，文学研究不应自我限定在纯粹审美的领域，沉浸在所谓文学本体自足的幻觉中，而必须使文学重返社会历史场域，在与其他社会实践的复杂的互动关系中获得自身的充盈。

当然，以社会史为视野这一主张本身也会不可避免地带来一些理论上的缠绕。社会史作为一种新的历史书写方法蔚然兴起于20世纪60年代，它本身是以一些基本的理论预设为前提的，比如认为社会经济领域构成了某种客观的结构，而社会作为一个系统，是由纵向排列的社会各阶层以及横向联系的人类活动诸领域统合而成，而且这些构成要件彼此间存在着某种因果机制，等等。这些理论预设显然并非不可置疑，继之而起的新文化史以及所谓的"后社会史"的各种历史书写实践，就都是在对社会史的各种理论预设的挑战中建立其自身合法性的。汪晖曾简明扼要地指出社会史的方法易于陷入的两个困境："一是社会史方法本身是某种特定的现代世界观的产物，从这个方法论视野中观察到的社会变化并不能准确地揭示这些变化在它得以发生的视野中的意义；二是社会史方法在建立思想与社会之间的关系时易于落入决定论的框架，忽略观念作为一种构成性力量的作用。"① 这提醒我们要避免把社会看作某种自主存在且由因果决定机制统合而成的客观结构，事实上，在此意义上的"社会"范畴本身即某种观念构造的产物，它是在19世纪后的西方才开始形成的一种关于我们所生活其中的世界的认知框架。我们固然不必认为"社会"根本就是来自西方的知识建构的产物，但在使用与"社会"相关的概念范畴和分析手段时，却仍有必要保持足够的反思性。特别是在思考与中国革命及社会主义实践相关的一系列问题时，更不能认为西方社会的构造形态就是不二的典范，以此为

---

① 汪晖：《对象的解放与对现代的质询——答〈书城〉杂志问》，《别求新声——汪晖访谈录》，北京大学出版社，2010，第255页。

基本分析框架来探讨中国革命的起源、动力和组织发动的方式。中国革命的爆发虽然与中国社会在组织方式和治理方式上的危机有关，但与其说它是一个自组织的社会对其内源性危机的应激反应，不如说是在思想上和实践上更为积极地谋求变革社会、改造世界的一种努力，冀望在世界史背景中构造一个与西方有所区别的有中国特色的现代社会。其后的社会主义建设实践亦当如是观。在此意义上，不应在消极的意义上把社会看作一个具有种种规限性的先在结构，它更是各种人类实践活动得以具体展开的一个开放的场域和在此基础上逐渐整合而成的统合体。这就要求我们必须更多地关注行动者主体在此过程中所发挥的创造性作用，把主体的实践而不是客观的结构作为社会分析的起点。从结构向实践的重心转移可以有效地突破社会/个体、结构/行动、实在/观念等二元论模式以及与之相应的社会因果性的束缚，行动者主体的行为并不完全取决于外在的社会结构及其所占据的社会位置，他们的主观意愿和选择以及他们所凭借的话语资源同样是不容忽视的重要因素。所以，我们必须充分关注那些引导着主体的实践并在很大程度上决定了其展开的方式和过程的中介，即由一系列的概念、范畴和陈述所组成的话语，正是借助这些话语，主体才得以理解和表征他们所生活其中的世界，并界定自身以及与他人的诸种关系。

对于文学研究来说，强调话语中介的作用有着更为直接的意义，因为文学既是凭借话语系统而进行的对于社会现实的想象性建构，同时它本身也可视为一种话语形态或指意实践，不仅能充当主体与社会实在之间的中介，而且还能起到影响和塑造主体的作用。基于这一认识，所谓在社会史的视野中研究文学，显然就不是说要把社会史看作一个与文学相区别的知识领域，或是一种能有效地增进我们对于文学的理解的认知装置。从根本上说，社会史原就是一个文学自身亦参与其中的有待不断重建的开放场域，而强调社会史作为文学研究的视野，说到底无非就是要强调文学研究自身的开放性及其社会介入性。因此，在社会史的视野中研究文学，就远不只是把文学研究对象放在其得以产生的社会历史背景中来考察那么简单，仿佛如此就能更好地理解和阐释文学作品和文学现象。反之也不能把文学仅仅看作一种能够帮助我们接近和进入社会历史的知识形式，这同样是粗暴地割裂了文学与社会历史的有机联系。认为文学和社会历史可以彼此求证，这实际上是"观念/实在"的二元论的某种残余，它仍然假定了文学是对社会实在的某种反映。以社会史为视野，首先必须摆脱机械决定论的认知框架的束缚，社会现实的客观存在及其最终决定作用当然不容否定，但它们总是通过特定的观念架构或是话语体系才能得以把握并被赋予意义，从而构成主体实践的具体对象和条件。显然，一旦破除了"观念/实在"的二元论，文学和历史也就无法截然地分割开来。文学作为一种话语活动或指意实践，本身就是社会历史运动的一个重要组成部分。在此意义上，文学研究也可以说是一种历史研究，只不过它有着一些区别于其他历史研究的独特方法和进路。

基于以上所述，文学实践与其他社会实践的接合方式便理应成为文学研究关注的重心。能够体现这一思路的最直接的路径自然是从文学的制度和组织切入，将文学生产纳入庞大的社会再生产体系之中。但这里需要强调的是，即便是对作品的审美研究也应该贯彻这一思路，充分认识到特定的艺术形式和审美经验都是在具体的社会历史中建构起来的。文学与社会历史的接合当然也离不开各种中介，而在我看来，主体、经验、形式或许是其中与文学关联最紧密的三个范畴，因此有必要在此略加阐发。

主体这个概念范畴关涉文学创作的核心问题，即文学形象的创造。文学通过塑造人物形象来刻画特定社会时代中的各类主体，特别是那种能够代表时代前进方向的主体，即通常所谓的英雄人物形象，以此询唤人们去认同并成为这样的主体。创造并询唤社会时代所需要的主体，正是文学发挥其文化政治作用的一种重要方式。那么这样的主体何以产生呢？它显然不是现成地来自生活。特定的社会条件和社会位置固然提供了产生与之相应的主体的现实土壤，但这还只是一种潜在的可能性。只有当个体对自身所处的社会位置获得一种自觉的认识，进而据此构想整个社会世界并赋予自身所处位置以某种意义时，他才能成为自觉自为的主体。换言之，个体需要通过对特定主体的认同才能获得自身的主体性。而认同本身则是一个意义选择的过程，个体选择什么样的意义系统来理解自身和所在的社会世界，直接决定了他会成为怎样的主体。正是在这里，观念或意识形态显现了其作为构成性力量的重要作用。很多文学作品都生动地描绘了这种主体认同得以实现或是受阻的情形，路翎在中华人民共和国成立后创作的小说《女工赵梅英》就是一个例子。赵梅英虽然出身贫苦，但她却鲜有革命政治所赋予工人阶级的那些优秀品质，反而沾染了剥削阶级的很多生活习气，这使得她完全跟不上时代前进的步伐。路翎因为塑造了这么一个缺乏阶级意识的女工形象，在当年饱受批评，但他倒是很真实地写出了主体性的获得绝不是外在社会形势的改变和个人的阶级地位所能决定的，而必须经历一个艰难的思想转变和观念改造的过程。文学不仅需要创造出可供人们认同的主体形象，还应该揭示出这种主体自身蕴含的历史的和现实的合理性，以及主体得以生成的具体条件和过程。用传统现实主义文学的语汇来表达，就是这种主体形象应该达到"典型"的高度。要创造这样的"典型"，仅仅观察生活是不够的，还需要作家拥有强大的思想能力，以穿透生活的表象，把握住社会历史内在的发展趋向。但是这种作为武器的思想并非某种只需拿来的现成之物，它是作家基于自身的经验、经过艰苦的学习和思考而获得的真知，而且还需要在生活的斗争实践中被不断地修正、提高、融会贯通，这样才不致游离于生活之外，成为某种抽象的原则。这意味着思想和生活的接合绝不可能是一次性完成的，而需要经历一个不断往复的调整过程。这种接合的完成也不能归结为作家个人的天才和努力，时代思潮、意识形态话语，乃至具体的政策纲领和社会运动，都会在其中起到不容低估的作用。所以，透过文学中的主体和主体性问题，我们可以有效地把握文学与其他社会实践之间的复杂关联，以及它积极介入社会意义生产的方式和过程。

经验是与主体直接相关的一个概念范畴。文学对人类生活经验的书写通常被认为是最生动、最鲜活的，因此常常被用来印证或是补充既有的历史叙述。但经验却从来都不是自明之物，它不能被直接还原为事实本身。人们往往误以为经验是我们目击身历的，因而具有不容辩驳的真实性。但事实上经验并非客观社会情境直接作用于人类心智的结果，它不是消极地获得的，而总是行动者主体通过特定的知识和话语体系去积极地介入并把握社会世界的产物。因此，经验不能被简化为个人对外在社会情境的被动接受，而应视为主体关于世界图景的一种积极创造。意大利女性主义批评家特丽莎·德·劳莱蒂斯（Teresa de Lauretis）指出："对于所有社会个体来说，（经验）都是主体性得以建构的过程。通过那个过程，人们把自己放置在或是被放置在社会现实中，从而将那些物质的、经济的、人际的关系理解为、领会为个人主体的（指向自身，源于自身），这些关系实际上却是社会的，而在更大的视野中看，则是历史的。"① 这也就是说，经验不是纯粹个人性的东西，作为主体接合社会世界的过程和结果，它是社会性的，也是历史性的。实际上在更早之前，本雅明就已指出真正的经验不是那种在文明化大众的标准化的、非自然的生活中自我呈现的经验，恰恰相反，真正的经验是与这种通过媒体信息而获得的经验相对立的，在集体存在和私人生活中，经验的确都与传统有关。② 本雅明强调经验与传统以及记忆的关联，实际上是指出了经验本身包含着社会的、历史的内容。如果说文学研究的重要任务之一是去分析和理解文学作品所传达、所表现的经验，那么我们同样需要把这种经验历史化。所谓历史化，包含着两层意思，首先是说这种经验含有超出个人生活之外的社会的、历史的内容，是特定的社会状况和历史情境的折射。其次，也许更为重要的是，这种经验的建构和表达方式本身也是在历史中形成的，是以特定的观念和话语为中介的，对经验的分析因而必须揭示其得以构造为经验的话语运作方式。就此而言，文学研究就是要通过作品所表达的具体经验来把握观念和意识在历史中的变动，同时也揭示文学是如何通过对经验的构造和表达参与了社会意义的生产和流通的。

最后来谈谈形式的问题。文学研究与其他的历史研究领域相区别的一个重要特征，就是它始终将形式作为核心问题来探讨。用卢卡奇的话说，文学是为世界赋形，赋形就是赋予世界以意义，在这里形式本身就是意义。塑造主体，书写经验，当然也可以看作为世界赋形的方式，但除此之

---

① Teresa de Lauretis, *Alice Doesn't*. 转引自 Joan W. Scott, "The Evidence of Experience", *Critical Inquiry*, Vol. 17, No. 4 (Summer, 1991), p. 782.

② ［德］瓦尔特·本雅明：《论波德莱尔的几个母题》，载［德］汉娜·阿伦特：《启迪：本雅明文选》，张旭东等译，生活·读书·新知三联书店，2008，第168—169页。

外，那些最直接意义上的形式因素，比如文体、风格、叙事方式等，也应该加以重视。但对文学形式的分析不能被封闭在审美的领域里，作品在形式上的特征也不能完全视为作家个人的创造。詹姆逊认为，"没有一种文体分析不最终具有政治的或历史的特征"①，那么也可以说任何一种形式分析最终都必须指向政治的或历史的场域。这不是说要用政治分析或历史分析来取代形式分析，而只是强调文学形式本身具有特定的政治的和历史的意涵，或者用詹姆逊的话说，是包含着意识形态素。事实上，文学研究最具挑战性的工作正在于如何从形式分析入手通向政治的和历史的场域，如果没有这种自觉的意识，那么文学研究就不可能真正发现文学与其他社会实践紧密关联、互相贯通的具体方式，同样也无从界定文学作为一种社会实践和意义生产方式所具有的特殊性。在这方面，我们现有的文学研究显然做得还远远不够，特别是在面对那些因为承载了多种观念和话语而显得极为特别的形式时，我们常常会感到力不从心、束手无策。比如关于革命通俗文艺的研究，有很多都忽略了形式而直接进入政治意识形态分析，或是反过来用政治意识形态来肢解性地理解形式，而没有充分揭示形式本身所包含着的丰富的历史内容和内在张力。显然，文学研究的历史化如不能将文学形式本身历史化，那么所谓的历史化就根本无法真正落到实处。

总之，"北京·当代中国史读书会"的朋友们倡导并身体力行推进的"社会史视野下的中国现当代文学"的研究进路，为我们提供了不少有益的启示。尽管社会史的方法本身尚存在着不少可争议之处，但我们似乎不必胶柱鼓瑟地把社会史看作一个有着固定的边界、结构和论题的场域，而不妨视之为一个灵动多变、充满着无数可能性的问题领域。社会史自然不可能也不必成为文学研究的终极视野，但建设性地引入社会史的视野，却可以成为文学研究的一个新的起点，给文学研究增添新的活力。我相信有心的读者当能从这本文集中强烈地感受到这一点。

2019 年 6 月 3 日

---

① ［美］詹姆逊：《批评的历史维度》，《詹姆逊文集》第 1 卷《新马克思主义》，王逢振主编，中国人民大学出版社，2004，第 170 页。

目 录

■ 下编　社会—政治史视野下的现当代文学

上编
历史中的革命

启蒙与革命的双重变奏[*]

贺照田

我相信很多读者在看到这个文章题目时，一定会联想到 20 世纪 80 年代李泽厚那篇轰动一时的名文《启蒙与救亡的双重变奏》。不过说实话，我当初酝酿这篇文章时并没有要和李泽厚这篇名文对话，直到给文章想题目时，"启蒙与革命的双重变奏"这个脑海里浮现出的题目才让我惊觉：我这篇文章不仅名字，而且内容都和李泽厚这篇名文有深刻的对话关系。

很有意思的是，李泽厚这篇核心焦点在对中国共产革命的历史位置、历史意义给以重新定位、解释的文章，题目上出现的却是"救亡"而非"革命"，其原因在我看来，应该不只是有的朋友推测的那样，在题目上出

---

[*] 2014 年 10 月 24 日—26 日，在北京鼓楼西剧场举行了由北京民生现代美术馆、中国美术学院跨媒体艺术学院主办、亚际书院协办的"亚洲思想运动报告——2014 人间思想论坛"活动，本文便是根据我在这一论坛的第六场活动中所作的同题报告的前四节修改成的。能在这样一个时刻，用这样一种方式，来谈论这一我关心很久的问题，要特别归功于高士明。本来我和高士明共同负责"亚洲思想运动报告——2014 人间思想论坛"报告人、评论人、主持人的名单遴选，这种情况下我是不应该作为报告人入选的。大约高士明心里认为我和我的一些朋友围绕 20 世纪中国革命的研究工作已经进行了一些年，却过于想得多、写得少，因此有必要推动我们把自己的一些进展报告出来，故他坚决要求我承担其中的一场。但如此决定带来的一个问题是：其他五场报告人中的陈光兴、许宝强、刘志伟、温铁军四位所报告的知识运动都有丰富的出版品、丰富的活动，樱井大造的帐篷剧运动虽然出版品相对少些，但几十年的演出实践在东亚已产生了相当广泛的影响，都不像我和我的朋友，出版品既少，面对公众的活动更为有限。这样，我这场报告便不适合用其他五场的形式——即通过梳理自己所在的运动，来呈现自己所在运动脉络的众多积累与追求。对这一疑难，高士明建议我选择我在中国美院上课时特别关注的革命—后革命问题，认为这一问题不仅重要，很多人都会感兴趣，而且他觉得我处理革命—后革命的方式有特色，能让听众对我和我的朋友的知识努力有所感觉。我觉得他的建议是

现"革命"太显眼，而还和甚至更和李泽厚这篇文章所置身的 20 世纪 80 年代时代思考脉络有关。

在对"文革"的不断批判、反省中，越来越占据压倒性地位的看法是把"文革"看作一场反现代的运动。而这一判定又引出如下问题：为什么会在自认已经进入了社会主义阶段的中国，发生了这么一场主导了十年历史的反现代运动呢？在很大的意义上，李泽厚这篇《启蒙与救亡的双重变奏》文章所以轰动一时，就是在 20 世纪 80 年代中后期（1986 年发表）很多人眼中，李泽厚这篇既有历史把握又有结构透视的大文对这一问题回答得最为漂亮，不仅对革命存在的原因、意义、作用做了不乏历史同情心的流畅解释（因此有助于安慰和这革命历史正面深切相关的人群，亦有助于化解在价值上对这革命、革命演变后果不认同的人们的过度紧张），而且这一流畅解释，还印证着人们对这一革命历史演变后果的否定性看法确实正确（亦即和这一演变直接有关的众多现实必须改变、调整）。而这些合起来又等于为现实中人们不纠缠历史，致力于支持时代正在进行的改革开放，支持在知识界正蔚为大观的新启蒙思潮，提供着历史—结构理据。

而李泽厚这篇思绪灵动、语句有神的名文所以能用不太长的篇幅同时达至这些目标，一个关键便在他的历史叙述、历史理解、历史评论，特别强调"救亡"对这"革命"的规定性。就是在他看来，中国共产革命长时

个听众容易包容的方案，只是当代中国的革命—后革命问题在我而言不是一个问题，而是一个问题群，不可能浓缩到一次报告中，故跟他商量选中间的一个问题讲。商量的结果便是选了这"启蒙与革命"的关系问题。在准备活动的报告文稿时，我发现，要在一小时左右（最早说每个报告人可以有一个半小时，后来又希望我们压缩，建议我们控制在一小时左右）谈论这一问题仍太困难，苛刻的时间逼迫我只能选择最直接、最扼要的方式来写作我的报告文稿。《启蒙与革命的双重变奏》第一稿是被上述情况催生出来的。感谢活动中铃木将久、徐进钰、白池云、张颂仁几位对这第一稿的回应，他们的回应和活动后李志毓、卫纯等的回应，不仅有助于我修订这为活动匆忙赶出的报告稿，而且让我认识到，这种本因顾及活动时间限制而形成的——越过具体历史样貌铺叙，直扑历史深层机制的构成逻辑——写法，虽然会让不少相关知识、思考积累不够的读者感觉陌生，感觉不习惯，但亦有逼迫读者不能不直视——在一历史过程中本具有结构性地位，但在我们的历史理解意识中却不清晰，甚至不被有效意识——问题的效果。这一领悟，使我决定放弃本来计划活动后大幅扩写文章的考虑，也使我这次对报告文稿前四节进行的认真修订，完全是在第一稿的写作方式、写作感觉上进行。我自己改了一遍后，又特请陈明、李志毓、何浩、辛智慧、臧清、任强、李晨、唐晓琳把关，然后根据他们的意见再作修改。特此向他们，向铃木将久、徐进钰、白池云、张颂仁、卫纯，特别是高士明，致以诚挚的谢意。

间的艰苦军事斗争经历本已不利于现代价值在这革命中的扎根、生长，而这革命军事斗争不得不依赖农民，不得不在落后的农村环境生存，更使得这革命远离现代，越来越被农民深刻影响，从而使这个在起点上本是被现代前沿知识分子所发动的革命，最后被改造成了一个被农民身上的封建性和小生产者特性深刻浸染的革命。特别是"文革"的爆发，正是以这革命中的现代性被封建性和小生产特性深刻侵夺为前提的。是以李文标题中的"救亡"，绝不是内容上不那么相关的表述"策略"，而恰恰是使其历史—结构叙述、解释得以顺利证成的核心关键。

相比，本文标题之用"革命"，而非"救亡"，首先便不想预先——就把"文革"定性为一场反现代的运动，及由此产生出的问题等——作为自己关于中国共产革命历史认识的把握前提，而想先悬置当年这些对历史的盖棺论定，以重新认真审视先前在这些视野下被把握、被分析、被定性的革命历史，然后再慎重给出对这历史更公平也更准确的把握、分析。

其次，本文标题之用"革命"，还包含着我如下认识：我承认李文强调的不断的军事斗争、远离现代都市的农村环境、农民在人数上构成着革命队伍的多数，等等，对这革命有深刻影响，但我不能同意的是他在看到这些方面对中国共产革命有重要影响后，并未进一步深进此革命有关经验内在去发展、深化他的这些观察、思考，便急着建立这些方面对此革命有根本规定性的解释，并急着把太多问题、太多历史现象安置进此一解释框架。而我所以会在此点上特别质疑李文，是因为我在有关历史研究中，发现不少李文所处理到的问题与现象实际上是不适合乃至挑战李文的解释逻辑的。就是说，李文所强调的军事斗争、远离现代都市的农村环境、农民在人数上构成着革命队伍的多数等，这些确实是在中国共产革命中占有结构性重要地位的要素，但李文关于它们对革命有根本规定性的解释，则过度夸大了这些要素对这一革命的塑造力。

本文和李文不同的第三方面关涉对 20 世纪 80 年代的理解与评价。李泽厚是一个很有民族责任心、很有历史-现实感自觉的人，他说过，"自己不写五十年前可写的书，不写五十年后可写的书"（《中国古代思想史论·后记》），其意便在强调他最希望写的是既基于有关中国过去与未来深刻的理解，又能有效介入时代活跃现实的著作。《启蒙与救亡的双重变奏》可说是充分反映他这一写作意识的代表之作。他写这篇文章的现实动力，一方面在通过历史解释来有力支持时代的改革开放思潮、新启蒙思潮，另一方面又要化解、纠正时代这些潮流中夹杂的偏执、戾气。从这篇文章在 20 世纪 80 年代的阅读和接受看，可说相当好地肩负了他赋予的时代任务。但问题是，若现实中的时代潮流理想，以有问题的历史解释为工具，那所牺牲的还只是历史，它还有所支持的现实足够正确作为补偿；若所支持的时代潮流本身已内蕴结构性偏差，还把历史作为支持此时代潮流的工具，则其所影响的就不只是历史认识的准确与历史评价的公正，而还有现实开展上的代价。

相比李文对 20 世纪 80 年代新启蒙思潮有所批评，本文则要用相当篇幅论及："文革"后的改革开放思潮和至 20 世纪 80 年代中叶开始蔚为大观的新启蒙思潮，为在中国快速推展出历史新局面做出巨大贡献，实存在结构性偏差，且后果深远。尤其考虑到 20 世纪 80 年代有关偏差，本来是可以通过认真的历史研究照亮发现的，且若当时认识到，一定会有人因之而重新审思当时通行的历史–现实理解，从而构造出更周全、同样具时代建设功能但更少伤害的历史–现实认识的。可惜的是，20 世纪 80 年代才华如李、责任心如李，对中国近代史有深切积累、功夫如李，在这方面却仍只是做了时代弄潮儿，成就出主要为时代大潮推波助澜、为其合理性做漂亮历史–结构论证的《启蒙与救亡的双重变奏》，而未能成为真正超越时流的谔谔之士、潮流净友，让人不能不为其才华、功力可惜。

我知道多年后这样来挑剔李先生这篇充满责任感和灵动思绪的文字近于苛酷不情（何况李先生是我大学时代对我影响最大的汉语思想人，虽然那时他的大部分著作我都只读了个表面，并没真懂）。本文所以如此，一为李先生是当代中国思想的标杆人物，人们不免会因对贤者的深切寄望而求全责备；更重要的原因是李先生当年的写作情境和文章的接受情境都已时过境迁，但李文所关涉的一些历史关节却仍有一些该发之覆未被阐明，而这些未发之覆和当今时代状况仍有其牵连。往事不可谏，来者犹可追，本文今天仍积极于这些待发之覆，一方面固然意在对有关历史给以更准确更公平的理解，另一方面则在这些未明之覆和今天中国的意识状况仍有牵连所带给我的不安。

希望以上对本文和李文纠葛的扼要交代，不是在浪费大家时间，而是可以帮助大家更多地了解本文所处的时代相关种种，从而多些角度意会本文的讨论，和这些讨论背后所流动的经验与情感。

一

确实，如果我们不是从提到马克思和对他提出的某些观点有所介绍出发，而是从实际导致中国共产革命发生的历史过程看，我们就可以清楚看到：中国共产主义运动是从新文化运动这一历史母体中脱胎出的，是众声喧哗的新文化运动诸思想脉流中的一支，并分享着新文化运动诸思潮都分享的一些观念与感觉。比如，对中国传统政教理解弃如敝屣；认为中国要成功实现现代化，必须在思想文化方面进行巨大变革；在这一变革的启动和展开过程中，自认已经率先现代化了的新知识分子的作用不仅重要，而且不能被替代；等等，便都是最初作为新文化运动一支的中国共产主义运动和新文化运动中其他思潮共享的感觉与理解。

不过，相比共同点，非常重要甚至更重要的是中国共产主义运动和新文化运动多数思潮有如下差别。

中国共产主义运动由于其所依据的马克思主义特别预设了无产阶级（工人阶级）对整个世界史的关键性意义，认定他们身上负有确保这世界史蓝图一定能实现的革命坚定性与彻底性，使得选择马克思主义作为信仰的知识分子们，在面对工人阶级时，当然就不会有一般新文化运动知识分子在面对中国社会时的那种特别优位感。这种面对中国社会时的特别优位感，是新文化运动中以启蒙者自命的多数知识分子们非常突出的特点，便是自觉不自觉地把自己对中国所具有的建设性意义，和他们所要启蒙的中国社会的不理想都进一步绝对化。"哀其不幸，怒其不争"，虽是鲁迅1907年写《摩罗诗力说》时所创造的表达，却很能传达新文化运动多数知识分子的中国社会感。在这些新知识分子，特别是其中的激烈者看来，其时中国社会、中国人不仅深陷"不幸",而且太多人麻木到对这些"不幸"无感,或有感但懦弱到不敢去抗争。是以在这些知识分子眼中,其时中国社会、中国人的问题不只是缺少现代眼光、现代知识的问题,在精神、心理、人格、行为习惯等方面也都极为不足、不堪。否则,没有这样一些感觉与理解为背景,我们很难想象本是鲁迅为传达拜伦对奴隶强烈情绪的"哀其不幸,怒其不争",为什么却可成为这一时期很多新知识分子对中国社会、中国民众的突出感受。

相比,马克思主义关于无产阶级意义的明确认定,则使其时出自新文化运动却又选择马克思主义作为自己信仰的知识分子,不把自己的优势位置绝对化,不把中国社会不理想绝对化,而必须直面如下张力和挑战:一方面,其时的中国工人阶级确实有对自己阶级的历史意义、历史责任的认识,而这保证着信仰马克思主义革命理论的知识分子在中国共产革命运动,特别是兴起阶段时的重要地位;另一方面,马克思从无产阶级的阶级位置、阶级经验出发的关于无产阶级才具有最坚决、彻底的革命性的明确认定,和无产阶级这种坚决、彻底的革命性对世界史具有的关键意义的明确认定,使得中国真诚接受马克思主义的知识分子又不得不细思——既然对共产主义运动至为关键的革命坚决性、彻底性主要由无产阶级的阶级位置、阶级经验来保证,而并不由对马克思主义思想上的信仰来保证,那么,这些当时信仰马克思主义的知识分子由于自己并不出身于无产阶级,因此自己要想真的拥有坚决、彻底的革命性,成为一个理想的共产主义者,就必须在情感、经验、心理上努力向工人阶级看齐。而这也便意味着一个真诚信仰马克思主义的知识分子和工人阶级之间的理想关系,一定不是一种单向的启蒙关系,而应该是彼此双向辩证的启蒙关系:一方面,就帮助、教育工人阶级掌握马克思主义以获得充分的阶级自觉来说,知识分子可说是一个启蒙者;另一方面,知识分子如要成为一个足够理想的共产主义者,便需要认真对照工人阶级的阶级情感、阶级经验、阶级心理来自我反省、自我改造,将自己不仅在思想上,也在身心情感上锻造为一个彻底的革命者。知识分子在自觉做一个启蒙者的同时,还要自觉地把自己看作一个被教育者、被启蒙者。而如此也就意味着:在知识分子和社会相互关系的感觉与理解上，信仰马克思主义并试图身体力行的知识分子们在中国共产主义运动发轫时，便和新文化运动的一般状态，有着深刻的构造差异。

上述因马克思主义经典革命理论所带来的——中国共产主义运动的社会感在发轫时就与新文化运动主流的社会感不同，随着 20 世纪 20 年代中期中国共产主义运动对中国社会看法的进一步突破，差异越发扩大。此前中国共产主义运动除顺承新文化运动，继续关注对青年知识分子的争取与影响外，主要着重对工人阶级的召唤、组织，到这时对可成为革命骨干力量或革命助益力量的社会范围的认定则大为扩展，认为工人阶级之外的中国大部分社会阶级也都具有或强或弱的革命性，有成为中国共产革命有机部分，或至少成为革命助力的可能（此中非常有代表性也最为此后大家所知的文本便是毛泽东的《中国社会各阶级的分析》，该文发表于 1925 年 12 月）。不仅占当时社会人口最大比重的农民的革命性被高度评价，认为可以成为中国共产革命的基本力量，而且各式各样的小资产阶级中的大部分也被认定为有很强的革命动力，甚至断言民族资产阶级有时也会赞助革命，至少很多时候不会反对革命。

而这一相对现代中国一般启蒙思潮的社会理解走得更远的——关于工人阶级之外的广大阶级也都具有革命潜能、革命动力——理解和判断，之所以对此后中国共产主义运动在现代中国的历史命运至为关键，是因为以这些判断为起点，中国共产革命才会把自己的社会关注视野真切扩及工人阶级和青年知识分子之外的广大中国社会，并在面对这些社会阶级时，不再只是一般性地宣传、灌输、启蒙，而更着眼在他们身上挖掘革命动力，更着力寻找最能使他们被打动、调动的互动形式，以有针对、有实效地召唤这些阶级的革命性，引导这些阶级的革命性，组织这些阶级的革命性，并同时致力于发现更具有说服力、吸引力的制度形式、组织形式、社会生活形式，和可有效支撑、护持这些制度存在、组织生活存在、社会生活存在的文化形式，从而在更具实效地把这些社会阶级的革命潜能或可为革命所用的行动潜能、心理潜能充分调动出来的过程中，同样有效地把这些调动起来的能量充分稳固，将其有机地组织进中国共产革命中。

而这些所以会对中国共产革命的现代历史命运至为关键，是因为在现代中国，不仅被认为是共产革命理想社会基础的现代工人阶级的数量本就有限，而且从 20 世纪 20 年代末开始革命便主要在没有现代工业的农村地区进行，使这为数不多的现代工人也和革命根据地分隔。在这种按照经典马克思主义的理解将无所措手足，而世界性无产阶级革命又没有可能很快爆发的情况下，中国共产革命仍能存活下来并发展壮大，所依赖的正是——20 世纪 20 年代中期对中国社会的这些新认定，和以这些新认定为前提所开展出的丰富思想探索与实践创造，所得以综合实现的——如何按照经典马克思主义的理解，把社会现实不断转变成支持此革命的有机力量：努力从中锻炼出革命的坚定认同者、积极投入者，不断补充领导革命的核心力量；努力从中大量陶铸出此革命可有效依赖的基本队伍，以构成这一革命所依托的武装力量和群众运动骨干；对那些不能成为革命核心与基本力量的社会成员，也努力寻找方法使其成为革命的助力。

而现代中国共产革命所以比较好地实现了这些目标，前提固然在它对所脱胎的现代中国启蒙运动的主导社会感、社会理解的大尺度突破，但更重要的则在突破之后，逐渐学会认清这些社会阶级在时代现实中所遭遇到的方方面面的问题与困扰；逐渐学会捕捉、领会、把握在特定困境中或面对具体课题时，这些社会阶级的心理情感状态与价值感受状态；逐渐学会在动员和组织中准确诉诸这些社会阶级具体真切的问题困扰、经验感受、价值感受、心理感受。

也就是说，在按照经典马克思主义缺少必要阶级条件，中国共产革命自身可支配的资源、力量又极其有限的情况下，准确的社会感，和基于这准确社会感之上的灵活准确的政治感，便不得不成为中国共产革命若想在现代中国取得胜利所必须加以解决的课题。也就是说，20 世纪 20 年代中期中国共产革命对中国社会感的突破虽极为关键，但仍只是一个起点，仅有这一起点是远远不足以撑起此后中国共产革命强韧存活并不断走向壮大的历史的。

之所以这么说，是因为 20 世纪 20 年代中叶中国共产革命对中国社会理解的突破，认识上过于依凭从直观的社会经济理解角度出发的阶级分析，和由这一直观的社会经济理解出发对人们社会心理的过于直接的推定。而只凭这过于直观、过于直接的社会理解与认识，并不足以让中国共产党建立起能充分有效扎根其时中国社会的政治感、实践感。也就是说，从 20 世纪 20 年代中期中国共产革命对社会理解的突破，到后来这一革命得以发展为根本改变现代中国面貌的力量，还需要中国共产革命者对中国社会的认识不断深化、向前发展，从而学会不只从单一的社会经济，还同时从动态的政治、社会、经济、文化、心理现实出发去准确认识、理解、把握这些中国社会阶级；不只对被认为容易狂热也容易动摇的小资产阶级，对被认为政治上软弱并经常存在反革命可能的民族资产阶级，也时时需要根据不同的历史-社会条件不断地对他们做出新的政治-社会-心理分析；对那些在这一新的社会感、社会理解中被认为有着极强革命动力、革命中坚社会基础的贫农、下中农、雇农、工人，也必须清楚他们的革命动力同样不仅仅被他们的社会经济阶级位置决定，而还和他们又流动又稳定的价值感受状态、心理感受状态紧密相关，和他们所遭遇的种种具体问题困境紧密相关。

是以要深入理解 1927 年国共分裂后中国共产革命的发展，在看到 20 世纪 20 年代中期中国共产革命的社会感变化对它的政治感、实践感的关键影响后，需要进一步对此后中国共产革命中丰富的认识-实践探索予以切实把握、探究，包括革命对中国社会认识的变化，与革命的社会认识变化紧密相关的各种政治感探索、社会实践感探索，及相应的政治能力、实践能力的变化、成长，等等，并切实细致地思考何以这些变化、探索对一时一地的中国人、中国社会会有历史所见的那些效果。通过对这些方面的认真探究，我们便会切实懂得，中国共产革命在其渐入佳境、富于灵感时，虽然其阶级分析、阶级斗争看起来仍符合这时政治感和相应实践行动设计，特别仍然符合革命者正式标准言论表述的逻辑、观念，但这时的阶级认识、阶级斗争认识实已大大超出单纯的社会经济视野，需要从具体的历史、社会、政治、心理、文化多维角度来感觉、把握阶级问题、阶级斗争问题。也就是说，中国共产革命在最富思想、实践灵感时的阶级认识、阶级斗争实践，在充分虑及各社会阶级的社会经济状况的同时，还大量虑及历史、社会、政治、心理、文化、组织诸方面问题，从而把看起来主要着眼社会经济不公问题的阶级斗争实践，同时变为对时代历史、社会、政治、心理、文化、组织情势的积极回应。从 20 世纪 30 年代后期开始，在"把马克思列宁主义的基本原理同中国革命的具体实践相结合""没有调查就没有发言权""反对主观主义、教条主义"等口号下凝结的一系列实践与意识调整，所以对革命的历史命运极为关键，一个根本原因便在这些调整所解决的正是如何把此前仅从直观社会经济理解出发的阶级认识、阶级斗争实践，发展为对历史、社会、政治、心理、文化、组织等多方面问题的有机认识，同时是对历史、社会、政治、心理、文化、组织等多方面责任与挑战的有效承担。而在此后相当一段时期，中国共产革命所以能对自己的政治感、行动策略不断做出既连贯又灵活有效的调整与安排，实根本得益于对这些认识凝结、实践感凝结的成功运用。

从主要着眼于社会经济地位的阶级分析社会认识、阶级斗争社会实践起步，但不停留于此起步，而把自己的认识、实践理解富于成效地扩展至历史、社会、政治、心理、文化诸方面，多角度综合、立体地认识把握阶级问题、阶级斗争问题，进而把这些认识进展有效落实为具体实践能力等——对中国共产革命现代史命运的特别重要性，可以从此革命在抗日战争时期的经验上看得更加清楚。如此说，是指抗战时期的统一战线格局，使此革命在实践上不方便再直接运用它此前已相当熟门熟路的诸多阶级斗争手段，在论述上也不方便再直接运用尖锐的阶级分析、阶级斗争论述。这些过去相当顺手的武器既受限，抗战时其实力又非常有限，加上又不想过于牺牲自己的阶级立场，那要如何表现，才能既有效落实配合自己阶级关怀的减租减息等实践努力，而又不引发统一战线危机，反而在主控的地区建立起越来越稳固，并具相当社会广泛性的社会支持基础呢？

做到这些，当然和民族危亡的时代局面所唤起的民族意识、民族共同感，和中国共产革命此时更为开放、自觉的统一战线意识、策略等都高度相关。但不能就此忽视的是，做到这一切还和这时对阶级不只从经济财产地位，还从具体的历史-社会-文化-价值-心理状态等去把握、理解的认识自觉、认识积累，及有能力积极去获致、运用有关认识密切相关。而抗日民族统一战线对此共产革命先前习用的阶级斗争动员、组织方式，和为自己的正义性、合理性提供解释支持的阶级斗争理论在公开运用上的限制，恰给这些意识观念指向、实践经验积累，以更多、更正面发挥作用的空间。在很大意义上，正是对这些意识、经验更为倚重，运用时更为自觉，加速了现代中国共产革命的政治成熟。而这一政治成熟，对它实践方面既一以贯之又左右逢源，对它在抗战结束后短时间内便决定性地跃升为当时中国舞台的要角等，当然都至为关键。

比如，为了使减租减息等政策得到有效落实，却又不引起抗日民族统一战线危机，且有助于统一战线的巩固，这时的中国共产革命除了要在民族责任、民族一体的氛围下强调"有钱的出钱，有力的出力"，还努力让那些在社会经济、文化教育上更具优势位置的阶层，对那些在社会经济、文化教育方面处于劣势位置的阶层的苦难、困境，有更多更强烈的了解；对那些在社会经济、文化教育方面处于劣势位置的阶层令人敬重的道德精神品质、认识能力品质、行为责任品质，有更多更清楚的了解。如此，一方面，更充分调动这些处于社会经济、文化教育优势位置的人们的恻隐心、同情心，和基于恻隐心、同情心之上的正义感；另一方面，也同时调动人们对这些社会经济、教育上居劣势位置的阶层的敬重之心、理解之心，和对他们被积极组织进中国历史进程的接受之心、期待之心。与此相对，这时期对那些坚定共产革命立场，在社会经济、文化教育方面处于劣势位置的阶层，中国共产革命也由于抗日战争时期民族统一战线的要求，和对土地革命战争时期政治感过于聚焦，对从社会经济地位理解出发的阶级斗争所带来的经验教训进行检讨，这时虽仍注意他们阶级意识的培养，但亦注意让他们相当了解：抗战若想长期坚持，并在坚持的前提下使社会各方面状况尽量有所改善，在当时的那样一种历史–社会–经济条件下，所需要的社会相互理解、所需要的社会分工与合作是什么，等等，从而使他们在获得阶级意识的同时，亦对民族、社会、时代有相当开阔的感受与理解，对底层阶级之外的广泛社会存在中积极的部分亦能比较积极地去理解、接受（"开明士绅""民主人士"等用语这时期在根据地的广泛使用，其背后实质便是这本来着眼阶级斗争的革命，对广阔、丰富现实的认识更为深刻，从实践上对这广阔、丰富现实更积极去适应、容受）。

因为这样一些努力，中国共产革命此前已相当驾轻就熟的行动与言论方式在抗战时期的退隐，就不仅没成为对这革命消极的束缚与羁绊，反而成为使此革命更深更广泛扎根中国社会，成为使社会感更准确、饱满，政治感更有效、成熟的催化剂。同样重要甚至更重要的是，这既明确原阶级视角所特别重视的社会经济不公、社会经济苦难问题，又充分面对其时中国社会及中国人同情心、理解力、价值感蕴藏的努力，还成功推动其时中国社会一种新的情感-意识-心理-价值感觉状态的生成。而这一新的情感-意识-心理-价值感觉状态的生成，既和中国社会下层阶级开始苏醒，正视自己的阶级经验、阶级情感、阶级价值感受相关，又和包括下层阶级在内的社会众多阶级超越自己原来经验理解视野、情感价值轨道，形成着新的情感意识、价值感受意识状态有关。也就是说，这一新的情感-意识-心理-价值感觉状态的生成，既为直面社会苦难与不义的关怀提供着更广泛、稳定的社会情感-意识基础，又因其形成实际和当时中国社会、中国人多方面的积极情感、价值感高度相关，从而在有助于革命更广泛有效扎根其时中国社会、中国人情感心理意识的同时，还很有助于当时中国社会情感、价值感脉络的发舒、畅达。加上这一新的情感-意识-心理-价值感觉状态诞生于民族危难、民族渴望新生的时代现实，更使得这一新生成的情感-意识-心理-价值感觉状态，更能承重，更有含纳、消化时代课题的能量，当然也更能为民族、国家的新生提供精神、心理的支持。

对照一下当时才过去不久和紧接着要到来的历史，我们便能更切实体会、了解抗日战争时期中国共产革命的这些进展对中国共产革命的现代史命运的重要性了。阶级斗争问题是导致 20 世纪 20 年代中叶的大革命决定性分裂的重要原因。与之相比，抗日战争结束后的几年则比当年大革命中的阶级斗争规模大得多也深入得多，要知道这时被斗争的，仅仅以土改中地主富农两大群体论，他们本身的人数已经相当可观，牵涉的人群更为广大。而由于此前的历史，特别是抗战的历史，解放战争时期共产党、解放军中有一定位置的人，出身地主、富农，或和地主、富农有亲缘关系的人相当多，况且这时的大规模阶级斗争同样难免过度、过激暴力，乃致出现不少错斗、错杀。同样这些问题，在 20 世纪 20 年代大革命中使国民党、北伐军中许多本来观念上同情工农、至少不反对工农者，转向了同意清共、同意镇压当时的工农运动。而解放战争时期更大规模、更彻底，常常也更残酷的阶级斗争发生，却没有引发革命阵营包括同情革命阵营的较大动荡，仅仅解释为这时革命阵营力量更加强大，革命阵营已更充分接受了革命思想，而被杀被斗的也早已被革命更充分污名化等，无疑是不够的，还必须认识到，这和抗战时期新的情感–意识–心理–价值感状态生成提供的心理支援，及与这一新的情感–意识–心理–价值感觉状态生成紧密相关的，指向未来又具体可感的新政治、文化、组织生活本身所具有的说服力、吸引力所提供的感受支援，都紧密相关。

当然，导致这一新且重要的情感–意识–心理–价值感觉状态生成的探索、实践，所带给此革命、带给现代中国的最重要也最让人珍视的成就，集中表征于抗战后相当一段时期内人们使用"人民"一词时的语用感觉。就是被中国共产革命这些探索、努力所碰触、召唤到的很多社会阶层，即使没有直接投身革命，大多也不再处于原来的状态，不再是过去意义上自己所在阶级、所在轨道上的一分子了，而是彼此同中有异，但异中又有相当强认同感与连带感的"人民"一员。"人民"一词之前就有，但它被频繁使用，并在使用中被赋予着如此饱满的历史–心情–感觉，则必须特别归功于抗战时期中国共产革命与新的情感–意识–心理–价值感觉状态生成有关的那些认识与实践进展。大量的例子表明，1949 年前后，乃至 20 世纪 50 年代大部分时段，不是"阶级"（哪怕是当时被认为最高的"工人阶级"）而是"人民"，更能表达人们对时代的积极感受，也更能唤起一种与踏实感、温暖感、认同感、责任感和国家民族自豪感相伴随的，对现实工作、生活的热情，和对未来中国的乐观信任、积极憧憬。

在很大意义上，作为现代中国共产革命标志性成果，1949 年中华人民共和国成立，其政权首先被界定为"中国工人阶级、农民阶级、小资产阶级、民族资产阶级及其他爱国民主分子的人民民主统一战线的政权"（《中国人民政治协商会议共同纲领》），这当中的四个阶级正和 20 世纪 20 年代中期中国共产革命认为中国社会哪些阶级具有或强或弱革命性的社会理解相一致，绝不是偶然的。当然，仅仅注意到这一点还不够，而还必须同时注意：这个实质是现代中国共产革命成果的国家被叫作"中华人民共和国"也绝不是偶然的；这句表述中看似边缘的"其他爱国民主分子"，为何不能用"阶级分析"给出的阶级来命名，却要在四大阶级之外，在此给予它实际和四个阶级并列的位置？研究这一现象背后的历史，不仅对深入认识现代中国革命史非常重要，而且对理解当时为什么是"人民共和"（而不是"工农民主"等）占据这个国家之名的核心位置，也非常重要。也就是说，在看到阶级意识、阶级斗争对中国共产革命的中国现代史命运非常重要后，还必须进一步看到这个革命后来取得这么快速、这么彻底的胜利，它所召唤起社会的精神和心情那么广泛、那么深切，实又恰恰和这革命后来所催生出的"人民""阶级"有关。

是以，1949 年中华人民共和国成立时的四大阶级，和毛泽东等在 20 世纪 20 年代中叶所认为具有或强或弱革命性的阶级断定范围相合，固然印证着毛泽东等当年突出的社会洞察力、判断力，但仅仅认识至此是非常不够的。因为一方面如之前所强调，这一革命所以能在二十余年时间内有如此发展，实和中国共产革命成功找到切实有效的方式来召唤、调动、组织这些阶级相关；另一方面，中国共产革命在召唤、调动、组织这些阶级时，它所召唤调动出的并不只是这些阶级的阶级性，而还让这些阶级超越本阶级，认同"人民"。就是说，不是阶级，而是从阶级扎实走出但又超越阶级的"人民"，让 1949 年前后中国人精神、身心感觉更为笃定、发舒，生活、工作感觉更为昂扬、充实，同时对自身之外的中国和世界有着更为自然、深切的连带感与责任心。就是说，中国共产革命的胜利固然源于从阶级、阶级斗争认定出发的革命认识与革命实践，又源于对阶级、阶级斗争的某种超越。在这一意义上，革命的胜利当然不应该被视作"阶级分析""阶级斗争"的胜利，而应被视作既"阶级"又超越"阶级"的"人民"的胜利，或"阶级-人民"的胜利。

二

读完上节后，读者可能会说，上节的历史分析是提供了不少重要但李泽厚先生《启蒙与救亡的双重变奏》一文却没有看到的历史理解层面、历史理解环节，但仍没有挑战到《启蒙与救亡的双重变奏》的历史关注焦点，反在这一点上可视为对李文核心历史论断的支持，就是上节叙述的中国共产革命，实际正是李先生所说的那种启蒙越来越被边缘化乃至被排除的过程。

诚哉斯言，这样的质疑稍作修改确可以成立。就是说，上节所述可用来证成李文有关中国共产革命展开的历史是"救亡"压倒"启蒙"的叙述固然冤枉，但退一步说，上节所述可用来证成中国共产革命中确实发生着"革命"压倒李文所说"启蒙"的历史事实，则不能否认。

但问题是，这样一种看起来相当犀利尖锐的批评着眼的还是李文的表层，而未触及李文的更深内在。因为李文的核心用意不在论证现代中国共产革命存在他所说的启蒙被逐步边缘化，而更意在通过他所说的启蒙边缘化指出：这启蒙边缘化的另一面，是此革命的起点原本是现代的，却逐步为前现代所浸染、侵夺，要以历史-结构的视角解释为什么此后中国的历史会发展出反现代的"文革"，和论证为什么继承新文化运动主流启蒙观应该成为20世纪80年代思想与文化的核心任务。而李泽厚的这一特别关切所以成立，背后除跟"文革"是一场反现代运动的判断相关外，还跟如下两个认识判断相关：一是李文所认定的这种"启蒙"充分落实，是中国顺利达致好的或比较好的现代之境不可缺的核心关键；二是偏离了此"启蒙"的历史只有再次从此"启蒙"中脱胎换骨，才能真的负起把中国顺利带至理想或比较理想的现代之境的重任。因此，李文的核心问题，不是中国共产革命中是否存在李先生所说的那种启蒙逐步被边缘化乃至被排除的情况，而是李先生所认定的那种"启蒙"本身就不是一种他以为的比较理想且适合中国的启蒙形态；他对中国共产革命从发轫到发生"文革"的历程的整理，既无助于我们深入去认识这一历史所带给我们的教益与教训，又深刻误导我们的现实感，误导我们对现实的回应设计。因为这些方面有问题，会使一些根本支撑李文的历史理解、现实判断支柱，实际建在未作认真桩基处理的流沙上。也就是说，只有清楚了解李文的核心结构，才会相应明了本文上一节对中国共产革命的把握、分析，既是认真的历史整理，又是从历史出发（而非从诸反思启蒙、反思现代性的思潮出发）对李文涉及的这些重要问题的反思、检讨。

如此说，首先涉及的，当然便是李文相当肯定的新文化运动主流启蒙观，是否已经比较理想且适合中国的问题。对此，本文的核心质疑不在此启蒙的正面观念展开，而在此启蒙的自我感、社会感构造。如上节所指出的：自认担负启蒙责任的多数新文化运动知识分子，由于不认为其时中国社会蕴有可在中国现代历史进程中发挥重要作用的品质与能量，导致他们自觉不自觉地把现实中国社会不能跟他们理解的现代配合的冲突绝对化，从而把现实中国社会单纯当成他们批判、灌输、改造的对象，而这一感觉、看法又反过来影响了他们对自己的社会意义位置做过度评估，对自己所拥有的现代认识理解对中国所具有的意义做过度评估。相比新文化运动主流启蒙观的这一自我感、社会感构造，从新文化运动脱胎出的中国马克思主义知识分子，则因为经典马克思主义的阶级理解，和把马克思主义的阶级分析运用于中国社会，得以充分突破新文化运动主流启蒙观的这一自我感和社会感构造。就是在看到自己在中国共产革命运动中确有不可替代的意义位置、责任位置的同时，在主流启蒙观中被认定需要启蒙改造的工农反而最有推动历史往理想方向迈进的力量，并且他们身上的诸多经验、品质，对把非工农阶级出身的知识分子锻造成一个理想的共产主义者最有参照、学习意义。

而正是现代中国主流启蒙知识分子和马克思主义知识分子之间的这一自我感、社会感差异，极关键地决定着两者实践感、实践指向努力的不同。虽然这两类现代知识分子都有很强的责任感，但在以一种什么样的方式才能最有效落实责任感的理解上则距离甚远：在前者，当然是尽可能地用自己所具有的现代知识、现代观念启蒙社会，以尽可能地把更多中国人改造成自己所认为的现代人；在后者，则非常不同，虽然也积极运用自己所拥有的现代知识、革命思想影响社会，但其影响关注重点则不完全在自上而下模塑社会，而在把（革命知识分子）认为社会中本来存在的革命潜能召唤出来、组织起来，同时通过专注从这些社会阶级、阶层（特别是其中的工农）中发现优点（哪怕只是在其中极小部分人身上表现出的），以不断自我反观、自我批评、自我改善、自我重构。

相比前者，后者这种在现代知识分子和中国社会间不是单向输出，而是积极寻求两者间良性辩证互动的意识与努力之所以非常重要，不仅仅在中国共产革命根据这一意识所付出的努力，得以成功发展出一个有效的互动-召唤机制，从而真的把革命对社会各阶级的认定很大程度上变成了这些阶级的表现现实，最后使这些被认定的阶级变成了新中国成立的实在参与者，在这一历史努力过程中所连带出的诸多意识经验、实践经验本身也都极具意味。

比如，为了把这社会中的阶级、阶层的革命性召唤出来，常常需要革命知识分子不仅要把握住不同阶级、阶层通常都会分享的那些社会经验、情感经验、心理意识、价值感，还需深入去掌握只在一阶级、阶层内才有有效共通性的社会经验、情感经验、心理意识、价值感，并要深入阶级、阶层内部不同人群，乃至其中很多具体个体的社会经验、情感经验、心理际遇中去认识理解他们。而正是这样的努力，才最能让知识分子有效突破经常犯的对社会的观念式理解、直观印象式理解的毛病，深入社会内在去理解社会，并对社会诸阶级、阶层的多方面际遇感同身受。而一旦至此，在对象身上所发现的当然也不只是革命可能，而还一定会遭遇、认识中国社会、中国人身上多样丰富而又生动、切实、向上的品质与能力部分，并更深入准确了解他们身上所存在的问题、所遭遇的困境与他们实际处身的历史脉络、时代情境状况的关系。而只有通过这些对现实和现实中活生生的人的深入了解与多方面的情感共通、感受共鸣，才能使真诚投入历史-现实的知识分子在构想自己的介入实践、革命组织时，能充分根据在地资源来行动，并同时更多消化、吸纳、解决多方面的在地问题，同时又更充分畅发本有的在地生机与活力。而且，也正由于能切实知晓在地者的情绪感受、价值感抑扬、问题际遇的切实关系，这些知识分子也才更能在介入行动中，在情感、心理上有更结实的意义感、身心充实感，当然也更容易使自己的情感和心智受到切实洗礼。

也就是说，通过坚信中国社会当中原本存在对当下和此后中国历史、对自己的理想成长都有决定性意义的能量与品质，所导致的现代共产革命知识分子对中国社会、这社会诸多阶层、这诸多阶层中众多个体现实生命经验的认知与情感投入，这些现代知识分子中相当一部分人首先获致的，便是通过对这些具体而实在经验的掌握，得以不断调校、扩展、充实自己对中国、中国社会、中国人的认识与理解；并以这些认识、理解进展为前提，得以不断调校、修正、充实自己的现实感、实践感、政治感；并因和这些调校、修正、充实相伴随的实践探索开展，而更容易和自己所关怀的对象建立起真实、有效的身心感通、情意感通，从而使得知识分子也更容易克服因浮在社会真实之上而常不免的虚无感、孤独感，而在介入实践中收获身心的结实、饱满。

而也只有从这样一些既实在、具体又有结构性力量支撑革命的角度出发，我们才能真切懂得这个最早作为新文化运动一支的中国共产革命，为什么在它最富活力、灵感时，对自己大量认识经验、实践经验的为数不多的强调，便包括理论联系实际、群众路线、没有调查就没有发言权和反对主观主义、教条主义、经验主义，等等。因为所有这些实际都根本相关：起点在思想观念信仰的中国共产主义知识分子，要通过一种什么样的认识意识、认识努力、实践意识、实践努力，才能在——和经典马克思主义理解认为的，共产主义革命要顺利发生、发展所需要的比较理想社会条件相去甚远的——中国社会，对这一社会相当数量的人们进行成功召唤、动员；并在有效召唤、动员的同时，把他们成功组织到中国共产革命中去；且能敏锐地跟随时代现实各种显性、隐性变化，灵活有力地调整自己的现实感、政治感。与此密切相关的是，这一革命对自己经验、努力中最核心强调的另外几点，包括党的建设、武装斗争、批评与自我批评，等等，如果我们把它们也放在——如何把起点在新文化运动的知识分子们，起点在不同于经典马克思主义理想对无产阶级理解的中国社会各阶级，有效锻造成能把中国共产革命真正承担起来的骨干力量——这一理解视野中，也才更能对这些核心强调有真切落实、经验展开的把握与理解。

当然，中国共产革命中这一知识分子和社会的深刻互动，所改变的不仅是此中的知识分子，还包括革命对其内含能量与品质有充分信心的中国社会。因为正是通过革命知识分子对它所坚信的中国社会的情感与认知投入，和与这些投入紧密相伴的认知进展，与根据这些认知进展而不断调整的实践进展，这一社会才能在更多时候真的焕发出过去社会自己恐怕也没有自信的能量与品质。如果没有对社会这些品质和能量的焕发与组织，我们很难想象抗日战争时期共产党在华北敌后的长久坚持，和在短短的三年内竟然得以打败战争开始时各方面实力均远远在其上的国民党。

在相当大的意义上，作为现代中国共产革命努力奋斗的结果，1949 年中华人民共和国成立，参与其成立的四大阶级，正好和 20 世纪 20 年代中后期中国共产主义运动对新文化运动主流社会感、社会理解的突破所扩及的范围——工人阶级、农民阶级、小资产阶级、民族资产阶级——正相吻合，不是偶然的，并且这时这四个阶级中都有太多人对其时的"人民"一词有强烈认同（这表明这四个阶级内都有相当的超越本阶级社会经济地位规定的能量），也不是偶然的。就是说，这些得益于中国共产革命一系列有关认识与实践创造，也得益于这一社会本身便蕴有的可能性与能量。也就是说，新文化运动主流启蒙观所痛心疾首的中国社会，所看到的只是在特定的历史-现实条件下这个社会的表现，并不应就此判定这个社会的本质便如此，而只有依赖现代知识分子从上面去启蒙和改造一条路。如此说，现代中国共产革命的有关经验已向我们清楚表明，现代中国社会相比现代中国知识分子对它的期待即使不够理想，也并不意味着它就没有一些重要的品质和能量可以组织到现代中国所需要的历史进程中去；而这个社会是会更往现代知识分子期待的方向走，还是会表现为对现代知识分子的呼吁、祈向无动于衷，其实和现代知识分子是否找到了与这一社会有效互动的方式根本相关。

从这一理解视野出发，我们就不能不遗憾于李泽厚这篇《启蒙与救亡的双重变奏》名文在描述了他关注的"救亡"对"启蒙"的压倒后，却没能再进一步追问，为什么他所重点描述的最早作为新文化运动一支的中国共产革命在中国现代史会发挥这么大的作用，成为根本改变现代史面貌的力量？是仅得益于"救亡"情势的存在吗？其他力量，特别是相比共产党一直占据力量上风的国民党，不也同样自觉大力借助"救亡"情势在自我合法化、自我壮大吗？何况，正如早有学者清楚指出的，新文化运动（包括五四运动）的活跃分子加入中国共产党的数量，远远不如加入国民党的数量（吕芳上：《革命之再起——中国国民党改组前对新思潮的回应（1914—1924）》，中国台湾："中央研究院近代史研究所"，1989），那为什么这些没那么背离李泽厚所认可启蒙观的知识分子却没在中国现代史上发挥出足够大的政治能量？反是背离着此启蒙观的共产革命知识分子却发挥出了改变中国现代史基本面貌的政治能量？仅仅是国民党这个平台不理想吗？还是也和这些加入国民党的现代知识分子未能真正脱离新文化运动主流启蒙观的束缚相关？这一启蒙观的束缚是否使他们不会去积极致力于发现其时中国社会表象之下的复杂现实，并在深入认识社会的基础上认真重构自己的现实感、政治感、实践感，以积极地掌握这复杂现实，以充分有效地把社会组织进自己期望的历史进程中？

而这一切不问的结果，不只使有关认识容易过度停留于指出中国共产革命不同于经典马克思主义的革命理解，停留于指出农村包围城市等于把革命的基础实际转移至工人阶级之外，转移到非现代的场域等这样一些可很快指出的特点，而且使如下这样一些在中国共产革命的认识、理解中本有着既基础又核心地位的问题——中国共产党到底凭借了一套什么样的意识、方法、实践，成功做到了有效动员中国社会，并在成功动员的同时，把它们有效地组织为中国共产革命的有机部分，等等——不被认真追问。具体到李文，这一切不问的结果，当然使李泽厚不会发现：他所支持的那样一种启蒙，即把有一定现代观念、现代理解、现代知识的启蒙者的优位绝对化，把所要启蒙社会的不理想绝对化的启蒙，本身便应该被深切质疑、反省。因为这样一种启蒙状态，不仅影响启蒙者对其所欲启蒙社会的认识深化，还影响着它对这个社会的介入改造能力，并且这种看待自我、看待社会的方式，还常常违背启蒙者的初衷而伤害社会、伤害启蒙者自己，却不被启蒙者自知。就是说，李文所支持的启蒙，由于它在自我感、社会感上的结构性缺陷，一方面使社会本该得到支持、转化的很多能量与品质，却因这种启蒙观的意识、理解状态，而被这些有真诚责任感的知识分子无视乃至敌视，从而使得现代中国社会很多该宝贵的能量、生机内蕴，既得不到这些有真诚责任感的知识分子的充分正视，更谈不上被他们积极思考——如何把这些生机、能量有效组织、转化进他们期望的中国现代社会，如何在有效组织、转化这些生机与能量时，进一步畅发这些生机、能量，反常常因这启蒙观对这社会先入为主的隔膜、否定，使这些宝贵的生机、活力被这些有真诚责任感的知识分子所营构出的观念氛围与实践设计伤害；另一方面，这启蒙观内含不被此启蒙观正面意识到的矛盾——为了中国，但实际又与中国现实有隔膜，不能不导致拥有这一启蒙观的现代中国启蒙者常常陷入如下困境：真诚、努力行动，但社会现实介入后的结果却和自己期待的有落差。而这样的经验、遭遇久而久之又不能不使这些启蒙者相当程度上被虚无感侵袭。是以被李文肯定认可的这种启蒙观，便不仅会影响拥有这种启蒙观的启蒙者的中国现实认识深度，影响他们建立恰当的自我意识，影响他们实践方案、实践介入的现实效力，还会伤及他们的精神安顿，影响他们的身心发舒。

三

可惜，不只写《启蒙与救亡双重变奏》的李泽厚未有上述关于现代中国启蒙运动的反省检讨意识，李泽厚写这篇文章所支持的、当时正蔚为大观的 20 世纪 80 年代新启蒙思潮，也同样没有这些反省和检讨意识，这也就难怪成为 20 世纪 80 年代中后期知识界主潮的新启蒙思潮，本来作为历史后来者有前车可鉴的优势，却落入结构相似的陷阱而不自知。

如本文开始所述，20 世纪 80 年代新启蒙思潮历史感-现实感的核心成型，和"文革"后如下时代状况紧密相关。就是在"文革"后最初几年的"文革"检讨思潮中，一个越来越占据压倒性地位的看法是把"文革"看作一场反现代的运动，而这一判定又引出下面这一问题：为什么会在自认已经进入了社会主义阶段的中国，却发生了这么一场主导了十年历史的反现代运动？正是对这一设问的时代回答，关键性地确立着——在20世纪80年代中后期中国知识界占据着压倒性地位的——新启蒙思潮的历史感、现实感、社会感。

"文革"后对这一问题的核心解答是：中国虽然在1956年就进入了社会主义社会，但由于封建主义在中国的长期存在，由于可有力改造此封建社会体质的现代社会生产、现代经济在中国不发达，中国的封建主义问题并没有得到真正解决。表现在社会实质状态上，就是其时的中国社会主体，无论是农民、工人还是干部、解放军，看起来各异，但多数都因受现代荡涤不够，骨子里实质还是前现代的小生产者。而这种革命其表、小生产者体质其里的社会状况，又有着看似冲突、实际共构的两面性，平时是封闭的、保守的、目光短浅的、缺乏民主意识的，狂热起来则会趋向以平均主义为核心特征的反现代"农业社会主义"乌托邦。①

正是通过这样一些理解和认定，新启蒙思潮的推动者们就为——为什么看起来已经迈进社会主义阶段的中国，却发生了一场在他们看起来无论是在政治经济还是在思想文化方面都反现代，却长达十年的全国性运动——这一深为困扰他们的问题，提供了历史-社会-文化-心理的解释：一方面中国是这样一种历史-社会-文化-心理体质，另一方面其时的国家主导者却过度去关注资产阶级、资本主义问题而不注意封建主义问题，从而给——骨子里是前现代的"农业社会主义"乌托邦，但表现上是打着更激进反资本主义、更激进社会主义旗号的——反现代"文革"思潮以可乘之机。

而当然，这样一些有关"文革"发生的理解与认定，一定影响着这些理解和认定者——关于什么是接下来时代最核心且迫切任务的理解与认

---

① 要了解这一普泛弥漫于时代的思潮的核心逻辑构造，最省事的办法就是同时阅读黎澍《消灭封建残余影响是中国现代化的重要条件》（先刊于1978年12月4日《未定稿》试刊第一期，随即又刊于《历史研究》1979年第1期）和王小强《农业社会主义批判》（先刊于1979年12月《未定稿》第49期，后刊于《农业经济问题》1980年第2期）这两篇——极有历史-理论企图心，也极为雄辩，但今天已被很多人遗忘的——重要文本。

定。就是既然中国封建主义的问题没有真正解决，中国现实仍然存在着封建主义发生强烈危害的危险，那时代最核心且迫切的问题就应该是反封建，不应该是毛时代的批判资本主义。

而为了有效地反封建，在他们看来，在经济上当然就应该大大增强——他们认为可最有效破坏小生产者所赖以存在的社会经济样态的——商品经济（后来是市场经济）的地位与作用；在思想文化上则不仅要大批封建主义，更重要的是要接续当年新文化运动未完成的启蒙，对中国社会进行一场彻底、全面的现代启蒙；相比经济、思想文化方面态度和看法上的更为清朗，政治方面新启蒙思潮对民主的强调则强烈中又有某种暧昧。如此是因为新启蒙思潮当然强调民主，但这强调由于它对中国社会主要由小生产者构成而产生的对广大中国社会阶层的深刻不信任，使得它对什么人适合民主实际上有很强的设定。就是在 20 世纪 80 年代新启蒙思潮的推动者和领受者意识深处，只有那些受过启蒙深刻洗礼而成为"现代人"的民主，才是真正理想的、可信任的民主。

而正是这样一些理解和认定，才会使 20 世纪 80 年代中国知识界很多人对国家推动的任何他们认为有助于破坏、改造产生小生产者社会经济样态的改革，特别是他们认为可最有效破坏、改造产生小生产者社会经济样态，最有助于把中国带入现代社会经济样态的加强商品经济（后来是市场经济）的地位与作用的改革，常常没做认真具体分析便加以热烈拥护。因为在他们的感觉里，这些经济改革所关系的不仅仅是经济，还正面关系他们认为和中国现实-未来命运核心相关方面的根本改善。

而也正是这样一些理解和认定，才会推动中国 20 世纪 80 年代的思想文化文学艺术界不仅致力于批判封建主义，而且越来越弥漫着唯恐自己不能充分摆脱封建影响，不能真正跨入"现代"、成为"现代"货真价实一员的焦虑。特别是其中的年轻激进者，越来越强烈认为：只有使自己彻底摆脱封建的影响，成为真正的"现代"人，自己对封建主义的批判，自己对社会的启蒙，对社会的国民性改造，才可能是充分正确和彻底的；且只有一大批人于此决绝行动，才可能使中国彻底祛除封建主义体质，彻底摆脱封建主义梦魇，彻底现代。

当然，也正是这样一些理解和认定，才使 20 世纪 80 年代那些认为自己已率先"现代"的知识分子，即使完全没有从政的经验，也极其自信自己知道什么是当时中国应有的政治感、应该走的政治方向。而正是这种自信，在平时会让他们按照自己的理解，热烈投入地呼唤改革、宣传改革、支持改革，并在他们认为中国改革受阻或偏离了他们认定的航道时，自认自己有责任起来，以让中国航船重回他们选定的航道。

当然，在这样一些感觉、理解中，中国社会便由于其主要构成者被认定为骨子里是小生产者，而被视为实际是使封建主义在中国存活不灭的社会载体；这些，加上认定小生产者无论就其理想性冲动还是其日常性格都是非现代的，乃至反现代的，因此当然也不会被新启蒙思潮的推动者、拥戴者认为有向其社会实践，特别是向其文化生活、精神生活实践寻求资源的可能①。这些合起来，自然使中国社会被那些自认已经有了现代眼光、现代意识的激进者，当成了必须自上而下彻底接受启蒙和改造的对象。就是当新启蒙思潮于 20 世纪 80 年代中后期成为中国知识界决定性主潮时，在被此思潮笼罩的激进中青年知识分子那里，有关中国社会的理解与感受已和社会事实的认真分析、把握无关，便被直接认定：只有当中国社会被充分纳进"现代者"所规划的社会经济道路，被这种社会经济道路所深刻改造；只有当中国社会充分被"现代者"所提供的"启蒙"深刻洗礼，这个社会所附着的封建主义病毒才能被真正祛除，它也才不需要被照看和监管，它也才真正应该被尊重，被平等对待。

也就是说，在很多人心中充满着朝气、冲力、理想主义、脱俗气质的 20 世纪 80 年代知识思想文化艺术界，其另一面却由于新启蒙思潮事实上堕入了现代中国启蒙运动主流曾堕入的——自认拥有现代观念、现代知识的启蒙者对自己的中国意义过度评估，把认作启蒙对象的社会在特定状况下的不好表现，过急判定为这个社会的本质等——陷阱，使得现代中国主流启蒙运动曾出现过的那些特别问题，在 20 世纪 80 年代一一重演：真诚

---

① 当然，那些经筛选被认为避免了封建主义毒害，特别是被认为保留了生命原初冲动和本能的文化表现、生活表现、艺术表现，才会被豁免，认为可从中汲取文化艺术灵感。

但虚妄的自我意识；浅尝辄止的现实-社会认识；对自己置身其中的正在发生的历史进程中的太多部分不能有及时、准确的把握；有关时代现实介入的理解狭隘且片面；在和社会互动时，缺少必要的理解努力，更谈不上向社会积极学习，并通过深入社会来自我反观。

而所有这些加在一起，不能不导致：启蒙者付出了这么多聪明、热情、充满责任感的投入，不仅不能把现实有效推至他们热烈期待的方向、目标，还会因他们的热烈介入，造成很多和他们主观意愿背驰的思想、文化、现实问题来。就是说，他们所以未能如他们预期的改变中国、改变中国社会，固然和他们所处身时代的一些条件不够理想有关，而还由于，常常更由于他们自身所存在的结构性缺失；并且这些结构性缺失所影响的不只是他们的历史介入效力，还影响了他们知识思想工作的品质与深度，影响了他们的精神、身心安顿。

惜哉！

（发表于《读书》2016 年第 2 期）

"建国"[*] 的干部从哪里来？^{**}

何　浩

一　引论

讨论中华人民共和国成立的原因，学界有不少相关论述。比如认为新中国成立主要是一场军事胜利，中国共产革命也被认为主要是军事革命（主角是农民）。新中国成立当然与军事胜利密切相关，可如果新中国主要是由军事胜利直接转换而来，而各方面的成就又有目共睹，那问题是，新中国成立初期的各层级治国干部从何而来？是沿袭国民党社会运作系统中的精英吗？如果是直接沿袭这些精英，新中国为何能凭借单纯的军事胜利就能在抗美援朝、镇反、土改、三反、五反、社会主义改造等连续不断的运动中保持社会稳定，并获得社会、政治、经济等诸多领域的巨大成就？国民党为何不能充分运用这些精英挽救多年的政治、经济颓势以支援军事战争？如果不是，这些干部从何而来？建国初期中国共产党的这些干部精英如何能突然具备治国所需的政治责任感、敏锐的现实感、积极进取的心态？

要回答这些问题，我们就不能依赖于一些显见的历史成因，得突破既定的历史叙述，进入当时社会结构的历史构造当中，重新讨论新中国成立的历史前提和经验。由此，1946—1949 年的解放战争，也要放到一个社会

＊　"建国"此处是指抗战中后期到 1949 年中华人民共和国成立的整个动态历史过程，"建国"的干部是指这一动态历史过程中，干部内在感觉意识是如何构成的。

＊＊　本文的写作仍要感谢贺照田先生，本文的关键思路得益于他的多次谈话和多篇文章。同时，还要感谢"北京·当代中国史读书会"的朋友们四年多来无数次关于中国现当代史的讨论。

结构大重组中来观察，探讨这一军事变化发生在一个怎样特定的社会结构中，又是如何被转化为有效的政治能量的。它需要我们突破诸多命题被论述时所依赖的那部分历史现实，从更为实在和开阔的社会历史层面打开被封闭的结构性经验，而不是简单从思想或理论高度上抽象地把握新中国的历史、文化和思想意涵。

二 谈"建国"为什么要谈根据地?

如何内在把握新中国成立的历史构造、历史感觉和历史前提，如何突破、打开建国史的结构性实践经验，这是一个具有高度挑战性的问题。我们不妨先观察中国共产党自身是如何认识和把握建国前那一历史时刻的现实，又是如何通过他们对现实的这种意识、把握和整理，再去调动革命实践中的已有经验，去构想建国的规模、方向、途径和形态的。

1948年10月28日，中央组织部的一份《中央关于准备夺取全国政权所需要的全部干部的决议》中指出，解放战争发展太快，夺取全国政权所需干部问题变得非常急迫。军事的快速推进必须有相应的政治组织配合，才能将军事胜利转化为政治胜利。当时估计，到1950年6月，中国共产党将在两年中从现有的1.68亿人口和586个县市发展到3.3亿左右的人口和1000个左右的县市。而根据过去发展新区的经验，每一个新开辟县，至少需要县级及区级干部75人（在老解放区，平均每县脱离生产的干部，包括村级干部在内，约有200—300人，最大的县有多至400人）。500个县就需要干部3.75万人左右。平均5个县设一个地委，每一个地委需要干部60人左右。500个县有100个地委，地委级干部则需要6000人左右。平均30个县设一区党委，每一区党委需要干部80人左右，500个县有17个区党委，需要干部1360人左右。500个县左右的地区需要成立4个中央局，每一个中央局需要干部300人左右，共需要干部1200人左右。此外还需要7000人左右的干部在大城市工作。这些中央局、区党委、地委、县委、区委五级和大城市的各项干部，总共有5.3万人左右。所需的这些干部，华北出1.7万人，华东出1.5万人，东北出1.5万人，西北出3000人，中原出3000人。

　　而且，这些抽调出来的干部不能全都是基层干部，比如华东和东北的各 1.5 万人中，必须包括中央局一级干部 48 人、区党委一级 75 人、地委一级 300 人、县级 1050 人。而华北还要相应增加。①

　　正是大量培养和储存的这些干部，成为新中国成立的基本条件之一。面对解放全国的历史一刻，中国共产党或许吸取了国民党北伐时推进太快、只能大量吸纳留用北洋政府政治系统人员而快速溃败的教训，未雨绸缪，运筹帷幄。可问题是，中国共产党为何能在短短两年中培训出如此大量的各级干部？他们产生于怎样的特定社会状况和生产机制？培训这些干部的运作机制、经验传承方式、意识重塑途径、积极向上的心态等本身又是在何种历史结构、意识氛围下创制的？为什么国民党多次想做而没有做到？这些干部进入新中国的社会各环节之后，面对的是同样的现代中国社会基体和中国人群，为何没有被（至少新中国成立初期没有）这一基体的既定逻辑和势态所消耗，反而能够突破、翻转和重组人群结构？换句话说，为何中国共产党治理下的新中国，没有发生易劳逸所说的国民党北伐成功之后的迅速溃烂？

　　从这样的问题出发，我们对根据地实践经验的讨论成为讨论建国历史经验的前提。上述决议中所谓的华北、华东、东北、西北等地，主要指的就是各根据地解放区。拓展新解放区所需的干部，也正是由各根据地提供。那这些抗战和内战期间的根据地是如何产生和开展工作的？中国共产党在这一时期的地方实践中重新构造出了一种什么样的革命形态，使得这种革命开展出来的根据地结构能大量产生具有政治治理能力的干部并得以担当建国重任？

　　本文无意将根据地处理为一个静态的研究对象。我们讨论根据地，重点是讨论在根据地的实践过程中，革命力量如何在特定的历史时刻和历史条件下与中国地方社会结构遭遇、碰撞、磨合，并在遭遇的过程中通过创造性的实践使自身和地方社会均再结构化。讨论根据地建设中革命力量如

---

① 中央档案馆编：《中共中央文件选集（一九四八——一九四九）》，中共中央党校出版社，1987，第 371—373 页。

何面对特定的实际历史处境，从实际处境中转化和生成新的革命力量，或对革命有利的局面，并在新的结构关系中进行革命关系的再生产。在这个意义上，"根据地"是帮助我们打开历史的一个媒介对象。它从一开始就是动态关系的特定时刻。本文尝试以中国共产革命力量的历史努力为基本视野，考察它在根据地实践方面的方式和经验，并对这些方式和经验展开再反思，检讨它所开放出来的历史信息和意涵。

本文之所以选择太行根据地（而不是延安）作为考察中心，原因在于以下三点。其一，中华人民共和国成立的历史前提之一是，大批年轻人得到了长时间的重建社会组织结构的能力训练，其政治实践能力、知识结构和意识方式都发生了巨大转变。而中国共产党各根据地的这一历史实践过程，是延安整风运动等层面的实践经验所无法直接提供的。从这一意义上来说，这一时期中国革命的各根据地实践既特殊又重要（当然我们也不能过于强调根据地经验与延安经验的断裂和差异。抗战后期根据地实践经验的调整和转变，跟延安整风运动、组织起来等思路有密切关系）。其二，抗战时期的延安聚集了中国共产党在土地革命时期的大批精英，而各根据地却只能依赖少数有经验的革命者在新状况、新条件下重建革命队伍。这反而对我们理解新中国快速成立过程中的实践经验有帮助。其三，太行根据地的地理范围是正太路南、平汉路西、白晋路东、黄河以北的太行山区（包括冀西及豫北），属于山地根据地。抗战时期，在这一地理范围中的主要力量有：阎锡山晋绥军及其政治力量、日军、国民党军、八路军、北方局、太行区党委、牺盟会，以及各种社会力量，错综复杂。山地虽易守，但根据地如何扩大发展？社会政治力量过于复杂，根据地该如何合纵连横、杀出重围？这诸种地理环境和社会环境的复杂因素，都使得太行根据地的实践经验可以成为我们观察中国共产党建国经验的一个较好基点。

三 抗战时期晋东南周边各力量部署及 129 师进太行

抗战初期，华北地区的国民党军队虽快速退败，但仍有部队留守敌后。国民党军队在敌后进行游击战的部队，主要部署在山西、河北、山东、江苏等省。

这些国民党游击部队，一部分是在日军进攻时未及时撤退而滞留敌后的正规军，其编制、装备较为齐全，但缺乏游击战争训练，大多不善于进行游击性的分散作战，不会做群众工作，其后勤补给也仍属正规军系统，敌后生存能力也差。另一部分多由地方民团和豪绅的私人武装组成，这种部队不但缺乏民族精神，而且纪律涣散，大多不能在敌后恶劣条件下坚持游击战争。

太行根据地属于晋冀鲁豫军区，是由建于 1937 年底的一系列小根据地发展起来的。早期的活动中心是平定县（在正太铁路南）、赞皇和邢台（在冀西南）、涉县（在豫北紧靠着冀西南的磁县）、晋城（晋东南的最南部），冀豫晋省委的分支机构在沁县，它是太岳根据地的发源地。1938—1939 年，太行根据地的活动范围第一次扩展，主要集中在邯郸和长治一线的北部地区，沿太行山脉，在平定、昔阳、邢台、赞皇、和顺、榆社、武乡、辽县、黎城和涉县，这是它的主要活动地区，一直到战争结束。抗战期间，除 129 师、中国共产党中央北方局太行分局、中国共产党太行区党委、太行军区外，中国共产党中央北方局、八路军总部和晋冀鲁豫边区政府等党政军领导机关，也驻节太行区。①

有历史学者指出，抗战期间，敌后战场国民党军留下的正规军建立的游击队，是中国共产党游击队的 2.6 倍，枪支数为 4 倍，作战次数为 402 倍。② 即便这是事实，但历史研究需要进一步追问的是：同样是在敌后游击战与中国华北社会的碰撞、磨合中，为何在这些敌后战场只有中国共产党发展并扩大了根据地，最终站稳脚跟？而国民党大多不是退出就是投敌？

当然，中国共产党根据地的稳定扩展也并非一帆风顺。1937 年底，

---

① 太行根据地的辖区和名称多次变更情况，参见《太行革命根据地史稿（1937—1949）》，山西人民出版社，1987，第 2—3 页。

② 刘凤翰：《正面战场与敌后战场之分析》，中国香港"纪念抗日战争胜利五十周年学术讨论会"提交论文。

129 师进入太行地区。据时任 129 师政训处副主任的宋任穷回忆：

> 当时，我们 129 师在晋东南只有 3 个团。根据开展游击战争的需要，我提了一个建议：把部队中副职抽出来，搭成团的架子，政治部的领导同志分别带队，下去搞扩兵。同时也搞点枪、搞点钱。当时是个好机会，机不可失。因为那时群众抗战热情极高，许多热血青年请缨杀敌，报国疆场。另一方面，国民党军队纷纷溃败南撤，散兵游勇很多，散落的枪支也很多。搞钱也不难，有利条件不少，可以同当时的政府一起筹款。因为，抗战开始后，阎锡山将山西全省划为七个行政区，晋东南地区主要属于第三、第五行政区，第三行政区主任是薄一波同志，第五行政区主任是戎子和同志。薄一波同志还担任山西"青年抗敌决死队"（简称决死队，又称新军）第一纵队政治委员，还是山西省"牺牲救国同盟会"（简称牺盟会）沁县中心区负责人。戎子和同志是决死队第三纵队司令，牺盟会长治中心区负责人。此外，还有廖鲁言、周仲英、杨献珍、韩均、徐子荣等十多位同志在那里任政治委员。师首长采纳了我的建议，派我和师政治部组织部长王新亭、宣传部长刘志坚，分别率领从部队中抽调一些骨干组成的工作团和步兵分队，到沁县、武乡、沁源、襄垣、安泽、屯留、长治、平顺、陵川、高平、晋城等地，配合地方党开展工作，放手发动和组织群众，建立各种抗日组织和地方抗日民主政权，扩大部队。[①]

抗战初期，八路军缩编，129 师只有 3 个团进入太行地区，势单力薄。而且当时整个山西省的中国共产党党组织只有十几个党员。豫北的有些县连一个党支部都没有，后来成为晋冀鲁豫边区政府和 129 师司令部驻地的涉县甚至一个党员都没有。[②] 宋任穷所谈到的 129 师工作团扩军建政，除了地方党的协助外，山西牺盟会和新军的支持变得特别重要。但在实际工

---

① 宋任穷：《宋任穷回忆录》，解放军出版社，2007，第 109 页。
② 李秉奎：《太行抗日根据地中共农村党组织研究》，中共党史出版社，2011，第 46 页。

作过程中，牺盟会和新军的组成成员大多源自阎锡山治理下的山西社会，或京津高校，这些各路青年的状态是否配合从延安来的革命队伍 129 师？129 师及后来的北方局、太行区党委等如何在新的历史状况下重新打造革命形态，则是在考察建设太行根据地的历史实践经验时，特别值得注意的一个问题。

四 牺盟会及其在山西政局中的结构性位置

牺盟会是抗战期间中国共产党进入山西建设和发展根据地时特别倚重的一支政治力量，但牺盟会最初却是由阎锡山一手推动发展的。

阎锡山主政山西 38 年（1911—1949），他在山西所面临的中国社会局面与国民党虽有不同，但主要的社会结构性问题仍然有相同之处，不过他应对现实状况的整个方向和方式相当不同。

阎锡山留学日本时，对德日军国主义模式颇寄予厚望，这其中有德日军国主义表现出的某些因素对他的感召。主政山西后，他直接掌控和建设军队和军工事业，以此立足于当时中国军阀割据的局势。同时又不取革命党直接召唤大众的方式，而是强化传统社会运作的结构性因素，强调重用和转化士绅集团（他多年重用几个核心成员，如赵戴文、梁化之、崔廷献、贾景德、杨兆泰、徐一清等，其中贾景德等都出身于山西世家大族）。山西军队建设的确颇有起色（后来晋绥军中傅作义、张荫梧等治军都颇有特色），但军队本身却没有达到德日军国主义的效果（严格治军并不必然带来同样的社会效果，这与军队治理方式和社会状态等近现代中国特定历史状况有关），除了作为政治势力的支撑和各军阀间的抗衡力量外，并没有带来相应的政治结果（尤其与中国共产党的军队建设相比），反而成为一项负担颇重的支出，并逐渐与地方力量相谋和，使得后来山西社会变革更加困难（慕湘的长篇小说《晋阳秋》《满山红》等对此有反映）。

在国民党的北伐经验中，阎锡山看到，工农力量被唤醒后，并没有自然汇入到革命精英所期待的政治社会组织轨道，反而在很大程度上使得社会的运转不能维持，甚至被解体了。尤其是到了 20 世纪 30 年代，乡村动员之后难以掌控的局面使得阎锡山更加退回到强化村庄秩序稳定上去，更加依赖村庄既定士绅组织。但贸易线路的改变（由于近代海上贸易的发展和俄国直接插手贸易，原本山西到内蒙古的贸易线迅速衰落），大清灭亡对山西金融以及依赖金融的诸多行业造成的毁灭性冲击，发展军事的高额费用，各种赋税的增加，使得良绅的生存环境恶化，要么家庭衰败退出秩序中心，要么蜕变为劣绅，基层秩序逐渐被劣绅、地痞把持。比如在晋东南，租佃关系虽然不严重，但基层政权的运作形态仍然在恶化（赵树理的不少小说描写的正是这一状况）。阎锡山也看到，全国抗日形势日益紧张，山西除了面对自身的结构性困局，还受到日军、国民党和共产党的夹攻威胁，大量难民、游民、知识青年的涌入，使得山西城乡的经济社会状况都在发生变化，需要更加具有现代意识和灵活能力的人才对山西所面临的局势做出突破性转换。依靠既有的士绅集团很难突破和翻转日益紧迫的社会状况和历史情境。阎锡山开始大力推动各种团体组织，打算调动这部分力量，并与之合作。"中国青年救国会""建设救国社""山西民众监政会""文山读书会""植社"等团体纷纷成立。对于这些团体组织，阎锡山提出"学术自由、真理战胜"。

阎锡山一面主张积极与抗日的进步人士以及和共产党有联系的人士、社会团体联络，一面又将他的几个御用团体"中国青年救国会""建设救国社""文山读书会""山西民众监政会""植社"，以及一些其他社会团体合并，于 1936 年春统一组成了"自强救国同志会"，由他亲自领导，力图组织和团结各种社会力量。这种合作使得山西在一定程度上变成全国抗日的模范省；还可以转化和吸纳近现代中国民间社会中泛起的各种力量，比如李雪峰说，晋东南地区会门比较少，这就与阎锡山统治较严有关。①但民间游离出来的组织力量弱，地方结构中的秩序运作则会更稳固，而战争所需的经济物资和民众政治参与就更加依赖地主乡绅。这就需要各团体高度切入地方秩序之中。它们若要获得现实活力，就更需要直接调动和改

---

① 李雪峰：《李雪峰回忆录（上）——太行十年》，中共党史出版社，1998，第 30 页。

造地方秩序。可在实际的运作状况中，阎锡山的乡制并没有走国民党北伐时的动员之路，而是依赖和强化乡绅治理（村长候选人甚至必须有 1000—3000 元资产），且这些团体本身的构成又是在这样一个既定社会状态中的再组合，它们在这一社会氛围和状态中发展出来的意识和能力并没有得到改造，也就不可能突破山西的社会结构困局，阎锡山所希望的应对新局势的目标也不可能通过这些团体来实现。比如后来牺盟会成员下乡村后，动员合理负担的结果，多是强行把负担落在地主、富农头上，并大量改选村长，以为除恶就会扬善，对村庄实际的运作结构完全没有了解。实际上"衙门里的办事人"并没有变动，也缺乏相应的诸种对应和配合方法，只会激化乡村结构的矛盾，使得乡村日常运作更加混乱。如果这一结构关系不能突破，即便被组织起来，也很难发展出特别有突破性的能力回应山西社会结构以应对当下碰到的问题。

阎锡山寄希望于"更有才华更有能力"的人。他看到了共产党在突破中国社会某些层面困境时取得的令人心生期待的进展，也对共产党员在实践中的突出能力抱有期望。他决定尝试与共产党合作抗日。他在 1936 年 8 月 20 日左右，派郭挺一到北平去请太原师范学院毕业的薄一波回山西。他知道薄一波是共产党员，但他希望薄一波回来加强山西新派力量，成为新派领袖，改造刚由"自强救国同志会"转变而来的成分复杂的牺盟会。

经由中国共产党中央同意后，薄一波与阎锡山的成功会谈，实则突破了中国共产党多年来"左"倾机会主义路线（打倒一切，一切不合作，一切斗争到底，原则上否定策略路线的曲折性及在一定条件下防御、退却的必要性等）的束缚，实际上也是对 1935 年 12 月瓦窑堡会议关于"建立广泛的民族革命统一战线"的具体落实，并在山西取得巨大进展。阎锡山把牺盟会交给薄一波负责，在事实上就等于把山西当局的官办团体，一下子变成了由中国共产党领导的一个民族大联盟性质的统战组织。这对于中国共产党在山西发动群众抗日救亡运动和抗战开始后的建党、建军、建政都影响很大。这与国民党后来排斥学生、让学生回到课堂的无力也形成对照。阎锡山恰恰看到要吸收青年学生进入政治力量之中。这些学生和知识分子是中国现代历史-社会-政治结构当中具有很强的政治冲动、高度的现代民族意识责任感、充满朝气的群体，因此对他们的吸收和转换对山西政治社会结构的推进和扭转就变得非常重要。在阎锡山的推动下，抗日救亡运动首先在山西取得了合法地位，山西也成为当时除延安之外全国一切爱国人士和进步青年学生向往的抗日救亡的中心。

中国共产党在山西的抗日根据地，最初的确是在和山西新派密切合作的形势下建立起来的。没有山西的新派，以及新派如果不在旧派的进攻下胜利地打击旧派，那么，中国共产党在山西以至华北坚持抗战的困难就要大得多。不过，虽然有研究者提到薄一波主持的牺盟会在晋东南地区的活动对中国共产党太行根据地的积极支持①，但具体历史情境远远比这曲折复杂。

比如，抗战近4年之后，1941年4月28日，邓小平在《反对麻木，打开太行区的严重局面》的讲话提纲中谈到了抗战以来太行根据地建设中所面临的一些结构性困境。从邓小平的总结来看，根据地是以支持游击队与敌作战而存在和发展的。在这一前提下，129师才得以被允许从延安辗转进入山西太行山地区发展。军队快速扩建的一个方式便是放手吸纳地方武装，但正规军吸纳地方武装后，军队的建设和作战必须得到地方党和政府的高度配合，才能获得充足的后方人员物资。这就要求地方党和政府的干部能够快速处理变化多端的战局，提供政治、经济、医疗、卫生等多方面的支援。而地方政府，尤其是作为外来的中国共产党要做到这一点，就必须动员群众在政治、经济、文化等方面高度配合作战。但我们实际上看到的是，地方武装被正规军吸纳后，地方政府没能很好配合军队建设（为什么有大量牺盟会成员帮助的地方政府不能很好动员群众来配合军队?）；被抽空兵力的地方又得不到军队的支持（军队作战领域往往是跨地域的，大于地方），地方政府对武装的再生产也就失去基本的积极性，阶梯性层次性的武装力量更是难以形成。一旦地方缺乏足够武装，难以抵挡敌人入侵，根据地就会缩小，群众对地方政府和八路军就会失望，在经济上的支

---

① ［澳］大卫·古德曼：《中国革命中的太行抗日根据地社会变迁》，田西如译，中央文献出版社，2003，第6页。

持力度也会随之下降，党政军民之间也很难形成信任和良好的配合，而缺乏根据地有力配合的军队即便在军事上有推进也难以持久停留。

太行根据地的各地区本应在大敌当前的情况下团结合作，但由于难以突破结构性困境，反而容易首先考虑自保，从而导致各自为政，甚至各自为敌或与敌为友。比如在经济方面，当时的报告称，政治活跃的晋中经济工作就相当糟糕。"晋中区没有贸易，市场完全是停止状态。"百团大战前，"在对内一方面说，各地互相调剂非常之差，过去甚至是互相统制，今天也还没有打开局面。因为内部的调剂不够，所以对敌统制也就困难，因为它无论如何要调剂，不能自己调剂，便和敌人调剂。所以，形成不断入超，资金外流，所以伪币就越伸越远，深入内地，我们在经济上处于极端的劣势，实际上殖民地的经济状态"。

与晋察冀根据地建设过程中几乎白手起家不同，太行根据地在某种程度上说得到了牺盟会的呼应和配合。按理说，能够得到牺盟会的大力支持，中国共产党自身在土地革命实践中又发展出丰富的革命经验，太行根据地应该能更好地转化和运作这批干部，也应该比同样只有3000人且无人援助的晋察冀根据地建设得更快更好。那得到配合的太行根据地为何在抗战后近五年的时间里却陷入了结构性的困境？而晋察冀根据地却用了短短一年的时间就获得了"敌后模范的抗日根据地及统一战线的模范区"（《中共六中全会扩大会主席团致晋察冀边区电》，1938年10月5日）的称号？但是，实际上我们却又看到太行根据地最后建设得相当有成效。那这一结构性的困局是如何被突破的？太行根据地在历史实践过程中到底经历了什么？牺盟会的干部去了哪里？中国共产党遭遇了什么？

五 太行党委初建实践中碰到的结构性问题

如果考察太行根据地建设的历史实践过程，就能发现前文所谈到的中国共产党与牺盟会之间的种种不同意识、观念如何造成实践上的差异，并导致根据地在建设过程中的曲折低徊。

首先我们考察太行区党委的成员, 他们相当特殊。

1936 年 6 月, 中国共产党中央北方局派李宝森来太原主持山西省工委的工作。牺盟会成立后, 11 月, 张友清任省工委书记, 李宝森改任副书记, 李宝森和徐子荣专门做牺盟会和军政训练班地下党的工作。更重要的是, 太行区党委的几个主要负责人李菁玉、李雪峰、徐子荣在此前全是白区工作者。这些白区工作者的经验中对于"群众"的理解, 仅限于工人、学生, 很少或从来没有关于农民的经验, 没有如何建立根据地的经验。在白区险恶的环境 (且 20 世纪 30 年代的白区工作"左"倾严重) 中, 更没有在新的情况下开展统一战线的经验。

苏区与白区干部的经验差异颇大。刘少奇曾总结过白区工作经验, 他说: "从大革命失败以后, 经过了九年的反动时期, 现在又有了新的民族革命浪潮, 我们的党在白区保存下来的还有些什么呢? 我们不能不悲痛地回答: 除开保存了党的旗帜而外, 党的组织一般没有保存下来, 仅仅在河北还保存了一个省委组织、若干城市与农村中的地方组织和一批中下级干部, 而且这些组织和干部还被'左'倾机会主义路线严重统治着。如果说在内战时期'左'倾机会主义路线统治苏区和红军党的时间并不算很长, 在遵义会议以后已经基本上纠正过来了的话, 那末, '左'倾机会主义路线统治白区党组织的时间是很长的。比如广东地下党组织松弛涣散, 支部有名无实, 党员缺乏训练, 入党、离异都很随便; 中央的意旨难以贯彻到党组织的末梢, 经济困窘, 交通和情报传递迟缓, 农民入党随意等等。虽然在'六大'以后的一个时期内以及在四中全会以后的一个时期内, 白区党组织中的'左'倾机会主义路线被纠正过, 但这种纠正是极不彻底的, 特别是在思想体系及群众斗争策略、组织形式、斗争形式等方面, 没有被彻底纠正过来。遵义会议以后党中央的正确路线还没有传达到白区来, 华北党组织还是被错误路线统治着。这种错误路线 (打倒一切, 一切不合作, 一切斗争到底, 原则上否定策略路线的曲折性及在一定条件下防御、退却的必要性等等), 是当时执行党的统一战线新政策的主要障碍。"①

在白区干部普遍长期工作在城市的情况下，我们可以理解李雪峰所描述的："我们初到太行时，省委的几位领导都不懂什么是根据地，更不懂怎样建立根据地。张浩带的师部到了平定时，刘少奇把从石家庄搬到平定的平汉线省委改为冀豫晋省委，要我们在河北、山西、河南三省交界处的太行山建立根据地。省委书记是李菁玉，李雪峰是组织部长，山西省委派来的徐子荣是宣传部长。……周恩来和少奇让省委依托太行山建立根据地。我们省委几位领导都是长期在北方搞白区工作的，完全没有建立根据地的经验，感到无从下手。"②

无从下手的原因不只是区党委自身经验缺乏的问题。在阎锡山的统治下，中国共产党在山西的发展一直受限，农村地区对共产党也有隔阂。抗战前夕，华北地区很多农村都曾将共产党称为"均产党"③"混产党"④。大量白区干部组成的太行区委要像土地革命时期那样打开农村局面，并非易事。比如如何对待农民中的"流氓"，白区干部的第一反应也很有意思。1937 年 10 月，刘少奇曾起草过一份山西农会章程，等到这份章程交到时任牺盟会领导人之一、曾为白区党员的牛荫冠手中时，牛荫冠在该章程的原稿上添加了"防止流氓混入农会"。刘少奇问牛荫冠："你知道什么叫流氓？你这里说的流氓，是一种勇敢分子。农民运动在开始时候，正派农民不敢参加，要观望。就是勇敢分子参加，你不能把他们拒绝在农会之外。他们的流氓习气是可以在运动中改造好的。实在改造不好，等农民运动起来时再淘汰他们也不迟。你不可把他们拦在外头啊。"⑤

太行区委面对的不仅是党员人数少、党组织影响力小、党员缺乏农村经验，而且与牺盟会的合作一开始也遇到了困难。

---

① 刘少奇：《六年华北华中工作经验的报告》，载《刘少奇选集》上卷，人民出版社，1981。
② 田西如：《李雪峰与太行根据地史研究》，载《李雪峰纪念文集》，2007，第 425—426 页。
③ 苏博光：《冀南春雷——冀南暴动片段回忆》，载《河北革命回忆录》第 1 辑，河北人民出版社，1980，第 28 页。
④ 薄一波：《七十年奋斗与思考》，中共党史出版社，1996，第 9 页。
⑤ 牛荫冠：《抗战初期周恩来、刘少奇对牺盟会工作的指导》，载山西省史志研究院编：《中共山西历史忆事》第二卷，山西古籍出版社，1999，第 176 页。

　　在中国共产党内部，对与牺盟会合作的统一战线方针不理解、有分歧的，大有人在。"对阎锡山的联合，对薄一波领导的第三专署的工作，对牺盟会的活动，一些同志不能正确认识，囿于一隅的观点支配了这些同志，在统一战线工作中注重防范和打击。"①

　　比如晋中根据地是中国共产党和八路军开展工作最早的地区，也是129师在太原失守后进入太行山区最早开辟的根据地。晋中主要是指正太路以南、平辽公路以西、同蒲路以东。晋中工作开展得早，开展得也比较顺利，但也存在一些问题。比较突出的是对统一战线的理解与贯彻上的偏差，特别是对山西特殊形式的统一战线缺乏深入的理解，"左"倾关门主义在实际工作中已有表现。当时山西各县都有牺盟会组织，各县牺盟特派员大部分为共产党员。新军中的决死一纵队、决死三纵队在太行、太岳山活动。而党员内部一些人对于戴阎锡山的帽子开展抗日斗争的牺盟会、决死队不理解，有的甚至排斥。在晋中，这种不理解、排斥现象就较为严重。有人还把这种搞特殊形式统一战线叫作"一波路线"（薄一波路线）。

　　李雪峰于1938年7月14日写了《对晋中工作检查总结报告大纲》，指出晋中没有将统一战线深刻运用到实际工作中，"左"倾关门主义已对工作造成不少损害，一些同志对统一战线了解不够，有错误，政治水平及党的基本知识水平低下；党的工作与群众工作不够深入与不够巩固；政权忽视下层与抗战建设；工作开展了，干部能力的提高速度则很慢，主客观之间不能相适应。

　　而中国共产党中央当时对统一战线的强调和解释有很强的隐忍性。比如1937年12月24日，毛泽东、萧劲光和谭政就在电报中谈到山西当时的统一战线问题："为达到扩大统一战线的目的，在共同负责、共同领导、互相帮助、互相发展的口号下，与各统一战线的地方工作当局协商，群众工作的进行，必须注意尽量取得他们的同意与合作，从抗战利益出发，说服他们采纳我们的意见与建议。万一不能同意时，不应勉强，而应暂时让步。……在统一战线内，立即停止募捐筹粮的行动，已经借用的仓库存

---

① 李雪峰：《李雪峰回忆录（上）——太行十年》，中共党史出版社，1998，第43页。

粮，须即归还。没收汉奸财产及处理、捉汉奸必须取得政府的同意，最好是交给他们处理。"①

对统一战线的这种解释很容易被理解为与其他政治社会力量的简单合作，甚至退让。可一旦统一战线被这样简单理解，在实际工作中若牺盟会本身无所作为，而地方党委又能够在某些方面有所突破（即便是以粗暴的方式），那就会造成晋中特委否定统一战线这一工作方向的情况。

除了直接抵触，党内愿意合作的也未必就能与牺盟会相处甚欢。

就晋东南地区来说，牺盟会成员遍布各个领域和各个组织。比如辽县的共产党，最初就是以辽县第一中学的师生为基础。而辽县一中的许多师生以及当时许多毕业生都加入了牺盟会和中国共产党。李修仁就是第一个宣传组织者，后来他成了中国共产党辽西县委书记。他记得最初的新成员都被认为是民族主义者而不是立即就成为革命者，后来由于日军的入侵，他们都变得更加激进。在辽县，中国共产党一开始几乎只从牺盟会、妇女救国会和辽县教师联合会中吸纳党员，因此最初的成员仅包括教师、学生和县城的青年妇女。第一次委员会只有 4 人参加，平均年龄只有 22 岁，他们或是刚毕业的学生，或是战争一爆发就回到辽县的在校生。这些最初被吸纳进来的一批党员成了中国共产党地方组织的核心，他们决定了战争期间地方领导的作风。② 抗日战争开始以后，大部分县长甚至都已由牺盟会特派员（都是共产党员或进步人士）担任。大量吸纳阎锡山推动成立的牺盟会成员进入党组织，成了山西党委统一战线的显著特征。中国共产党也由此从地下变为半地下。刘少奇在于 1938 年 8 月 18 日给朱瑞转省委的信中，特别谈到了山西工作中统一战线的特殊形式问题。刘少奇指出，山西工作环境的一个最重要特点，就是我们在山西已经有了自己的武装，参加了一些地方政府，参加了统一的救亡运动。中国共产党在山西已经不是完

① 毛泽东：《在友军区域内应坚持统一战线原则》，载《毛泽东军事文集》第二卷，军事科学出版社、中央文献出版社，1993，第 130—131 页。
② ［澳］大卫·古德曼：《中国革命中的太行抗日根据地社会变迁》，田西如译，中央文献出版社，2003，第 187 页。

全的在野党。①

可中国共产党在山西与阎锡山的统一战线合作中，这些或已被吸收为党员的牺盟会特派员也都有着特定而复杂的思想意识来源和由此所决定的工作方式。就其复杂的人员构成来说，比如，当时牺盟会的人员构成非常多样，组织成员大部分是青年学生，有一部分受共产党影响较深的进步人士，有一部分是社会上的青红帮以及一些政治流氓、打手之类，还有一部分社会失业青年、妇女、工人。② 而且，牺盟会自 1936 年底就举办了特派员训练班、村政协助员训练班，主要都是从太原各学校中招收学员。这些在五四新文化系统中成长起来的知识青年并不能完全配合中国共产党北方局的斗争构想（快速有效地介入地方社会结构），以达成一个中国共产党所希望的抗战局面。而且当时牺盟会的口号偏左，不能完全适应山西的现实，也没有中国共产党党组织的有力领导（当时只有个别党员的活动，还没有有组织的领导），工作无法得到很好的开展。

1936 年以后，虽然牺盟会也举办了村政协助员训练班，并派出大批村政协助员深入农村进行抗日宣传，建立牺盟组。但这些村政协助员在介入阎锡山多年治理下的村庄的过程中，却并非一帆风顺。因为他们首先要遭遇的仍然是阎锡山乡制中极为依赖的地主乡绅。通过山西本省"官办"组织牺盟会进入农村，的确会给太行区委的根据地建设带来便利，所以当时中国共产党从迫切的形势出发，也愿意大量吸收牺盟会成员。但引发的问题却是，这种便利在遭遇到山西既定社会结构时，未必像当初想的那样。至少在 1939 年 12 月晋西事变之前，地主乡绅维持的乡村秩序结构很难动摇，租佃矛盾、贫富矛盾、土匪恶霸等问题虽然有，但并不激化，日军也尚未到来，因此太行区委不可能像其他根据地那样直接以武力打掉地主乡绅。但中国共产党和牺盟会又要开展工作，这就很容易激化结构关系中的贫富矛盾。

而且大量白区干部本身的工作方式也有问题。太行区组织部长赖若愚

---

① 李雪峰：《李雪峰回忆录（上）——太行十年》，中共党史出版社，1998，第 53 页。

② 王生甫、任惠媛：《牺盟会史》，山西人民出版社，1987，第 37 页。

1943 年的总结中谈到这一时期的工作状况：“政策混乱，到处拉夫，用落后口号号召，比如参加共产党不当兵，参加共产党不出负担不支差，参加共产党发口粮……在头几年动员工作中，从工作效果上看，往往很能完成动员任务，看起来很积极，但对于党与群众的关系，却给予严重的伤害，而且给党内遗留下一个恶劣的传统。”[①] 到处拉夫虽然在初期的确吸纳了不少贫雇农党员，但当时山西乡村社会的秩序结构仍然依靠地主乡绅，这些贫雇农即便成为党员，也不敢真正成为勇于检举揭发的积极分子。这一定程度上反映了太行区委与牺盟会的合作在真正介入山西社会结构和应对当下迫切现实的工作上，暂时也找不到突破口。而牺盟会强行介入乡村，不但没能调动乡村各阶层的活力，反而使得乡村冲突不断，运作失调，这也使得牺盟会本身在山西整个政治社会结构中的位置开始变成了一种威胁和危险。

一旦合作并没能突破太行地区之前的社会结构，没能开展出相当有效的实践成就，反过来会扩大党内原本存在着的对牺盟会的裂痕，新的力量就更容易在太行区委的党内结构中被轻视，或被看作对既有阶级论的实践方式的妨碍。但实际上，中国共产党并不是要简单在阶级论和统一战线、既定党员与牺盟会会员之间划出界线。中国共产党自身在抗战新格局中也需要发展新方式、应对新的复杂严峻局势，需要大量吸纳新的有志青年和知识分子。山西牺盟会成员也是中国共产党力争的吸纳对象。而要吸纳牺盟会，就必须考虑牺盟会得以产生的历史结构关系和由这些关系所决定的思想意识状态，并考虑如何才能在太行地区这一特定的社会结构状况中有针对性地将之转化，而不能直接延续以往强调贫农雇农和工人的工作思想和工作方式。党员们必须重新认识和理解新的现实力量的结构状态，重新构造认识框架和意识结构，重新构造吸纳青年的工作方式和途径。正是在这一点上，刘少奇严厉批评了中国共产党晋中特委反对统一战线、反对“一波路线”的激进做法。

---

① 赖若愚：《目前时期的支部建设问题》（1943 年 9 月），载太行革命根据地史总编委会：《太行革命根据地史料丛书之二：党的建设》，山西人民出版社，1989，第 299 页。

但实际上，在否定晋中特委的做法和重组晋中特委的过程中，太行区委自身却又并没有开展出一种在工作上、思想上有突破的方式，既能够不以之前的阶级论路线介入实践，同时又能将存在各种问题的牺盟会成员转化和吸纳到自己的工作方向和实践之内，从而将他们的政治爱国热情、责任感、使命感等有效疏导到对当地紧迫社会状况的处理之中，在新的工作实践空间中打破"单纯联合"的统一战线认识。这导致抗战初期对晋中特委的批评和重组容易被理解为过于在政治上要求保持与阎锡山统一战线的稳定，这又反过来加剧了地方党内部在认识和工作上的分歧和矛盾。

由于没能突破这一阶段统一战线与阶级论的对立，连带性的后果之一是，太行区委常常会以牺盟会的名义发展党组织、一起活动，在很多地方就造成了中国共产党党组织与牺盟会之间界限不清晰，那些以牺盟会的"合法"名义发展起来的党员对于中国共产党党和组织的性质的认识就会相当模糊。与此相关的是，党与牺盟会关系不清晰，比如太行根据地政府中的不少县长既是党员又是牺盟会成员，但在1940年中国共产党与阎锡山合作破裂后，阶级论在新的局势下一度重新被肯定，那些有牺盟会背景同时又是党员的县长也连带遭到不信任。在党与政府、县委书记与县长的关系处理上，原本是想在治理层面调整党政关系问题，也被裹挟在历史结构的扭结之中，党/政关系被嫁接在阶级论/统一战线的关系之上，政府更加不被信任。比如，虽然有明确的规章制度（党不得干涉行政），但思想意识的分歧使得实践上政府和县长（多为牺盟会员）在不少地方不再被信任，县委直接过问一切。而那些清洗成分之后的县及其区、村，则更容易出现引发党政一体化的结构。

另一个连带性后果是，由于与阎锡山合作破裂，1940年初太行根据地党委进行了整风运动和党员重新登记。到1940年8月百团大战前夕，根据地党员减少了1万人左右。而对于新吸纳的党员，则开始要求以阶级论标准从产业工人和贫农雇农中发展，对乡村士绅、富农、中农、知识分子则相当严厉。由于没有打破统一战线与阶级论的拉锯战，在太行地区，工作方式开始偏向阶级论和工农。但太行区委寄予厚望的产业工人和贫雇农干部并不一定具备政治热情和民族救亡责任感，而且大多基层农村干部并不愿意离开家乡到别的村工作，或独自在其他县、区工作。

可见，中国共产党进入晋东南与牺盟会接触和融合的这一过程，在初始阶段并不顺利，甚至是有抵牾的。中国共产党进入晋东南开辟太行根据地时与牺盟会的接触，并不是一个无障碍的承接过程，这与晋察冀根据地的经验非常不同。

十年土地革命时期的革命实践所召唤出来的革命者已然形成一套辨认敌我、现实关系和构建革命者自我的认知和意识结构的方法，白区干部在险恶环境中的"左"倾工作方式更与根据地建设的需要相隔，但如今要面对更紧迫、更复杂的现实状况，这对革命者应对现状的组织能力、领悟能力提出了更高更灵活的要求，需要中国共产党更加高效地吸纳精英分子。可从既定的敌对状态转换为合作，需要重建敌我关系、国内局势的认识，这并不是任何一个干部都能够顺利完成自我说服和自我重构，并能在工作中沟通得顺畅。一旦发生理解和认知障碍，工作的深入程度就会大打折扣，甚至在压力之下使用简单粗暴的方式。同时，那些新加入革命队伍中的牺盟会积极分子，也面临着如何进一步转化自己以更为配合中国共产党的工作需要。当这些状况配合不够时，工作的积极热情和深入程度往往就会松懈。

白区干部是否能重构自我，开展并扩大根据地建设，牺盟会是否能成为中国共产党开展革命工作的积极因素，都还不清楚。在某些条件下，牺盟会甚至会转化为革命需要克服的障碍。太行区党委在建设根据地时，在应对太行地区错综复杂的新的历史情境时，必须对中国革命重新形式化和结构化，必须重新构造革命者的成员和内在意识结构，以创造性地突破既定格局。

六 太行根据地实践的调整

党委对建设根据地的陌生，党员在统一战线上的分歧，牺盟会成员的各种状态，再加上抗战初期局势瞬息万变，使得整个工作都很难有突破性进展。

1939 年 3 月，李雪峰在报告中说到了抗战以来太行根据地多方面的问题：在 1938 年春节辽县活动分子会议前，省委刚刚组建，工作上还不懂得怎样创造抗日根据地，不懂得建立基点的作用，存在着把工作重点放在接敌区域，便于敌进我退时能够趁乱"抓一把在手"的被动观念。①

工作没有紧贴地方社会结构的重心，只图一时之利"抓一把"，层出不穷的问题对应着当时太行区党委在根据地建设中的茫无头绪的状态。尤其是李雪峰所强调的，群众运动没有发动起来。不过实际上不能简单说群众运动没有发展起来，抗战初期，庞大的牺盟会曾在各地宣传组织群众抗日。但这种群众运动往往只是单纯的和孤立的，并没有触及群众的经济社会生活，也没有涉及一旦群众发动起来之后如何引导，所以群众运动也往往流于短暂，看似热情似火、大刀阔斧，但未能扎根。"以前只是动员群众，要求群众，利用群众，没有深入群众，站在群众里边。一旦没有发动群众，合作社也会变成垄断和剥削。"

没能真正发动群众，也并不是由于缺少足够党员。恰恰相反，抗战后党员人数急剧扩大，当时的统计数据表明，省委成立时，直接依靠的共产党员仅有 30 多人。1938 年 6 月，晋冀豫区的党员已发展到 8600 多人。1938 年底，党员超过了 2 万人。1939 年 9 月，登记党员人数有 30150 人。两个月后，太行全区党员已达到 36111 名。正是党员的快速发展，引发了新的问题。当初发展时只图增加党员的数目，没有从群众斗争中去发现积极分子。

129 师初到太行时势单力薄，而此时党员数量已经大量增加，工作推进却难见成效。无论是中央还是太行区，都意识到这时建党的主要任务之一必须是整党。在 1938 年 9 月至 11 月的六届六中全会上，面对各根据地党员快速增加的情况，中国共产党中央就提出发展党的原则：在工作的开展中去发展党，在斗争中去发展党；发展到一定程度后，需要一个时期的清理、整顿与巩固，然后再发展。所以在 1940 年 4 月的黎城会议前，中央根据掌握的各地情况和太行区根据本区实际情况，提出了整党要求。

整党之后，我们看到，知识分子在党员中的比重大幅下降，贫农的比

①　李雪峰：《17 个月以来的晋冀豫区委工作——从 1937 年 10 月到 1939 年 3 月晋冀豫全区工作发展概况及基本总结》，载太行革命根据地史总编委会：《太行革命根据地史料丛书之二：党的建设》，山西人民出版社，1989，第 4 页。

重大幅上升。中农的比重仍然很大。个中缘由当然有与阎锡山决裂后对以青年知识分子为主的牺盟会成员的警惕，不过整党所依据的党中央指示也助长了成分上对工农的强调。党中央的整党指示是以王明的意见为主导，六届六中全会的整党原则也强化了党员中的工农成分，弱化了统一战线。"要保证全党内工人、雇农、手工业者、劳动农民占优势。"这显然弱化了瓦窑堡会议中毛泽东所强调的注重统一战线的思想，尤其看不到毛泽东、萧劲光、谭政等人在 1937 年 12 月电报中讲的在统一战线中甚至要退让的原则。

不过要注意的是，中国共产党一方面要反顽作战，另一方面却又在1940 年 3 月向各根据地下达指示，要求在各地实行"三三制"政权（杨尚昆在黎城会议上详细解释了三三制，并明确提出"绝不可以拒绝进步士绅、名流、学者中间力量参加"根据地政权），扩大根据地的政治基础。这实际上是要剥离阎锡山与地主乡绅的关系，反对阎锡山，团结地主乡绅。外部对阎锡山强势，内部反而对地主等更妥协。扩大了中农、贫雇农在党员中的比重，而实际的政治政策却又要加强与地主乡绅的统一战线。这其实就对中农、贫雇农党员的应对和处理能力提出了极高要求。

党员结构调整前后都占重要比例的中农，由于有一定文化程度（党组织上下级之间散发、阅读文件非常需要这种中农），之前一直被重用（中农在这一意义上被重用，本身就是问题）。可他们之前是在工作功能上重要，从而上升到此时结构中的重要位置，他们的认识、意识并不直接配合中国共产党希望的更加具有积极性地展开工作。如果得不到支部和上级机关的调动和转化，他们的工作态度、方式和方向会被他们身处的现实权力关系裹挟着走。

比如在太行区的现实结构中，中农在抗战初期的合理负担中一直占优势。当时太行区合理负担面一般只占全村户口的 30%（晋察冀根据地一般比例为 50%），甚至更少。[①] 如黎城县一个 100 多户的村子中，出公粮的只

---

① 魏宏远：《晋察冀抗日根据地财政经济史稿》，档案出版社，1990，第 38 页；太行革命根据地史总编委会：《太行革命根据地史料丛书之五：土地问题》，山西人民出版社，1987，第 108、109 页。

有 4 户；辽县桐峪的几户地主，负担了全村公粮总数的 66%；榆社县东清秀的一户地主的负担，占全家收入的 130%。没有地主的村子，富农就会成为主要的负担者，而中农贫雇农在这种运动中就会表现活跃。一旦到了1940 年转变时期，为了团结地主富农，负担面扩大，群众运动不能过激，而教育动员工作不深入，加上政策上的唯成分论，那些中农（新上升的中农同样会由于负担落到自己身上而叫苦，不关心贫农困难，不热心减租）占优势的支部执行政策时要么变得消极，要么就会在既定结构里"只利近亲"，而不会考虑突破利益关系，重构乡村秩序结构，并在这一重构中建立党与群众的紧密联系。

负担面的扩大伤及中农利益，贫雇农的利益同样被触动，而劣化了的地主乡绅趁势抬头。这使得群众运动反而在黎城会议后停顿了。支部得不到上级的支持，也变得消沉。这种状态下的支部要运作三三制，结果可想而知。各地各种消极对待或应付的方式层出不穷。

如果工农党员能够经过培养而转化为得力干部，也可以缓解这一问题。但实际情况并非如此。工农党员缺乏责任感、政治热情，所连带的问题是，根据地无论面临何种局面都难以在这种调整中有突破性进展；再加上干部对于现实状况缺乏深入理解和把握，也就很难抓住历史变动中的各种时机，引导或化解困局。1939 年以后，晋冀豫区的形势发生了巨变。1939 年 7 月，日军发动第二次九路围攻，打通了纵贯晋东南的白晋公路（祁县白圭到晋城），开始修筑白晋铁路，在沿途驻重兵，把晋东南分割成东西两部分。同时，日军占领了邯长公路（邯郸到长治），太行区又被分割为太北、太南两部分。这样，晋冀豫区实际被日军以"十"字分为 4 部分：白晋路以东、邯长路以北的太北区，白晋路以东、邯长路以南的太南区，白晋路以西、中条山以北的太岳区，中条山及以南的晋豫区。总的来说，1939—1942 年，在日本多次围剿和扫荡之后，敌占区扩大，根据地缩小。结果，身处游击区和敌占区的群众却从"一面负担"变成了"两面负担"，即要同时承担中国共产党军队和日伪政权的给养。而且，太行根据地的 70% 都是山地，30% 是平原，而 70% 的人口却在平原。相应地，财政收入的 70% 都依赖敌占区。如果不争夺敌占区，根据地本身也很难维持。

　　八路军为了打破日军的铁笼战略，发动了百团大战，打通了各根据地。但百团大战对根据地消耗极大，尤其是在后期。以弹药消耗为例，刘伯承曾说到百团大战一些补充部队的弹药消耗，"一般说来，我们要求射击准确，刺杀熟练，投弹命中，但都没有达到要求，而有相当落后的距离。如某部队是很有战绩的，但是这次射击成绩的统计是，花费了190多颗子弹，才打倒一个敌人，其他也可想见了"。陆定一也回忆说："百团大战，我亲身经历。军队十分疲劳，损失大，老百姓很苦，对我军不满。"而且，百团大战规模太大，各地的游击队几乎全部补充进正规军，而正规军要集中整训、行踪不定，日军趁虚而入，大量增设据点，根据地急剧缩小，党政机关与群众失去联系，群众畏敌情绪严重，对根据地悲观失望。留守干部的工作更加难以展开。

　　太行区当然也试图收复失地。邓小平后来对这一时期的工作总结说："过去，我们某些部门也曾做了一些尝试，个别的是收到效果的，但大多数是失败的。我们曾抽调一部分干部派到敌占区，企图打入伪军伪组织中去，但因为派出的干部多与当地的工作对象缺乏一定的联系，始终得不出一个结果来。我们一般不善于从广大的敌占区或伪军伪组织内部去物色打入人才，不善于争取敌占区的知识分子、开明进步人士去实现打入工作，不善于争取伪军伪组织内部的两面派成为革命两面派，变为我们的打入干部，不了解只有他们才与敌占区或伪军伪组织具有密切的联系，只有他们才具备打入工作的现实条件。……反观国民党，从抗战开始，它就着眼于在敌占区积蓄力量，着眼于战后优势，努力争取伪军伪组织，派人打入、长期埋伏，在敌占区建立它的党和特务组织，依靠封建势力为基础，以掌握各种封建组织乃至帮会、土匪，其成绩是不可轻视的。我们对此，能不警惕！"①

　　之所以要不断援引中国共产党各级干部的总结，是因为我们可以从这些各级干部面对现实状况的整理和总结中，看他们是如何快速整理和把握

---

① 邓小平：《五年来对敌斗争的概略总结与今后对敌斗争的方针》报告第三部分，载《邓小平文选》第一卷，人民出版社，1989，第36页。

现实，又是如何在通过他们这种对现实的认识和把握，怎么来构想新的实践和调整方案的。那么在这个构想实践的过程当中，各级干部要把握现实中对太行根据地建设有利的可能性，并克服现实中给革命造成的不利与挑战，构造新的革命方式。

邓小平的报告侧重于敌占区的工作。但我们可以看到，敌占区工作难以展开，是根据地工作陷于困局的延伸，敌占区的有些工作方式甚至是当年白区工作方式的延续。就敌占区工作而言，缺乏得力干部，也就没有组织工作，就不能在敌占区、伪军伪组织的内部积蓄力量、发挥发酵作用，实现中国共产党的组织基础。过去，中国共产党曾屡次提出这个问题，但在实际工作中不仅远远不及国民党做的努力，严格说来，甚至还没有真正开始（从邓小平的报告里看来是这样）。

原本在实践上就难以取得突破的根据地建设，现在是雪上加霜。黎城会议虽然结束了与阎锡山的纠缠，但会议本身并没有解决太行区委由上而下面临的种种难题。邓小平的总结谈到了 1940 年 4 月黎城会议对结束太行区自抗战以来的混乱和它没有处理的问题，指出黎城会议"克服了混乱，强调了巩固根据地的建党、建军、建政三大方针，有其明显的成绩，基本上是成功的正确的。但在部分问题上亦有其片面性的缺点和错误，如对根据地的群众工作及敌占区工作重视不够，对游击战争的分量估计不够，过分强调了正规军，编并地方武装，结果更便利了敌人的前进和造成了我们的退缩"[1]。但认识到问题方向是一回事，在具体实践上，怎样才能突破呢？

针对太行根据地建设的这些情况，其实早在 1939 年春，太行区委就提出要"深入工作"，要求各级领导把大刀阔斧与点滴作风结合起来。但到 1940 年春，工作仍没有深入，潦草从事、匆忙急躁、只图迅速、一味行政命令等恶习仍普遍存在。太行区党委书记李雪峰提出，点滴作风，是深入工作、巩固组织的基本做法，是有计划、经常、具体、切实，是实事求是

---

① 邓小平：《五年来对敌斗争的概略总结与今后对敌斗争的方针》报告第三部分，载《邓小平文选》第一卷，人民出版社，1989，第 36 页。

的作风；是自下而上、脚踏实地、最富于组织性、富于事业精神的作风。点滴作风关键在于干部能够具体领导。具体就在于明确，在于恰当——恰如其时、恰如其地、恰如其分，一切决定于条件、地点和时间。不同对象、不同地点、不同时机与不同的工作方法和方式，这就是具体。具体领导，包括具体分析、具体办法、具体兑现、深入动员、恰当方式、严格检查、及时帮助。工作中，对每一个工作地区，每一件事，每一个问题，都要求考察各个不同特点，给以不同解决。

李雪峰试图推进陷入低回停滞状况的根据地建设，极力强调"具体"化，希望进入一种与现实更深纠缠的缠斗状态，以此重新构造工作实践方式，突破之前越游离于地方社会状况便越受挫的根据地建设状态。李雪峰的这一构想原本是针对党员空泛的政治热情，缺乏具体介入现实状况的政治能力，以求突破（作为白区干部的李雪峰为何能逐渐具有如此既有现实感又有方向性的穿透性洞察？）。但怎样才算具体呢？如此强调具体、具体、不同、不同，会不会反而造成各级党员的无所适从和混乱？

七 深入，再深入

李雪峰所提出的"深入""具体"，是针对党员在推进群众工作时不够重视、浮泛和低效率而言的。如何理解邓小平和李雪峰所说的对群众工作重视不够？实际上，从129师进入太行以及就牺盟会创建后的主要工作来说，都是在大力动员群众抗日。那他们所说的"重视不够"指的是什么？

我们在1939年3月16日晋冀豫区民运部向区委提交的《晋冀豫区群运工作总结报告》中可以看到，当时的民运部认为，"根据地群众运动的发展还没有做到普遍、统一、平衡和深入，群众工作方法方式一般化，对本区的历史传统和地区性特点估计不足，社会统一战线工作做得不够，群众团体有些官办性，从群众斗争中培养群众领袖与地方干部不够"（着重号为本文作者加）。

民运部所指的"对本区的历史传统和地区性特点估计不足"，其实恰恰是指牺盟会青年和知识分子以及缺少根据地建设经验的白区干部在认知层面的结构性缺陷。革命的推进需要大量有责任感、有朝气的干部，但所需干部却恰恰是脱中国化脱现实化的。1945 年，彭德怀在七大会议上发言时也回顾说，"各解放区建设党的任务，实质上是在农村中建设党的问题，因为广大的党员群众都是农民，而这种农村环境又有别于和平时期，今天的农村是战争中的农村，有敌人的封锁分割，战斗频繁，情况复杂，变化无常。因此，党的工作（其他工作也如此）就必须按照具体情况，因时因地去灵活领导，把和平时期地下党在城市中的一套办法，机械搬运到战时的农村，自然在许多方面是错误的（如过分强调集体领导和科学分工）"[1]。

这种结构性缺陷导致在实践上无法真正触及社会基体。比如根据地的政权建设到 1940 年 10 月百团大战结束为止，很多地方就仍然局限于县政权。"县区组织整顿基本上完成，……村基本上没有做（政权建设）。"至于村政权，赖若愚说，"只有和顺做了一些，还不充实，其他地方未做"。他说，"今后的政权建设的重心，必须是村政建设"[2]。

即便是县政权，其改造的程度也非常有限。虽然中国共产党关于改造旧政权的口号提得很早，1937 年 7 月到 8 月牺盟会特派员和决死队到达各县和各战略要地之后，就开始抓了，但这些干部"在一些地区做得并不怎么彻底，有些县、区，至多只注意到了县、区长以及其他主要部门主要负责人的更换和改造，而对其他方面的不稳分子和一些具体办事人，几乎大都没有更动，绝大多数部门的具体办事人，大多数仍然还是那些吃衙门饭的人"[3]。到 1938 年底，县一级政权基本上掌握在中国共产党和抗日积极分子手中，而区、村两级政权还没有来得及进行重建和改造。日本进攻太行区时，大部分地主豪绅和农民可以一起支援抗日；可打退敌人进攻后，把持区、村政权的地主豪绅照旧盘剥农民。[4]

如果对地方社会的运作结构的认识只触及县，而对县以下的社会基体

① 彭德怀：《在中国共产党第七次全国代表大会上的发言》，载《彭德怀军事文选》，中央文献出版社，1988，第196—197 页。
② 赖若愚：《赖若愚纪念文集》，中共党史出版社，2012，第24 页。
③ 王生甫、任惠媛：《牺盟会史》，山西人民出版社，1987，第748 页。
④ 李雪峰：《李雪峰回忆录（上）——太行十年》，中共党史出版社，1998，第69 页。

没有认识，对其运作机制中的人员仍保留"吃衙门饭的人"，其实也就在认识结构上对地方社会的内在构造存在盲点。所有的群众动员和社会改造其实也没有落到现实社会结构的实处，会被地方社会结构所架空。

缺乏对本区历史传统和地区性特点的深入了解，也就难以深入太行地区社会结构的内在构成脉络和运作机制，同时也就难以真正紧贴地区社会在历史进程中的特定政治经济结构，创造性地发展出有效的方式方法，既能调动群众的民族情感，又能使得这种情感是从他们的生活状态中自然勃发的。只有发展出这种动员，群众运动才可能是深入且持久的，才可能打破官办化群众运动，才能"从群众斗争中发现、培养群众领袖和地方干部"。这些领袖和干部也才可能是从自己生活结构中自然被提拔，而不是依托于某种情势下的突击化政治事件。

如果如民运部所说，群众团体有些官办性，从群众斗争中培养群众领袖与地方干部不够，那大量吸纳当地干部是否能解决问题？

赖若愚在1943年的总结中说："当时对成分问题抓得很紧（这是当时最大量、最普遍、最日常的问题），而对于政策上、作风上的问题，却没有在党内彻底展开讨论、斗争，从思想上彻底的清除，联系实际情况，进行长期的思想教育，致使很多地方把成分问题孤立起来，形成单纯的清洗（当然当时许多地方没有开展群众运动，也是原因之一，这是去年支部研究会已经总结了的）。所以四〇年转变之后……大批支部消沉了，大批党员被收买，大批干部依然脱离群众，各种政策都遭受严重的抵抗，因为思想没有打通，新的积极分子并未生长。"[1] 前文所分析的中农问题就是如此。

直接重组党员构成，并不能解决思想意识问题。由于强行切割党员构成，反而使得整个结构运作中的政治干预过强，各支部的实践活力并没有被调动起来，而新的积极分子也无从产生。

中国共产党在土地革命时期的实践经验和陕甘宁边区的建设经验，以

---

① 赖若愚：《目前时期的支部建设问题——在第二次支部研究会的总结之一部分》（1943年9月），载太行革命根据地史总编委会：《太行革命根据地史料丛书之二：党的建设》，山西人民出版社，1989，第300页。

及各根据地的建设经验的交流和推广，应该对李雪峰等人颇有启发。如何才能改造干部，使得干部既能够具备敏锐的现实感，介入现实、深入群众，同时又不过分挫伤群众自身的积极性、调动群众？就是要深入群众。无论是毛泽东还是周恩来，对此都有颇多整理和总结。1934年1月27日，毛泽东在江西瑞金召开的第二次全国苏维埃代表大会上做结论报告时说："如果我们单单动员人民进行战争，一点别的工作也不做，能不能达到战胜敌人的目的呢？当然不能。我们要胜利，一定还要做很多的工作。领导农民的土地斗争，分土地给农民；提高农民的劳动热情，增加农业生产；保障工人的利益；建立合作社；发展对外贸易；解决群众的穿衣问题，吃饭问题，住房问题，柴米油盐问题，疾病卫生问题，婚姻问题。总之，一切群众的实际生活问题，都是我们应当注意的问题。"①

李雪峰之前所说的这一工作方式，主要是针对根据地开辟时期牺盟会的众多"工作团""工作队"大而空泛的工作方式，力图"深入"批判和改造"空谈"。1940年7月，李雪峰在《论深入群众和自下而上的工作方式》中再次强调，"深入"要"依靠群众"，这意味着要深入群众，进行下层工作，在群众里面展开工作，检查、批评与改造过去开辟时期的工作团、工作队的工作方式。工作队本身可以存在，但工作方式要改。不能只有群众运动，没有群众组织，看不见群众自己的斗争力量。身在农村，心在县城。机关主义作风必须要改。要了解群众的困难和要求。

但问题是，下基层就能解决问题吗？按照这样的整理和思考推进的实践，虽然群众运动搞起来了，但这种群众运动是不是依靠群众自己的组织力量？比如农会组织起来后，它的号召虽然有力量，但农会本身的组织工作并不强。许多改善群众生活的工作，也看不见群众自己的斗争力量。党的有些地方干部下去之后，仍然依赖政权的行政力量，或一味依赖枪杆子的武装力量，但不真正相信群众。党的组织工作要么站在群众外面空喊、操纵、抑制，要么就发动起来后控制不住，领导不了，甚至被群众运动本身裹挟，随

---

① 毛泽东：《关心群众生活，注意工作方法》，载《毛泽东军事文集》第一卷，军事科学出版社、中央文献出版社，1993，第345—346页。

之浮沉，进而群众运动也容易被破坏分子、流氓、地痞操纵利用。

以前为了"深入"，太行区委也提过不能空泛提干部要下到农村。要集中力量，建设模范基点，要实际深入，要从一点一滴做起。但当干部没能真正理解和把握地方社会的政治文化、物资贸易、地理交通等具体历史条件之前，这些思想认识上的"深入"其实也无从下手。比如，很多地方干部把创造工作"基点"，理解为"深入"山沟，放弃了大村镇和交通要道。对整个根据地的性质、形态，以及对于如何领导地方政权有偏差，导致对创建模范基点的理解也有偏差。有的干部只集中在基点上，放弃了小村工作，也不分头接近群众、了解群众。

一旦不知道怎样有效介入农民的生活结构之中，干部自己在处理事务时的状态，不自觉地就会沿袭当时官场上的方式，比如自己端坐办公室，却在农忙的时候强迫群众晚上到民革室。当干部自己跟群众不熟悉时，他的讲话方式和内容也容易以"摆官架子"的方式进行，而群众对此也会产生反感。干部的眼中只会看到构成了"势力范围"的群众（比如一些"积极分子"等），而看不到那些没有组织的"落后"群众（比如很多在革命一开始时采取观望态度的农民），也不会去了解、认识、熟悉、团结这些无组织的群众。一旦这些群众并不真正配合革命，革命即便能在一定条件和一定程度上运转（比如借助于抗战的特殊历史情境），但它自身也很难维持（比如当抗战形势不断变化，运转就出现困难）。

1940 年 4 月 15 日，徐子荣为了纠偏，在《整党与建党是目前的严重任务》一文中再次强调，基点要建在大村镇。他说，基点与非基点（大村与小村）之间，一般都有一种自然关系，由于大村镇一般是周围小村的政治经济中心，自然有很大的影响与联系。选大村作为基点，是从政治组织上加强它的影响与联系，组织它们之间的关系。

我们看到，与抗战初期太行区党委白区干部完全缺乏根据地建设经验相比，在徐子荣此时的观察中，太行区委核心领导对当地社会结构内在构成的把握已经非常具有突破性。这不是空泛的"具体"，而是结构性的"具体"，这个结构性的"具体"又紧贴着太行地区的历史构成的内在性，而不是散乱混杂的"具体"。

太行区委所把握到的还不止于此。在当时的文件中，他们要求那些一般在乡村或在基点村工作、脱离生产、不能参加生产的干部必须更加注意多与群众接近，研究群众习惯，进入农民生活空间，了解其生活要求，寻找问题所在，研究农村土地关系、阶级关系以至各种封建关系——姓、族、户下、亲友、习惯等人事关系。

1941年2月15日，区党委做出《关于加强群众工作的决定》，决定成立区党委直接领导的群众工作委员会，李雪峰任该委员会的书记，直接领导群众工作。该文件规定，要研究减租减息，研究农民与地主的关系，研究雇工与雇主的关系，研究改善雇工生活问题以及青年、妇女、生产、武装等问题。此后，李雪峰等又组织农救会干部到农村进行调查研究和减租减息。对于派下去参加调查的干部如农救总会主任池必卿，以及陈大东、左奎元、王梦周、任瑞廷、王仪亭等，李雪峰召集他们开会，要他们下去调查农村阶级关系、剥削关系、租佃关系、债务关系以及减租减息实行中的问题等。1941年3月24日，晋冀豫区党委的《关于调查研究工作指示》中所列的问题包括：土地问题；各地区负担能力；生产贸易与金融问题；人民思想进步面及落后面；各种帮、会、道、教及友党问题；敌人政策、敌占区的社会变化、婚姻、劳动、优抗；三三制与宗派主义；根据地的历史变化与市镇问题。

再加上这个阶段，筹备成立边区政府和村民选举临参会参议员的工作刚刚开始。调查的干部们结合村选，接触了很多农民群众，了解到许多根据地干部过去不了解或不太了解的问题。例如，李雪峰等人在调查中发现，减租减息发动时比较困难，农民一方面想减租减息，另一方面又不愿积极参加。关键问题是永佃权没有解决。在一些开展过减租减息的地方，地主收回佃农土地，转租给别人或交给亲友耕种，或自耕，或典出，甚至卖掉土地。把佃农租佃的土地收回，使佃农无地可种，给农民造成很大的压力。减息后债主不向外借钱，贫苦农民告贷无门，急用钱时无处可借。

太行区委有了自己的摸索之后，1942年1月28日，中共中央做出《关于抗日根据地土地政策的决定》，2月4日又发出《关于如何执行土地政策决定的指示》，太行区委再结合自己的经验对照检查校正。李雪峰说，经过反复"扫荡""反扫荡"之后，区党委开始学习中央的决定和指示，并听取农救会和实验县关于减租减息和农村情况的调查报告。结合太行区的实际，学习中央的决定和指示，对我们触动很大。他作为区党委的书记，经过学习对照检查，确实感到自抗战以来，虽然一直讲减租减息，讲教育发动农民，但是并没有深刻了解减租减息的土地政策和教育发动农民的深刻意义。

区委虽然认识深刻，大力号召，可 1941 至 1942 年正是日军扫荡力度最大的时期，根据地内部几乎各自为政，力求自保，区委的号召在各县实际上难以执行，或借口形势紧迫而拒不执行。根据地整体建设的推进仍然缓慢。即便在 1941 年，太行区的减租减息宣传有了一定规模，可区党委对减租减息问题的认识水平还比较低，没有把这项工作作为区党委直接抓的大事要事，还停留在主要依靠农会去做的阶段，各县则更加不会重视。

刘少奇的出现大力推动了太行地区的减租减息运动。他于 1942 年 9 月从华中回延安，路过山西，严厉批评了太行地区的减租减息运动，"再不发动群众（搞减租），我们就死无立锥之地"[1]。北方局的邓小平等也力促太行区赶紧行动，减租减息运动才在 1942 年后开始在太行根据地全面展开。太行根据地把辽县作为重点调查基地。在调查过程中，根据地干部才逐渐区分了各农村中大地主的不同类型，并由此将辽县村庄分为三类，即由商业地主统治、由当地世袭地主统治、由外来地主统治。由商业地主统治的村庄距离交通主干道比较近，在 20 世纪 20 年代，一些金融企业曾在这类地方出资栽种经济作物。这些受到商业化影响的村庄就是减租减息运动的主要目标，因为这里的阶级冲突尤为激烈。而在那些由当地地主统治的村庄，发动农民参加减租减息就不容易。而据说受到外来地主统治的村庄，发动减租减息则容易得多。[2] 对于这些具体的不同情况，太行根据地

---

① 李雪峰：《李雪峰回忆录（上）——太行十年》，中共党史出版社，1998，第 140 页。

② 1983 年，曾任太行区委宣传部部长的张磐石等回到太行地区，召集抗战期间的支部书记、区、县委书记，农会主席等座谈，这些人对当年的农村阶级状况仍然历历在目。参见太行革命根据地史总编委会：《太行革命根据地史料丛书之七：群众运动》，山西人民出版社，1989，第 435 页。

的各级政府才真正开始有意识地重视起来。对地方社会的大量调查使得太行干部的意识结构发生巨大改变，对革命对象的内部构造有了重新认识。太行区委干部在意识认知层面不断调整和扩大自己与外界的结构关系，同时也就是逐渐拓展了自己的内在自我。现在，他们必须在一个结构性的具体情境（而非空泛抽象的情境）当中磨炼和学习，慢慢地发展出足以贯通各种情境的灵活应对能力。这些结构性认识不一定在每时每刻都对他们的革命行动有直接帮助，但对于他们构想新的革命实践，理解太行、理解山西、理解中国社会构造的具体性和复杂性，无疑不可估量。但这些意识、感觉、经验的摸索和形成过程，重建现实感对于重构革命形式的关键性，在后来的整理中，却基本上看不到。

就"减租减息"的政治意义，晋冀豫党委当时有如下认识："减租减息是改善农民生活的一个中心问题，也是党的基本政策之一。可是我们过去对这一点是认识不够的，不知道减租减息牵连到复杂的农村习惯的统治关系与土地关系，会引起阶级关系的转动。因此，常常只企图'运动'一下，或'挨门挨户''调查'。……今天我们还必须肯定，减租减息做得好，就等于农会工作做好了一半。"[1]"减租减息"运动在太行根据地领导者的历史叙述中也获得了高度认可。赖若愚在1944年8月关于《太行区生产运动的初步总结》中，多次把"减租减息"看作太行区生产运动的第一次革命（第二次是"组织起来"）。[2]李雪峰也同样把"减租减息"看作太行区生产运动的一个重要节点[3]，并认为凡是没有经历过减租减息的地区，在1942年、1943年开展生产自救中的组织工作就要困难得多。

从重构干部的认知结构这一点来说，李雪峰、徐子荣他们把握到的，其实是中国地方社会自身的构成、运作在特定历史时刻所具有的一些结构性要素，而这些结构性要素在漫长历史变迁之中经过各种力量的冲击碰撞

---

[1] 《关于农会工作的指示（1941年1月）》，载太行革命根据地史总编委会：《太行革命根据地史料丛书之七：群众运动》，山西人民出版社，1989，第159页。

[2] 赖若愚：《生产运动的初步总结与党的领导作风问题》，载史敬棠等编：《中国农业合作化运动史料》中册，生活·读书·新知三联书店，1957，第462、465页。

[3] 李雪峰：《李雪峰同志在招待劳动英雄会上的讲话》，载史敬棠等编：《中国农业合作化运动史料》中册，生活·读书·新知三联书店，1957，第479、481、482页。

会不断调适、变形，在适当的经济、政治、伦理、组织因素的配合下，能达到高度良好的状态。但一旦某些因素发生变化，就会牵连出结构性失衡，从而在每个阶段都会逐渐形成一些结构性困境，构成每个时代的人们所面对的不一样的现实。比如抗战时期的山西，就既不同于明清时期的山西，也不同于阎锡山治理下的山西。这是一个经过近现代巨变、经过阎锡山几十年治理之后的山西。太行地区群众在这样特定的现实中不断形成特定的人际关系、主体意识、情感结构、认识方式。那太行区委只有对这些现实状况做出知识构架上的准确整理，才会对当地的社会结构状况有准确把握，同时他们对当地现实的这些整理，又会影响到他们推动根据地建设这一历史实践行为的着力点、方向、程度轻重、进度缓急等方面（与抗战初期的白区干部身份相比，此刻的他们变化是多么巨大）。

认知结构虽然有了突破性进展，但问题仍然存在。

李雪峰一直强调要"进一步依靠群众"。"依靠群众"是中国共产党的长期政治思路和方针，但如何有效依靠，在太行根据地则一直没有获得思想和实践层面的突破。之前干部对依靠群众的理解，往往是到群众中去，到工厂、农村中去，但去了之后的具体实践活动，却大多变为站在群众外面空谈，宣传口号。行政上也往往流于自上而下的命令主义。我们看到，太行区委对群众工作的推进其实一直难以有突破性进展。这种到群众中去的实践并没有穿透整个中国现实社会结构状况和关系，既无法在实践上进入农村社会结构关系的细微脉络，也无法使干部们在认识意识上对干群关系获得突破性的经验和理解。

李雪峰提出，要研究自下而上的工作方式，研究在群众里面进行工作的方式方法。他强调，干部要尽量不脱离生产，主动参加生产，强调"只有在生产中才更容易了解群众和使群众了解自己，才能了解群众的各方面，创造群众化的工作方式和群众打成一片，便于在群众中提高群众领导群众"。"工作的转变首先决定于干部的转变，决定于干部意识的转变"。"到乡村去，到生产中去，从群众最多的地方，从最易与群众接触打成一片的地方去深入群众"。"从群众里面，自下而上地艰苦工作，创造新的工作方法方式，这才能真正深入工作，才能发挥基点作用，才能取得深厚的群众基础，才能使群众动起来"。

这直接针对的是农村支部干部的工作方式。农村支部如果自身没能获得具体的实践经验，往往就会根据上级提供的工作模式，推演到自己工作的村庄。

1942年4月，李雪峰在《过去农民斗争几个主要经验教训》中就再次指出"深入"问题。第一，在"深入工作"方面，大多数干部对深入工作的基本特征与要求——发动农民土地斗争，削弱封建势力——认识不深，缺乏根据各地具体情况进行实际的组织工作的经验。比如农会，4年前就提出，这是最基本的、首要的群众工作，但至今仍无大进展。第二，在指导上机械运用"先进区推动落后区"这一规律，把工作局限在先进地区或停留在基点上，把基点上的先进经验没有具体运用到落后山庄，没有根据落后地区的具体条件及干部自身的经验，有机地吸收先进地区的经验，而是生硬直接地运用在落后地区。

我们看到，虽然区委干部已经在对地方社会结构的认知意识上有了突破性进展，可整个根据地的革命实践还很难说获得了突破，党员成分内部构成的重组并没有获得之前所预想的实践效果。即便有了实验县、有了基点，在某些局部形成先进区、找到突破，但大多数干部的意识结构仍然没能破除依赖某种经验模式的工作方式，无法"根据落后地区的具体条件及干部自身的经验"来推进工作，无法应对和调节不同历史状况下不断发展与转化的各种现实。任何试图利用基点经验从杂乱的变动世界中萃取出固定的存有，以及不同存有之间的恒常关联，以形成清晰的概念来把握和推演其他现实的方式，都无法真正将根据地建设拓展并扎根于地方社会的内在脉络之中。

八 支部如何发动群众

1943年，后来的太行区委宣传部部长彭涛在报告中谈到，在没有发动群众之前，太行区已经建立了官办式的群众组织，在群众初步发动时，就建立了庞大的党组织，把所有积极分子（不是阶级觉悟的分子）都吸收进了党，根本忽视群众组织。这样就使得党降低了自己的水平，成为群众团体，群众团体则由官办到党办，根本无独立性。后来实施三三制，则成为凑数，成为党员拉拢中间势力。这样就使得各个组织的性质模糊起来了。党不能成为阶级先锋队的组织（在不健全的阶级关系基础上发展起来的），群众团体农会不能成为劳苦农民的阶级组织，三三制政权不能成为各阶级联合的组织。①

群众工作没有有效展开，首要问题在干部，但干部问题并不能单纯靠整顿干部本身来解决。干部的工作状态、能力必须通过突破现实状况，有创造性地在应对现实问题的过程中开辟新的实践空间，在应对现实困境的过程中来分析、培养、理解和解决。这一时期的太行区委已经对干部与现实的关系有了切实的体验。1945年3月，中国共产党太南地委组织部部长王谦在平顺县区扩大干部会议上讲到平顺县的党支部建设经验时说，在12月晋西事变前，从党员的数量来看，虽然平顺县也吸收了不少党员，但也正因为在1942年以前没有开展过大规模的群众运动，所以党的发展也就不是在运动中吸收积极的觉悟了的优秀农民，因而在晋西事变的恶劣环境震动下，党的组织也就缩小了很多。而支部干部存在着行政命令、压制群众、欺压群众、贪污、腐化，或是对上级两面态度，或是党内不民主、党员不敢说话、支书（或是支部其他干部）家长式的领导，或是闹宗派斗争等不团结现象。但归纳起来，的确大多是干部的思想和作风问题。可平顺县支部改造的经验，尤其是在减租减息中的经验是，不能单纯依靠思想整顿，必须把支部建设工作和群众运动结合起来去进行。支部建设如果不和群众运动相结合，支部问题的解决不是党员群众的思想运动（思想斗争）的结果，就不能很好地解决问题。

而进行支部建设最重要的一环，是对党员和干部的思想教育。但这种思想教育必须是从实际出发，从支部存在的现实问题发动，离开了支部现实的具体的问题是不对的。经验证明，进行思想教育，最根

---

① 《彭涛讲群众运动的发展与阶级关系的变化》，载太行革命根据地史总编委会：《太行革命根据地史料丛书之五：土地问题》，山西人民出版社，1987，第229页。

本的方法是反省。这种反省又必须是群众性的，而且在反省中不应该只是消极的，应该是启发其积极因素和阶级觉悟的前提下去进行。①

虽然王谦强调的"最根本的方法"还是"反省"，但这种"反省"是被重构了的，并不是宋明理学以来的主体构造方式。这个反省必须放置在对具体现实问题的处理上，放置在群众性的具体现实中来打造。实际上，这意味着主体论、认识论、修养论都需要重新理解和阐释。比如在大生产运动时期，党员的思想教育应该与生产动员结合起来。"在领导生产中不能把思想教育停留在翻身教育的阶段，应该是以解决生产中的现实问题为主，使党群关系进一步密切起来。"

太行区的支部建设并不是在抽象的基础上展开建设。前文谈到，太行根据地各县中的"中农干部"问题，后来就成了整个建党建政的棘手问题。有的县，如武安，中农党员比例达到88%，中农干部比例则达到91%。② 黎城4个支部，94个党员，52个中农，5个富农，32个贫农，4个工人；还有一个支部17人中全部是中农。辽县3个支部60个党员，中农18个，富农2个，地主1个，游民4个，商人3个，贫农12个，雇工15个，手工工人4个，店员1个；还有一个支部23人，中农14人。平顺两个支部48人，中农21个。③ 1942年减租减息深入开展之后，中农党员对于没收、分配汉奸地主的财产比较关心，但对跟自身利益无关的退租保佃就不积极。新旧中农都问题重重。中农是否会成为群众运动深入开展的障碍？是否会成为支部建设的不利因素？他们能妥善处理减租停租、丈地屯粮、支差不公等太行农村的主要问题吗？能积极处理救灾互助、参军优抗、春耕夏锄、修渠种树吗？

太行区委一方面要求干部地方化和培养地方干部，但这些中农难道不

---

① 王谦：《关于农村支部建设问题》（1945年3月25日），《平顺资料汇集》上册，内部资料，1961，第97页。
② 转引自李秉奎编著：《太行抗日根据地中共农村党组织研究》，中共党史出版社，2011，第209页。
③ 徐子荣：《关于八个县的支部工作》，载太行革命根据地史总编委会：《太行革命根据地史料丛书之二：党的建设》，山西人民出版社，1989，第238页。

是地方干部吗？他们对于当地的地区社会经济结构的内在构成和运作机制即便说不出来，但经验和感觉中会有一定程度的认识、理解和把握。这使得他们中的某些人可以在某些运动中抓住历史势能与村庄的某些契合点，而做出一定程度的调动和动员；但他们很难在滚滚向前的历史势能中紧贴村庄的运作肌理，激发自身的创造性。比如武乡某支书是个教过私塾的先生，也曾领导反××党（报告原文如此）的斗争，后来春耕分地，成了新中农，却把贫雇农佃农的地都给分了。自己得益容易，又不知如何进一步调整，人也变得越来越懒，开始赌博。不是中农的干部也有问题。如赞皇的某支部支书最初是游民，在运动中借势而起，领导借粮借钱支援抗日，将中农借了，而借粮分配的大多数是党员，群众极少。借了钱之后又计划买地做生意，自己也开始贪污，成了流氓。支部与群众的渐不信任，也导致支部工作为了完成上级任务而逐渐行政命令化和形式主义化。但有的支部建立时期打击毒品，实行戒烟（地主债主往往就是用引诱吸毒使农民破产），对全村人的巨大影响的记忆仍然在。

问题是贫雇农在抗战初期反摊派反贪污的斗争中，受益少，响应不积极。因为这本不是他们日常生活结构中面临的最大问题。而很多研究强调中国共产党发动农民，尤其是强调发动贫雇农时，往往从阶级论、诉苦等角度出发来理解。但阶级论和挖穷根解释不了诉完苦的贫雇农为什么会进一步团结起来、组织起来，为什么不在斗完地主之后变成各自为政的自耕农？太行地区贫雇农的真正深入发动，为什么恰恰是发生在减租减息和大生产运动时期？发动起来之后的农村，为什么在实际权力结构中被削弱的大量中农却没有对中国共产党心生怨恨？

1941—1943 年，日军扫荡，根据地紧缩，农民分摊负担，任务重，再加上这两年严重旱灾蝗灾，农业产量大减。整个太行地区最紧迫的事情是要帮助农民增加产量。农村在这一历史变化中的结构关系发生变化。而这个时候太行区委能够快速反应，大力推动生产互助，政府贷款帮助农民组织互助小组①，树立各种劳动模范（陕甘宁的吴满友、冀中平原的耿长锁、平顺县的李顺达），切实地面对和应对中农、贫雇农的生活困境，搁置各种旧有论争，将旧矛盾放置在新的实践空间中重新组装、构造、磨合。支部也逐渐重新活跃起来。这不能不说是太行根据地建设实践中具有突破性的一步。

但我们必须注意，支部重新活跃，区委能跨出这一突破性的一步的历史前提，是太行区委各级干部在减租减息运动前后认知意识结构的大重构，是对太行地区及其周边地带基于特定历史地理条件下在特定历史时期形成的社会结构关系的深入调查、整理和把握。没有这一点（往往被讨论中国共产党革命史的研究者忽视）作为基础，构造革命的新形态和新方向将难以想象，生产运动、互助组、合作社的贸易交流、金融往来运作等，也不可能如此卓有成效（在这个意义上，冀南银行的历史经验、山东根据地金融工作的历史经验都值得重视，值得重新讨论）。没有这一点，我们也无法解释，为什么太行区委能够在这个历史时刻抓住机会展开大翻转。按理说，从抗战以来，各种情况层出不穷。1937 年 11 月，太原沦陷后，日军转攻华中，华北压力相对减小，太行地区更是相对平静，获得 4—5 个月的时间，为何太行区委在这一时期的工作无法找到突破口？十二月事变后的黎城会议整党则又是一次失去的契机。不但没能扭转局面，反而有所恶化。

不过，支部活跃，解决农民的经济生产问题，并不一定能连带出转化中农的"自私"、调动贫雇农的积极性。即便各种合作社、互助组的生产效率提高，农民完全可能变得更加关注经济生产，群众运动仍然可能限于片面。

太行区委对支部的指示是，生产运动一定要及时与政治启发、教育相配合。互助组并不单纯是一个生产组织，要能够形成并维持互助组，一定要处理好平时有着各种矛盾的农民之间的关系。这实际上是在一定程度上

---

① 李新的回忆录中就讲到他任县委书记时，如何贷款推动白洋淀地区的人民搞副业生产和销售。

先打破农民所身处的、过于久远的、纠缠不清的村庄结构关系，将之重新放置在一个新的却又是中国人所熟悉的人际关系（互助组）之中。在这个新的空间中，人们历经反复、曲折（如果我们熟悉长篇小说《三里湾》《创业史》《山乡巨变》等与互助合作有关的描写，就知道这其中道不尽的磨砺），逐渐重新开始互以为重的伦理感情，开始重新体会公平和正义，重新在熟悉的土地上体会亲情、友爱、忠诚，委屈和不公能够重新得到申述（有了"说理"的地方）。贫雇农、中农、小商人、手工业者、游民也都在这一新的空间中感受到了他们实际上需要且感觉温暖而激励人心的秩序（美国记者韩丁的长篇纪实文学《翻身——中国一个村庄的革命纪实》在一定层面上描述了这一点）。而这一切，都通过支部能够得到更大政权力量的支持和鼓励。支部与群众的联系，正是在这样一种既打破特定历史时刻的农村生活结构又使农民重温旧梦（其实也可能更好）的新世界中，才可能实现。在这样的实践中，上级党委、支部、积极分子、群众都能在各自的层面上体会到充实而饱满的精神和情感状态，以及说不清却又能在彼此脸上看到的信心。这正是太行区委在认知意识感觉方式已经有所突破和积累的基础上，抓住农村结构在特定历史时刻的新变化作为切入点，通过大量有创造性的工作（其中当然包括对土地革命时期的实践经验、延安经验和各根据地经验的推广），将中国农村社会组织方式（如人际关系、伦理理解方式、正义感等）的深层结构从诸多叠加交错的混杂状态中重新构造呈现出来的新局面、新面貌。

这就是太行区委所总结的经验：一方面，从群众本身来说，在长期斗争中经过党的教育，逐渐认识党的政策的正确性，党的政策为群众掌握，只有在共产党的领导下才有出路，才能与党在一起前进；另一方面，党在斗争中吸收了许多优秀的活动分子，这些人与群众血肉联系着。群众动员越深入，党的活动分子越多，党与群众关系越好。经过重重磨难，所建立的相济相生的党群新关系，才会自然而密切，才会深切地融合在当地社会状态之中。重建中国的革命理想才会深深扎根于每一个村庄，每一个村民之中。这时候的党群关系也可以表述为上下（如果基于地方）、内外（如果基于村庄），但这种上下内外是互相渗透包容的——当然，这种关系的出现，是以各种要素（一开始是新构造的革命方式主导）的良好配合为前提。

按理说，农村支部和群众关系既然非常难整理，中国共产党应该采取更严紧的干预，但实际上，太行区委对农村支部的要求却反而是要少干预。赖若愚在1944年指出，支部的日常工作，就在于帮助每个党员成为群众中的积极分子，提高每个党员在群众中独立活动的能力。支部生活应该围绕着这个基本目的。① 当中国共产党经过减租减息、土改等运动，打掉村庄的传统秩序结构（地主、士绅为主持核心）后，村庄的整个运转又要能够配合中国共产党的战时所需，实际上就要依赖于村庄自身结构关系中涌现出的积极分子，由这些村庄内部结构的积极分子来承担生产动员和生产组织。如果这个村庄的积极分子禀赋能力出众，他将承担村庄结构功能中的更多任务，而一旦这个积极分子由于出色而被提拔或调出，新的积极分子承担不了过多的功能，村庄就会把运转的机能转移到支部小组来共同承担。

虽然支部不能过多干预村庄，但上级党组织却需要严格督查各级干部。因为各级干部并不是一劳永逸地与群众建立起上通下达的关联。赖若愚谈到，这一时期的干部问题仍然存在教条化、宗派化，不只是各级干部自身，还表现在组织部本身对于干部的认识方法上。"我们对于干部的认识，往往是偏重于干部的汇报，会议上的发言，而缺乏从思想作风及实际工作中的系统的了解。"而组织部在考察干部时要注意的，除了长期观察干部的"对革命的信念"，联系群众实事求是，多侧重考察地方干部之外，考察各种制度也是必需的。"首先是干部的考核制度和定期的反省和鉴定制度。考核制度是把干部在每个时期每个工作中的具体表现，系统地登记起来，每年做三四次定期的反省和坚定，作为每个时期考核的总结。这样，才能系统具体地了解干部。"赖若愚的这份报告对制度的强调，与其说是强化了行政化管理，不如说是在制度层面配合根据地实践渐有起色的

---

① 赖若愚：《几个问题的初步研究——在地委书记会议上的报告》（1944年8月），载太行革命根据地史总编委会：《太行革命根据地史料丛书之二：党的建设》，山西人民出版社，1989，第324页。

信心。

可支部与群众关系一旦出现问题，该怎么办？太行区委机关刊物《战斗》第 90 期（1945 年 2 月）发表的一篇关于村支部如何整风的文章整理了村支部的整风经验，尤其是关于党群关系的整风经验。"支部党员干部反省与群众的关系，可先从党员群众的历史关系（着重号为本文作者加）来入手。如本村的工作发展、党员的翻身（举当地党员的具体例子）到抗日革命，一切的一切都离不了群众。同样也要从党员支部只有在和群众一起发对旧的统治，为群众兴利除弊的时候，群众才拥护咱们，工作才会轰轰烈烈顺利地开展。但当我们脱离群众，思想作风不好，不能公私兼顾，自私自利，或受坏分子利诱欺骗做了坏事的时候，群众对我们就不满、反对，进行工作就非常的困难（都用本支部具体事实做动员）。""只有采取历史联系群众的翻身反省的方法，才能打通干部党员的思想到群众中去愉快反省，同样也只有诱导群众做历史翻身回顾，启发群众对干部的阶级同情，群众才能真正原谅干部党员的错误，而加以爱护。如王曲支部，群众对干部很不满，经群众做翻身反省后，群众说：不是干部，咱们生活可不行，干部虽有些毛病，总和咱是一家人，给穷人办了很大的事。也只有如此，才能使群众从历史全面来区别现在干部与过去统治者有着本质的不同。"①

太行区党委办公室于 1945 年 12 月在《1944 年冬季几个支部整风的经验》里以平顺王曲村、平顺黄花支部、黎城路堡支部为例，总结了一些地区结合减租运动进行的支部整风经验。这三个案例的共同点都是强调对抗战以来历史实践经验的重新整理和叙述，而不是简单诉诸新旧社会的好坏对比。在这一时期的支部整风中，新旧社会的差异在政治、伦理层面被认同是建立在抗战以来往复曲折的根据地建设实践经验之上的，而不是脱离了具体历史实践过程或社会结构关系的身心转变。这与后来的忆苦思甜和以阶级论为基础孤立化和抽象化重塑新旧社会的对比不同。如果我们还想到在延安，七大召开之前，毛泽东为整理党史花费巨大心血收集编辑《六

---

① 新田：《在一个村如何进行支部整风》，载太行革命根据地史总编委会：《太行革命根据地史料丛书之二：党的建设》，山西人民出版社，1989，第 332、333 页。

大以来》文件①，通过中国共产党自身历史经验的整理来整风，我们就可以看到，在这一时期中国共产党的实践经验中，整理详细、具体的历史经验，对于重构自身、构想新实践的重要性。

在这样的历史前提和历史状况下，我们才会理解太行区委组织部部长赖若愚所谈到的"要大量培养干部"，他的眼光所及、所眺望的那个大局面，以及他的信心和视野对应的经验基础和历史来源。"我们现在各系统的干部都有很大缺额，在将来局面变化的时候，干部的需要将是极大的。所以我们必须提拔一批干部。"②

九 结语

新中国成立的历史前提之一是，大批年轻人得到了长时间的重建社会组织结构训练，整个政治实践能力、知识结构和意识方式都发生了巨大转变。而中国共产党各根据地的这一历史实践过程，是延安整风运动等层面的实践经验所无法直接移植、传达和提供的。现代中国的问题是，各阶层人员结构的相对完整并不能满足社会困境对于政治精英的要求。本应承担建国重任的中年人在政治视野、现实感知等方面都不充分具备应对近现代中国社会困境的政治视野、认知意识和实践翻转能力，这一任务也就转移到更年轻的一代（为什么他们能承接这一任务，这本身是个值得追问的问题）。但这一代年轻人却大多是在五四新文化运动中成长起来的，他们对中国的理解和感知都受制于特定的知识方式和理解方式，这就形成了他们对中国社会现实的特定的把握方式和实践方式，并在某种程度上与中国现实状况的脱节。③ 抗战时期，中国共产党面对中国社会结构的这一状况，必须做出有创造性的构造，并以此重构中国革命的形态。

---

① 胡乔木：《胡乔木回忆毛泽东》，人民出版社，1994，第175—187页。
② 赖若愚：《几个问题的初步研究——在地委书记会议上的报告》（1944年8月），载太行革命根据地史总编委会：《太行革命根据地史料丛书之二：党的建设》，山西人民出版社，1989，第328页。
③ 更详细和深入的分析，请参见贺照田的相关演讲和研究：《从中国近现代史的深层主题看中国现代三次革命的发生与演变》，关于《在延安文艺座谈会上的讲话》的六次讲课。

在太行根据地建设的历史实践经验中，我们看到了这一复杂曲折的过程。中国共产党中央、北方局、太行区委等各级党员干部需要逐层面对地方社会结构在特定历史时刻的特殊形态，而日军侵入会引发各阶层政治经济文化活动的变化，但要理解这些变化，需要穿透这些变化看到其内里基础，也就是阎锡山统治38年后的山西社会秩序，这一秩序在牺盟会、地主商人乡绅、中农、贫雇农的政治、经济、贸易、伦理等纠缠关系中又有着特殊表达。而要拆解、重构这些关系，将之引向一个正义的抒发性结构，则需要进一步对中国社会基体的运作方式具有更加穿透性的理解和把握，既要求这些干部具备高度的方向感，同时又必须能随物赋形、高度灵活。我们正是试图在这样一个结构性视野中，考察中国共产党中央、北方局以及太行区委、县委、支部在具体实践中如何构造自身、构造革命的新形态、构想新实践方向，从而构造出新的历史。他们翻转了什么？翻转到什么程度？（比如对地主阶层的处理在不同时期真的就都恰当吗？其后果是什么？）哪些经验具有怎样的历史学、社会学、政治学和思想史意涵？哪些层面隐含着怎样的危机？等等。这些都需要我们不仅突破当下的诸种叙述模式，而且突破中国共产党自身的诸多整理和总结。

就中国共产党各级干部而言，他们在各根据地实践中不断构造和转变各种社会生活的秩序状态，不断在适当的时机以适当的行动使不同情境中的人不断转向更有活力、更饱满的状态。这需要对地方历史地理环境、政治经济文化结构、风俗习惯人情有着丰厚积累和高度敏感。但也正是在这样的参与构造的过程中，他们自身也在不断扩展、调节和转变群体的规模中构造新的自我，以此（而不是空泛的仁义之心）"达之天下"。所谓"修己以安百姓"，在中国共产党的实践中，有了主体论、认识论、政治学、社会理论的新意涵。

也正是有这样的实践经验，我们甚至可以在中国共产党一些军事领导人那里，看到他们对某些问题的深入论述。

1944年，晋察冀一分区司令员杨成武奔赴冀中任冀中军区司令员之前，曾反复分析过冀中的形势。重点是要重建冀中军区、冀中区党委、冀中行署，利用青纱帐，利用各种地道。但他到冀中后，发现情况更为复杂。

杨成武在白洋淀端村发现，这个盛产土靛的地方，竟然几乎见不着土靛，满街卖的都是洋靛；街上行人打扮入时，还有不少满身脂粉气的妇女。当地同志介绍说：

> 这里虽是鱼米之乡，可是日军和汉奸刚被赶走，人民的生活还是很苦。渔民们在冰天雪地打捞的鱼送到市场，被鱼商垄断，渔民所得无几。农民精耕细作，也难谋生。所种的苇子多系大地主、大军阀所有。洋靛倾销，土靛无出路，稻田地又被洪水淹没。加之风俗不纯，一些人好奢侈，在他们看来，"保定太土，北平太俗，还是天津的好"，因此一个劲追求天津的生活方式，以致镇上一些妇女斗华竞丽之风十分盛行。①

杨成武说，"听到这些情况，我感到肩上担子更重了。因为，我们来到冀中要进行的不仅仅是个军事斗争，还要注重改变民风，对敌开展经济、金融的斗争，取缔奸商，贯彻减租减息的政策，依靠基本群众使减租减息工作像在北岳区一样逐年深入，等等。这里的统战工作、群众工作、敌军工作都很复杂，需要认真地去做，否则是难以开创冀中的新局面的"②。

从这些军事干部的经验中，我们可以看到从抗战至解放战争，中国共产党在政治、经济、军事、土地、社会领域的革命实践的深入和交互影响，军事斗争得以胜利的社会历史背景，以及军队干部对中国社会结构运转的高度理解和领悟。中国现实并没有因为这些局部胜利而变得一劳永逸，相反，状况层出不穷，前进中的每一步既是突破，又连带出新问题。这变化多端的现实结构状况反过来又对干部提出了极高的挑战。正是在这些具体实践中，干部们不断构造自身、构造革命的新形态、构想新的实践方向，从而构造出新的历史结构状况。理解这一时期的历史构造方式，恰是我们理解新中国成立的历史前提之一。

---

① 杨成武：《杨成武回忆录 上》，解放军出版社，2005，第771—772页。
② 同上，第772页。

20世纪50年代初的"新爱国主义"运动与 新中国"国际观"形成中的"自我"理解

何吉贤

一 50年代初期的"新爱国主义"运动

20世纪50年代初期，刚刚建立新政权的中国经历了土地改革、抗美援朝、镇反肃反、知识分子改造等一系列政治和社会运动，这些运动相互交叉进行、相互促进，同时面对新政权的国内问题或国际处境，在政治、社会和物质基础及国际环境等方面，为新政权的巩固和稳定创造了基础。尽管运动频发，头绪繁多，但在思想教育或意识形态领域，仍然存在一些贯穿整个20世纪50年代初期及其各种社会、政治运动的比较一致的线索，"新爱国主义"（教育）运动便是其中之一，尤其在抗美援朝运动中，"抗美"与"爱国"互为一体，共同构成了"抗美援朝爱国运动"的整体。

实际上，从社会整合和国家认同的角度，"新爱国主义"运动在中华人民共和国成立伊始即已成为新的国家宣传和教育的核心。1949年9月29日制定和颁布的、具有临时宪法性质的《中国人民政治协商会议共同纲领》（以下简称《共同纲领》）第42条这样规定："提倡爱祖国、爱人民、爱劳动、爱科学、爱护公共财物为中华人民共和国全体国民的公德。"这个后来发展成"五爱教育"的规定实际上从宪法的意义上提出了新中国的"人民的新道德观"，"五爱教育"在一定程度上是20世纪50年代初期对新政权的较高认同度、国民主体感和社会生气的保证。而显然，在这"五爱教育"中，"爱国"是具有重要地位的起点和中心。

　　"新爱国主义" 与 "抗美援朝" 运动的结合，使前者脱离了较为抽象和空洞的政治性的说教，而具体转变为一个全社会性的政治和社会运动，尤其是在 "抗美爱国" 运动的中后期，通过全面性的社会运动，通过规模庞大、参加人数众多的游行集会，最后通过签订 "爱国公约"，机关、学校、工厂、农村甚至单个的家庭以及每个个人都全面介入其中①，"爱国与每个人都发生了关联"。

　　如果说在政治和社会运动的意义上，"新爱国主义" 运动程度不同地波及和深入每一个人的生活中，那么，从作为一个宣传和教育甚或是思想讨论的运动的角度看，"新爱国主义" 运动尤其与知识分子和青年学生有关。有论者将 "新爱国主义"（论述）当作各个不同背景和立场的知识分子认同共产党新政权的重要转化机制②，当然，不同政治背景下的（新）爱国主义论述内容差异颇大，包含了复杂的差异。但抛开具体的论述不论，就问题的提出而言，确有一定的恰当性。在现实的政治运动中，（新）爱国主义既是 20 世纪 50 年代初知识分子改造运动的基本出发点，也是其政治认同转化的核心所在。

　　因此，作为一套 "核心价值观"，"新爱国主义" 首先是与中华人民共和国确立的各阶级、各党派组成的联合政府这样的政治结构相同构和配合的。同时，它也内在于百年来中国知识分子的知识、心理和情感的历史构成中，是与中国知识分子追求 "民族独立、国家富强" 的总体倾向相一致

---

　　①　按目前国内学界的通行分期法，"抗美援朝" 运动分成四个阶段，即 1950 年 6—10 月的初步发动期、1950 年 10 月至 1951 年 2 月的高潮期、1951 年 2 月至 1952 年 4 月的普及深入期、1952 年 4 月至 1953 年的持续和终结期（参见孙启泰：《论抗美援朝运动》，载刘宏煊编：《抗美援朝研究论文集》，人民出版社，1990，第 326 页）。各种社会运动，从和平签名运动、游行示威运动，到爱国公约运动、捐款捐物运动等，贯穿了不同的阶段。

　　②　参见钱理群：《毛泽东时代和后毛泽东时代》（中国台湾联经出版公司，2012）第一讲。该书以沈从文为例，认为："爱国主义是那一代和国家、民族一起饱经历史沧桑的知识分子的一个基本立场，是他们思考和行为选择的出发点与归属，也是我们观察和理解沈从文那一代知识分子时，必须牢牢把握的另一个要点。"（上卷，第 40 页）正是从 "爱国主义" 出发，使得沈这种对原本与自己有所 "抵牾" 的新政权采取了 "努力理解的态度"。按钱理群的归纳，沈从文的 "新爱国主义" 内容包括：国家独立富强梦，有组织有计划的国家观念，党的领导的观念，不脱离政治，不脱离群众、牺牲个人的集体主义观念等等。（上卷，第 42 页）

的，或者说，在心理和情感基础上，它有一套"旧的爱国主义"话语作为其依托（内容详后）。但作为一个由共产党领导的，有着鲜明的、新的"意识形态"追求的政府倡导的价值观，它又必然是"新"的，与旧有的价值观有本质的不同。那么，"新爱国主义"新在何处呢？

首先，爱国主义作为一种对生于斯、长于斯的乡土、民族、文化的归属感而产生的集体性情感，转化成政治性的能量，则有可能因认同现政权而大大增强认同度，而如果认为现政权与其所认同的乡土、民族、文化的集体利益相悖，则有可能转化成对现政权的反抗性力量。因此，新中国成立伊始展开的"新爱国主义"运动，从一开始就抓住了"如何认识新政权、新政体"这一核心问题，对政权的性质、政体的构成进行充分的阐述和论证，以从对新政权认同的角度，促进正面的"爱国主义教育"。论述的关键当然在于政权的"人民"性质，新的政治论述下，由于阶级视角的引入，"人民"并非空洞的所指，而有具体的实指，即"工人阶级，农民阶级，城市小资产阶级和民族资产阶级"①。而因为政权的"人民"性质，民族的历史、文化甚至疆域都有了"人民"的属性，当然，这也需要用阶级的观点进行重新论述。

其次，基于全面动员和长期武装斗争建立起来的革命政权，在心理和情感的历史构成上承续了百年中国人，尤其是中国知识分子对民族独立和国家富强的追求，在现实政治中，也必须承担起一洗百年受列强欺辱、废除各种不同等条约、实行独立自主的外交政策的责任。因此，"新爱国主义"还新在：一方面，它与中国共产党人一直高扬的反帝、反官僚买办，追求民族独立的口号相一致；另一方面，它也与列宁主义和第三国际以来共产党人推行的民族独立和解放运动相符合，追求民族平等、受压迫民族独立和解放的国际主义也是其中的重要内容之一。从这种新的"国际观"的角度而论，"新爱国主义"也是国人构建新的"国际观"中进行"自我教育"和"自我理解"的基础。

---

① 毛泽东：《论人民民主专政》，载《毛泽东选集》第四卷，人民出版社，1991，第1475页。

"新爱国主义"运动包含了多重的含义:在话语的层面,它是新成立的中华人民共和国政权为形构其认同而形成的一种合法性认证;在政治实践的层面,它通过诉之于一系列诸如群众性集会、示威游行、签订"爱国公约"等具体的"行动",动员和组织民众,激发其政治热情和觉悟。应该说,"抗美援朝"战争为上述两个层面的互相促进和融合提供了历史的机会。战争作为一种打破社会常规状态的非正常状态,需要高度的社会动员。"抗美援朝"一般被认为是社会动员极为充分和完善的一次在境外进行的"人民战争"的范例①,之所以这么成功,究其原因,一方面,可能与中国共产党曾进行的长期革命战争,而刚刚建立的新政权,与当时民意正高、众望所归等因素有关。另一方面,以"新爱国主义"教育为核心的"抗美援朝、保家卫国"运动与当时民心和民意的相关性也可能是其获得引人注目的成功的重要原因之一。

"新爱国主义"运动作为一个政治和社会运动,内容涉及了党和政府的法规、法令,党和国家领导人的讲话、指示,以及社会运动层面展开的各种活动,个人在这些活动中的经历及其叙述,等等。本文并不打算对"新爱国主义"运动进行全面的梳理,本文的目的是通过考察"新爱国主义"运动论述中展现的内容特点,试图解答两个问题:第一,在 50 年代初期的"新爱国主义"运动中,"中国"的主体如何形塑和发展?第二,在"抗美援朝"的背景下,通过"新爱国主义"运动,在新出现的"中国"主体下,一种新的"国际观"如何形构出来,进而这种新的"国际观"与一般性的民族主义构成了一种什么样的关系?

基于以上目的,本文的论述将主要围绕上文所说的"话语"层面。由于阅读所限,材料将主要以相关时期《中国青年》杂志中有关"新爱国主义"运动的论述为主,以期通过考察"新爱国主义"运动中相关"青年言说"的呈现,管窥"新爱国主义"运动中包含的内容和问题。这样处理带来的一个问题是,《中国青年》杂志在何种程度上呈现了关于"新爱国主

---

① 关于抗美援朝战争时期的民众动员,可参见侯松涛专题论文《抗美援朝运动中的社会动员》(中央党校博士论文,2006)。也可参看汪晖:《二十世纪中国历史视野下的抗美援朝战争》,《文化纵横》2013 年第 6 期。

义"的较为独特的"青年言说"？如果有一种具有相对独特性的关于"新爱国主义"的"青年言说"，那么，它与一般论述之间构成了什么样的关系？

由于本文论题所限，在这里，无法对上述问题展开详细论述。如果一定要作简要回答，也许可以尝试这么说：《中国青年》中有关"新爱国主义"的论述既在（主流的）一般性论述之中，又有其相对的独特性。"青年政治"是晚清、"五四"以来中国社会变革及其论述中的重要因素①，可以看到，50年代初《中国青年》中有关青年问题的论述还在这一"青年政治"的延长线上，即蔡翔所说的，"青年以及围绕'青年'的各种叙述，比如家、爱情、青春的活力、生命的意义、奋斗的目标，在'未来'这一现代性的目标召唤下，不断地被政治化"②。当然，与此相伴随的，这些"被不断重复的能指符号（青春、生命、幸福、爱情、美丽、新、时代、未来等）"，也在不断重复中日趋空洞化并耗尽其政治能量的过程中。因此，《中国青年》有关"新爱国主义"的论述，既体现了"青年政治"的一面，即注重对青年尤其是青年知识分子的教育，内容上不仅贴近青年的生活和思想状况，而且由于青年中知识分子比重较大，而展现出了相当的理论论辩性，同时，在一个较长的时间跨度上（比如到1953年之后）考察，这些理论论辩的独特性也在逐渐丧失。当然，这是一个渐变的过程，关于这个过程的具体分析，应是另一论文的题目，这里不做具体展开。就本论题而言，由于一定意义上的"青年言说"与（主流的）一般性论述的趋同，倒是为从其入手考察"新爱国主义"的总体性论述提供了更充足的理由。同时，《中国青年》中较多讨论的从普通工作中寻找意义、爱情和婚姻的选择，以及日常生活和人生观、理想主义的关系等问题，恰恰与某种意在树立新人的"五十年代的氛围和气质"相吻合。

---

① 相关论述可参见蔡翔：《革命/叙述：中国社会主义文学—文化想象（1949—1966）》（北京大学出版社，2010）第三章"青年、爱情、自然权利和性"之第一节"青年或者'青年政治'"。

② 同上，第125—126页。

二　作为国民教育的"新爱国主义"教育

依本文的观点，50年代初期的"新爱国主义"运动可分为两个阶段，这种分期法不仅基于中华人民共和国成立后实际展开的历史进程，也与本文将主要讨论的《中国青年》关于"新爱国主义"的论述状况基本一致，即以"抗美援朝"运动为界，分为前期和后期两个阶段，两个阶段在论述的策略和重点上都有所差别。

一般认为，"新爱国主义"运动是与"抗美援朝"运动相伴随的，从整体上看，这种看法大体上也没错，在社会运动的意义上，"新爱国主义"运动也确实是在"抗美援朝"时期达到了顶峰。但从《中国青年》杂志发表文章的情况看，"新爱国主义"的表述和教育运动在新中国成立之始即已展开。1950年年初出版的第一期杂志中，《中国青年》就以"新爱国主义"为中心主题，组织了专题文章，编者希望"这些文章对于大家在共同纲领的学习中有些帮助，对于解决青年有关爱国主义与狭隘民族主义的一些思想问题，有些帮助"①。显然，这组专题文章中，"新爱国主义"是为了配合"共同纲领"的学习和宣传，即为了配合对新政权认识、新国民意识的树立而提出来的。相比之前（关于"爱国主义"的提倡）和之后（关于"新爱国主义"的多次集中讨论）的论述，有四个方面的内容具有一定的独特性。

其一，突出这是一种"新"的爱国主义，它区别于以"国民党反动政府所说的'民族复兴''国家至上'"为核心内容的"爱国主义"，有其崭新的内容。《中国青年》中的很多文章都在表述这一"新爱国主义"的"新"内容，如因阶级视角的引入而产生的与"新人民观"的关系；"新爱国主义"运动作为一种社会运动，因群众路线的代入所带来的"新"的内容；等等。关于这些，下文中还将进一步展开。值得注意的是，这种"新"也只是相对的"新"，在更近，尤其是80年代以来的表述中，这种

---

① 《编辑室》，《中国青年》第30期，1950年1月14日，第5页。

"新爱国主义"中的"新",又被别的内容替代了。①

其二,"新爱国主义"被作为一种"新的道德观""全体国民的公德"来提倡,并写入了具有宪法性质的《共同纲领》中,这为之后进行的全社会性的宣传和教育运动创造了前提。尤其是在对青年团员和青年学生的教育中,其重要性就更为突出。

其三,"新爱国主义"的提倡,范围涉及全社会,是全社会性的思想改造运动的切入点和核心。以"全体国民"而言,要树立和养成一种新的"人民观",因为"新爱国主义"的具体内容,就是"要大家爱人民的国家主权,人民的历史传统,人民的文化,和人民的领土财富"②,如果说这是一种"公德"意义上的论述,那么,正是因为有了这种新的"人民观"(建立了新的人民的政权,人民当家作主,成了国家的主人),"爱国家"也进入了个人道德的"私德"的领域③。这里对"公德"和"私德"领域的打破和贯通值得注意,它与下文中将会提及的西方思想史意义上的公私之分具有实质的不同。为了保障这种新的"人民观"的落实,各级干部和党团员则必须细致地领会和灵活使用群众路线的方法,时刻保持在群众路线的状态之中。因为只有不将干部和党团员当作外在于普通群众的利益群体,"人民当家作主"的

---

① 参见徐梁伯:《论新爱国主义的形成》,《社会科学战线》1992 年第 3 期。徐文认为,义和团运动是古典爱国主义的终结。"从鸦片战争到洋务运动后期,由于时代的变迁,古典爱国主义已经无法胜任其固有爱国任务,广大人民群众,特别是知识分子,上层有识之士,不断从实践中总结摸索,提出了爱国主义的新内容,以适应新时代的需要,从而促进了新爱国主义萌芽的诞生。""新爱国主义"具有以下内容:1. 这种爱国主义必须跳出传统的"天朝上国"观和狭隘的地域局限,从而具备清醒的全球观念、世界意识,摆脱原有古典爱国主义的封闭、保守、盲目自大的"华夏中心论"阴影的困扰。2. 这种爱国主义必须认识到西方的先进和自己的落后,同时又不悲观失望,而是勇于向西方学习,急起直追,实现中国的近代化。3. 这种爱国主义必须对侵略中国的帝国主义的野心有高度警惕,对侵略的新特点有清醒的认识,并把反对帝国主义作为自己革命斗争的重要目标,采取各种不同的清醒理智的斗争方式。4. 这种爱国主义必须对中国的封建君主制度有清醒的认识,并决心与其代表——清王朝作彻底的决裂。新爱国主义必须认清国家和人民的关系,变"君民"关系的仆从意识为"国民"关系的主体意识。5. 这种爱国主义内容极为丰富,表现多种多样。可以看出,这里对于"新爱国主义"内容的论述与 50 年代的论述已有很大差别,具有强烈的 80 年代背景,也为 90 年代末期以后"爱国主义"向民族主义论述的转换奠定了基础。

② 萧德:《论中国人民的新爱国主义》,《中国青年》第 30 期,1950 年 1 月 14 日。

③ 杨甫:《人民的新道德观》,《中国青年》第 30 期,1950 年 1 月 14 日。

允诺才会有所依傍, 从而从 "爱国" 向 "爱新的政权" 的过渡才会顺理成章。50 年代初的《中国青年》杂志中, 即使是对于青年团员和团干部, 关于联系群众和群众路线的问题, 也用了大量篇幅, 形成了相当细密和复杂的论述, 其关键原因是群众路线问题是新的 "人民观", 从而是 "新爱国主义" 能最终落实的重要桥梁。同时, "新爱国主义" 中包含的新的 "人民观" 也是知识分子改造的重点。

其四, 强调 "新爱国主义" 与国际主义的结合, 以区别于 "资产阶级民族主义的民族观"。爱国主义与国际主义的结合, 在 20 世纪 50 年代的论述中几乎是一种 "套语", 几乎所有关于爱国主义的论述中都会在最后强调这点。但在不同的时间段, 国际主义具体指涉的内容却互有不同。在 1950 年初的表述中, 由于 1950 年 2 月 14 日《中苏友好同盟互助条约》的签订, "国际主义" 具体所指的更多应是与苏联和东欧人民民主国家紧密的同盟关系, 到了抗美援朝战争爆发后, 国际主义则有了更为具体的指涉内容。这里特别应指出, 中华人民共和国成立前夕, 刘少奇在 1948 年 11 月撰写了《论国际主义与民族主义》, 于 50 年代初被人民出版社印成小册子, 广泛发行。这本小册子阐述了中华人民共和国成立前的共产党人对当时国际格局的理解, 重点阐述了新爱国主义与国际主义的结合, 他的论述被广泛引用。刘少奇的小册子中有两段话, 可以作为把握中国共产党人理解国际主义的基本路径。

> 共产党人如果在自己民族摆脱了帝国主义的压迫之后, 又堕落到资产阶级的民族主义的立场, 又去施行民族的利己主义, 又去为了一个民族上层阶级的利益, 而牺牲全世界各民族劳动人民与无产阶级群众共同的国际利益, 甚至不单不反对帝国主义, 反而依靠帝国主义的帮助去侵略与压迫其他民族, 或者以民族保守和排外的思想去反对无产阶级的国际主义, 去拒绝无产阶级与劳动人民的国际团结, ……那就是背叛了无产阶级和共产主义, 援助了国际帝国主义者, 并使自己变成帝国主义阵营内的一个小卒。[①]

---

① 刘少奇:《论国际主义与民族主义》, 人民出版社, 1954, 第 9 页。

这段话交代了国际主义的阶级基础，是国际主义产生的最根本的理论核心。面临一个共产党的民族政权的建立，这样对理论纯粹性的坚持是可以理解和值得敬佩的。

> 真正的爱国主义乃是对于数千年来世代相传的自己祖国、自己人民、自己语言文字以及自己民族的优秀传统之热爱，这种爱国主义，是同那种自大自私的、排外主义的资产阶级的民族主义，以及反映那种落后的家长制的、小农的狭隘闭关主义、孤立思想、宗派主义、地方主义等民族偏见，是完全没有关系的。纯正的爱国主义尊重其他民族的平等，同时希望世界人类优秀的理想在自己国内实现，主张各国人民的亲爱团结。①

这段话在前一段话的基础上，又包含了对国内和国际上的民族平等的诉求，预示着中华人民共和国民族和外交政策的多重可能。

三 "抗美援朝"背景下的 "新爱国主义"教育运动

《中国青年》杂志中，"新爱国主义"被再次密集讨论是新中国成立一周年前后。此时，朝鲜半岛战火已燃，出兵援朝，全面介入朝鲜战争已成为中国政府不可回避的议题。《中国青年》的这一变化，与全国的情况并无大的差别。斯图尔特·施拉姆曾对朝鲜战争前后的《人民日报》做过考察，他观察到中国"在朝鲜战争爆发以后，几个月之中也没有认真做动员舆论工作。报刊只用比较少的篇幅来报道这次冲突，反美的文章并不多，内容也并不比平常来得恶毒。到了9月下旬，才看出点改变，一直到中国部队已经在朝鲜打仗，反美才达到了高潮"②。实际上，直到1950年

① 刘少奇：《论国际主义与民族主义》，人民出版社，1954，第35页。
② ［美］斯图尔特·施拉姆：《毛泽东》，红旗出版社，1987，第229页。

10 月 25 日, 中国共产党中央才发出了毛泽东亲自审定修改的《关于时事宣传的指示》, 提出: "为了使全体人民正确地认识当前形势, 确立胜利信心, 消灭恐美心理, 各地应即展开关于目前时事的宣传运动。"《中国青年》在 "新爱国主义" 论述上的步调和变化, 基本与此同步。

在 1950 年 9 月 23 日出版的《中国青年》第 48 期杂志中, 编者再次以 "新爱国主义" 为主题, 组织了专题文章, 相比于上一次的专题, 这一次不仅篇幅增加, 作者阵容也加强了, 有于光远、廖盖隆等人的理论文章, 也有郭沫若、廖承志、周建人等人的诗歌和叙述性文章。在这一期的 "编辑室" 中, 编者指出, "新爱国主义是需要在青年中长期地宣传及进行教育的, 我们以后将继续组织关于这方面的文章", 并希望读者多就这方面内容投稿。① 一个月以后出版的第 50 期继续以 "新爱国主义" 为主题, 组织专题文章, 并再次强调, "新爱国主义与国际主义是需要在青年中长期地宣传及进行教育的"②。

从此以后的相当一段时期内, "新爱国主义" 的论题成了《中国青年》杂志经常性的话题, 每期几乎都会有以专题论文、社论、传记或时事解说的形式出现与此论题相关的文章。翻检各期相关文章, 此一时期关于 "新爱国主义" 的论述还是可以发现一些新的趋势和重点。在论述重点上, 以下几点颇为引人关注。

第一, 爱国主义与对现政权的态度, 这是对 "新爱国主义" 中的 "新" 的内容进行充分的合理化论证。这也几乎是每篇相关文章都要处理的首要问题。于光远在《谈谈爱国主义》中指出, "对现在政权应抱何种态度是一切爱国主义者必须明确认识的问题"。过去的爱国主义者反对反动政府, 现在的爱国主义者则拥护和保护现在的人民政府, 其关键的原因是政权性质发生了变化。③ "一个爱国主义者, 对不同性质的军队政府, 就应持有不同的态度。换句话说, 一个爱国主义者必须对不同性质的国家机

① 《编辑室》,《中国青年》第 48 期, 1950 年 9 月 23 日, 第 36 页。
② 《编辑室》,《中国青年》第 50 期, 1950 年 10 月 21 日, 第 26 页。
③ 于光远:《谈谈爱国主义》,《中国青年》第 48 期, 1950 年 9 月 23 日, 第 36 页。

器，要抱不同的态度。"① 为了加深对这一问题的认识，李达专门写了《新旧中国的国家机构》一文，其中着重指出：新民主主义的国家机构实行的是议行合一的人民代表大会制，这种制度要优越于表面上实行普选的三权分立制度。② 在另一篇文章中，于光远专门对"新爱国主义和反动的狭隘的爱国主义""新爱国主义和过去新中国没有成立以前的革命的爱国主义"进行了区分。③ 在他看来，"不同时期，爱国主义有着不同的思想内容"，"一个人如果不把自己可贵的爱国主义热情和革命的政治认识结合起来；不把自己的爱国主义的热情建立在国内国际形势的正确认识上，建立在对社会发展规律的正确认识上面，就有被反动派加以利用的危险"④。也因此，"优越的新民主主义社会制度是新爱国主义的基础"。

第二，历史和民族知识的重构。在对"新爱国主义"具体内容进行展开论述的过程中，历史和民族知识的重构成为相关的重要工作。从论题和形式上看，这与一般的民族主义论述几乎没有差别。因为一般而言，对历史和民族知识的重构是现代民族意识形塑过程中的重要一环。厄内斯特·盖尔纳说："人们公认，民族主义利用了事先业已存在的、历史上继承下来的多种文化或者文化遗产，尽管这种利用是秘密的，并且往往把这些文化大加改头换面。已经死亡的语言可以复活，传统可以创造，相当虚构化的质朴和纯洁可以恢复。……民族主义声称保卫和复兴的文化，往往是它自己杜撰的东西，或者是被它修改得面目全非。……"⑤ 杜赞奇说，"现代民族身份认同的形式与内容是世代相传的有关群体的历史叙述结构与现代民族国家体系的制度性话语之间妥协的产物"⑥。但他又马上提出："最近以来，学者在研究各种创造、建构或想象过去的运作时，忽略了这样一个事实，即任何传承的过程同时是一种创造的过程。为了承认自己是一个群体，每一个群体都必须在现在创造一种有关过去的自我的可信的形象，即

---

① 于光远：《谈谈爱国主义》，《中国青年》第 48 期，1950 年 9 月 23 日，第 14 页。
② 李达：《新旧中国的国家机构》，《中国青年》第 50 期，1950 年 10 月 21 日，第 26 页。
③ 于光远：《新中国与新爱国主义》，《中国青年》第 56 期，1951 年 1 月 13 日，第 10 页。
④ 同上，第 11 页。
⑤ ［英］厄内斯特·盖尔纳：《民族与民主主义》，韩红译，中央编译出版社，2002，第 74 页。
⑥ ［美］杜赞奇：《从民族国家拯救历史》，王宪明译，社会科学文献出版社，2003，第 60 页。

在新的、变化了的现实中找到自我。当现在完全被一种外来的话语统治时，这种差异对我们来说就尤其惹人注目。不过，这不应掩盖一个事实：过去与现在的结合是不断进行的、真实的。"① 这个重新"创造传统"，重构关于历史、文化和民族知识的"工程"也是《中国青年》有关"新爱国主义"论述的重要方面。在这个重述系统中，不仅历史按"人民史观"进行了重新叙述②，构成中国历史文化重要因素的从屈原、杜甫到鲁迅等经典作家也都以爱国主义的标准进行了重新阐释。③ 不仅如此，中国的历史、国土山河，甚至与自然科学相关的"人民群众的创造"（如四大发明）等，也进行了重述。④ 但这里的重述与一般意义上的民族主义的塑造有根本的区别。韦君宜在《老古董和新看法》一文中，专门对此进行了解释。她说，在重述历史的过程中，有些看起来与过去国民党大讲的"民族复兴""国家至上"似乎没有什么区别。"好像现在我们要讲爱国了，这所讲的爱国，同我们过去在旧社会所讲的'爱国'，并没有区别，因此也就和马列主义没有关系了。"她认为这是错误的。"我们对于祖国的过去，所爱的主要是从古至今的劳动人民，人民的反抗、人民的创造和一切对人民有利的、属于人民的事物。"因此，"我们讲爱国，主要是爱劳动人民，爱劳动人民的历史"⑤。这里的重点很明显，就是将阶级的视角引入历史的叙述，阶级革命与民族主义的结合，在一定程度上，可以看作中国共产党革命的特殊之处，也是其矛盾之点。美国学者莫里斯·迈斯纳（Maurice Meisner）在谈到 20 世纪中国知识分子的独特处境时提到，"民族主义与反传统两者不可思议的结合，是现代中国知识分子历史上的显著特征之一"⑥。而

---

① ［美］杜赞奇：《从民族国家拯救历史》，王宪明译，社会科学文献出版社，2003，第 61 页。
② 金璨然：《爱祖国的历史》，《中国青年》第 57 期，1951 年 1 月 27 日。
③ 杨晦：《鲁迅的爱国主义》，黄既：《荆轲、屈原、岳飞和续范亭》，冯至：《爱人民、爱国家的诗人——杜甫》，游国恩：《热爱人民的诗人——白居易》，艾思奇：《岳飞是不是一个爱国者？》，分别刊《中国青年》杂志第 49、50、55、58、64 期，等等。
④ 钱伟长：《中国古代的科学创造》，《中国青年》第 57 期；程鸿：《伟大祖国的山河》（一、二），分别刊《中国青年》第 60、61 期；钱伟长：《中国古代三大法发明》，《中国青年》第 61 期；等等。
⑤ 韦君宜：《老古董和新看法》，《中国青年》第 65 期，1951 年 5 月 19 日，第 6 页。
⑥ Maurice Meisner, *Mao's China and After*, New York：The Free Press, 1986, p. 11.

对于新的马克思主义知识分子来说，马克思主义为他们提供了将民族主义与反传统结合的契机。"对于马克思主义者而言，民族主义可以服务于社会革命的目标，但从民族主义产生出来的中国的马克思主义将始终制约这种新理论阐释和运用的方式。"① 关于"新爱国主义"的论述，是中国马克思主义者将民族主义与反传统（也是新传统的创造）结合起来的新的例证。

第三，爱国主义与个人的日常行为的结合。如果说第一阶段的"新爱国主义"论述尚侧重于国家政权认同意义上的宣传教育，那么，抗美援朝开始后的"新爱国主义"运动及其论述，则更多地注重于如何将"爱国主义"的意识与每个人的日常生活行为结合起来。如何将"爱国主义"的意识与个人的日常行为结合起来，也就成为这个阶段"新爱国主义"运动的重点，也就是说，"新爱国主义"的精神不仅表现在抗美援朝战场上，还表现在一切生产部门、一切工作岗位上的人民的忘我劳动与无私奉献中。于光远在其刊于《中国青年》的一篇文章中提出，"一个真正热爱我们祖国的青年，他就可以并且应该就他的工作岗位或者学习岗位，把这种爱祖国的热情转化成实际的行动"②。在抗美援朝的初始阶段，在青年学生中首先开展的是动员青年参加军事干部学校的运动。据统计，北京市在不到半个月的时间内，就基本完成了任务，青年学生参加军事干部学校的热情如此高涨，以至在《中国青年》中，杂志编辑多次呼吁，青年学生要爱国，参加军事干部学校并不是唯一的途径，在学校继续学习，在各种不同的岗位上做好自己的工作，一样是爱国。在随后开展的"爱国公约"运动中，爱国主义与个人日常行为的结合更是成了全民性的运动。自 1950 年 11 月 7 日北京工商界制订出五条爱国公约后，全国工商界立即做出了响应，之后并扩展到了全国工、农、学各界。1951 年 3 月，《人民日报》发表社论《普及爱国公约运动》，"爱国公约"运动随之进入了高潮。具体地说，是"自觉地把抗美援朝运动作为推动一切工作的动力，就是把抗美援朝的思想教育很自然地落脚在各个具体任务上，使运动的结果把各方面的工作提高一步（形式可通过订立爱国公

---

① Maurice Meisner, *Mao's China and After*, New York: The Free Press, 1986, p. 18.

② 于光远:《谈谈爱国主义》,《中国青年》第 48 期, 1950 年 9 月 23 日。

约及生产计划等)"①。在现实表现上,"爱国公约"也确实落实到了全国几乎所有的机关、工厂、学校、农村甚至居民家庭中。据统计,全国有80%的人口订立了爱国公约。② 总体而言,在不同的阶段,会以不同的运动形式和内容不断促进与个人实际工作的结合,它们是整体上的"新爱国主义"运动的持续与深入,是对于动员的再动员。

第四,"新爱国主义"与国际主义的结合仍然是这一阶段论述中无法绕开的问题,除了通常性的论述之外,这一时期《中国青年》杂志中有关"新爱国主义"与国际主义结合的论述还出现了另一个重点,即将世界主义(cosmopolitanism)作为国际主义论述的对立面进行批驳。这一论战对象的出现,应与抗美援朝和苏联的背景有关。韦君宜在一篇访苏札记中提到,"苏联强调苏维埃爱国主义,有一个具体的斗争对象,就是美国的世界主义"。她解释说:"这种世界主义,骨子里当然就是要把世界各国都变成没有独立的工业,没有自己的领土和主权,没有自己独立文化的美国殖民地。我们要和这种美帝国主义的思想侵略作斗争,在思想上主要的武器就得是人民的爱国主义。"③ 对于这种看法,《中国青年》另一位作者许邦仪的表述更加直接和激进,他直接回答了有关世界主义与国际主义的不同这一问题,他认为世界主义与国际主义是"两种绝对对立的世界观,其中毫无共同之点","国际主义是无产阶级的世界观,它是反对一切民族压迫,主张全世界各民族一律平等,加强工人阶级及一切劳动人民的团结,积极地赞助各被压迫民族的解放斗争,进而达到消灭剥削,消灭民族压迫,全世界各民族完全处于民族平等地位,进而消除民族界限,走上共产主义社会"。相反,"世界主义是反动

---

① 《中南局关于贯彻中央关于普及和深入抗美援朝的宣传教育工作、响应世界和平理事会和准备纪念"五一"的办法的补充规定》(1951年3月28日),载中共中央中南局办公厅编印:《中共中央中南局文件辑存》,1954,第2314页。

② 全国政协文史资料委员会:《支援抗美援朝纪实》,中国文史出版社,2000,第9页。这一统计数据的准确性还有待进一步核实,因为如果缺乏不同人群的进一步统计,"爱国公约"运动的波及面的具体图景仍有其模糊之处。还需指出,与所有的政治和社会运动一样,"爱国公约"运动也有其形式主义和浮夸、强迫的一面。详参侯松涛:《抗美援朝运动中的社会动员》(中共中央党校2006年博士论文)第四章第二节第二小节"与各种实际工作相结合的具体实践——以爱国公约的制定与实施为中心"。

③ 韦君宜:《我更感到祖国的可爱》,《中国青年》第56期,1951年1月13日。

资产阶级的世界观，是帝国主义法西斯主义的思想，它的实际内容是实现一个帝国主义国家统治全世界其他一切民族，是民族压迫政策、掠夺和战争，是美帝国主义企图吞并全世界称霸全世界的思想武器"①。许邦仪的论述包含着一个相对激进的逻辑，在他看来，"阶级利益的一致就使得全世界的无产阶级成为国际主义者"。因此，对于世界上的压迫民族，即帝国主义国家的无产阶级来说，是"工人没有祖国"的，那里的民族运动已经过时。但对于被压迫民族来说，情况则不同。"当自己的民族还是被压迫的时候，是谈不到阶级解放的。只有民族的解放，才有阶级的解放。这种革命的民族解放运动就成为无产阶级国际主义运动的一个极其重要的组成部分。"② 将"阶级解放"与"民族解放"截然分成两个阶段的看法具有相当的激进性，在现实政治上，它也是与新民主主义的论述相配合的。

四　新爱国主义运动中的"敌、我"之辩
——苏联作为榜样和针对美国的"三视运动"

（一）苏联作为榜样

新中国成立前，在对外关系上，即已确立了"另起炉灶"（不承认旧政府与外国政府建立的外交关系和缔结的条约，各国须在尊重中国领土主权和断绝与国民党政权一切外交关系的基础上重新与新政权进行建交谈判）、"打扫干净房子再请客"（为防止帝国主义国家从内部捣乱，不急于取得资本主义各国的外交承认，争取在肃清国内外帝国主义在华威胁后，再与主要资本主义国家谈建交问题）和"一边倒"（在美苏对立的冷战格局下，新中国坚决站在苏联一边，决不因眼前利益在美苏之间做骑墙派和墙头草）的原则。这三项原则中，有"破"（不承认旧政府的外交关系和缔结的条约），有"立"（对苏联"一边倒"，建立紧密的同盟关系），有

---

① 许邦仪：《谈谈国际主义与爱国主义》，《中国青年》第 50 期，1950 年 10 月 21 日，第 15 页。
② 同上，第 13 页。

立足于内（打扫房子，清理国内的帝国主义在华影响因素），也有取法乎外（在美苏冷战格局下不做骑墙派，坚定站在苏联一边）。应该说，这是一种有鲜明的自我意识的外交战略思路，既体现了革命政权的革命意识形态，又有现实的国家利益的考虑。更重要的，它是独立自主外交政策的保证。当然，这其中最重要的是与苏联的关系，既与苏联保持紧密的同盟关系，同时又保证中国的国家利益，保证国家主权上的独立自主。

新中国成立前后，如何理顺与苏联的关系，是中国共产党领导人在对外关系上面临的头等大事。1949年6月30日，毛泽东在《论人民民主专政》中明确提出"一边倒"的外交战略。1949年6—8月，刘少奇访问苏联，同年年底，毛泽东本人亲自率团访苏，在此之前，中苏已于10月3日正式建交。新中国领导人频繁访苏的主要目的当然已不仅仅是商讨与建交有关的事项，还包括如何修改1945年苏联与旧国民政府签订的《中苏友好同盟条约》，签订新的同盟条约。新的《中苏友好同盟互助条约》于1950年2月签订，条约以法律的形式确认了中苏的同盟关系，明确了在美苏冷战结构下，中国站在苏联一方的立场，在现实的国际关系中，主要是针对日本的军国主义复苏，其实也就是美国在东亚和东北亚的强大的军事存在。条约也规定了中国收回苏联在中国东北某些权益的时间表，诸如中长铁路的所有权和经营权，旅大港的所有权和驻兵权等。沈志华、杨奎松等学者根据现有的苏联和中国方面的材料，认为促使斯大林最后同意金日成武装统一朝鲜半岛，发动朝鲜战争的直接原因恰恰是中苏条约的签订，使苏联将中长铁路和旅大不冻港归还给中国，使得苏联必须在东北亚另找不冻港出海口。① 中苏条约的签订一方面如毛泽东所说，使得中国有了一个"坚强的盟友"，在"二战"后冷战结构迅速板结化，冷战与"热战"边界并不清晰的国际形势下，国家安全有了一定的保障，但也不可避免地使得中国牢固地嵌入了冷战结构中，在"冷战"二极对抗的格局下，需要在远东和东

---

① 参见沈志华：《冷战在亚洲：朝鲜战争与中国出兵朝鲜》，九州出版社，2012，尤其是《朝鲜战争爆发的历史真相》和《中苏条约与苏联在远东的战略目标》等三节；以及杨奎松：《中华人民共和国建国史研究》第二册第四章"中国出兵朝鲜的因与果"，江西人民出版社，2009。

南亚地区承担更多的国际责任。另一方面，中苏条约的签订，使新中国收回了旧国民政府在"二战"后雅尔塔体制下出让给苏联的一些国家权利，这不仅加强了苏联作为有着共同意识形态的友好邻邦的榜样形象，也给新中国政权彻底清除了旧政府遗留下来的不平等条约，从而真正实现独立自主的外交政策创造了条件。

《中苏友好同盟互助条约》等一系列条约和协定签订后，为配合中苏结盟，中国国内进行了大规模的宣传，在宣传内容上也有一些值得注意的特点。首先，中苏结盟并不是单单作为一件外交上的大事来对待的，而且也作为一件与中国全国各行各业普通人民相关的事情来认识的，因为中苏条约的签订，不仅使得中国有了相对稳定的外部环境，有了进行国内经济恢复和建设的条件，而且苏联的大规模资金、技术和物质援助，也给新中国的经济建设增加了强大的助力。其次，在宣传中苏结盟的意义时，一般都会提到十月革命以来苏联对中国（革命）的帮助，历数从十月革命后新政权一建立，即宣布废除旧俄时代与中国签订的各种不平等条约，到国民革命、抗日战争、解放战争给予的实际和道义的支持，以凸显苏联作为一个革命政权，与其他国家和政权的不同，并提出其背后蕴含的国际主义意涵，为此，也将中苏的结盟作为一个国际主义的范例进行宣传，借宣传《中苏友好同盟互助条约》的机会，促进对国际主义的宣传教育。[①] 再次，在宣传中苏条约的过程中，常常将其与之前旧政府与各帝国主义国家，尤其是国民政府与美国签订的各种经济援助条约的比较中进行认识，突出新条约中，苏联对新中国的各种援助是"无条件的"，与旧中国的各种丧权辱国的不平等条约，以及美国对国民政府以经济援助为名，实为经济侵略的各种条约不同。[②] 对于条约中个别日后引起争议的条款，比如"对有关中苏两国共同利益的一切重大国际问题，均将进行彼此协商"（第4条），经济合作的具体附加条件等，宣传中并没有涉及，但宣传中强调的这是一

[①] 参见《中国青年》第33期社论《拥护中苏友好同盟互助条约》，1950年2月25日。
[②] 参见吴冷西：《中苏新约的历史意义》，分别刊于《中国青年》第34、35期，分别于1950年3月11日和25日出版，以及蒋齐生：《中苏新约和美蒋条约的对比》，刊于《中国青年》第35期等。

个崭新的没有一切附加条件的条约，以及凸显的以我为主的姿态，已表明了中国人对国际条约的一种新理解态度，当然，这也可能蕴含着引起今后争议的潜在因素。

中苏的全面结盟，在政治、思想和文化的意义上也为苏联作为中国学习的榜样创造了条件。在 20 世纪 50 年代初的中国，苏联的因素几乎无处不在。就 "新爱国主义" 运动而言，苏联不仅是一个现成的学习榜样，而且，在许多论述中，苏联式的爱国主义论述和教育，几乎成了新中国爱国主义教育的基本理论来源。当时的报纸杂志和出版机构中，出版了大量介绍苏联爱国主义教育的文章和书籍，主要包括介绍苏联各行各业、各种不同人群，从中小学生、青年团员，到知识分子、工人、农民进行爱国主义教育的经验和方法，以及理论性的论述社会主义与爱国主义教育关系的文章和书籍，如苏联科学院哲学研究所伐西里耶夫、赫路斯托夫主编的《论新爱国主义》（作家书屋，1951）、马邱什金的《苏维埃爱国主义——社会主义社会的强大动力》（作家书屋，1953）、马邱什金的《苏联的爱国主义与国际主义》（中华书局，1953）等。

在对苏维埃爱国主义的介绍和论述中，重点是什么？突出了哪些可供中国学习的方面？苏联作者在论述苏维埃爱国主义时，有一个基本的论述逻辑，即 "苏维埃人是祖国的爱国主义者，这不仅是因为他们热爱本民族语言，先进的、人民的传统和习惯以及我国的自然景色。我们所以热爱苏维埃祖国，还因为在社会主义制度下，无论本民族的语言、人民的传统，或者自然条件，对于我们来说，都具有前此任何时候对于劳动人民所未有过的这样一种意义"。因为 "在这里，人们在人类全部历史上第一次处于真正人的生存条件下；在这里，劳动人民朝夕思慕的理想——合理的社会制度，社会平等和真正自由的理想已经实现了"[1]。这种论述逻辑在中国作者论述中国的新爱国主义时，基本被搬用过来了，也构成了新中国 "新爱国主义" 论述的立论起点。

另外还有一点，正如翻译者在伐西里耶夫等著的《论新爱国主义》译

---

[1] ［苏］马邱什金：《什么是苏维埃爱国主义》，异芳等译，人民出版社，1956，第 34 页。

者序中所说的："有了苏联，全世界劳动人民的爱国情感才得到了真正的表现，表现为全世界劳动人民互爱、互助、互敬、互相结成血肉关系的建基于伟大的国际主义之上的新爱国主义——最高形式的爱国主义。"① 这其实是说，苏联作为新爱国主义运动的榜样，还是基于一种阶级论述的认同，有共同的意识形态，这不仅是构成冷战结构中社会主义集团的认同的基础，也是新爱国主义之新的特点之一。

除了翻译和介绍苏联的爱国主义教育经验之外，当时的不少作家和文化官员也通过自身的访苏经历，然后写作出版"旅行记""游记""通讯"等，通过现身说法，阐述对苏联爱国主义教育的实际感受。这样的文章很多，当时的主要官员作家如郭沫若、茅盾、丁玲等都有不少这方面的文章。值得注意的是韦君宜的"游苏散记"——《我更感到祖国的可爱》。她说在苏联参观访问几个月，感受是"去过苏联之后，使我更加爱我的祖国，更加深刻地认识到我们祖国的可爱和应该爱了"。她还特别提出，这点刚好与胡适之那样的留美学生相反，这些人是去了美国后就认为只有美国的生活方式和价值才是最好的，而否定自己国家的传统和文化，而苏联给人的教育却是："鼓励我们高度发扬爱国主义，鼓励我们热爱人民的中国，爱中国的历史，中国的文化。"② 当然，产生这种差异的意识形态的背景在于美国奉行的是一种基于不平等国际分工的"世界主义"，是对别国的经济利益和主权的侵略，而苏联奉行的是"人民的爱国主义"，鼓励各国的独立和发展，鼓励各国人民热爱自己的历史和文化传统。

（二）针对美国的"三视运动"

新中国对于美国的态度，有一个逐渐窄化和固化的过程，这个变化的过程，主要还是与美苏冷战的大格局有关。中华人民共和国成立前，新政权在外交上还与美国的外交机构保持着一定的联系，解放军解放南京后，美国驻华大使司徒雷登并未随国民党政府撤走，而是留在南京，以图与共

---

① ［苏］伐西里耶夫、赫路斯托夫主编：《论新爱国主义》，祝百英等译，作家书屋，1951，第 2 页。
② 韦君宜：《我更感到祖国的可爱》，《中国青年》第 56 期，1951 年 1 月 13 日。

产党新政权进行某种沟通和对话，共产党方面也派出了前燕京大学学生黄华前去与司徒雷登进行沟通。但在战后美苏冷战格局逐渐形塑的过程中，中国新政权的选择余地并不大，"一边倒"的外交格局是大势所趋，所能选择的只是如何在与美国为代表的西方政权的关系中保持某种灵活性。1949 年 6 月 30 日，毛泽东发表《论人民民主专政》，公开宣布了"一边倒"的外交政策，在此前后，与中美关系有关，发生了美国驻沈阳领馆事件（也称瓦德事件①），中国共产党在对美和西方国家的外交政策上，也确立了将其"挤走"的方针②。

1949 年 8 月 5 日，美国国务院发表了《美国与中国的关系》的白皮书，毛泽东针对该白皮书以及时任国务卿艾奇逊给总统杜鲁门的信，分别于 1949 年 8 月 14 日、18 日、28 日、30 日和 9 月 16 日，发表了《丢掉幻想，准备斗争》《别了，司徒雷登》《为什么要讨论白皮书?》《"友谊"，还是侵略?》《唯心历史观的破产》五篇文章，对美国在中国现代历史上的作用以及新中国对美国的态度，进行了充分的阐述和分析。毛泽东的分析中有两点值得注意。其一，与白皮书针锋相对，毛泽东梳理了中国近现代备受西方欺凌的历史，并将美国当作侵略中国的急先锋，它不仅是第一个通过 1844 年的望厦条约在中国获得了治外法权的西方国家，而且更在解放战争中以巨大的物力和人力资助了国民党政权。毛泽东还特别强调："美帝国主义比较其他帝国主义国家，在很长的时期内，更加注重精神侵略方面的活动，由宗教事业而推广到'慈善'事业和文化事业。"③ 其二，毛泽东的分析中还特别强调，美国人寄希望于中国的所谓的"民主个人主义者"，这些人"对美国存着幻想。……他们容易被美国帝国主义分子的某些甜言蜜语所欺骗，似乎不经过严重的长期的斗争，这些帝国主义分子也

---

① 指 1948 年 11 月，沈阳军管会没收美国驻沈阳领事馆电台，继而并以从事间谍活动罪等起诉美领事瓦德等人。对于此次事件的过程及分析，参见杨奎松：《美领馆事件与新中国对美政策的确立》，载《中华人民共和国建国史研究》，江西人民出版社，2009。
② 亦即利用军管的体制，对美英等国在华的外交机构等，不给其自由活动的余地，相持日久，他们自然会被迫撤走。参见《周恩来年谱》，人民出版社，1989，第 796 页。
③ 毛泽东：《"友谊"，还是侵略?》，载《毛泽东选集》第四卷，人民出版社，1991，第 1506 页。

会和人民的中国讲平等，讲互利"①。他们就是美国在华的"一层薄薄的社会基础"。他们其实也是 20 世纪 50 年代初"新爱国主义"运动中"三视运动"所针对的主要对象。毛泽东还说："中国还有一部分知识分子和其他人等对美国存有糊涂思想，对美国存有幻想，因此应当对他们进行说服、争取、教育和团结的工作，使他们站到人民方面来，不上帝国主义的当。"② 这点其实也是之后持续不断进行的反美宣传和运动的主要目标和动力所在。

抗美援朝战争爆发后，在战争初期，由于社会上对美国和朝鲜战争的情况存在不同的看法，存在着所谓的"亲美、崇美和恐美"的心理，因此作为"抗美爱国运动"的重要内容，开展了"仇美、蔑美和鄙美"的"三视运动"。与战争密切相关，"三视运动"的直接目的是消除在当时官兵中存在的惧战、厌战情绪。更主要地，广泛普遍开展的"三视"教育，还是为了扭转普通民众中存在的崇美、亲美、恐美的心态。因此，在对"三视运动"的理解，可以从两个层次来分析。在第一个层次，仇美与百年来中国受西方列强欺凌和侵略的历史相关，美国不仅是这一历史的重要参与者，而且在当前的历史条件下，它更是这一历史的体现者，并且是妄图重现这一历史的重要力量。因此，在很多叙述中，美国成为曾经作为侵略中国的主要国家日本的替代者。在这一层次中，作为文化侵略的结果，也是作为全面侵略的一种心理结果，在很多中国人，尤其是受西方影响较深的知识分子的心理中，存在着崇美、恐美并蔑视自己的文化和传统的基础，《中国青年》的一篇文章中承认，"认为中国落后、中国人民没有创造力、中国人没有科学头脑这种民族自卑心理，还残存在一部分众人的心中，甚至在一部分青年中也有"。作者认为，这是"帝国主义及其走狗在中国人民中间散布的崇拜帝国主义，鄙视自己国家民族的自卑心理"的反映，必须清除，以树立"高度的民族自尊心和自信心"③。为了说明这个问题，当时的报纸杂志和出版机构出版了很多有关重新叙述和解释中国历史、

---

① 毛泽东：《丢掉幻想，准备斗争》，载《毛泽东选集》第四卷，人民出版社，1991，第 1485 页。
② 毛泽东：《别了，司徒雷登》，载《毛泽东选集》第四卷，人民出版社，1991，第 1496 页。
③ 循心：《关于爱国主义的几个问题》，《中国青年》第 56 期，1951 年 1 月 13 日。

文学、文化传统，甚至地理和自然科学方面的文章和书籍，从正面论述中华民族在历史上的贡献。

抗美援朝总会主席郭沫若在总结抗美援朝运动时指出："我国人民已有80%受到了爱国主义教育，基本扫除了美帝国主义百余年来对中国进行军事、政治、经济和文化侵略和怀柔、欺骗所遗留下来的'亲美''崇美'的反动思想和'恐美'的错误心理；树立了仇视美帝国主义、蔑视美帝国主义、轻视美帝国主义的心理；大大提高了民族自尊心和自信心；加强了同仇敌忾，打败美国侵略的决心。这是我国人民抗美援朝运动在思想战线上的伟大胜利，在这一思想基础上，产生了彻底击败美国侵略的物质力量。"[①] 志愿军总司令彭德怀也在1953年9月12日的《关于中国人民志愿军抗美援朝工作的报告》中指出："抗美援朝运动使全国人民受到了爱国主义和国际主义的教育，大大提高了民族自尊心和自信心，加强了同仇敌忾，打退美国侵略者的决心，正是在这一基础上，产生了通过各方面来支援志愿军及朝鲜人民反抗侵略、保卫远东和平和世界和平的强大的物质力量。"[②]

在第二个层次，是如何认识和处理美国所代表的物质高度发达的消费现代性，以及在反对美式生活方式和价值观的基础上"蔑美、鄙美"的问题。抗美援朝战争初期，中国政府关闭了美国在华开办的教会学校和慈善组织等文化和教育机构，与此配合，相关学校的师生举行了大量的讨论会，报刊上也刊登了一些师生的现身说法文章，以自身经验来说明对美国认识的转变过程。《中国青年》有一篇文章，记述了一位名叫徐德棩的女生的转变经历。这位女生从小接受美式教育，中学上的是上海的教会学校，后来考上了燕京大学。她羡慕美国的物质文明，"沉醉在看五光十色的美国杂志和美国电影里"，知道美国"有很多比上海的国际大厦还要高的大厦"，汽车代步，洗衣机洗衣服，妇女的装束花样繁多，而且可以整日跳舞玩乐。她的理想是赶快上大学，毕业后找一个漂亮有钱的丈夫，自

---

① 郭沫若：《伟大的抗美援朝运动》，《人民日报》1951年10月1日。
② 参见中国人民抗美援朝总会宣传部编：《伟大的抗美援朝运动》，人民出版社，1954，第397页。

己在美国的洋行里找一个打字的工作。她"恨自己出生在中国，而不是一个美国人"①。但上海解放前后，她原来那种美国式的生活难以为继。1950年考上燕京大学后，参加了群众运动，受到了刺激；参加了抗美援朝的教育运动，认识到美国的繁荣并不是为所有人享用，而主要的是其国内统治者用以对外扩张的物质基础；尤其是参加了下乡宣传队，"改变了对劳动人民的看法，随着对劳动人民的热爱的加深，她也热爱着新中国、共产党、毛主席，她进一步明白了自己以前因为看不起劳动人民，看不起共产党，认为他们是土包子，没有办法；所以，自己也看不见中国人民的力量，觉得中国前途没有希望，甚至悔恨自己为什么是中国人"。

有研究者在评价抗美援朝战争动员时认为，"抗美援朝战争是中国人民以爱国主义为核心的民族精神的一次集中展示"。中国人民的"这种空前的团结和高度的自觉是1840年以来，中国人民长期遭受帝国主义欺凌所产生的民族情感的释放。战争政治动员激发了中国人民心中压抑的爱国主义情愫，唤醒了民族自强自立的意识和信心，进而用坚强的意志打败了世界上头号超级大国"②。从这一角度而言，抗美爱国运动可称中国当代史上最为成功的社会动员范例。

五　"新爱国主义"与民族主义

按照现在学术界的一般看法，民族主义被认为是爱国主义的变种，是爱国主义与恐外症的结合。两者虽然有那么密切的关系，但仍然是可以区别的。按照列宁的定义，"爱国主义就是千百年来巩固起来的对自己的祖国的一种最深厚的感情"③，那么，爱国主义是一种感情，其对象是祖国，是一种对生于斯、长于斯的乡土、人民和文化的热爱。而现代民族主义理

---

① 陆英杰：《我现在才真正感到做一个中国人的光荣！——记燕京大学学生徐德槑在抗美援朝运动中的转变》，《中国青年》第57期，1951年1月27日。以下转述此学生转变的叙述都转引自该文。
② 王树华、文育富：《抗美援朝战争政治动员评析及启示》，《军事历史》2009年第3期。
③ 列宁：《皮梯利姆·索罗金的宝贵自供》，载《列宁全集》第28卷，人民出版社，1956，第168—169页。

论一般都把现代民族国家当作一种 "现代的人造产物"，用美国学者本尼迪克特·安德森（Benedict Anderson）的话说，是一种 "文化的人造物（cultural artefacts）"①。在厄内斯特·盖尔纳（Ernest Gellner）那里，现代民族国家是政治边界和文化边界重合之处的产物，"民族主义的定义，是为使文化和政体一致，努力让文化拥有自己的政治屋顶"②。安德森则明确地把现代民族国家说成是一个 "想象的共同体"，"它是想象的，因为即使是最小的民族的成员，也不可能认识他们大多数的同胞，和他们相遇，或者甚至听说他们，然而，他们相互联结的意象却活在每一位成员的心中"③。因此，尽管民族主义也有感情的一面，但它的对象是民族，是作为（想象中或实际存在的）同一血脉、同一文化和同一命运的 "共同体"，相比于爱国主义，它的指向更为复杂。也因此，有论者认为，民族主义往往被想象为 "公德"，而爱国主义却在更大程度上是一种 "私德"。另外，对待他者的态度差异，也是爱国主义和民族主义两者的本质性差别之一。④ 从历史和现实来看，普遍存在着一种 "爱国主义的民族主义化" 倾向，所以，要真正区别爱国主义和民族主义，必须要 "坚持爱国主义是一种'个人判断'或'私德'，并坚持反对民族主义的所谓'公德'的不适当要求"⑤。

我们也应该看到，这一看法基本上是基于欧美经验的一种论述。罗斯·普勒（Ross Poole）从西方政治思想史的角度区分了爱国主义和民族主义这两种截然不同的传统。普勒指出，爱国主义在西方的共和传统中有重要的位置，甚至可以上推到希腊城邦国家、古罗马共和国时期，或者文艺复兴时期的意大利，它在 17—18 世纪西欧、北美的政治生活中也有重要表现。这一传统的核心是政治上活跃的公民、对有可能对共和产生危害的

① 安德森说："我的研究起点是，民族归属（nationality），或者，有人会倾向使用能够表现其多重意义的另一个字眼，民族的属性（nationness）以及民族主义，是一种特殊类型的文化人造物（cultural artefacts）。" 参见［美］本尼迪克特·安德森：《想象的共同体：民族主义的起源与散布》，吴叡人译，上海人民出版社，2003，第 4 页。

② ［英］厄内斯特·盖尔纳：《民族与民族主义》，韩红译，中央编译出版社，2002，第 58 页。

③ ［美］本尼迪克特·安德森：《想象的共同体：民族主义的起源与散布》，吴叡人译，上海人民出版社，2003，第 5 页。

④ 潘亚玲：《爱国主义与民族主义辨析》，《欧洲研究》2006 年第 4 期。

⑤ 同上。

政治寡头和腐败保持警惕心，时刻反对之，并准备投入共和国反对外来侵略者的军事战斗中。爱国主义承诺的对象是"乡土"（homeland），即由其生活社区组成的共和国这样一个政治体。而民族主义则是在更晚近才出现的，是一个不同的政治进程，其承诺的对象是国家（nation），民族主义是民粹主义的政治教义，即使在民主体系中也是如此。①

中国的经验与此差别较大。在"帝制"政体下，皇权下的臣民对帝国的效忠更多的是通过对"乡土"的忠诚和对于"天道"的认同达成，这类同于某种原初性的爱国主义，因此，在关于中国的爱国主义传统的论述中，往往会将其上推到古代②。这种爱国主义的意识和情感在传统中国向现代中国转变的时候也发生了转变③，转变为现代式的爱国主义。值得注

① Ross Poole, *Patriotism and Nationalism*, in Igor Primoratz and Aleksandar Pavkovic' (eds.), *Patriotism: Philosophical and Political Perspectives*, Aldershot, England: Ashgate Publishing Limited, 2007, pp. 129-146.

② 可参见上文提到徐伯梁关于爱国主义的各种类型的区分。

③ 中国学者在对爱国主义进行区分的时候，往往会将其分成两种：一种是狭隘的、本能的、非理性的甚至是封建宗法的爱国主义，另一种是普遍的、理性的、反思的和现代化的爱国主义。这里有一个明显的时间上从"封建"到"现代"的转变逻辑。（参见顾速《狭隘民族主义，还是理性爱国主义？——改革开放时代中国人的选择》，《开放时代》1997年第2期。）这种说法大多出于托克维尔的说法，而托氏的说法恰恰针对欧洲现代性开端初始之时，托氏说："有一种爱国心，主要来自那种把人心同其出生地联系起来的直觉的、无私的和难以界说的情感。这种本能的爱国心混杂着很多成分，其中既有对古老习惯的爱好，又对祖先的尊敬和对过去的留恋。怀有这种情感的人，珍爱自己的国土就像心爱祖传的房产。他们喜欢在祖国享有的安宁，遵守在祖国养成的温和习惯，依恋浮现在脑中的回忆，甚至觉得生活于服从之中有一种欣慰。这种爱国心，在宗教虔诚的鼓舞下，往往更加炽烈。这时，人们会创造出奇迹。这种爱国心本身就是一种宗教，它不做任何推理，只凭信仰和感情行事。有些这样的民族以某种方式把国家人格化，认为君主就是国家化身。因此他们把爱国主义中所包含的情感一部分转为忠君的热情，为君主的胜利而自豪，为君主的强大而骄傲。法国在旧的贵族统治时期，人民有一段时间就因此而感到快慰，而对自己依附的国王的专横而不觉得难受。他们骄傲地说：'我们生活在世界上最强大的国王的统治之下。'……同所有轻率的激情一样，这种爱国心虽然能激起强大的干劲，但不能持久。它把国家从危机中拯救出来以后，往往便任其于安宁中衰亡。"另有一种爱国心比这种爱国心更富有理智。它虽然可能不够豪爽和热情，但非常坚定和持久。它来自真正的理解，并在法律的帮助下成长。它随着权利的运用而发展，但在掺进私人利益之后便会消减。一个人应当理解国家的福利对他个人的福利具有影响，应当知道法律要求他对国家的福利做出贡献。他之所以关心本国的繁荣，首先是因为这是一件对己有利的事情，其次是因为其中也有他的一份功劳。引自［法］托克维尔：《论美国的民主》，董国良译，商务印书馆，1988，第268—269页。

意的是，中国的现代国家和现代民族主义意识，也是在这个阶段出现的，也就是说，现代意义上的爱国主义与民族主义在现代中国有一个大致同时性的关系。在这种历史背景下，现代中国的爱国主义（或萌发状态中的民族主义意识）有三个因素值得注意。

第一，近代以来，中国一直处于遭受西方列强和日本侵略的危机中，所以，这种爱国主义或民族主义意识在很大程度上是一种被动的或反弹性的意识，是在一种危机状态下的情绪反应。顾颉刚在写于抗战时期，曾引起广泛争议的文章《中华民族是一个》中，对民族有一个定义：现在欧美流行的新说，则为 Arthur N. Holcomb 和 Emile Dukheim 的，前者认为"民族是具有共同民族意识和情绪的人群"；后者认为"一个有团结情绪的人群，能同安乐，共患难的就是一个民族"。由此顾颉刚说："民族是由政治现象（国家的组织，强邻的压迫）所造成的心理现象（团结的情绪），他和语言，文化及体质固然可以发生关系……但民族的基础，决不建筑在言语文化及体质上，因为这些东西都是顺了自然演进的，而民族则是凭了人们的意识而造成的。""所以'语言、文化及体质'都不是构成民族的条件，构成民族的主要条件只是一个'团结的情绪'。民族的构成是精神的非物质的，是主观的非客观的。个人的社会地位宗教信仰经济利益皮肤颜色，这样那样，尽管不同，彼此间的冲突也尽管不免，但他们对于自己的民族俱抱有同样爱护之情，一旦遇到外侮，大家便放下私事，而准备公斗，这便是民族意识的表现。"① 不管顾颉刚的定义有何局限，但其强调民族意识的形成与受外力压迫之间的相成关系的理解，确实令人印象深刻。

第二，现代中国爱国主义与民族主义意识的产生，是处在一个资本主义生产和流通的全面跨国开展，全球殖民扩张和帝国主义战争的时代背景下，所以它从一开始就有一种向外的趋势（不论是主动还是被动），要融入整个世界；同时，世界范围内的社会主义运动、民族解放运动以及中国革命的长期经验，也赋予了它某种浓厚的"国际主义"的色彩。

---

① 转引自翦伯赞：《论中华民族与民族主义——读顾颉刚续论"中华民族是一个"以后》，《中苏文化》第六卷第1期，1940年4月出版。

第三，这种爱国主义或民族主义意识的产生和传播，是与中国近百年来的社会革命、战争和条件不可分的，这个过程不仅时间漫长，而且其涉及的社会面之广度和深度，也是世所罕见。革命和战争必然伴随社会的广泛流动和高度融合、互动，在一定程度上，这也是一个打破社会阶层的区隔，重建社会秩序，对国家内部的社会民主和国际秩序提出新的诉求的过程。①

这些也是内在于 20 世纪 50 年代初 "新爱国主义" 运动中的因素，在考察 "新爱国主义" 运动时，应充分考虑到这些复杂的因素。

20 世纪 50 年代初的 "新爱国主义" 运动是中国共产党建立全国性的政权后，在 "抗美援朝" 的背景下展开的一场涉及全社会范围的社会、政治和教育运动，反美、仇美（包括仇视、鄙视、蔑视美国的 "三视运动"）是其重要一面，并借此从政治制度、外交战略、民众心理上清算百年来西方列强侵略中国带来的屈辱感和挫折感，增强民族和国家的自信心、尊严感。另一方面，作为一场广泛的社会动员和教育运动，它也大大增强了新政权的认同感。这两方面互相促进，过分强调其中一方面都是非历史的。②

"新爱国主义" 运动无论在理论论述的层面，还是在社会运动的层面，都极为强调实践性，强调与普通人的日常生活及其具体行为的关联性。在一篇与青年学生谈爱国主义实践的文章中，作者专门强调了应当 "使爱国热情产生实际的效果"。"伟大的祖国绝不是一个仅供欣赏的对象，你只说：'好啊！好啊！' 却不肯为她付出力量，这种不产生物质力量的爱国热情还是虚浮的东西。"③ 为了使爱国热情落实为一种 "物质性的力量"，从

---

① 加拿大学者查尔斯·泰勒在《为什么民主体制需要爱国主义》一文中认为，当代社会离不开爱国主义，从两个角度看：自由、民主和一定程度上平等的社会需要公民们强烈的认同感，在珍视消极自由和个人权利的自由社会中，需要公民们的参与；民主社会也需要动员，动员就需要一个共同的认同，爱国主义就是不二之选。See Charles Taylor, Why Democracy Needs Patriotism? From Joshua Cohen（ed.）For Love of Country: Debating the Limits of Patriotism, Boston: Beacon Press, 1996.

② 如侯松涛在其博士论文《抗美援朝运动中的社会动员》中总结说：抗美援朝运动中的社会动员以民族主义和爱国主义为切入点，以全新的意识形态为主导，使抗美援朝运动中的社会动员过程成为对民众进行教育和改造的过程，增强了民众对新政权的认同，也初步巩固了自己的执政地位。（《抗美援朝运动中的社会动员》，中央党校博士论文，2006，第 141 页。）

③ 萧德：《和学生们谈爱国主义的实践》，《中国青年》第 70 期，1951 年 7 月 14 日。

社会、工作单位，到家庭、个人的具体行为，都要有一些相应的安排。游行和集会是其中一种常用的方式，1951 年的 "五一" 大游行，据统计全国有一半以上的人参加。[①] 而 "各种大小集会，无论是各界人民代表大会、工代会、农代会、妇代会、学代会、文教界或工商界代表会、街民大会、农民大会等，以至镇压反革命分子的公审大会，都可以作为抗美援朝宣传教育的场合"[②]。这种运动式的动员方式相对来说较为外在，还有一些更为内在化，或趋向于个人内在转化的方式。比如在各地（主要是老解放区，如东北地区）广泛树立的生产标兵，如对赵国有小组车塔轮效率提高六倍，马恒昌小组不出废品，刘立富小组每月完成任务百分之二百八十，赵桂兰护厂等模范的宣传。应该看到，当时新中国的现代工业还非常薄弱，产业工人人数比较少，即使是这些人数有限的产业工人，很多还是在私营企业或刚从私营企业转化成国营企业的工厂工人。如何在新的生产和政治体制下与自己所在的工厂达成某种认同，并通过这种新的认同，产生新的劳动观，是一个崭新的问题。这里存在一个转化的机制，其前提是对新的政权、新的政治体制产生一种认同，也就是说，要认识到现在的政权是一个人民民主专政的政权，而 "我自己既是人民，这民主专政里就有我一份，自己就是祖国的主人翁，要抱着这种主人翁的责任感，去关心自己的祖国，去尽力把祖国的建设搞得更好。当这样想的时候，自己全身就充满了力量，一做工作就会想到：我这个工作是为了我的祖国做的，如果做得不好，就是有失国家主人翁的职责"[③]。因此，这种主体位置的变化是其中的关键。除了这些城市工厂的生产标兵，《中国青年》杂志同时期还介绍了一些战斗英雄的故事，如胡风写的《伟大热情创造伟大的人》[④]，竹可羽

---

① 廖盖隆：《更高地举起爱国主义的伟大旗帜》，载《爱国运动论集》，海燕书店，1951，第 17 页。

② 《川南区党委关于 1951 年普及和深入抗美援朝运动的计划》（1951 年 3 月 15 日），载《西南工作》第 52 期，中共中央西南局 1951 年编印，第 43 页。

③ 萧德：《和学生们谈爱国主义的实践》，《中国青年》第 70 期，1951 年 7 月 14 日。

④ 介绍贫苦农民的女儿郭俊卿女扮男装，成长为战斗英雄的故事，以及女民兵英雄孙玉敏，分一、二两部分，分别载《中国青年》第 55 期（1950 年 12 月 23 日）和第 59 期（1951 年 2 月 24 日）。

写的《英雄的感想，英雄的心》① 等，值得注意的是这些文章在介绍这些英雄人物时的叙述重点和语调，在这些贫困的农家女成长为国家级的战斗英雄的过程中，坚定的意志和品质因为有了某种归属感，使得苦难似乎已无足轻重，主体感也随之产生。

如果回溯现代中国历史，我们也可以看到，这种"行动式的动员"也是中国现代民族意识传播的重要特点，在这种行动式动员中，不同的人群面对面直接发生交流和互动，现代知识和观念也随之传播，而现代国家和民族观念的传播则是其中的重要内容。在一定程度上，这也是现代中国革命形成的重要经验，同时也是"新爱国主义"运动的重要特点。

"新爱国主义"运动的国际主义面向也是其不可忽视的重要特点。在国际共产主义运动业已瓦解、"后冷战"已经崩溃的时代，这也变得难以为今人所理解。当我们读到"新爱国主义"运动中很多关于国际主义的表述时，可能会觉得这只是一些空洞的表述。在理解"革命中国"时代的历史时，怎样准确把握"表达性现实"与"客观性现实"之间的区分及其关系②，确实是一个困难的问题。

中华人民共和国的成立是中国共产党经过长期的对内对外战争的结果，通过革命战争取得了国家政权，再继之以追求民族独立和民族平等，因此，中华人民共和国成立后的外交政策必定会表现出较强的革命性。③而外交政策中的革命性，一方面是对民族独立和平等的追求，它恰恰与国内民众因长期受列强欺凌而产生的民族自尊心相适应，这点在"新爱国主义"运动中得到了强调。另一方面也是对世界革命和民族解放运动的支持，这同时也是"新爱国主义"运动中包含的国际主义的具体内容。刘少奇在《论国际主义与民族主义》中说："目前世界上的民族问题，应该同世界上整个革命问题联系起来看，应该从历史全局与世界全局来看，而不

---

① 介绍女战斗英雄刘虎成的事迹，载《中国青年》第 62 期，1951 年 4 月 7 日。
② 黄宗智（Philip Wong）关于土改时期农村阶级斗争问题的"表达性现实"与"客观性现实"的区分可作参考。参见 http://www.sociologyol.org/yanjiubankuai/fenleisuoyin/fenzhishehuixue/qita/2007-04-06/1226.html。
③ 杨奎松：《中华人民共和国建国史研究》第二卷，江西人民出版社，2009，第 1 页。

应该孤立地从局部的观点上去看，不应该从任何超现实的抽象的观点上去看。"[1] 研究20世纪50年代初外交史的学者常常引用刘少奇在1949年11月16日在北京召开的世界工联理事会亚澳会议开幕会上的发言，以此说明当时的中国共产党对世界革命和亚洲地区民族解放运动所承担的责任和具有的抱负。刘少奇在开幕讲话中大力宣扬了中国革命的道路，并将中国革命取得胜利的道路总结为武装斗争的道路，"这条道路是毛泽东的道路"，也是"许多殖民地半殖民地人民争取独立和解放的不可避免的道路"[2]。虽然刘少奇代表中国共产党提出的这种说法并没有被苏共完全接受[3]，但新中国革命外交的思路已初现端倪。20世纪50年代初一北一南分别进行的"抗美援朝"战争和援助越南反抗法国殖民统治的战争，就是这一抱负和责任感的体现。1954年日内瓦会议的成功，以及和平共处五项原则的提出，"是新中国外交政策从突出强调意识形态的'一边倒'，转向较多地考虑国家利益而开始走向务实的一个相当重要的标志"[4]。但在整个"毛泽东时代"，国家利益从来不是外交政策的唯一原则，1957年11月毛泽东率团赴莫斯科参加了世界共产党和工人党代表会议，回国后在政治局常委会上就对赫鲁晓夫在苏共二十大提出的和平共处总路线的提法提出了质疑："现在国际上一般都公认和平共处五项原则，但是否做得到那是另外一个问题。……从外交政策和国与国的关系方面来讲，应该坚持建立在和平共处五项原则的基础上，这是正确的。但是作为国际共产主义运动，一个共产党的对外关系的总路线，就不能只限于和平共处。因为这里还有社会主义国家间相互支持、相互帮助的问题；还有执政的共产党，也就是社会主义国家共产党支持世界革命的问题，声援资本主义国家没有执政的共产党的问题；还有支持殖民地、半殖民地独立运动的问题；还有支持整个国际工人运动的问题。总之，还有一个无产阶级国际主义的问题，所以不能把

---

[1] 刘少奇：《论国际主义与民族主义》，人民出版社，1954，第27页。
[2] 《人民日报》1950年11月17日第1版，11月22日第1版。
[3] 具体分析可参见沈志华：《冷战在亚洲：朝鲜战争与中国出兵朝鲜》，九州出版社，2013，第62—64页。
[4] 杨奎松：《新中国对援越抗法战争的策略演变》，《中国社会科学》2001年第1期。

和平共处作为一个党的对外关系总路线。"① 当然这里还有一个党的对外关系与国家的外交政策的区分问题，不过作为共产党执政的国家，这种区分常常也是非常困难的，这也正说明了内在于新中国外交政策中革命外交和国家利益的紧张关系。

对于革命外交而言，新的外交政策的制定不仅是政府层面的一种政策，而更需要民众层面的认同支持，在这个意义上，一种新的"国际观"的形成，也是中华人民共和国成立的内在需求之一。而20世纪50年代初期展开的"新爱国主义"运动，在一定程度上，真是这种新的"国际观"形成的"自我理解"的基础。

关于爱国主义、民族主义、国际主义这些复杂的思潮在现代中国形成的复杂关系，我们还可以引用汪晖的一段论述。"中国的现代民族主义从一开始便具有世界主义或国际主义的特点。"因为"近代中国的民族主义包含了一种自我否定的逻辑，它反对任何利用国族中心主义压迫弱小社会、弱小民族和人民权利的企图"。"与国家主义者相比，许多知识分子在投身民族解放运动的时候，同时也是国际主义者，他们对于弱小社会（外部的和内部的）抱有深刻的同情，这与他们在社会内部争取自由和平等的立场完全一致。换句话说，当民族主义主要表现为对于霸权和暴力的反抗的时刻，它不仅包含了对民族主义自身的否定，而且也包含了对于内部民主的诉求。"② 从这一意义上说，我也将20世纪50年代初的"新爱国主义"运动称为中国现代民族主义意识养成的终结。

（以《"新爱国主义"运动与新中国"国际观"的形成》为题发表于《文化纵横》2014年第4期）

---

① 吴冷西：《十年论战——1956—1955中苏关系回忆录》，中央文献出版社，1999，第152页。
② 汪晖：《死火重温·序》，人民出版社，1998，第10—13页。

新爱国主义与国家意识之建立

——以抗美援朝爱国运动为例

萨支山

在诸多有关20世纪50年代初期（1949—1955）的回忆中，这一时期往往被描述成充满了希望和朝气的蜜月时期。这样的感觉经验往往是在与其他时期的对比中获得的，比如与50年代中后期从"反右"开始的不断的政治运动以及之后的"文革"相比，50年代初期相对就显得让人怀念。当然，应该注意的是，这样的回忆大多出现在"文革"结束后的80年代，而且是由在"反右"和"文革"中遭受打击的老干部和知识分子来描述的。70年代末开始的"伤痕文学""反思文学"在对历史的控诉和部分否定中，必须为断裂的历史寻找连续，而这连续的交接点就落在50年代初期。比较典型的是王蒙的小说。80年代的"反思文学"中，他是最为著名的一位，这位有着少年布尔什维克情结的作家，对他所"反思"的那段历史，有着理想性消亡的困惑：一条好好的路，怎么走着走着就走岔了，最后连"我是谁"都困惑不已？尽管如此，他仍保有对于出发点的理想信念。他在1979年出版的旧作《青春万岁》，写的正是50年代初期的青春理想，他称之为"带着露珠的小草儿"，"反映着新中国的朝阳的光辉"，"50年代中学生活中的某些优良传统和美好画面（例如：对于又红又专、全面发展的提倡；团组织和班集体的丰富多彩的活动、生动活泼的工作；同学之间的友爱、互助及从中反映的新社会的人与人之间的关系；开始建立起来的师生之间的新型关系；特别是一代青年对于党、对于毛主席、对于社会主义祖国的无限深情……）不是仍然值得温习、值得纪念的吗?"①《青春万岁》的出版,对于王蒙的青春,当然是一种特殊的纪念,但某种程度上,王蒙也将之看成是"拨乱反正、正本清源"的出发点。只有这样,历史才能接续上。

当然,对50年代初期的中国,并非所有的叙述都如王蒙般美好,比如王安忆的《长恨歌》。原因当然很复杂,有个体的差异,也有代际的区别。王蒙的青春是和革命绑在一起的,王安忆则缺少这样的体认。有意思的是那些带着沉重包袱进入新社会的人,比如吴宓,作为被改造的对象,他对50年代初期的感受,确乎和王蒙有着很大的不同。1952年他的思想改造总结被京沪渝报纸刊出,而友人告知该文被政府译成英文对外广播宣传,以作招降胡适等之用,他的反应则是:"此事使宓极不快,宓今愧对若人矣。"又如参加小组学习会,"勉强发言,谓早知美国之弱点,作战必遭败衄。又谓必全亚洲解放,乃得和平云云。循例随众,不得不言,既违良心,又不合时宜,殊自愧自恨也"②。因此,某种程度上,这种蜜月体验,可以说是基于左翼革命逻辑内部的体验。中国共产革命获得全国的胜利,诚如艾奇逊所言,一方面是国民党的腐败和渐失民心,另一方面也是"中共则经由严酷之纪律训练,并有疯狂之热忱,用能自居于人民保护者及解放者之地位,以求售于人民。故国军无须被击破,而即已自行解体"③。中国革命在向全国迅速扩展的同时,其"人民保护者及解放者"的革命逻辑也必然要向全方位渗透。当艾奇逊仍寄希望于中国"固有之深邃文化和民主个人主义,终将重行发挥其力量,而将此外来桎梏,扫荡无余"时,毛泽东则以闻一多、朱自清为例,反击说,那些"自由主义者或民主个人主义者"也大群地和工农兵学生一道"喊口号、讲革命"。④

这种基于左翼内部的革命体验如何扩展到整个社会,将个人有效地纳入、整合到国家中,并形塑革命中国的形象,这是中国共产党建政后亟须

---

① 王蒙:《青春万岁》(后记),作家出版社,2004,第293页。
② 《吴宓日记续编》(1949—1953),生活·读书·新知三联书店,2006,第3页、第24页。
③ 美国国务卿艾奇逊上总统函,载美国国务院:《美国与中国之关系——特别着重一九四四至一九四九之一时期》,中国台湾文海出版社,第7页。
④ 毛泽东:《别了,司徒雷登》,载《毛泽东选集》第四卷,人民出版社,1991。

处理的问题。在理论上，中国共产党依赖的是新民主主义革命的论述，这样的论述在实践中借助抗日战争形成强大号召力，吸引了大量的左翼革命青年投奔延安，使中国共产党具有了"人民保护者及解放者之地位"。而现在，这样的经验则需要扩展到全国，在短短的几年内，中国共产党是如何做到这一点的呢？

一

在中国共产党 50 年代初期的政治思想教育中，"新爱国主义"是一个重要的内容，也是国家论述的一个重要组成。"新爱国主义"有着明确的内涵："今天我们所讲的新爱国主义，不是一般的爱国主义。我们用新爱国主义这个名词，为的是一方面和反动的狭隘爱国主义相区别，另一方面也和过去在新中国没有诞生以前那种历史条件下的革命爱国主义相区别。"所谓的"反动的狭隘爱国主义"是指那种"极其自然发生的爱国主义情感"，在"还没有和革命的政治认识相结合起来的时候，它往往和那种只看到本国的利益、看不到其他人民利益的自私思想和唯我独尊的自大思想，以及和那种——怕与外国接触的闭关主义、怕与外国合作的孤立思想，以及狭隘的宗派主义、地方主义联系在一起。因而本国的反动阶级，本国的野心家们（在殖民地半殖民地国家来说，还有站在幕后的帝国主义侵略者们）就抓住这个弱点，利用人民群众的这种爱国主义情感，进行欺骗，来实现他们反对中国人民、反对世界进步力量的卑鄙目的。把它引向狭隘的爱国主义错误的道路"。而"革命的爱国主义"正和"狭隘的爱国主义"相反，"如果狭隘的爱国主义是反动派用来进行反人民活动的一个工具，那么革命的爱国主义就是人民在革命中极其重要的武器。如果说狭隘的爱国主义把人民中间原先自然发生的朴素的爱国主义情感恶意地引向错误的道路，那么革命的爱国主义却发展了这种真正爱国主义情感，使它和人民革命运动结合起来"。而"新爱国主义"因由中国革命的胜利，处于"新的历史条件之下"，较之"革命的爱国主义"，其"组织群众、动员群众的作用"，则"要伟大得多"。"新爱国主义，不是说它和五四以来的革命爱国主义有本质上的不同，而是指它有不同的内容，不同的意义。"这个内容就是"保护"和"发展""新民主主义社会制度"。①

这样的论述，重点是将爱国主义同近代以来的中国革命特别是新民主主义革命的论述进行联结，使得爱国主义这样一种朴素的情感获得政治内容，一方面使它和旧政权的"国家至上"和"民族复兴"的狭隘的爱国主义相区隔；另一方面又使自身与"革命的爱国主义"在时间上相延续，以获得历史合法性，同时又有一种指向未来的性质。值得注意的是，"新爱国主义"尽管也以朴素的爱国主义情感为媒介，但并不以此作为其合法性来源，其合法性基础却是新民主主义革命的论述。而50年代初期中国经济的快速恢复和发展被有意识地与新民主主义社会制度进行因果关系的联结，则被认为是社会制度优越性的结果。② 因此，当革命论述在不失其正当性和有效性并被广泛接受时，朴素的爱国主义情感和政治内容的结合，就会产生出极为强大的组织力和号召力，这也是中国共产党从抗战到新中国成立初期具有强大动员能力的一个原因。而在今天，当"新爱国主义"所赖以建立的国家论述遭遇到合法性危机时，它就部分地不再具有强大的动员和组织能力。因由这种理想性的缺失，它的影响力很大程度上就被狭隘的爱国主义所替代。

尽管有了"新爱国主义"的论述及普遍的思想教育，但要使之深入人心并培育出国家意识，却还需要一场以运动模式为载体的全方位的组织动员，而"抗美援朝"运动以其"反对帝国主义侵略"，"保护和发展""新民主主义社会制度、国家制度"成为"新爱国主义"运动的最主要内容及载体。周恩来如此评价："这次动员的深入、爱国主义的发扬、超过了过去任何反帝国主义运动，这是一个空前的、大规模的、全国性的、领导与群众结合的运动，它的力量将是不可击破的。中华民族的觉醒，这一次更加高扬起来了，更加深入化了。""抗美援朝这个运动收获是很大的，假使

---

① 于光远：《新中国与新爱国主义》，《中国青年》第 56 期，1951 年 1 月 30 日。
② 于光远：《新中国与新爱国主义》，《中国青年》第 56 期，1951 年 1 月 30 日。文章列举了中华人民共和国成立一年多来中国在农业、工业、交通运输、财政金融等方面成功的"奇迹"，认为这些都是新民主主义社会制度优越性的证明。

没有这样的敌人，我们是不会把这些力量都动员起来的，在这一点上来说，我们也很感谢美帝国主义给我们的教训。过去是国内敌人把我们逼成一个强大的力量，今天是国外敌人又要把我们逼成更强大的中华人民共和国，这是可以断言的。"①

抗美援朝战争从 1950 年 10 月中国人民志愿军入朝到 1953 年 7 月签订停战协定，历时近三年。在国内展开的"抗美援朝保家卫国"运动大致经历宣传教育、普遍动员和与日常工作生活结合几个阶段。前期是抗美援朝开始前的"保卫世界和平签名运动"和"反对美国侵略台湾、朝鲜运动周"。1950 年 5 月，中国保卫世界和平大会委员会发布通告，"号召我国广大人民在世界和平大会常设委员会瑞典会议的禁用原子武器的宣言上签名"，以表示"反对战争、保卫和平的决心和力量"。② 1950 年 6 月，朝鲜战争爆发。7 月，中国人民反对美国侵略台湾朝鲜运动委员会在北京成立，响应世界工会联合会组织的"全世界积极支援朝鲜人民周"，并在 14 日发出关于举行"反对美国侵略台湾、朝鲜运动周"的通知。其最主要的论述是：美帝国主义武装侵略中国台湾、朝鲜的行动表明，它正阴谋扮演当年日本帝国主义侵略中国和亚洲各国的角色。为了保卫我们所取得的胜利成果，保卫新中国，我们一定要反对美国的侵略。运动开始阶段：1950 年 11 月 4 日中国共产党和各民主党派发表联合宣言，中云："唇寒则齿亡，门破则堂危。中国人民支援朝鲜人民的抗美战争不止是道义上的责任，而且和我国全体人民的切身利害密切地关联着，是为自卫的必要性所决定的。救邻即是自救，保卫祖国必须支援朝鲜人民。"③ 11 月 22 日，中国人民抗美援朝总会发表通告，"要求在全国普遍深入地开展抗美援朝保家卫国运动"，主要任务是"普及抗美援朝保家卫国时事政治教育，推广仇视、鄙视和蔑视美国侵略者的运动，以唤起全国各阶层人民对于美国侵略者的同

---

① 周恩来：《巩固和加强国防力量是头等重要任务》，载《周恩来军事文选》第四卷，人民出版社，1997，第 231—232 页。

② 《关于参加和平签名运动的通知》，《中国青年》第 40 期，1950 年 6 月 3 日。

③ 《各民主党派联合宣言》（1950 年 11 月 4 日），载中国人民抗美援朝总会宣传部编：《伟大的抗美援朝运动》，人民出版社，1954，第 36 页。

仇敌忾，扫除美国帝国主义残存在中国一部分人中间的有害影响"，① 由此开始了广泛的时事宣传教育阶段。运动高潮阶段：1951 年 5—6 月，鉴于朝鲜战争不会在短期内结束，1951 年 3 月，中国人民抗美援朝总会发布通告，要求在"全国普及深入抗美援朝运动"，"务使全国每一处每一人都受到这个爱国教育，都能积极参加这个爱国行动"。通告还详细规定了在 4 月下旬，"全国城乡人民尽可能普遍召集小型的会议，在这些会议上应当控诉日美侵略的罪行，以及日美走狗蒋匪特务迫害人民的罪行，举行拥护缔结和平公约的签名，举行日本问题的投票。没有签订过爱国公约的群众，可以利用这样的会议签订爱国公约"。在 5 月 1 日，"全国城乡人民尽可能普遍举行大示威，以抗美援朝、反对武装日本、保卫世界和平为示威的主要内容，推动全国抗美援朝运动更进一步"。同时，还要求"全国各宣传教育文化机构，包括学校、夜校、文化馆、图书馆、识字组、读报组、报社、广播台、画报社、出版社、书店、文学团体、音乐团体、美术团体、戏剧曲艺团体、文艺工作团、电影厂、电影幻灯放映队、电影院、剧院、游艺场等，以及全国各公共场所，包括工厂、商店、市集、旅馆、车站、列车、交通要道、公园、名胜区、庙会等，均制定今年内的宣传工作计划，来配合普及和深入抗美援朝、反对武装日本、保卫世界和平运动的需要"。② 5 月之后，是抗美援朝运动的深入阶段。6 月 1 日，抗美援朝总会又发布关于推行"爱国公约""捐献飞机大炮"和"优待军属烈属"的号召，使得抗美援朝运动同各阶层人民具体的日常工作生活能密切结合，并用条约形式固定下来，"成为绝大多数人民步伐整齐的进军"，是人民自我教育和自我改造的一个便利的形式。

---

① 《中国人民保卫世界和平反对美国侵略委员会关于当前任务的通告》（1950 年 11 月 22 日），载中国人民抗美援朝总会宣传部编：《伟大的抗美援朝运动》，人民出版社，1954，第 66 页。

② 《中国人民保卫世界和平反对美国侵略委员会关于响应世界和平理事会决议并在全国普及深入抗美援朝运动的通告》（1951 年 3 月 14 日），载中国人民抗美援朝总会宣传部编：《伟大的抗美援朝运动》，人民出版社，1954，第 93 页。

二

"仇美、鄙美、蔑美"的"三视"教育是抗美援朝运动初期宣传教育工作中最重要的内容，盖由于当时社会存在许多"亲美、崇美、恐美"的思想，因此必须坚决肃清。从国家意识建构的角度，也必须在二元对立的结构中确立一个对立面。"恐美"思想比较普遍存在于一般民众中，而"亲美""崇美"则较多地存在于青年学生和知识分子以及宗教界人士中。即使没有朝鲜战争，肃清美国对中国的影响问题，中国共产党也是非常重视的。1949年美国国务院发表美国与中国关系的白皮书，毛泽东就少见地对此接连写了数篇文章批驳、回应。① 而通过抗美援朝运动，逐步肃清"亲美""崇美""恐美"的思想后，周恩来就认为"这更是一个无价的收获"，因为"这种侵略毒素不是一天侵入的，是长期地不知不觉迷惑、麻醉侵入的"②。可见其意义是远在单纯的战争动员之上的。

为了更好地进行"三视"教育，中国共产党专门编写了《怎样认识美国（宣传提纲）》的小册子，从中可以看到其主要的论述逻辑。第一部分是"仇视美国，因为它是中国人民的死敌"，从"目前"到历史，共列数十条事例说明美国对中国的侵略。第二部分是"鄙视美国，因为它是腐朽的帝国主义国家，是全世界反动堕落的大本营"，指出美国被少数资本家控制，对内政策是压迫和剥削人民，绞杀民主，绞杀文化；对外则是侵略和战争的政策。第三部分是"蔑视美国，因为它是纸老虎，是完全可以打败的"，这是因为它在政治上孤立，在军事上也存在战线过长、兵力不足等弱点，虽然有原子弹，但并不可怕等等。③ 这是自上而下的宣传提纲，在具体运用的过程中，还必须以各种各样的形式配合，还要发动群众用自

---

① 这几篇文章分别是：《丢掉幻想，准备战斗》《别了，司徒雷登》《为什么要讨论白皮书？》《"友谊"，还是侵略？》

② 周恩来：《巩固和加强国防力量是头等重要任务》，载《周恩来军事文选》第四卷，人民出版社，1997，第231—232页。

③ 《怎样认识美国（宣传提纲）》（1950年11月5日），载中国人民抗美援朝总会宣传部编：《伟大的抗美援朝运动》，人民出版社，1954。

己的经验来教育自己，才能达到教育的效果，比如各种控诉会，以群众亲历、亲闻、亲见的活生生事实，揭露美帝国主义的残暴罪行，使他们对美帝国主义的理性认识与自己的真情实感相结合，树立起深切的仇美思想。1950 年 12 月中国共产党就要求"在工厂、机关、学校、街道、团体、里弄举行集会，控诉美帝国主义的罪恶，批判亲美、崇美、恐美的错误思想"，并提出如下五类人做演讲，效果最好。"或由对美国侵略中国的历史和现状有研究的人，进行有系统的演讲；或由曾在美国留学的人，讲述其亲历、亲见、亲闻的美国反动、黑暗、腐败的情形；或由曾受美帝国主义祸害的人，诉说美帝暴行及其所加于自身的苦难；或由曾受日寇蹂躏的人，将日寇的荼毒与美帝对比；或由过去曾受美帝及其走狗欺骗，抱有亲美、崇美、恐美的人，倾吐和批评自己的糊涂观念和错误打算，都最能激起对美帝国主义的仇视和蔑视，提高其自己和周围群众的思想认识。"①

基督教和天主教在中国有着深厚的影响，当时大约有 400 万信众，其中基督教会多与美国有着密切的联系，受美国教会的资助、控制，而他们举办的一些慈善、教育事业，对开展仇视美国的思想教育运动来说，又具有极大的"迷惑性"。如何处理它们，应该是"三视"教育的一个重点。事实上，在抗美援朝战争爆发前，中国共产党已将基督教和天主教看成是帝国主义进行文化侵略的工具，而且有些组织还是帝国主义的间谍机关。《人民日报》社论指出，"许多传教士与中国的封建地主、官僚、买办相结托，巧取豪夺，欺压善良，以致在中国人民中引起了许多次严重的反抗，在我们的历史上留下了血泪斑斑的事迹。教会人员与美蒋勾结进行反共反人民的事例，稍远如抗日战争期间，法国天主教系统雷鸣远（比籍）和美国天主教系统曾任新乡教区主教的米甘（美籍）在陕北、晋南和豫西北一带的情报活动。最近如解放战争中被连续破获的邢台、齐齐哈尔、献县、沈阳的间谍案"②。在中国共产党的推动下，1950 年 9 月，基

---

① 《继续扩大与深入抗美援朝保家卫国运动》，《人民日报》1950 年 12 月 28 日。
② 《基督教人士的爱国运动》，《人民日报》1950 年 9 月 23 日。

督教方面吴耀忠等人推出《中国基督教在新中国建设中努力的途径》，
12月，四川广元天主教王良佐等发表《自立革新运动宣言》，号召教徒切断与帝国主义国家的联系，实行"自治、自养、自传"（三自运动）。抗美援朝运动展开之后，宣传重点转为对外国传教士及从事间谍的神职人员的控诉。其中比较有影响的是对教会所办的育婴堂的虐婴事件的控诉。其中一个是广州圣婴育婴院的"血案"，《人民日报》指控其是在"慈善事业""宗教事业"掩护下的"杀人场"，"这些吃得脑满肠肥的凶犯，两年之中残害了他们所收容的四千名中国儿童，仅仅在新中国成立以来的一年多期间，他们就直接间接害死了两千多无辜的儿童。被害儿童的尸体，填满了死仔井，目前只剩下四十多个可怜的孩子，被他们折磨得奄奄一息"①。在对此案进行公审并控诉时，组织者专门从死仔井中挖出 5 桶带有尸骸的泥土放在现场，以营造效果。控诉会上，特别安排了那些失去女儿的母亲、埋葬死婴的工人、幸存的孩子进行控诉。会场上哭声一片，群众纷纷要求严惩凶手。② 在对外国传教士其他罪行的控诉中，效果似乎都不及对育婴堂虐婴事件的控诉。比如 1951 年 6 月重庆天主教会召开大会，要求驱逐教廷驻华公使黎培里，董世祉就在会上公然发表《两全其美，自我献身》的演讲，说要把灵魂献给天主，而把肉身献给国家，以求政教之谅解。当时场面极为尴尬。因为对教会育婴堂的控诉具有良好的效果，1951 年全国各地就发掘出许多类似的事件，大量关于育婴堂的罪行被控诉，而且其控诉的步骤也基本相同，显然是经验总结后的推广。

现在看来，这样的指控当然有些夸张，但也并不是全没有认知基础。如 1870 年著名的"天津教案"，是年天津流行瘟疫，仁爱修女会所办的孤儿院中，婴儿死亡率较高。于是谣言四起，控告神父、修女派人迷拐小孩，挖眼剖心制药，成千上万群众开始焚烧教堂和孤儿院、杀神职与修女。曾国藩负责此案，妥协外人。事后惨遭诟詈，竟被加上卖国贼之号。此事传开后，各地民间就一直有教堂杀小孩做药的各种传说。值得注意的

---

① 《打碎美国伪善的"救济"招牌》，《人民日报》1951 年 4 月 27 日。
② 刘建平：《虐婴还是育婴？——1950 年代初育婴堂问题》，中国香港《二十一世纪》2008 年 6 月号。

是，在 1951 年对育婴堂虐婴的控诉中，"天津教案"重被提起，并被作为洋教士残害中国儿童的历史依据。① 因此，对老百姓来说，面对从井里挖出的白骨，相信这是虐杀并不困难，况且控诉会上还有人证。更可恨的是，这一切都是在披着慈善的外衣下做出来的。如果说在老百姓心中，教会原还有善心做支撑的话，那么现在，没有什么比道德的坍塌更让人仇恨了。将此和上述的董世祉事件做一对比，就可以发现，中国共产党可以说他是"黎培里的忠实走狗"，可以说他是"诡辩"②，但很难在道德上对他进行指控。所以，较之那些教会间谍或政治反动分子，尽管育婴堂虐婴在政治的反动性和破坏性上要低很多，但对他们的指控，却更容易激起仇恨，而且，这种仇恨很自然地就引向了美帝国主义并同时激起爱国热情。这是"三视"教育中最为成功的地方。

中国人民抗美援朝总会会长郭沫若在总结一年来抗美援朝工作时，如是说：一年以来，我国人民在抗美援朝运动中所获得的另一伟大胜利，是全国范围内爱国主义的新高涨。我国人民在基于爱国主义的基础上，发动了抗美援朝运动；而在抗美援朝运动中，我国人民受到普遍而深入的爱国主义教育，这就进一步提高了自己的政治觉悟。一年以来，我国人民已有百分之八十受到了爱国主义教育，基本上扫除了美帝国主义百余年来对中国进行军事、政治、经济、文化侵略和怀柔、欺骗所遗留下来的"亲美""崇美"的反动思想和"恐美"的错误心理；树立了仇视美帝国主义，蔑视美帝国主义，鄙视美帝国主义的心理；大大提高了民族自尊心和自信心；加强了同仇敌忾、打败美国侵略的决心。这是我国人民抗美援朝运动在思想战线上的伟大胜利，在这一思想基础上，产生了彻底击败美国侵略的物质力量。③

---

① 荣孟源：《为惨死在帝国主义血手中的儿童复仇》，《人民日报》1951 年 6 月 1 日。
② 孙殿伟：《驱逐黎培里是中国人民反帝斗争的又一胜利》，《人民日报》1951 年 9 月 5 日。
③ 郭沫若：《伟大的抗美援朝运动》（1951 年 10 月 1 日），载中国人民抗美援朝总会宣传部编：《伟大的抗美援朝运动》，人民出版社，1954，第 897—898 页。

三

抗美援朝运动前期的重点是通过时事宣传教育，通过"三视"运动来激发人民的爱国热情，这个阶段的高潮是 1951 年 5 月 1 日为纪念五一国际劳动节而在全国范围内大规模举行的反美示威大游行。在此之后，就进入将这样高涨的爱国热情转化到日常具体的工作生活中的阶段。大量的群众活动，集会、游行固然能迅速地激发起群众的热情，但这样的热情并不能以此种方式长久地保持，故必须"及时地将群众性的抗美援朝热情引导到加强各方面的实际工作中去"，"无论在城市或乡村，'五一'以后的抗美援朝运动进行的方法，应与四月下旬的有所不同，最重要的是应当减少大规模的群众活动，防止开会过多，并应十分注意珍贵干部和群众的时间与精力"。[①] 将抗美援朝运动同经常工作、实际工作结合起来，一方面，是将抗美援朝的爱国热情深入和具体化，另一方面则是具体的工作获得动力、意义和提升。"爱国运动一经与经常工作、生活相结合，就有了实际内容，收到实际效果，同时又可以使得这个运动进一步地开展起来。这就是把群众的切身要求、日常生活和国家利益联系起来，使得发动群众更为普遍与深入"，而"我们的经常工作和爱国运动结合了起来，也就有了政治意义，有了明确的目的，就能动员大家自觉地把经常工作做得更好，因而使爱国运动真正发挥作用。大家工作、生产、学习，都是为了抗美援朝、保卫祖国、建设祖国，为了国家、人民的利益。单纯为了个人，并不能使我们在工作中增加勇气和责任感，恰恰相反，不计较个人得失，全心全意地工作，就会无敌不摧、无坚不克。因为大家都看到了一切大小的工作成绩，都是国家的伟大的成就的一部分；就都会受到这一成就的激励，因而更加做好工作"。[②]

爱国公约运动就是在这样的背景下展开的。在抗美援朝各项运动中，

---

① 《把抗美援朝运动推进到新的阶段》，《人民日报》1951 年 5 月 1 日。
② 《抗美援朝爱国运动要和经常工作结合》，《中国青年报》1951 年 5 月 4 日。

爱国公约运动是最具广泛性的一项，可以把其他运动，诸如增产捐献、拥军优属等等通过签订爱国公约的形式纳进来，同时又和每个人的具体的工作生活密切相连，是最能体现如何将抗美援朝的爱国热情深入落实到个人的一项运动，因而在当时受到特别的重视。这个在抗美援朝运动初期由工商界自发产生的爱国行动，一开始还只是着眼于按时足额纳税以支援抗美援朝，但它所具有的政治意义很快就被注意到了："订立爱国公约，是人民群众在这次抗美援朝运动中，自己创造出来，用以表示爱国决心和爱国行动的一种方法。人民群众的这一个创举，具有深刻的革命意义，它使各阶层的爱国人民更进一步地在行动上团结起来，并将推动我们国家的革命斗争和建设工作的加速度前进。爱国公约是由人民群众自觉自愿地订立的。它集中了人民群众反帝爱国的斗争意志和斗争热情，把这种斗争意志和斗争热情以公约形式加以巩固，并使之变成爱国革命的实际行动。人民群众订立爱国公约，就是为自己树立一个反帝爱国的奋斗纲领和计划。人人按照公约执行，在一定时期内完成一定范围的爱国任务，就将汇成无比巨大的力量，给国家作出很多贡献。通过爱国公约这一形式，实际上把人民群众的个人的爱国行动和我们国家的总的政治斗争连结起来了。"①

某种意义上，这是个人和国家签订的一种契约，个人以这种方式整合到国家中。只不过，在这里国家是隐形的。形式上这是自己对自己签的契约，同时又可以监督别人并且也受别人的监督。这似乎意味着国家不是个人的对立面，而是内化为自己。自己对自己的要求也就是国家对自己的要求。这就是国家意识中的主人翁精神了。正因此，爱国公约才会被看成是"中国人民政治协商会议共同纲领的具体化"②，是"人民群众进行自我教育的重要形式，……是我们党领导人民在爱国主义的伟大旗帜下巩固我们伟大的祖国的基本方法之一"③。

---

① 《广泛订立并认真执行爱国公约》，《人民日报》1951年6月2日。
② 《中国人民保卫世界和平反对美国侵略委员会关于推行爱国公约、捐献飞机大炮和优待烈属军属的号召》（1951年6月1日），载中国人民抗美援朝总会宣传部编：《伟大的抗美援朝运动》，人民出版社，1954，第95页。
③ 《加强党对爱国公约运动的领导》，《人民日报》1951年8月8日。

但在爱国公约运动落实的过程中，并非所有人特别是领导干部都了解这一形式背后巨大的政治意涵，因而在工作中出现了一些偏差。主要表现为领导不重视，只是为了完成任务，因而出现只订不执行，甚至在订的过程中包办代替的现象。事实上，爱国公约订立的过程，本身就是一个极好的自我教育的过程。比如，订立时要深入到下层人民群众中去，领导他们以各种较小单位的范围订立爱国公约，尽可能做到参加公约的每个人都有具体的任务和做法；在具体订立中既不要太抽象也不要太琐碎，而应该根据自身情况来制订；订立要经过充分的酝酿和讨论，讨论要越民主越好；最后还要有定期的检查和总结；等等。[①] 这些步骤，都是个人融入集体时必要的自我修炼过程。

如果说抗美援朝运动中的"三视"教育，更多的是通过集会、游行等大规模群众活动来完成的话，那么"爱国公约"运动则正好相反，多以小范围的酝酿讨论产生。这是一个有趣的对比。不过，它们要处理的却是同样的问题，即个人与集体、国家的关系，个人如何通过这些运动而融入集体，产生国家意识。在我看来，前者是一种被吸纳的状态，在集会、控诉、游行等具有强烈磁场效应的氛围中，个体很容易不由自主地被吸附进去。而后者，却是以个体为主，在不断地酝酿讨论中，集体、国家被内化为自己的要求。二者在逻辑上属递进关系，共同确立起个人的国家意识。

（以《国家意识之建立——以抗美援朝爱国运动为例》为题发表于《文化纵横》2014 年第 1 期）

---

① 《广泛订立并认真执行爱国公约》，《人民日报》1951 年 6 月 2 日。

生产组织、文教实践与主人意识

——1953 年天津工厂的秩序重建及其精神意涵

符　鹏

引　言

这些年，知识界对于当代中国社会主义经验的理解，特别集中在"人民当家作主"，尤其是工人阶级"以厂为家"的主人翁精神。毫无疑问，这一传统革命史论述的核心议题，是进入社会主义历史经验的关键入口。然而，在记忆、立场、方法和利益的纷争中，既有的历史遗产早已面目分裂，形象扭曲。无论赞成还是反对的意见，大多倾向于以本质化的眼光，将这种历史经验视为凝固不变的观念实践。那些肯定的判断，或是以"翻身""翻心"的措辞，强调工人阶级在新中国成立前后地位的变化；或是将其主人意识解析为工业管理中激励、约束和晋升机制的实践后果。① 至于否定的理解，要么从意识形态批判的角度，把工人的主人翁精神看作政治宣传的虚构；要么以经济决定论的短视，将主人意识还原为高福利的社会地位。更有深怀个人主义执念的论者，把工人阶级"以厂为家"的集体记忆，简化为他们不愿否定的青春怀旧。②

---

① 前一种观点的持论者其多，兹不一一列数，后一种论断以李怀印等的口述访谈研究为代表（李怀印、黄英伟、狄金华：《回首"主人翁"时代——改革前三十年国营企业内部的身份认同、制度约束与劳动效率》，《开放时代》2015 年第 3 期）。

② 李宏宇：《不"安全"的电影——贾樟柯谈〈二十四城记〉》，《南方周末》2009 年 3 月 5 日。

这些流行判断在很大程度上脱离新中国成立后工人问题的演进脉络，未能真正深入其主人意识的观念成因和历史逻辑。比如：工人阶级在新中国成立前后地位的变化，是否足以型构和维系其主人意识的充沛和活力？在不同历史时期，这种主体意识的诉求与相应的生产空间和生活世界构成怎样的互动关系？政治宣教和经济生活又处于何种意义位置？它在具体的生产组织中遭遇了怎样的挑战，又如何转化和落实为一套行之有效的身心秩序？

值得指出的是，蔡翔以"尊严政治"为中心，通过文艺研究创造性地回应了这些关键议题。如他所言："强调工农是这一国家的主人，正是这一时期意识形态乃至文学艺术着重要完成的社会想象，无论这一想象与社会实践之间存在着怎样的差距，它仍然是社会主义最为宝贵的遗产之一。正是在这一想象中，工农获得了一种作为人的'尊严'……"① 只是，在这样的问题构架中，还可进一步追问的是，尊严政治是否只是社会想象的产物？在具体的历史过程中，社会想象和社会实践究竟有何差别？两者处于怎样的结构性互动关系之中？在这种主人意识的观念构造中，支撑这种社会想象的意识形态乃至文学艺术处于何种位置？

之所以这样提问，是因为中国共产党在新中国成立初的历史处境中，同时面临着不同层次的历史关系和现实矛盾。打造工人阶级新的主人意识的诉求，并不能直接对应在某种观念层面或某一实践领域。这些具体的层次或领域的进展和突破，关联着多重的历史和现实因素。事实上，主人意识能否成为一种安定人心又充满活力的伦理精神，依赖于中国共产党是否创造出有效的主体形式，包纳并整合变动不居的外部存在关系，诸如国家政治、社会组织和不同的身心感受。因此，如何调整、转化和重组这些存在关系，实现诸种秩序在工人个体身上的内在统一，并与工业化的历史任务保持高度的配合关系，成为新中国成立初中国共产党开展新的历史实践所面临的巨大挑战。

---

① 蔡翔：《革命/叙述：中国社会主义文学—文化想象（1949—1966）》，北京大学出版社，2010，第284页。

从上述问题意识出发，本文选取新中国成立初期的天津工厂作为进入这一问题脉络的历史切口，讨论中国共产党地方干部以怎样的结构方式和现实感觉开展生产秩序的重建工作，尤其是在具体的历史处境中如何调整生产组织、实施文教规划，以期达成重塑工人阶级主人意识的实践诉求。

一　1953：新的历史形势与实践挑战

理解工人阶级的主人意识并非易事，任何个案研究都有其边限。本文并不打算从天津工厂的地方性实践，快速提炼中国共产党建国经验的理论意义。那种以小见大的做法，很容易失掉具体实践环节的丰富性和紧张感。而且，对于这种地方性实践，这里也不准备泛泛而论，而是集中在其中的特定环节，通过透视其在整个历史状况中的结构性位置，打开实践主体的经验视野和工作方式的思想内涵。基于这些考虑，本文选取1953年这一具体的时段作为考察的中心。那么，为什么要选择1953年，而不是其他的时段？

提及1953年，大部分人都会想到，这一年新中国开始实施第一个五年计划，转入大规模的经济建设，并制定过渡时期的总路线。显然，这一年的重要性不言而喻。不过，这些经济领域的国家规划，对于我们理解工人阶级主人意识的历史形塑，真的那么重要吗？从表面上看，从新中国成立开始，中国共产党构建这种主人意识的努力具有内在的连贯性，1953年不过是其中的一个时间节点而已。但实际的状况并没有这么简单。事实上，1953年这一历史时刻的到来，并不在建国方略的预期之内。毛泽东原来的设想是，经过十五到二十年的恢复时期，再考虑从新民主主义时期向社会主义时期的过渡。① 当时他之所以有信心马上开始过渡时期，一方面是基于新中国成立初三年经济建设成就的事实判断，另一方面也来自对中国共产党初入大城市执政能力的初步确认。

---

① 即便是这种设想，当时在党内也有争议。相关讨论参见薄一波：《若干重大决策与事件的回顾》（上册）"第三章，刘少奇同志关于巩固新民主主义制度的构想"，中共党史出版社，2008，第33—47页。

中国共产党接管工厂后，经过统一财经、平抑物价、调整工商业，使得工业生产到1951年基本恢复正常，具备了有力的发展条件。然而，经过"三反""五反"，整个市场在1952年初再次陷入停滞，城市的加工订货和乡村的收购只能靠国家的"人工呼吸"。公私关系失调，资本家心怀怨气、国营企业挤对私营企业，工人"左"倾情绪严重。这些状况对于即将到来的新规划极为不利。但是，经过新中国成立初斗争风云的磨炼，时任中财委主任的陈云非常有把握快速扭转这种不利局面。[①] 这些层面的历史条件，确实带给毛泽东重新规划新中国发展的感觉和信心。不过，需要追问的是，新中国成立初工人阶级的身心状态，能否与新的经济规划保持高度的配合关系？

对于很多经历了旧时代的老工人来说，1949年中国共产党接管工厂并成立新中国，意味着前所未有的新生活的到来。新旧时代的鲜明对照，激励他们以报恩的心态全力以赴投入工厂生产。尤其是随后中国共产党在工厂开展的一系列民主化运动，诸如改善生活条件、废除旧体制、创建工会、设立职工代表大会和工厂管理委员会等。这些改革举措极大激发了工人当家作主的情感认同，创造出新中国成立初期工业生产的活力局面。

1950年，梁漱溟参观东北工厂之后，极为兴奋和感动。在他的观察中，物质生活获得安顿的东北工人，在新的团体生活中显示出充沛饱满的工作状态。如其所言："那种生活，用我的话说，那正是要把身一面的问题（个体生存问题）基本上交代给团体去解决，而使各个人的心得以从容透达出来。"[②] 这种判断极为敏锐地把握了新的团体生活为中国人创造的"通透人心之道"[③]。所以，他相信："工厂管理民主化果然运用得好，一厂的人可能上自厂长下至杂工，各都献出心力，在工作上联通一气，而从生命活泼交融上得到无上快乐。"[④] 不过，对于理想人性状态的这种祈愿，同时包含着略显单

① 相关论述参见陈云：《市场情况与公私关系》（1952年6月11日），载《陈云文选（1949—1956）》，人民出版社，1984，第167—181页。
② 梁漱溟：《中国建国之路》（1950—1951），载《梁漱溟全集》第三卷，山东人民出版社，2005，第384页。
③ 同上，第388页。
④ 同上，第387页。

纯的乐观。事实上，梁漱溟在东北工厂参观的时间有限，前后只有一个月，而且参观过程也颇为匆忙，无暇深入。① 因此，他对于工厂生产管理的机制，以及工人与这种机制达成良好配合所需要的那些条件，并没有获得认识层面的自觉。一旦缺乏这种自觉，当具体的形势和条件发生变化之后，如何重新创造"联通一气"的团结局面，便成为无从面对的疑难。

与梁漱溟的这种观察和思考相比，费孝通较早注意到这个问题更为核心的方面。在1947年的演讲《中国社会变迁中的文化结症》中，他已经意识到中国工业同样面临西方世界遇到的难题，即如何创造利用现代技术的社会组织。"中国乡土工业的崩溃使很多农民不能不背井离乡的到都市里来找工做。工厂里要工人，决不会缺乏。可是招得工人却不等于说这批工人都能在新秩序里得到生活的满足，有效的工作，成为这新秩序的安定力量。"② 为了说明这一点，他特别提到自己的学生史国衡对战时内地工厂的研究著作《昆厂劳工》（1946）。在调查研究中，让史国衡非常困惑的是，抗战本应能够激发工人的爱国热情和生产效率，何况这是一家生产军工产品的国营工厂，但实际的情况是，他们热情不高，放纵懈怠。③ 他发现，工人对于工厂讲究效率和标准化的新式管理非常反感。即便厂方在管理上尽力改善，实行提高报酬、设立食堂宿舍、办理储蓄保险等，但是工人的反感情绪仍然无处不在。④ 他认为，这种不理想的状况可能与该厂的厂风有关。事实上，工人的懈怠和流动并不是为了多得一点工资，"（他们）认为工资的多少还属次要，最要紧的是得一种精神上的痛快"⑤。而国营工厂的官僚作风，工人与职员以及工人之间的种种对立，都让他们觉得富有人情味的私营工厂更有吸引力。⑥

史国衡的观察有三点很重要：其一，经济问题的解决，并不能为工人

① 参见梁漱溟日记1950年8月16日—9月13日，载《梁漱溟全集》第八卷，山东人民出版社，2005，第437—439页。
② 费孝通：《中国社会变迁中的文化结症》（1947年1月30日伦敦经济学院演讲），载《乡土重建》，上海观察社，1948，第12—13页。
③ 史国衡：《昆厂劳工》，商务印书馆，1946，第108页。
④ 同上，第64页。
⑤ 同上，第135页
⑥ 同上，第138页。

带来持续性的生产动力和热情；其二，工人对于工厂劳动管理的不适应，并不全在管理本身，还与机器生产所要求的组织方式不配合有关；其三，人情的发舒、人格的尊重，对于工人在工厂建立认同感至关重要。能否处理好这三个层面的问题，决定了日常生产能否达成梁漱溟所强调的"联通一气"的团结局面。而费孝通将史国衡提出的这些问题面向，引申为工业生产的核心难题："现代工业组织中是否有达到高度契洽的可能？"[①]

由这样的问题视野来看，新中国成立初期工业生产的活力局面，一方面依赖于工人生活改善所激发的感恩心态，另一方面基于工厂的民主化改革对于人际氛围的调整。那么，工人由此产生的"当家作主"的情感认同，是否与机器生产所要求的组织方式高度配合？更进一步地讲，当经济状况和生产条件快速变化之后，这种情感认同能否继续滋养工人的工作状态？

从1953年天津工厂的情况来看，不少老工人表现出懈怠和享受的心态。比如，天津国营第六棉纺织厂李志苹觉得："解放了，工人当家作主，生活也大大改善啦。在以前，工人受苦受罪，被人瞧不起，现在还不该自由自由，享受享受吗？"[②] 不仅如此，更有工人从中引申出极端民主化的个人主义诉求。天津针织厂女工穆祥琴认为："解放前，什么都得听人家老板的，没喘过顺溜气。解放了，工人好容易翻了身，共产党也叫大伙讲自由，讲民主，那咱们还不应该爱干什么就干什么吗？"[③] 显然，尽管老工人们在新中国翻身作主，体验到劳动者的尊严，但这并不意味着他们理解了"当家作主"的内涵，反而将之回收到自由散漫的小生产者的自我认识。更重要的是，这种尊严感背后的劳动热情大多出自传统的报恩观念，而非政治认识的自觉。那么，由此扩充的团体连带感便难以长久维持，更不可能真正与工业生产的组织形式达成配合关系。在这种意义上，我们需要重新考量新中国成立初期中国共产党文教工作的方式和效用，以及工厂民主

---

① 费孝通：《书后》，载《昆厂劳工》，商务印书馆，1946，第230页。
② 李志苹（口述）：《我的思想是怎样转变的》，《人民日报》1953年7月12日。
③ 《巩固我们的劳动纪律：王秀珍思想讨论选辑》，天津市总工会文教部编，天津通俗出版社，1953，第21页。

化尝试所打开的组织空间的有限性。

1953 年，全国总工会主席赖若愚在向中央提交的报告中，特别指出前三年工人教育工作的问题："在民主改革时期，厂矿企业会以很大的力量肃清反动统治时期的残余。在当时，对于工人阶级本身的缺点（如劳动纪律松弛）是不可能用很大精力来克服的，而对于工人阶级的光荣伟大讲的是很多的。"① 从天津工厂的接管经验来看，重视工人工作、依靠工人阶级，是中国共产党迅速安顿秩序，恢复生产的关键所在。② 此后的民主化运动以及"三反""五反"运动，主要针对的是资本家、工厂干部以及职员，也并未触动普通工人。与此配合的工人教育，仅限于从阶级论层面把工人阶级的"理想类型"作为政治宣传的导向，未能对他们在新旧交替中的身心转变形成充分的历史理解。而新中国成立初工人的劳动热情，在某种程度上也遮蔽了中国共产党对此进一步分析和认识的可能。因此，直到1953 年，中国共产党才逐渐意识到，政治运动与工人身心转变的隔膜："……老工人和技术人员是生产中的骨干。可是恰恰这一部分人在'政治运动'时期并不是积极分子。"③ 如果不能找到有效的方式，顺承和转化老工人的劳动热情，那么，来之不易的活力局面便可能很快黯然沉寂。

1953 年中国共产党遇到的生产组织层面的问题，并不只是老工人的热情消退，更为棘手的是大量新工人的涌现。1951 年全国职工总数为 1282万，1952 年增加到 1603 万，1953 年增加到 1856 万，这两年增长的人数均超过 250 万。④ 而从 1952 年第一个五年计划酝酿，到 1956 年社会主义改造基本完成，新工人增加了 1374 万。⑤ 新工人数量的剧增，与新中国成立初全国工业生产规模的快速扩大有关。天津作为当时重要的工业城市，新增

---

① 赖若愚：《关于工会工作中若干问题和意见向中共中央的报告》（1953 年 9 月），载中国工运学院编：《李立三赖若愚论工会》，档案出版社，1987，第 195 页。
② 参见拙文《天津解放初期工厂接管的历史实践与伦理意涵》，《中共党史研究》2017 年第6 期。
③ 赖若愚：《关于工会工作中若干问题和意见向中共中央的报告》（1953 年 9 月），载中国工运学院编：《李立三赖若愚论工会》，档案出版社，1987，第 192 页。
④ 李桂才主编：《中国工会四十年资料选编·附录》"全国职工人数统计表"，辽宁人民出版社，1990，第 1281 页。
⑤ 倪志福主编：《当代中国工人阶级和工会运动》（上），当代中国出版社，1997，第 177 页。

数量尤为显著。

天津棉纺管理局由 1949 年底的 21792 人增加到 1953 年底的 30413 人，约增加了三分之一，地方工业局原来只有六千多人，现已达到三万多人。特别是在 1952 年，各厂的工人更是骤然增加。钢厂、公用局系统约增加了新工人三分之一强，而自行车厂、天津机器厂、电工各厂、针织厂等更是达到一倍左右。这种递进增长的局面，不只是工业规模的扩大，而且也与天津对全国工业建设的支援有关。当时天津各厂抽调了大量的人力支援工业薄弱地区，而且人数不断增加。截至 1952 年底，各国营工厂和地方国营工厂共输送提拔工人及干部达 12963 人。因此，被抽调的工厂需要提拔大批工人为干部，并增招新工人入厂。这些新工人的来源复杂，主要是农民、转业军人和城市无业人员。[①] 他们在进厂后不会自动成为合格的劳动者，必须经过必要的改造和转化。

由此可见，在 1953 年的特定时段，天津工厂新老工人的身心状况都不理想，并不能与快速调整的经济计划保持配合关系。因此，如何在新的历史状况下，以有效的组织方式和文教实践，转化和改造这些身份、经历、情感和思想各不相同的新老工人，成为天津工厂重建生产秩序、推动经济规划的关键所在。

二　组织形式、人心秩序与 劳动竞赛的实践张力

1949—1952 年通常被称为"政治运动"时期，而 1953 年是转向正常生产的过渡时段。对于这种转变，赖若愚说："那时搞的政治运动也都是结合生产的，但做的只是改造和恢复工作，这方面我们还是比较有经验的。"[②] 这方面的经验，当然是指中国共产党在根据地时期积累的革命工作

---

① 《天津市国营和地方国营工厂劳动纪律松弛的情况资料》（1953 年 5 月 15 日），天津市档案馆藏，档号：X84-C-202-1。

② 赖若愚：《关于劳动保护工作的报告》（1953 年 5 月 20 日），载中国工运学院编：《李立三赖若愚论工会》，档案出版社，1987，第 185 页。

经验。正是通过调动和转化这些经验，中国共产党接管城市之后迅速安顿秩序，恢复生产。然而，对于如何建立稳定的生产秩序，开展有效的日常工作，中国共产党相当缺乏经验。大规模"政治运动"的方式，适合解决接管和恢复阶段的问题，但与之相配合的管理制度和工作方法在过渡阶段的实践效果并不理想，没有带来新的生产秩序：

> 现在厂矿企业中的工作还是有些乱，工作方法和工作制度，很多还是沿袭"政治运动"时期的一套，组织庞杂，会议太多，厂级干部的工作时间每天至少在十四小时以上，甚至有达十七小时者，积极分子也很疲劳，这一情况是必须改变的。[①]

在这种组织混乱的状况中改造和转化工人的身心，并使两者构成配合关系，其难度可想而知。在缺乏成熟经验的情况下，中国共产党选择通过劳动竞赛来组织生产活动。劳动竞赛是中国共产党根据地时期开创的发动群众参与生产的方法，其源头可以追溯到中央苏区时期。1932—1934 年，苏区中央政府和地方政府发动各界群众参与劳动竞赛，支援红色政权的发展。当时国有工厂通过各级工会组织劳动竞赛，动员效果极为显著，90%以上的工厂都被组织起来，打造了苏区的活力局面。[②] 新中国成立之后，各地工厂多有自发开展的劳动竞赛，但往往规模不大，突击性强，缺乏组织性和计划性。1950 年抗美援朝战争爆发之后，从东北开始，各行政大区陆续开展时事宣传和爱国主义劳动竞赛。

这些时段的劳动竞赛，与中国共产党不同时期战争动员的诉求密切相关，其历史效用依赖于特定的条件和境遇。苏区时期劳动竞赛的成功，与当时中国共产党干部的工作能力和群众基础直接相关。而抗美援朝初期的竞赛，则建立在各地模范小组高度觉悟的生产热情之上。然而，在 1953 年

---

① 赖若愚：《关于工会工作中若干问题和意见向中共中央的报告》（1953 年 9 月），载中国工运学院编：《李立三赖若愚论工会》，档案出版社，1987，第 193 页。

② 陈家墩、姚荣启：《劳模历史探源（下）：革命竞赛在中央苏区蓬勃开展》，《工会信息》2015 年第 14 期。

的过渡时刻，尽管抗美援朝的政治宣传仍在继续，但在毛泽东对历史形势的判断中，这已不再具有决定性的地位。劳动竞赛作为重建生产秩序的手段，所面对的历史条件和诉求也相应变化。《人民日报》的"元旦社论"特别强调，开展全国性的爱国主义劳动竞赛对于新的经济计划的全局性意义。[①] 随后在"五一"国际劳动节的社论中，这一点得到更为突出的强调，劳动竞赛被视为新形势下"工人阶级发展自己的生产的基本方法"。[②] 不久之后，赖若愚在中国工会第七次全国代表大会的工作报告中，将"组织群众劳动，深入开展劳动竞赛"视为"工会组织搞好生产的基本方法"。[③]

不过，劳动竞赛作为中国共产党的革命经验，不能简单地通过方法论的认定而激活和转化。1953 年初期的劳动竞赛动员，并没有对这种工作方法的实践内涵做出说明，即运用这种方法需要怎样的条件，应以何种方式开展。故而，此时的基层工作并没有实质性的推进。到了下半年，这种工作方法开始被指认为"五三工厂工作经验"。表面上看，引入五三工厂工作经验，显得颇为突兀。但细查起来，其中包含着中国共产党认识推进和整合的过程。

五三工厂是当时沈阳的一家军工厂，经过新中国成立初三年的改造和恢复，逐渐摸索出一套有效的基层组织经验。从 1952 年底开始，总工会开始宣传推广这种组织经验。[④] 1953 年初期，劳动竞赛宣传与之各自独立，并行开展。不过，随着这种组织经验宣传的深入，基层经验探索的重要性日渐凸显，在缺乏典范案例的情况下，五三工厂经验逐渐受到重视。[⑤] 由

---

① 《迎接 1953 年的伟大任务》（元旦社论），《人民日报》1953 年 1 月 1 日。

② 《更加勇敢而勤劳地建设我们的祖国——庆祝"五一"国际劳动节和中国工会第七次全国代表大会》（社论），《人民日报》1953 年 5 月 1 日。

③ 赖若愚：《为完成国家工业建设的任务而奋斗》，《人民日报》1953 年 5 月 11 日；另参见中国工会第七次全国代表大会秘书处编：《中国工会第七次全国代表大会纪念刊》，工人出版社，1954，第 52—55 页。

④ 赖若愚：《怎样推广和贯彻五三工厂的经验》（1952 年 12 月 2 日）；《关于推广五三工厂工会工作经验的决定》（1952 年 12 月 20 日），载工人出版社编：《五三工厂工会工作经验》，工人出版社，1953，第 15—21、2—4 页。

⑤ 赖若愚：《关于工会工作中若干问题和意见向中共中央的报告》（1953 年 9 月）；《加强工会建设，深入劳动竞赛》（1953 年 12 月 31 日），载中国工运学院编：《李立三赖若愚论工会》，档案出版社，1987，第 195—196、214—223 页。

此，劳动竞赛以这种基层组织经验为典型，开始全国范围的学习和推广。

五三工厂经验的核心是处理党、政、工、团四个方面的关系。由于思想一致，分工合理，配合得力，整体工作成效显著。事实上，如何处理党、政、工、团的关系，一直是中国共产党工厂管理工作的难题。从根据地时期到新中国成立初期，不同组织间的矛盾纠葛持续不断。之所以未能有效解决这种矛盾，一方面是基层探索经验的匮乏，另一方面也与当时党内的认识分歧有关。工会工作是否具有独立性？是否直接服从党的领导，与行政工作如何分工？李立三与陈伯达对此各执一词。这种分歧经过1951年全总扩大会议对李立三的批判而告终，由此确立党对工会的领导地位，以及工会工作与行政工作的一致性。① 天津市工会作为地方工会，尽管没有参与这场论争，但也在组织关系层面做出了同样的调整。②

然而，这些认识层面的调整，并不能自动产生实践效能。如果基层干部不能由此创造出切实的组织经验，生产秩序仍然不可能得到改善。正是因此，五三工厂的基层经验得到了党的高度重视。但在推广之初，不少基层工会干部抱怨五三工厂的条件优越，自己的情况不利，没法借鉴学习。的确，五三工厂的经验，与其特定的历史条件和干部状况关系密切，而且也并非完美无缺。有的工厂机械照搬，反而给原有的工作带来意外的麻烦。③ 因此，如何从高度凝练的经验总结中，找到理解和转化的出口，对于基层干部的能力提出很大挑战。

从天津工厂的情况来看，对于劳动竞赛开展方式的讨论，并没有完全拘泥于五三工厂经验的抽象表述，而往往是从自身条件出发，直接讨论党、政、工、团的关系。从整体上看，呈现开展工作状况的材料有三个层次。第一个层次是工作原则的讨论。如天津橡胶二厂在筹备阶段，制定了

---

① 对这一问题的详论，参见拙文《重整河山待新生：天津解放初期工厂接管的历史实践与伦理意涵》，载贺照田、高士明主编：《人间思想》第五辑，中国台湾人间出版社，2016，第176—182页。

② 崔荣汉：《解放后天津市国营企业中的党组织是如何发展壮大的》，载中共天津市委党史资料征集委员会编：《天津接管史录》（下），中共党史出版社，1994，第389—390页。

③ 赖若愚：《怎样推广和贯彻五三工厂的经验》（1952年12月2日），载工人出版社编：《五三工厂工会工作经验》，工人出版社，1953，第17—21页。

爱国劳动竞赛计划大纲，划定党、政、工、团的责任范围和配合关系。党组织的主要任务是统筹安排，召开各组织联席会议，直接领导工会工作；行政的角色是协同工会制订生产计划，管理生产过程，完成生产计划；工会处于核心位置，负责宣传和组织劳动竞赛，安排职工文娱活动，保障计划完成；团的工作是发动和教育团员，配合党、政、工会的工作。[①] 这样的计划安排虽然分工明确，但能否在生产过程落实则取决于不同组织的互动和配合方式。

在第二个层次的经验总结材料中，可以看到这些互动和配合方式的展开过程。例如，在开展劳动竞赛之前，天津被服厂不同组织的节奏不一，生产工作极为被动。工厂领导通过检查问题，意识到党的领导以及党、政、工、团步调一致的重要性，但仍然找不到具体的工作方法。1953 年初，经过五三工厂经验的学习，逐渐找到发现和介入问题的思路。比如，竞赛筹备期的组织检查工作。党委成立包括党、政、工、团在内的干部检查组，通过召开不同工种和各级干部座谈会的方式，调查各组织关系的问题：

> 有的行政干部只知道搞生产，工人有错误，就埋怨党、团教育得不好，与行政无关；有的车间行政干部认为，车间工会只能起个传达作用，生产工作不和工会商量，自己想怎么干就怎样干；群众反映领导步调不统一，工会只搞事务不搞生产。[②]

党、政、工、团所面对都是具体的工人个体，一旦彼此割裂，毫不配合，工人的问题及诉求便被互相推诿，无处应答。这样的组织分工不但不能解决问题，反而阻碍人心对秩序的寻求，更遑论主人意识的形塑。

不难明白，这些抱怨背后对应的理解是：如果他人的组织工作没做好，便对自己的组织不力，而自己想要做好工作，就希望其他组织首先做

---

① 《天津橡胶二厂爱国劳动竞赛计划（草案）》（1953 年 4 月 25 日），天津市档案馆藏，档号：X104-C-1524-2。

② 《天津被服厂开展爱国主义劳动竞赛中领导方法的几点经验》（1953 年 7 月 2 日），天津市档案馆藏，档号：X44-Y-205-16。

好。赖若愚说，这样理解变成了"循环圈"，无从解决。① 解决的办法只能是，先把自己的工作做好，彼此不利的循环圈便能转变成相互有利的循环圈。从被服厂的经验总结来看，竞赛工作的开展，首先由党委组织分析问题，然后工会针对问题制订计划，并提交讨论修订，接着按照计划分工，由工会动员，党团配合，行政执行。正是经过这样的组织过程，不少部门打开了有效协作的局面：

> 第二缝纫部的工会主席说："我的政治水平很低，遇到有关政策性的问题和较大的问题，就去问党，这样就不会犯错误，工作也有了办法。"行政方面，除提出了生产上的具体要求和关键问题，要求各级行政干部，积极支持工会搞好竞赛。厂长对行政干部讲："党统一领导，工会组织竞赛工作，行政可不能袖手旁观，要随时提出生产上的关键问题，定期不定期地和党、工会、青年团的负责干部共同研究；要及时做好供应和调度工作。"同时，对工会组织力量的问题也做了很大的支持，虽然［即便］在行政干部也感不足的情况下，仍然决定把原竞赛办公室的一部分干部，调到工会去参加组织竞赛的工作，以加强工会的组织力量。工会主席提出当前工人借钱、找房子的事情很多，影响了工会搞生产的力量，厂长马上提出今后这些事情由行政劳保科去解决，并加强了劳保科的组织，这样工会得以脱离事务主义的圈子，专心去搞生产，组织与发动工人开展竞赛运动。②

第二缝纫部之所以能形成如此有效协作的局面，关键在于不同组织不仅充分了解对方的处境，而且意识到彼此之间的构成性关系，以及自身在生产共同体中的位置。这样，在具体工作开展的过程中，每个组织都能从生产共同体的高度来审视彼此关系，将其他组织的工作内容视为自身意义

---

① 赖若愚：《怎样推广和贯彻五三工厂的经验》（1952 年 12 月 2 日），载工人出版社编：《五三工厂工会工作经验》，工人出版社，1953，第 20 页。
② 《天津被服厂开展爱国主义劳动竞赛中领导方法的几点经验》（1953 年 7 月 2 日），天津市档案馆藏，档号：X44-Y-205-16。

感的构成部分，想人之所想，急人之所急，由此形成不同组织之间的深层共感和连带关系。

解决组织形式问题，只是开展劳动竞赛的第一步。在天津被服厂的经验总结中，接踵而至的是基层干群的思想问题。二分厂四车间在劳动竞赛中表现落后，成为党、政、工、团组织关注的重点。经过调查发现，基层干部因为落后而情绪低落，主观认为："领导重点培养一车间，咱们干也白干。"而部分工人也颇不积极，抱怨领导有偏向："咱们一辈子也得不着红旗！""我们大组过去在老二厂是'主力'，产品质量那样也不落后，到这边都不好了！爱怎样就怎样吧！"[1] 这些抱怨情绪，表面上指向领导，其实是落后与先进之间反差的心理后果。这种心理反差自然会影响工厂内部的团结，不利于班组之间的合作。

由这份总结材料来看，当时被服厂领导采取的针对性措施是，首先通过联席会议的批评分析，认为这种情绪的根源是锦标主义思想作祟，进而教育基层干部查找生产问题，调动工人情绪。从这些格式化的概括措辞中，看不到问题解决的具体过程。更重要的是，批评教育落后小组，是否真的能改变先进/落后的结构性紧张关系？如果仅仅是通过四车间自身的努力改变现状，很可能只是实现从落后到先进的位置改换，而并不能真正突破锦标思想的限制。

事实上，当时对劳动竞赛的宣传在理念上非常倚重苏联的资源。在各种宣传小册子中，都可以看到斯大林观点的广泛影响。斯大林在1929年为苏联作家米库林娜小册子《群众的竞赛》一书所作序言中，区分了社会主义竞赛与竞争的差异：

> 有时人们把社会主义竞赛和竞争混为一谈。这是极大的错误。社会主义竞赛和竞争是两个完全不同的原则。
>
> 竞争的原则是：一些人的失败和死亡，另一些人的胜利和取得统

---

[1] 《天津被服厂开展爱国主义劳动竞赛中领导方法的几点经验》（1953年7月2日），天津市档案馆藏，档号：X44-Y-205-16。

治地位。

社会主义竞赛的原则是：先进者给予落后者以同志的帮助，从而达到普遍的高涨。[1]

斯大林对社会主义竞赛原则的界定，当然不是针对新中国的语境。但是，他对"先进者给予落后者以同志的帮助，从而达到普遍的高涨"的强调，特别贴近中国人的身心状况，后来被明确为中国工会领导劳动竞赛的原则。[2] 这种原则对先进者的要求，可以突破其自我提升的个人诉求，通过关心和扶助落后者，更深层次地返归生产共同体的组织连带，扩充狭小的局部责任感，从而将小团体作为先进者的位置相对化。如果缺乏这种层次的配合与互动，仅仅局限于以批评教育的方式改造落后小组，劳动竞赛便无法通过生产共同体的伦理连带，平衡先进/落后的结构性紧张关系。

可以说，上述材料的总结方式，限制了我们进一步理解建国经验的深层活力和创造性。事实上，大部分研究者对于建国经验的把握，都停留在这种层次。不管赞成还是反对，思想教育都被视为社会主义时期主体精神构造的全部来源，而未能深入追问这种方式的历史效能背后对应的人心问题。

第三个层次的材料，在天津工厂档案中并不常见。这类材料没有经过基层干部的深度整理，保留了劳动竞赛在小组内部，尤其是呈现在日常人际层面的感性形态。天津毛纺厂原毛车间李淑珍小组的经验总结，在这方面显示出重要的认识意义。这份材料是小组内部总结的原始记录，由于抄录匆忙，存在不少语句不通、文字错误以及涂画修改之处。[3]

李淑珍是原毛车间一个择毛小组的工会组长。这个小组过去的情况非常不理想，技术不佳，生产混乱。经过重新划分后，小组还有 12 个人，包括 6 位老大娘、1 个长期病号，剩下的 5 位青年工人（包括外调过来的）

① ［苏］斯大林：《群众的竞赛和劳动热情的高涨——米库林娜〈群众的竞赛〉一书序言》，《人民日报》1953 年 5 月 1 日。
② 赖若愚：《在全国先进生产者代表会议上的报告》，《人民日报》1956 年 5 月 3 日。
③ 《天津毛纺厂原毛车间李淑珍小组长如何领导小组完成计划经验综合》（1953 年 8 月 11 日），天津市档案馆藏，档号：X48-C-101-19（以下转述分析均出此档，不再一一说明）。

中，只有李淑珍1个团员。如何组织和调动这些状况不一的小组成员，是李淑珍领导生产工作的棘手难题。在健全制度、分工负责之后，李淑珍的做法是，每天召开组员的生产碰头会。从民主参与的角度来看，这种方式能够激发工人的主人意识和责任感。但事实并没有这么简单，一开始生产碰头会开不起来，大家兴致不高，开会时间一长，有的忙着回家做饭，有的着急看小孩。显然，如果参与本身不能创造有机连带关系，便不可能调动工人的参与热情。而且，讨论缺乏方向性，也起不到凝聚人心的效果。李淑珍自己想不出好办法，就找来小组内几个积极分子商量。大家先商议研究、汇总问题，然后在小组会上带头发言，引出问题，启发讨论。以积极分子为中介，普通工人的参与热情逐渐被激活，生产问题的分析和解决有了具体的应对方案。正是民主参与创造的这种有机连带关系，为主人意识的养成提供了组织条件。

不过，由生产碰头会带动的民主参与，只是重新组织生产的第一步。更重要的问题是，如何在日常生产的过程中滋养并延续组员的积极性？李淑珍不仅是工会小组长，还是团小组长，在政治上具有先进性，能够较为充分地理解小组生产计划对于国家建设计划的政治意义。但小组的其他成员身份不一，思想混杂，并不能达到这种层次的政治觉悟。而且，从这份经验总结中，看不到每天听广播和读报对于建立这种政治理解的直接意义。真正得到强调的工作经验是，李淑珍如何通过日常人心的调适和重组，使得由民主参与激发的积极性，得到进一步的滋养和护持。

组内的老大娘南孟氏年老力衰，因为大×的毛太重而不能择。李淑珍发现这种情况后，便找负责考勤的韩李氏商议。李淑珍提出自己去替她择大×的，换她择小的。韩李氏深受感动，主动要求自己去。两人为此争论了半天，最后韩李氏与她交换，问题因此得到解决。这种解决问题的方式，对应着中国文化中"互以对方为重"的伦理底色。① 人与人在交往中，对对方的体察关切，便是梁漱溟所说的"情分"。因为这种"情分"，中国人会尊重他人，成全他人。

---

① "互以对方为重"是梁漱溟对中国传统伦理精神的生动概括。

李淑珍调适人心秩序的努力并不止于此。有时在中午休息时间，组员们既要洗衣服，还要算账，忙不过来。李淑珍知道后，就让他们去算账，自己来洗衣服。诸如此类的"情分"，她不仅体现在对组内工人的态度上，而且推扩到其他小组，从而带动了整个车间的人心活力。经过这些努力，择毛小组的生产很快摆脱落后局面，1953 年 6—7 月超额完成计划，成为先进小组。

可以看出，李淑珍小组的成功经验，并非高度依赖政治教育的启蒙，而是调适和重组日常人心的"情分"。如果注意到这份材料的时间，便会发现这种呈现方式，与当时劳动竞赛宣传的变化有关。这份材料是在 1953 年 8 月 11 日完成的。7 月 27 日，朝鲜战争停战协定签订。随之而来的变化是，劳动竞赛宣传的主题发生转移，由原来突出的"爱国主义"取向转向"增产节约"的意旨。① 在前一阶段，亦即"政治运动"阶段，工厂内部的阶级批判和诉苦教育占据核心位置，而向"增产节约"的意旨转变后，敌我斗争的阶级教育相对弱化。在这种语境下，李淑珍在日常生活实践中感召和激发的人情氛围，对于小组生产秩序的重建发挥着至关重要的作用。事实上，阶级教育实践的历史效用，在很大程度上依赖于基层社会中人心秩序的调适和重组。换言之，如果政治教育在某些时段能够释放出特别的历史动能，那是有效顺承和提升那些有限范围的人心活力的后果，而非直截了当的意识改造和情感置换。在这种意义上，主人意识并非阶级教育实践在精神层面的直观对应物，而是以政治性方式对基层社会人心秩序的调整、扩充和提升。那么，这种教育方式是否对现实人心的变动保持高度的政治敏感性，就成为重塑主人意识的诉求能否达成的关键方面。就此而言，1953 年由劳动竞赛衍生的劳动纪律教育，值得特别讨论。

---

① 赖若愚：《关于工会工作中若干问题和意见向中共中央的报告》（1953 年 9 月）；《把劳动竞赛向前推进一步》（1953 年 11 月 10 日），载中国工运学院编：《李立三赖若愚论工会》，档案出版社，1987，第 191—196、197—205 页。

三 劳动纪律教育："王秀珍来信"与
天津经验的思想内涵

在 1953 年的劳动竞赛中，天津工厂基层组织创造的典型经验，与其特定的干部状况和组织条件密切相关。然而，与之形成对照的是，在更大范围内出现的劳动纪律松懈问题。按照 1—2 月国营和地方 99 个工厂的统计，因为缺勤就损失了 196149 个工作日，相当于 4251 人两个月没有上班。电工西厂变压器车间为了完成一项重要的军需任务，调派 40 个工人上夜班，结果 5 人请病假（不乏作假）、31 人旷工，最后只有 6 个学徒上工，导致夜班停工。棉纺一厂一纺织女工唐月环借故血压高，歇工两个多月，快满三个月时，上了两天半，又歇了两个月。新的劳保体例颁布后，她三个月没有上班，上工后每半个月照样歇工。① 劳动纪律的松弛，给工业生产带来了严重后果。在第一季度，55 个国营和地方工厂中，有 26 个未完成计划。② 这直接导致天津市第一季度的总生产计划未能完成。③ 为了应对这种情况，天津市委在 4 月 21 日、26 日先后召开全市工业系统党员干部大会和私营企业干部工作大会。市委书记黄火青分别在两次会上检查问题，动员各级领导重视劳动纪律问题。

劳动纪律松弛并非天津的地方性问题，在各地工厂都非常普遍，甚至更加严重。天津市委在会后向华北局及中央提交关于工人劳动纪律的问题与对策的报告，很快引起中央的高度重视，并于 5 月下发《关于各地党委和工会应注意检查纠正工人劳动纪律松弛的现象》的通知。但对于如何检查和纠正问题，这一通知并没有具体指明方向。直到 7 月 10 日全国总工会的执行委员会主席团会议召开，才正式通过《关于巩固劳动纪律的决议》。

---

① 《天津市国营和地方国营工厂劳动纪律松弛的情况资料》（1953 年 5 月 15 日），天津市档案馆藏，档号：X84-C-202-1。
② 参见《天津国营企业进行劳动纪律教育》，《天津日报》1953 年 6 月 15 日。
③ 《天津市国营和地方国营工厂劳动纪律松弛的情况资料》（1953 年 5 月 15 日），天津市档案馆藏，档号：X84-C-202-1。

事实上，两天前，也就是在这份决议的酝酿过程中，中央已经通过《人民日报》发表社论《加强劳动纪律是迫切的任务》，分析劳动纪律松弛的原因，并用很大篇幅强调天津经验的实践意义。[1]

如上所述，全国范围的劳动纪律教育，发端于天津工厂的自我检查。尽管随后各地劳动纪律教育的典型案例不断涌现，但天津经验被置于特别重要的位置。因此，如何将之回置到1953年天津工厂秩序重建的历史语境，整理并分析其思想内涵，对于理解这种历史实践的意义位置便非常重要。

1953年天津工厂遇到的劳动纪律问题中，尽管缺勤情况最为普遍，但并非最严重的问题。除此之外，破坏工具、损坏机器、对抗领导、斗殴滋事以及偷盗拐骗等问题，更是令人触目惊心。可以看出，那个在阶级论意义上被赋予先进性的工人群体，进入工厂组织生活后表现出的破坏性力量。当时对于这些问题的分析，有的观点指向工人生活的物质保障不足。[2] 但这种经济主义的观点，对于工人个体之败坏缺乏充分的说服力。事实上，新中国成立初中国共产党在工厂物质条件的改善方面做出巨大努力，尤其是1950年劳动保险条例颁布实施之后，工人生活已得到较为充分的保障。[3]

细查起来，违反劳动纪律的工人，大部分是涌入工厂的新工人，尤其是1952年人数的骤增，加剧了这一问题的严重性。例如，天津针织厂裁缝车间六个月的旷工统计中，92.3%的旷工数是新入厂的青年工人。[4] 那么，为何新中国成立三年来的工厂管理，未能及时应对这种不理想的状况，有效地将工人引向中国共产党期待的生产工作状态？

上节讨论中提及，当时天津不少工厂抽调干部支援各地工业建设，由此快速从工人中提拔的新干部，势必经验和能力不足，影响到实际工作的

---

① 《加强劳动纪律是迫切的任务》（社论），《人民日报》1953年7月8日。
② 《天津市国营和地方国营工厂劳动纪律松弛的情况资料》（1953年5月15日），天津市档案馆藏，档号：X84-C-202-1。
③ 相关条例参见《天津市国营公营企业劳动保险暂行条例》、《天津市国营公营企业劳动保险暂行条例实施细则》（1950年6月9日），载中央人民政府劳动部办公厅编印：《劳动法令汇编》第一集，1951，第371—377、378—385页。
④ 《团在整顿劳动纪律中的工作初步总结》（1953年10月5日），天津市档案馆藏，档号：X48-C-100-5。

开展。不过，这些新干部的数量毕竟有限。当时还有观点认为，劳动纪律松弛的原因在于管理干部的官僚主义作风，但实际的情况恰恰相反。从1952年开始，天津工厂开展了一系列的反官僚主义工作。起初是1952年上半年的"三反"运动，然后是下半年的反官僚主义运动，进入1953年又结合订立生产计划，在工业系统开展反虚假隐瞒、骄傲自满和官僚主义运动。这一系列运动对领导干部的批评多、处分多，表扬少、帮助少，导致他们在运动后态度消极，不敢负责，生怕再被戴上"官僚主义"的帽子。① 而在这一过程中，中国共产党的工人教育工作严重滞后，无法与此形成配合关系，导致批评官僚主义成为工人自我败坏的借口。天津地方国营第一印染厂的个别工人，在反虚假斗争开始后，没有领料单便随意到库房领东西，管库人员不给，这些工人便强硬地说："厂长还检讨了官僚主义，你还敢犯官僚主义?"管库人员心有余悸，只好应声给予。②

这种极端放纵的态度，根植于中国共产党工运实践中一直未能有效克服的工人极左情绪，新中国成立后天津工厂的情况亦不例外。③ "三反"以降的反官僚主义运动，并未纾解和转化这种情绪，反而使之更加膨胀，进而背离主人意识的阶级内涵。当时有工人质问干部："你说我是国家的主人翁，我把生产的东西拿点回家行不行?"④ 更有违反劳动纪律的自我辩护："我是领导阶级，谁也管不着。"⑤ 更糟糕的是，这种扭曲的主人意识往往能够从工会获得组织支持，从而加剧对生产系统的破坏作用。如前所

---

① 《天津市国营和地方国营工厂劳动纪律松弛的情况资料》（1953年5月15日），天津市档案馆藏，档号：X84-C-202-1。

② 李寅初：《工厂行政领导应对工人加强纪律教育》，载天津市总工会文教部编：《巩固我们的劳动纪律：王秀珍思想讨论选辑》，天津通俗出版社，1953，第65页。

③ 刘少奇：《关于大革命历史教训中的一个问题》（1937年2月20日）；《在天津职工代表大会上的讲话》（1949年4月28日），载中共中央文献研究室、中华全国总工会编：《刘少奇论工人运动》，中央文献出版社，1988，第213—217、352页。关于中国共产党接管天津工厂后工人的这种极左情绪的讨论，参见拙文《天津解放初期工厂接管的历史实践与伦理意涵》，《中央党史研究》2017年第6期。

④ 方钢：《怎样认识劳动》，载天津市总工会文教部编：《巩固我们的劳动纪律：王秀珍思想讨论选辑》，天津通俗出版社，1953，第19页。

⑤ 袁杏文、冯汉：《要有组织有纪律地劳动》，载天津市总工会文教部编：《巩固我们的劳动纪律：王秀珍思想讨论选辑》，天津通俗出版社，1953，第25页。

论，经过 1951 年对李立三的批判之后，党中央统一了对于工会地位的认识，但在地方工厂，工会的"具体立场"① 问题仍然比较普遍，亦即工会的具体立场应该与行政的具体立场有所不同。天津制革厂三制鞋部工会主席陈尊三在讨论定额时，带领工人向行政做斗争，不接受领导的定额计划。当领导被迫降低定额后，他向工人公开宣扬："这是我们斗争的胜利，还必须坚持斗争到底。"② 显然，工会干部对斗争的理解，被限制在与旧时代资本家斗争的经验之中。一旦无法突破"具体立场"的认识限制，无法创造工人与生产共同体的有机连带，生产组织的各个环节都可能因此而涣散甚至停滞。如前所述，劳动松弛的主要原因是工人借故请假旷工。当时有不少工人因为装病，到医院请假不能成功。劳保和工会干部站在工人一边，指责医生不负责任。医院希望他们配合调查，澄清事实，但得到的往往是各种理由的拒绝。久而久之，医生因为无处申诉而心灰意冷，逐渐应付了事。③ 诸如此类的劳动松弛问题，已不只是影响生产组织的运转，而且在很大程度上耗蚀和瓦解着新中国成立初期来之不易的人心活力。那么，1953 年的劳动纪律教育，能否有效应对这种组织困局，重建生产秩序？

创造典型经验，是中国共产党开展群众工作的基本方法。为了配合劳动纪律教育工作，1953 年 6—7 月，《天津日报》组织了一次巩固劳动纪律问题的讨论。6 月 3 日，该报刊登了天津恒大烟草厂包烟女工王秀珍的来信《我为什么经常违犯劳动纪律》。这封自我检讨的读者来信发表后，不少工厂很快广播或印发，组织工人开展学习讨论。许多工人把自己的学习体会或讨论意见寄给报社。一个多月的时间，《天津日报》收到四十封读

---

① "具体立场"的说法是邓子恢在《论工会工作》一文中提出的。他认为："在公营企业中，工会工作同志的立场和态度，也不应与企业行政管理人员混同起来。虽然双方都为了国家，同时双方也是为了工人自己的利益服务，基本立场是一致的；但应该认识彼此的岗位不同，任务不同，因而彼此的具体立场也应该有所不同。"参见邓子恢：《论工会工作》（1950 年 7 月 28 日），载《邓子恢文集》，人民出版社，1996，第 274 页。在当时关于工会地位的辩论中，邓子恢认同李立三的立场。在 1951 年李立三被批判之后，他的这种说法常常被作为错误观点在批判中引述。

② 《天津市国营和地方国营工厂劳动纪律松弛的情况资料》（1953 年 5 月 15 日），天津市档案馆藏，档号：X84-C-202-1。

③ 万福恩、董纪刚：《医务工作者应该为工人服务，为生产服务》，载天津市总工会文教部编：《巩固我们的劳动纪律：王秀珍思想讨论选辑》，天津通俗出版社，1953，第 59—60 页。

者来信。这些来信随后经过遴选并出版，成为当时重要的宣传教育材料。

如前所论，当时违反劳动纪律的主要是新工人。但这场批评检讨的主人公王秀珍并非新工人，而是 1945 年前后入厂的老工人。事实上，后来各地形成的典型经验的工人身份也大抵如此。按照常理，天津市总工会选择新工人作为典型人物，才具有现实针对性，但为何要选择老工人呢？尽管这些检查材料并未交代原因，但通观其论述的方式，能够发现背后对应的问题意识，即劳动纪律教育不可能一蹴而就，一劳永逸，它是"一个最困难的任务"，"'这个事情将占去整整一个的历史时代'（列宁）"。① 显然，在这种教育使命中，新工人的改造和转化是艰巨而漫长的。而对于当时在短时间内创造典型的实践要求而言，老工人的经验结构和意识倾向，决定了他们更容易被引向中国共产党期待的方向。

王秀珍作为老工人，切身体会到自己的生活在新中国成立后发生的巨大变化。但对她来说，这些变化成为安心享受生活的充足理由："真是解放了，工人翻了身了，一个工人，顶到这也就到了头了，这时候不乐呵乐呵还等什么。"② 王秀珍并非只是贪恋物质生活，她还痴迷于评剧，但新中国成立前没钱看不起，现在有了钱便想尽情看。因为这种爱好，她经常无故旷工、请假、磨洋工，而且不服管教，不参加集体学习。恒大烟草厂的劳动纪律教育开始后，王秀珍在工友和团支部的帮助下，逐渐意识到自己的错误。但她始终不明白自己思想究竟出了什么问题，希望得到广大工友的分析和批评。

《天津日报》收到的读者来信，包括工人、技术人员、医务工作者以及工厂党、政、工的干部等写来的。这些读者身份不同，经历有别，谈论劳动纪律的方式也各有差异。总括起来，无论是批评王秀珍还是进行自我批评，都指向"非工人阶级的思想"。但在具体表述中，对此的判定却颇为含混，多数人的分析指向"资产阶级思想"，也有少数人认为是"小生产者思想"，更有将两者合而论之者。当然，作为工人阶级意识的对立面，

---

① 《把巩固劳动纪律的工作经常化》（1953 年 7 月 26 日），载工人出版社编：《巩固劳动纪律》，工人出版社，1953，第 51 页。

② 王秀珍：《我为什么经常违犯劳动纪律》，《天津日报》1953 年 6 月 3 日。

这两者被赋予的否定性批判位置是相同的。不过，问题在于，不同的阶级分析眼光，包含着不同的历史判断。在前一种判定中，列宁的解释是重要的认识资源："工人和旧社会之间从来没有一道万里长城。工人同样保留着许多资本主义社会的传统心理。工人在建设新社会，但他还没有变成新人，没有清除掉旧世界的污泥，他还站在这种没膝的污泥里面。"[1] 以这种眼光来看王秀珍，往往认为她在新中国成立前受到资产阶级思想的腐蚀，养成了贪图享乐的观念。[2] 但这种从阶级论出发的理解，无法为所谓的"资产阶级思想"建立充分历史化的分析，也就是说，未能借此将王秀珍的问题置于新中国成立前的社会生活和工业生产语境之中。

王秀珍入厂的时间，与史国衡笔下的"昆厂劳工"相去不远。在他和费孝通的理解中，农民出身的工人进入工厂后的文化调适问题，才是理解其身心变化的关键所在。在王秀珍案例的分析材料中，也有论者从这个角度讨论小生产者的主体状态与文化惯习，尤其是"干活吃饭"的观念，即"只要有饭吃，愿多干就多干点，愿少干就少干点"，而工厂是"当差不自由"。[3] 这些未能有效处理的问题，在进入新中国之后，借助中国共产党提出的"当家作主"观念，扩张为工人的"极端民主"诉求。如这位作者的分析，工人在实际的工作中，还是倾向"把自己和工厂看作一种单纯雇佣的关系"，"没有把自己真正看成是工厂的主人、国家的主人"。[4] 显然，工人并没有将外在的生产条件和对象内化为自我意识的构成性因素，纪律对他们来说只是无所不在的身心束缚。但这种解释角度，无法回应新中国成立初工人在物质层面日益增长的欲求对于劳动纪律的影响。

因此，从长时段来看，上述两种解释既不充分也不准确。劳动纪律松弛的背后，对应着工人身心转变的不同阶段所受到的不同影响。那么，问

---

[1] 列宁：《在全俄工会第二次代表大会上的报告》（1919 年 1 月 20 日），载《列宁全集》第 2 版第 35 卷，人民出版社，1985，第 438 页。

[2] 这种观点的典型论述参见章慕仁：《坚决和资产阶级思想划清界限》，载天津市总工会文教部编：《巩固我们的劳动纪律：王秀珍思想讨论选辑》，天津通俗出版社，1953，第 35—39 页。

[3] 穆明：《和小生产者思想也要划清界限》，载天津市总工会文教部编：《巩固我们的劳动纪律：王秀珍思想讨论选辑》，天津通俗出版社，1953，第 39—44 页。

[4] 同上。

题的关键在于：如何有效应对这种不利的生产局面？事实上，劳动纪律松弛并非中国社会工业化转型的独特现象，西方近代工业化的过程中同样遭遇到这种问题。根据 E. P. 汤普森的研究，西方工业通常采取的治理措施包括：第一，通过奖惩制度来约束工人；第二，通过技术治理，也就是提高机器的技术水平，削弱对工匠的技术依赖；第三，通过时间控制，亦即通过时钟规范工人的劳动节奏；第四，通过道德机器——宗教塑造工人遵守劳动纪律的美德。① 这些措施，通过强化工人身心对机器的依附关系，保证其与工业生产的高度配合，但其后果是对人的主体精神的极大贬抑。这些劳动纪律实践的西方经验，在当时中国共产党的视野中并没有得到充分整理和讨论，而往往被斥为资本主义剥削，受到激烈批判。

中国共产党在当时所参照的是社会主义阵营内国家劳动纪律教育的经验。而实际的教育实践，则更多依赖苏联的思想资源，即对工人的共产主义教育。② 何为共产主义教育？当时的解释各不相同，但核心是重塑工人阶级自觉的劳动观念，把个人劳动与国家计划建立联系。从王秀珍的案例来看，不管参与讨论的读者如何认定其思想根源，最终都诉诸共产主义教育。至于如何开展共产主义教育，这些来信的读者没有做出相对完整的说明。不过，即便如此，编者在选择这些材料时，有意突出了"回忆对比"的方法。如前所论，新中国成立初期工厂的劳动热情，正是在新旧对比中被召唤起来，但这并不足以长久维持这种热情。此时重新调动这种经验资源，不是在简单重复，而是要为之引入阶级分析的视角，使工人将个人生活的变化与整个阶级的地位变化建立联系。事实上，这种方式后来不断被中国共产党在社会主义教育实践中运用，尤其是从 20 世纪 60 年代开始，

---

① 相关论述参见［英］E. P. 汤普森：《英国工人阶级的形成》（上）"第十一章 十字架的转换力"，钱乘旦等译，译林出版社，2001，第 404—468 页；《时间、劳动（工作）纪律与资本主义》，载《共有的习惯》，沈汉、王加丰译，上海人民出版社，2002，第 382—442 页。吴长青在《革命伦理与劳动纪律——20 世纪 50 年代初国营企业的劳动激励及其后果》（《开放时代》2012 年第 10 期）一文中曾对此做出概括，但具体讨论并不周全。

② 这方面的介绍材料很多，可参见《匈牙利怎样解决劳动纪律松弛问题》（特约稿），《劳动》1953 年第 6 期；［苏］巴舍尔斯特尼克：《论社会主义劳动纪律》，邹宁译，工人出版社，1953；〔苏〕李亚宾：《论苏联社会主义劳动组织与劳动纪律》，白帆译，中南人民出版社，1954。

阶级斗争更加尖锐紧张的时期。然而，如果这种方式不能与工人的日常伦理经验建立深层连带，便很容易变得抽象枯燥，缺乏感染力。因此，这份劳动纪律教育材料，片面强调这种"回忆对比"方式，面临着被阶级视角架空的危险。

经过一个多月读者来信的思想诊断，王秀珍最后做了自我批评的总结，意识到自己资产阶级思想和小生产者思想的种种错误，决心遵守劳动纪律，认真工作。随后，《天津日报》为这次讨论所写的结束语，进一步申明这些思想错误，并强调批评与自我批评的重要性。至于如何具体开展教育工作，依旧语焉不详。[①] 不过，从当时的讨论效果来看，这种状况并不代表工作的不到位，而是经验总结方面的概念化。事实上，当时中央对天津经验的宣传，特别强调它并非一般化的共产主义教育，而是与各个工厂的不同情况相结合。[②] 而此前的工作经验案例介绍中，这些层面曾经得到细腻的呈现。例如，对于天津造纸厂李承喜思想工作经验的介绍，便着力强调他如何根据不同人的特点寻找工作方式，如何将解决思想问题与解决群众的实际困难结合起来。[③] 然而，随着大规模教育运动的到来，在改造实践中真正有效的经验过快地被简化为政治教育的后果，既有的细腻把握的分寸感反而丧失。

王秀珍思想讨论结束以后，共产主义教育作为天津经验的核心方面，成为各地解决劳动纪律问题的基本方向："深入地向职工群众进行政治思想教育特别是共产主义教育，便成为巩固劳动纪律的最根本的办法。"[④] 遥想当年史国衡在面对"昆厂劳工"的不适和失序时，最终所能想到的办法，便是管理和教育（"管教"），一方面实施技术管理，另一方面开展

① 王秀珍：《我决心遵守劳动纪律，努力生产》；《天津日报关于王秀珍思想讨论的结束语》，载天津市总工会文教部编：《巩固我们的劳动纪律：王秀珍思想讨论选辑》，天津通俗出版社，1953，第71—73、74—78页。

② 《加强劳动纪律是迫切任务》（社论），《人民日报》1953年7月8日。

③ 《李承喜是怎样进行思想工作的》，载天津市总工会文教部编印：《加强劳动纪律教育参考材料》，1953，第15—18页。

④ 《中华全国总工会关于巩固劳动纪律的决议》（1953年7月10日），载工人出版社编：《巩固劳动纪律》，工人出版社，1953，第34页。

"工业教育"。① 但在当时的历史语境下，他无从设想具体的教育方案。那么，1953 年中国共产党实施的共产主义教育方案，如何能够确保劳动纪律的建立？当时中国共产党干部的理解，在很大程度上基于列宁的如下理论判断：

> 无论是铁路、轮船、大机器及企业，如果没有将一切各个存在的劳动人民联系于一个准确得像时钟一样工作的经济机构中去的意志的统一，也就不能够准确地进行工作。大机器工业产生了社会主义。而如果倾心于社会主义的劳动大众，都不能够使自己的机构像大机器工业应该作的那样去工作，那就谈不到什么实现社会主义了。②

统一的意志、精确的配合，是机器大工业对社会主义劳动大众提出的生产要求。列宁特别强调，"准确得像时钟一样工作"。在这种意义上，前述西方资本主义工业通过"时间机器"维护劳动纪律的措施，并非完全是压榨的手段，同样是机器大工业的客观要求。而共产主义教育，正是要统一工人分散无序的个人意志，使之与大机器生产高度配合。在这种意义上，劳动纪律具有显而易见的强制性约束力。但与资本主义的外在强制不同，当时的教育实践尤为强调工人的"自觉"："新的劳动纪律，本质上是一个思想觉悟的问题，是树立共产主义劳动态度的问题。"③ 换言之，这要求工人将外在的约束内在化，自觉配合精准、繁复和枯燥的机器生产线。当时对中国共产党来说，建立生产秩序，便是为了保障这种机械化生产的有效运转。如赖若愚所言："建立正常的工作秩序看起来好像是很机械的，可是生产本身就是机械的，所以工作秩序也应该是机械的或者说相当稳定的。"④ 但这种机械性本身是对工人的主体意识的贬抑。所以，劳动纪律问

---

① 史国衡：《昆厂劳工》第十二章"工人的管教"，商务印书馆，1946，第 155—168 页。
② 转引自陈濚：《怎样加强劳动纪律》，《人民日报》1953 年 7 月 8 日。
③ 《把巩固劳动纪律的工作经常化》（社论），《天津日报》1953 年 7 月 26 日。
④ 赖若愚：《关于劳动保护工作》（1953 年 5 月 20 日），载中国工运学院编：《李立三赖若愚论工会》，档案出版社，1987，第 185 页。

题的解决，最终还需要回到劳动竞赛。当时总工会主张："巩固劳动纪律的教育，主要应通过组织劳动竞赛来进行。"[1]

如前所论，劳动竞赛是中国共产党塑造工人阶级主人意识的主要实践路径。这种实践路径的根底是，以政治性方式对基层社会人心予以调整、扩充和提升，由此实现工人之间充分的配合和协作。如果说劳动纪律要求的是人与机器的高度配合，那么劳动竞赛所实现的是人与人的充分配合。前者对高度机械性的要求与后者对高度能动性的诉求，构成了社会主义工业生产的内在张力。换言之，具备主人意识的工人阶级，并不会与高度机械化的生产流程自动配合。中国共产党通过协调党、政、工、团关系，创造了费孝通所期待的"利用现代技术的组织形式"。但这种组织形式在两个层面面临着实践挑战。其一，在人与人关系层面，面临着科层化管理体制的限制。事实上，中国共产党对于工人阶级主人意识的塑造，正是希望通过民主化实践对抗和限制这种体制。[2] 其二，在人与机器的关系层面，遭遇到机械化的生产体制的控制。如果中国共产党创造的工业组织形式是为了应对西方工业管理的科层化问题，那么，由此形塑的主人意识能否获得掌控技术的意志，克服技术对人的异化，则是有待深思的问题。

经过1953年的劳动竞赛，中国共产党充分协调了党、政、工、团的关系，基本完成生产秩序的重建。[3] 从1951年到1953年，已经有过两年多的竞赛实践，竞赛这种方式的缺点也逐渐显现。单纯依靠新中国成立初期工人的劳动热情，过度依赖加班加点、体力突击，尽管提高了产量和效率，但在产品质量、生产成本以及安全生产等方面出现了很多问题。而且在1953年之前，由于生产秩序混乱，再加上"三反""五反"运动，"劳动与技术相结合"的问题始终未能被提上工作日程。1953年全国总工会领

---

① 《中华全国总工会关于巩固劳动纪律的决议》（1953年7月10日），载工人出版社编：《巩固劳动纪律》，工人出版社，1953，第34页。

② 这方面的问题已有较多的讨论，可参见蔡翔：《革命/叙述：中国社会主义文学—文化想象（1949—1966）》第六章 "'技术革新'与工人阶级的主体性叙事"，北京大学出版社，2010，第273—323页。

③ 赖若愚：《加强工会建设，深入劳动竞赛》（1953年12月31日），载中国工运学院编：《李立三赖若愚论工会》，档案出版社，1987，第215页。

导考察鞍钢的技术改进工作后，于 11 月发出《把劳动竞赛向前推进一步》的倡议，强调在完善劳动组织的同时，改进生产技术。从 1954 年开始，全国总工会决定将劳动竞赛转向技术改进，几经讨论之后，确定了"技术革新"的宣传口号。①

然而，这个口号提出以后，地方工厂的实践工作出现较大偏差，有所谓的"三愿"和"三不愿"："愿意创造发明，不愿意学习先进经验；愿意搞大的，不愿意搞小的；愿意单干，不愿意集体搞。"② 基于这些偏差，不少地方党政领导和产业部门领导对此表示抵制和否定：有的认为，开展技术革新运动容易和行政工作的部署发生矛盾，打乱安排；有的强调，工人文化和技术水平比较低，国家投资能力有限，"技术革新"提得过早；有的产业部门提出，本系统已经机械化，无可革新，发动群众开展革新与建立正常的生产秩序存在矛盾，影响计划管理。③ 显然，第一方面是组织协调的问题，后两个方面则触及组织与技术之间的张力。换言之，劳动竞赛所调动的工人积极性和创造性，并没有直接转化为掌控技术的意志，不能与机械化生产保持高度配合。

在全国总工会回复和处理这些争议之后，赖若愚再次给中央写信，申明开展技术革新运动的必要性，并附上报告《劳动竞赛已经开始走上一个新的阶段——技术革新》。④ 中央对此也存在争议，经过各方交换意见，时任中央书记处候补书记的刘澜涛回复全国总工会：

> 书记处认为，把技术革新作为劳动竞赛新阶段或主要内容这个提法不确切、不完善、有缺点。技术革新的内容一般是由国家增加投资改造技术装备来完成的，劳动竞赛是群众运动，是全面的。技术革新这个口号的提法，不可能把广大群众投入运动，这个口号有重新审查

① 赖若愚：《在省市工会主席汇报会上的报告》（1954 年 5 月），载中国工运学院编：《李立三赖若愚论工会》，档案出版社，1987，第 236—237 页。

② 同上，第 237 页。

③ 倪志福主编：《当代中国工人阶级和工会运动》（上），当代中国出版社，1997，第 156 页。

④ 赖若愚：《劳动竞赛已经开始走上一个新的阶段——技术革新》（1954），载中国工运学院编：《李立三赖若愚论工会》，档案出版社，1987，第 275—277 页。

的必要，使之更加明确完善。①

　　刘澜涛并不否定群众参与对于"技术革新"的重要性，但"技术革新"不可能因此成为全面的群众运动，它与资金投入和设备条件等因素密切相关。除此之外，他并未提到技术知识分子的意义。事实上，工人对于"技术革新"的参与不是直接的，而要通过与技术人员的结合来实现。

　　从1953年开始，随着大规模经济建设的推进，由于当时大多数的政工干部不懂技术，中国共产党开始在工厂管理中推行一长制，原有的民主建制——职工代表大会和工厂管理委员会逐步被苏联的生产会议制度取代。②但在实际的生产工作中，行政和技术人员的受教育水平低，同样难以为继。1949—1957年，虽然工程师和技术员的数量从十二万六千人增加到八十万人，但实际的统计大幅度降低了评价标准。这导致在1953年到达顶峰后，他们的平均教育水平开始下降。③因此，在工程师和技术人员不足的情况下，如果不能创造工人与其有效结合的机制，通过劳动竞赛推动实现"技术革新"的诉求，难免会遇到种种实际的困难。尽管这方面的状况并没有进入刘澜涛讨论的视野，但是基于他对资金投入和设备条件重要性的强调，1955年3月全国总工会召开第七届六次主席团会议，决定取消"技术革新"的口号。在没有口号的情况下，有限地保留了在劳动竞赛中提高和改进技术、学习和掌握新技术的方针。直到1958年开始"大跃进"后，"技术革新"运动才重新掀起高潮。关于这种变化，我们从天津市工业档案的材料中，不难看到相应的历史过程。④

　　从表面上看，"技术革新"在劳动竞赛中引发的争议，与劳动纪律

---

① 转引自倪志福主编：《当代中国工人阶级和工会运动》（上），当代中国出版社，1997，第157页。

② 赖若愚：《关于工会工作中若干问题和意见向中共中央的报告》（1953年9月），载中国工运学院编：《李立三赖若愚论工会》，档案出版社，1987，第194页；《为完成国家工业建设的任务而奋斗》，《人民日报》1953年5月11日。

③ ［美］华尔德：《共产党社会的新传统主义——中国工业中的工作环境和权力结构》，龚小夏译，中国香港牛津大学出版社，1996，第127页。

④ 这个时期天津市工厂基层档案中关于"技术革新"运动的文件并不多，主要集中在1954年，1958年"大跃进"后开始出现大量关于"技术革新"的讨论。

教育没有关系。但这个问题的出现，反映了塑造工人主人意识的劳动实践与机械化的技术生产要求之间的张力关系。在这种问题语境中，工业生产所要求的统一性意志，并不能完全依赖于劳动竞赛的实践方式，而需要在生产实践之外，寻求进一步扩充、激发和提升主体精神的文化实践形式。

四　文化的位置：文教实践的初创及其现实效能

在新中国成立后的工厂管理实践中，文教工作被置于非常重要的位置。基于重塑工人阶级主体精神的文化诉求，工厂的工会建制中特别设置了文教部，[①] 专门负责工人的日常生产宣传和业余文化教育与文艺实践。上文所论劳动竞赛宣传和劳动纪律教育，便是由各级工会文教部负责实施。这些层面的宣传和教育工作，高度配合不同时段的经济生产计划。如1953年天津市总工会文教部的工作计划所言：

> 一切宣传内容都要贯彻高度的政治思想性，以热情的诚恳的态度，讲清道理，使群众从现实的生产中看到未来的美景，使大家理解他们在以自己的双手创造着自己的幸福生活，它们在生产工作上每一分钟的成就，都是对中国人民志愿军有力的支援，都是为国家工业化奠基石，都是为共产主义的前途铺平道路，从而使他们了解个人与国家的关系，个人利益与国家利益的一致性，提高思想觉悟，充分发挥生产积极性。[②]

---

① 该工作部门设置最初是文化教育工作委员会（简称文教委员会），后更名为工会文教部。参见全总工作文件《文化教育工作委员会任务和组织条例》（1950年6月20日）；《关于工会文教部的工作任务与工作范围的规定》（1950年10月12日），载全国总工会宣教部编：《工会群众文化工作文件资料选编》（1950—1987），地震出版社，1988，第2—3、13—14页。

② 《一九五三年市总文教部工作计划要点》（1953年），天津市档案馆藏，档号：X44-Y-314-1。

如前所论，将个人劳动与国家计划建立意义连带，正是中国共产党开展宣传和教育工作的核心意旨。工会文教部作为工厂落实这种政治规划的责任部门，尤为突出文化对于人心的形塑力量。除了上述阶段性宣传教育任务外，更为日常性的工作是，开展各种形式的业余文化学习和文艺实践，诸如业余学校、工人俱乐部、工人文艺小组等。这些文化实践并不仅仅是工作之外的文娱休闲，而是同样以生产为中心，包含着"高度的政治思想性"。因此，这些实践形式能否与1953年的劳动实践、宣传与教育构成配合关系，并回应中国共产党构造工人阶级主人意识的内在精神挑战，便是理解它在这一特定时段之历史效用的根底所在。

从天津市工会文教部1953年各阶段的工作计划与总结来看，宣传《婚姻法》是配合劳动竞赛这一中心工作的重要任务。尽管《婚姻法》在1950年已经颁布，但是由于新中国成立初期的复杂政治形势，宣传工作一直落实不够。1953年国家的关注重点转入大规模经济建设之后，重新浮出水面的婚恋问题也成为影响日常生产的不利因素。因此，天津市政府响应政务院的号召，成立贯彻《婚姻法》运动委员会，从3月3日开始广泛的宣传工作。在各工厂落实宣传任务的过程中，"文艺形式是最普遍，最有效，最受欢迎的形式"。即便文艺基础不好，长期缺乏文艺活动的天津钢厂、梭管厂也建立了评剧团，排演了评剧，甚至还有不少自编自演的节目。① 事实上，各厂排演的文艺形式丰富多样，除此之外，还有曲艺剧、话剧、秧歌剧等，其中最流行的剧目有《刘巧儿》《柳树井》《夫妻之间》《罗汉钱》等。② 经过一年的文艺宣传，那些影响工人日常生产的情感问题，在一定程度上得到疏通、安抚和调适。例如，北洋纱厂的女工梁桂珍，过去因为和婆婆、丈夫关系不好，生产情绪低落，经过这次宣传运动，改善了家庭关系，激发了生产积极性，产量由三十车提到四十三车，

---

① 《一九五三年上半年工会文教工作总结》（1953年7月29日），天津市档案馆藏，档号：X44-Y-314-5。
② 《天津市总工会文教部第一季度工作总结》（1953年4月），天津市档案馆藏，档号：X44-Y-314-3。

而且不再无故缺勤。[①]

不难明白,贯彻《婚姻法》运动所处理是工人的日常情感经验,其目的是为了缓解生活与生产之间的紧张关系,保证劳动实践所需要的主人意识的统一性。不过,这场宣教运动所采用的文艺形式,更多表现的是家庭生活,并不直接处理生产主题,因此,也不可能触及劳动竞赛所面临的主体精神难题。当然,这种文教实践,只是工会文教部工作的短期内容,更为重要的是影响广泛的工人文艺教育与实践。对此的分析,乃是理解上述问题的关键所在。

中国共产党领导的工人文艺实践,可追溯到新中国初期的旅大文协。按照吕荧的回忆,1947 年他在文协看到一些工人文艺作品,但质量很差,十分简单粗糙。不过,一年后这种状况已有很大改观,到了 1949 年以后,开始出现不少优秀的作品。[②] 与旅大的状况相比,1949 年初解放的天津,由于此前中国共产党对工人的领导薄弱,工人文艺实践缺乏积累和根基。为了配合城市接管,许多根据地文艺工作者随军进城,开展文艺活动。但他们对于新的环境相当陌生,所面对的群众身份复杂,觉悟程度不一,文艺趣味各异。在不知如何着手开展工作的情况下,他们所能直接依赖和调动的是根据地的文艺工作经验。但是,即便运用这种工作经验,也会面临一些特别直接的疑虑:如何确定文艺的服务对象,是市民还是工人?如果以工人运动为中心,应该如何进工厂与工人结合?工人文艺应该以什么形式表现,是不熟悉的话剧形式,还是解放区的新秧歌剧?以往面向农民的剧作是否会被工人接受?

不过,经过文艺工作者三个月的摸索和尝试,这些问题都在具体工作中被认为得到解决,由此创造的工作经验,很快被整理出版,[③] 经由新华社的典型宣传,成为新中国成立初各大城市开展工人文艺工作的重要参

---

① 《一九五三年上半年工会文教工作总结》(1953 年 7 月 29 日),天津市档案馆藏,档号:X44-Y-314-5。

② 吕荧:《关于工人文艺创作的几个问题》,《文艺报》1951 年第 10 期,第 5 页。

③ 荒煤、周巍峙等:《天津解放以来文艺工作经验介绍》,天津人民艺术出版社,1949。

考。① 从这些初步整理来看，根据地文艺经验占据核心地位。尽管他们努力尝试创作配合工商业政策的新戏，但大都空洞抽象，充满说教。因此，在没有新的作品出现之前，"最受欢迎的还是那些反映解放区军民关系、战斗故事、农民斗争、生产与学习文化的戏剧与歌曲"②。比如，解放区的文艺作品《王秀鸾》《宝山参军》《纺棉花》《兄妹开荒》《夫妻识字》等。③ 这些在根据地时期广为流传的"农民文艺"，以其新鲜向上的生活气息，打开了工人由旧向新、从农到工的时代经验，因而引发他们强烈的共鸣。然而，新的生活已经展开，"农民文艺"无法回应他们不断更新的工厂生产经验，因此，对于文艺工作者来说，如何与工人结合，创作新的工人文艺，变得非常迫切。

事实上，在这个过渡阶段，新的工人文艺已在酝酿出现。起初是内容简单、形式明快的歌舞类作品。4月开始排练演出的《复仇》引起较多关注。这部作品表现了天津解放战争的历史过程，尤其是国共双方的对比与变化。到新中国成立前后，该剧演出上百场，受到广大群众的欢迎。在日渐丰富的创作氛围中，原晋察冀群众剧社社长王雪波配合天津市取缔脚行把头制的行动，先后在7月和11月完成剧作《六号门》（《搬运工人翻身记》）的上下集。该剧以搬运工人胡二被脚行头子马金龙害得家破人亡，最后走上革命道路为主线，批判了天津码头工人深恶痛绝的把头制度。这部作品触及了天津工人在旧时代的痛苦经验，激发了他们对于新时代的情感认同，因此在当时产生了轰动效应，数十万工人争相观看，成为受到中央关注和肯定的重要作品。④

王雪波在回忆这部作品的创作过程时，特别强调工人群众的直接参与。王雪波出身农民，有在根据地领导群众剧社的经验，但无法应对工人

① 新华社：《天津开展工人文娱活动的经验》，载荒煤编：《论工人文艺》，武汉人民艺术出版社，1949，第89—91页。
② 周巍峙：《天津文艺工作中的主要经验》（代序），载荒煤、周巍峙等：《天津解放以来文艺工作经验介绍》，天津人民艺术出版社，1949，第7页。
③ 王雪波：《回忆群众剧社》（刘英整理），天津市艺术研究所《艺术研究》编辑部编印，1986，第136—138页。
④ 同上，第149—151页。

的生活世界。为此，在工会帮助下，十几名工人成立搬运工人业余文工团创作组。这部剧作从主题的确立、情节的设定到语言的推敲、编导的安排，都充分吸纳这些工人的意见。① 不过，《六号门》由此带入的工人生活经验，主要集中在旧时代的悲惨遭遇，通过新旧对比的方式，彰显新中国成立这一历史实践的解放力量。在这种意义上，作品的艺术感染力根植于1949 年的特定历史语境，而随着新的生产组织和劳动经验的展开，工人文艺实践也需要随之发生变化。

这些变化与1950 年工会文教部的成立密切相关，尤其是工人写作者的培养，文教部的组织工作更是不可替代。新中国成立初工人的文化水平普遍不高，并不具备创作条件。按照天津市文化局和教育局分别在1949 年、1950 年的统计，文盲工人的比例都超过50%。② 为此，文教部首先在工厂业余夜校开展了大规模的"速成识字班运动"。经过两年的速成教育，工人识字率大幅度提高，阅读兴趣也逐渐由消遣读物转到文艺书籍，尝试写作通讯报道的热情不断增长。天津装具厂工人曹振武说："速成识字法一推行，文盲会很快地扫除掉，工人能看书看报的越来越多，也就会伸手向文艺工作者要更多的东西了。"③ 不过，当时文艺工作者进入工厂后，主要精力不在积累创作素材，而在积极与工人结合，引导他们创作。但从根据地进城的文艺工作者人数有限，工厂文艺干部仍然严重不足。1950 年初，天津成立工人文化俱乐部，专门培养工厂文艺干部。通过举行文艺讲座，开办文艺训练班，甚至直接进厂指导等形式，一大批文艺干部逐渐参与到文教部的日常工作之中。④

1950 年5 月，在工厂文艺干部的帮助下，天津东站机务段率先成立工人文艺小组。随后，许多工厂也相继成立文艺小组。小组活动采取集体讨

---

① 王雪波：《我们和工人的合作——〈搬运工人翻身记〉创作过程》，《文艺报》1951 年第3 卷第11 期；《回忆群众剧社》，天津市艺术研究所《艺术研究》编辑部编印，1986，第144—147 页。

② 《天津工人写作情况调查》，《文艺报》1952 年第11、12 期合刊，第3 页；教育局工农教育科：《天津市工人业余教育初步总结》，《天津教育》1950 年第4、5 期合刊。

③ 《天津工人写作情况调查》，《文艺报》1952 年第11、12 期合刊，第3 页。

④ 刘亚：《培养工人文艺干部的一点经验》，《文艺报》1950 年第2 卷第10 期，第14 页。

论研究的形式。第一次开会时，各人报告想好的主题和情节，听取大家的
修改意见。在此基础上完成创作后，再开会讨论修改，一致通过的作品交
由组长投稿发出。在这种集体努力下，天津东站机务段文艺小组经过一个
多月的实践尝试后，先后发表十多篇报告和通讯习作。① 与此形成配合的
是，两个月前，由孙犁领导的《天津日报》副刊《文艺周刊》，组织具有
创作潜质的工人，成立工人文艺小组，与他们建立经常性的联系。副刊编
辑对于工人来稿，往往不辞劳苦，三番五次地进行修改，直到达到发表要
求为止。此外，他们还每月定期召开"作者座谈会"，有针对性地帮助工
人解决写作问题。这些经过训练提高的工人作者回到工厂后，进一步带动
文艺小组的日常活动。正是通过《文艺周刊》与工厂文教部的这种互动和
配合，董迺相、滕鸿涛、阿凤、大吕等一批天津工人作家迅速成长起来，
创作出不少产生了相当影响的作品。而这种工人文艺实践的经验，也成为
各地工厂学习的典范。②

　　如果说天津工人文艺实践在当时具有典范性，那么，这些文艺作品处
理生产实践，呈现工人主体精神的方式，便值得认真讨论。在这些成长起
来的工人作家中，董迺相的创作具有代表性。他是天津北站的铁路工人，
新中国成立前小学没有毕业，新中国成立后开始学习写作。出人意料的
是，经过不到一年的写作尝试，他便于 1950 年初在《文艺周刊》发表短
篇小说《我的老婆》。这篇小说经过《人民文学》转载后，引发广泛社会
效应。小说讲述了"我"克服重重思想困难，说服和改造落后的妻子识字
学文化、节约促生产的故事。这篇小说之所以引起轰动，一方面，如果对
照前述讨论来看，它的确呈现了当时生产实践中存在的先进/落后的劳动
态度，以及两者的互动与转化关系；另一方面，"工人作家"这一身份包
含的文化翻身的革命性意义，也深深激荡着工人的历史心情。

　　以这篇小说的成功为开端，董迺相的创作日渐增多，并很快结集出

① 钱小惠：《一个工人文艺小组的经验》，《文艺报》1950 年第 2 卷第 10 期，第 17 页。
② 黄人晓：《副刊怎样帮助工人创作——天津日报副刊的工人文艺小组介绍》，《文艺报》
　　1950 年第 2 卷第 10 期，第 13 页。

版。① 不过，细看这些小说，其实都沿袭了落后工人如何进步的故事模式。当时有批评家很快注意到这种问题，批评其"内容一致，形式相仿，人物思想转变也类似，呈现了一般化的现象"②。尽管董廼相后来扩大了写作视野，开始处理工人与技术人员的关系问题（如1953年完成的小说《携起手来》），但并未突破进步与落后对照的写作模式。而这个问题并非个例，是当时工人文艺实践中的普遍情况。茅盾在批评这种"千篇一律"的叙事模式时，曾有这样的概括：

> 作品中的落后分子有很好的技术，有久长的工龄，经过敌伪和国民党反动派统治，阅世既深，因而对新时代也还抱着保留态度。
>
> 作品中的积极分子大都性子急躁，不善于团结，因而引起落后分子的反感，故意闹别扭。
>
> 积极分子碰了钉子之后，改好了自己的态度，于是落后分子也就转变，比谁都积极。③

不过，揭示这种叙事模式还不足以呈现问题的全部。沙驼铃在批评董廼相时指出，在这种模式之下，"（作者）善于具体、生动地刻画消极或有缺点的人物，而不善于具体、生动地刻画积极的正面人物"④。这种状况同样不是个别问题，吕荧在分析这一时期工人文艺时，也有如此判断："写家庭生活，写落后人物比较生动，写工厂生活，写英雄模范比较空泛。"⑤此种写作的偏差与倾向，当然并非只是技巧问题，也与工人作家理解生产的经验不足，把握新人概念的能力欠缺有关。

事实上，并非只有工人文艺遭遇这种写作困境，1952年前后的文艺界普遍存在书写"落后转变"的公式化创作。当时一些不满于此的部队文艺

① 董廼相：《我的老婆》，天津知识书店，1950。
② 沙驼铃：《论工人董廼相的小说》，《文艺报》1951年第3卷第11期，第24页。
③ 茅盾：《关于反映工人生活的作品》，《人民文学》1951年第4卷第1期。
④ 沙驼铃：《论工人董廼相的小说》，《文艺报》1951年第3卷第11期，第24页。
⑤ 吕荧：《关于工人文艺创作的几个问题》，《文艺报》1951年第3卷第10期，第10页。

杂志，号召表现新英雄人物，反对刻画落后群众，认为这是"歪曲劳动人民的形象"。但这种文艺倾向不但没有解决工人作家遭遇的问题，反而平添了更多的苦恼。工人作家滕鸿涛在写给《文艺报》的"读者来信"中，既坦诚自己写完小说《皮猴》之后，作品水平便停滞不前，又抱怨在受到这种舆论导向的压力后，"……只好从开始进步的时候写起，这样的人物不用说编者和读者，就连我自己都感到是突然而来的，枯燥、贫乏，没有生气。许多人都认为是作者捏造的"①。为此，《文艺报》专门开辟"关于创造新英雄人物问题的讨论"的栏目，力图纠正这种创作导向。② 但从1953年前后天津工人文艺的进展情况来看，工人作家并未突破这种左右为难的困境，"落后转变"模式依然主导着他们的叙事眼光。③

问题的关键并非工人文艺不能处理"落后转变"的问题，而在于如何理解和呈现新人的产生所依赖的结构性关系和人心实感。一方面，大多数写作往往局限在狭小的经验视野，过度专注"新"的细部表面，"而不是总揽全局，鸟瞰式地来表现它们的主题的"④。因此，无法有力地掌握新人所包含的政治、社会、文化和生活意涵。另一方面，这些写作又在政治诉求的规约下，过快地将这种"新"对应为阶级意识的自觉，大大简化了主人意识的内涵。在这种意义上，1953年前后中国共产党特别关注的劳动竞赛和劳动纪律问题，未能成为天津工人文艺处理的对象。换言之，中国共产党塑造新人的历史经验及其在实践变化中遇到的问题，并没有在文化实践层面得到有效的整理，更谈不上具有文化想象力的创造性呈现。就此而言，上文所论工人阶级主体精神所面临的挑战，即塑造主人意识的劳动实践与机械化生产所要求的统一性意志之间的紧张关系，便依然是悬而未决的思想难题。

---

① 滕鸿涛：《我感到的苦恼》（读者来信），《文艺报》1952年第11、12期合刊，第29页。
② 参见《文艺报》1952年第9期以及第11、12期合刊的相关讨论。
③ 这里主要指的是1954年天津通俗出版社出版的董迺相和滕鸿涛的两部小说集《携起手来》《汽笛的声音》。
④ 茅盾：《关于反映工人生活的作品》，《人民文学》1951年第4卷第1期。

余 论

在 1953 年这个过渡时段，中国共产党塑造工人阶级主人意识的诉求，具体落实在重建生产秩序的努力之中。通过对天津工厂秩序重建的分析和整理，可以看到这种诉求对应的历史条件、历史理解及其与多种社会实践的构成关系。在这个时间关节点上，中国共产党通过接纳和转化不同的经验和思想资源，寻求新的组织形式和文教实践，应对政治、经济、社会和文化转型的结构性矛盾关系。在这种意义上，主人意识并非凝固的主体形式，而是通过不断回应这些矛盾关系，从而调适、转化和提升基层工人的人心诉求。

然而，在具体的历史过程中，不同的实践形式之间并不容易形成有效的配合和互动。在 1953 年前后，劳动竞赛、劳动纪律教育以及技术革新实践之间的紧张关系，尚未得到有效化解，中国共产党期待的工人阶级主人意识，未能由此获得内在统一性。不仅如此，工人文艺实践也时常与生产实践龃龉不合。譬如：究竟是大量培养工人作家，还是派很多作家下厂"带徒弟"？或者把大量的工人选入艺术训练机构？① 这些疑难问题关系到如何处理文艺与生产的互动方式，并决定着文化实践所可能释放的精神能量。在人类历史上，文化实践总是在根本上观照人在社会中的精神存在形式。如果工人文艺的实践形式，包含着这种文化创造的可能性，那么，它的理想形态便不仅是呈现一种新的生产实践形态，还能够构想不同实践形式有效互动的社会空间。在这种意义上，工人文艺的表现视野，便不能仅仅局限在工厂生产方面。如胡风所言：

> （工人文艺）"写工人"、写工厂、写机器、写生产热情、写政治觉悟，这当然是主要的。但是工人和社会各方面联系很多，精神生活很丰富，实际生活和表现要求并不仅仅限于工厂和机器。而且，作为

① 《天津工人写作情况调查》，《文艺报》1952 年第 11、12 期合刊，第 4—6 页。

一个领导阶级，工人不仅要认识自己，而且要认识全社会，全世界的。逐渐让工人的感觉力，感受幅度扩大起来，丰富起来，那么创造性就会发扬起来。①

他在此提出的工人文艺的理想形态，当然不可能一蹴而就，无法在天津工厂文教初创的历史语境中实现。1952 年，作为《文艺周刊》编辑的孙犁，在批评已有工人作品的同时，表达了这样的乐观期待："不久我们就可以看到，联系各种社会生活的，表现新的社会风习的，贯注了新的道德观念的，丰盛而深厚的作品出现了。"② 如此面貌的工人文艺的确令人向往。

然而，孙犁的这些期待，并非建立在他对新中国成立初期工厂劳动实践的充分理解之上，因而其中不免包含单纯的乐观情绪。工人文艺能否摆脱这一时期的不理想状态，获得他所期待的艺术品质，并不全在文艺实践本身，更重要的是中国共产党是否有效反省并回应实践工作中的结构性矛盾关系。如上所论，1953 年天津工厂重建秩序的努力，在应对这些实践问题的同时，也引发了新的矛盾状况。但这些新状况并没有得到深入的反省和分析。

究其原因，一方面，对于这一时期工厂劳动实践所带来的活力局面，中国共产党未能做出有效的整理和辨析，而是过度依赖阶级分析的眼光，简单地将之视为政治教育的后果，没有意识到背后对应的人心人情的历史内涵。换言之，工厂基层组织的生产活力，包含着中国人特定的情感结构。如果不能理解和把握原有生活伦理的意义位置，那么，政治实践便可能压制、挫败甚至伤害工人的身心诉求，而非顺承、转化和提升。另一方面，中国共产党初入大城市，尚不熟悉工厂组织，对于工业生产的文明史意义缺乏必要的认知。如何理解工业革命对人类文明提出的挑战，是西方

① 胡风：《论工人文艺》（摘自北平解放报作家讨论工人文艺的座谈记录），载荒煤编：《论工人文艺》，武汉人民艺术出版社，1949，第 23—24 页。
② 孙犁：《论切实——"三反""五反"运动以来〈天津日报〉文艺周刊发表的几篇小说读后》（1952 年 3 月 27 日），载《孙犁全集》第三卷，人民文学出版社，2004，第 409 页。

现代思想的核心命题之一。工业生产对人的精神的异化，并不仅仅是剥削关系的内在耗蚀，同时也是机械化大生产的必然后果。就此而言，中国共产党通过塑造工人阶级的主人意识，并不能真正回应这种生产体制的客观要求。在这种意义上，对于中国共产党此后的社会实践而言，是否细腻体察并及时化解这些矛盾状况，决定了社会主义文化理想的历史潜能能否全部实现。

（发表于《中共党史研究》2018 年第 5 期）

中编

革命中的文艺

"群众的位置"

——谈延安时期的文艺体制的"非制度性"基础

刘 卓

延安文艺研究中的一个核心问题是作家与共产党之间的关系。以丁玲研究为例，围绕作家与作为依托的这一框架，产生了不同的阐释路径，一种是将其转变视为知识分子改造的结果①，一种是将其理解为"五四"的女儿，以延安时期作为受压抑的、屈从的时期。② 后一阐释与 20 世纪 80 年代以来的主流叙述，即知识分子受难、归来的作家等表述有很密切的关系。很显然，这两种阐释都不足以全面地把握丁玲的复杂性。这并不是一个个案，对那些当时奔赴延安、经历了延安整风、此后仍对革命矢志不渝的作家来说，他们的复杂的精神历程无法在个人与组织这一二元对立框架中获得有效的阐释。由对阐释框架的缺陷而产生的反思已有了一段时间的积累。③ 一部分的研究集中在探讨这些投身革命作家的历程的内在复杂性，即其对延安的认同并不是改造的结果，而是跟长期以来的追求相关④，另外一部分着眼于丁玲对当时的体制的主动参与⑤。

---

① 夏志清：《中国现代小说史》，复旦大学出版社，2005。

② 黄子平：《病的隐喻与文学生产——丁玲的〈在医院中〉及其他》，载唐小兵主编：《再解读：大众文艺与意识形态（修订版）》，北京大学出版社，2007。

③ 有关这一阐释框架的反思的较为晚近的文章，参见李杨：《"右"与"左"的辩证法：再谈打开"延安文艺"的正确方式》，《中国现代文学研究丛刊》2017 年第 8 期。

④ 贺桂梅：《知识分子、革命与自我改造——丁玲"向左转"问题的再思考》，《中国现代文学丛刊》2005 年第 2 期；徐秀慧：《中国知识分子革命实践的路径——从韦护形象与丁玲的瞿秋白论谈起》，《文学评论》2015 年第 2 期。

⑤ 李陀：《丁玲不简单——毛体制下知识分子在话语生产中的复杂角色》，《今天》1993 年第 3 期；李晨：《〈在医院中〉再解读》，《中国现代文学研究丛刊》2012 年第 4 期。

上述分析中有一个共识，即以 1942 年的延安文艺座谈会作为分水岭，主要的分歧在于如何认定座谈会后发生的变化的性质，即延安文艺生产的高度组织化是不是一种有悖于作家个人创作自由的生产方式。下面的思考尝试就延安文艺体制的组织性的来源和脉络做一点辨析。它的组织性来源于同一时期的共产党的党建经验，即作家与党的关系，实际上被转变为作家与群众的关系。之所以能够以党建经验中的"群众观点"转化为文艺体制的基础，原因之一是与共产党在这一时期对文化人的角色和功能的认知有关，即它将文化人纳入革命力量内部，所着眼的是文化人（同一时期的还有广义而言的知识分子）在革命队伍内部的自我改造和成长。在这个脉络里，延安文艺体制不同于一般意义上的官僚体制的行政管制，其重心在于思想、立场的一致，因而在一定程度上可以说，延安文艺体制的形成过程也是作家主体成长的过程。"群众"这一角色在这个过程中，作为作家"自我"认知和转变的"他者"起着重要的作用，这一关系构成了延安文艺体制的"非制度"意义上的基础。

一

延安文艺的发生并不是植根于其当地原有的文脉，而是"忽如一夜春风来"，是随着陕甘宁边区的创建，在短时间聚集了大量知识分子和文化人后出现的。延安文艺的初期往往被视为延安与文化人之间关系的黄金时期，这是基于两点理由：一是当时延安成立了大量的社团和文化组织，另一个是当时的文化政策较为宽松，因而被称为 1940 年前后延安出现的"新景观"。[①] 这一提法为此后很多的研究所继承，其中所隐含的预设也因而被放大。以研究延安时期文学团体的专著《宝塔山下交响乐——20 世纪 40 年代前后延安的文化组织与文学社团》为例，其论述的主要脉络是延安时期的文学社团从繁盛到消歇的过程，繁盛的原因在于，"张闻天担任宣传部长期间，采取了以'文化'为重心，发展中华民族新文化的思路，并相

---

① 李洁非：《枪杆子，笔杆子——1940 年代前后延安的新景观》，《南方文坛》2003 年第 3 期。

应地为文化人和文化团体制定了诸多具体的相对自由、宽松的组织关系政策以及以创作、研究为本位的文化追求目标",因而"极大地激发了延安文化组织的萌生和发展,形成了 1940 至 1941 年延安文学团体、文化活动繁盛的局面"①;与之相对照,对于消歇则分析为,"随着延安思想整风运动,政治审干运动的大规模展开,1942 年下半年以后,中宣部、中央文化工作委员会调整了文化人文化团体政策,文化团体解散、重组,文化人下乡,转变创作方向,文学历史由此发生了巨大变化"②。

就大的叙述框架而言,这个勾勒所基于的预设是多种形式的文学社团才是适合文化人特点、保证文化自由的现代形式,进而言之,这些文学社团被视为现代知识分子的公共活动空间③,在这个脉络中,文学社团是与文艺组织——在这本书中是指文化工作委员会——有着紧张关系的。为了展开本文后面的讨论,有必要先辨析一个问题:延安前期的文学社团的性质。延安前期的各种文学社团是否能够理解为 20 世纪二三十年代的公共言论空间?延安前期的文学社团的成立,在狭义上而言离不开共产党的重要领导人的支持,在广义上而言,与共产党领导下的陕甘宁边区的支持,也是密不可分的。二三十年代时期的文化人结社聚集、发表作品所依托的环境是现代的新闻、出版市场,到了 40 年代,随着抗战的深入,即便是相对松散的文化人团体也被组织在抗战救国的政治动员框架之内。以书中所举的"文抗"为例,就其组织脉络而言,它的全称是"中华全国文艺界抗敌协会延安分会",它依然可以承担"向社会发出抗议或改革的声音"④,但是它与社会的关系发生了变化,按《解放日报》社论的把握,更为重要的功能是联络和团结边区和全国的文艺作家和爱好文艺的青年⑤,这一把握

---

① 吴敏:《宝塔山下交响乐——20 世纪 40 年代前后延安的文化组织与文学社团》,武汉出版社,2011,第 274 页。
② 同上,第 276 页。
③ 同上,《总序》,第 3 页。《宝塔山下交响乐——20 世纪 40 年代前后延安的文化组织与文学社团》一书属于"中国现代文学社团史研究书系",《总序》中介绍了这一系列研究的缘起和基本观念。
④ 同上,《总序》中对现代知识分子的公共活动空间以及其角色予以界定。
⑤ 《努力开展文艺运动》,《解放日报》1941 年 8 月 3 日,转引自孙晓忠、高明编:《延安乡村建设资料》(三),上海大学出版社,2012,第 56—57 页。

是与全国文抗的宗旨相一致的。换言之，虽然在延安前期，共产党对于文学社团维持着相对松散的、间接的管理关系，仍要考虑到这一时期的文学社团与全国范围内的抗战政治动员有着密切的关系。

文学社团所建构出来的自由图景遮蔽了一个问题，即同一时期文化人内部存在分歧或分宗派。分歧与分宗派，是两个有区别的层面。分歧之产生，部分与宗派相关，更主要的原因在于知识分子到达延安后对于延安现实情况所产生的不同判断。以艾青为例，1942 年 3 月他在《解放日报》上刊登了《尊重作家，理解作家》一文，其中有这样一句："假如医生的工作是保卫人类肉体的健康，那末，作家的工作是保卫人类精神的健康——而后者的作用则更普遍，持久，深刻。"[1] 从这一表述中不难看出鲁迅式的立场"揭出病苦，以引起疗救的注意"，艾青所指的是延安当时的一些落后现象，认为以笔揭示出这些现象才算是尽到作家的本分，即真诚不欺瞒，"他只知道根据自己的世界观去看事物，去描写事物，去批判事物"[2]。艾青所提出的问题是在 1940 至 1941 年前后逐步显露出来的延安文艺界核心议题之一。以 1941 年 7 至 8 月间延安当时"文协"与"鲁艺"的论战为例，周扬于 6 月间发表了《文学与生活漫谈》，萧军等另一方回复《〈文学与生活漫谈〉读后漫谈集录并商榷于周扬同志》。针对这个问题，文艺界内部开始提出要加强团结，如"1941 年 9 月，《解放日报》文艺版在文化俱乐部召开座谈会，……主张加强团结，发扬民主……把反对主观主义、形式主义的运动开展到文艺战线上来"[3]。在这次座谈会之后，1942年 4 月，萧军仍提出要离开延安[4]，很显然，这次文艺界内部所发出的团

---

① 艾青：《尊重作家，理解作家——为〈文艺〉百期纪念而写》，《解放日报》1942 年 3 月 11 日。

② 同上。

③ 这次座谈会的召开，按时间推测，是与整风的大环境相关，不完全是针对周扬、萧军的争论。《解放日报》的改组是在 1942 年 3 月 11 日开始酝酿讨论，4 月 1 日正式改版。1941 年 9 月所召开的加强团结的座谈会是在《解放日报》改组之前，按其中"反对主观主义、形式主义"等提法看，推测与中国共产党中央举行政治局扩大会议（即九月政治局会议有关），其中毛泽东的发言中提到一条，"在延安的学校中、文化人中，都有主观主义、教条主义"。参见陈晋《毛泽东的文艺生涯（上）》，人民文学出版社，2014，第 252 页。

④ 萧军：《延安日记（1940—1945）》，中国香港牛津大学出版社，2013。

结的号召效用不大。

这一以"文学与生活"为题的论争所针对的核心问题即，如何认识延安的现状，以及与此相关的创作自由等。这是一个切近当时文艺界创作实际的问题，也是促成延安文艺座谈会召开的直接原因。在一定程度上而言，座谈会的成功与否取决于是否能够有效地回应围绕这一核心问题而产生的各类文艺观点。需要指出的是，1941 年的这次争论更多地被周扬与萧军等的人事、意气矛盾所影响。直到很多年后，周扬回忆起这一时段，基本的描述仍是"这两派本来在上海就有点闹宗派主义。大体上是这样：我们'鲁艺'这一派的人主张歌颂光明，……而'文协'这一派主张要暴露黑暗"①。在这个表述之中，因袭了上海时期的宗派矛盾的"鲁艺"/"文抗"的矛盾，与"歌颂光明"/"暴露黑暗"的写作立场，被置于一起来谈。以上文所举的艾青为例，艾青于皖南事变之后来到延安，他的基本立场是"暴露黑暗"，艾青并未参与过上海时期的活动，并不在所谓的宗派矛盾之中，这里所表达"暴露黑暗"的思考是基于他来延安之后思想上的困惑，而按周扬的叙述，他是被认为与丁玲、萧军同属"文抗"派。这样的叙述还有一个后果，即它在作家的创作立场与其出身、人事背景之间形成一个直接的因果关联，沿此路径会得出很荒谬的推论，如仅从一派、从家庭身份来推断其作品的政治性。对比周扬的这一段回忆与 1942 年座谈会对于宗派矛盾的把握，后者不以宗派的、人事纷争的视野来分析这些矛盾，而是跳出人事纷争把握其背后的思想根源，解决方案也基于此而提出。

《在延安文艺座谈会上的讲话》（下文简称《讲话》）没有沿着周扬的路径，将"暴露"与"歌颂"与两个宗派联系起来，而是做了分离。对于宗派主义，被提在《讲话》的开头部分。其分析的路径是一样的，即宗派主义问题的解决，不在于人事，不在于是否保持一致的意见（比如歌颂还是暴露），而是思想上的转变。这一转变的要求不是对其中的某一派，而是对着两派。有关"暴露黑暗"和"歌颂光明"是被置于《讲话》结尾部分所列举的延安文艺界的一些提法中，认为两者都没有摆正对人民群

---

① 周扬：《与赵浩生谈历史功过》，《新文学史料》1979 年第 2 期。

众的认识。无论是对于宗派问题的辨析，还是对于"暴露"／"歌颂"的问题的辨析，都把它们置放于《讲话》这一整体思路中来，即对于延安的不同认识，需要放置到作家与具体的社会环境（延安与国统区之别）、与具体的社会关系（革命的边区民众）中来获得解决。此外，需指出这样一点，对延安当时的共产党领导人来说，上海时期的宗派矛盾并不是特别大的事情。1936、1937 年上海的文化人来到延安之时，就"两个口号"之争做过一些讨论，延安尊重鲁迅，但对被视为与鲁迅对立的另一方（如周扬、徐懋庸等人），也并没有太多的苛责，他们到延安后被任用于重要的岗位上。按徐懋庸的回忆，毛泽东认为这场论争是在路线转变的关头发生的，它的性质是革命内部论争①，而毛泽东这个判断与延安时期共产党对于文化人的角色的认知变化有关。

二

有关延安时期的文化人的角色，其中一个提法是"文化军队"，相近的表述有"笔杆子"（相对于"枪杆子"）、"文化战线"（相对于"军事战线"）等。以毛泽东有关"文化军队"的提法为例，集中提到的有这样几次：1939 年的纪念一二·九运动四周年大会讲话，1939 年底 1940 年初在边区"文协"第一次代表大会上的报告。值得注意的是，就这一提法的表层来说，"军队"的比喻看上去仍具有旧式的暴力机器的色彩，但是需要指出的一点是，从建军开始，到经过长征，共产党的军队有一个发展变化的过程，军队与党的关系发生重要变化，并且官兵关系、军民关系发生了重要变化。这里不赘述军队发展的具体历程，引用胡乔木在论及毛泽东思想的"群众观点"一问题时对军队的提法，"红军一开始就在毛主席指导下建立一种新式的官兵关系、军民关系。党员、红军、党的干部、政府人员用自我牺牲的精神来维护群众的利益，把群众力量团结起来，并使群

---

① 1938 年 5 月 23 日，应徐懋庸请求会见，毛泽东谈了关于两个口号的六点意见。参见徐懋庸：《我和毛主席的一些接触》，《新文学史料》1979 年第 2 期。

众相信党、红军是团结的中心"。① 换言之，在这一时期，共产党的军队已经和军阀军队根本不同，它是有主义的、有理想的新型革命力量的代表，具有着全新的含义②，作为中国革命的政治实践的一个重要领域，军队对于其他的阶级、群众团体是有着示范性作用的。

在纪念一二·九运动四周年大会讲话中，毛泽东指出，"他（鲁迅）说，敌人的碉堡是建筑在学校里、书报杂志上以及社会文教团体中，我们只要看一看鲁迅的杂感，就可以知道。他的抨击时弊的战斗杂文，就是反对文化围剿，反对压迫青年思想的"③。在这个语境之中所提文化上的"反围剿"，是就一二·九运动而言，它解放了青年的思想，在一二·九运动之后到延安前期，大批的知识青年奔赴延安，不仅充实了延安的革命力量，还奠定昭示着民主、抗战的延安在青年知识分子心目中的地位。第二次提出相似的讲法，是在边区文协所作的报告——《新民主主义的政治与新民主主义的文化》中，表达得更为明显："作为军事围剿的结果的东西，是红军的北上抗日；作为文化围剿的结果的东西，是一九三五年'一二·九'青年革命运动的爆发。而作为这两种'围剿'之共同结果的东西，则是全国人民的觉悟。这三者都是积极的结果。其中最奇怪的，是共产党在国民党统治区域内的一切文化机关中处于毫无抵抗力的地位，为什么文化'围剿'也一败涂地了？这还不可以深长思之吗？而共产主义者的鲁迅，却正在这一'围剿'中成了中国文化革命的伟人。"④ 这里将"军事围剿""文化围剿"并称，不仅仅肯定了20世纪30年代上海时期左联的工作成绩，即反抗文化上的围剿，教育青年、启发民众，这个肯定也揭示了其背后的逻辑，他们是在一个敌我对抗的逻辑——即反抗国民党的围剿——中不论阶级出身、经历等都被视为

---

① 胡乔木：《胡乔木谈中共党史》，人民出版社，1999，第99页。

② 这并不是指军队中官兵之间、部队与地方之间的关系没有问题，1940年整风期间，军队与地方的关系是整风的重点，1948年的整风工作是以"有文化的军队"作为重点，这里想强调的是军队是在一个不断的发展变化的过程中，同时，作为中国革命的政治实践的一个重要领域，军队对于其他的阶级、群众团体是有着示范性作用的。

③ 中共中央文献研究室编：《毛泽东年谱（1893—1949）》中卷，人民出版社、中央文献出版社，1993，第144—145、148页。

④ 毛泽东：《新民主主义论》，《毛泽东选集》第二卷，人民出版社，1991。

"属于共产党的文化新军"，也就是被纳入革命的力量中来被认定的。

就当时投奔延安的文化人来说，"文化新军""文化军队"这些提法并不陌生。早在 1937 年全面抗战展开之后，中华全国文艺界抗敌协会就相应提出了"文章入伍""文章下乡"的口号，究其在《中华全国文艺界抗敌协会发起旨趣》中的措辞来说，如"我们应该把分散的各个战友的力量团结起来，像前线将士用他们的枪一样，用我们的笔，来发动民众，捍卫祖国，粉碎寇敌，争取胜利"，时间上早于延安。很多回忆文章中提到在文协成立的大会会场有"文章下乡""文章入伍"的口号，文协所提出的这个口号是当时的文艺界一致认可的方向。① 以个别作家为例，如丁玲初到延安时主动要求上前线，她身着军装的照片非常有名，很多传记和新闻报道中以此为丁玲发生了身份上的重要转换。而初到延安的人穿上军装、制服成为很受欢迎的风潮，如韦君宜在《露莎的路》中记述了这个场景："最重要的还是招待所发了一身和别人一样的灰布制服给她。又肥又大，穿上一看，真的和别位'八路'的样子差不多了。可惜的是不能给姐妹们、熟人们和自己家的人都看一看。……想来想去，应当照张相片。向别人打听到了全城惟一的照相馆地址，就打扮舒齐跑去，照了个全身相。"② 这次的照相被与露莎考上清华时的照相相比，又被露莎戏称为"木兰从军"，可见革命青年对共产党军队的认可，也可见这认可中有着过于浪漫的想象。

在 1938 年底 1939 年初，茅盾已经观察到，大部分"下乡""入伍"的文化人已经回到城里，茅盾的批评焦点在于大众化、启迪民众抗日救亡的工作不能深入。相对照而言，边区在这一问题上处理得较好，比如柯仲平、马健翎等所领导的民众剧团一直深入边区各地演出，改革秦腔和郿鄠，创作新戏，这与他们原本所从事的大众化运动相关；比如赵树理等在晋东南所做的宣传、通俗文艺演出等工作，这不仅是与赵树理的文学理念"文摊"有关，更是与他们所在抗敌前线的具体环境有关，要想存活下来

---

① 有关文协这一口号的提出、实践，参见杨洪承：《"文章下乡""文章入伍"的缘起及意义》，《文艺报》2016 年 2 月 29 日，载段从学：《"文协"与抗战时期文艺运动》，北京大学出版社，2012。

② 韦君宜：《韦君宜文集》第二卷《露莎的路》，人民文学出版社，2012，第 5 页。

并且有效抗敌，首要的是深入群众、发动群众。不过，需要指出的是，相对于大量的"亭子间"来的文化人来说，这两个团体以及支持他们的理念的仍是少数。这两个团体都早于1942年的延安文艺座谈会就提出了深入群众和民族形式推陈出新的观点，从这个侧面也可以反映出延安早期并不仅仅是上面文学社团视野中所见出的场景，而参与文学社团的那些革命青年也有着多重的想象，既有着原来的文化人的一些习惯，也有着对于参军入伍、抗日救国的设想。

这两者之间所产生的矛盾，是促使张闻天写出《关于正确处理文化人与文化团体的问题》一文的背景。这是文章的原题，是张闻天代中央所拟，即1940年12月1日《中央宣传部、中央文化工作委员会关于各抗日根据地文化人与文化团体的指示》。对于这篇文章有着不同的解读，一种解读以此为依据，认为延安早期的"黄金时代"是与张闻天主持文化工作、制定文艺政策相关①，倾向于张闻天与毛泽东（整风时期负责文艺整风工作）的不同。但这一看法实际上没有辨析，这一文章不仅仅是张闻天个人的意见，而是以中国共产党中央文件的形式发出，故而代表着当时中央的集体决议。就其出发点来说，文章"正确处理文化人和文化团体"所提出的一些具体措施，是针对着当时对待知识分子问题上过"左"的、轻视文化人的倾向，不是简单地为文化人辩护，且之所以支持文化团体，也是从革命的整体需要而言。在大方向一致的前提下，如果以此文章为例，与毛泽东的"文化军队"的提法相对照，能够看出在思路上的一些微小不同，后者要比前者更进一步，不是在功能的意义（宣传、教育）上来看待文化人的角色，而是将其纳入了革命力量的构成之中。

从这个角度上来说，"文化军队"可以说是一个全新的命名系统，这是对于原有的左翼文化人的重新定义，他们不再是20世纪30年代上海时期所提的外在于革命的"同路人"，而是内在于中国革命主体生成的力量。从这个脉络来看，不难看出前面所提到的毛泽东对于宗派问题的分析，其

---

① 吴敏：《宝塔山下交响乐——20世纪40年代前后延安的文化组织与文学社团》，武汉出版社，2011。

重点并不在于在文艺界内部来把握不同观点的分歧，而是要整合不同的文化力量，形成一个文化的统一战线。这不仅是延安与 20 世纪 30 年代上海的区别，也是延安与 20 世纪 30 年代的苏维埃时期的重要区别。从 1939 年 "枪杆子""笔杆子"并提的提法，到 1940 年《新民主主义的政治与新民主主义的文化》，再到 1942 年 5 月 2 日毛泽东在延安文艺座谈会上的引言中开篇所设定的发言角度——"文化战线和军事战线"而言，这一思路有其一致性。换言之，文化人的问题、知识分子的问题是被纳入革命力量重组的命题中来处理的，而这个命题不能抽象地理解为文化人、知识分子被吸纳到共产党的官僚体制的过程，需要回到当时的历史语境，这一时期也是共产党的自身建设发生重大变化、提出克服官僚主义等一系列提法的时期。

三

就其精神渊源来说，延安文艺的发生可以溯源至 20 世纪 30 年代苏维埃时期。[①] 不过探讨其体制的生成，需要考虑一个现实前提，即延安文艺的构成力量是多样的，常见的说法如两支革命文艺大军的汇合，以及年轻的写作者的涌现，加上这一时期共产党的处境和历史任务也在发生变化，这些都使得其文艺政策、组织形态等呈现与苏维埃时期不同的特征。大量文化人来到延安所产生的冲击，不仅仅是造成文艺繁荣的 "新景观"，更多的是造成了共产党、军队构成成分的变化。以思想改造作为方案解决文艺界宗派主义、文化人的政治认识等问题，与当时的共产党整顿党内作风、根据地建设等经验有关。

按陈云的统计，"截至 1940 年 11 月，尽管我们党政军各部门，基本是以老干部为骨干。党政方面，地委书记，专员以上，都是老干部；军队因有老的基础，中级干部主要还是土地革命时期的老干部；但是和之前相比，由知识分子构成的新干部的人数在迅速增加，中下级干部，百分之八十五是新干部。在中级干部中，有百分之八十五是知识分子。在各个根

---

① 艾克恩主编：《延安文艺史》，河北教育出版社，2009。

据地中，还有广大数量的非党干部"①。陈云所指的由知识分子构成的新干部快速增加主要是指全面抗战爆发之后大量知识分子来到延安这一时期，在陈云有关这一时期的文章中常提到新老干部之间的矛盾，党员干部与非党员干部的矛盾。为什么要吸收知识分子入党？陈云给出过一个解释："在中国，大部分的知识分子是可以为无产阶级服务的。现在各方面都在抢知识分子，国民党在抢，我们也要抢，抢得慢就没有了。日本帝国主义也在收买中国的知识分子为它服务。如果把广大知识分子都争取到我们这里来，充分发挥他们的作用，那末，我们虽不能说天下完全是我们的，但是至少也有三分之一是我们的了。"② 这个解释是着眼于争取更多的人，支持共产党、支持抗日，至于为什么要抢夺"知识分子"，"知识分子"有何长才，在这里并没有说明，其中"大部分的知识分子是可以为无产阶级服务的"反倒是在一定程度上讲出了当时的认识，即知识分子并不属于无产阶级队伍，共产党吸收党员应该注重阶级构成。

按照王奇生的研究，自五四以来，国民党和共产党的基础都是中小知识分子，在 20 世纪 20 年代初国民党改组之后，为中小知识分子提供了参与政治、解决生计的途径，因而其党员中知识分子构成比例非常高；而同一时期，中国共产党对知识青年吸纳较为慎重，就组织管理层面而言，知识分子"脑筋较复杂，不易宣传"，"行动浪漫"，"很难以纪律相绳"，并且将这些问题归因于知识分子的"小资产阶级"属性。③ 到了 30 年代后期，中国共产党党员人数迅速扩充，从 1937 年的 4 万人，"猛增到 1940 年的 80 万人"，到 1945 年"中共党员人数是 121 万"。与此同时，国民党（以及从国民党分化出来的三青团）也在扩充党员，"在这场组织竞争中，以青年学生为主体的知识分子成为三方争夺的重点"④，即陈云上面所说的两党争抢知识分子。对于国民党来说，王奇生分析其大量扩收新党员，一

①　陈云：《关于干部工作的若干问题》，载《陈云文选》第 1 卷，人民出版社，1984。
②　陈云：《关于干部队伍建设的几个问题》《论干部政策》，载《陈云文选》第 1 卷，人民出版社，1984。
③　王奇生：《党员、党权与党争——1924—1949 年中国国民党的组织形态》，华文出版社，2010，第 40、41 页。
④　同上，第 341、342 页。

个重要的背景是战争的冲击，军事溃退使国民党在长江地区的地方组织和权力基础几近解体，其二，对外面临中国共产党的组织竞争①。从这一时期国民党在基层组织上的大量扩充也可以看出来当时的共产党所面临的压力，虽然此时已达成抗日统一战线，边区也被认可为合法政权，但是在政治组织上的紧张感仍然存在。

就20世纪20年代所指出的这些问题来说，这些问题在延安仍然存在，但共产党这一时期大量吸收"小资产阶级"出身的知识分子入党，是与这样的竞争关系有关，更是与抗战救亡的大背景相关。以当时陕公、抗大为例，陕公的办学宗旨弱化了延安的阶级色彩，突出了统一战线的性质，"陕北公学是统一战线的学校，只要不是汉奸亲日派，经过规定的入学测验，没有严重的病，都能入校学习，因此也不分党派，更不分性别"②；抗大在招生简章中的"入学资格"亦对招录学生的党派、信仰、性别均没有要求。需要指出的一点不同是，陕公、抗大大量吸收知识分子并不完全等同于直接进入党组织之中，它经过了学校这一环节的转化，而经过初步的教育（马列课程、革命史）的学生们，很快被充实到边区建设之中，这也是与同一时期的国民党不同的地方，国民党的党员系统与地方政府系统在人事上矛盾很深③。对于共产党来说，大量吸收青年知识分子并不仅仅是为了示以抗战统一战线的话语权，更为切近的任务是建设陕甘宁边区，以巩固根据地作为后盾配合军事斗争。以当时的边区施政纲领中有关文化教育的条目为例，如"继续推行消灭文盲政策，推广新文字教育，健全正规学制，普及国民教育，改善小学教员生活，实施成年补习教育"等④，这些任务都需要大量的知识人才补

---

① 王奇生：《党员、党权与党争——1924—1949年中国国民党的组织形态》，华文出版社，2010，第341页。
② 成仿吾：《半年来的陕北公学》1938年5月，载《中国青年运动历史资料》，中国青年出版社，2002。
③ 王奇生：《党员、党权与党争——1924—1949年中国国民党的组织形态》，华文出版社，2010，第336—338页。
④ 参见《把文化工作推进一步》，1942年3月25日《解放日报》。其中对于文化人的界定有两个主要的方面，其一，"文化界的人士是和前线的战士一样，同样地艰苦地奋斗"，其二，"文化运动不仅仅推动着抗战，并且也有助于建国。……如果没有全国各地到来的科学技术人材，文艺家、社会科学者以及其他文化人士与知识分子的努力参加，是不可能获得现有的成绩的"。载孙晓忠、高明编：《延安乡村建设资料》（三），上海大学出版社，2012。

充进来，因而出现了大量的非党员干部，承担着边区建设的工作。这是一个持续的工作，如1941年延安仍建议大量招收知识青年，充实干部队伍。①

由于战时情况紧张，人手也短缺，这些干部在进入工作岗位之前所接受的教育是不足的。这一时期围绕干部的培养，产生了很多的论述，如张闻天在抗大讲授个人的处理方法和工作能力②，刘少奇谈《论共产党员的修养》③ 等，可以见出在这一时期，因其构成成分的变化，党的建设产生了新的要求。谈修养，这样的提法之所以能够被提出，是基于这样的一个认知，或者说预设，即"小资产阶级"出身的知识分子干部，能够成为合格的党员。换言之，党的基本构成并不依托于特定的阶级本质，或者说，其政治性的认定并不直接等同于阶级出身，阶级出身是能够转变的。在一定程度上，可以说整风运动的一系列举措之中，尤重思想学习，也是基于此。根据胡乔木的回忆，毛泽东提出，"各地举办高级学习组是搞好整风极重要的关键"，"学习要以理论联系实际为目的，学习的内容在实际方面首先阅读六大以来的文件，研究六大以来的政治实践，在理论方面着重研究思想方法论和列宁主义的政治理论"④。与同一时期的国民党所出现的组织规模急速扩充而组织涣散的情况相比，以思想方法的学习和思想改造来培养干部的方式是一个有效的党建措施，它使得党的组织依托于思想，而非人事、行政，思想所开拓的边界也就是党的影响力所能达至的边界。

需要指出的是，这个思想方法的学习和工作作风的改造，不是向内转的，而是设置了一个外在的参照系，即"群众"。在这个学习和改造的过程中，有两层的关系，一是对马列经典的学习，一是联系实际，如中国共产党

---

① 1941年10月18日，毛泽东同朱德、王稼祥、叶剑英致电刘少奇、陈毅，建议从苏北、安徽各根据地招收知识青年到延安学习，指出："因西安交通被国民党严密封锁，知识分子来源已断，不但抗大三分校教育行将停顿，即军委机关及留守兵团亦得不到知识分子的补充。提议由苏北以至安徽各根据地招政治纯洁、体格强健、有中学程度之知识青年六百至一千人来延，不分男女，经你们初步审查之后，即可组织成队，经华北分批送达此间，如有熟练工人及技术人才更好。"载中共中央文献研究室编：《毛泽东年谱（1893—1949）》中卷，人民出版社、中央文献出版社，1993，第144、333—334页。

② 张闻天：《论待人接物问题》，载《张闻天文集》第二卷，中共党史出版社，1993，第430—449页。

③ 刘少奇：《论共产党员的修养》，载《刘少奇选集（上）》，人民出版社，1981，第97—167页。

④ 胡乔木：《胡乔木回忆毛泽东》，人民出版社，2003，第203页。

的政治实践、边区现在的状况。这两个层面——理论学习和实践检验的层面的结合才是获得正确知识的路径。"群众"并不从属于这个获取知识的过程之中，但始终在场：相对于马列经典，群众的位置是中国的实际经验；相对于实际的调查研究，群众的位置是社会关系，是破除实证意义的"现实"、提出行动的方向。这一位置的设定，使得每个党员干部的思想学习和工作作风的改造，变成了一个主体成长的过程，个人与党组织的关系、个人与自我的关系，被置于与群众的关系之中。在这个设定里，"群众"的位置是灵活的，略微突破了原有的固化的阶级分析框架，即保留了阶级成分的分析，但是同时将其转变为政治分析，阶级成分也可以转化。在原有的阶级分析结构之中，知识分子被认为是小资产阶级，工人阶级被设定为无产阶级，这一固化的阶级革命的认识在土地革命战争时期已经被突破，将农民发动起来成为革命的主体力量；在抗日战争时期，这一方法被更为深入而系统地用于党的建设，成为干部培养的原则。

换言之，这就重新界定了什么是共产党员。这个界定不仅依托于形式上的规范条例，如党员登记、党费、处罚条例等，而是更为侧重精神实质，即做好了群众工作，就是合格的党员。这也是共产党在组织建设上决定性地优胜于当时的国民党之处。群众是处在政党的行政组织的外部，即不直接参加党的活动；但是在党的建设上，群众又被转变为政党关系的内部，转化为每个党员的成长的必要的"他者"。在共产党这个革命主体的成长过程中，一个最重要的问题便是不断地重构与群众的关系，从而使党组织的建构总是在一种动态的张力之中。也是在这个意义上，政党的组织建构过程实际上是与每个共产党员的、革命主体的成长过程同构的。只有在处理好与群众的关系时，才能够维持党的活力，群众路线被称为共产党的生命线正基于此。对比这一时期共产党的建党活动和国民党的建党活动，能够看出，群众路线是共产党的组织建制中所设定的应对官僚体制僵化的一种方式。较晚近的着眼于延安文艺生产的组织性的研究有一个提法，认为"现代中国革命这样的现代性装置本身蕴含的永恒的结构性困境，不仅不可能在延安得到解决，它将挥之不去，始终与

'革命'如影随形"①。在这个意义上，丁玲等人的杂文中对当时延安所存在问题的批评，不能被理解为革命之外的、个人主义立场的表现，而是革命内部的更为激进的要求平等和民主的要求。这个思考路径是有启发性的，不过需要补充的一点是：延安时期对于官僚、教条问题的反驳，并不仅仅是从知识分子的角度，而是从个人的立场出发的，同时也有着系统性的反思和实践，这使得延安时期的政党组织不能简单等同于"现代性装置"。

上面尝试对比的是作为文艺指导思想的《讲话》中"为什么人"的问题，与同一时期党在组织、建设方面所探索实践的"群众路线"（群众观点）相比，两者内容不同，但是在根本的分析思路上是共通的。重新来看《讲话》的开篇对于文艺界的宗派主义问题的把握："比如说文艺界的宗派主义吧，这也是原则问题，但是要去掉宗派主义，也只有把为工农，为八路军、新四军，到群众中去的口号提出来，并加以切实的实行，才能达到目的，否则宗派主义问题是断然不能解决的。"其中对于文艺界的宗派主义所做的分析和解决方案，是跳出内部的文艺论争，不求具体文艺观点的一致，而是思想观念和立场上的一致，换个角度来说，它是将在形式层面的规定转化为作家与群众的关系，进而达到对作品的要求。从其表面上来看，它给人以用"外部性"（政策指令）取消对文艺的"内部性"（作家的自由、创作的自由）的印象，但需要指出的是它通过"思想"的转变来发挥作用。延安文艺整风是将文化人纳入政党建制之中；换个角度来说，这是政党扩大自己的边界、重建组织形态的过程。简而言之，当时延安的文艺体制的构建过程是将文化人的组织问题置于知识分子的组织命题之中，而知识分子的组织命题是置于共产党的自我重构的命题之中。在这个过程里，文化人、知识分子的自我理解并不仅仅是进入政党/官僚体制，更重要的是获得思想上的认同，即成为无产阶级自己的"有机知识分子"。

（发表于《陕西师范大学学报（哲学社会科学版）》2019 年第 1 期）

---

① 李杨：《"右"与"左"的辩证法：再谈打开"延安文艺"的正确方式》，《中国现代文学研究丛刊》2017 年第 8 期。

"群众创造" 的经验与问题

——以 "《穷人乐》方向" 为案例

程　凯

1944 年 12 月，在晋察冀边区第二届群英会上，阜平县高街村剧团演出了以村史为素材的十四场话剧《穷人乐》，引起轰动。针对此成功案例，晋察冀中央局发布了《关于阜平高街村剧团创作的〈穷人乐〉的决定》（以下简称《决定》），指出该剧反映了边区群众的翻身过程，"歌颂了群众的英雄主义"，是 "我们执行毛主席所指示的文艺为工农兵服务的新成就"。[①] 该《决定》把《穷人乐》的创作经验归纳为：真人演真事，把创造过程和演出过程相结合；表现本村群众斗争生活，为本村群众服务。这些要素构成了 "我们发展群众文艺运动的新方向和新方法"。《决定》进而要求："各个乡村、连队、工厂、机关、学校，都应沿着这个方向，采用这种方法，根据本单位的具体情况，开展本单位的文艺运动。" 该《决定》刊发于《晋察冀日报》时还配以长篇社论《沿着〈穷人乐〉的方向发展群众文艺运动》。"《穷人乐》方向" 的提出随即引发根据地农村剧团自编自演 "翻身戏" 的热潮[②]，并扩大为一系列 "兵演兵，工演工" 的实践。可以说，经由 "《穷人乐》方向" 的提出，发动群众自编自演成为 20 世纪 40 年代中后期解放区群众文艺运动的一个基本模式。

[①] 张学新、刘宗武编：《晋察冀文学史料》，天津社会科学院出版社，1989，第 313 页。

[②] 由于《穷人乐》的启发，1946 年春节期间边区村剧团掀起演翻身剧的热潮："灵寿县各剧团就创作了话剧 355 个，街头剧 179 个，平山县的不完全统计就创作各种剧本 524 个，……"（《晋察冀边区文化艺术工作大事记》，载河北省文化厅文化志编辑办公室编：《晋察冀革命文化史料》，1991，第 355 页。）

　　不过，还原《穷人乐》的创作过程会发现，《穷人乐》的成功并非群众自己演自己那么单纯。从选择典型到几度加工，区委和区委宣传部人员、晋察冀军区"抗敌剧社"的编导均有深度介入。然而这层层"帮助"并未成为专业剧团帮助业余剧团的正面例证，在经验总结中被刻意突出的反而是群众自发的"政治觉悟"与专业编导"形式主义"倾向的"斗争"。这样一种刻意张扬群众自发创造性以及要求专业人员无条件向群众学习的倾向须置于"整风运动"后大力推行"群众路线"造成的某种特殊历史状态中理解。在《穷人乐》之前，就有新闻报道剧《李殿冰》因其"群众内容，群众参加写作，群众参加导演"被树立为"为工农兵服务"的样板。① 在《穷人乐》之后，又有护持寺翻身剧团"突破了《穷人乐》真人演真事的框子"，编演外村群众生活而构成"《穷人乐》方向"的发展。② 这样看来，从群众参加编演，到群众真人演真事，再到群众独立创作，《穷人乐》实际是处于一个强调群众自身创造性的递进链条中。

　　对群众创造性的推崇带有这一历史阶段特有的激进性，《穷人乐》创演的成功也综合了多种因素。因此，仅将该剧放置在文艺整风的后果中加以把握，突出这一"样板"的构造性和虚构性其实不足以理解这一创作成立的历史条件和问题指向。③ 如要还原、重构其"事件性"，需将一系列历史性因素纳入进来，包括：对"群众英雄主义""群众路线"的理解与运用；"劳动英雄制度"；高街村群众"翻身"的过程，村合作社的枢纽作用；根据地戏剧运动的特质与文艺整风后的新变化；《穷人乐》创编中的矛盾和对矛盾的理解；"群众创作"的可能性与限度等。

---

① 1944 年 5 月 4 日《晋察冀日报》社论：《贯彻文化为工农兵服务的方针》，载晋察冀日报研究会编：《晋察冀日报社论选（1937—1948）》，河北人民出版社，1997，第478 页。

② 河北省文化厅文化志编辑办公室编：《晋察冀、晋冀鲁豫乡村文艺运动史料》，1991，第115 页。

③ 周维东：《被"真人真事"改写的历史——论解放区文艺运动中的"真人真事"创作》，《中山大学学报（社会科学版）》2014 年第 2 期。

何为"方向"?

"《穷人乐》方向"中的"方向"一词是这一时期经常使用的说法（文学史上耳熟能详的"赵树理方向"亦属于这一系列）。所谓"方向"，代表了一种从群众、基层产生的典型经验。"某某方向""某某道路""某某运动"在此阶段常见诸文件、报端，诸如延安的"吴满有道路""赵占魁方向"，晋察冀地区的"戎冠秀运动""李国瑞运动""葛存运动""康福山的道路"等。被冠之以"方向""道路"头衔者均来自基层，或为生产能手、劳动模范，或为战斗英雄、拥军楷模。晋察冀边区于第二届群英会（1945 年 2 月）上曾推选出 90 个典型，《晋察冀日报》3 个月内连续刊发"英模录"75 篇。高街村剧团的团长陈福全就以"阜平合作英雄"位列于这批表彰名单中。

对这些英模的表彰，其目的在于以之为楷模带动一种工作的展开。因此，英模的选择往往与要推动的"中心工作"密切相关。因为有大生产运动的号召，而树立吴满有；因为敌人"扫荡"造成大量伤亡，而宣传救助伤员的"子弟兵的母亲"戎冠秀、"子弟兵的大哥"崔洛唐；因为加强自卫战，而嘉奖民兵爆破英雄李勇、神枪手李殿冰；因为急需推动合作社经济，而表彰刘建章的南街合作社、张瑞合作社、陈福全合作社。这种以推举英模带动一方的工作方式构成这一阶段的特点，也是整风运动后确立的新的工作方法。

近年关于整风运动的理解常聚焦其统一思想、路线斗争，但另一方面，整风运动的目标亦在于检讨干部习焉不察的思想方法与工作方法。1944 年，在延安中央党校学习的淮北区党委书记刘子久，写了一封《关于学习问题给淮北区党委的信》，经由毛泽东、刘少奇首肯发表于《解放日报》上，从中能较为清晰地看出整风学习给一线工作者带来的冲击和启示。

刘子久的信从自己工作中遭遇的一件具体事例开始。1942 年，泗南县的一名转业军人夏陶然被安排到峰山区中潼村小学当校长。这个小学是个办"滑了"（坏了）的小学，由于村庄太穷，村民家里缺劳力而不愿送小孩上学。夏陶然发明了一套解决办法，把一二十个小学生编成几个生产小组（如放牛小组、割草小组、挖菜小组、编筐小组等），实行学习与生产结合，吸引家长把孩子重新送回了学校。他还以群众批评、劝告落后的一套方法教育调皮孩子，取代了习以为常的打骂；同时，利用自己的老师身份为村民排难解纷。① 其经验在二分区的小学教员训练班上备受欢迎。为此，主持会议者写了一篇社论，题为《走夏陶然的路》。但社论拿到区党委审查时，有人认为中央或华中局无此类指示，下级不能这样提，就没有采用"道路"的提法。

但刘子久到延安后，发现《解放日报》上刊载的毛泽东讲话、教育问题社论、模范小学的经验介绍"与夏陶然所作者，竟不谋而合"，证明当初"走夏陶然的路"的提法是正确的，仅因为上级的故步自封而抹杀了这一经验。这本是件小事，但经过整风学习，刘子久意识到它"以今天整风的眼光看来，则非同小可"。因为它"反映了我们的不大相信群众的创造能力；是反映了我们的眼睛向上，不肯向下，不肯向群众学习；是反映了我们不大懂得'从群众中来，到群众中去'的思想方法与领导方法的问题"②。

一经转变观念就令干部意识到，类似夏陶然这样的人物很多，他们是"群众中的天才、圣人、状元、领袖、诸葛亮"，其方法往往是自己摸索出来的。如果上级领导不予以挖掘则易被湮没；反之，如领导善于发现这样的创造，使之由不自觉提高为自觉，则这类做法就会发扬光大、集腋成裘。因此，发现群众中的"天才""领袖""诸葛亮"成为建立"群众路线"工作方式的一个枢纽。

这些群众中的能人、带头人、有感召力的人在政府与群众之间起到了一种中介作用。恰如夏陶然的个案所呈现的，这些群众带头人不单是上级政策的执行人，更是基层工作在遭遇难点时有办法、有带动力的人。他们

---

① 刘子久：《我是怎样写〈给淮北区党委的信〉的》，载延安中央党校整风运动编写组编：《延安中央党校的整风学习》（第二集），中共中央党校出版社，1989，第90页。
② 同上，第91页。

植根、面向老百姓，能更多地想老百姓所想、急老百姓所急。相对于地方行政系统，他们更能在工作中主动调动多种资源。像夏陶然组织生产合作的方法、批评教育的方法均来自部队经验，但这种运用脱离了原环境中当然而然的"执行"色彩，多了为解决问题而调动资源的主动性。所谓"群众英雄主义"的创造性，更多的是各种经验在脱离了惯常轨迹后，在现实挑战前的一种重新调动、组合。

在群众的创造性被重新定位、认识的情况下，干部的创造性也被激发出来。发掘、培养群众的创造性成为激发干部工作创造性不可或缺的途径。这样一个过程并非单向的"群众崇拜"，而是通过强化群众的主体位置反向塑造干部的主体状态，再以其被改造了的主体状态去引导群众。在此往复的过程中，群众既是主体，又是媒介。事实上，对于革命要求而言，群众不是自然而然具备与之配合的主体状态。以革命的主动性衡量，群众具有一种"被动的主体性"。但如果不将群众的被动性转化为积极性、主动性，则革命的主动性也有沦为狭隘、无效的功利主义的危险，所谓教条主义、经验主义正是基于此。

主观上讲，革命工作是面向群众的。但由于没有调动出群众的主动性，无论是征收公粮公草、扩军破路打仗这些本来就需要群众参与的工作，还是减租减息、增加工资、种棉植树、挖河筑堤这些直接有益于群众的工作，群众都认为是"为了那些工作同志，去完成上级所给予的任务，而不得不做似的"，不把它们看成自己的事。[①] 这是刘子久等一线干部一直遭遇的状况。与之相关的是，许多工农出身的基层干部"对于工作愈努力，愈积极，就常常愈脱离群众"，许多被党认为是"模范"的干部与党员，群众中大多对他们有"反映"。[②] 这种单向的"积极性"反而造成创造性的窒息。而挖掘群众的创造性，提倡"群众英雄主义"意在突破这种恶性循环，使干部和群众借助相互生成的积极性结合成目标一致的政治有机体。

在这样一种过程中，介于干部与群众之间的"英雄""模范"发挥作

① 刘子久：《我是怎样写〈给淮北区党委的信〉的》，载延安中央党校整风运动编写组编：《延安中央党校的整风学习》（第二集），中共中央党校出版社，1989，第102页。
② 同上，第96页。

用的方式和位置颇值得讨论。刘子久提出将模范人物直接提拔为干部，但如发现英雄、模范时就以后备干部的眼光衡量，对群众创造的理解就不免会窄化和错位。从各根据地推选的英雄、模范看，既有创造出工作方法的"群众生产组织"负责人，也有大量起表率作用的普通劳动者。他们的事迹都是在"动手动脚"的工作中创造出来的。尤其是劳动英雄，他们起带动作用的方式体现为在"做"的过程中让身边群众感到佩服而产生"见贤思齐"的效果。

在根据地广受欢迎的一出戏《王秀鸾》中，懒婆婆被儿媳妇的勤劳感化，其转变的心理机制在于"这人是打不服骂不服，敬服喽哇"。所谓英模，往往是群众中被"敬服"的对象。同时，"敬服"本身亦构成对被"敬"对象的要求与限定：一方面，群众"服"他、听他的；另一方面，这种威望又建立在"敬"的基础上，一旦丧失"敬"的前提，威望就会被抽空。"敬"是一种不诉诸压迫感而相互促生的关系：被敬的一方需更加克己、自律和自我提升，而"敬"之所以产生感召性又诉诸敬人一方向善、向好的本心。因此，相对于"竞赛"等现代机制，"敬服"更能达成一种"人挤着人，向好处走"的效用。

不过，从政府角度看，干部并不满足劳模停留于原有状态，而要求他们成长为群众领袖和政府帮手。各层级"劳动英雄代表大会"的召开即为推动此类工作，并由此产生出一种"劳动英雄制度"。政府所推行的社会、经济、文化政策——办义仓、办合作社、办学校、办识字班、办黑板报，发动妇纺，学新法接生等——都要通过劳动英雄来组织、推广。"只要劳动英雄做什么，周围的人就跟着做什么，……只要劳动英雄号召得好，马上就会得到大众的拥护，事情就有了八九成把握"[1]，劳动英雄逐渐成为"一揽子英雄"。此外，能否有效使用、帮助、培养劳动英雄成为衡量政府是否践行"群众路线"的标杆。乃至有这样的说法："个别的地区许多工作有毛病，追问下去，一定是劳动英雄的作用没有发挥出来。再追问下

---

[1] 李普：《我们的民主传统——抗日时期解放区政治生活风貌》，新华出版社，1980，第144页。

去，一定是党和政府对他们帮助和培养得不够，或者完全没有去培养。追到最后，便发现这是那里的党组织和政府负责人员还存在着官僚主义的毛病，还存在着不民主的作风之故。"①

"群众英雄主义" 与演戏

"方向""道路"的推出将之前指挥式的工作方式转化为经验带动式的工作方法。在宣传推广诸种经验的过程中，演戏起着不可替代的作用。毕竟，对不识字的老百姓而言，讲一遍不明白的事演一遍就会明白很多。王林在其《为冀中村剧团进一言》中提到：

> 我们的广大农民群众，认字有限，原理的思辨力更不发达。非他们亲自见到亲自"体验"到的他们不大深信。报纸、传单、小册子、教材是非常好的教材材料，但是我们的农民群众，可能有多少人看懂了报，看懂了小册子呢？文章多么通俗，但是认字不多，你还创造出什么通俗办法？除非是形象化——画成画，或者用人表演出来，这就又成了戏、成了歌、成了大鼓、成了电影，……②

演戏不单是某种政策、经验的图解，戏的创作过程往往构成经验的重构和发展。原有经验中与政策配合的部分固然要紧，但戏之成戏恰好在于捕捉能使这些工作经验成立的思想、情感、伦理。好的、成功的戏往往是将一般经验整理中传达不出来的那些层面展现出来，而这些层面恰为"群众创造性"之为"群众"创造性的来源与机制。像之前提到的《王秀鸾》对于"敬服"作用的捕捉，非在戏剧所还原、创造的人物关系中难以准确传达。

---

① 李普：《我们的民主传统——抗日时期解放区政治生活风貌》，新华出版社，1980，第146页。

② 王林：《为冀中村剧团进一言》，载河北省文化厅文化志编辑办公室编：《晋察冀、晋冀鲁豫乡村文艺运动史料》，1991，第187页。

抗战后期，根据地的专业剧团经过多年磨炼，一方面对于服务现实、对于"赶任务"、对于从现实取材迅速加工演出、对于下村演戏已轻车熟路，对于根据地、游击区、敌占区农村观众的欣赏习惯、直接要求与反映均积累了丰富经验。另一方面，对于现实主义戏剧方法的钻研又使他们在创作过程中注重观察，还原植根于生活的行为、思想、感情状态。因此，这一时期产生的一系列宣传英模的创作，如《戎冠秀》《李国瑞》等虽有真人真事的限定，但在反映现实的深厚性和丰富性上并不单薄。

再有，经过1943年到1944年的文艺整风，一套如何在文艺创作中贯彻群众观点、群众路线的方式在边区确立起来。其要点在于"群众内容，群众参加写作，群众参加导演"①。所谓"群众内容"的规定是"把战争与生产和群众的英雄主义当作文艺创作（首先是新闻通讯与戏剧创作）的头等的内容"。因此，写反扫荡和大生产中的英模，写真人真事成为这一时期普遍采用的主题。② 在创作方法上，则采用专业人员与英模、群众三结合式的"集体创作"模式：由专业人员下乡深入生活，在写作对象身边蹲点儿，采编、编导过程中要征求本人和周边群众的意见。

这种写群众带头人的命题对根据地剧团来说并不陌生。只是，以往对主题的把握多由编导人员在创作中自行掌握。而在围绕"群众英雄主义"展开的创作中，对很多英模事迹政府于表彰的同时也加以总结、阐释、提升，使之与政府要推行的政策结合起来。此外，在搜集素材的层面又要求更加"深入"生活，要对群众领袖和周边群众的方方面面有更准确的把握，最终成果还要接受群众检验。于是，写"真人真事"变成一个在指导方向、经验厚度和"真实"检验几个向度间反复打磨的过程。③ 正是这种打磨，使得以往较为"单纯""直接"的创作变得更富紧张感。

---

① 《晋察冀日报》社论：《贯彻文化为工农兵服务的方针》，载晋察冀日报研究会编：《晋察冀日报社论选（1937—1948）》，河北人民出版社，1999，第476页。

② 这一时期，在晋察冀创作的写真人真事的主要代表作有：《李殿冰》（冲锋剧社）、《戎冠秀》（抗敌剧社）、《崔洛堂》（战线剧社）、《李国瑞》（抗敌剧社）、《王秀鸾》（火线剧社）。

③ 杜峰：《"李国瑞"写作前后》，载晋察冀日报研究会编：《1938—1948〈晋察冀日报〉通讯全集》（1945年卷上），中共党史出版社，2012。

同时，文艺整风提出的文艺群众路线的另一个方向是发展村剧团等业余文艺团体，变"写群众"为群众自己创作。各专业剧团的任务则是全力帮助村剧团发展。冀中、太行等地本来就是农村演剧传统兴盛的地区，1940—1941年曾有发展村剧团的热潮，1942—1943年的大扫荡一度造成村剧团的沉寂。但随着1944年生产运动的恢复，农村剧团又开始活跃起来。

在新一轮的村剧团演剧热潮中，不仅专业剧团的助力更深入，各级宣传部门也被要求"分散帮助工作"①。它们承担着发现、培养、宣传英模的任务。于是，"写英模"与发现、培养英模成为一个连续过程。由领导干部发现、确定典型，宣传人员与创作人员帮助整理经验，总结成通讯报道或加工成戏。

大生产运动的一个突出特征也是重视对群众自发生产经验的挖掘。毛泽东在《组织起来》中倡导："我们应该走到群众中间去，向群众学习，把他们的经验综合起来，成为更好的有条理的道理和办法，然后再告诉群众（宣传），并号召群众实行起来，……"② 这种以"向群众学习"为前提的工作程序，注重因地制宜的有效性。比如组织变工互助时，特别强调变工队的形式不必千篇一律："要根据各家各户的具体要求和各种条件来决定，不要凭空臆造，也不要采取某种固定形式，只要在实际起着互助作用就行。"③ 因此，深入调查、整理、研究那些在现实条件中已经存在的、自发的互助经验成为推动互助生产的基本方式。

在这一阶段对"群众路线"的贯彻中，经验的多样性得到了较为充分的保留。而经验的多样性恰好基于群众自身的差异、复杂与不一致。在有效的"群众路线"视野下，群众不单是抽象整体，而被还原到其差异性条件中加以把握。"群众路线"能够对群众起作用，其前提即在于准确认识、研究、照顾群众的接受、创造条件、程度与机制。所谓"向群众学习"并

① 《晋察冀日报》社论：《贯彻文化为工农兵服务的方针》，载晋察冀日报研究会编：《晋察冀日报社论选（1937—1948）》，河北人民出版社，1997，第477页。
② 毛泽东：《组织起来》，载《毛泽东选集》第三卷，人民出版社，1991，第933页。
③ 《介绍陕甘宁边区组织集体劳动的经验》，载史敬棠等编：《中国农业合作化运动史料》，生活·读书·新知三联书店，1957，第259页。

不意味着群众能够提供一个现成样板，而恰好是要在群众不那么标准、完善的经验中把握推动工作的现实基础和动力。然而，研究差异性经验的目的又不囿于确认多样性，而是在目标一致的视野下通过兼容差异性而获取更坚实的现实感与有效性。因此，经验更需要经常、充分地交流。干部领导生产的要害措施之一就是组织经验交流，将各地整理上来的有效经验进行交换，在这种交流中推动经验的提升和拓展。介绍、交流、推广经验成为领导工作的主要内容。

基于这些大背景，此阶段的演戏运动，无论是职业剧团的写劳模、写生产，还是群众创作都构成了这种新工作方式的一个有机环节。换句话说，如果说这一时期戏剧创演与革命政治的关系发生了变化的话，其关键还不在于演戏被要求更密切地配合政治，而是革命政治自身发生了一系列变化：如整风运动、大生产运动之后一整套领导方法的调整，"劳动英雄制度"，以发展生产为枢纽的工作重心的转移等。文艺创作上"群众路线"的深化是在一种双向改造的机制中起作用的——文艺"为工农兵服务"的前提在于革命政治的"为工农兵服务"。《在延安文艺座谈会上的讲话》标举的"文艺为政治服务"，要害不在于加强了"政治"与"文学"之间支配与被支配的关系，而是设定了"政治"必须面对现实状况不断突破、改造自身，并以此为前提，"文学"要结合进这个随时处于改造、调整状态的"政治"中以实现自己的突破、改造和"去领域化"。因此，这一阶段文艺的"为工农兵服务"不是仅在"文艺"与"工农兵"点对点的单向维度中起作用，而是在一环套一环的"群众路线"的工作方法中起作用，其创作机制和影响效力均需结合这个整体性背景来看。

从这样一个背景看，1944年底到1945年初出现的"《穷人乐》方向"其实是介于大生产等群众运动产生效果，到有必要将此种效果向纵深转化，产生进一步"翻身"动力的关节点上。作为文艺创作中贯彻群众路线的新经验、新方法，它本身是宣传劳动英雄的产物，但又在一定程度上突破了表现"劳动英雄制度"的框架，将生产翻身置于一个更宏大的认识框架中，开启一种历史叙述模式。

村剧团与"演真人真事"

产生了《穷人乐》的高街村是一个和阜平县城隔河相望的编村，有四个副村。全村共有 105 户，除 5 户外，其余全为佃农，抗战前绝大多数佃户租种五台山喇嘛的土地。[①] 抗战军兴后，随着一一五师政治部的进驻，阜平县先后成为晋察冀军区司令部所在地和晋察冀边区首府，长期处于晋察冀根据地的中心位置。"许多机关、部队、学校、医院、工厂、新闻单位、文艺团体等，曾长期分驻在各个村庄。"[②] 就此而言，高街村所处的位置是很特殊的，由于地邻中心，不断受到边区各种工作的直接影响，也容易受到关注。

高街村剧团始建于 1936 年。其前期情况缺乏详细资料，剧团重建据说在 1940 年或 1941 年。其特点在于：

> 配合中心任务自编自演经常活动，专业剧社曾陆续帮助过，但外来剧本演出并不多。团长陈付全，副团长抗联组织部王朝金（女），正式团员三十余人。村各部门干部参加者约一半以上，青妇、青壮年、儿童比例差不多，不识字的很少，平均初小二年级的程度。……新加入的老年、壮年、青年十余人，如工作需要尚可聘请本村任何人参加编剧或演出。实际上变成全村老百姓的文娱组织。在艺术上，团员中没有一个会搞旧玩意儿，也没有演过旧东西，对演出活报剧、小调剧、秧歌舞形式很喜欢，并能自己搞，就是缺乏编剧与乐器人才。现因与冬运结合，学习空气很浓，每次排戏之前都有人在学算盘，或识字读报。[③]

---

① 张非、汪洋：《〈穷人乐〉的创作及其演出》，载张非：《偏套集——张非诗文辑录》，三乐堂编印，2008，第 2 页。

② 舒老九：《追忆高街村剧团，缅怀〈穷人乐〉方向》，载河北省文化厅文化志编辑办公室编：《晋察冀、晋冀鲁豫乡村文艺运动史料》，1991，第 250 页。

③ 张非、汪洋：《〈穷人乐〉的创作及其演出》，载张非：《偏套集——张非诗文辑录》，三乐堂编印，2008，第 3 页。

这段描述是晋察冀军区政治部抗敌剧社成员对高街村剧团情况的调查。高街村剧团是他们选择的一个典型。相对于一般村剧团，其值得培养在于具备一些条件。比如，"村各部门干部参加者约一半以上"说明剧团得到村领导支持、不闹独立。因为排戏、演戏耽误生产，需要经费，且容易造成纠纷，许多村干部并不愿意支持剧团，剧团也容易形成独立倾向，造成与村政权的对立。另一方面，一般乡民观念中，演戏是"闹"、是"玩儿"，青年、儿童参加者多。"青妇、青壮年、儿童比例差不多"说明这一剧团的群众基础好。进一步发展到全村老百姓都愿意参加则意味着它已摆脱娱乐性质而成为有凝聚力的群众组织。"配合中心任务自编自演经常活动"，少演外来剧本，则意味着他们的演出主要服务本村，不具有发展为职业、半职业剧团的倾向——在这一时期，对"模范"村剧团的要求就是保持业余性，与生产结合，勤俭节约，不以营利为目的，不向职业剧团发展。相应地，"团员中没有一个会搞旧玩意儿，也没有演过旧东西"也与此有关，因为能够跑台口赚钱的往往是旧戏班子，演新戏属于"宣传任务"，很难挣钱。同时，这也体现这一阶段强调的新、旧戏对立，认为搞旧戏的有旧趣味、旧习气，表演上喜欢滑稽、出洋相，会把新戏演坏，没有旧戏底子反而成为有利条件。而"对演出活报剧、小调剧、秧歌舞形式很喜欢"则意味着他们有创造综合性新形式的基础。在这一时期，所谓"新戏"并不单指话剧之类，而是内容上"新"，形式上突破某种固定格式、具有综合性的戏。旧戏中无论"大戏""小戏"，凡够"戏"者仍有固定格套，因此被鼓励应用的是小调、秧歌舞等尚够不上"戏"的民间表演形式。

总之，抗敌剧社对高街村剧团的整体评价是："一个纯粹的农民剧团。没有旧艺术形式的传统习气，容易接受新的东西，有坚强的领导，团员政治认识很好，有许多工作经验，应尽量发动他们自己搞，演出他们自己的事。"[1]

---

[1] 张非、汪洋：《〈穷人乐〉的创作及其演出》，载张非：《偏套集——张非诗文辑录》，三乐堂编印，2008，第3页。

"演真人真事""演自己的事"是文艺整风后确立的群众创作方向。本来，农村演戏的出发点是"自娱自乐""闹红火"。旧戏因其固有程式、格套，自然有一种"戏"的样子。而将身边事转化为戏则特别需要一种转化能力、方式，否则，仅将生活中的事、言、行无转换地搬演，易散漫、平板，观众看着无趣。但群众对戏的要求、对娱乐的要求又并不那么单纯。传统大戏演忠孝节义，小戏演儿女情长也是涵盖了不同需求。而新戏则试图将"开脑筋""讲道理"与移情、移人结合起来。尤其置身战争的紧张环境中，群众需要的调剂已不是"有趣""热闹"所能完全承担的，"娱乐"也被挤压得具有相当的严肃性。

"大扫荡"前后，抗敌剧社等曾组织过几次"政治攻势"，即以小组形式深入游击区、敌占区，冒着生命危险以游击战的方式巡回演出。① 在"政治攻势"的总结中，作者指出：

> 老百姓在危险之下看我们的戏，他们来，不但是因为苦难压抑着，为了来找点快乐，更要紧的，是为了来听点什么看点什么，让"八路军和共产党告诉我们，这日子怎样过"。这是一件极不简单的事情，我们只要身临其境，站立在这些甚至很久不知道什么叫作快乐，很久不知道鼓掌的同胞面前，就会感觉到一种极大的责任。②

① 对抗敌剧社等团体而言，"政治攻势"的经验奠定了之后接受《在延安文艺座谈会上的讲话》的认识基础。胡可在回忆中对此有所阐述："尽管在敌后根据地的农村，我们本身就处在'生活'当中，住得久的村庄，通过日常的群众工作，也观察到形形色色的农村人物；通过报纸上和上级的形势报告，也知道一些对敌斗争和根据地建设的消息；何况还有那几乎一年一度的反'扫荡'呢。但是尽管如此，离开文艺工作者的圈子，到担负作战任务的部队里，到沟线外斗争激烈的艰险环境中，和拿枪的农民子弟生活在一起，和游击区风尘仆仆的基础干部生活在一起，和敌寇压榨下痛苦的乡亲们生活在一起，和他们一起经历那动荡艰苦的日子，被他们信赖，被他们当作亲人，那感受究竟是不大一样的。因为有了这样一些实际感受，所以当一九四三年秋季读到毛泽东同志《在延安文艺座谈会上的讲话》的时候，……立刻被我们这些创作人员心悦诚服地接受了下来。此后，我们就开始用'深入生活'这个词儿来代替'搜集资料''体验生活'的简单提法。"（胡可：《实践中学习的十年》，刘佳、胡可等：《抗敌剧社实录》，军事译文出版社，1987，第64页。）

② 韩塞：《戏剧在政治攻势的前线上——叙述一些感想和经验》，载张学新、刘宗武编：《晋察冀文学史料》，天津社会科学院出版社，1989，第249页。

因此，在创作上"写的东西就不能无的放矢"，要"反映出敌占区、游击区的生活"，要"说他们心里的话，替他们出主意，想办法"。这样一种直接诉诸宣传效果的创作要不流于抽象，尚需特别熟悉当地生活："事先要把工作地区的斗争做尽可能详细的了解，甚至把演出对象都调查好。"① 而"站在人群中"的演出经验使他们发现，"观众们对戏里最关心的是与他们自己有关的人"，"妇女们最关心台上的妇女，老头儿们最关心台上的老头儿"。② 内容的真实性和表演的真实性在这样一种极端环境中成为达成更高层次戏剧效果的先决条件。作者在总结中曾说明表演真实的必要：

> 曾在一个戏里，我们的日本人上台的时候，坐在前面一些的老太婆突然把身子往后一闪，像是马上要躲避一下的样子。而在这个日本人动手摔倒一个老太婆的时候，这些台下的老太婆都用低颤的声音叫着"啊呀"，而且湿了她们的眼睛。如果演日本人，但形态、动作、直到服装都不太像，那么观众马上就感觉到不像，感情会慢慢地远离，觉得这不过是"戏"了。③

这里，"戏"的距离感阻碍了观众产生代入感。而这时所要求的正是消除产生形式距离的因素，激发更直接的代入感。这种极端条件下的演出通常是一种"无距离演出"。"街道、打谷场、院落……常常是我们的舞台，而其实并没有'台'。观众座位逼紧着你，那样近，叫你几乎像是站在这群人中间讲话一样。"观众具有一种直接的逼迫感使得"演"与"看"紧密结合为一个整体。它所具有的政治效能和隐喻性正是革命宣传所设定的理想状态。这样一种直接性、逼迫感、代入感成为后来努力要在演出中再造的。大家耳熟能详的战士、民兵看戏时开枪打"恶霸"的桥段

---

① 韩塞：《戏剧在政治攻势的前线上——叙述一些感想和经验》，载张学新、刘宗武编：《晋察冀文学史料》，天津社会科学院出版社，1989，第250页。
② 同上，第253页。
③ 同上。

均刻意突出某种混淆性——忘记是在演戏——意在强调内容、表演的"真实性"与观众代入感的对接，成功超越了"戏"的虚构性。

随着"演真人""演英雄"方式的出现，"真实性"成为创演中一个主要追求的目标。然而，对于创作、表演而言，"演真人"中的"真实性"是一个直观、便利，却又更被限定的状况。曾在《戎冠秀》中扮演戎冠秀的胡朋在其创作日记中写道：

> 扮演一个真实人物和创造一个典型是各有所难的。平常创造一个典型，只是依据着剧本和平日生活的经验，这一方面来说是难的。然而在创造典型上来说，范围就更大些，受的限制就比较少些。然而扮演一个英雄就不然了，虽然英雄本身就是一个典型。同样的感情，在各个英雄表现的行动就不一定是一样的，她有她一定的特征。因此，还要受真人的限制，但是另一方面说来，真人在，又是很便利的条件。①

于是，演员对原型的观察、揣摩既需掌握其动作、语调，又需时刻提醒自己不囿于模仿外形，要把握"思想感情"。这种再创作出来的"真实"是复合式的，既有表象的逼真，又有对"真实"背后"本质"的赋予与呈现。由于这种真实要放到"真人"、熟人面前检验，它的创作、呈现不能一次性完成，而需不断放回经验打磨。像在《李国瑞》的创作中，李国瑞本人就对剧本细节提出意见："我受处罚后，从未流过泪的，那一句话应该改成报复性地说：对！咱们走着瞧，你们他们咧皮就别犯错误。我受了处罚后，常常是这样想的。"② 这使得"写真人""演真人"成为一个不断加深对人物理解的过程。

另一方面，对观众而言，看熟悉的人被搬上舞台，本身就能激起很大的好奇心。民兵英雄李殿冰的事迹被改成报道剧在其家乡附近演出时，

---

① 胡朋：《扮演戎冠秀杂记》，载张学新编：《晋察冀革命戏剧运动史料》，河北省文化厅文化志编辑办公室，1991，第144页。

② 杜峰：《"李国瑞"写作前后》，载晋察冀日报研究会编：《1938—1948〈晋察冀日报〉通讯全集》（1945年卷上），中共党史出版社，2012，第345页。

"几十里以内的老乡都轰动了,看戏的人数之多,打破了过去任何一次晚会的记录"。李殿冰和他的伙伴们都跑到后台去看扮演自己的演员,看他们化装。观演过程也充满新鲜感和投入感:

> 李殿冰是尖地角一带老乡们所熟悉的,人们天天看见他在山上打野兔,平平凡凡,没有什么可注意的。可是舞台上的李殿冰,却没有一个人不感到新鲜。开幕的时候,人们一面注视着台上,一面低声和自己身边的人说:"殿冰!殿冰!"有的情不自禁,就大声喊了起来:"董四、董长庆上来了!"看戏的人们,不但看到了李殿冰,而且也听到了自己在紧急情况下喊叫和惊惶。有些人发现了自己的家属在舞台上行动很逼真,便报以热烈的掌声。①

这样一种"演真人"将平凡、熟悉转化为不平凡和新鲜,同时,它的"熟悉性"又将观众再次组织起来。

此外,"演真人"可以在一定程度上解决戏的宣传、教育内容与"戏"之效果不足的矛盾,进一步弥补群众创作时缺乏内容把握和技巧不足的缺憾。之前,村剧团能演新戏者大都受到专业剧团的辅导,其趣味、技巧也有向专业剧团靠拢的倾向。而随着群众演戏的范围扩大,不可能所有村剧团都接受专业剧团的指导,大部分村剧团的编演能力有限,演专业剧团提供的剧本有困难,常"闹剧本荒"。本来群众演新戏的兴趣就不如演旧戏大,如果不能创造出一套易于操作的编演模式,那么新戏将很难占领阵地,而"演真人真事"的成功则开辟出一条兼顾两者的新路。

不过,专业剧团的演"真人真事"是一个颇为耗时耗力的创作方式,其难度甚至大于以往的编演。无论从强调群众创造性的角度,还是从群众演戏的现实条件出发,发动群众自编自演都是一条值得探索的路。抗敌剧社选择辅导高街村剧团就是要创造出一套村剧团自编自演的样板。

---

① 《舞台上的民兵英雄——记新闻报导剧〈李殿冰〉》,载张学新编:《晋察冀革命戏剧运动史料》,河北省文化厅文化志编辑办公室,1991,第174页。

高街村合作社

抗敌剧社派去帮助高街村剧团排戏的汪洋（抗敌剧社副社长）、张非（抗敌剧社音乐组组长）为总结这次创作经验曾写过一份很详细的材料——《〈穷人乐〉的创作及演出》。[①] 根据这份材料，最初排戏的动机是为了配合区宣教会议，是一个"赶任务"的戏，要五天后演出。一起商量主题的剧团编导、区干部和村剧团成员开始想法不一致，最后，本村的农民周福德提出演"穷人乐"。至于为什么叫"穷人乐"，周福德的解释是：

> 抗战前咱们受喇嘛的苛打，卖人口，掏典钱……八路军一来，二五减租，"下打典"，佃户们有了永佃权，种地保了险，1939 年教导团帮咱们修滩，咱们又有了滩地，去年鬼子大扫荡弄得咱们什么吃的都没有，今年春天政府贷粮、贷款、贷籽种救济咱们，要不凭什么活到现在?！今年除了稻子不强以外，什么也是丰收。从前挨饿受冻，现在有吃有喝，这不叫穷人乐吗?[②]

这里所说几乎就是后来演出本的场次框架，因此是否当初原话或可怀疑，但里面传达出一些关键的自觉意识：就是把七八年来的变化看成一段由"苦"到"乐"的过程，而这种由苦到乐又与新政权一次次的帮助、介入密切相关。经由新政权的介入，村子有了自己的"历史"，这段历史的内容是新政权赋予的，这个历史的方向是让穷人"翻身"。老百姓虽尚未发明、掌握这个词，但一经意识到"由苦变乐"，就初步取得了与这个历

[①] 据张非回忆，这份总结是 1945 年 1 月为了"要给延安来张家口的文艺界的'大人物'介绍一下经验"，由汪洋、张非、林苇合写。（张非：《偏套集——张非诗文辑录》，三乐堂编印，2008，第 33 页）这里所指应该是 1946 年 1 月 8 日，边区文化界在华北联大礼堂欢迎从延安来到张家口的周扬、丁玲、肖三、肖军、沙可夫、吕骥、张庚、古元、王朝闻、彦涵等人。会上由康濯、张非介绍了晋察冀文艺运动情况。载河北省文化厅文化志编辑办公室编：《晋察冀革命文化史料》，1991，第 354 页。

[②] 张非、汪洋：《〈穷人乐〉的创作及其演出》，载张非：《偏套集——张非诗文辑录》，三乐堂编印，2008，第 4 页。

史方向的一致。

事实上，所谓"苦"不单是抗战前受喇嘛压迫时有，抗战七年对村庄来说意味着连续不断的"苦"——大水、饥荒、扫荡、蝗灾，其"苦"的程度甚于交租、苛打。新政权的介入并非消灭这些"苦"，而是把被动的"苦"整合进一个个克服"苦"的主动过程中。因此，讲述中留下的痕迹不是再现一轮轮"苦"，而是怎样一次次克服了"苦"。所谓"乐"也不单是物质上有吃有喝，更是从精神上超越苦的压迫，从"苦"的循环、绝望、无可超脱中挣脱出来，获得可以战胜它的信心。[①]

所以，"穷人乐"的说法一经提出，大家都眼前一亮，一致赞成。不过，对于其内容究竟有哪些、从何入手，村干、区干、剧社编导一时都说不清。周福德等人也觉得如果写整个过程"事太多太长，闹不了"。因此，剧社的创作人员决定把主题集中于陈福全合作社如何组织群众生产：

> "穷人"真的"乐"还是由于今年的大生产运动。这戏应该反映证实毛主席"组织起来"这个伟大思想，搞"组织起来"是通过合作社完成的，而高街合作社又有这样多的创造，陈付全的威信又很好，有可能当选英雄，这个戏应该着重表现这些东西，……[②]

这显然是对高街村历史一种缩短了时效的理解，以及紧密配合当下"中心"的意图。毕竟，当时高街村最引人瞩目的是其改造合作社的成功经验。

高街村合作社 1940 年就已成立，到 1944 年初，只有股金四百元，"干部不负责，没给群众办事，威信很低"。1944 年 2 月，陈福全被选为主任

[①] 根据地在总结"生产自救"经验时特别强调单纯靠救济不能完全战胜灾荒。"'靠天吃饭'和宿命论的封建落后思想，最容易在依赖心理这块土壤上滋长和流传。一旦这种心理抬了头，那就必然导致懊丧和失望情绪的发展，斗争信心和勇气的消沉，以至越困难越不愿去想办法，越困难越不愿下田劳动。"（齐武编著：《一个革命根据地的成长：抗日战争和解放战争时期的晋冀鲁豫边区概况》，人民出版社，1957，第 170 页。）

[②] 张非、汪洋：《〈穷人乐〉的创作及其演出》，载张非：《偏套集——张非诗文辑录》，三乐堂编印，2008，第 6 页。

后着手整顿账目，分了红利，初步取得大家信任。彼时村子迫在眉睫的任务是度春荒。1943 年冬，高街村遭到日本军队扫荡，春节过后，很多家已揭不开锅，商量着去逃荒或借高利贷。为此，陈福全到区社借了五千块钱，买下粮食、红薯分给灾户，"接着扶持八户灾民卖豆腐，每户供给豆子二斗作本，七户作运销，维持了生活"[①]。在随后的春耕中，农具、粮种缺乏，合作社收买群众碎铁 800 多斤，到城里打出农具 60 多件，原价卖给贫苦户，又解决粮种问题，使得全村土地得以按期播种。"从此，合作社才得到群众的拥护，看成是自己的经济组织"。

高街村地处大沙河沿岸，水地较多，要想种好庄稼有必要组织起来，精耕细作。而陈福全的创造特别体现于在拨工互助过程中摸索出一套灵活的拨工记工、换工方法。最初，村里是将一个自然村作为一个大拨工队，共三队，因由干部指定，不起作用，大家反映："组这么大，闹不过来，感情不好的在一起，组是白闹，强的弱的一起拨工，不公平。"因此改为自由组合，组成了 23 个组。不到一个月又有 4 组垮台，原因是："贫的给富的拨了很多工，富的返工，贫的用不开，长期欠下来，贫的感觉还不如当短工，能立时得工钱。"于是，在组里民主规定工资，"小组里记工，十天清工一次，用实物或款清工，贫户清不起，社里垫付"。这样才使拨工进行下去。

大生产运动中组织劳动互助的基本原则有三点：一是自愿结合，二是"严格的等价交换和精确的记工折工，保证做到互利等价交换"，三是灵活地组织拨工、换工和调剂劳动力。这都是互助能够达成、持续的条件。"早期的许多互助组，就因为过分强调'涵厚'，不计较吃亏占便宜，而弄垮了台。"[②] 然而，由于农村劳动分散，不容易有精确的计算和衡量标准，土地远近好坏和生产条件不同，劳动力有强弱、技术差别，加大了计算的复杂程度。因此，发明因地制宜的计算工分方式和分配、调动劳动力的方

① 周钧：《阜平合作英雄陈福全》，载晋察冀日报研究会编：《1938—1948〈晋察冀日报〉通讯全集》（1945 年卷上），中共党史出版社，2012，第 183 页。

② 齐武编著：《一个革命根据地的成长：抗日战争和解放战争时期的晋冀鲁豫边区概况》，人民出版社，1957，第 181 页。

法至关重要。陈福全正是在这些方面不断找到一些行之有效的方法。比如，"化整工为零工"，将一天的工细化为五小工，有事可随时退工。这样解决了干部有事或组员支差送信误工的问题。在调动劳力上则发明"零拨整还"："在一道山沟里或'成地'里作活，不分谁的赶着作，本组的地作完了，天要不黑，就给别的组作，按地块大小，草多少评工记工"，以此解决来回浪费工夫的问题。此外，到收获季节，他结合反扫荡经验，把拨工队变成抢收队："在战斗的情况下，按群众逃散的地点，组织临时的拨工组，收割庄稼，一人拨一天，轮过一遍就算拨工，如果后收割的被敌人抢了，先收割下的粮食变工分。"①

除了拨工互助，合作社的另一项突出工作是组织妇女做鞋。高街村以往副业不发达，只有少数几户到城里卖零食。"在农闲时妇女们做过了饭，拿着针线活，支支应应，聚在一起东长西短闲聊天。"而大生产运动要求将所有劳力都调动起来，因此，合作社想到组织妇女做鞋卖，先找来一个积极分子（赵国凤）做样板，由合作社供给原料、推销成品，半月工夫做成7双，赚了673元，"当下买了一匹布，缝了一件新衣裳"，到处宣传，把妇女们的积极性调动了起来。合作社为推动做鞋，不惜亏本，原料减价。他们还改良样式，造出标准鞋，让大家互相比赛，提高质量。同时，鼓励妇女变工，纳鞋底的纳鞋底，配帮的配帮，提高生产率。鞋价则民主评定，谁认为价低可拿到集上另卖，卖不了合作社再收买。一年下来共做鞋770双，得利6万多元，"光赵国凤今年靠做鞋买了二匹布、一个小猪，解决了一年的油盐，还入了200元的社股"②。

高街村合作社的历史可说是根据地合作运动发展的一个缩影。从1939年起，晋察冀边区就大力提倡发展合作社。但早期合作社常依政府命令组成，多消费合作社，很多合作社目的在赚钱，资金常靠政府贷款，管理上则为少数人把持。因此到抗战形势紧张时，大部分都垮台了，但战争破坏、经济封锁又使得生产救助、自给自足、集零为整更为急需。于是，到

---

① 周钧：《阜平合作英雄陈福全》，载晋察冀日报研究会编：《1938—1948〈晋察冀日报〉通讯全集》（1945年卷上），中共党史出版社，2012，第184页。

② 同上。

1942 至 1943 年，随着"生产自救"的提出，合作社运动重新得到开展。其指导原则转向"民办公助，发展生产"。组织上采取自愿原则，入社退社、入股退股不受约束，社主任由民主选举产生，不拘一格，以能经营、有服务心者为善。降低入社门槛，股份不限、股额降低，且允许实物入股、劳力入股，以吸引大部分老百姓参加。合作社侧重生产、运销，不鼓励消费、金融，以服务生产为目的，不以赚钱为目的，有合作社因为让利社员而亏本还得到表扬。① 同时，提倡合作社"兼营"而非"单营"，以适应战争环境下的农村条件，更鼓励在生产业务中发展副业。

总之，新合作社运动的目标是在抗战最艰苦的状况下发展生产、救助民生，并在实践中发展出灵活机动的组织生产方式，其效用渐渐超出劳动生产而发挥出综合性能。李普在《我们的民主传统》一书中曾记录了一个合作社主任的讲演，报告他一年中利用合作社在村里办的几件事：办接生训练班、办民办小学、办义仓。② 事实上，许多合作社发展起来后都不再是单纯的生产、经营机构，而是承担起多方面的公共服务功能。之前，战争状况与多年村政积弊使许多村政权沦为支应、派差、征粮、纳税的工具，而原有乡村"会""社"所能起到的组织生产、救济贫困、公共服务等功能则付之阙如，由此造成乡村自我修复功能的破坏。合作社的兴起，使其在村政权之外打开一个空间，一定程度上接续了"会""社"传统，不仅发挥经济功能，更助力文化复兴，使乡村逐渐恢复活气。

高街村合作社从松松垮垮的状态到经由贷款救灾发展起来，进而为群众生产提供支持、组织变工互助、启动副业生产、推动文化卫生工作、发展村剧团，每一步均与边区新合作社的要求若合符节。而合作社发展中饱受困扰的难题是称职干部难找——"政治上强的，行为上好的，大都不喜

---

① 程子华《关于冀中区合作事业》中曾举定南县合作社为例。在大水后粮价高涨的情况下，合作社敏捷周转，平抑粮价，又帮群众运棉、卖棉，使群众获利三万元，自己反倒赔了三百元。从此"群众毫不怀疑的信赖合作社，因之社员大增，业务飞跃发展"。载魏宏运等：《抗日战争时期晋察冀边区财政经济史资料选编（工商合作编）》，南开大学出版社，1984，第825页。

② 李普：《我们的民主传统——抗日时期解放军政治生活风貌》，新华出版社，1980，第40—46页。

欢经商计数，喜欢经商计数的人，政治又未必强"①。在环境转恶的情况下，所谓"成分"不好者，只要经营得法，也被认为是合适的合作社管理者。② 因此，如陈福全这种出身贫农③，又有一定管理、组织、经营能力，短时间内把一个合作社搞得风生水起的能人，自然难能可贵。因此，推广其生产、管理经验就成为宣传陈福全合作社的主要目的。

排演经验与 "群众创造"

既然焦点集中于陈福全与合作社身上，那么，抗敌剧社编导最早构思的剧本就以陈福全办合作社为主题，题目一度就叫《高街合作社》。第一稿剧本共十二场。第一场是个帽子，以快板方式介绍村子抗战前的苦与抗战初期的变化。采取这种形式是基于编导们的创作经验：既照顾群众意见（要写过去的苦），又形式完整、节省时间。但是，不愿直接演第一场的原因多顾及演出效果——后来被检讨为"形式主义"——如演抗战前，还得加抗战后一段，太抻，而且"需要演员换装，时间太长，冬天观众受不了"。于是，整部剧从1944年春合作社发放春荒贷款起头，先后表现的内容包括：贷粮、贷款、贷农具；陈福全拨工中创造"整拨零算，零拨整算""实物清工"；组织拨工，成立儿童拨工组；成立妇女做鞋组，民主定价，拨工做鞋；集体打蝗虫；生产与战斗结合，创造"包拨合一"武装保卫麦收；挑稻蚕；还贷粮，交救国公粮；最后，以快板的形式总结大生产，秧歌舞结束。整部剧的内容基本是合作社各项经验的形象化表现。

---

① 《关于发展边区合作事业的指示》，载魏宏运等：《抗日战争时期晋察冀边区财政经济史资料选编（工商合作编）》，南开大学出版社，1984，第746页。

② 程子华《关于冀中区合作事业》曾批评冀中某村合作社，称其过去发展很好，仅因经营者是个地主而改选，使合作社奄奄一息，认为这种倾向要不得。（魏宏运等：《抗日战争时期晋察冀边区财政经济史资料选编（工商合作编）》，南开大学出版社，1984，第826页。）

③ 据《阜平合作英雄陈福全》介绍，陈福全是高街村本村人，44岁，曾做长工13年，跑过"口外"，为度春荒卖过孩子。八路军到来后，他由长工变为农户，群众选他当工会干部，曾领导雇工向地主斗争，争取半实物工资制。大生产运动后，做家庭计划，超额完成，由贫农上升为中农。载晋察冀日报研究会编：《1938—1948〈晋察冀日报〉通讯全集》（1945年卷上），中共党史出版社，2012，第182页。

　　如此看来，整部剧虽然是由专业编导设计的，但实际上没有这么简单。因为编剧只拉出了一个结构大纲，每部分的内容尚待细化，台词一句没写，很多场次如何表演也想不出来。时间紧迫，大家商量的结果是不写台词，按以前演"幕表戏"的经验，把角色一分配、故事一说，台词由每个人自己想。这样，就使得"编""排"融合为一。只有演自己的事，演熟悉的人才能做得到。

　　整个排演只用了两天，第一天晚上排了八场，第二天晚上排了四场，速度可谓惊人。按常规，以导演给演员"说戏"的单向传授办法是无论如何做不到这一点的。这里关键在于把排演变成一个相互启发的过程：一方面，导演要启发群众如何还原、表现自己的生活；另一方面，群众的办法一经激发出来又会启发导演，"一面排、一面编、一面记"，排演一轮，剧本就基本形成了。

　　这个过程说起来容易，实际操作中还需具体办法。对于没有表演经验甚至看戏经验都很少的老百姓来说，要上台演戏须克服一系列障碍。比如，记不住台词；在台上手足无措、肢体很僵，没有动作；忘记"过程"，不能还原到规定状态中，或者直接搬用生活中的自然状态而缺乏舞台上的空间感和调度性，这些都要找到办法来解决。一开始，编导没打算让本人演，还是让村剧团成员报名出演。可戏里需要的人多，很多没上过台的团成员也得演，加之没剧本，得现编，大家的信心很差。演真人则更难，演陈福全的演员在台上不仅没有其动作样子，连该说什么也不知道，只好陈福全在旁边编一句，他说一句，但说了一次就忘了。这个戏里陈是主角，如果这个样子，戏就排演不下去了。于是，大家鼓动陈福全自己上台演：

　　　　陈本来个不怕任何困难的人，见到这种情形，加上大家的鼓励，就亲自参加排演，马上使整个排戏场空气为之一变。陈左右逢源，滔滔不绝，并能提醒别的演员，特别在气质上、动作上使人觉得自然、亲切，一点也不做作夸张，就是说话啰唆一点。经周福德提醒之后就简练得多了。大家对亲自上台很有兴趣，说："这可真是比谁演得都像!"①

经由这番尝试，确定了自己演自己的原则。这样一来，在"真人"与"真事"之间需由编剧转化的过程被整合为一个更直接的过程，"排""编""演"三者结合起来，极大加快了排演进程。

当然，找到"真人演真事"的捷径，不等于一步到位，各个环节上仍有许多待克服的状况。像台词方面：

> 聪明的演员自己可以编，随排随编。有的一时说不上来，要求先排过去，想好了第二次排时再说。一般的是先说一次，问对不对才敢说。妇女们要问得清清楚楚，心里先琢磨一下才说。一开始大家说得很不自然，说了这忘了那，旁边周福德与陈付全口编，大家你一句我一句地补充，我在一旁记录要点。第一次不要把话记下来，因为不成熟也没有时间，但一定要把说的几个问题记下来，演员往往在第二次排时忘记一部分，记住一部分最重要的话。在排过一两遍以后，最生动活泼，而又丰富正确的语言就产生了。②

这是一种经验之谈，在此过程里，原先不知如何在台上讲话的，也渐渐领悟到舞台语言的原则。他们自己的概括是："平常怎么说的上台就怎么说吧，反正都是庄户话，就是怕啰里啰嗦，该捡那'吃劲'的话先说，不吃劲的少说，再配上点杂八话添枝添叶的，……"同样，身体、动作表现也靠导演启发：

> 群众表现自己做过的事情的时候，一般忽略了戏剧里最需要的东西——"过程"，春天饿肚子没有力气，说话动作都应该没有劲，可是群众表演这一段的时候，很愉快地说着合作社如何好，如何解决困

---

① 张非、汪洋：《〈穷人乐〉的创作及其演出》，载张非：《偏套集——张非诗文辑录》，三乐堂编印，2008，第11页。

② 同上。

难的话，忘记了当时当地的情形，这时就须在一旁提醒他们，特别在排第一二遍的时候，最重要的是必须把群众引到过去的生活里，并使群众从过去生活的实际出发，否则，因为事实上现在吃饱了，他不愿再回到过去的样子，又因为对演戏看作是闹红火，像不像也不太注意，这时需要很耐心地向群众解释，提醒演员注意，说："你现在饿得要命呢!""天气热得很啦!""说话要慢，一面想一面说。"①

与说话一样，群众在台上，一开始很不自然，僵得很没有动作。过去给群众排戏，是给他们"拉架式"，"拿个架式"，让群众照着做。群众怎么也做不自然，认为"拉架式"很难，所以也就怕演戏。这一回因为是演自己的事，我不大了解劳动过程，根本"拉不出架子"，所以就请他们自己拉。老乡说："拉咱们平常的架子就行了。""该怎么个架，就拉怎么个架。"但是演戏终究不是平常过日子，要注意舞台上的限制。例如锄苗的一场，一上场，大家你挤我，我挤你，横着一排从台左锄到台右，只顾说话了，我就提醒他们："你们在地里也是这么干活吗?"他们马上就想到，用"雁别翅"好，于是改过来。他们坐在地里休息啦，可是谁也不动，等着说话，又提醒他们："你们休息的时候不吸烟呀?"他们很快地每个人想起一种动作，有的修小锄，有的吸烟，有的擦汗……想起了"生活"，后来就创造了一句术语"不要忘记生活"。②

"在舞台上生活"本是现实主义戏剧的原则，"真人演真事"直观上似乎可顺利地与之对接。可现实主义式的"再现"又是一种构造，不是真的"在舞台上生活"。因此，排演中的磨合恰是让演员摆脱一种自然状态而靠近"现实"。在此过程中，导演固然对表演有规范的认识，但诉诸的手段却非规定式的，而是启发式的，即有耐心去理解、照顾群众的习惯、心

---

① 张非、汪洋：《〈穷人乐〉的创作及其演出》，载张非：《偏套集——张非诗文辑录》，三乐堂编印，2008，第12页。

② 同上。

理，并在此基础上加以引导。对于毫无表演经验的老百姓，如何使他们不但不畏惧、不排斥表演且能创造性地发挥，这本身就需要一种创造性尝试。如果说群众在表演中能有所创造，其前提恰在于指导者在排演实践中对群众的创造性把握。导演在排演过程中对于诸种不利条件不是靠纠正动作、传授技巧解决，而是要大家一起"想办法"，不断试、不断找，随时甩掉、突破一些限定。这使得整部剧的创造空间是开放的。一旦表演者有了创造、办法时，导演又需及时加以肯定、吸收。像剧中儿童拨工时的无实物动作、收麦时近于舞蹈的劳动场景、打蝗虫和挑稻蚕两场的表现方式，都是由演员在排练时发明出来而得到导演高度肯定：

> 在排战斗与生产结合这一场时，他们自动地在台上转场，只拿一把镰刀作收割，用动作表示"扎麦个"，扛到场里，一个人铡麦穗，两个人"擩麦个"，一个人摊开，三个人把臂膀互相拐起来，就在台上拉起碾子了，用动作表示"扬场"等……动作既准确场面又美丽，接近舞蹈，但完全有真实感。这一场的动作在全剧里是最突出的，给人以紧张战斗快收、快打、快藏的感觉。这一点完全是在排戏时群众自己创造出来的，我只是提出不用道具，而他们竟能那样真实地表现出来。[1]

诸如此类创造反过来带给导演兴奋和启发。对于剧社编导来说，他们要在这个剧的排演中摸索的不单是整部剧本身的成功，更是一套帮助群众进行"群众创作"的经验和方法。这种经验特别是要在排演中打磨、积累起来，所以，对他们而言，定主题、拉结构固然重要，但真正贯彻"创作中的群众路线"的要求需集中通过排演过程体现出来：

> 排戏过程是发挥群众创造力的最重要的过程，要善于启发群众

---

[1] 张非、汪洋：《〈穷人乐〉的创作及其演出》，载张非：《偏套集——张非诗文辑录》，三乐堂编印，2008，第13页。

"表现生活"，有时候只要说一句话动一动，都会把群众引入自己的生活，……发动群众搞起来了，就时时刻刻注意不要用自己的趣味、感情、动作去代替群众的趣味、感情与动作，要保存群众艺术的萌芽状态，不要马上就否定或急于提高，要老老实实地向群众学习，尊重群众创造，不要把自己的一套搬出来乱用一阵。……①

"群众路线"所产生的效力是将专业人员"帮助"群众排戏的意识扭转为"向群众学习"。首演后三专区的座谈会上特别提出："我们下乡不要再摆领导人的架子，不要再说是帮助人家，而是向人家学习，是提高自己，锻炼自己和充实自己。"② 这样一种以自我改造为前提的意识被运用在创作过程中，给群众留下了更大的表现空间。这不仅体现在较为明显的动作、语言创造上，更进一步体现为在内容上尽量揣摩、体会群众的感情、表达方式，保持其原初性和生动状态，不刻意拔高。

比如，最后一场的结束快板中，对"穷人乐"的"点题"很重要，编导为此问周福德，老百姓眼中"乐的标准是什么呢"？周的回答是，"吃要吃黄干粮、小米捞饭、杂面汤、豆腐白菜、煎饼"，"穿要穿结实的灵寿布，新里新面"。于是，这些内容被原封不动地移植到了台词中：

> 大秋里头忙又忙，谷子稻子堆满场，你看那绿豆绿，黑豆黑，白豆白来黄豆黄，我老汉，吃的是，饸饹，煎饼，杂面汤，磨豆腐，烧菜汤，小米捞饭黄干粮，我老汉穿的是结结实实的灵寿布，新里新表新衣裳，脚上穿的高街鞋，底大梆小样子强，底子纳了五十行，……③

---

① 张非、汪洋：《〈穷人乐〉的创作及其演出》，载张非：《偏套集——张非诗文辑录》，三乐堂编印，2008，第15页。
② 同上，第19页。
③ 高街村剧团集体创作：《穷人乐》，张非、汪洋记录，大众书店，1946年6月，第81页。（以下简称《穷人乐》。）

这样一种看起来有点儿"低"的"乐"的标准恰好基于老百姓的生活理解，是其精神思想的现实基础。而这种物质满足、实利主义又是大生产运动的调动机制。因此，这种"乐"的形态并不因其原始性而被否定，反而在剧中被置于突出位置。相应地，在表现饥荒时，也是借助乡亲的列举：

> 简直不是人吃的东西，俺们也就全吃啦，你想什么大蔴叶、黄菜挺子，这还是那好的哩，像那老榆叶、老柳叶、杨叶、臭椿叶、香椿叶、桑叶、槐叶、秋叶、杏叶，什么榆皮挠子、荞麦皮、薯棒楂子、长生果皮，全吃啦，你看村外头那榆树全都剥得光光哩，净跟那"红齿格年雀"（才孵出的小雀，没有毛）啊是的，一个个净吃黄黄的，险就不是人色，像黄菜啊是的，碗里端着那饭，一阵风就刮上跑了。①

这看上去有点儿啰唆的列举正是乡亲记忆的"内容"，他们的生活感受大多不是借助概念和叙述来保留、呈现，而是通过这些"物"的记忆来传达。编导对此有充分的理解。全剧结尾的快板中有"棒子长了这么大，谷穗长得这么长"的句子，编导就想到让五六个儿童，拿着大棒子（玉米）、大谷穗、大北瓜、大山药、大萝卜上场，扭起秧歌。演出时，看见孩子们举着代表丰收的庄稼上场，"观众禁不住大大地鼓了一次掌"。

在语言上，由于强调群众自己创作，几乎全部采用当地老百姓的土话。哪怕在后来加工成文字剧本的过程中，这些土话也都保留下来。今天所能看到的印刷出版的剧本中存在大量拉丁字母的注音字，有的没有汉字对应，更多的是通过注音标注方言发音。因为是本村人演给本村看，采用土语理所当然，但在整理出版中也保存土语状态和标注发音则与这一阶段对"群众创作"较为激进、彻底的理解相关。

经过几天紧张排练，第一次在村里的公演从专业角度讲暴露出不少问题：

---

① 《穷人乐》，第25页。

村剧团从来没有排演过这样长、人这样多的戏，许多演员都是第一次上台，并不清楚舞台位置，妇女不愿化妆，特别不愿化妆老娘娘，因为是真人演真事，大家都说"就这样吧，不用化妆了"，所以只有几个老头化妆了。第一场本来该穿破衣服饥饿的样子，大多数都没有带破衣服……这说明了当第一次演出时，演员在认识上还存在着"闹红火""玩一玩"的观念，对于如何更真实地表现生活认识不足。因此有的在台上笑场、忘词，跟排戏一样，但大部分特别是几个真人与儿童、老汉演得很好。①

但这样一个有点儿随意的演出却给看戏的本乡观众和二区村干部带来很大的兴奋。本地老百姓没有想到自己做过的事会这样一场一场地被搬上舞台，更没想到几个干部都亲自上台，"一看这么多人上台，演到自己的事的时候，就不由得笑起来了"，演出变成了"全村乐"。一种特别的"直接性"使得"台上台下情绪完全一致，观众回到了过去的生活里了"，由此造成一个共同回忆的空间，激发起观众强烈的代入感。不少观众一边看，一边评，判断演员的动作对不对。而对看戏的二区其他村干部而言，这戏相当于做了一场生产总结报告，且激发了各村自己动手演戏的兴趣。至于高街村本村，演出则大大推进了村剧团与村民的关系，原先不太关心村剧团的村长也对演戏发生了兴趣。妇女做鞋变得更有劲儿，早早到合作社门口等着开集买东西。这都意味着演《穷人乐》不仅达到了"乐"的目的，还推动了具体工作。

更重要的是，《穷人乐》不单是合作社工作的图解。由于它将工作过程还原到人的关系性中表现，因此，它带出的是蕴含在这些工作方法、措施中人的关系的转换与再组织。换句话说，陈福全做合作社工作的要点不限于经营、管理，而是如何"做群众工作"。比如，发放粮贷是合作社第一件重要工作。剧中详细呈现了村中各色人物来贷粮的情况。对有直接要

---

① 张非、汪洋：《〈穷人乐〉的创作及其演出》，载张非：《偏套集——张非诗文辑录》，三乐堂编印，2008，第15页。

求的，对有要求说不出口的，对有困难的，对有想法又不知具体怎么办的，陈福全一一帮他们解决。村里一个二流子"万年穷"来申请粮贷，其他人都不同意，因为这批粮贷分为生产贷粮、籽种贷粮，籽种贷粮是为播种预备的，大家怕他贷回去吃了，又不劳动，变成养懒汉。陈福全则借机教育他："你是有着劲儿不愿意使，我不信山水好改品性难移，不怕你这生铁旦，我有炼钢炉，明天你就参加拨工组，庄稼种上了割柴火，不准你闲着不干活，只要你生产成绩好，合作社贷给你贱价布，换换这身破衣服。"[①] 大家都不愿意和他拨工，陈福全就主动和他拨，"你没家吃饭，明早上到我那吃饭"。有人提出不要给当过特务的人贷粮，陈福全讲了一番自己的道理：

> 按说特务们破坏抗日，本不该贷给他们，现在政府实行宽大政策，只要他坦白了就是好老百姓，咱们是说服教育，咱们不拿贷粮逼迫谁，只要是合作社的一员，咱们就贷给他，咱们拿这部分粮食来教育他，叫他吃了，黑下躺在炕上啰，拍着他那心脯想想，究竟是咱们抗日政府待他好哇，还是他那日本老子待他好，这是我自家的意见，你们说呢？[②]

这样的做法将合作社工作看作一个个促使村中各色人物向好"转变"的契机，其调动的是一种照顾各方、相互扶助的乡里传统。基于此，陈福全不愿意诉诸"逼迫"，更愿意启发"良心"。同时，让拨工组给卧病在床的人赶工，支持妇女养猪，都体现合作社扶贫济困的功能。剧本在呈现贷粮过程时可谓不厌其烦，先后上场申请粮贷的不下二十人，各家有各家的困难，有简有繁。这样一种罗列，因为有真人真事做依托而并不显得重复，反倒比说明性的表演更能表现出合作社如何在村里做生产工作的同时也做"人"的工作，并造成一种特别的舞台效果。

---

① 《穷人乐》，第42页。
② 同上，第40页。

事实上，在这样一个戏中，很少有人能称得上是现代戏剧意义上的"人物"或"角色"，即便"主角"陈福全也不具有一个戏剧人物必要的概括力和典型性。上场的形形色色的乡亲中更没有哪个人可以从群体关系中抽象出来而具有所谓"性格"，并由此构成"矛盾""冲突"，发展出一般戏剧必要的"情节"。戏台上人的关系就是生活中人的关系，他们和乡村生活中的人一样置于一种群体的关系性中，尚未分离出"个人"的状态——从演出记录本中可以看出，戏中演员通常是一群一群地上场，很多场次有一二十人同时在场上。他们的言行、他们演的"事"也是现实中劳动、工作、"事"的再现。但这种看上去未经充分加工的搬演恰好保留了乡村生活原有的关系性，诸种与老百姓生活、生计息息相关的工作正依托于这样的关系性发挥着作用。同时，在这种演出中，"表演"的演员与"观看"的观众也未真正区分开，其一致性正是此种"演"与"看"得以成立的基础。这种不像"戏"的戏不自觉地构成了对已领域化的"戏剧"与"戏剧性"的挑战，或者说是将现代戏剧拉回某种戏剧发生的原初状态，重现那种"戏"和"事"、"角色"和"人"、"演员"和"观众"尚未完全分离状况下的"演戏"。这种"返璞归真"的做法置于现代戏剧的背景中，反而显露出某种艺术上的"实验性"。

重排与"提高"

虽然首演有种种不足，但编导在总结中称自己非常珍爱这个戏的"萌芽状态"："我觉得这是真正的群众艺术，而过去我简直没有看到过。"[1] 感触尤深的是他在许多群众的朴素创作中体会到了艺术创造的原初性。像群众根据打蝗和挑稻蚕两种劳动发明的动作表演："劳动人民用他自己熟悉的方法把自己的劳动变成了舞蹈，过去我只在书本上看到，听别人说过。艺术就是这样开始了自己的道路，而今天在这个工作中，我亲眼看到了，

---

[1] 张非、汪洋：《〈穷人乐〉的创作及其演出》，载张非：《偏套集——张非诗文辑录》，三乐堂编印，2008，第17页。

虽然这只是一种'萌芽状态'的东西，但这是个奇迹。"①

首演获得好评之后，为了参加边区群英会，剧社编导决定对《穷人乐》进行补充和"提高"。而重排最初确定的原则是要"正规化"：

> 看村剧团演剧总给我有这样的感觉，因为没有固定的台词，舞台上说的话常常易于混乱，甚至有些很重要的话都被那些不重要的对话弄得叫人听不清楚，有时还破坏了整个戏的感情和效果。又因为没有固定的位置，随意走来走去也容易使场面零乱，破坏了舞台画面的构图。……因此在开始排戏之前，就提出了这样的要求，要按剧本排演，上台不许多说一句，也不许少说一句，更不许乱说。这次要用布景演出，不许乱走，叫你在哪里你就在哪里，叫你到哪里你就到哪里，不可以随便。②

但这样一来，把演员们彻底限制住了，"有的是光为记词忘记了动作，有的是光记住位置忘记台词"，讲台词也开始"撇起京腔来了"。重排的不顺利使得剧社编导起了自己来搞的意念，想把《穷人乐》改编成《白毛女》式的歌剧，由剧社自己来演。不过，这种想法很快被放弃了，因为这被认为违背了毛泽东《在延安文艺座谈会上的讲话》中"沿着群众自己前进的方向去提高"的原则。明确了这一点使大家又回到帮助群众排演的轨道上，不再用剧本限制演员台词，取消了布景，不再试图编歌剧，而是将根据地流行的歌曲、小调插进剧里，由演员自己选用。重排的《穷人乐》在边区第二届群英会上一炮打响，连演四天，盛况空前。

不过，相对表演，重排本最要害的补充是加了抗战前喇嘛逼租的一场和新政府减租、军民合作拉荒滩、民主选举、反扫荡等几场戏。整部剧扩充为十四场，从一个小时变为三个小时，主题也从"高街合作社"发展为表现高街村几年间的历史变迁。边区行政委员会主任宋劭文对它的评

① 张非、汪洋：《〈穷人乐〉的创作及其演出》，载张非：《偏套集——张非诗文辑录》，三乐堂编印，2008，第14页。

② 同上，第21页。

价——"穷人翻身的一幅活图画""边区历史发展的简明而又生动的报告"① ——可以概括改编后的《穷人乐》给人的整体印象。

如前所述，《穷人乐》最初的创作动机来自群众"由苦到乐"的对比意识，历史部分被弱化主要出于演出实际的考虑，但这在第一次演出之后即被批评为不尊重群众意见。高街村出身、在排演中起重要作用的区宣传干事李又章，根据三专区文艺座谈会上的意见将其提升至群众观点与阶级立场不足的高度。就此，这一"失误"成为创作者在每次总结中反复检讨的问题。同时，第一场"喇嘛逼租"也成为重排时的重点，整整抠了一天一夜。从演出记录本中可以看出，这场戏的构造、立意很像《白毛女》《血泪仇》《赤叶河》一类有诉苦成分的戏。"新旧对比"本来是解放区戏剧的一个基本模式——没有"旧"就显不出"新"，而且对比易于造成强烈的戏剧效果。尤其"旧"的那部分往往接近苦情戏，与传统戏剧中的"悲""苦"传统可以衔接起来，演出效果好。《穷人乐》中加了这场后也取得了很好的现场反应：李凤祥要卖女还租，解下腰里的绳子，硬抱着女儿下去，"满台的演员都失声痛哭了"，"感动了所有的观众"。

但《白毛女》《血泪仇》等剧新旧对比显得抽象的地方在于简省了由"旧"变"新"的过程和步骤。以此来看，《穷人乐》的改编中真正有价值的部分尚不在加了"喇嘛逼租"的帽儿，而在于把抗战之后新政权带动下村庄一步步的变化表现了出来，特别展示出民众的"翻身"不是一次运动的后果，它是随着整个根据地的历史起伏不断累积而成的。

又如，剧中第四场"军民合作拉荒滩"反映的是 1939 至 1940 年晋察冀地区的大水灾。1939 年 7 月的这场水灾曾淹没村庄一万多，造成灾民三百万。"尤以大沙河沿岸，更为严重，阜平从法华的苇子蓁到王快的不高崖，长七十余里，一百七十多顷良田，顿时变成了一条荒凉的沙滩。"② 为抗灾，政府组织劳力修滩，生产自救，动员全体子弟兵，"日夜帮助人民修滩，挖

① 张非、汪洋：《〈穷人乐〉的创作及其演出》，载张非：《偏套集——张非诗文辑录》，三乐堂编印，2008，第 31 页。
② 《晋察冀边区劳动互助的发展》，载史敬棠等编：《中国农业合作化运动史料》，生活·读书·新知三联书店，1957，第 306 页。

大渠，背石头"，总共修滩 10000 亩，帮助春耕 181278 亩，开渠 150 道，掘井 160 眼，兴修了一系列水利工程，使得 1940 年一举取得丰收。①

其他一些场次的内容，如第三场"减租参军"、第五场"民主大选举"，也都是深刻影响村民生活的事件。剧中对它们的表现往往能截取一些触动老百姓的侧面。在减租中，老百姓不只关心减租数目，更在意交租过程的变化：

> 祥：咱们以后交租子，还有庄头没啦。
>
> 周：没啦，没啦，别说没庄头啦，二东家也没啦。
>
> 马：那交租子咱们亲自去交。
>
> 周：亲自去交，不受庄头气啦，没庄头啦。
>
> 众：咱们还给喇嘛罚跪不？
>
> 周：不啦，咱们坐下，不比喇嘛 cuo（矮）他立起来比咱也不高，以后平起平坐，他比咱也不大，咱比他也不小。②

"民主大选举"一场也用侧面写法，通过瞎子、拐子、羊倌和妇女几类人在投票路上的对话加以表现。较为别致的是，选举对妇女的直接影响，使得很多人第一次有了大名。对于素来只有小名的妇女来说得到一个大名既新鲜又兴奋，于是几个人在一起比较起自己的新名字来，有的得意，有的不满，有的把刚起的新名忘了。③ 这些段落使得整场戏显得活泼生动。

不难看出，这些场次的设计显然与剧社人员长期配合中心工作取得的编演经验有关。这一时期边区剧社的创作人员经由多年的磨炼，无论在掌握政策还是理解群众方面已有相当积累。另一方面，边区的干部、群众经由抗战、减息、选举、救灾、互助、合作、劳武结合、大生产而一步步与

---

① 孙元范：《百炼成钢的晋察冀边区——敌后抗日根据地介绍之一》，载晋察冀日报研究会编：《晋察冀日报社论选（1937—1948）》，河北人民出版社，1997，第 504 页。

② 《穷人乐》，第 18 页。

③ 同上，第 31 页。

新政权的要求相结合，生成与革命政权相配合的"人民"状态。① 这两方面的结合才令"群众创作"获得充沛的现实条件，才会产生《穷人乐》这样的创作。

"提升"的方式与"群众创作"的现实性

《穷人乐》的成功综合了诸多条件。但这些大背景能汇聚到一个实例中发挥作用又有其"得天独厚"之处。当这一事例扩大为"方向"时，许多特定条件却随之隐藏起来，一些"方向"所规定的要素则被不断加强。

其中，最突出的是对"群众创作"自发性与自足性的强调。在经验总结中，《穷人乐》被认为"从内容到形式都由群众自己讨论决定"，剧社人员固然起到帮助作用，但删掉"喇嘛逼租"以及要改成歌剧自己演，则表现出"他们对群众的创造能力，有时仍是认识不足的甚至是盲目的"②。这到后来更进一步发展为一种对立模式——"凡是群众集体创作的东西，偏向就少；知识分子个人编的东西，偏向就多"：

> 凡是群众创作的东西，不管它们怎样粗糙，不合什么艺术原理或规则，但看了以后，总感到亲切妥帖，完完全全是中国人民的生活、感情、声音。而且，不管它怎样简陋粗糙，总具有一种活泼生动的气息。……相反，在我们一般知识分子所创造或演出的东西，尽管很细致很"艺术"，但看了总感到和老百姓隔着一层，觉得是"装扮"的。③

---

① 1943年12月26日《解放日报》社论指出，劳动英雄不只是"公民"，更是一种将自身利益、命运与新政权结合起来的"人民"："上面所举的这种公民，是在经过革命后从共产党所号召的生产运动中间（又是组织各种合作形式中间）所产生的，这是一种新型的人民，是中国历史上从来没有过的。"（《边区劳动英雄代表大会给我们指出了什么?》，载史敬棠等编：《中国农业合作化运动史料》，生活·读书·新知三联书店，1957，第157页。）

② 《晋察冀日报》社论：《沿着〈穷人乐〉的方向发展群众文艺运动》，载河北省文化厅文化志编辑办公室编：《晋察冀、晋冀鲁豫乡村文艺运动史料》，1991，第221页。

③ 朱穆之：《谈创造新文艺》，载中国作家协会山西省分会编：《山西革命根据地文艺资料》（上），北岳文艺出版社，1987，第290页。

这样一来，知识分子就没有指导群众创作的资格了，只有无条件向群众学习。但群众创作的限度是客观存在的，并不足以支撑那个理想的"群众创作"①。原先，专业指导与群众创造是一个双向学习的过程，所谓"先当群众的学生，再当群众的老师"。从《穷人乐》的创作实践看，在往复过程中激发出的经验才最具活力。一旦这种往复过程变成了单向改造，那些创造经验就无法充分整理和传达。这其实脱离了"群众创作"的现实性，造成对"群众创作"经验的窄化。缺乏有效指导和脱离"群众创作"通常导致的结果是模式化。

《穷人乐》中的"喇嘛逼租"一场成为焦点，在于它特别体现群众自发的"翻身"意识。《穷人乐》的创作主题因而被概括为穷人翻身后自然产生的表达欲望。"翻身"成为"群众创作"的前提，"群众创作"又是"翻身"的必然后果："凡是在翻身运动搞得好的地区，农村艺术活动就非常活跃与普遍，反之就显得消沉。"② 一时间，"写翻身"几乎成为学习、实践"《穷人乐》方向"的必由之路：

> 晋察冀自从党的领导机关提出"穷人乐"方向以后，产生了成百个反映农民翻身的戏，如《柴庄穷人翻身》《杨家庵穷人翻身》《抗战前后的冯林》《卖儿女》，以及冀中的代表作《苓少爷变成三孙子》等，农民把这些戏统称为"翻身戏"。③

"翻身戏"取材本村历史，确实适合村剧团自己编演。但千篇一律的"翻身戏"也会限制"群众创作"的拓展。秦兆阳在《实行〈穷人乐〉方

---

① 太行文艺工作团的高介云曾谈到村剧团作品普遍存在的问题："有许多剧本，有几场非常生动、紧张、明确，但是大部分的场面却是平淡、无味、松懈，甚至还有着相当的副作用的。"参见高介云：《农村剧团需要具体的帮助》，载河北省文化厅文化志编辑办公室编：《晋察冀、晋冀鲁豫乡村文艺运动史料》，1991，第210页。

② 陈荒煤：《关于农村文艺运动》，载中国作家协会山西省分会编：《山西革命根据地文艺资料》（上），北岳文艺出版社，1987，第302页。

③ 沙可夫：《华北农村戏剧运动和民间艺术改造工作——在第一次全国文代会上的发言》，载河北省文化厅文化志编辑办公室编：《晋察冀、晋冀鲁豫乡村文艺运动史料》，1991，第99页。

向的几个具体问题》中就提出许多村剧团以为实践"《穷人乐》方向"就是演《穷人乐》式的翻身戏,是一种肤浅、机械的理解,应该让大家意识到,要害在于"为政治服务,为中心工作服务"。[1] 也就是说,配合政治任务需要的是机动灵活的创作方式,一旦变得千篇一律,就失去了与政治流动性互动的机能。

此外,由于对群众自发创造性的夸大估计,原有乡村戏剧运动所借助的一些资源遭到了抑制。在边区乡村戏剧的发展过程中,起支撑作用的有几股力量:一是部队、地方的专业剧团,他们是将新戏带入农村的主力;二是旧戏班子、自乐会,他们往往构成村剧团的基础,那些有旧戏编演经验的人可以在演新戏中发挥核心作用[2];三是乡村知识分子(尤其是小学教员),他们有能力接受新政治的影响,又可以自己的"文化人"身份在村中发挥组织作用。成功的村剧团常常有这几类人带头。

而随着"群众创作"原则的绝对化,专业人员的"为群众创作""写群众"都被指责为群众观念不够强——"事实上还是只承认自己才能从事于文艺,而把群众关在文艺的大门外"。正确的方针变成:

> 大大提倡与尊重群众的创作,发扬群众的文艺创作才能,把新文艺的创造与发展,依托在群众身上,而不需要我们自己来包揽这个大任。我们的文艺工作者的工作,应该主要的是培养群众创作才能和群众的文艺家。而不是只专心于自己来创作什么新文艺杰作,及把自己

---

[1] 秦兆阳:《实行〈穷人乐〉方向的几个具体问题》,载河北省文化厅文化志编辑办公室编:《晋察冀、晋冀鲁豫乡村文艺运动史料》,1991,第245页。

[2] 例如,康濯《赵玉山和杨家庵的大秧歌》中介绍的"模范乡艺工作者"赵玉山就是村里大秧歌班的主角。1943—1944年,他一个人就编了16个剧本,并总结出一套编剧经验:"唱词要押韵脚,唱着'处溜处溜'地没档头才好。只要不妨碍政治意义,可以多少编些俏皮话,不枯燥。编戏要讲究实事,好的坏的对照着写,进步的要战胜落后的,痛苦要走向快乐。演一出戏,一上手观众精神不集中,务必抓住他们的注意力;中间可以'政治'多些,后尾'技术'强些,末尾平板了,观众会溜走的。还有,演出的锣鼓细乐要配合得紧。"载河北省文化厅文化志编辑办公室编:《晋察冀、晋冀鲁豫乡村文艺运动史料》,1991,第281页。

培养成什么伟大的文艺家。①

这样看上去，专业文艺工作者完全服务了群众，但他们自身修养的提高则被忽视。而这本来就与他们能够有效帮助村剧团有着密切关系。之后，随着土改等工作的展开，许多专业剧团成员被分散下放到部队、地方，难以再进行大规模创作；一些专业剧团受到冲击，甚至被解散，连"分散帮助"的功能也发挥不出来了。②

同时，这一时期又是对"旧戏"采取"扫荡主义"态度的时候。虽然尚未禁止旧戏班活动或禁演旧戏，却认定翻身的老百姓只爱看新戏，不爱看旧戏，看了新戏就嫌弃旧戏。这显然有些一厢情愿，因为随着边区老百姓生活提高，普遍出现的是旧戏班、自乐会的复活。大部分老百姓更喜欢看旧戏，不习惯看新戏，旧戏耐看，新戏不耐看，不带唱的不爱看，是一直存在的现象。抗战时期，很多新剧团兼演旧戏，或"旧瓶装新酒"，或演新编传统戏，有的没条件演旧剧则以民歌调剂。随着"群众创作"热潮的出现，新戏被认为完全有条件取代旧戏。对待旧戏的方式则是进行从人到戏的改造，使之融汇到新戏中。改造旧艺人、旧戏班固然起到配合革命的效果，但村剧团那种常让观众摇头的"大杂烩"如不能进一步得到滋养则很难将旧戏的资源转化过来。新戏的优势不是主观决定的，没有过硬的艺术水平，竞争力从何而来？此外，原来在乡村剧团中发挥关键作用的富农、中农、乡村知识分子很多亦在土改等过程中受到冲击，影响削弱。

于是，一方面，村剧团发展的一些支撑性因素受到冲击；另一方面，村剧团却被赋予越来越重要的使命。事实上，新的政治要求是试图让这个以群众为主体的村剧团取代以往在基层发挥作用的艺术、宣传、教育机构。典型的例子是被认为发展了"《穷人乐》方向"的护持寺村剧团（因

---

① 朱穆之：《谈创造新文艺》，载中国作家协会山西省分会编：《山西革命根据地文艺资料》（上），北岳文艺出版社，1987，第291页。

② 亚马在《关于晋绥边区文化、文艺运动的若干问题》中提到，抗战胜利后，出现的不利倾向之一是认为"阶级斗争面前，新文艺没有用，部分青年文艺工作者当作阶级异己分子解散回家了，文艺团体被打散，一律到土改、整党中去锻炼、考验"。载王一民等：《山西革命根据地文艺运动回忆录》，北岳文艺出版社，1988，第19页。

"实践，发展了'《穷人乐》方向'"在 1946 年受到冀中文协的表彰）。该剧团从演"翻身戏"起步，渐渐突破"真人演真事"和在本村发挥作用的限制，巡回演出，编演当地的典型事例，"把演戏当作一种严肃的宣传教育工作"来做。他们还没有专家帮助，完全是"自己土闹的"，是更标准的群众创作。① 于是，一个村剧团几乎具备了之前部队和地方文工团的作用。

此时，对于村剧团的"提高"特别要求从政治、思想上提高，要使"密切与斗争结合，迅速反映现实这个作风更大加发扬"②。1947 年《人民日报》上刊登的《太行三专署关于农村剧团的指示》甚至提出如下指示：

> 一个剧的演出要争取跑在工作的前面。剧团干部应明确全年整个工作的方针与各时期的中心工作，才能抓取关键及时反映，因此剧团应参加必要的工作布置，工作研究及总结会议，县区领导上应不断提供材料给他们，……剧团工作的结合上要有预见，要主动，要经常注意收集材料，密切和区县领导的关系。剧团领导干部本身抓住季节性，对问题要有敏感，要留心时事，掌握每个时期的形势变化，这样才能编演出更有普遍性、现实性的东西来。③

这倒是把上级对村剧团的终极要求表达得很到位，但里面却看不到对村剧团现实条件、状况的分析与考虑。这种指令要求下的"群众创作"与《穷人乐》中台词要默念两遍才说得出口的"群众"有多么根本的差距。

在这一时期，许多关于村剧团的指导文章都充斥着绝对性表达。像朱穆之在《"群众翻身，自唱自乐"——在边区文化工作者座谈会上关于农村剧团的发言》中讲，"翻身较好的地方，农村剧团也较好；翻身不好的

---

① 赤明、魏亚明：《翻身运动中成长起来的护持寺村剧团》；郭维：《我看了护持寺村翻身剧团的演出》，载河北省文化厅文化志编辑办公室编：《晋察冀、晋冀鲁豫乡村文艺运动史料》，1991。

② 陈荒煤：《农村剧团的提高》，载中国作家协会山西省分会编：《山西革命根据地文艺资料》（上），北岳文艺出版社，1987，第 446 页。

③ 《太行三专署关于农村剧团的指示》，载中国作家协会山西省分会编：《山西革命根据地文艺资料》（上），北岳文艺出版社，1987，第 461 页。

地方，农村剧团也就不好"，"群众去看了翻身戏后，常常就再不愿看旧剧，反对演旧戏"，"如与中心工作不合时，就是他们最好的戏也不演"，"他们对编剧本不感困难，他们常常可以很快地编出一个剧本来"，"在导演上，他们也不感困难，既然演的是自己的事，一举一动，一言一笑，自己熟悉得很，几乎只要把自己原封原样地搬上台就行了"，"群众在审查关于他们自己的剧本时，他们实在比我们一般同志立场坚定，观察敏锐"。①

凡此种种，看上去是对群众创作的充分褒扬、信任，可这种表达里只有理想状态，只有无须论证的判断，没有难题，没有曲折，没有对象与过程，句句不离"群众"却几乎没有关于群众现实性的考虑。用"整风运动"的概念来说，这才是彻头彻尾的"主观主义"，其后果必然是丧失与群众现实互动的机能。本来倡导"群众创作"是贯彻"群众路线"的路径之一，可是对"群众创作"的理论性认识却变成另一种主观主义。可以说，在"群众创作"的解读过程中，对什么是"群众创作"中的"群众"，怎样处理、转化这个群众的现实经验并未认真对待，反而在提升为指导性原则的过程中流失了。

反观像赵树理等长期身处一线推动"群众创作"的人，其经验总结中时时表现出对"群众"的辩证性理解。他在《谈群众创作》一文中就提到，群众创作有优势，但这种优势不是现成之物。社会是复杂的，"群众正是这些复杂面的直接组成者"②。专业作家不足以接触、把握社会复杂性的整体，而群众却可以感知社会复杂性的不同侧面。换句话说，群众的集合构成"整体"，但这个整体不是抽象的，而是一种由具体构成的复杂性。群众的整体性与具体群众的不完整性构成一种辩证关系。所以，处理群众问题，一定不是处理那个整体的、抽象的"群众"，而是那些表现为"不完整"的具体群众。就现实的"群众创作"而言，绝大部分"群众创作"整体上看都是不合格的，但常有片段非常精彩，甚至这些精彩的片段也不

---

① 朱穆之：《"群众翻身，自唱自乐"——在边区文化工作者座谈会上关于农村剧团的发言》，载河北省文化厅文化志编辑办公室编：《晋察冀、晋冀鲁豫乡村文艺运动史料》，1991。

② 赵树理：《谈群众创作》，载河北省文化厅文化志编辑办公室编：《晋察冀、晋冀鲁豫乡村文艺运动史料》，1991，第161页。

能求其十分饱满，往往一个剧本中有一场可取或一两段对话可取就是收获，就值得褒奖。只有将这些闪光点根据其不同程度加以不同处理，才能真正成就一个"群众创作"的作品：

（一）不改或略改一下就可以发表的，直接发表了就算了，那是最便宜的事。（二）内容很饱满形式太不像样的稿件，可由负责的人改作一下，不过这种改作要忠于原作，万不可把原作中有用的任何材料改丢了。（三）内容太单纯的稿子，可以合数稿改作为一稿。（四）仅有点滴内容的稿件，可以从多数稿件中把这有用的点滴分类摘下来作为素材，由负责人把它组织为一个或几个作品。[1]

从赵树理的经验可以看出，"群众"相当程度上体现为整体与片段、抽象与具体、主动与被动的矛盾体。因而，群众工作既是认识性的又是技术性、经验性的。当群众仅被抽象看待时，"群众工作""群众创造"也就会失去活力。

1949 年新中国成立后，解放区的文艺经验成为创造"新的人民文艺"的标杆。其创作经验被不断调整、运用，尤其是"群众创作"的经验更是得到大力推广，将其运用到工厂文艺等诸多领域。但是，如《穷人乐》这一案例显示的，解放区成功的"群众创作"的构成并不那么单纯，它是这一时期各种因素汇聚而成的产物，而这些因素在随后几年中又发生了微妙而重要的变化。在对解放区文艺经验的阐释、整理过程中，许多发挥了关键作用的要素并未真正得到呈现和转化。以这样一种磨损的经验来指导更大、更复杂的文艺创作状况，某种力不从心的状态就显现出来。这种经验转化的不顺利或许并不是文艺界独有的状态，尚需放置在整个革命、革命队伍所遭遇的转化困境中予以把握。

---

[1] 赵树理：《谈群众创作》，载河北省文化厅文化志编辑办公室编：《晋察冀、晋冀鲁豫乡村文艺运动史料》，1991，第 163 页。

试论丁玲《太阳照在桑干河上》思想、美学特质

——兼论土改小说"阶级斗争"叙事的精神、社会意旨

刘　卓

　　《太阳照在桑干河上》创作于 1946 至 1947 年间，被认为是以《在延安文艺座谈会上的讲话》（以下简称《讲话》）精神为指导创作的重要作品。对照延安当时所推重的"赵树理方向"，丁玲的这部作品在受到赞赏的同时也被批评为不够通俗。如陈涌认为《太阳照在桑干河上》很好地写出了"农村中阶级斗争的复杂性"①，同时也批评其叙事沉闷，不够喜闻乐见，即便与同一时期的《暴风骤雨》相比，后者的可读性也好过《太阳照在桑干河上》。宽泛地来说，陈涌的批评属于现实主义脉络，他所关注的是小说形式是否能够切近土改的本质。对于通俗性、故事性的追求并不是陈涌的批评原则的主体部分，这个要求是与延安时期的整体环境有关，即是否有故事性、采用方言，并不仅仅是写作的技巧，它直接关系到是否深入、准确地理解了农民，而这正是《讲话》精神的关键之处。《太阳照在桑干河上》很少用方言（一些地方保留了农民所用的粗话）、不借助传统的叙事形式、不追求故事性，在人物描写中仍保留了心理分析的方法等，那么应该怎么理解它作为《讲话》之后解放区文艺的代表性作品之一？

---

① 陈涌：《丁玲的〈太阳照在桑干河上〉》，《人民文学》1950 年 9 月 1 日，第 2 卷，第 5 期。

一 写人/写事

1955年，丁玲在电影剧作讲习会上介绍经验，回忆延安时期的写作准备：

> 在延安时，我有一个计划，想写一个长篇——写陕北的革命，陕北怎样红起来的。想写那些原是很落后的农民，在革命发展中，怎样成为新的人。我跑到过去闹革命的地方，那里真是些三家村，三家一个村，五家一个村。一个村在山上，一个村在山下，上下起码五里路。我就那样上下跑，大雪天相当冷，我还是跑到这，跑到那。我下去了很长时间，回来后只写了两章，写不下去了。为什么写不下去了呢？那是因为在写这篇东西时，我有一个想法：想用像《三国演义》那样的办法来写。但要那样，就要有很多的事，一件事又一件事地写下去，而且那些事要使人看到都很有趣味。通过这些一件一件的事，慢慢地把人物突出来，而不是靠作家出来替人物说一大通。我们都记得《三国演义》有多少事啊！他写了一个孔明写了多少事！写一个刘备写了多少事！每一件事只写三五行，但是在那件事中，人物是什么样子你都会记得。我想用这种形式写，可是我实在没有那么多事，因此，写了两章，写不下去，搁下来了。这说明我对农村了解还不够深。①

这段文字介绍了丁玲创作过程中的一个片段，丁玲最初的动议是写"落后的农民，在革命发展中，怎样成为新的人"，这是她所一直关注的脉络，也是冯雪峰的评论文字所关注的脉络，即农民身上所存在的"个人顾虑、变天思想和宿命论观点等包袱"②，只有触及这些，小说的人物才称得

---

① 丁玲：《生活、思想与人物——在电影剧作讲习会上的讲话》（1955年），载袁良骏编：《丁玲研究资料》，天津人民出版社，1982，第149页。

② 冯雪峰：《冯雪峰论文集》（中），人民文学出版社，1981，第461页。

上"丰富""真实",这与冯雪峰所理解的土改运动相关联,即土改"要拔除这些思想,自然必须要拔除现实上的根,斗倒地主阶级,但必须用农民自己的力量去斗倒它"①。在冯雪峰的理解中,土改成功与否的衡量标准与农民是否成为新人密切相关,即他的侧重是在农民的思想转变——经由现实中的阶级斗争、自我赋权,成长为"现代的"/"革命的"个人,做一个不太准确的概括,这是近似于知识分子"启蒙"-"斗争"路径,其中"丰富"和"真实"是农民的精神世界的变化。需要指出的是,在批评家的眼中的"丰富"和"真实",是需要作者在小说创作过程中一点一点地找到"事"来完成的。丁玲意识到了她的目标——写农民经由变成新的人——与她现有的创作储备之间的落差。为了弥补这个落差,她开始下乡调查,即上文所说的到闹革命的地方去,但是并没有积累到足够动笔的地步。这个时间是丁玲的创作稍微发生转变的时候,即上文所说,"想用像《三国演义》的办法来写",换个说法而言,她开始关注到"事",即指传统的以"事"写"人"的写法②。丁玲尝试过用传统的小说写农民,但是失败了。这个尝试的失败或者可以这样解读,传统的写作方式并不只是一个外在的、可以习得的写作技法。丁玲的失败也并非写"事"的技法不足,而寻根究源,归结为对农村了解不够深,用后来丁玲常用的说法,是对他们不够"熟悉"。"熟悉"是写"事"之先。对于不是"农民"出身的作家来说,一种新的联系需要被建立起来。换言之,写"事"的困难,并不能简单地视同于作家主观意识的转变;进而言之,她需要在延安当时所推重的新闻报道、人物速写以及赵树理式的写作方法之外,寻找到她自己的文学语言。与传统小说中的"事"的形成方式不同,这个寻找自己文

---

① 冯雪峰:《冯雪峰论文集》(中),人民文学出版社,1981,第462页。

② 这里所指"写法"上的转变,并不仅仅是指延安整风之后的"思想转变"。《太阳照在桑干河上》被认为是丁玲的第一部长篇小说,然而在此之前,丁玲尝试写作《母亲》,其容量也超过了一般意义上的"中篇小说"。到延安之后,部分的原因是时局所限,这一时期的作品多是短篇。不过,这一时期延安的文学课(如周立波的文学课)有很多关于长篇小说的讨论,在《萧军日记》中提到,1943年前后丁玲与萧军日常聊天中讨论的是托尔斯泰的小说技法,此外,丁玲提到自己熟悉的是中国传统的小说,如《三国演义》《红楼梦》等。之所以指出这两点,是想辨析出丁玲在写作《太阳照在桑干河上》时的创作形式的不同资源,而这是现实主义的批评脉络所未能充分考虑的。

学语言的过程，也是作家自身发生转变（改造）的过程。

仍需要问的是，是什么样的"事"，才能促发一种新的写作方法的创生。就这段文字来说，丁玲没有具体交代这段创作的经历是在整风之前还是之后。1943 年春节之后，为贯彻《讲话》精神，延安的作家纷纷下乡。丁玲下乡之后写了一系列的新闻报道、人物速写等短篇作品，其中《田保霖》受到赞扬并被认为展现了"新的写作作风"，但丁玲自己并没有太过看重。这里有一个着眼点的差异："新的写作作风"着眼的是知识分子作家融入农民之中，即"丁玲能够和柳拐子婆姨睡在一张炕上，不容易"，而丁玲所着眼的是这一转变是否最后落实在写作上，也就是"写农民"的突破。1943—1944 年的经历，毫无疑问有助于丁玲熟悉农村和农民的生活。不过，这些人和事参与了丁玲的长期思考和酝酿，但并没有直接地出现在《太阳照在桑干河上》之中。写作《太阳照在桑干河上》的契机是土改，在很多场合之中，丁玲提到过土改给了她"无限的创作情绪"，虽然实际上，"温泉屯的生活，一切的人和事，坦白地说，我知道的是不多的"。① 这个"事"不同于赵树理所熟识的农村的礼俗世界，也不同于整风后的体验生活式的"事"，而是有着特定的指称——土改，在下面这一段中可以看到作者对于这一段时期所参与的土改做了更为"丁玲式"的表述：

　　我最后是在涿鹿县的一个村子里工作，参加领导这个村的土改运动。我卷入了复杂而又艰难的斗争热潮，忘我的工作了二十天，当工作告一个段落时，村子里的人们欢腾地开过了土地回家大会，又在欢庆中秋节，他们有生以来的第一个像个样子的，充满了胜利与幸福的中秋节。……月亮像水似的涌入每一个小院，温柔的风轻轻送来秋天的花香，在每一个小院里我看到了希望和肯定。……他们有说不完的话告诉我，对这些生气勃勃的人，同我一道作过战的人，忽然在我身

---

① 丁玲：《给曹永明同志的信》（1953 年），载袁良骏编：《丁玲研究资料》，天津人民出版社，1982，第 134 页。

上发生了一种异样的感情，我好像一下就更懂得了许多他们的历史，他们的性情，他们喜欢什么和不喜欢什么，我好像同他们在一道不只二十天，而是二十年，他们同我不只是在这一次工作中建立起来的朋友关系，而是老早就有了很深的交情。他们是在我脑子中生了根的人，许多许多熟人老远的，甚至我幼小时候所看见的一些张三李四都在他们身上复活了，集中了。①

这一段的描写很抒情，与中秋节庆有关，也与斗争（土改分地、分果实）的胜利有关，这些抒情的段落在 1943 至 1944 年的新闻速写中也偶尔出现过，但是就作者与被描写人物之间的关系而言，新闻速写阶段还有"旁观"的状态，而这一次是共同战斗过的亲密无间，"他们有说不完的话告诉我"，即真正的交流的开始。在很大的程度上，这仍然可以说是丁玲单方面的认知，因为丁玲并没有亲身地参与到组织和动员农民的工作中来。在小说完成后，毛泽东曾评价，如果丁玲做过县长，那么小说会写得更好一些。② 对照土改这一场有明确的诉求、有组织的运动来说，丁玲仍是"旁观"的状态（这在小说中仍有表现）。但是，就丁玲自身的写作脉络而言，这已经是一个进步，或者说关键性的转变，即她找到了与写作对象"农民"之间的合适的方式，至少在她自己看来，她克服了 20 世纪 30年代的写农民（《水》《田家冲》）时期的"旁观"、现实主义意义上的"客观"的障碍，以她自己的方式打通了《讲话》中所提到的与群众的关系。③ 换言之，这个真正的交流，不是一场运动之中组织者（党）与被组织者（农民）之间的关系，而是存在于丁玲个人的认识领地之中。这个事件使得丁玲突破了以往对于农民的认识，从而完成了新的写作状态的转换，也就是丁玲所言的"熟悉"。这个"熟悉"是在一个新的意义上的

① 丁玲：《一点经验》（1955 年），载袁良骏编：《丁玲研究资料》，天津人民出版社，1982，第 140 页。
② 王增如、李向东：《丁玲传》，中国大百科全书出版社，2016。
③ 也正是在这个意义上，在一次文代会和新中国成立初期丁玲被认为是解放区的代表作家，在重要的场合来讲述自己的创作历程。这不仅仅是因为丁玲的资历，在一定意义上，也是因为丁玲深信她从创作中所获得的经验是与《在延安文艺座谈会上的讲话》一致的。

"熟悉",与其说是"熟悉",不如说是"变化"——丁玲看到了"生气勃勃"的人。

延伸开来,这个"事"不能仅仅从现实主义创作的视野中理解为典型事件的塑造。主要原因在于,对于作者来说,这个"典型事件"并非一个创作者所掌控、选择的事件;从整个创作过程,而非文本来说,能够看出在这个"事"中,作者的身份、自我意识转变是至关重要的。土改不仅仅是有关农民的社会革命,也是知识分子改造的重要契机,这一层意思在新中国成立之后新区土改中表现得更为明显。就延安所开创的文艺体制而言,作者的意图——进一步还原为她与群众的关系,以及在此基础上对于现实的把握——至关重要,这不仅仅是一个政党改造知识分子的需要,同时也内在于这一时期的创作(如果宽泛地理解为"现实主义"的创作的话)之中,《太阳照在桑干河上》的写作过程已然隐约预示了这一点。土改为《太阳照在桑干河上》的动因,即便作为偶然的动因,写作的过程也使得这个"熟悉"固定为一个新的写作起点。这是一个与赵树理所执着的"事"不同的写作起点。文本想探讨的,并不在于强调丁玲如何改造自己,以获得了写农村的合法性(另文论述),而是在于这一特定的、"外人"的角度不断逼近农村、农民,产生了怎样的写作风格。在这个意义上,丁玲与赵树理的区别,不能在写"人"/写"本质"/"假"/写"事"/写"生活"/"真"的二元对立的框架之中来理解,我暂时性地将其区分为有关中国革命的历史经验的两种不同的叙事。

二 "闹斗争":非成长的叙事

《太阳照在桑干河上》的原初的设计是三部分,即"闹斗争""分地""参军"。1946年7月丁玲参加土改,9月动笔,写到一半的时候因1947年土地复查而暂停,第一部分"闹斗争"写完后,计划写第二部分"分地"时,时值《中国土地法大纲》颁布,丁玲对继续写下去又发生动摇,于是重新到获鹿参加土地平分工作,这次的实际经验影响最大,不过并没有被纳入小说中。"我觉得原定的第二部分和第三部分都没有什么写的必要，因为前年的那次分地和参军，都实在是很不彻底，粗枝大叶，马马虎虎了事的，固然由于当时的战争环境，但那些工作作风实在不足为法，考虑再四，决定压缩，而别的比较新的材料也无法堆砌上来，只好另订计划。"① 我们今天所看到的《太阳照在桑干河上》只是原计划的第一部。另外，当时桑干河畔护地队的工作也积累了不少资料，其中护地队的领导张雷就是小说中"宣传部长章品"的原型，张雷后来出版了小说名为《翻天记》，主要情节是以桑干河两岸护地队的斗争为基础。《翻天记》中的"斗争"与《太阳照在桑干河上》的"闹斗争"有所不同，丁玲更为侧重的是农民在斗争中的变化，特别是作为一场斗争的土地改革（不同于《翻天记》中所描写的抗日战争）中的变化。《太阳照在桑干河上》没有完成原计划的"分地"部分，现有的文本中保留了一章果树园中分果实的情节，不过落笔抒情，意在渲染"翻身乐"。与前文所引丁玲自述相对照，或许可推断这是丁玲所把握的土改的基调，简单地讲，即写土改作为一场社会革命的政治意义。丁玲和周立波的土改小说创作都偏重于这个社会革命意义上的"闹斗争"，《暴风骤雨》更为侧重土改的过程，在下部中写了复查和砍挖运动，但写作重点仍在人物关系，比如"分马"一节，通过"马"来揭示土改之后村中的社会关系和精神面貌的变化。毫无疑问，它服从于小说的题旨——"其势如暴风骤雨"的农民翻身革命。相对而言，丁玲和周立波所提供的土改小说叙事是"政治化"的"闹斗争"。

怎么理解这个"政治化"②？《太阳照在桑干河上》的开篇是以分章介绍村中人的方式展开。就其写法而言，或者可以联系当时新闻速写中常见的"人物小传"，或者也可联系丁玲所尝试模仿的旧小说的写法，如《水浒传》的人物出场方式。这种相对松散的、一笔一画简述人物背景，捕捉其气质、心理变动的方式所传递出来的看人的方式，与阶级分析的方式不

---

① 丁玲：《写在前边》，载袁良骏编：《丁玲研究资料》，天津人民出版社，1982，第119页。
② 有研究者认为《太阳照在桑干河上》为"政治式"的写作，即政党政治对于作家创作的约束，这里尝试给出不同的分析，有关"政治写作"，参见刘再复、林岗：《中国现代小说的政治式写作——从〈春蚕〉到〈太阳照在桑干河上〉》，载唐小兵编：《再解读：大众文艺与意识形态》，北京大学出版社，2007。

完全吻合。换言之，不完全是从经济成分来区分，而是尝试写出村中人错综复杂的关系和听到土改消息之后的人心浮动。"人物小传"之后，紧跟着第十章"小册子"，小册子是指《土地改革问答》，这一章写了村中的三个党员对于分地的不同态度。"总是容易接受新事物而又缺乏思考的"李昌按着册子划分谁是"地主""富农""中农"，程仁对村里的土地熟悉，"觉得土地的分配是一个非常不容易的问题，要能使全村人满意，全村都觉得是公平的才算把这件事做好了"，张裕民说得较少，"他只考虑到一个问题，这就是他们究竟有多少力量，能够掌握多少力量，能否把村子上的旧势力彻底打垮"。小说的叙事主线是按照张裕民所见的问题推进。换言之，这个从生产资料占有出发划定家庭成分的小册子（经济角度）在小说中并没有落地实施，也没有过多地影响村民如何看人。那么，是否能够直接从此得出阶级分析不适用，进而以此为依据的阶级斗争也无推行的必要？在第十章的结尾交代了一段暖水屯普通农民的概貌，虽然阶级分析不太"适用"于暖水屯，但是符合农民已有斗争的要求：

> 不久，离他们七里路远的孟家沟也开了斗争恶霸陈武的大会……暖水屯的人都看痴了，也跟着吼叫，他们的心灼热起来，他们盼望着暖水屯也赶快能卷入这种斗争中，担心着自己的村子闹得不好。张裕民更去向区上催促，要他们快派人来。老百姓也明白这回可快到时候了，甚至有些等得不耐烦了。果然两天之后，有几个穿制服的人背着简单的行李到了暖水屯。①

象征着党的领导的土改工作队，是村里农民动起来之后、应农民的要求而来。或者可以说，这一段描写中老百姓渴望的状态是丁玲眼中所见，是从丁玲所在的工作队眼中所见，并非当地农民的自发要求。是否为农民的自发要求，是否为农村经济生活发展所必需，这在今日的讨论语境中直接涉及对土改的合法性的判断。杨奎松在《战后初期中共中央土地政策的

---

① 所有关于小说中的引文均出自《丁玲全集》，河北人民出版社，2001。

变动及原因——着重于文献档案的解读》一文中提到了战后初期农民对土地的要求。简略而言，1946 年 3 月土地政策仍是坚持既往的（1942）减租减息政策，此后日渐激进，1947 年 3 月后全面转向剥夺地主土地的激进土改政策，当年年底又"纠偏"。政策的变动是与"中共中央对当时内外形势的估计判断、其自身的政治理念、经验教训的总结有关"，在这些形势之中，有一点是农民有土地的要求，政策不能落运动后面，以免"重复大革命失败的错误"①。杨奎松文章所关注的是战后的 1945 至 1947 年初这一段，与丁玲所参加的北方土改的时间大体一致，其中所提到的农民因土地要求而生斗争的自发性，与《太阳照在桑干河上》中这一段所观察的情况可互相参证。不过，即便暖水屯的情况与史家叙述中所覆盖的地区一致，小说描写中的"客观性"仍与实证意义上的"客观性"不同，它的形式不在于提供一种有关暖水屯土改的客观知识，而是主观认识。

《太阳照在桑干河上》包含了农民的"自发性"的情节，但其叙事主线并没有依循"自发—自觉"的进程来树立一个农民革命者的形象。小说开篇以概括的场景，写了暖水屯村民想要斗争的"灼热的心"，也细致地写出了不同出身、背景的暖水屯村民形象，有足够的篇幅和个体复杂性，但即便是运动中走在前面的人物，如暖水屯的共产党员（张裕民、程仁），也并不是经典性意义上的有着坚定的信仰和人格操守的共产党员形象，在 20 世纪 50 年代之后，《太阳照在桑干河上》受批评也是因为没有写出共产党员和支持革命的村民的精神境界的变化。② 在 1979 年的《重印前言》中，丁玲提到这一点，"我不愿意把张裕民写成一无缺点的英雄，也不愿把程仁写成了不起的农会主席。他们可以逐渐成为了不起的人，他们不可能一眨眼就成为英雄"③。丁玲并不是不写农民的变化，而是不以农民—共产党员的成长历程作为小说的主线，换言之，

① 杨奎松：《战后初期中共中央土地政策的变动及原因——着重于文献档案的解读》，《开放时代》2014 年第 5 期。
② 王燎荧：《〈太阳照在桑干河上〉究竟是什么样的作品》；竹可羽：《论〈太阳照在桑干河上〉》，载袁良骏编：《丁玲研究资料》，天津人民出版社，1982。
③ 丁玲：《重印前言》，载袁良骏编：《丁玲研究资料》，天津人民出版社，1982，第 165 页。

《太阳照在桑干河上》不是在 19 世纪的"成长小说"的意义上来写一个农民英雄的成长。同一时期的《暴风骤雨》，虽然以浓墨重彩写了"赵玉林"的牺牲，但也很难说是以赵玉林为视角贯穿整个叙事，构成小说情节的主干部分仍是土改的过程。到小说结尾时也就是土改斗争结束后，"外来的"工作队与成长起来的农民在精神气质上趋同，即农民的斗争性成为主要特征。在《太阳照在桑干河上》中这样的"成长起来的农民"形象并不明显。顾涌、黑妮等人物既非斗争的积极参与者，也非斗争的对象，在斗争之后他们在新的集体中也无法找到合适的位置，但同时他们不由自主地被裹挟到斗争之中，斗争对他们的内心（顾涌有关"世道"的感慨）、人生境遇（黑妮与程仁的恋爱、婚姻）都有很直接的影响和改变。但是很显然，这些人物是无法被纳入"成长起来的农民"这个脉络中的。退一步讲，这里所描写的是"群像"——经由斗争所组织、裹挟进来的，从原有的社会位置上脱离的而形成的"群"，换言之，"群"的变化是在斗争的复杂性中所展现出来的，这两者都无法以"农民英雄"的成长小说的模式充分表达。

在这个意义上，重新来看丁玲的"真实"与 20 世纪五六十年代在现实主义的文学理论脉络中所要求的"典型"的差异，并不是从丁玲的主观因素来理解，而是从描写对象（中国革命的历史经验）所要求的叙事形式，与经典现实主义理论之间的差异来理解。在 20 世纪 40 年代土改小说的写作中还没有出现"农民英雄"这样的固定的叙事路数，小说写作中所遇到的困难——写"高大全"的"农民英雄"，还是真实的、有瑕疵的，无论是写"个体"、写"群像"、写"斗争"，都是在尝试贴近这个复杂的历史经验，尝试给出一个更为集中、更为典型的叙事结构。用一个不太准确的说法，这些叙事上的尝试，无论是赵树理的"问题小说"，还是丁玲的"闹斗争"，都有着一个隐约的倾向——"非主体"化，或者说"典型人物"缺乏，所指向的单一视角、单一群体的形象不再足以表达当时社会革命深入所带来的变化。如果不从 20 世纪五六十年代回看，而是从新文学"写农民"的脉络来看，20 世纪 40 年代的土改小说标志了一个突变——农民从"被启蒙的对象"（比如五四时期的乡土小说）、经济剥削的受害者

（比如社会剖析派）、暴力反抗的符号（比如丁玲及其左联同人在 20 世纪 30 年代的写作）等书写位置中解放出来，他们的面貌开始在"闹斗争"中变得清晰，呈现内部的差异，并且有着各自的心理活动，等等。在这个意义上，土改小说在叙事上扩开了一个极大的空间，使得农民在文学表达（特别是小说文体中）的层面上获得了"翻身"。这个表达层面的从"他者"转变为"主体"地位，与上述所说的土改小说的"非主体化"，并不冲突。它源自农民在革命中获得"主体性"的独特道路，进而揭示了新民主主义时期政治秩序更新的内在逻辑。因而，《太阳照在桑干河上》虽以农民、农村阶级斗争为题材，写的却是中国的"变"。丁玲对此是有着自觉的。在随后几年后的俄文版序言中，丁玲更为直接地阐发"闹斗争"的意义——这是一部关于"中国的变化"的小说①，亦即新中国的变化要从农民题材中写出，而农民的变化要从土改中写出，而土改要从"闹斗争"这一形式中表达出来。丁玲所言的意义虽然是事后的阐发，但即便在写作之时，"闹斗争"也不再是丁玲作为土改工作的参与者的具体经验，不是截取的一个片段，而是作为她对于土改工作的认知，构成了这一部小说的核心情节。换言之，"闹斗争"是小说写作所给出的文学表达形式，它构成了作者与现实经验之间的中介。

三 "斗地主"：政治空间的构建

《太阳照在桑干河上》涉及的时间长度只有 15 天左右。刚开始邻村的土改"谣言"像一阵风搅得暖水屯人心浮动，到小说结尾太阳升起在桑干河上，照着全新的暖水屯村民。这个结尾所预示的是从"旧"到"新"的变化，但小说不能简单地以抒情的方式赞颂"新"，它需要在叙事上做出安排，那么，"闹斗争"应该怎么写？

《太阳照在桑干河上》的开头很不同。对《暴风骤雨》来说，组织这

---

① 丁玲：《〈太阳照在桑干河上〉俄文版序言》，载袁良骏编：《丁玲研究资料》，天津人民出版社，1982，第 120 页。

场斗争的方式是"党"（由土改工作队所代表）进驻之后展开土改工作，萧队长和土改工作队乘着老孙头的大车来到元茂屯，村庄的变化也由此开启。这一叙事上的设定并不是无意义的，而是与对于土改的理解息息相关——强调"党"的领导在土改中的决定性作用①，翻身的意义来源于党的领导。这在后来的合作化小说中也在一定程度上保留了下来。自土改小说起，农民的翻身、革命故事成为"十七年文学"中的主流，并且成为小说创作的主要结构形式，即"动员—改造"叙事结构。② 换言之，《太阳照在桑干河上》的"斗争"线索不是以"共产党"的意志为线索。相比较起来，在《太阳照在桑干河上》中，土改工作队直至小说篇幅的四分之一处才正式出场。这个土改工作队进驻暖水屯之后，按照常规做法，开农会、作报告、宣讲党的政策。但是，这一支象征着党的意志的队伍很快遭遇挫折，在队长文采开完四个小时会之后，村民调侃说，"身还没翻，屁股先坐疼了"。不仅是农民没有发动起来，与基层党组织的交流也并不十分顺畅，文采认为暖水屯的党员干部张裕民有痞气，并不值得信任；而张裕民则认为，土改工作队没有抓住真正的问题。工作队与村庄之间的隔膜凸显了"外来者"的倾向。这个情节并不能简单地推断为村民不信任外来的土改工作队，这里需要提出的问题是，"党"在这场斗争中起着怎样的作用？以及如何起到这样的作用？

虽然开头部分"党"的领导作用不强，不过在《太阳照在桑干河上》的高潮部分——"斗争钱文贵"中，关键性步骤都是由县里来的宣传部长来领导的。就这点而言，两部小说中对于"党"之于土改的重要性没有根本意义上的分歧，虽然两者的情节有所不同，《暴风骤雨》描写的是恶霸地主，《太阳照在桑干河上》描写的是更为隐蔽的地主，与农民之间也有血仇，不过小说的重点没落在血仇上，而是落在思想转变上。也就是说，两部小说中的差异是在如何摆放这些人物、细节在"斗争"中的位置。具

---

① 周立波：《现在想到的几点——〈暴风骤雨〉下卷的创作情形》，原载 1949 年 6 月 21 日《生活报》，见李华盛、胡光凡编：《周立波研究资料》，知识产权出版社，2010，第 250 页。

② 蔡翔：《革命/叙述：中国社会主义文学—文化想象（1949—1966）》，北京大学出版社，2010。

体而言，《太阳照在桑干河上》的叙事过程是围绕"村民如何认识、如何组织起来斗争钱文贵"而展开，认识地主实际上构成了情节前进的叙事动力，换言之，小说不是围绕土改工作队与村民的关系来写。这一形式上的安排说明，不能将主导这一场变化的原因全然指认为党的意志，而需要落实为分析其斗争双方的力量构成以及形势消长。在这个意义上，《太阳照在桑干河上》既不依托"农民英雄"也不依托"党的领导"的叙事路径，而是将叙事的重心从主体成长转为政治空间的开创，是一种经济领域中农民对于土地的要求而产生的动能，如何在运动的过程中被转化为新的政治秩序的开创。

在这个新的政治空间的构成中，如何写地主与如何写支持革命的农民是两个相互依存的方面。《太阳照在桑干河上》中的地主钱文贵不是典型地主，即没有大量土地的地主，因而也有研究认为这一地主形象是虚构的[①]，不能构成发起斗争的充分条件。根据小说的描写，钱文贵在前部开头部分即已出现，占了一章的篇幅：

> 他虽然只在私塾读过两年书，就像一个斯文人。说话办事都有心眼，他从小就爱跑码头，去过张家口，不知道是哪一年还上过北京，穿了一件皮大氅回来，戴一顶皮帽子。人没三十岁就蓄了一撮撮胡髭。同保长们都有来往，称兄道弟。后来连县里的人他也认识。等到日本人来了，他又跟上层有关系。不知怎么搞的，后来连暖水屯的人谁该做甲长，谁该出钱，出伕，都得听他的话。他不做官，也不做乡长，甲长，也不做买卖，可是人都得恭维他，给他送东西，送钱。大家都说他是一个摇鹅毛扇的，是一个唱傀儡戏的提线线的人。他就有这么一份势力。……他坐在家里啥事也不干，抽抽烟，摇摇扇子，儿子变成了八路军，又找了个村治安员做女婿，村干部中也有人向着他，说不准还是他的朋友，谁敢碰他一根毛？

---

① 黄宗智：《中国革命中的农村阶级斗争——从土改到文革时期的表达性现实和客观性现实》，《中国乡村研究》2003 年第 2 辑。

这一段介绍近于小传。小说第一章已经借由顾涌的心理活动间接地引出了钱文贵，钱文贵仗势占了顾涌的地，但顾涌的女儿嫁给了钱文贵的儿子，两人虽是亲家，但是顾涌受着亲家的欺负，只能生闷气却不敢言。顾二姑娘是钱文贵的儿媳妇，公公的眼光却经常打量她，这使得她也有说不出来的恐慌。从小说叙事来看，这一长段介绍有些生硬，像是出场亮相式的勾勒。联系到后文会发现，这并不是土改工作队（党）给钱文贵这一人物的定性，而是由村里人的眼睛看出来的。钱文贵送子参军，女婿是农会干部，因此他受到了土改工作队的信任，但是村民知道钱文贵的本质，说他是"摇鹅毛扇的"，是指隐藏起来的、在背后指挥的恶。比如在钱文贵逼迫村民刘满的哥哥当甲长，致其精神失常并死亡时，工作队起初是不相信的："文采认为当甲长（即刘满的哥哥）总是赚钱的，都是汉奸，如今听说有人当甲长是被强迫的，是为仇家所陷害，结果破产，成了极贫的农民，还逼疯了，怎么会有这回事呢？他不大相信这种话。钱文贵在村上包揽词讼，出出歪主意，一定是可能的，可是，从经济上来看，他三口人只有十多亩地，把他分给儿子们的五十亩划开了，顶多是个中农，纵使出租，也不是什么大事，从政治上看，他是一个抗属。对一个革命军人家属，在社会上不提高他的地位，已经不对，怎么能打击他呢？因此他觉得干部们不提出他来作为斗争对象，完全是对的。"文采是进驻暖水屯的土改工作队队长，进村之后开会动员不见效，在接触村中具体情况时也是套用书本上的界定。这一段情节来自当时土改运动之初常见的问题。钱文贵没有地，也就不应该成为"闹斗争"这一运动的对象——"地主"，进而推断出"地主"并非是实有的而是政治建构的结果。这里所涉及的问题在今天的土改研究中被称为"华北难题"，即地主只有少量土地，是否可作为斗争对象；分了地主的地是否有利于恢复生产，最后都指向了斗争的必要性。①

小说中的呈现与今天的史学研究略有不同。小说选取的是有少量土地

---

① 相关研究参见李放春的述评《"释古"何为：——论中国革命之经、史、道》，《开放时代》2015 年第 6 期。

但在村子里有实际影响力的地主，同时也给出了农民想要斗争的自发性需求（土地需求和"报血仇"的需求），尤其需要注意的是，这种需求是从农民在村庄中的社会关系中提出来的（即不被欺压，渴望有好的世道等），而不仅仅是根据档案资料计算村中的土地的供给情况。本文尝试提出另外一个区分：经济意义上的典型地主（占有大量土地）和政治意义上的典型地主（恶霸）。是否只有发现了经济意义上的"地主"，才能满足农民的土地要求，而后土改中的斗争才具有合法性？非经济意义上的"地主"，与村民之间的矛盾，是否就如黄宗智文中所说的"人缘不好"，不足以作为政治斗争的基础？这是《太阳照在桑干河上》所给出的叙事步骤：小说中有两类地主，一类是占有大量土地的地主的李子俊，一类是不占有土地，看上去还很"进步"的钱文贵。李子俊不斗即倒，主动献出了土地，老百姓又偷偷地将地契送回去。这从工作队而言，叫没有发动起来，用丁玲的话来说，叫没有"翻心"，亦即恐惧世道还会再变回来。这里指出了一种经济上的土地要求与政治上的反抗之间的关系。对于地主来说，这种关系是不言自明的，必须依附政治上的力量才能保住自己的物质要求；而对于农民来说，这种关系需要建立起来，这正是当时的工作队所直面的问题，发动农民是政治建构，是"无"中生"有"，但这不是问题的关键，关键在于这个政治建构的过程是否有正当性，合乎民心。这一点在今天个别研究者看来是缺乏真实基础的，或者被认为是暴力的、非理性的、不道德的盲目行为，但实际上，这恰恰是共产党的革命所要开创的新的政治秩序。在这个意义上，"客观性现实"与"表达性现实"这一对范畴所指示的政策和实践的差异与磨合，这是一个动态的过程，不能化约为"真"与"假"的静态对立。20世纪中国革命中的农民革命是一个漫长的、持续的过程，积累了很多的斗争经验，关键的问题在于如何"斗"。"钱文贵"这个形象的意义，不仅仅在于陈涌所说的"阶级斗争的复杂性"，更在于这个包含复杂性的斗争之中，真正找到了一条摆脱"钱文贵"所代表的政治、经济秩序的方法。

借助杜赞奇对于20世纪40年代华北地区权力网络的研究来看，钱文贵这一人物或许可以从"盈利型经纪"① 这一类型中获得理解参照。小说没有提到暖水屯里的村长，也没有具体提到赋税、日常事务等由谁来主持，钱文贵实际上有着左右村里谁担任甲长等事务的力量，但他没有村长的名义，也没有得到村民的拥护，这是一股恶的力量。较之"盈利型经纪"着眼于获利，小说中对"钱文贵"的概括更为直接地展示了其在村中的权力位置。"地主"这个称呼不符实，小说中也很少直接以"地主"来称呼钱文贵，他更多的是一个权力的集中点。他并不是土匪恶霸性质的地主（拥有枪支或武装等），不直接隶属现代行政系统（参加政党，或者作为基层官员），但是他与各方政治势力（国民党、日本人）都能够结成关系，进而在村庄中获得支配性的权力。这一权力不仅是"地主""盈利型经纪"等范畴所无法指认的，也是常规意义上的"民"的对立面——现代行政权力的范畴所无法充分指认的，钱文贵本身也是"民"。在土改工作队的理解中，这个"民"是不可见的。随之引发的效果是分地不公平、刘满哥哥受迫害致死的冤屈无从申诉，而其他的村民都如刘满、顾涌一样只能沉默下来。土改消息刚刚传到暖水屯的时候，村民虽然关注，更多的是旁观状态，所关注的仍是自己手头的农活，但土改工作队到来后，农民不再旁观，逐渐为这一矛盾而自发地讨论起来：

> 他们退回到家里，互相以全部理解的眼光来谈话，他们再不愿交换关于果子的事，只用嘲笑的声音把他们的不愉快，不平之感送走。从村子上的表面看来似乎也没有发生过什么事，但却不真是这样平静。在许多家庭里已经引起了小声的争论。无言的争执，在许多人的内心里，两种不同的情绪斗争着。他们的希望，已经燃烧起来了，却又不得不抑制住，甚至要拿冷水去浇。更有一些人再也不能站在冷静的地位，也不愿更考虑自己的前途，他们焦急地去找张裕民，去找李昌。民兵们便和他们的队长说，他们自动的严密的放哨，怕再有什么

---

① ［美］杜赞奇：《文化、权力与国家：1900—1942 年的华北农村》，王福民译，江苏人民出版社，2008。

人逃走，李子俊的事已经使他们觉得很难受了。

这一段描写的关键之处在于村民的变化。土改工作队如何处理钱文贵已取代农活、闲话，成为一个公共性的话题。这个自发性已经从个别的土地要求，转向"自动的严密的放哨"，这表明了村民与钱文贵之间关系已经发生了微妙的变化——从个别转向集体，从沉默抱怨转向反抗。他们之间不再是一对一的私人恩怨，而是作为一个集体共同面对敌人。这个事情的由头是从分地不公开始，经由自发组织放哨，最后落实在农会的改组。农会会员的选举不是由章品指定，而是由群众选择和接受，"有人提出第二天的农会开会要选举主席，凡是与钱文贵有亲属关系的都不能担当。大家同意这种主张——对！让群众自己选自己愿意的"。村民口中的"村干部"有别于外来的土改工作队"干部"。通过刘满与张正典（钱文贵的女婿）的矛盾，实际上组织起了多重关系：第一，土改工作队员/党组织的自我调整；第二，农民和农会组织的自我更新和成长；第三，对于钱文贵的斗争方法。暖水屯作为一个整体在土改中完成自身变化的过程中，土改工作队员不再作为外力，而作为村子变化的多种合力之一出现。在这个意义上，寻找土地改革的真正的斗争对象是《太阳照在桑干河上》的核心叙事动力。寻找"地主"的过程，是农民从单一、闲散的个人状态转入集体状态，从专注于农业生产转入政治活动过程，如此农民才能真正被发动、组织起来。

四　小结

总结起来，与其说地主是某一特定范畴、特定的阶级，不如说是一个有待界定的、政治上的"敌人"。对比 20 世纪 30 年代以及抗战初期的小说中的发动群众（农民）的叙事，常有这样的问题，如"一般的作品中，或多或少总反映了一些群众工作。但是或好或歹地总是这么一套：游行大会或是街头演讲，纪念日的民众大会或是演剧，悲壮的救亡歌声，感人泪下的成功的演出，慷慨激昂的演说，——于是群众情绪高涨，热烈异常；

如果加了'结论'的，那又大都是民众当场挺身而出，纷纷'有钱者出钱，有力者出力'，民众是被动员了"①。与之相比，《太阳照在桑干河上》的叙事中最大的变化，在于充分地补充了"斗争地主"这一环节。钱文贵只在开头和小说结尾处出现了两次。故事的展开并不是以对于钱文贵的步步揭露为核心的，虽然目的是斗争钱文贵，但小说的多数篇幅用在描写农民如何发动起来，亦即将农民的不同的愿望和辛苦，都集中到"斗争钱文贵"这一目标上来。在这个意义上，首先，小说的这一设定并不是简单地以共产党的权威，代替原有的钱文贵的权威，而是通过改组农会来完成的；其次，小说的主体部分实际上变成了农民群体的聚合，即认识自身的力量和找到斗争的方法。更准确地说，作为叙事高潮的场景是在不断地被延宕，而延宕是政治动能的生成和转化——农民消除恐惧、翻心的过程——被凸显出来。换句话说，这个延宕的过程，是如何使得政治空间在一个动态的、变化的过程中被开创出来。②

小说中的"闹斗争"的一个关键性场景是对于钱文贵的处理。村民认为处死钱文贵才能真正消除恐惧，即真正的翻身；县宣传部长章品则认为应当在政治上打垮。双方的分歧在小说中被暂时悬置，何谓"在政治上打垮"，不仅暖水屯村民不甚明了，章品本身的表述也非常抽象——"要往死里斗，却把人留着；要在斗争里看出人民团结的力量，要在斗争里消灭变天思想"。很显然，这个政治上的斗争并不只是建立一个政治权力机关，换言之，"翻心"不能止步于农会组织。《太阳照在桑干河上》所提出的思考是如何在斗争中发展出一种新的形式，将诉苦所释放出来的政治能量转化成新的政治形式。

这一新的政治空间的出现使得土改小说彻底不同于《水浒传》等农民起义小说。《太阳照在桑干河上》的开头用了将近四分之一的篇幅介绍村中的人物，勾勒每个人的背景、家世，似乎借鉴了传统小说的人物出场方

---

① 茅盾：《从作品中看"群众工作"》，原载《文艺阵地》第 1 卷第 8 期，见《茅盾文艺杂论集》，上海文艺出版社，1981，第 755 页。
② "政治空间"与成长小说叙事的不同，请参见蔡翔对于"动员改造"的相关论述，《革命/叙述：中国社会主义文学—文化想象（1949—1966）》，北京大学出版社，2010。

式。在《水浒传》的人物描写中，人物虽然背景、故事各自不同，共同之处在于"官逼民反、逼上梁山"，千人千面都是从这一概念中衍化出来的。土改小说中农民与地主之间不可调和的矛盾近似于"官逼民反"，然而它的解决方案不同于"逼上梁山"。"逼上梁山"是逃离原有的生存环境，在物理空间上开辟出一个新的环境。水泊梁山与其说是找到了一条建立新的政治秩序的出路，不如说是找到了一个想象中的避难所，实际上造反是为了招安。共产党的农村革命并不离开土地，它是在原有的村庄中进行，改变原有村庄的秩序，变成一个"新的暖水屯"。在这个意义上，土改小说与传统的农民起义小说的不同之处逐渐清晰，土改小说不再寻找如水泊梁山般地理空间的隔绝，而是以"闹斗争"作为社会关系变化的重要契机。

　　《太阳照在桑干河上》所展现的"复杂性"不仅是运动过程本身，更为重要的是农民在这场土改运动中所经历的思想转变，丁玲称之为"翻心"。在这个意义上，小说中的"阶级斗争"情节是为呈现农民翻身做主的历程而发展起来的一种叙事方式。这种叙事方式不同于延安时期所确立的"赵树理方向"，而更接近20世纪30年代以来左翼文学所探索的现实主义传统。现实主义的创作方法，为处理中国革命经验和文学表达的关系提出了一个不同的方案。作为一种新的叙事结构，"阶级斗争"的出现，不仅仅是在与形式的冲突之中塑形，这一形式的出发点并不在于形式，而是在于形式中蕴藏的有关中国革命主体性问题，农民在成长为革命主体的过程中所展现的问题性。在这个意义上，这个叙事结构所提供的不仅仅是有关土改、农村或者农民的知识，还是对应于其中的问题性，是对20世纪中国革命主体问题性的一种表达法方式。如果恢复这样的一个语境，就会发现，与其将土改小说追溯为现实主义创作的典范，不如以其作为重要的节点来检验它对于新文学以及现实主义的困境的突破。此外，它的形式（而不是内容）中所蕴含的问题性，使之成为一条理解20世纪中国革命主体问题的进路。

读罗工柳《地道战》*

莫　艾

　　作于 1951 年的油画《地道战》①（图一）是中华人民共和国成立后最早也是最为成功的革命历史题材创作。今天看来，这件几被遗忘的作品依然散发着光彩。作品给人最为强烈的印象有两点。首先，将之置于 20 世纪五六十年代创作中，比较《日寇以水代兵》（彦涵，1951）、《前赴后继》（罗工柳，1957）、《狼牙山五壮士》（詹建俊，1959）（图二）、《在激流中前进》（杜健，1963）等作品，《地道战》表现了一种相当独特的具体性。在此，具体性并非指刻画具体或自然主义态度，而是指既不追求宏阔的史诗场景，也未借助更具象征性的手法，努力寻求最能恰当表现历史对象的朴素方法。具体性还意指作品呈现的具体可感的人物面貌以及表达的质朴、直率状态。在 20 世纪中国美术实践中，具如此朴实、可感的民众精神面貌与表达状态者并不多见。这种具体、可感的表现由何而来，何以能够出现，是本文想追问的。

　　第二个观感在于作品所呈现的民众面貌。除了勇敢、沉着之外，在地

＊　本文最初发表于贺照田、高士明主编：《人间思想》第七辑，中国台湾人间出版社，2017
　　年 4 月，第 104—139 页。文章的缩减版，以《一次令人惊艳的"冲锋"——浅议罗工柳
　　与〈地道战〉》为题，发表于《读书》2018 年第 2 期，特此致谢。回溯几年来的学习，
　　衷心感谢北京·当代中国史读书会各位师友，特别是贺照田老师多年来围绕历史认识工
　　作倾注的心血与一直以来的引导、要求。本文的写作直接源于 2016 年第二届热风青年成
　　长营的参与契机。特别感谢薛毅、冷嘉、李志毓、李晨、罗成、张冰、蔡博、吴志峰等
　　师友围绕"如何认识现代中国"这一主题展开的工作，感谢大家热忱的期待与鼓励。还
　　要感谢贺老师、程凯在文章思路、资料方面的帮助。
①　由于篇幅限制，文章不能收入所有提到的作品图片，为了方便有兴趣进一步深究的读者，
　　我把文章涉及的所有作品图片，都放置在了网页 http://blog.sina.com.cn/s/blog_
　　1683e6ea00102wxte.html 中，以方便查阅。

道战斗的人们还展示了一种活泼的生机感，战斗充溢着精神的活力与创造的喜悦。这突破战争、英雄惯常想象的表现在五六十年代也属卓异，新时期以来更属难能。然而，战争的残酷超出想象，窗户纸和残破的苇席都要被争夺①，面对那段严酷的历史，精神的活泼与生机感从何而来？表现是否具备深厚的现实基础？体现出怎样的现实体认与历史理解？这体认何以在当时甚至日后都殊为可贵？几十年间同类主题的表现变化具有怎样的揭示意义？

　　带着这些问题，本文尝试走进作品描绘的人物和他们的世界。看看作品的表现与那段历史质地之间是否具备呼应关系，尝试探究开展地道战斗的冀中人民在革命过程中经历了哪些，在战争中处于怎样的状态，人民的面貌、状态与他们置身的革命空间产生了怎样的关系性，文艺在其中是怎样的状况，作者自身经历了怎样的塑造、如何获得这样的历史理解。

一

　　《地道战》的创作动机源于罗工柳在冀西的经历："战争年代人民的牺牲太大了，后来听到人民用地道战来打击敌人时非常激动，我第一个反应就是：中国的老百姓真是聪明！这真是个了不起的发明！产生了很强的创作愿望。"作品完成于1951年，但在1948年即开始构思，为体验生活，作者还曾考察武乡窑洞保卫战、走访亲历地道战的群众。② 表现"人民战争的奇迹"的意图无疑令人兴奋，但其中的难度也不小。到底该如何表现，

---

① "屋顶棚，窗上糊的纸，全扯碎撕下；连炕上铺的苇子，也剪成了若干像几何图案一样的碎片，拼起可以成为一张苇子，但敌人却无法把它竖起用以放火。粮食被掺上糠或细沙，然后连容器埋入地下或暗窖中，随吃随取。"吕正操：《冀中回忆录》，华岳文艺出版社，1988，第142页。

② 罗工柳在1940年负责冀西分区的一个美术训练班，"辅导年画、宣传画，筹办木刻工厂"，肩负"保护学员的责任……，一个冬天睡觉没有脱过棉鞋，以便随时转移"，而"万一被敌人包围，一看还是能看出不是农民，也跑不了"。刘晓纯整理：《罗工柳艺术对话录》，山西教育出版社，1999，第34—35页。（也有记述称罗工柳在1940年秋去了冀南，1942年春调回延安。）1947年，罗工柳曾带北方大学文艺学院师生到冀南参加土改工作。参见《罗工柳年表》，载全山石主编：《罗工柳油画》，山东美术出版社，2004，第228—229页。

作品的场景设置、空间视角、情节构造、人物塑造是否能够传达地道战斗的面貌，是需要分析的。

运用地道战的冀中根据地，是指东起津浦路、西至平汉路、北起平津、南至沧（县）石（家庄）路之间的地区。冀中人口众多，物产丰富，经济发达，靠近平、津、保，交通发达并具有重要的战略意义。中国共产党于1938年4—5月成立冀中党组织①，冀中根据地在短期内迅猛发展，收编各色地方势力，广泛开展抗日、革命活动，为晋察冀提供了丰厚物资。但日军于1938年9月开始向晋察冀发动连续进攻，1941年攻势加剧。至1943年，从"治安肃正计划""治安强化运动"到深入腹地的扫荡，通过大量筑路、建造碉堡和岗楼实行"囚笼政策"，对根据地逐步完成了分割、封锁、包围、蚕食。②1942年秋，冀中根据地发生"变质"，面积萎缩至不到原来的三分之一。③1943年太平洋战争爆发后，日军对华北的控制程度降低，危难形势才逐步缓解。④冀中成为中共在抗战阶段遭遇考验最严峻的地区，不仅要与人数众多、武器优良的敌人作战，而且一望无际的平原使抗战在军事上更加不利。在敌人封锁到村，"只要枪声一响，四面据点、碉堡之敌立即蜂拥而来"的状况下，共产党主动调整战术方法，转变"冀中党政军民的组织形式和斗争形式"，这是地道战开展的背景。⑤残酷的镇压与被切割、封锁状态下的艰苦抵抗也成为展开地道战斗的重要因素。地道的发展经历了党内的认识转变和不断克服困难、通过实战事例教育、动员农民的过程。⑥地道得以大规模发掘并发挥小型防御战的功能，

---

① 吕正操：《冀中回忆录》，华岳文艺出版社，1988，第74页。
② 齐武编：《一个革命根据地的成长：抗日战争和解放战争时期的晋冀鲁豫边区概况》（下文简称"齐武"），人民出版社，1957，第33页。
③ 张达：《"五一"变质后的冀中是怎样坚持下来的》，载《河北党史资料》第5辑，中共河北省委党史资料征集编审委员会编辑出版，2001，第6页。
④ 吕正操：《冀中回忆录》，华岳文艺出版社，1988，第282—283页。
⑤ 杨成武：《冀中平原上的地道战争》（下文简称"杨成武"），辽宁大学出版社，1987，第85—86页。
⑥ 吕正操：《冀中回忆录》，华岳文艺出版社，1988，第208—209页。

是在日军势力逐渐衰弱的 1944 至 1945 年。[①]

地道战是在中日双方残酷对抗过程中催生的。地道的发明源自老百姓为躲避敌人搜捕想出的临时方法，其后从"孤立的隐蔽洞"发展为各家、村落相连的地下空间。作为游击战的一种形态，地道战斗无法孤立进行，需要与地面作战、村落外围作战相配合。地道的挖掘需要配合村庄的整体改造，以形成"'天地人'三通"的网络："房顶、地面、地道和村沿、街内、院内纵横三层的交叉火网，再以野外地道为纽带，把村庄、野外、地道组成了一个连环的'立体'的作战阵地。"地道战既强调统一组织、指挥，又需要灵活性和机动性。面对装备、人数占优势的强敌，必须做到"彼此紧密配合，发挥独立作战和联防作战的特长"，"出其不意地打击敌人"，"实行连续作战和连环作战"，与地面部队配合实现"秘密、迅速"地突围等。在成功的地道战斗中，部队和民兵往往"打了钻、钻后打"，各部分紧密配合并不断灵活移动。

地道战显示了高度的组织力与团结协力的精神。村庄整体改造、战斗网络的构筑及战斗的实行以参与者相互信任、紧密配合、同心协力（有时需要牺牲私人利益）为前提。地道空间、围墙、夹墙、道沟、高房工事、天桥的构筑需要巨大的人力、财力及不同阶层的村民集体协力。地道战的战术还要求指挥者熟悉村庄状况，具备灵活、机动、果断处理问题的独立指挥作战能力。在地下作战，无法直接观察地面状况，在地道中隐蔽数天的情况对战斗者构成不小的考验。参与者彼此的信任、战斗意志、地下地上的通气配合、领导者的有效指挥与对人的心理情绪的洞察、疏导至为重要。地道战空间的构筑处处显露出人民的智慧。地道形态在实战过程逐步复杂、完备，发挥了隐蔽、伏击、兵力转移、组织战斗、有效突围等多种功能。令敌人心惊胆战的地道结构、机关的设计（地道路线、入口位置

[①] 方翌、王君妍采访、整理：《黄道炫谈地道与"地道战"》，载《东方历史评论》"微访谈"栏目，2014 年 7 月 10 日，http://www.ohistory.org/newsdetail.aspx？id＝914。另，黄道炫：《敌意——抗战时期冀中地区的地道和地道斗争》（《近代史研究》2013 年第 3 期）一文从多个角度对地道产生的背景、条件、开掘状况与发展过程进行了细致考察，可供参考。

等），出自老百姓对生活空间的创造性运用。冀中百姓将"烟小光又亮，耗氧少还不怕风吹"、以黄蜡浸泡的艾草制作的蜡绳用作照明工具，就是浸染着生活智慧的发明。改造自家房屋与村庄，在共同耕作的村庄并肩作战，以无比的胆识与智慧对抗残暴的强敌，显示出人民的巨大力量。据称，1944 年下半年冀中地区所挖掘的地道长达一万多里，① "惊人的地道系统"在一望无际的平原"地下创造了新的阵地，……地面上被敌人占领与分割的上千上百个村庄，在地下又连在一起"。②

这些基本状况提供了分析油画《地道战》的初步线索。尽管缺乏精确的绘制顺序③（只记录了大致年代），保存下来的草图还是显示出构思的焦点：1. 如何表现地道战的战术特点与行动过程。地道中的作战行动只是整体地道战斗的一个部分，依托于村庄整体和村外空间，地道战才可能发挥效力，其战术特点在运动性、机动性、灵活多变与作战者的紧密配合。2. 如何构造简洁、清晰的传达效果，作者强调根据地的木刻经历使他树立起追求"通俗"效果、令观者"一目了然"的目标，绘制新洋片、连环画、壁画的经历则锻炼了描绘群众场景与"叙事"的能力。④

围绕上述意图，作品在两方面的处理值得分析。首先是如何讲述故

---

① 参见杨成武，"因为敌人压了顶，又是乌黑无光，地面的一切响动都听得很清楚，地道内不免有人为的紧张。如地面上有人劈木头，地下有人就说'这是掘地道吧'？闻到臭味，就说'是敌人放毒吧'？"此段引文，见杨成武，第 42、58、65、92 页。完备的地道包括射击孔、瞭望孔、通气孔、岗楼、翻口、卡口、陷阱、突围口、跳板、出入洞口（自动）、休息室与回旋处、干线（军用）与支线（民用）等多个机关的设计。在战争局势相对平缓的条件下，地道还发展成为平原上"巩固的后方"，建造有小型工厂、医院、报社、印刷所、电台、仓库。参见杨成武，第 14、92 页。

② 吕正操：《冀中回忆录》，华岳文艺出版社，1988，第 210 页。

③ 数幅草图中最简单的方案是描绘接应民兵钻出灶台地道口的室内场景。随后，为表现彼此的配合关系，出现上梯子登高与告知战况的同伴（后者为背影），构图变为正面视角和更为开阔的中景，并尝试添加瞭望敌情的民兵。画家也尝试描绘室外（没有院墙），并且出现关键性的处理：去掉前景遮挡观众视线的人物背影。草图还出现高墙院内的大场景：采取斜向视角，将前景的背影人物改为面朝观者，同时去掉右侧瞭望者。最终，画家采纳了正面视角，接应者明确为两位老人，并在最后的老者身旁增添了一头毛驴。

④ 《地道战》"是通俗作品，为的是让老百姓一眼就看清楚。这种创作习惯是在刻木刻中形成的……（按：作者举例《李有才板话》）这不是我一个人的特点，新中国的叙事性绘画普遍倾向于一目了然，这点与苏俄的叙事性绘画差异极大。"刘骁纯整理：《罗工柳艺术对话录》，山西教育出版社，1999，第 38 页。

事，牵涉空间场景的择取与人物姿态、位置的构造。在绘画中表现运动、变化和地道战斗的过程性并不容易。作者的构思开始于战斗者钻出地道的局部"真实"地点：灶台口（与电影《地道战》的剧照颇为一致）（图三），后变为室外的接应行动，最终确定为可目视牲口棚及院落空间的开放场景。① 完成稿表现出地道的隐蔽性，左侧的高大院墙与院外空间又暗示出包括地道、连接的院落与村庄构成的完整作战空间、地下地上的配合关系及地道口的位置等关键因素，呈现完整的战斗形态，包括侦察敌情，地道隐蔽与转移，地面及屋顶作战、掩护、接应及地上地下、院内外的配合（传达战况、输送武器等）。

人物动势、关系的处理也显示了从描绘局部情节到展现完整过程的思路变化。地道口前背向观者的壮汉形象（图四）先是被调转向观众（变成妇女形象），最终变为朝向观者、同时右侧转身接应瞭望者的老婆婆，这样，原本遮蔽观者视线的因素变为构造整体行动过程之连接性的中间环节。老婆婆展示出两个行动的瞬间：在我们观看的瞬间她正俯身转向右侧关注战况；而在上一个瞬间，她显然刚刚拉开地道的机关（挡板），接应地道内的民兵。这姿态不仅自然，还恰当地表达出紧张的气氛与人物间的配合关系。在完成稿上，每一个人物左侧围绕梯子递送武器的两位、前景暂时休息者、冲出地道的民兵、接应的两位老者（乃至那头毛驴）与右侧观看地面情况的青年，各自肩负着任务并构成配合呼应关系。画面主体形成从左到右起伏贯穿的横向运动轨迹与流畅跃动的战斗节奏。同时，借助登高青年的神情、姿态，画面左侧的纵向轨迹也呼应于中央部分的行动。由此，分属不同时空的行动被组合在一个整体中，又借助人物的行动与相互关系令读者觉得真实、合理。地道战斗的特点与内容获得清晰传达。

其次是表现视角的变化。草图显示了从小中景到倾斜视角的大场景，再到纯正面中景的变化过程。斜向视角（图五）显示了作者对西方古典历史画图式的借鉴。常规而言，倾斜视角利于构造阔大的空间以传达历史进

① 刘骁纯整理：《罗工柳艺术对话录》，山西教育出版社，1999，第36—37页。

程感与指向性。对于此作，在需要构造恰当空间以表现地道战斗内容和空间的情况下，正面视角更具挑战性。又由于构图最终被限定在稍宽的方形（没有从容的横向伸展空间），空间场景与人物安置必须紧凑，如何在低矮局促的空间（牲口棚）中表现人物关系与战斗姿态也是难题。没有选择达·芬奇《最后的晚餐》、委罗内塞《利未家的宴会》那样有利于展开宏大场景的横幅，也体现了对于战斗的理解。面对日军的割据、封锁，本就缺乏隐蔽条件的平原游击战发展到以村庄、院落为基本单位的"纵深肉搏"。地道战所依托的空间就是狭窄曲折的地道与农家院落，且村庄外围、街道与院落都设置了数层遮蔽机关以阻止敌人顺畅进攻。[1] 作品粗陋的牲口棚、毛驴、耙子、簸箕、铺在地上的稻草表现出地道战斗融入日常生活的特点。

难能可贵的是，表现最终克服了正面视角可能带来的种种限制：在有限的视野中，作者精心构造了由近（前景左下角坐着的民兵）及远（画面中央黑暗中的老者）的数层空间深度。深度的营造尤其可贵：一个个紧张而充满活力的战斗身躯撑开了空间深度、厚度，突破了正面视角的平面感，令狭小的牲口棚充溢活力。适度的中景距离又造就一目了然的体验效果：观者既能周览全局，又可身临其境体察战斗者的身姿、面容。正面视角的局促空间无碍完整的战斗过程与跃动的气势，人物间的亲密关系、活力状态也获得饱满呈现。作品以这样朴素、单纯的方式展现了主题。

除整体构造的成功之外，油画《地道战》刻画的朴实直率（毫不夸张、做作）、手法的洗练概括令人吃惊。每一个战斗者的面庞都那样质朴。画面中央跃出地道的妇女浑身散发着英气，而这位果决干练的女子同时又是一位贤惠媳妇，那随着身体轻轻摆起的头巾尖角传神地表现出姑娘温柔活泼的内心（图六）。在她下方身旁，光线照射在一位刚钻出地道的姑娘面部。这面庞真是平常：短粗的眉毛、不算好看的眼睛、凸起的嘴、几缕掉下来的头发和裹得一点儿不美、几乎要松开的头巾——就是北方农村有

---

[1] 村外的道沟、围墙，村口的影壁墙，街边的围墙，院内的障碍物与黑屋子，意在防止敌人顺畅进攻。参见子杰主编：《晋察冀军区民兵斗争史之三 地道战》（下文简称《地道战》），长征出版社，1997。

点傻乎乎的"老实头"①，观者的目光却一再被吸引。那全神贯注于战斗、丝毫顾不到自己（也根本不会想自己是不是"好看"）的质朴神情实在动人。其他人物有干瘪矮小、流露关切之情的老婆婆，面色黑黄、一嘴硬楂胡子、瘦劲耿介的牵驴老者，一副大方脸庞、粗壮身板儿、眉毛粗黑、大鼻孔、憨厚中带了点天真、正紧张侦察敌情的壮汉，梯子上额头饱满、眉毛短粗、小眼睛、略显稚嫩但行动沉稳的小伙子……这些农民或战士个个平常，又充溢着光彩。

油画《地道战》的创造性还体现于空间深度的表现。光线的运用显示出匠心。画面中央二位女子被赋予画面的最强光（图一）。光线集中在持枪跃出地道的女子头部附近，跃动的光线增加了附身前跃的动感，迅速带动出空间的运动感，有力造就了作品中心部分的空间深度。她身后的老者则基本隐没在黑暗中，仅部分面庞被照亮。这一繁一简的手法运用相当大胆。光线的闪烁不仅使老者黑暗中的身躯也获得跃动感，还激活背景空间，使画面整体突破"死墙"的限制而呈现深度。瞭望孔前的壮汉与他身后瘦小的老婆婆相互映衬，形成动人的关系。由于下半身被虚化处理，老婆婆专注的神情和在整体中的连接作用益发突出。画面左侧登梯青年俯身向下、头部与躯干几近折叠的姿态同样鲜活（图七）。空中接续的两只手臂尤为精彩：大气舒展的笔触与虚实处理表现出充满活力的行动感。②

利用人物的身体姿态带动、创造空间深度是西方古典绘画传统的经典手法。但如缺乏深厚的精神支持，经典技术手段也将流为庸俗的表现套路。油画《地道战》的表达贵在直击要害，显示出借鉴者的领悟力与表现活力，没有在对西方经典的学习中"失据"。③ 而这源自作者对表现主题与

---

① 手的刻画也令人赞叹：就是女孩子不大然而在用力的手。除去用力，没有其他"表情"。

② 老婆婆扶在地道挡板上的双手及其空间感、瞭望孔前青年脚下地面到灶台的空间松弛而传神。

③ 董希文1951年油画《抗美援朝》也尝试运用人物动态、光线表现主题，但相较显然外在。董作是否与罗作同属首批革命历史题材的创作任务，还待考察。不过据罗的自述：创作《地道战》前曾"与徐悲鸿、董希文、吴作人、王式廓一起画过写生"，或许暗示他与同行们曾就如何理解、借鉴西方油画传统展开过交流。另，关于伦勃朗的影响，作者没有正面表述，仅说"画完后我研究了一下伦勃朗的画法，用透明画法把它罩了一遍"。参见刘骁纯整理：《罗工柳艺术对话录》，山西教育出版社，1999，第39页。

人物关系的深刻体认：鲜活而充满生气的人物姿态是由战斗者亲密的连带关系所生发出来的（否则难以把握动作姿态的尺度），空间深度也经由这些充满了精神力量的战斗者的身躯所构造。高度取舍的手法大胆又贴切，是凭借对于战斗者内在精神的把握，这理解同时使作者在技术上的不足得到克服。① 这种把握方式也造就了质朴酣畅的语言状态，使表达充满了与对象的精神共振的激荡感。两位老者头部朴素传神的笔法，持枪女子摆起的头巾一角，出地道的姑娘面庞上几缕浮动的细发，瞭望青年那刻画奔放的头部，都反映着对象与作者精神的饱满、活跃状态。

经由上述种种方面的构造，油画《地道战》展现了一个丰厚而充满活力的精神世界，其中不仅表现了人民的勇猛抵抗，还饱含着淳厚、温柔、亲密与活泼的生机感。这在多大程度上能够反映历史的真实？是否具备历史理解的深度？作者何以开掘出这样的农民面貌？地道战的民众到底经历了什么？他们在战争和革命中处于怎样的状态？

二

地道战的民众到底经历了什么？冀中根据地的历史表明，华北平原腹地在 1941 年后遭遇严酷考验，它何以在困境中坚持下来，本身就是问题。冀中的发展经历了不同阶段，敌我双方的对峙关系也在不断变化。冀中早期发展的速度、规模惊人，1938、1939 年中共组织的大规模破路、拆城行动显示出人民的巨大力量。但至中期，特别是在 1940 年下半年开始对抗日趋激烈，双方展开大规模交通战（包括中共发动的"百团大战"），并在加速征用民间人力财力的状况下，民间不堪重负，党的地方工作出现种种问题，群众基础发生变化。同时，日军于 1941 至 1943 年实验层层收紧的战略，使中共力量迅速萎缩，冀中被切割、零碎化并"变质"为敌占区。

① 罗工柳说自己在中华人民共和国成立初期、留苏之前不懂油画的色彩语言。参见刘骁纯整理：《罗工柳艺术对话录》，山西教育出版社，1999，第 44 页。由于环境与人物衣着的特点限制，也由于作者色彩能力的稚嫩，《地道战》用色单一。但我认为作品表现的整体力量使色彩表现的不足得到抑制，没有妨碍精神内容的传达。

曾被成功调动的群众状态被极大抑制，畏惧、屈服的灰暗心理蔓延。1942年"村庄控制权的斗争"日益尖锐化，政治基础较好的堡垒村情况也相当严峻。比如正定县的一个堡垒村，牺牲游击队员18人、投敌为汉奸后被政府处决者7人、参加抗日工作但"受不了残酷斗争环境的考验"后"妥协回家的5人，被敌人捕杀的2人"①；"某些党和群众基础还差的地区"，群众"对敌人频繁扫荡清剿宁愿应付而忍耐下去也不肯搞地道斗争"。地道战真正发挥作用是在太平洋战争爆发后日军减弱华北势力的情势下。即便如此，争夺也异常残酷。当年的亲历者王夫就强调，敌人的压力是催生地道战斗的三大条件之一。②

在危难中，革命/抵抗如何坚持，党如何深入、扎根社会，经由对人民进行高度组织调动而翻转局势，关乎生死存亡。杨成武指出地道战的基础是通过村落的整体改造打造出的"三通"网络。这意味着，除了原本积极配合共产党的骨干分子和堡垒户之外，地主、富农等各阶层的共同参与是必需的。在时有敌情发生的情况下，耗费大量人力物力、秘密而快速挖掘地道需要全村协作并保守秘密；要打通原本区隔开来、属于不同群体的农家院墙，连接村庄各家各户；在地主或富农家构筑高房工事、设置"坚持村落战的战斗地道的洞口"，这些都需要重新调适村庄成员关系，打通矛盾环节。③ 地道战斗得以开展，需要政治、经济、文化

---

① 指正定县"西慈亭"，牺牲的18名游击队员包括参加县、区、村三级游击队组织的成员。参见张明理：《东权城地道战》，载子杰主编《地道战》，长征出版社，1997，第136页。

② 前两个条件为"毛泽东战略思想、坚强的群众基础与党的领导"。王夫指出，地道斗争是在1942年形势极为困难的情况下普及到冀中全区的，而在此前，即便群众基础好（如安平县），"但缺乏敌人压力，单靠我们发动或用什么强迫方法"也没有效果。参见王夫：《蠡县地道斗争回忆》，载子杰主编《地道战》，长征出版社，1997，第96—97页。

③ "三通"指"在村的四周筑起围墙，村内堵塞街口，临街的房屋垒起夹墙，层层构筑工事；在坚固的高房上构筑房顶堡垒，各幢房屋之间架搭天桥，互相连接；各家掏墙连院"。参见杨成武，第92页。此外，杨的总结中指出区分不同群体，如战斗地道口设在地主富农家，"掩护地方干部的地道"口选在堡垒户家。但也提到初挖地道"主要是依靠各种社会关系悄悄地进行"，"慢慢地地道也可以选择在一些上层人士家里，他们可以依靠我们来保护家产，我们则可以通过他们进一步发动群众"。参见杨成武，第14、67、68页。即便村庄内部关系得到较好调适，由于战斗的严酷，群众经过数次实战，心理、认识、实际战斗能力获得锻炼后，才逐渐接受地道战斗。参见子杰主编：《地道战》，长征出版社，1997，第141页。

各领域整体配合。有关冀中乡村政权建设、组织、土改（减租减息）、征粮纳税等方面的实践过程复杂并充满挫折，也提供了诸多认识线索。① 革命怎样才能更具包容力，如何以抗战困境为契机来突破、拓展对中国社会及民众的认识，在此基础上对民众进行引导、转化并在新的结构中重新安置、形塑，使民众潜藏的正面品质获得充分调动、发挥，在达致社会有效重组的同时再造革命者自身，是包括文艺在内的各个领域共同面对的基本问题。对地道战的历史与相关文艺实践的理解需要被置于这样的问题意识之上。

有关于此，徐光耀的认识具有启发性。作为冀中大扫荡的亲历者，徐光耀的记述核心在其时牢固的党群关系如何建立起来，所关涉的核心因素之一，即如何认识人民。徐光耀动情回忆起冀中农民对敌人残暴统治的恐惧和在关键时刻挺身保护党员的忠义，检省自己轻视"纯是一群'拿着枪的农民'"的地方游击队员（日后全体捐躯），慨叹当年保护他的地主在土改后被迫离开故土的命运。② 事实上，冀中根据地得以在短期内迅猛发展，与执政者对地方社会的体察、理解密切相关：根据地建立初期收编、转化地方势力时，吕正操等认识到联庄上层（地主和落伍军人、流氓地痞组成的联庄首领）、联庄上下层（"溃兵与破产农民"）间的矛盾，区别对待并以极大耐心争取这些人群；耐心扶持抗日游击队，尊重具不同信仰、习惯的红枪会连、天主教连和回民连，派指导员进行政治转化教育；任用"受过救亡理论熏陶"的"前进青年，知识分子"做政工干

① 参见《晋察冀抗日根据地史料选编》（河北省社会科学院历史研究所等编，河北人民出版社，1983）一书中收录的有关村、区、县政权组织的相关文献。冀中的征税方法也经历一个复杂的探索过程，遭遇种种困难。周祖文在《"不怕拿，就怕乱"冀中公粮征收的统一累进税取径》（中国社科院近代史研究所编《抗日战争研究》2014年第3期）中梳理了冀中不同阶段采取的征粮（摊派、村合理负担到累进税），每一办法的实施依据（所针对的现实状况）、过程（相关组织、评估方式）、功效及问题，考察了战争中累进税制在不同阶段、条件下的起伏状况。

② 遭遇日军盘查时，徐"不是本村人，更非老百姓，群众的心眼自明，但在滚着疙瘩争往后挤的时候，老乡们都有意让着我，凡遇到挨肩紧挤的肩膀，无不自动闪开，没一人肯把我往前推的"。徐光耀：《滚在刺刀尖上的日子》，《文史精华》，河北省政协文史资料委员会主办，2002年第1期，总140期，第31、32、39页。

部，认为其"正面的东西"有助于克服"军阀主义、土匪、流氓、兵痞"等旧习气。①

　　冀中历史显示，党以诚恳的态度具体认识、区别对待不同人群，探索细致、灵活的工作方式，调动不同人群心理与群众舆论以实行有效引导、组织，才可能获得群众支持，在严酷环境下存活、发展。而这些认识无法离开对中国社会具体现实、人际关系、人情心理的深切理解、把握。在1942年冀中坚持武装斗争的经验总结中，"发展抗日民族统一战线""实行革命的两面政策""开展敌伪军工作"（第三、四、五条）都肯定了调动各阶层（包括地主、士绅、各类地方势力及伪军等）抗日积极性的意义与发挥地主、伪军、地方势力的正面作用的意义。② 吕正操1943年关于冀中游击战术的报告，意在整理危急状态下的变化的战斗方法。其中，如何"选择战斗的时机和地点"、如何争取伪军等论述表明，对于穿插于敌人空隙、随时面临覆灭的部队，妥善处理部队作战和群众的关系，使部队在"群众中站得稳，立得住"是生存的关键。③

　　对地主、士绅、富农、伪军等群体的有效吸纳可以带出的一个思考向度是，如何认识冀中已有的社会组织根基与传统积累。冀中深厚的自耕农传统，"社"、"庙会"（有时兼为商业集市中心）、"音乐会"、"花会"等集社会组织、民间信仰、文化建构等综合功能的组织形态，地主、士绅阶层在乡村共同体的核心作用，革命该如何认识与把握这

---

① 吕正操：《冀中平原游击战争》，载河北省社会科学院历史研究所等编：《晋察冀抗日根据地史料选编》上册，河北人民出版社，1983，第228—230页。相较后来，1940年3月的表述呈现出更多具体经验。有关收编冀中各色地方势力的情况见吕正操《冀中回忆录》，华岳文艺出版社，1988，第56—61、76页。

② 吕正操：《冀中回忆录》，华岳文艺出版社，1988，第271—277页。

③ 需要区分敌占区和游击区、游击根据地的不同社会状况与群众心理，明了何时需要打、何时不该刺激敌人和群众。比如，"当敌人压力还很大，群众还很怕打仗时，就不能勉强打仗，否则会惹翻群众，使自己无立足之地，难于开辟工作"。比如，要"善于选择战斗对象，打敌伪混合部队时，只打最活跃的敌军不打伪军"，使伪军认识到"八路军真不打中国人"而产生动摇。吕正操：《在敌寇反复清剿下的冀中平原游击战争》（1943年7月），原载《战线》杂志1943年第113期，见《晋察冀抗日根据地史料选编》下册，河北人民出版社，1983，第381—382页。

些因素？① 如何理解冀中人民忠义、勇敢、敢于牺牲的品质与乡村社会传统、民间信仰积蓄的凝聚力、心理道德塑造功能之间的内在关联？著名的碾庄地道内被发现有老百姓供奉的神像，不少村庄庙里设置瞭望孔以便民兵侦察敌情、展开伏击，晋察冀边区在 1942 年针对日军"三光"政策、"大自首运动"展开的"军民誓约"运动所采取的动员方式与社会效果②——这些现象具有怎样的揭示意义？革命如何体认并在新的结构中保存、激发这些因素，使之转化为积极能量？又该如何整理其中的经验？这些是冀中历史带来的重要课题。

有关革命对民众的体认、调动，冀中作家王林的小说《腹地》提供了生动的图景。在作者的理解中，除了少数革命骨干外，众多夹带着种种旧时代痕迹、政治意识模糊的农民造就了村庄革命/抵抗的根基：村武委会副主任是"黄鼠狼子"一样的黄壬秋，他枪法了得、有战斗指挥能力，在旧军队混过几十年，还做过土匪；全区闻名的武器发明家是"年节做花炮卖"，爱逮兔子、黄鼬、獾，"长相和打扮""赛个酸溜溜的秀才"的铁匠胡金奎；村剧团团长辛鸣杲是地主儿子，但在村庄青年中人缘好，"车子、旱船、高跷、狮子、吹、拉、说、唱，没有不会的"。③ 作者还特别刻画了在土改中没有获得公正待遇、情绪悲观的村中老人（大刚的父亲和老明叔）④，以及脱离乡村常规生活道路，在外乡闯荡多年，但有见识、胆气又爱国的白玉萼的母亲。两位负面人物也被给予肯定的处理：投机、窃取权力，在日军占领后逃跑的前村支书范世荣将功补过回到抗日队伍；曾做游击队司务长，后开油坊赚钱并逼娶死去商人之女的辛宝发，在扫荡中遭受敌人酷刑，至死没有屈服。小说中小翻译萧伦儿的原型是一位"跟父亲因

① 宋博媛：《从默默无闻到名扬天下——冀中"音乐会"研究往事追忆》，《人民音乐》2015 年第 6 期；薛艺兵：《从冀中"音乐会"的佛道教门派看民间宗教文化的特点》，《音乐研究》（季刊）1993 年第 4 期；李莘：《冀中音乐会举隅——安次地区周各庄村、古县村音乐会》，《中国音乐学》（季刊）1996 年第 4 期；李莘：《冀中民间花会经济供养模式的特殊范例——河北霸州胜芳镇花会》，《民族音乐》2012 年第 2 期。
② 刘松涛：《晋察冀的反奴化教育斗争》，"人民教育"社编：《老解放区教育工作经验片段》第二辑，上海教育出版社，1959，第 27 页。
③ 王林：《腹地》，载《王林文集》第二卷，解放军出版社，2009，第 37、38、48 页。
④ 同上，第 34 页。

磨米面发生口角而来投军"后当了汉奸的十四岁男孩儿。在现实中，作者试图"挽救"他但没有成功，而在小说中，男孩儿帮助八路军捣毁了日伪炮楼。①

在辛庄，铁匠、猎手、船工、旧军人、喜爱文艺的地主儿子、外来户的闺女都在革命中找到了新的位置，焕发出动人的活力。小说的表现显然无法被简单解释为遵循抗日民族统一战线政策或唤起民众"民族意识"。在作者的认识中，"人民"携带着近代社会历史加诸的种种痕迹，受制于种种恶质社会力量而无力自拔，或被革命过程的不理想状况所侵害，但潜藏着宝贵的品质、能量。即便他们暂时不理解、隔膜于革命，也可在适度空间中发挥正面能量，不该被简单、粗暴对待。革命需要采取尊重、包容、接纳态度来调动、激发民众的潜能、品质，将之重组为富于朝气和战斗力的新群体。理想的革命创造出令每个人更舒畅、更能活泼生长的关系空间。村剧团对村庄各类群体的凝聚作用（革命骨干，青年积极分子，旧式民间艺人，被新政治与文艺活力所吸引的老人、妇女、儿童），"青抗先"（青年抗日先锋队）骨干的人格状态与责任意识，接受革命教育的小学生们在村庄民主实践过程的推动作用，使村庄经由民主革命过程展现出新的精神氛围、人际关系与人心凝聚状态。

耐人寻味的是，《腹地》前半部分的另一主题是民主过程中村政权的种种状况、问题，包括投机者窃夺权力、营私舞弊、执行政策时阴奉阳违，土改分配不公，村弱势群体被欺侮，乡组织无法掌握村真实状况，等等。对乡村革命取得初步成果和群众焕发新面貌的真挚赞美，与对革命过程种种问题不留情面地审视、揭露，这两个层面的并置显示出作者对革命、革命与人民关系不肤浅的认识。这种在历史现场诞生的艺术何以把握到这样的现实层面，也是值得思考的。

---

① 王林自述"我存着一种决心，我要实验一下我的理想，不怕任何代价"，把这孩子送去一二九师青年团参加戏剧活动，但后来他还是逃跑了。见王林：《抗战日记》，1938 年 7 月 28 日，载《王林文集》第五卷，解放军出版社，2009，第 60—61 页。

三

面对冀中历史，《地道战》朴素单纯的表现和对战斗者亲密关系的把握该是必需的。如果不以如此诚恳的目光、朴实的方式来表现人民，那么该如何面对地道战斗的土地、人民和在这段历史中的革命者自己呢？表现的具体性与质朴状态，源于创作者对那段历史质地的体认。即便如此，依然无法解答下面的疑问：战斗者跃动的精神活力，那超出一般战争想象的活泼、从容与精神的生机感从何而来？"五一大扫荡"冀中北疃村被日军施放毒气并遭遇屠村的惨案历历在目。"在犬牙交错的敌我混战中，撕皮掳肉，死打硬拼"的状态下，抵抗的基调是大无畏的牺牲、勇敢、坚定，这可以理解。而作品所表现的精神世界显然远远超出这样的维度。这种表现源自怎样的历史理解？其现实依据何在？

而首先的困惑是，敌我力量悬殊，"部队在任何一点上暴露，一小时之内，就会遭到四面来敌的合击"①，从战争成本与效率的角度考量，抵抗效果有限且极可能招致敌人残忍报复，为何还要坚持抵抗？该如何理解中共在 1941 年的危急处境中提出的"敌进我进"口号与认识、实践层面的新举措？在根据地被敌人"剁了饺子馅儿"（被敌人切割包围）的绝境中，抵抗对于党和人民意味着什么？抵抗的能量又是如何培育、积聚的？

表现在冀中大扫荡中失去组织依托的零散队伍在逆境中顽强坚守的小说《平原烈火》触及了这一层面。作品表现了不断被动隐藏、转移并在敌人空隙艰难生存的队伍初期陷入恐惧、涣散、消沉，后意识到需要主动出击，通过有效的举措逐渐获得群众支持、瓦解敌人力量（对伪军展开政治攻势）、壮大自身的过程。如何在绝境中实现自身状态的翻转为作品的核心主题。当时的党是通过具体的人，通过优秀党员真切的人格力量、高度的自尊心与责任感让同伴受到至深感召，这是突破逆境的核心力量。同

---

① 上段和本段引文，见徐光耀：《滚在刺刀尖上的日子》，《文史精华》，河北省政协文史资料委员会主办，2002 年第 1 期，总 140 期，第 33、36 页。

时，作品着重揭示了战斗和战斗者的意义：越是陷于困苦，越需要战斗者身心自觉的砥砺、磨炼，如此才可避免精神的消沉、涣散，激发、培育更高的尊严与力量。[①] 晋察冀边区"生产自救"运动也令人理解到抵抗的意义。在中共的反思中，1943年春冀南大灾荒"形成几乎无法收拾的局面"，原因在试图以"借粮和急赈"的被动方式应对灾情敌情，却无法改变群众涣散、"绝望"的状态。[②] 群众性"生产自救"运动则意在通过"军民一体、上下一致"的方式重新组织人民，激发人民"愈挫愈奋"、战胜困难的精神来翻转逆境。出现于危难局势却最终发展壮大的地道战也体现了同样的精神。

而这困境中的翻转是如何实现的？党如何反思自身，调整组织形态和抵抗形式，努力扎根最基层探索新的路径与方法？遭遇了挫折与杀戮的人民又获得了怎样的成长，发展出怎样的品质与力量？这段具高度挑战性与创造活力的历史，或许将对考察危机状态下如何重新体认中国社会，打造新的组织、实践形态提供有益思考。正如中共所总结的：游击战争"是以军事斗争为主体，包括政治、经济、文化各个方面的综合斗争……必须与群众的政治、经济要求密切结合，才能取得群众的支持、拥护，才能坚强有力，才能持久与发展"。[③] 地道战斗正是体现了这样的交融关系和整体性。战争、抵抗与民众生活、生产融为一体，塑造着新的社会关系，展开对乡村的再组织与调动。作家孙犁相当传神地描绘出这样的状态：

> 阜平一带，号称穷山恶水。在这片炮火连天的大地上，随时可以看到：一家农民，住在高高的向阳山坡上，他把房前房后，房左房右，高高低低的，大大小小的，凡是有泥土的地方，都因地制宜，栽

[①] 小说对共产党员钱万里优秀品质的刻画，共产党员对"光荣"的理解，组织因隐蔽而士气消沉的战士"作托枪瞄准比赛"以调动其精神，指出军队"不打仗就没有精神"等情节，从各个侧面反映着主题。参见徐光耀：《平原烈火》，载《徐光耀文集》第一卷，河北教育出版社，2005。

[②] "灾荒最严重的时候，有些村庄，吃喝浪费现象反而有所增长，群众以一种绝望心情去追求一时的享受"。齐武，第170—171页。

[③] 齐武，第17页。

上庄稼。到秋天，各处有各处的收获。于是，在他的房顶上面，屋檐上面，门框和窗棂上，挂满了红的、黄的粮穗和瓜果。当时，党领导我们在这片土地上工作的情形，就是如此。①

和地道战斗相关的武工队的经验表明，获致上述状态需要真正扎根社会基层。诞生于 1942 年冀中反扫荡中的武工队源于更深的背景：面对困境，晋察冀边区在 1941 年初开始调整军事组织形态，探索更具灵活性、更适应被分割条件下的武装形态，具体措施包括正规兵团的地方化、扩充、发展县独立营、区基干队，强化人民武装尤其是民兵建设，并特别针对敌占区、敌占优势的游击区开展工作，提出"敌进我进"的策略。② 作为"一种新创的组织形式"，武工队"是一个宣传队，也是结合军事、政治、经济、文化进行一元化斗争的小型游击队"，"活动方式极端多样"，"随着战斗形势的变化而分合自如"。"每个队员都是战斗员，又是宣传员和群众工作的领导者与组织者"。他们帮助敌占区群众建立秘密合作社、秘密的物品流通渠道；帮助群众生产，对付敌人的抓丁、征粮，开展"反资敌斗争"；对特务汉奸、伪军人员展开宣传攻势，实行灵活有效的处理方法（警告、制作记录伪军行为的"红黑榜"，公审枪决等）。武工队此后获得高度评价，被称赞为党"透过了敌人的封锁在敌后之敌后"开展"釜底抽薪的游击战争"提供了重要支持。③

武工队及地方武装的发展（地道战开展的前提）是对早期（1939—1941）问题做法的扭转。在中共的总结中，这些问题包括不够重视群众工作、忽视地方武装的发展；"把敌占区当'殖民地'"；"单纯需索（筹款征粮）"；"要么不敢去敌占区开展工作"，"要么无视敌人的统治力量，

---

① 孙犁：《在阜平——〈白洋淀纪事〉重印散记》（作于 1977 年 9 月 18 日），收入《晚华集》，载《孙犁全集》第五卷，人民文学出版社，2004，第 11 页。

② 齐武，第 75—77 页。

③ "1942 年 5 月以来"，由于武工队的工作，"根据地退缩的局面扭转了，敌进我进，互相插花的局面出现了……敌占区……大片大片化为游击区或根据地"。齐武，第 81 页。民兵的工作状况及效果，参见齐武，第 75—80 页。当年冀中清苑地区武工队活动情况，参见杨寿增：《晋绥二十七团回忆录之二十八：敌后武工队在清苑》，载《清苑文史资料》第 5 辑《战争年代话清苑》，政协清苑县文史资料研究委员会编辑出版，1997，第 1—28 页。

把根据地一套工作方法拿到敌占区去应用"而"遭到不应有的损失";等等。① 武工队的出现显示中共尝试改变组织方式与抵抗形式,要求深入敌占区社会内部建立更为紧密的在地关系,充分考虑敌占区各社会群体势力(包括敌伪)的能力与恰当、灵活的动员组织方法。失去安稳的组织依靠,这样的做法要求实践者应具备更为全面的能力,能否深入地方社会、能否助益于群众的日常生活至为关键。在敌人统治的灰色地带,武工队在群众心目中获得的"传奇"色彩发人深思。对于"被欺侮和压榨的人民",武工队始终支持、激励着困厄屈辱的人心,发挥了远超出实效层面的影响。在这不断"向下"的过程中,党组织的现实体认与实践能力也获得新的提高。

地道战斗的形态、特点与武工队有一致之处。地道战斗的基础是村庄的集体动员,因而民兵力量的发展与培养至为重要。民兵表现出来的机智、骁勇与他们发明的种种生动活泼的游击战术(麻雀阵、地雷阵、破击阵、围困战等)令人惊叹,而这样的状态是如何造就的? 如上所述,晋察冀边区对待民兵、地方武装的态度经历了转变过程②,1943 年后民兵大发展是中共调整现实认识与斗争形态的结果。"战斗和生产结合"的民兵制度突破了单纯的军事范围,在乡村承担了更多功能。民兵不仅保卫村庄、侦察敌情、展开战斗,还协助老百姓"空舍清野"和生产互助。③ 战争状态下为应对敌情而调整的新协作方式,或者意味着村庄实际出现新的组织方式与劳动形态。④ 比如,为防止敌人破坏,全村统一规定平日做活时间,农忙时节利用敌人扫荡空隙组织抢收,敌人据点附近的土地则交由民兵收割耕种。为躲避扫荡,全村转移时开展村庄间的互助,还有民兵组成变工队赴敌占村庄"集体打短工"协助生产、同时作战。1944 年形势好转后,

① 齐武,第 53、81 页。
② 即便在地方武装蓬勃发展的阶段,地方武装与正规部队之间的矛盾也始终存在。遭遇强敌,正规部队是否该以牺牲为代价帮助地方武装、群众,是进退两难且带来多层后果的问题。参见程子华:《程子华回忆录》,解放军出版社,1987,第 99 页。
③ 游击队组织包括民兵在晋察冀根据地早期即开始发展,民兵制的实践形态在不同阶段也有所变化。
④ 有关传统乡村的互助组织形式,可参见中共西北中央局调查研究室编:《陕甘宁边区的劳动互助》(1944 年,原题《边区的互助劳动》),载孙晓忠、高明编:《延安乡村建设资料》(二),上海大学出版社,2012。

根据地、游击区、维持村之间展开情报联防、作战联防与生产互助联防，由此带动更大范围、规模的人力畜力互助与变工、交换。①

在这些活动中，民兵介入相当关键的层面。当年边区众多民兵骨干承担了战争状态下探索新的生产、组织形态的任务，"发明"兼顾战斗、生产、互助的方法，成为村庄生活的核心组织、领导者。创造"麻雀战"的神枪手李殿冰曾获晋察冀边区"战斗英雄""劳动英雄""模范工作者"三个光荣称号。② 而民兵在地道战等游击战中体现的战斗能量与创造活力，与他们在乡村实践中获得的实践位置、多方能力锻炼及由此唤起的责任感、与村民间加深的连带关系与意义肯定、情感支持等因素内在相关。保卫家园、亲人，依靠土地、家园、亲人与敌人战斗周旋，地道战斗激发起人民巨大的能量。在抵抗与生产融合的过程中，村民间的精神连带达致更深，生命、精神状态也更为饱满。

地道战"以军事斗争为主体，包括政治、经济、文化各个方面的综合斗争"的特征，还在文化实践上体现出来。文艺在革命过程和社会重组中占据怎样的位置？这是《腹地》的重要主题。在小说前半部分（种种铺垫后展开的）约五十页的"华彩"段落中，村选、群众组织选举、文艺表演、展示武器发明的爆炸学习、利用地雷等发明与敌人斗智斗勇、对村剧团工作与表演形式的思考，这些主题相互交融。村选朴实严肃，展现了被革命点燃的人们的生动面貌；因夹带着不少新名词与时时生硬的表述，文艺表演时而引人发笑，又充满了朝气与魅力；在"献花献红""献词献礼"仪式上，老百姓以自己的方式表达着爱、恨与期待；演练民间发明的各种武器的"爆炸学习"既是竞赛，又是热闹开心的集会、表演；在与敌人斗智斗勇的过程中，塑造了村民的胆识、机智与精神的乐观状态，各类生动

---

① 齐武，第142—145页。

② 当年涌现出众多李殿冰这样的民兵骨干，他们善于探索新方法，并对乡村建设具有高度责任心。（参见阮生江、林杭生：《"劳武结合"的创造者——访原晋绥边区特等民兵英雄张初元》，《中国民兵》1985年第9期）另，战争条件下晋察冀边区生产运动中发展的种种互助形态、评估方法，为战后提供了宝贵经验。参见齐武，第179—183页。

的表演及有关表演形式的讨论则穿插于这些活动。① 在作者笔下，辛庄村民在战争里处于一种新鲜而富于活力的日常状态。为新的政治诉求激发的文艺成为重新燃起乡村活力的关键因素、新"政治"深入人心的路径，同时又在与乡村政治实践的交融中获得动力与滋养，两者共同凝聚着人心，构筑村庄的新空间。

在这革命构造出的空间中，人民得以展现巨大的力量。冀中农民那朴素而深厚的爱家园、爱民族的情感品质令人尊敬。有关地道战斗的历史记述中，堡垒户不惜房屋被日军烧毁、不惜牺牲亲人来保护干部，村民与部队惺惺相惜的事迹令人动容②；民兵的机智、沉着、果敢，他们展现出的创造的欢快与精神的激越更令人难忘。在《腹地》中，堆着"小炉匠挑子、小火炉、铁砧子、锤子、长钳子"，"碎铜烂铁、破铁壶、破铁筒、破白铜盒子……破玻璃渣滓"的屋子散发着创造的光彩，因为那是能手的发明"现场"③；由大刚的眼睛和耳朵，令敌人胆战心惊的土发明（"庄稼地雷""庄稼小炮"）化为生动的声音与多姿的样貌；在与敌人的周旋中，"你能成年价躲到根据地里住吗？地不能不种，房子不能不管"，于是，"热闹透啦"地变花样和敌人斗，像"和小孩子们斗着玩一样有趣了"④……在辛庄，革命激发出抵抗者别样的精神之美，抵抗洋溢着生活与创造的欢乐。

如何理解小说《腹地》与油画《地道战》表现革命状态下人民面貌时，所显示的方向的一致？对那段历史的质地有所体会，读者或将不会轻

---

① 这一段落约从 63 至 114 页（王林《腹地》，载《王林文集》第二卷）。晋察冀边区与冀中在抗战阶段开展了广泛深入、形式多样的群众性文艺活动，演剧活动尤为突出。边区并积极培养地方与部队文艺骨干，大力发展村剧团，举办区、县文艺竞赛调动群众热情，并在抗战后期开展群众自编自演、"真人演真事"活动，著名者如阜平高街村群众集体创作的"大型"演剧《穷人乐》。王林本人曾任冀中"火线剧社"社长，长期进行剧本创作，在冀中地方社会土壤中探讨文艺大众化道路。这些构成《腹地》重要的写作背景。冀中文艺演剧实践状况，参见张学新编：《晋察冀革命戏剧运动史料》，河北省文化厅文化志编辑办公室，1991。

② 村庄地道战斗的具体案例及民兵、堡垒户的事迹，参见子杰主编：《地道战》。

③ 这是武器专家、铁匠胡金奎的小屋。参见王林：《腹地》，载《王林文集》第二卷，解放军出版社，2009，第38—39页。

④ 此处描写的是日军1942年大扫荡前的村庄状态。参见王林：《腹地》，载《王林文集》第二卷，解放军出版社，2009，第109—112页。

易判定，这样的体认方向出于天真的理想主义。小说作者何以以生命为代价在冀中土地开始这特别的写作，并将这行动定义为"不能中途退场"，"要作为历史的一个见证人和战斗员"①，这其中包含对文学怎样的理解与寄予？这是需要直面的问题。小说对民众的表现建构于对村庄整体革命实践、政治、文艺造就的人心状态的观照视野，又包含作者对于人民种种可贵品质、所携带的历史内容与形塑他们的社会力量间的关系、革命造就的可能性的认识努力。在此意义上，作者的政治理解与文艺理解都不庸俗，作品的表现还可能对革命构成不成熟却可贵的参照。油画《地道战》的理解深度不及《腹地》（即便排除不同媒介的表现优势与限制），但从对题材的把握能力，表现的具体性、质朴与活力状态，特别是所呈现的民众的精神面貌来看，油画的表现同样触及那段革命实践的核心层面，并因此具备可贵的历史质感。两者的意义或许促使我们思考，在革命中，或者在非革命时期身处表面和平但潜流涌动的现实，文艺者该如何认定文艺的使命与责任？

四

油画《地道战》呈现了中国革命和经过革命锻造的人民所焕发的精神面貌，作品充满光彩的表现也反映出被历史所激荡的精神。但在追问作者何以获致此历史理解，探究作者经历与创作的关系时，问题变得复杂。罗工柳的探索经历并不舒畅，这件作品仅是其探索历程的创作高点，无法代表整体状态；艺术表现和现实也并非直接对应的关系，需要穿过表象探求新的理解路径。

1951 年政府组织中华人民共和国首次革命历史题材创作，罗工柳在"一个很窄小的地方"用不到一个月的时间先后完成《地道战》与《毛泽东在延安作整风报告》两幅油画，徐悲鸿、李可染等都表示惊讶。而作者

---

① 《腹地》的写作始于 1942 年冬季（五一大扫荡结束后几个月），完成于 1943 年春。五一大扫荡后王林拒绝转移，在最严酷的阶段留在冀中，"像准备遗嘱一样，蹲在堡垒户的地道口上，开始了《腹地》的写作"。王端阳：《王林和他的〈腹地〉》，载《王林文集》第二卷，解放军出版社，2009，第 333 页。

此前没有油画实践经验，仅在中华人民共和国成立后"与徐悲鸿、董希文、吴作人、王式廓一起画过写生"。① 而在 1951 年，罗工柳已走过近 17 年的习画之路。比照 1938 年初到延安的木刻作品《延安自卫军》，可以看到其间发生了多么大的变化。从被革命塑造的角度来看，罗工柳的经历较为典型。比较古元、彦涵，罗工柳在延安这样的稳定环境里的时间最短，从 1938 年春到 1946 年秋的八年里，他近三年半在敌后方、两年下乡从事美术普及工作：到延安不到半年，1938 年底即加入"鲁艺木刻工作团"并奔赴太行根据地，1939 年 1 月调入《新华日报》（华北版）工作，1940 年秋到 1942 年春在冀南（1942 年 4 月回延安鲁艺），"1944 年到关中新正县七乡任乡文书两年"。② 虽然拥有丰富的实践，但是罗工柳的探索并不顺畅：作者在艺术方面的敏感、能力倾向与革命要求、主导作风间始终存在着紧张，某些能力欠缺是未能获得实质突破。

罗工柳从 1936 年至 1947 年的实践基本包括新年画、报刊插图漫画、速写素描与木刻创作三类。从 1939 年后这三类实践的进展状态始终有所差异。现存 1939 年所作报刊插图漫画辛辣生动，形式感鲜明，宣传效果强。③ 20 世纪 40 年代的速写素描作品呈现稳定的延续性，致力于以严谨的方式训练扎实的写实能力，描绘状态朴素，努力体会人物形象、性格。这些写生追求整体性与概括力，有意探索"线"的塑造力，但线条作为独立表现语言的程度较为有限。线条表现力的不足也体现在 1943、1946 年的木刻作品中。

从现存作品来看，罗工柳在根据地阶段投入最多的普及工作进展吃力。1940 年的新年画显示作者无法将宣传主题转化为妥帖的图像语汇，

① "徐悲鸿带了很多参加这个工作的美院教授，有吴作人、李可染、滑田友、王式廓、彦涵，轮流到各家看，最后看我的。……李可染特别惊奇，说'以前不是刻木刻的吗？怎么画起油画来了，而且画得那样快'。大家都很惊讶。"刘骁纯整理：《罗工柳艺术对话录》，山西教育出版社，1999，第 33 页。
② 《罗工柳年表》，载全山石主编：《罗工柳油画》，山东美术出版社，2004，第 228—229 页。
③ 早期新兴木刻作风带有鲜明的形式感。见《新华日报》（华北版）（中共中央北方局主办）增刊《敌后方木刻》头三期（1939 年 8 月 1 日、9 月 1 日、9 月 15 日）所刊华山、彦涵、左夫、白炎等的报头、宣传作品与连环画。

"大众化"的探索相当生硬（图八）。① 同时，新年画与同期速写的手法、状态差异很大。1943 年的木刻《选举会》、《选举》（图九）、《马本斋的母亲》有了较大进展，但核心能力（叙事和人物关系的构造力）依旧不足。前两部作品均为选举题材，在人物塑造与线条语言上展现了特别的努力，但场景构造、空间处理及连带的人物关系显得生硬、散乱。《马本斋的母亲》则由于运用块面因素和"西化"的群众场景表现手法而显得自如。比起探索表现中国乡村面貌及人物关系的新语言，罗工柳显然对西方化的表达方式更敏感，运用起来也更为上手。较之于线条，他更敏感于团块和大面积的黑白，善于运用块面形成整体对比，凸显精神气质。这气质、能力倾向在早期才华之作《鲁迅像》（1936 年）已有所显现。自身的敏感、能力倾向与精神取向中"固执"的知识分子气质，使罗工柳在根据地的探索过程中面对不小困难。

即便如此，1943 年的作品还是体现了作者在整体风气带动下（1943年正值古元、彦涵等的创作高峰）探索大众化道路、向同行学习的努力。这探索在 1946 年《李有才板话》插图（图十）中结出果实。以开掘贴合中国社会的表现路径为指向，作品在叙述方式、场景处理、形象刻画、语言诸多方面都取得进展，并有意避免此前运用的西方因素，试图纯化表达面貌。转变相当不易。作者自述这与关中下乡的经历直接相关。但同时，空间构造能力的不足及反面人物的漫画式表现方式，显示画家在把握人物关系和人物塑造方面的能力缺陷尚未解决。有意味的是，根据地后期的探索状态在 1949 年发生变化。《小二黑结婚》插图（图十一）的空间处理明确回到西方的线性透视，人物造型也追求与之配合的"立体感"。转变的原因尚待考察。新形势下的文艺压力与要求、新的竞争环境与资源等因素都会发生作用。但对此前数年艰苦探索的经验的干脆"放弃"，令人质疑作者在实践和认识层面对"大众化"道路的理解程度，也表明他没有形成

① 罗工柳于 1941 年前后的新年画创作面貌与鲁艺木刻工作团其他成员相当一致，可见那时的探索具有"集体"性质，而罗本人对此方式的理解与认同程度尚无法判断。不过即便作品无法完全反映画家本人的理解，表达状态也还是说明问题。鲁艺木刻工作团成员作品，参见中国革命博物馆编：《抗日战争时期宣传画》，文物出版社，1990。

内在的观看视角与表现方式。油画《地道战》的创作正处于这一原有基础不稳固又试图学习新资源以实现转变的阶段。

这样的状况并不孤立。即便根据地的艺术实践在整体上开拓出具有创造性的状态、成果，寻找到内在的认识、表达路径也是异常艰苦的任务。真正发展出新的观察、表现视角的画家极少，不断遭遇困难的探索状态更为普遍。那么，充满困难与压力的实践过程对画家构成了怎样的锻炼、培养？油画《地道战》的表现和这段历练之间的关联何在？

罗工柳认为油画《地道战》的出现并不突然，而是得益于革命时期的长期积累，包括大量持续的速写素描练习，表现大场面的新洋片，大尺幅的壁画及在画布上以骨胶打底、用民间染布颜料绘制的英雄肖像等训练。但训练的意义显然不该被局限于技术层面。伴随数年紧张的战斗与普及工作的速写、素描练习，其意义不仅在训练基本功，还在通过反复、真诚、深入体察对象的面貌、精神与性格，获致对现实与对象更深的认识。看似和油画《地道战》没有直接关联的根据地木刻创作，则是逼迫作者深入理解现实、探索贴切的表现路径的关键训练。理解革命美术实践对于实践者的塑造意义需要跳出直观层面，寻求作品、技术、艺术效果之外的层面。尽管罗工柳的新年画与木刻探索不够理想，但在改造实践者思想态度、塑造主体精神状态、锻炼深入现实的能力方面，革命美术实践发挥了重要作用。

本文讲到的另一关键信息是油画《地道战》的基本表现思路：通俗性源自根据地时期普及工作形成的认识。罗工柳一再提及他在根据地意识转变的关键契机：1938 年冬鲁艺木刻工作团在晋西南举办流动木刻展览，群众不喜欢展出的新兴木刻作品，"开始以为带一箱子木刻画，可以走遍天下的想法，看来不是那样吃得开了。群众要求我们放下老一套"。[1] 当新年画实践者们携带自己的作品去乡村集市售卖、被农民们"包围"时，可以想见他们遭遇多么严峻的挑战：抽象的"群众"成为直接面对的评判者，"艺术家"的自尊

---

[1] 晋东南的流动木刻展作品大部分来自 1938 年武汉第二届"全国抗敌木刻画展览会"，少数来自延安鲁艺。罗工柳：《鲁艺木刻团在敌后方》，载李桦、李树声、马克编：《中国新兴版画运动五十年》，辽宁美术出版社，1982，第 303 页（下文简称李桦、李树声、马克编《五十年》）。文章作于 1960 年 3 月 28 日，原载《版画》1960 年第 23 期。

与骄傲被打破。这种经历使实践者认识到，理解、深入对象成为首要任务。普及工作所要求的"深入群众"意味着创作者与现实、与对象建立起新的关系性与联结方式；"为群众喜闻乐见"，意味着实践者要打破自我，转变原有的习惯、趣味与认识限制，接受种种陌生与异质因素的挑战，突破自身与中国社会现实、乡村、农民间的隔膜。借助努力理解对象、深入中国现实的过程，借助在自我与对象之间的不断往复，自我才可能不断获得突破、扩展契机。同时，经由新年画这样的媒介与农民建立起来的联结关系，构成美术工作者宝贵的精神动力。他们会在多年后回忆起这样的事情：在晋西南赶年集上打败旧年画后，群众会走很远的路找到他们买新年画；"当我军到敌占区去打游击时，有的老百姓拿出这些年画，像至宝一般，以表示他们抗日爱国的心迹。因为这事如果被敌人发现，那是会被抓起来的，甚至于会掉脑袋的"。① 在抵抗中，被老百姓视为"我们的"新年画，在一来一往中成为生命与生命间（老百姓与革命者）精神、热力的联结物。

根据地的新年画实践是在对革命所搅动的乡土认同、社会风俗、心理、人情体认中，在新的社会现实和人心感受这样的社会层面中求生存的。它要求高度的现实理解力与政治理解力。关于此，1944 年前后根据地有关新年画的经验整理提供了重要信息。这些总结强调，新年画实践针对具体的政策、目标和人群，其形式、内容以对现实和具体语境中"群众"状态的贴切理解为前提。"尊重老百姓的风习与道德"、"夸张的同时又是写实的"、真实而合理、"夸张……应根据事物的特质，而这特质又是老百姓特别关心的特别喜爱的一部分"，这些原则要求体察群众在革命过程中的心理变化和现实关注点，尊重、理解在地社会的"风习"与人情。在此基础上，革命的引导、塑造性才可获得有效传达。② 而在其他条件、因素

① 罗工柳：《鲁艺木刻工作团在敌后方》，邹雅：《晋冀鲁豫解放区的木刻活动》（作于 1960 年 3 月 30 日），载李桦、李树声、马克编《五十年》，辽宁美术出版社，1982，第 305、332 页。

② 鲁艺的总结还强调夸张并非出于"作者个人的趣味和看法"，而以兼具真实性、合理性为尺度。夸张不能逾越人物的身份，不能逾越乡村社会的态度、认识。鲁艺美术研究室：《年画的内容与形式》，载顾森、李树声主编：《百年中国美术经典文库》第三卷《美术思潮与外来美术（1896—1949）》，海天出版社，1998，第 160、161 页（下文简称顾森、李树声主编《百年》）。

的合力下，这样的实践路径指向催生高度开放的艺术探索状态。根据地时期针对新年画内容、形式的讨论被置于如何理解现实、群众的框架之中，不被限定于静态视角、固定标准和具体的表达形态。在这样的认识方式里，新年画探索能否获得"中国化"面貌的关键在能否把握和老百姓"新生活相关的东西"，而非是否借鉴、在多大程度上借鉴民间与传统因素。[①]王林在《腹地》中别具深意地描绘了乡村文艺演出新旧交杂的种种生硬、观众感受到这生硬却谅解并认同所表达内容的情节。对普及工作探索状态的从容态度，体现出实践者的自觉认识与活力状态。那时即便遭遇诸多困难，实践者却保有高度的创作热情、活力和对艺术品质的自觉要求。[②] 文艺与整体革命实践、与所在社会场域间被构造出怎样的关系状态以维系其自身的探索活力，实在值得思考。

把握、表述罗工柳的革命实践经历与油画《地道战》间的关联并非易事。相较受根据地"主流"风格形塑的木刻探索，油画的媒介与"西方"的表现方式显然更能令他发挥艺术才能，这是可以确定的。而在根本上，作品的表现活力与创造性源于作者在根据地的全面锻造中获得的历史体认、革命理解。结合罗工柳此前的艺术发展过程，油画《地道战》的状态似乎表明，一旦经验、题材、主题、表现媒介等因素相对契合，创作者的表现能力会借着内容的能量（作者的历史体认、题材本身的揭示意义）获得爆发性的突破。而这状态在作者身上是否能够持续？产生怎样的影响

---

① 作者讲述，为达到"中国化"的目的曾利用与主题无关的旧装饰图案却没有得到认可，因为"老百姓首先注意的是内容"，是和他们的生活相关的东西。（罗工柳：《关于年画的意见》，载顾森、李树声主编《百年》，海天出版社，1998，第164页。）当年的新年画实践针对不同对象采取不同的方式：在对敌伪人员的宣传中，"专门创作了几种民间年画形式的宣传品'身在曹营心在汉'（完全把封建的东西也利用起来了，在当时对敌斗争异常尖锐的情况下，不难理解）、'十凄凉'（内容利用封建的东西很少）"。（彦涵：《忆太行山抗日根据地的年画和木刻活动》，载美术编辑委员会：《美术》1957年第3期，人民美术出版社，第35页。）而在中华人民共和国成立初期和20世纪50年代中期的认识中，对民间、传统因素的静态理解与模仿被认为是新年画获得群众认同的关键因素。

② 罗工柳自述，根据地时期"还是在摸索，但有自己的想法，从自己的生活感受里面、从自己心里面创造出一种东西。有一点很明确：一定要努力把作品搞得很完善，哪怕是很小的东西，都非常严肃认真"。刘骁纯整理：《罗工柳艺术对话录》，山西教育出版社，1999，第29页。

力？又该如何评价这样的状态？问题的解答需要拉长考察的时段。追踪作者此后的发展历程、将目光扩展至中华人民共和国成立后同类题材的表达视野，这件作品可能提供更多的启示意义。不过本文无法具体追踪罗工柳在中华人民共和国成立后的发展历程，仅尝试通过某些具有揭示性的现象进行探讨。

油画《地道战》出现在罗工柳探索道路的中间阶段，即中华人民共和国成立之初。对于作者，这是新旧并陈，同时显示出渴望借鉴新资源以有所转变的过渡时期。《小二黑结婚》插图（1949）干脆放弃此前数年艰苦摸索的大众化手法，显示出明确的变化迹象。与《地道战》在一个月内先后完成的《毛泽东在延安作整风报告》也是不容忽视的状态表征。虽在构图、场景处理方面显示出能力，但是《毛泽东在延安作整风报告》充斥对"学院"式技法的生硬模仿，究其原因，除了有命题创作的难度外，无法形成深固的现实认识与表达路径是根本。由根据地时期和中华人民共和国成立之初的状况看，特定主题对作者经验的有效调动也是《地道战》获取成功的因素之一。但无法由此推断作者对自身革命经验，特别是对那段历史引导出的精神取向与艺术探索方向、状态具备了足够的自觉意识。20世纪50年代中期留苏之后，作者的取向变化证实了这一点。

另一方面，如何理解作者在中华人民共和国成立初期的转变，是有相当难度的课题。虽努力转向学习"正统"的西洋油画、写实手法①和学院派作风，但罗工柳于1952年赴朝鲜前线所作的战地速写、素描接续了根据地时期作风，力求朴素、洗练地表现人物面貌性格，作品状态相当质朴②；1953年插图作品《把一切献给党》以粗重深暗的笔调、氛围刻画的深邃的精神性也令人印象深刻。《把一切献给党》流露出"精英"气质，但保有

---

① 此处表述意指罗工柳在中华人民共和国成立初期的有限条件下模糊构想的西洋写实手法的样貌。除去画册，他当时接触到的资源是徐悲鸿、吴作人、董希文等中央美院同事的作品。中华人民共和国成立初期画家们处于检省自身、努力理解新语境的迷惘状态。由于创作经历的限制，罗那时也未对"油画"这一新媒介形成确切的理解。

② 罗工柳于1952年2月至年底参加"中国文艺工作者战地访问团"赴朝鲜战场搜集创作素材，其间所做速写、素描部分质量较高，创作稿的状态则陷于呆板拘谨。《罗工柳朝鲜战地摄影·速写·日记》（罗工柳著，罗安、卢加苏整理，解放军出版社，2011）详细记述了其战地见闻。

质朴、粗粝的力量感与精神深度。这些表现和《地道战》在精神取向上具有一致性。但根据地时期木刻、新年画的表现方式为何被迅速放弃？哪些具体的历史条件、状况导致了这样的转变？在作者的认识中，在精神层面之外，根据地时期"大众化"道路的探索经验在表现上与新取向之间可能存在怎样的关联（罗工柳认为《地道战》需具备通俗性即是相关认识）？这些问题都需要探究。

赴苏联留学阶段（1954—1958）至"文革"爆发前的数年，罗工柳在艺术取向、表现手法、语言方面发生了不小的变化。20 世纪 50 年代中期留苏学生（大多曾为中华人民共和国成立初期新年画的青年干将）对苏联美术的认识、吸收状况及其集体倾向体现为对同时期苏联美术特定感觉、趣味的忠实追随，对"典雅"、精致、安稳的精神趣味的追求，对当时国内美术界的创作风尚发挥过相当大的影响力。罗工柳是其中发挥关键作用的核心人物。此现象关涉对新中国美术界 50 年代发展脉络、问题的认识，在此无法涉及，仅从罗工柳个人取向的变化展开与文章主旨相关的讨论。

罗工柳试图借助苏联美术（包括东欧社会主义美术资源）、中国文人写意传统为主的新资源探索民族风格。新动向包含矫正陷入僵化的现实主义创作方式，克服公式化、概念化积弊，突破美术界 20 世纪 50 年代后期以来迷茫混乱的创作状态的意图。此阶段的代表作为《前赴后继》（1959）与《毛泽东在井冈山》（1961）等。如何在 20 世纪五六十年代的具体语境中认识这一探索的认识根源、价值、历史后果，还需单独探讨。新的创作确实在很大程度上具有突破意义，不过本文还是想冒昧指出其中显现的核心问题：新取向在某些方面明显达致更高的表现力（如色彩、笔触的表现性），但在精神内容、现实理解的开阔度与内在活力方面达致的程度有限。《前赴后继》（图十二）试图以象征方式、抒情手法展现历史。抽象的抒情造就出纪念碑式的崇高效果，作品的色彩、笔触、造型能力也具备较高品质，但革命者的精神面貌、作品的表达趣味被限于"雅致"的美感范围。相较《地道战》精神的深邃感和质朴、有活力的表现状态，不难感受前者趋向一窄化、固定化的趣味。罗工柳此阶段追求的"写意"性呈现突出的艺术表现力与才华，为其二十余年探索（始于 1936 年）的高潮，但深究之，表现的"挥洒"状态令人忧虑（图十三、十四）。如果飞扬洒脱总能如此容易获得，那可能意味着作者开始脱离此前历经反复、艰苦的体认过程磨砺出的激荡、深沉、粗粝但富于动态感的探索状态。表现难度和紧张度的降低，暗示艺术可能丧失它体认现实之广阔、复杂的可能，在锻造主体方面也难于进入更深层面。

罗工柳在 20 世纪 50 年代后期富于突破意识的探索之意义与缺憾，迫使我们面对中华人民共和国成立后文艺领域的复杂、曲折发展历程。从新兴木刻作风到根据地时期的探索、《地道战》的表现，再到五六十年代相交时期的转变（及至八九十年代的表现），罗工柳的经历令人感喟，其深入中国革命进程的艺术所遭遇的挑战、契机、困惑与挫折，更迫人思考：富于创造力的革命经验在特定历史过程中呈现怎样曲折的认识、继承状况？亲历者的意识、感受又被形塑于怎样的历史条件，以至难于获得反思能力？罗工柳在 20 世纪 90 年代末期的认识状况（及创作面貌）也揭示了十七年的认识、探索与新时期之间的深层关联。将根据地阶段普及、提高的关系简单解释为"前方和后方的矛盾"，认为"那个战争年代里自然就产生了"当时的"土"艺术，"现在是和平时期，应该适应和平的要求"①——把根据地文艺限定于战争、农民的特定范畴，这一理解特别反映出当代意识的问题状况。不仅罗工柳难于回溯曾经如此精彩的创造经验，中华人民共和国成立后美术创作中农民面貌的刻画大多难于达到《地道战》的状态。新时期以来，相关表现更在基本取向上发生着变化，以至需要追问，《地道战》《腹地》等作品所呈现的中国农民忠义、质朴、勇敢、活泼而富于生机的精神质地，为何在短短数年间几近消失？该如何看待这样的变化？

油画《地道战》产生于一个实践者历经曲折的创作历程，它本身也并未达致高度的表现成熟，但它具备呼应于那段历史的可贵品质。重新面对它，迫使我们追问何以在那段历史中人民能够获得这样的面貌？那时的"政治"如何理解自身、是怎样开展样态，又与其他领域处于怎样的关系？

---

① 刘骁纯整理：《罗工柳艺术对话录》，山西教育出版社，1999，第16—20页。

其次的追问才是，艺术何以有能力捕捉住那段历史的质地？它在那时的革命实践中被如何理解、安置，与其他领域构成怎样的关系性？将之置于中华人民共和国成立后及至当代的视野，更使人体认到，作品不仅表现了那段历史中的人民，还反映着表现者自身的状态。那些曾造就着历史基底的人民的种种特质，真如后来作品中那般遭受粗暴扭曲、几近消失，还是保留着深沉的根基并依然发挥作用？那些或愚昧、野蛮、扭曲、冷漠，或低贱、鄙俗的形象所曾被赋予的当然的批判价值，是否该被重新辨识？在那些傲慢而缺乏节制、貌似激情实则空洞、轻易乃至廉价的"表现"中，人民是否被迫承载了精英需要被检视、实际却缺乏检视的种种历史、现实判断？今天，我们该跨越怎样的认识障碍，重新培养怎样的能力，才不至辜负《地道战》中那些从黑暗中不断涌出、充满精神力量的人民的身躯？我们需要经过怎样的道路与准备，才能真正达致"作为历史的一个见证人和战斗员"的高度？

（以《一次令人惊艳的"冲锋"——浅议罗工柳与〈地道战〉》为题发表于《读书》2018 年第 2 期）

典型的诞生：从蒲忠智到王家斌

程　凯

柳青的群众工作与捕捉"典型"

1952 年 9 月，立志长期深入生活的柳青落户长安县（今西安市长安区），开始他十四年扎根农村的工作和写作。为什么选择长安县，其女儿刘可风在新著《柳青传》中有这样一段表述：

> 全国刚刚解放，巨大的政治变化，必然带来经济和各种社会心理的变化，柳青希望所去的地方能迅速、明显地反映出这种变化，所以，在北京就排除了再回他最熟悉的偏僻山乡——陕北的可能。应该在西安附近落户，但离城市不能太近，既要有浓郁的乡土乡音乡情，又能回避城市对他的各种干扰；离城太远也不好，"农村包围城市"的时代已经过去，城市在国家生活中的特殊作用显而易见。①

长安县属"新解放区"，于 1949 年 5 月解放。其位置介于西安市与终南山之间，是关中平原与山地的交接地带，生产条件好，潏河、滈河两岸盛产稻米，颇有江南风味。但地接终南山又使这一地区成为各种政治势力

---

① 刘可风：《柳青传》，人民文学出版社，2016，第 113 页。

的"游击区"，20 世纪 30 年代共产党即在此建立地下组织①，中华人民共和国成立初又一度成为国民党游击队的侵扰之地。同时，大城市对此地的辐射作用明显。民国时期，该地曾为一些重要官邸、军校所在地。中华人民共和国成立后，由于西北局迁入西安，长安县的农村工作可以直接受到西北局的指导，许多工作试点都选在长安，使其比许多其他农村地区能更迅速、更直接地受到中央政策影响。

刚到长安县的柳青被任命为县委副书记，主要推动互助合作运动。但这段工作经历大概并不顺利。到 1953 年 4 月，他辞去了县委副书记职务，选择王曲区皇甫乡作为其长期创作基地，历经五年写出《创业史》第一部。在此期间，关于柳青参与当地合作化工作的情形，时任王曲区委书记的孟维刚有许多回忆，仅举其中两种，可见一斑：

> 五三年，柳青亲自抓了几个重点互助组，一个是蛤蟆滩的王家斌互助组，一个是郭家什字的郭远彤互助组，也常去高楼村高春山组，高家湾高春学互助组，还有新民村梁克忠组。对其他的互助组也经常去转转问问，叫干部给他汇报情况，特别是对王家斌和郭远彤的互助组，他亲自参加组员会，研究制订计划，商量活路安排，活路定额，处理工分结算，解决具体问题，甚至一户一户地做组员的思想工作。②

> 五四年底，王曲全区建立起了十几个初级社，每社都不超过二三十户，每一个社的建立，大体多少户，多少贫农，多少中农，社员的情况（经济情况、思想情况）他都要了解。干部配备，谁当主任，谁当副主任，他都要详细了解，一个社一个社都向他做过汇报，

---

① 中华人民共和国成立后长期担任长安县委书记的李浩，"一二·九"运动时就和民先队员一起在长安南乡杜曲一带组织"农民救国会"。1938 年 1 月，中国共产党在长安建立工作委员会，李浩任工委书记，一直坚持到 1940 年。参见李浩：《光明在前——李浩回忆录》（自印），2003。

② 《孟维刚谈柳青在长安的生活和创作》，载蒙万夫等：《柳青传略》，陕西人民出版社，1988，第 206 页。

都在一块做过详细研究。①

柳青以当地劳模王家斌为原型塑造了《创业史》中的梁生宝，这已众所周知，但从孟维刚的介绍中可以看出《创业史》不是依据某几个"生活原型"创造了他的人物典型，而是在同时深入数个乃至十数个工作典型的前提下，以这些工作中碰触到、体会到的经验、感觉、意识去形塑小说的生活世界。事实上，还不限于互助合作，柳青到长安后，就在农村陆续展开了土改复查、查田定产、整党、整顿农会、活跃借贷、征粮、统购统销等一系列工作。这些工作不但此起彼伏，有时还齐头并进。且大部分工作都触及每个农民的基本利益和生活，都在触动乡村原有的生产、组织、生活惯习。因此，每项工作都要求充分发动群众，并伴随着对基层干部、党员、积极分子的调动、考验、审查、筛选。柳青所要深入和表现的正是这个被深层搅动的乡村社会。原有乡村社会生活的"常"与"变"都要被组织进一个更宏大的政治过程中获得新的表现形式。在此意义上，柳青要把握、表现的"生活"不是政治支配力下的基层，或能把政治相对化的"原生态"生活，而是以政治为中介，或以农村"社会主义改造"的群众运动、群众工作为中介，而搅动、激荡、激发出的生活才是此阶段本源性的生活。

对柳青而言，只有全力投入群众工作中，才能真切感知状况性的"现实"。很多回忆称赞其善于观察生活，但相对于那些较为人津津乐道的如何通过装成老百姓排队、下棋、买牲口来观察生活细节以及如何通过聊天、体验搜集创作素材，更重要的观察、感知恐怕来自开会、开展思想工作、宣传动员、制订计划中对群众思想起伏、精神气质乃至神情言动的体会。这样的工作，须摒弃旁观式的观察态度，要以改造现实的责任感取得投入工作的热情，在此责任感与热情的前提下把握政策内涵，进而运用政策突入现实。这种高度自觉的主观性投入既是工作需要，也是现实主义创

---

① 《孟维刚谈柳青在长安的生活和创作》，载蒙万夫等：《柳青传略》，陕西人民出版社，1988，第 213 页。

作获得生活理解时的必要准备。然而，政策所界定、指示的现实与实际之间常存在差异、裂痕。于是，群众工作者既要调动自己的现实理解（主观创造性）去弥补这种差距、去"说服"群众，又要随时承受群众现实的反作用——时而呈现为兼有怀疑与审视的消极，时而呈现为兼有热烈与盲目的积极；同时，还要承受政策本身的摇摆变化。这种（介于两种不确定性之间的）位置使得群众工作者不能满足于所谓"按照'现实'本来的样子去认识'现实'"的直观逻辑，无论对于政策的掌握、对于群众的把握都需诉诸高度的主动性，要在这种双向主动性中将政策与群众结合起来。

和柳青并肩工作过的人，对他印象最深处常是其善做深入、细致的思想工作。这也是他培养农村干部时极为看重的一点。他的重点培养对象王家斌的亲身感受是"他在这，整天就好像有个圈圈在你头上圈着哩"——"你啥也不敢胡来，……咻把咻小小一个事，给你说的多大多大的，严重得就不得了。你一句话说不对，咻都卡住楞批评哩"①。这种紧逼盯人式的思想工作背后是对任何自发意识的警惕。时任皇甫乡党支书的冯继贤和社员聊天时手插在裤兜里被柳青看见就受了好一顿批评："一个干部，最要紧的是接近群众，和群众打成一片，群众才能对你说心里话。你把手插在裤兜里，站在那，像这官僚的样子，群众就在心里和你划了个道道，在心里说，你才脱离生产几天，就摆官僚架子，比大家高一头。他有话就不想给你说了，天长日久，你不就脱离群众了？"②

这种对群众心理的敏感和将其转化为干部工作意识的要求贯彻于工作的每一环节。王家斌在回忆中就提到柳青不断叮咛在合作社管理中要特别注意关心社员家庭生活，有些人出去搞副业，主要劳动力不在家，社里就要把人家家里的事当自己家的事办。"那一阵我到河那边去开会，晚上回来恶风暴雨的，咱就不能先往自己屋里跑。要先往社员屋里跑哩，看社员

---

① 《王家斌谈柳青在皇甫的生活》，载蒙万夫等：《柳青传略》，陕西人民出版社，1988，第235页。

② 《冯继贤谈柳青在皇甫十四年》，载蒙万夫等：《柳青传略》，陕西人民出版社，1988，第206页。

家里出了啥问题没有。"① 这种先人后己的责任心常被归结为积极分子的"觉悟",可这种觉悟并非天然,它是被不断有意识地调动起来的。像这个事例就蕴含对"巩固合作社"应包含哪些工作环节的理解。合作社的"分业"一向被认为是比互助组"提高一步"的标志之一。这一地区搞互助组时,缺少多余劳力专门从事副业,通常是在农闲时组织一些进山砍竹之类的副业,参加者以贫雇农居多。初办合作社时沿用此种方法一度被批评为"照顾贫雇",因为所得收入都分到各户贴补家用而不能形成公共积累。但如组织专门的副业队,就难免形成主要劳力长期在外、家里无人照顾的状况,进而引发矛盾,影响合作社巩固。如此,看似日常层面的"关心群众生活"是要结合整体性的工作认识和责任意识才能不断获得意义。

这或许与惯常的理解相反——往往认为越出于自然的情感才越真实、越持久,而这里的逻辑是:每一步、每一个环节、每一种状态都不是自然发生的,但恰好要经过持续不懈地打造,所有自然的情感才能被激发、安置和维系下来。因此,柳青所注重的群众心理的现实既包含了民众精神、心理机制的实然状态,又已经把它置于一个可转化的位置上。这或许对应着柳青在寻找创作方法时所摸索的方向,即通过"在社会生活实践中对象化"而达致"在艺术创作中对象化"。② 柳青对现实的态度似乎是:要在实践中创造现实(或说参与创造现实的实践),然后才能把握这个"现实",再来表现这个"现实"。

柳青开始酝酿《创业史》的那两年,也正是合作化运动从试办走向高潮的时候。他一方面投入建社、扩社运动,另一方面写了一系列直接取材当地合作化运动的文章,结集为《皇甫村的三年》(1956 年出版)。该书大部分篇目都有人物特写的性质,特别是集中书写了王家斌这个"具有社会主义觉悟的新人"。但这里的"人物"与其说是文学意义上的"人物",不如说是推动互助合作工作意义上的"人物",或者说"典型"。柳青尚未

① 《王家斌谈柳青在皇甫的生活》,载蒙万夫等:《柳青传略》,陕西人民出版社,1988,第228 页。
② 柳青:《二十年的信仰和体会》,载《柳青文集》第四卷,人民文学出版社,2005,第271 页。

接触其本人时就凭其"在人们不注意他的时候"领导互助组的事迹而判断其具有"社会主义觉悟的新人的性格"——在这样一个有些拗口的表达里，落脚点在"性格"而不在"觉悟"或"新人"。如果整理一下它的意思也许可以这样概括："社会主义新人"的前提在于具有"社会主义觉悟"，"社会主义觉悟"在当时农村社会主义改造的语境中指向超越小生产者自发的思想意识，而且"社会主义觉悟"要以对合作化工作的态度、责任来衡量，所以它不是先以"思想"的状态存在，而是扎根于有新人潜质的品质中。准确地说，不是先有这样的人才有这样的运动，而是要在运动中发现这样的人，以这样的人领导运动，并使这样的人在运动中真正成为有"社会主义觉悟的新人"。所以，什么样的人才能培养、成长为"社会主义觉悟的新人"取决于对"人"本身的理解，也取决于对运动的理解，取决于对整体性政治过程的理解。

柳青对王家斌的"发现"是从其做事方式中体会到他的品质（"性格"），有了这样的品质，"社会主义觉悟的新人"对他而言就既是已经具有了的东西，又是一种潜质、一种需要被不断调动、培养的因素。对于柳青而言，王家斌既是创作意义上的"人物"和"典型"，更是工作意义上的"人物"和"典型"。柳青在《皇甫村的三年》中记录了很多工作过程。然而，对比王家斌的回忆就可以看出，柳青在文章里还是把自己扮演的主导性角色大大隐去了。他虽然也曾详细复述自己在动员统购统销时如何给王家斌互助组"算细账"，但其内容多属"大道理"的层面，不是他平时做日常思想工作时所诉诸的层面。反而，他是通过记录王家斌这个"人物"的角度、方式来传达出他对合作社工作的种种理解。比如，他会强调王家斌的"好脾气"：

> 对一个年轻人来说，领导一个新建的不断发生问题的农业生产合作社，一年里没烦躁过一回，没灰心过一回，没叫过一回苦，没对任何社员发过一回脾气，这可不是很简单的事。①

---

① 柳青：《第一个秋天》，载《柳青文集》第四卷，人民文学出版社，2005，第130页。

如果对比柳青自己向合作社主任做的报告就可以看出来，"不发脾气"不单是种性格，更是一种工作要求：

> 你会说我这样辛苦，为你费了这么样的心血，你们还抱怨我骂我。但你不能发脾气，也不能急躁。要想他们知道你的好处，就要等你把他们的觉悟提高一步。你要教育，也要等待。……王家斌天大的事情都不发火，当社主任不能发一次火，发两次火就不是好主任，发三次火就是烂脏主任。当一个好主任，一年三百六十天不能耍一次脾气。……当主任要像和尚的木鱼子一样，一边被敲，一方面还要嘴里咕嘟咕嘟地骂（念经）。①

对柳青而言，领导合作社不单是劳动管理、经济核算、分配，更重要的是做群众工作。合作社主任已经被设定为比"群众"有更高觉悟的人，面对有"落后性"的群众必须有耐心，否则就很难避免工作中的"强迫命令"。而后者是一切群众工作中的痼疾，是群众工作失败的主因。柳青说"王家斌天大的事情都不发火"非指其性格，是指其觉悟。可想而知，日常工作中柳青会做多少细致的思想工作来教育王家斌"天大的事情都不发火"。于是，王家斌自身的性格、品质会随着柳青的培养而转化为工作作风，当品质上的质朴与工作上的耐心融合在一起时，这就既是柳青所要的工作典型应该具备的品质，又是其表现的"人物"之"典型"性格。可以说，他是通过培养工作意义上的典型不断积累作为人物的典型，同时，他对人的理解也不断纳入工作要求中。当他创作长篇小说时已经可以把自己完全隐去，但梁生宝的"典型"形象中其实不只有王家斌的原型，还包含他们在共同的工作中一起塑造的那个"新人"。

---

① 陈尊祥记录稿，收入《王家斌谈柳青在皇甫的生活》，载蒙万夫等：《柳青传略》，陕西人民出版社，1988，第228页。

现实中的工作典型：蒲忠智和王莽村

与一般干部不同，柳青是带着创作任务工作的。1952年初到长安县，他下基层跑得最多的地方是杜曲区王莽村（《创业史》中"大王村"的原型）。这里是长安县发展互助合作的重点培养对象。由著名劳模蒲忠智牵头、24个常年互助组组成的互助联组刚刚获得农业部授予的"全国丰产模范互助组"称号，并计划试办全县第一个农业生产合作社。可以说，王莽村是一个"现成"的典型。据说，柳青也曾考虑以蒲忠智为原型来进行创作。但他很快放弃了，另选新的工作基地，个中原因大概因为王莽村这个典型村是已经经过了多次工作发动，而他并未参与之前的一系列工作。对他而言，要从头到尾参加一个合作社的创办过程才能对其有实在把握。

除了要取得全部办社经验之外，从创作角度考虑，现实工作中已成"样板"的蒲忠智很难再作为柳青自己的培养对象，也就难以转化为他的"人物"，而不为人知的王家斌则具有成为柳青自己的工作对象与人物的潜质。其实，柳青非常清楚，作为干部，王家斌有许多不利条件——比如他嘴相当笨，不善言谈，不会讲多少道理，头脑也不灵动，"他的实际影响还仅限于本区临近的几十个村子"。但这些不足恰好为工作中的进一步培养留下更多可塑空间，同时也使得他作为人物原型具备某种"性格"的规定性。

对蒲忠智，柳青一直有持续关注，反映在《新事物的诞生》《灯塔，照耀着我们吧!》等文章中。本来，重点试办合作社的目的就在取得经验、产生影响，然后加以推广。因此，蒲忠智合作社所做的每一步工作、取得的每种经验和成果都会产生辐射性影响。《新事物的诞生》中写到周围各区互助组组长参观王莽村合作社的场景，《灯塔，照耀着我们吧!》写到王家斌去王莽村取经回来后的兴奋。但相比写王家斌，乃至写黄埔乡各色人等的生动，文中对蒲忠智和王莽村合作社的描绘却显得很"正规"。这大概不完全源于接触的多寡，而与典型合作社的经验中哪些是被特别突出的要素有关。从柳青的记述中可以看出，互助组组长们参观王莽村记录的是合作社的章程和制度，关心询问的是小麦的播种和收割时间，听取的是老饲养员介绍劳动日收入，让他们惊奇的是十二万块准备用来做炕、砌墙的土坯和拖拉机表演。① 连王家斌这样的老实人去了一趟王莽村，开了三天三夜的会，就忘了自己的初衷是去学习如何领导互助组，转而回来向组员报告起"农业社的土地评等、订产、折股、牲口投资、农具评价、树木处理、劳动日的折算方法"。组员们也听不进柳青让他们"在大互助组里再锻炼一年"的劝告了，纷纷要求马上办社。② 这些在柳青的文章中被处理为群众积极性的表现，但如果对比他写王家斌时举的那些生活事例，就会发现他记录的王莽村合作社的先进经验大多没有超出一般工作总结中的概括。换句话说，什么是合作社的优越性，哪些是合作社的先进经验，这些在相当程度上是被规定好的。

但对于王莽村这个"典型"而言，它并不是仅作为互助合作的模范而被宣传的。或许相反，它是因为已具有成为模范典型的潜质而在互助合作运动中被选为带头者的。也就是说，要理解王莽村这个"典型"是如何产生的，恰好要突破互助合作运动的规定视野，将它还原到中华人民共和国成立初期农村建政的整个历史过程中去，看这样一个村子是在什么样的条件和机缘下与新政权发生越来越密切的互动，成长为一个典型村的。

王莽村所处的杜曲区、皇甫村所处的王曲区均属长安县的"南线"。一方面，这一带接近终南山，在中华人民共和国成立初数次遭到国民党武装的反扑，人心不稳。另一方面，这一带又是传统产粮区，在战争尚未结束、征粮任务艰巨的情况下，稳定这一地区既有助于巩固政权，也利于恢复生产、提供军需。因此，1949 年 7 月 21 日，由当地驻军六十一军派出军政民运工作组、军直筹粮工作队、一八一师筹粮工作队，会同长安县委工作队十余人组成了多达一百三十余人的"长安南线工作队"（李浩任书

---

① 柳青：《新事物的诞生》，载《柳青文集》第四卷，人民文学出版社，2005，第 111 页。
② 柳青：《灯塔，照耀着我们吧!》，载《柳青文集》第四卷，人民文学出版社，2005，第 124 页。

记），展开了为期一个半月的工作。①

此时战争尚未结束，反霸、征粮、剿匪、组建地方武装等是主要工作，组织农会、改造地方政权随之展开。改造地方政权中的要点与难点都在发动群众。在局势动荡、谣言四起的环境中老百姓天然有一种不信任感，为此，李浩等人制定的首要工作步骤是"有重点地进行宣传与典型调查"，且宣传与调查需并重："宣传是为了群众了解我们，调查是为了我们了解群众。"② 由此，一方面"大刀阔斧"地宣传，"大会号召，小会座谈"，另一方面则在工作地区做了大量社会经济调查③，以村为单位了解其阶级关系、政治关系、土地关系、债务关系、群众迫切要求以及有无"地主阶级当权派"。李浩在其经验报告中强调：

> 已经经过群众斗争的村子，工作干部不要转移或分散力量，要继续深入调查研究，理解被斗者的历史，了解该村发展的历史，了解农村内部的问题，细心周密的解决具体问题，务使工作生根，应是以根引根，不是到处点火，……④

这种"以根引根"的方法使得建政初期的重点村占据了先行优势，有条件成为后续工作的基点村。

此外，初期工作中是否涌现出群众运动的带头人和积极分子，是当地工作能否推进的关键。中华人民共和国成立初，为完成征粮、支差任务，也为了尽快度过干部少、社会乱、人心不稳的"政权过渡期"，普遍留用保甲人员。然而，这与发动群众的诉求存在矛盾，因为群众主要不满集中于负担不公，焦点常在保甲人员身上。因此，1949 年 7 月的县委报告提出

---

① 中国人民解放军六十一军政治部：《长安南线新区群众工作报告》（1949 年 10 月 10 日），西安市长安区档案馆藏，档号：1-1-4。
② 《李浩同志关于南线发动群众工作的经验介绍》（1949 年，确切日期未详），西安市长安区档案馆藏，档号：1-1-4。
③ 如收录在档案中的《王曲六保负担情形》《王曲六乡一般情况》《黄埔村第九保农村经济调查》《黄埔村初步调查》等。西安市长安区档案馆藏，档号：1-1-6。
④ 《李浩同志关于南线发动群众工作的经验介绍》，西安市长安区档案馆藏，档号：1-1-4。

要重新搭政权架子：

> 我们目前的建政方针是自上而下的搭架子，由下而上的民主选举同时并进，架子可搭至乡或村，乡长由区署委派临时代理，在群众条件尚未成熟农会未组织起来之村庄，村长可由工作组研究提出候选人，经村民会通过担任之。居民代表则可（由）临时居民小组选出临时代表代替伪甲长。[①]

此时农会多是在发动反霸斗争中建立的，往往是"勇敢分子"掌权，甚至是二流子掌权，中农比例不到10%，农会变成实际上的贫雇农小组。在此阶段，农会又被赋予行使基层政权职能的角色，一时形成"一切权力归农会"的偏向，乃至有些农会权力膨胀，与乡村政权对抗，甚至私设公堂。与此同时，发展农村党员的步伐却相当缓慢。到1949年11月中旬长安县第一届党代会为止，全县总共只有党员331人，且发展新党员主要在训练班和在职新干部中，农村党员很少。从党代会到1950年1月的群众工作会议才又发展了132名。

在此背景下，王莽村的党员发展显得颇为突出。1949年9月，西北军政委员会农村工作团的工作队一行十人由王生连带队进驻王莽村，发动减租减息。按中华人民共和国成立初所做的典型调查材料，长安地区地主极少，富农中农占大多数，土地不集中，但南线一带（杜曲、王曲、樊南、引镇等）部分乡镇则土地集中。王莽村属于土地集中的村子，这大概是其成为试办点的原因之一。[②] 但此阶段的双减试办不只处理租佃关系，同时配合征粮，与剿匪、反霸、整顿扩大农会、改造村政权召开乡农代会等工

[①] 《长安县委一月来工作报告》（1949年7月18日），西安市长安区档案馆藏，档号：1-1-4。

[②] 据《组织起来的王莽村》书中记录："王莽村有一百六十九户人家，种着一千六百多亩土地（水旱地），可是绝大部分水地都在地主手里，全村百分之八十以上的人家都受着地租、高利贷的剥削。国民党反动派和地主、高利贷者结合起来，用粮草、捐税、地租、银租（高利贷之一种）的名义，每年要从王莽村人民身上抢走九百九十大石细粮，全村水地、旱地、石滩地每年总共才能打一千零七十大石细粮。"（胡海、赵胜：《组织起来的王莽村》，西北人民出版社，1953，第34页）这个材料整理出版在土改之后，为了配合土改，土改中和土改复查阶段曾大幅上调地主数量、剥削比例等数字。

作并行，还承担着组建各种基础组织（生产、治安等）的任务。[①] 减租减息工作入手时特别强调要解决群众中存在的许多具体问题（调解土地、债务、婚姻等），以取得群众支持。即便如此，减租减息工作发动也并不顺利。在大多数人持观望态度的情况下，蒲忠智、益冀东等人较为积极地响应了斗争号召。因此，减租减息工作结束后，王生连作为介绍人将蒲忠智、益冀东等九人发展为共产党员。蒲忠智还担任了杜曲区第八乡支部副书记，益冀东则成为王莽村村长。

在农村党员人数有限的情况下，王莽村却有九名党员，足以构成一个颇具规模的领导核心，上级也就必然向他们提出进一步要求。建政初期，上级向农村布置的工作一个接一个——征粮、清债、减租减息、活跃借贷等，每项都要求"充分发动群众"，可老百姓的反映通常比较消极。所以当时对农村党员的衡量标准就是看他在这些工作当中是否积极、是否敢于带头、是否勇于承担后果、是否不计个人得失。毕竟，在这些工作中带头通常意味着个人受累、吃亏，还免不了挨骂。

就王莽村而言，双减工作队临走时向村里布置下组织变工互助的任务。但号召大会上没一个老百姓吭气——"那把人能麻烦死"[②]。于是，蒲忠智索性让党员干部先组织起来，编成一个28个人的大变工队。热热闹闹的大变工队半天干完了几天的活儿，很快增加到48人。但一个月后算账时发现短了四十八个工，折合八斗四升的粮食工资没人出，只能让几位党员少要工资，剩下二斗三升亏空由蒲忠智、益冀东兜底。变工组由此垮了台。1950年的春荒中，农村借贷由于之前的"清债"运动和将要土改的消息陷于停顿，政府号召展开"活跃借贷"，蒲忠智首先报了四斗白米。随后他又组织三十八个青壮年进山割扫帚，二十天内砍到一万多把，换来八十余石麦子，解决了春荒。

这些冲锋陷阵的"事迹"，有的成功，有的失败，但都基于公心，响应上级号召，且敢于承担后果，不计个人得失。1950年9月17日在长安

---

① 参见王萍起草的《长安县减租工作总结》（1949年，日期未详），西安市长安区档案馆藏，档号：1-1-4。

② 张家谋：《农村共产党员蒲忠智的故事》，西北人民出版社，1953，第11页。

县委《长安县杜曲区第八乡各种组织形式报告》中，蒲忠智的这些"事迹"都被列了进去。到 1950 年冬进行土改时，王莽村成为长安县委重点试办村，蒲忠智被选为农会主席。在土改结束后的整党工作中，蒲忠智因为"工作积极负责，阶级立场稳"受到大会表扬，再度当选乡副支书（后任支书）。① 这意味着蒲忠智已经不只是一般农村干部，开始一步步向着模范党员干部迈进。

然而，土改结束、分田到户对很多农村党员、干部来说都意味着一场危机。群众运动告一段落，接下来要发家致富了。"退坡"思想成为党员、干部中普遍出现的状况。土改中曾担任农会主任的王家斌因为晚交公粮被罚了几斗麦子，挨家里埋怨，不想再当干部，要回家生产。但他又不好意思辞职，辗转反侧多日，最后想出的昏招是去偷别人家的猪放在自家圈里，故意让人发现，好免了自己的干部。② 蒲忠智则是另一种"退坡"——他看村里的生产互助展不开，家里活计一大摊，村里又有几个年轻干部被提拔到区乡上工作，起了当脱产干部的心思，专门找到县委书记提出转干要求。县委书记则指出生产互助展不开是因为上次大变工失败，群众印象一时难以扭转，需要做更耐心的工作，如果借此脱离岗位是想找捷径，逃避困难，说得蒲忠智不好意思，撤回了请求。③

事实上，农村民主革命方式（土改）的设定中将农民定位为小生产者，其对应经济形式是私有财产基础上的小农经济。如何在承认这种小农经济现实的基础上又使得农村发展的前景不是巩固这种小农经济而朝向进一步实现社会主义的目标，是土改后急需面对的问题。在此意义上，组织互助合作被视为解决土改后自发的发家致富倾向而将农村扭转到社会主义道路上的关键一步。但此阶段的组织互助合作又强调不能依赖政治发动，要充分照顾小农经济的利益，自觉自愿地组织。在此之前，中华人民共和

---

① 《杜曲区第八乡土改后整党工作总结报告》（1950 年 10 月 18 日），西安市长安区档案馆藏，档号：1-1-25。
② 《长安县第二期查田定产结合整党教育的报告》（1952 年 12 月 30 日），西安市长安区档案馆藏，档号：1-1-71。
③ 张家谋：《农村共产党员蒲忠智的故事》，西北人民出版社，1953，第 15 页。

国成立初推动各项工作的基本方式是群众运动，诉诸政治动员和群众压力。无论其运动名目是政治性的抑或经济性的，运动所诉诸的基本动力其实都是围绕建立、巩固政权展开，即通过区分敌我打击少数、团结多数，以此巩固政权基础。比如"反霸"中就要教育群众认识谁是当地的"地主阶级当权派"，找出"当权派"才能发动有针对性的斗争。为展开土改就要将最大多数人团结到农会中，以使打击对象缩小、集中于地主阶级。但土改后，包含了除地主之外几乎所有农民（还包括小商人、农村知识分子）的农会组织还能怎样发挥作用呢？群众运动的另一层作用是锻炼、培养干部。到土改后期，能发动多少群众已不那么重要，重要的是在运动中确定各级干部。但经由群众运动选拔出的干部在运动退潮后却普遍产生"退坡"倾向——日常工作如果失去急迫性、革命变成"工作"，那它相对于生产劳动还有什么优势，还有什么值得倾注全力的？土改后马上展开的整党教育虽止住了干部的"退坡"风，但尚不能从根本上解决其动力问题。

可以说，从土改前到土改后发生的变化一定程度上是群众运动形态的变化，即需要从围绕政权建立的、临时发动的、政治动员式的群众运动转向围绕生产展开的、日常性的群众运动。后一种群众运动只能植根于生产活动，通过生产组织将分散的、小生产者的农民有机地联系起来。依据根据地经验，建立互助合作的基本方式是"培养典型树立旗帜"，以便"让群众目视耳闻，有所模仿"，推进方式则是"由一点带动一群，形成重点群，逐渐联为一个整片"。① 这里的"典型"基于不同的群众运动形态而与之前的"典型"有所差异。这里"群众"的设定是劳动生产意义上的小生产者，而不是政治立场意义上的群众。小生产者意义上的"群众"有一种直观性，意味着"群众"要看实效，互助组先进不先进、优越不优越首先要体现在粮食产量上，体现在劳动能力上，体现在它在与个体劳动的竞赛中胜出，为此需确保互助组增产。而增产的保证一方面来自生产管理、劳动积极性，另一方面则与技术、资金和购销渠道的支持有关。所以，一旦

---

① 《西北局转发陕西省委第一次农业互助合作会议情况报告》（1953 年 1 月 12 日，报告为 1952 年 11 月 29 日），载陕西省农业合作史编委会：《陕西省农业合作重要文献选编》（上），陕西人民出版社，1993，第 291 页。

成为典型互助组，政府就会充分提供技术、资金支持——当然，能够迅速接受新技术也是能否成为典型的条件。生产组织和管理制度一般被说成是促成高产的主因，但实际上它首先的效应是防止集体劳动会带来的各种矛盾。这些矛盾正是一般农民不愿意参加集体劳动的原因。1952 年 11 月所做的《高家湾村互助组情况调查》中就反映出，除了中农怕吃亏不愿参加互助之外，许多生产条件不好的贫雇农对互助合作也不积极：

> 另有一户雇农，三户贫农并没有耕畜，农具，从生产上看迫切需要互助，但因思想落后，仍不积极要求。如贫农高光智六口人，一个男劳，四亩水田，三亩旱地，牲口及主要农具（犁、耙、镰）都无，但他还认为："不参加互助组政策过不去，参加又要吃亏受气。"所以表面上愿意互助，实际上认为不如单干方便。还有的认为，参加互助组就把（ ）绑住了，不参加可以卖零工，或搞副业赚现钱，又自由又合算。另一户中农高光乾，因自己是跛腿，劳力不好，怕别人说闲话，所以也不迫切要求参加。①

农民普遍觉得互助劳动即便生产上有优越性，但要付出更多的人际成本——"互助组好是好，人的私心太大，恐怕难搞好"，"人心都是尖的，搞不好会惹人笑哩"，互助是"气筒子"，"光惹人，耽误生产"。② 为此，一方面要改进互助组内评分计工、算账等制度，保证大家实利上不吃亏，另一方面则要宣传互助合作政策"提高其思想觉悟"。深入日常生活层面的群众工作因此显得尤为重要。

此外，互助组的劳动生产和一般群众连成一片，其成就、优势、缺点、矛盾都处于群众的视线之下。老百姓的各种"风凉话"某种程度上就是基于群众现实认识的一种舆论监督。互助典型的群众观点需要反向将这

---

① 长安县委：《高家湾村互助组情况调查》（1952 年 11 月），西安市长安区档案馆藏，档号：1-1-69。
② 同上。

种认识现实纳入自己的工作意识中，从而激发出一种责任感①，这样的责任感才是"觉悟"的真实基础，也由此才能发挥"由一点带动一群"的作用。

蒲忠智领导生产互助的过程就贯穿着这几层要素。王莽村的互助组再组织起来是在陕西省召开农业生产会议之后，他们邀请陕北的互助劳动模范鲁明宗等来村传授经验，随后（1951年2月）即按规模要小、自愿结合、计工算账合理的原则成立了十四个互助组。蒲忠智的互助组制订了每亩水稻增产四斗、每亩小麦增产一斗的计划，还出头向山西的李顺达互助组应战。

要想增产，解决畜力和资金缺乏问题是要害。为增加畜力，互助组从政府得到四百八十万元贷款，由蒲忠智带领五人到价格相对便宜的陕南买牲口，整个过程极为艰苦：

> 自己贴上路费，翻山过岭，走了七百二十多里路，不料到了汉阴县地面，牲口价还是很大。他怕价大买的牲口少，大家又抱怨。怎办呀？想了好久，生产计划总是要完成的，困难就困难吧。又走了三百多里路，到安康地区。这里牲口多、价低，就买了十四条往回走了。
>
> 来回走了四十多天。算一算路程，两千里挂零。是怎样的路啊！没一天是平的，翻山过岭，在碎石子上走。蒲忠智双脚打满了水泡，拄着棍子回到村里。②

这比《创业史》中所写"梁生宝买稻种"的事迹要艰苦得多。不过内涵的道理是相通的：只有带头人自己不计得失、肯吃苦、肯受罪、肯受委屈，才能在集体里服众，才能把大家团结起来。同时，王莽村的互助组不

---

① 在《王家斌》一文中，柳青曾记录王家斌对合作社母猪下猪崽一事近于焦虑的操心，而其焦虑、操心基于怕死了猪崽老百姓会说合作社的"风凉话"："一窝猪娃事小，你说的，政治意义大。人家会说：'胜利社好！胜利社的猪娃，一个也没活了！'……"（载《柳青文集》第四卷，人民文学出版社，2005，第135页）。

② 张家谋：《农村共产党员蒲忠智的故事》，西北人民出版社，1953，第20页。

仅数量多，而且从一开始就强调相互连接。最初曾采用推选一个农会生产委员的方式协调各个互助组，很快发现不足用。1951 年 4 月，由蒲忠智、益冀东、王桂兰等七人组成了一个"检查督促小组"，领导全村互助生产，使十四个互助组结成一个联组。这种结合与党团小组在原互助组里的分布有关系，也是政府号召的方向。1951 年夏收后王莽村的互助组由十四个发展成十七个，秋收后又进一步发展成二十二个。[①] 到 1952 年秋收前，全村除地主和无劳力户外，94％人家已加入共二十四个互助组，连四户富农也入了组。

在快速发展中，互助组对政府的各项号召紧密呼应。比如，县互助组工作会议号召生产竞赛，益冀东等回到村里就发起插秧挑战。1951 年全年，王莽村掀起过五次爱国捐献运动，共捐了六百五十多万元。每年交公粮都是一次计征，两次入仓。1952 年 2 月间，爱国主义丰产竞赛运动展开，蒲忠智带头组织"丰产组"，他家本住在村南头，却参加了北头益明义组，且带领"丰产组"进行了一系列超前的制度尝试：实行土地连片使用、牲畜农具折价归公、产量保证制、按劳计工原则等，使其初步具备了农业合作社的性质。另一方面，政府支持王莽村互助组的发展也不遗余力。不仅帮他们改进作务、推广水稻密植等先进技术，更提供资金帮他们购买农具。当时的大型农具"一个蒸稻锅要一二十万元，一个耙要三四十万元"，不仅一般家庭买不起，劳力少也用不起。而各互助组一口气在秋收以前集体买了"八张大耙，十个推车，十二个蒸稻锅，和其他一些农具"[②]。这保证了秋种计划的完成，也被认为发挥了集体劳动的优势。

在互助组的扩大中，互助联组实际上已取代了农会的作用，发挥着综合效用。不过，1952 年夏收过后，互助组的发展在各地都遭遇瓶颈，许多临时季节性互助组不能巩固，据统计，仅长安县夏收后互助组就垮台停顿了 37.4％。王莽村的互助组也面临着一系列问题：

---

① 胡海、赵胜：《组织起来的王莽村》，西北人民出版社，1952，第 4、5 页。
② 同上，第 32 页。

（甲）有的组想进行较大的土地加工和买大农具，提高生产，但因为互助组的力量薄弱做不到；（乙）有的组虽然订出了做活先后和使用牲口等制度，但在执行时却常发生争执，尤其是抢收、抢种、抢锄时问题更多；（丙）还有少部分组员在生活改善以后，产生了单独发家思想，觉得互助组内已没有什么"奔头"，想退出互助组单干。①

为此，1952年6月，西北局互助合作会议和省地委书记联席会议提出整顿互助组的方针。其目标是"今年秋收后到明年春耕前，首先把现有的34.8万多个互助组和120多个农业生产合作社从思想上、组织上、制度上，进行一次全面系统的整顿，求得确保巩固下来"②，并且更加明确地赋予发展互助合作以政治意义：

"组织起来"，不仅逐步改造着农村的经济状况，而且不断地提高着农民的政治觉悟，和改造着农民的思想与生活的习惯。参加互助的农民，比个体农民较有组织性和集中性，易于接受革命教育和科学知识，是党和人民政府领导农村的支撑点。……③

王莽村在长安县的互助组整顿中成为当然的重点。而且，以整顿互助组为界，王莽村的互助合作被明确置于长安县委的直接领导之下。1952年8月7日县委制定的《对整顿王莽村互助联组的意见》做出规定：

为加强对王莽村互助联组的领导，除给该村专设一人负责，经常进行农业生产技术指导外，县委并决定将该联组各季节之生产互助合

---

① 李光锐：《王莽村蒲忠智农业生产合作社》，陕西人民出版社，1954，第6页。
② 白治民：《陕西省互助合作运动的基本形态和今后意见》（1952年11月5日），载陕西省农业合作史编委会：《陕西省农业合作重要文献选编》（上），陕西人民出版社，1993，第273页。
③ 同上，第270页。

作等问题，列为县委员会议经常之研究议题。①

具体领导此次互助组整顿的是县领导和西北局政策研究室张石秋、建设科长百宗信等人组成的联合工作组。工作组对王莽村24个互助组的基本估计是：好的6个，一般的12个，不好的6个。主要问题在于原有的互助组基本按自愿原则组成，造成有的组太小、人力畜力不好调剂，有的土地和居处距离远、耕作不便；发展不平衡，"门当户对"，有所谓"老汉组""中农组"；作为领头羊的"丰产组"骨干力量少，未形成核心。由此，整顿方案是：打破"门当户对"，将中农与贫雇农、有无牲口、有无场、老年与青年、进步的与落后的加以调配，同时照顾距离远近搭配。最后将24组变成18组，编为5个联组。同时，重点在于加强"丰产组"，将益冀东和另一积极分子牛振江都调入此组以加强力量，务使其能起到带动作用。②

调整虽然还遵循自愿原则，但不难看出整个调整的基本方针，即一是突破"自发原则"，实行"合理"调配，以求"巩固"，二是进一步集中资源，以创造典型。将蒲忠智、益冀东③等放在一个组里，虽然户数只从十一户增加到十四户，但力量倍增。其功能就在于更方便进行制度实验，以为试办合作社打下基础。但出于对试办合作社的谨慎态度，工作组建议"调整后仍然采用常年互助组形式进行生产，目前暂不办农业生产合作社"④。

事实上，整顿互助组不单是重新调配人员组合，更是针对互助组普遍

---

① 长安县委：《对整顿王莽村互助联组的意见》（1952 年 8 月 7 日），西安市长安区档案馆藏，档号：1-1-69。

② 胡海、赵胜：《组织起来的王莽村》，西北人民出版社，1952，第 46 页。

③ 益冀东是 1949 年 11 月第一批发展的党员，高小毕业（蒲忠智为文盲），一直担任村长。1951 年的宣传员运动中，益冀东作为陕西省代表赴抗美援朝前线慰问，回来做了大范围巡回报告，当选"模范宣传员"。据说他经常自己拿上吃的每月抽出两天到附近两个乡的九个村子去宣传中心工作，介绍王莽村互助经验，有九十多个互助组时常向他求教。参见长安县委宣传部：《长安县模范宣传员益冀东单行材料》（1952 年 8 月 17 日），西安市长安区档案馆藏，档号：1-1-84。

④ 长安县委：《对整顿王莽村互助联组的意见》（1952 年 8 月 7 日），西安市长安区档案馆藏，档号：1-1-69。

成立后，在组织、生产、管理、思想上对矛盾的一次全面检查和清算。工作组在总结报告中共详细列举了五方面问题①：

第一方面，劳动互助上没有贯彻等价交换原则，造成贫雇中农不团结。具体而言：1. 没有执行按劳评分，不计工，算肚子账，地多户占便宜，出工多的吃亏。2. 多数组不计畜工，使得有牲口户（多为中农）不满，有的贫雇农犁地快不爱惜牲口，增加中农顾虑，造成中农卖牲口。有的组发生中农的牲口不让贫雇农用。3. 结账时间过长。有的组两三月才算一次账，少数户长期拖欠工资影响贫雇农生活。4. "门当户对"现象。少数中农对贫雇农有排斥，少数贫雇农侵犯中农利益，用牲口不爱惜，用坏农具不修。有中农想出组单干，贫雇农则批评中农"落后""自私"，要将其清洗。这些矛盾，工作组并未将其归结为思想问题，而强调症结在于"劳动互助上没有很好贯彻等价交换原则"，因此要"从等价交换的制度上去解决"。

为此，整改特别集中于整顿评分、记工算账、管理制度，订立劳动纪律。具体规定包括：对人工按劳评分，按分记工，每晚评工；纠正某些组不按劳评分、不记账、男女同工不同酬、规定最低分与最高分限制等状况；每一生产告一段落要结账、付工资，大致一年算账八次；畜工一律计工，采取按地计工，按劳评分，详细议定耕畜每天标准工；还规定了管饭细则，订立了六条劳动纪律（服从领导、遵守劳动时间、爱护耕畜农具、耕作先后按决定、不打肚皮官司、学新技术）；同时，打破"门当户对"，将贫雇中农混编重组也意在基于合理的互助合作，辅以提高觉悟来改善彼此关系，避免自然主义地"从劳动生产中把中贫农分开"而固化差异与偏见。

第二方面，从领导组织上看，有些组骨干弱，组内民主制度不健全。表现在：1. 民主作风不足，办事不和群众商量。2. 少数组长久不开会，发生问题不解决，对落后农民不教育，抱仇视、对立态度，开会变成吵

---

① 《长安县王莽村整顿互助组工作总结》（1952年9月1日），西安市长安区档案馆藏，档号：1-1-69。

架，形成僵局。3. 怕麻烦，怕解决问题，不愿当组长。个别组长搞互助为自己方便，动员组员把自己的庄稼种好，别人的则不管。有的组长能力弱，开会"没啥说"，回去又"没啥说"，下边意见反映不上来，会上决议传达不下去。这些现象表明："巩固互助组不只是要有评分记工制度，还必须有具有民主作风能够团结组员的组长。组长要多与组员商量办事，发生问题多开检讨会。"

由此，"开检讨会"成为整顿工作中的核心环节。检讨内容主要是评分记工制度、生产计划执行、劳动态度、小组团结与组长领导等。首先组长要带头检讨，发动组员讲心里话，实行批评与自我批评。据说，检讨会的实践颇为成功。因而，检讨会随即被作为一项长期制度规定下来。

第三方面，在生产能力上，有些组劳力甚弱，或缺少牲口、农具、谷场。如牛月兴组都是五十岁以上老汉，推土送粪都有困难。"牛月庆组五户，两户不会劳动，一个是老汉，另一户是跛腿，这组总共只有半亩场，两个犁，别无所有。"益清学组三户都是贫农，连农具都没有，有的居住过于分散。此外，在评分记工上也存在不合理。如蒲忠文组因组长有残疾不能做重活，不认真评分，劳动好和劳动差的工分一样。有的组规定评分最高不得超过十二分，最低不得低于八分，有的组男女不同工同酬等。这些都通过重新分组和改善评分、计工制度来解决。

第四方面是富农参加互助组造成的问题。其中两户富农将过去出租和雇人耕种的土地收回自种，被认为属变相雇工剥削。富农益文轩利用经济优势恐吓群众、克扣工资。最后处理的方式是将益文轩清除出组，还拆散了据称"被富农暗中把持的何自忠组"。但其他三户"服从领导"的富农仍留在组内，以"安定其他富农"。

最后一方面是针对村行政组织和干部的。村内各种组织与会议过多，主要干部兼职多、误工多。据统计，全村各种组织37种，若每职一人，需261人，蒲忠智身兼25职，益冀东兼24职。村中会议平均每两天一次，有时天天开会，常开到夜半。蒲忠智一年中误工150天，占全部时间的45%。为此，工作组对村的各级行政组织进行了改编、归并，实际上形成了以互助组为核心的组织架构。其设计是：

（一）充实互助组的民主生活，除每天计工接头同时并布置第二天工作外，规定每十天开互助组员家庭代表会一次，每月开全组组员会（男女老少参加）一次。互助联组、互助组与居民小组、农会小组统一起来，使互助组不只是农民生产组织，也是乡村基层行政组织，同时也是农会组织和教育农民的组织。（二）在全村十八个互助组上又按各组土地多少、劳动力强弱编五个联组，每一联组管三个到四个组。联组的责任是协助各组在农忙时进行各组之间的调剂劳动力与解决小组不能解决的问题。……（三）在主任和村长领导下设行政会议为全村行政领导核心。每十天或半月开会一次。行政会议决定问题，可召集互助组长会议直接传达下去。（四）全村每月召开群众大会一次到两次，……选举或罢免各组织负责人。（五）各互助组每一生产季节完毕后，开会检讨一次。全村干部每年开检讨会二次，检讨生产工作和思想作风。①

这使得互助组取代农会变成核心的"乡村基层行政组织"。不难看出，整个互助组整顿的目标是要将互助组作为一种制度巩固、确定下来。所谓"巩固"不仅意味着要改变互助组作为临时性生产组织的形态，将其普遍发展成"常年互助组"，更意味着它不是短暂的"过渡性"组织，不是向着合作社发展的一个暂时环节，而是具有长期性。暂不试办合作社、以互助组为核心重新调整农村基层政权组织，都与此有关。这背后的判断是：互助组才是现阶段农民能够接受的互助合作形式，农民的私有财产观念和劳动习惯要在互助合作中被充分照顾，在此基础上才能慢慢培养农民的互助生产意识、集体主义意识，从而向更大规模的集体生产过渡。但整顿互助组又不是完全迁就互助合作的自发性，毕竟单靠农民的自发组织其意愿、成效都有限，因此，整顿互助组其实是打破了互助合作的自发原则，介入每个互助组的组成与管理中，使其真正"制度化"。

---

① 《长安县王莽村整顿互助组工作总结》（1952 年 9 月 1 日），西安市长安区档案馆藏，档号：1-1-69。

"三年计划"的快与慢

然而,从1952年底到1953年初,以实现"社会主义改造"为目的的"过渡时期总路线"已在酝酿中。① 常年互助组已不足以代表农村的社会主义前景,什么时候试办农业生产合作社,以多大规模、多快的速度试办和推广均成为争议焦点。在此背景下,在整顿互助组结束刚两个月的情况下(1952年12月底),县委再度派出工作组帮助王莽村制订三年生产计划。此时,王莽村已有试办合作社的打算,这次制订计划实际上是为试办合作社提供一个框架。刚挂职长安县委副书记不久的柳青就参加了这个工作组。

经过四天的调查讨论,工作组为王莽村订出了一个颇为"超前"的计划:

> 1953年将条件已具备的互助组发展为3个农业生产合作社。1953年春将地已调整、领导骨干强的蒲忠智(共产党员)互助组(14户)发展为农业生产合作社。稻田插秧时将益青春互助组(14户)发展为农业生产合作社。……蒲忠智农业生产合作社在插秧时发展到一倍(即28户),秋收后发展到二分之一(即42户);益青春农业生产合作社秋收后发展一倍(即28户)。计全村参加农业生产合作社的农户为70户,占参加互助组155户的45.16%,1954年春参加农业生产合作社的农户达到全村总农户的80%。年秋收后争取全部农户合作社。1955年春全村合作社准备集体农庄条件。②

---

① 参见薄一波:《若干重大决策与事件的回顾》(上卷)"过渡时期总路线的酝酿和制定"一章。(中共中央党校出版社,1991)及马社香:《农业合作化运动始末》(当代中国出版社,2012)。

② 《王莽村农业生产互助合作三年计划》(未署日期,当在1952年12月底)该计划的草稿上所写合作社发展规模是"54年达到总户数一半,秋收后达到80%",在定稿中此数字进一步上调(西安市长安区档案馆藏,档号:1-1-69)。

柳青在《灯塔，照耀着我们吧！》一文中记述了这次制订计划工作的后续发展：

> 我带着计划草案回到县上讨论还没一星期，从王莽村回来的人就带来了不愉快的消息。忠智的思想负担很重，常常夜里睡不着觉；他对在一年以后要领导一个四十户左右的社很煎熬，而大家对三年里全村达到百分之八十合作化，信心也不怎么强。土地加工、新式农具和生产指标都是根据互助合作的发展订出来的；如果基础成了问题，这个计划还能有什么用处呢？
>
> "既是这样，"我问从王莽村回来的人，"他们在讨论计划时为啥不说呢？"
>
> "咱们讲了社会主义的远景，他们听了都兴奋得很；另一方面，他们是全县的重点，又不愿意显着保守。可是一看眼前的实际情况，碰到具体问题，心里就没底了。"
>
> ……怎么办？工作组只好帮他们修订计划，我做检讨，最后向县委会提议：派一个坚强的同志到王莽村领导党的工作，再以王莽村为中心建立互助网。在县委会根据这个意见作了决议以后，我就离开县上了。[1]

这次工作对于柳青而言显然是一次失败的经验。文中，柳青将之归因为群众的社会主义觉悟程度没有想象的高，"王莽村周围是一片分散的小农经济的大海"，与之形成对比的是文后描写 1953 年总路线宣传展开后，从干部到群众均打消顾虑投入到合作化运动中。但这种"觉悟"的戏剧性变化还原到历史状况中非常复杂。

事实上，对这个计划的否定大概不是听取干部、群众意见的结果，而是计划本身的"超前"在领导层面引发的争议。这背后仍是关于合作化运

---

[1] 柳青：《灯塔，照耀着我们吧！》，载《柳青文集》第四卷，人民文学出版社，2005，第114 页。

动推进速度的争论、摇摆。为了纠偏，长安县委马上又派了一个工作组到王莽村重新制订三年计划。其总结报告首先对上一个工作组的工作方式提出批评，认为其工作仓促展开，没有"在群众中进行自下而上的酝酿和讨论"，根本问题在于指导思想上的主观主义：

> ……没有从王莽村农业生产的具体情况中，寻求互助合作发展和提高农业产量的各项数字，而是主观地确定了一个目标。如首先预定一九五六年在该村试办集体农庄，所以在制订互助合作发展的计划时力求符合这个要求；又如首先预定在短时间内就将该村新成立的农业生产合作社迅速发展为大型的，而农业生产合作社的平均产量要比互助组高。这样就无形中过分地提高了单位面积产量。在这种带有盲目性的主导思想下，对于村干部和群众表现出的怀疑和所提出的不同意见，不是不够重视，就是力图说服。
>
> ……没有首先从调查和研究王莽村人民经济生活过去和现在的具体情况入手，过分强调了王莽村的先进性，片面地追求关于美好生活的宣传、意义。因而在计划中不必要地制订了关于衣、食、住方面的改善生活计划，致使这个建设计划不能体现出增产节约的精神。[①]

对这个计划在群众中的反映，工作组也做了调查：

> 一部分群众对于计划有怀疑和顾虑；另一部分群众为了表现积极单纯地附和。如问到怎样才能增产那么多粮食时，回答是："努力嘛!""保证完成。"而劳动模范蒲忠智对于农业生产合作社发展的速度和规模顾虑很大，以至于愁得睡不着觉。问他为什么不提意见，他说："你还不知道咱，向来服从组织。"

---

① 《长安县委关于王莽村三年建设计划的报告》（日期未详，档案注 1952 年，实际当在 1953 年初），西安市长安区档案馆藏，档号：1-1-69。

"服从组织"和怕被说"保守"体现了村干部在上级主导性前的被动处境。工作组对前一个计划做了完全否定的评价——"基本上是脱离实际的"，而其依据是"西北局第二届互助合作会议以后，大家对互助合作的发展和生产指标有了具体的研究"。换句话说，从"脱离实际"到"实事求是"，其背后仍有政策导向的变化。

为纠正主观盲目性，"典型调查"的法宝再次被使用。新工作组为求得王莽村生产的一般情况，分别选取一个好的互助组和一个较差的互助组、两户中农和一户贫农进行调查。他们通过"算细账"的方式统计出1948年和1952年主要农作物产量、生产投资和生活费用，以此把握"王莽村农业增产的规律"，再参照西北局和陕西省增产指标拟订出新的三年增产计划。

对于如何实现增产，工作组不是笼统地讲选优良品种和改善积肥、施肥，而是发动大家讨论为什么1952年的生产没有完成预定计划——原计划水稻每亩750斤，实收603斤。其中做了很多个案对比，比如，将稻地相连、地质一样、品种一样的两户进行了对比：

> 益清益水浇得浅（一寸左右）（？）植适当（七八寸宽），按照种子生长情况分三期合理施肥（一期每亩上底粪三十五筐，二期在稻子发条时上化肥╍斤（注：档案原文辨识不清），三期在孕穗前上化肥五斤）结果每亩收八三一斤；高之道水浇得深（三寸左右），只上底粪三十筐，没上追肥，每亩实产五五〇斤，相差二八一斤。

这种讨论力图改变农民种地就是"靠天吃饭"的印象，使其理解什么是科学种植。工作组还进一步催发村民之间的生产经验交流：

> 有的提出肥料氮、磷、钾要配合好，粪要上得适时适量。陈子发疏忽了这点，把稻子长烂了。妇女也提出草木灰要干存，不要倒在茅坑里，以免粪劲跑掉了。大家给全村算了细账，每家一天存二斤灰，全村一年就有十二万多斤，直接上到地里就能保住庄稼不倒折。

在充分检讨以往生产缺点和交换经验的基础上，每组定出各种作物今后三年的产量："比如订小麦增产计划时依照土地比过去整地细致，选种了抗吸浆虫的'六○二八'号良种，添上了底粪，冬锄了一次草等条件，由一九五二年每亩产量二三○斤，五三年达到二八○斤上下不成问题。"

不难发现，此阶段在推动互助合作运动中特别看重技术改良的作用，其对群众现实状态的理解上，以及对从什么样的现实基础出发能促使农民接受互助合作上都将生产技术改良和提高作为重要途径。之前在整顿互助组的工作总结中也指出王莽村的党员骨干力量较强，但"生产技术的改进却落后于政治觉悟的提高"，因此，教育工作应该是以"生产知识教育为主"，辅以政治教育和文化教育。

在讨论蒲忠智提出的试办合作社请求时，工作组也听取了不同意见，最终确定蒲忠智组可在 1952 年底成立合作社，1953 年内王莽村再成立两个，1955 年春前办五个合作社，占农户数 70%，1955 年秋后占 80%。新社需控制在十五户左右，最大不超过三十户。为了给予王莽村的互助合作充分支持，工作组提出：

> 有关技术改进的主要农季必须派技术干部指导，并即抽调相当区委委员的党员干部兼作该乡文书，以便具体指导，并推动周围各村互助合作运动，经常向县委汇报，使重点的经验有效地即时推广。①

这使得王莽村更进一步密切了与上级的合作。随后成立的"蒲忠智、益冀东农业生产合作社"（后改名"蒲忠智农业生产合作社"，正式成立后定名"'七一'农业生产合作社"）成为长安县第一个农业合作社。

---

① 《长安县委关于王莽村三年建设计划的报告》，西安市长安区档案馆藏，档号：1-1-69。

"农村共产党员"和"社会主义新人"

就在蒲忠智农业生产合作社日益成为关注焦点时，柳青已经移住皇甫，发现了之前默默无闻的王家斌，随后帮助他将这个条件并不好的互助组①发展成了长安县第四个农业合作社（"胜利农业合作社"）。但他仍持续关注、联系着蒲忠智和他的合作社。而他与蒲忠智的渊源有一点为人忽略的是，他在王莽村时曾帮助当地干部张家谋撰写了一本宣传蒲忠智的小册子——《农村共产党员蒲忠智的故事》②。

由于王莽村在互助合作运动中是陕西省的样板，因此1953年前后出了至少三本宣传王莽村经验的小册子：一本是1952年底出版的《组织起来的王莽村》，主要介绍其互助联组经验；一本是1954年出版的《王莽村蒲忠智农业生产合作社》，侧重其合作社经验；另一本就是《农村共产党员蒲忠智的故事》（以下简称《故事》），1953年由西北人民出版社出版。对比之下就能看出《故事》显得颇为独特，因为另外两本一看就是根据文件报告加工而成，"经验"都是相当规整和条分缕析的，看不到经验产生的过程和条件，仅剩作为结论的"经验"。而《故事》一书则颇为鲜活，全书围绕人物来写，充满对话、心理活动甚至动作细节，其把握的"经验"层面恰好在于哪些人物行为、心理逻辑产生了足以称为"经验"的那些做法、行动。全书有一个贯穿性的主题，那就是一个"农村共产党员"到底意味着什么，他是如何成长的。

把"农村共产党员"作为一个问题提出，具有历史和理论意味。在中华人民共和国成立初的语境下，对于怎样处理农民与革命的关系，怎样建立农民与国家的关系，怎样理解农民与社会主义前途的关系，一直是极富

---

① 《柳青传》中曾介绍，王家斌是在活跃借贷失败后带领村中六户最穷的人家组织起互助组。"这六户人家都是新中国成立前在别处穷得断了活路才到此落脚的，在北岸的村里难以插足，便在这稻地间搭了草棚栖身。……这六户人家能组织起来，基本稳定，主要原因是都太穷。"（刘可风：《柳青传》，人民文学出版社，2016，第123页。）

② 张家谋：《我和柳青的几件事》，载政协西安市长安区委员会编：《柳青在长安》，2016，第24页。

挑战性的课题，且包含很多矛盾性因素。比如，一方面政府强调新区的工作重心在接管完成后要一定阶段内转向农村。另一方面，在发展党员上却规定要向工人阶级倾斜，农村党员人数不能超过 1%。其背后对应的认识模式依然是将农民从生产方式上界定为"自私""保守"的小生产者，且将小生产者的改造寄托于生产方式和生产关系的改造上。问题在于，在生产方式和生产关系的改造尚未完成，且这种改造必须依据现实条件稳步进行（至少 1953 年之前一直设定为稳步前进）的前提下，农民的"觉悟"从哪里来？应怎样建立和民主革命以及社会主义前途的有机联系？在此框架下，"农村共产党员"可以说既是现实问题，也是理论问题。

一般来说，农村共产党员都不是先有政治思想觉悟和对共产党的认识才加入共产党的，他们通常都是在一些具体工作中对政府号召有积极回应，作为积极分子被发展成党员。换句话说，他们本来就是"群众"的一分子，有着一般群众所有的各种特性。加上发展农村党员往往侧重出身贫雇农者，就其原有文化水平和思想基础来说可能更有一种"改造"上的困难。而成为共产党员与只是当干部尚有不同之处，干部是从完成任务和工作能力上去要求的，共产党员则还要从"觉悟"上去衡量。作为基层党员，"觉悟"不只体现在理解道理上，也不只体现于工作上是否身先士卒，更重要的是体现于同群众的关系中，也就是说农村共产党员主要发挥作用的方式和评价标准是看其能否带领群众，有效地做群众工作。这意味着，本来作为群众一员的农民一旦成为共产党员就要不断警惕、检讨自己身上的落后因素，并把对这种因素的检讨转化为对其他群众"落后性"的教育帮助。这样一个过程很难诉诸自我修养的内在机制达成，很多时候要依靠领导上的教育、帮助、培养。所以农村共产党员的成长是一个不断被教育、启发、培养的过程。更何况党员作为革命先锋队，其思想认识是要随着革命的变化而不断调整的，并没有一种直观的"达标"状态。事实上，很多农村党员一开始都分不清革命与工作、党员与干部的区别，因此土改后才会普遍出现"退坡"思想，因为他们觉得革命已经结束了，接下来该过正常生活了。在整党中有党员干部提出要回家换他弟弟来"轮换革命"，有党员刚"明白"入党原来"和出家一样"，得干一辈子。这些其实都是农村党员的意识现实。在此种意识现实的条件下，如何才能激发其责任感，使他们不仅自己愿意跟着革命走，还能带动身边群众一起跟着走？所以农村党员的培养与教育是一个起伏而曲折的过程，也是农民在革命过程中变形、成长的过程。

《故事》就力图描述这一曲折的过程。当然其中不免把主人公的觉悟基础和革命理解理想化。但总的来说，这本书的特点在于非常注意还原在各项工作中群众思想的起伏、摇摆和不稳定，这些构成对蒲忠智不断的"考验"。所以，它表现蒲忠智成长也不是单纯呈现其如何完成工作任务，而是他怎样一步步学会处理与群众的关系，学会做群众工作。毕竟，作为农村干部，政治上的"进步"不一定就意味着能带动群众，相反，意识或工作上的求"进步"可能会造成与群众的脱离，如果不能处理这种矛盾就会产生屡禁不止的"强迫命令"作风。书中的蒲忠智一当上干部就遭遇此种状况：

> 他原来就是个直直撞撞的脾气，村子里谁也知道。但是当了干部，直脾气常常坏事。特别是对一些事情认识不清楚的时候，更坏事。
>
> 有的人开会不来，有的人来得迟走得早；有的干部拖拖拉拉，有的干部爱占点儿小便宜；有时干部们开会、办工作的时候，有人爱在后边说些怪话。他一见这些不顺眼的事，就发了火。他心里想：这些人怎么这么落后呢？性子一躁，有时就训人，这么一来，就引起许多人不满意他。别人嘴里不说，心里却想："就你能行！"渐渐有人见了他带理不理了。蒲忠智发现他有孤立起来的危险了。[①]

为此，蒲忠智去找区委书记诉苦，"区委书记一听，就知道他是拿自己的觉悟程度衡量群众的"，做了一番开导：

---

①　张家谋：《农村共产党员蒲忠智的故事》，西北人民出版社，1953，第16页。

对落后的人，要用不同的方法，人家有一点好处，就说出这一点好处，多由正面鼓励。有缺点了，由优点上慢慢拉到缺点上，还要教给他们怎样改正缺点。对共产党员可以要求得比较严格些；但对群众就要多转一点弯。对特别落后的人，弯子就更要转大一点。他举了很多具体例子，最后才严肃地对蒲忠智说："一个共产党员，事情办坏了，该不能光批评别人吧！必须先在自己身上寻毛病；如果自己有毛病，哪怕是一点点毛病，也得先检讨自己。只有这样做了，不管干部也好，群众也好，才能联系到一块儿，啥事都好办了。"

……头一个会上，他先检讨了自己训人的毛病，大家都喜眉笑眼地看他，有过去开会时被他训得气红了脸走了的人笑着说："只要主任不发脾气，我虽来迟了，也不能不开会就走嘛。"说得大家都笑了。①

区委书记所传授的是对于党员来说非常基本的批评与自我批评的方法，但为什么这样的方法有说服力？因为它诉诸的是自我批评者有高于群众的觉悟，自我批评是把对自己缺点的认识建立在自己可以超越一般群众意识水平的可能性上。换句话说，自我批评不是一种自我贬低而是一种自我提升。值得注意的是，区委书记一开始对其抱怨的反应就没有把它看成个人闹脾气，而归结为"他是拿自己的觉悟程度衡量群众"——也就是说，作为一个党员干部，其性格、秉性、行为方式都要脱离一种自然状态，放置在革命工作的角度重新衡量，在此标准下，任何个人习性都是可以也应该被检讨和超越的。可以说，这是预设了一个党员干部的觉悟要高于群众，再从这样的要求中去调动对象超越自己自然惯习的可能性，并使其从自己的"高姿态"和群众反馈中来印证这种"觉悟"的有效，由此这种"觉悟"才真正能在他身上扎下根来。

一个农村共产党员的成长往往就是他不断在与一般群众的矛盾、碰撞中克服自我缺点，进而实现自我转变和转化群众的过程。事实上，共产党

---

① 张家谋：《农村共产党员蒲忠智的故事》，西北人民出版社，1953，第17、18页。

每一项农村工作的背后都关联着改造农村的整体诉求，而老百姓则会维持着有惰性的现实感来判断、应对每项工作、每种变化。农村党员干部则处于这两种现实的拉扯之间，承受其中的矛盾，其苦恼常来源于此。上级对基层党员干部"一定要任劳又任怨"的要求也针对着这一点。蒲忠智就有很多这方面的遭遇。

王莽村被评为全县互助合作模范村后，政府奖励了一头牛。蒲忠智互助组由于捐献多，被其他组认为是出风头，为了得牛。"别的组员和组长，都对蒲忠智有了意见。就是过去跟他经常在一块商量这样那样事情的几个村干部，也见了他冷淡起来，好像找不到话说了。"① 这事儿给蒲忠智造成了巨大压力，以至于又萌生了离开王莽村当脱产干部的想法。这次是县委书记亲自给他做思想工作。他首先问蒲忠智："你是一个做啥的人？"蒲忠智的第一反应是"我是个农民"，随后又改口："我是个农会主任。"县委书记并不满意："我们的同志时常偏偏把自己最重要的一点给忘记了，所以本来不成问题的事情也成了问题。"蒲忠智这才意识到碰到问题自己第一时间应该想到的是"我是一个共产党员"，"我还是个支部书记"。县委书记又进而引导他想"共产党人是什么人的党，应该有一种什么样的思想"：

> 蒲忠智用入党时王同志告诉他的话回答说："共产党是工人阶级的党，是工人阶级的先锋队。思想，思想，啊呀！我一下说不完全，反正和农民思想不同。"
> "为啥不同呢？农民是怎样一种思想呢？"
> 蒲忠智脑子里涌上来一大堆农民的影子，特别是最近给他碰钉子、刺激他的那些人。他脱口就说："农民有自私自利思想。"
> "为啥农民有自私自利思想呢？"
> 蒲忠智搓着手，咧开嘴笑着，答不上来了……
> ……
> "谁对农民的缺点没有足够的认识，谁就不能一直到底地领导农

---

① 张家谋：《农村共产党员蒲忠智的故事》，西北人民出版社，1953，第24页。

民组织起来生产。不是这一回就是那一回，总要灰心。忠智，你说对不对？"……

县委书记笑着说："所以你要好好锻炼自己，时刻不要忘记自己是个共产党员。这样，你在领导互助组的时候就又能任劳，又能任怨了。"①

这番过于典型的对话可能包含了虚构的成分，但里面力图表现的意思很清楚，就是农村干部所亲身体会的农民的"自私自利"在革命论述中要放在一个更根本的框架中理解，即县委书记所说"他们几千年来，直到目前都是一种分散的小私有者，所以有自私、散漫和保守思想"。而农村共产党员由于加入了工人阶级先锋队，因此应该自觉超越自己原有的阶级属性，超越的方式就是时刻把"我是一个共产党员"作为面对一切问题时的首要意识，特别是在面对群众的时候，这样才能做到既任劳又任怨。他们作为一线干部，随时要与群众的"落后性"打交道，如果缺乏这种意识，仍然以自己是个农民为潜意识，则难免会有受委屈、灰心丧气的感觉。

这点在领导互助合作时显得尤为重要，因为互助合作就是要改变以往各家各户分门别立的劳动方式，变个体劳动为集体劳动。无论是三四户的互助组还是三四十户的合作社，日常运转中要频繁处理的都是人与人、户与户的矛盾，其中很多矛盾不是靠劳动制度能够解决的。像《故事》一书中就提到，有两口子想加入互助组，因为他们平时私心大，常爱和别人吵嘴顶楞，背后被人称为"二老虎"，谁都不愿搭理他们。"可是，蒲忠智现在可和别人不是一样的看法了。他心想：农民谁没有一点点自私心，只不过程度大小上不同就是了。他经常到那家里去闲谈，日子多了，两口子起了变化，女的提出愿意当干部，最后被推选为村卫生组长，男的也成了互助组组长。"这里体现的是，虽然在共产党的规范性认识中农民被定位于"自私、散漫和保守"上，似乎是一种固化的贬

---

① 张家谋：《农村共产党员蒲忠智的故事》，西北人民出版社，1953，第26、27页。

低，但就农村共产党员而言，当他接受这样的说法时也就同时将农民的自私心放了一个可理解、可转化的机制中。所以，一个农村共产党员无须再去计较别人的自私，可以很坦然地应对，做他们的思想工作——"没有绝对落后的群众，就看你做了工作没有"。据说，蒲忠智不仅调解其他互助组组长与组员的矛盾，"村子里的庄基、房屋、碌碡、场面，甚至两口子吵嘴、兄弟打架的事，也都请他去解决"，以至于老百姓夸："当地有衙门，官司不出村。"①

当然，整个《故事》未必尽为实录，不妨把它看成一部作品，作者通过讲述蒲忠智的成长故事实际上是要提供一个教育农村共产党员的读本。其要义在于展现提高觉悟是农村共产党员的根本，可这种提高不是一般观念理论意义上的学习、提高，而是在实践中、在群众工作中通过责任感的调动、通过自省意识的积累，慢慢去除自发状态的缺点，变成任劳任怨的群众带头人。这样的带头人才是农村互助合作运动，或进一步讲，是农村社会主义改造的基石。

这也是柳青一贯重视的层面。他在《灯塔，照耀着我们吧！》一文中不无批评性地指出：

> 我想起整党教育只解决了村干部土地改革以后的退坡思想，社会主义的教育却是抽象的、笼统的。那时我到过的四个区，都没有拿具体的互助合作问题教育党员，这皇甫村也是一样，高梦生的表现就是个例子；他可以说出一大摊社会主义的美景，却不知道怎样才能到得了那个境地。难道这能算已经有了社会主义觉悟吗？不解决思想问题，计工算账的方法、解决做活先后问题的方法和民主管理的方法有什么用呢？②

从柳青对王家斌的记述中就能看出，他想呈现的是，社会主义觉悟

---

① 张家谋：《农村共产党员蒲忠智的故事》，西北人民出版社，1953，第33、34页。
② 柳青：《灯塔，照耀着我们吧！》，载《柳青文集》第四卷，人民文学出版社，2005，第117页。

不是从抽象、笼统的社会主义教育中来的，也不是单靠生产管理和民主管理就能培养出来的。当他说"我被一个具有社会主义觉悟的新人的性格抓住了"时，他还没有接触过这个人，只是听说了他的事迹。这些事迹都是他在别人没有注意，更谈不上帮助的情况下，"偷偷地下了决心"干出来的：

> 农业技术指导员曹大个帮他们的互助组订了水稻合理密植计划，他就自告奋勇坐火车到几百里以外的眉县去买优良稻种。他除了车票、稻种价、脚价，没多花一个钱。他用竹篮子提着干锅饼，来回吃了一路。他在眉县下车时，天下大雨，光脚片走了三十里地，找到良种户。他买了二百五十斤稻种，雇毛驴驮了二百斤，自己背了五十斤，赶脚的说他是傻瓜。他回来把稻种分给大家，分冒了，自己少了，他就用当地能找到的次品稻种。他为了要达到计划里订的施肥标准，满头大汗地跑钱项。他到合作社交涉油渣，他到银行请求贷款；数不够，他掏了在区上工作的一个亲戚的腰包凑数。他为了组织组员们进终南山搞副业生产，把他母亲喂的正下蛋的母鸡卖了，凑伙食钱。大风卷起了一个组员的破芽棚顶，他在风雨的夜里上房顶帮人家缮稻草。在那个被自发思想迷了心窍的组长董廷义一再拒绝给缺粮组员借粮，宁肯放账不借钱给组里买油渣以后，王家斌代替他当了组长。现在，全组丰产以后，没有一个男女不感谢他们的"家斌"的。①

相比蒲忠智，王家斌的事迹不能说更加突出，成绩也比不上王莽村。但柳青重视的是，这些主要都是在一种个人品质的引导下完成的。王家斌身边没有区委书记、县委书记的直接帮助，他也不爱说话，还"办法不多，考虑不细密，魄力不大"。但柳青却从他身上看到一种"纯净"的精

---

① 柳青：《灯塔，照耀着我们吧！》，载《柳青文集》第四卷，人民文学出版社，2005，第119页。

神。这种精神支撑着他先人后己，不计较得失，不怕吃苦，为大伙儿办事。恰好因为他性格不像蒲忠智那样强烈，没有益冀东那样能说会道，才显得他的觉悟、决心、犹豫、为难都更朴实、本色。比如，柳青也写到他曾打算买地，为此再三踌躇，原因是："买下名难听得很呐！我就估量来，我连谁的面也见不得了。……组员们还都眼盯着咱，我一买全买开了……"王家斌也不是那种善做思想工作的人，这使得他更多地不是通过讲道理，而是经由行动来引导大家。事实上，王家斌这样的人被放置在互助组组长乃至合作社主任的位置上必然承受诸多压力和现实矛盾，其性格使其承受的压力会更多地转化为内在的挣扎。这对于一个成功的干部来说可能不是好事，但对于一个人物原型来说却增添了魅力。

　　进一步讲，从蒲忠智到王家斌，从"农村共产党员"到"社会主义新人"，这里的变化到底有哪些？在蒲忠智那里，农村、农民的改造是要特别通过"共产党员"这样一种政治性中介来达成。因此，蒲忠智的每一步成长都强调有党组织的引导、教育，而政府对王莽村先进典型的扶植与帮助也是被明确列出的。这里面，先进典型和"周围是分散的小农经济的大海"的对立构成一个基本结构。这个对立给予小农经济存在的合理性和随之而来的集体劳动与个体劳动矛盾存在的合理性，而这些条件随着"总路线"和"农村社会主义改造"任务的提出而发生逆转。《灯塔，照耀着我们吧！》正是集中描述了这一戏剧性的转折。虽然这种对矛盾的"超越"式解决是否真能在现实中起到如此彻底的作用尚待考察，但柳青在文章中对王家斌这个新的典型的重视其实包含着这样的意思：在农村的社会主义改造将成为普遍的现实条件时，农村需要从群众性现实中涌现新的带头人，这种"社会主义新人"是基于更深厚、普遍的现实土壤，他起作用的方式不是能够完全回收到"党员/群众"（"干部/群众"）的框架下，而是能够为这个趋于固化的框架重新注入活力。另外，在社会主义改造很快将在农村实现的前景下，柳青更多地考虑着农村的社会主义需要一种什么样的精神支撑。这些更进一步的思考在《皇甫村的三年》里尚未完全展开，而有待在《创业史》中加以表现。

下编

社会—政治史视野下的现当代文学

克服黑暗

——论日据末期张文环、吕赫若对殖民地知识者道路的反省

李　娜

日据时代末期，所谓"决战"下的中国台湾文坛，一方面是殖民政府的战争"总动员"带来前所未有的高压，另一方面却是殖民地第二代作家（以日语创作）在此一时期纷纷进入了创作的成熟和高峰。本文尝试从此一时期最为耀眼的两位作家张文环和吕赫若入手，探讨以这两位对殖民地文学的"文化运动性格"有着自觉的好友①，在战争时局下的写作和活动，特别是对"本岛知识阶层道路"的反思，以及光复后两人的命运分殊，来探讨"决战"到"光复"之间殖民地文学者的"心灵秘史"，以及两条道路的历史意涵。

1942 年吕赫若自日本东京学习声乐归来，一方面加入"兴业统制会社"（电影公司），以固定月薪养家，另一方面加入张文环主编的《台湾文学》及文学者交游和歌唱、演剧等活动，在生活负担和时局重压下，创作反进入最旺盛期。张文环作为早已成名的"代表性"台湾作家，忙于"文学奉公"，从"决战时局""要塞台湾"的座谈会到"第一届东亚文学者代表大会"，都不能缺席，创作一度陷入停滞，但"厚生演剧协会"的演出和 1944 年重新出发的写作，仍曲折地铭刻了他文学生命的光华。

光复后，张文环停笔，先从政，继而往复于银行、酒店管理等商业职务上终老；吕赫若则加入共产党的地下组织行动并为之身死。两个富有才

---

① 日语的"文学者"指称从事文学的人，赋予其创作及相关的文学活动以责任和使命感。对张文环和吕赫若这样的殖民地作家，似乎尤为恰切。

华和创造力、以文学为战场的作家，文学生命凝固于光复初期的动荡时空中，此一"凝固"的无限憾恨，包含了丰富的有关文学与政治、文学者与时代的信息。

一　张文环："总决算"与乌托邦

1944 年下半年起，"台湾文学奉公会"选派台日作家十三人，包括杨逵、龙瑛宗、吕赫若、张文环、周金波、西川满、滨田隼雄等，分赴台湾各地农场、工厂、兵团、铁道、矿区参观战时体制，撰写作品，以呼应日军的"南进"政策。除在报刊发表之外，年末台湾总督府情报课更是编辑《决战台湾小说集》乾、坤两卷出版。其中，有张文环的《在云中》、吕赫若的《风头水尾》、杨逵的《增产的背后》等。

施淑以日据时代"左翼知识分子"脉络论及杨逵、吕赫若在此压力下的创作，"是知识分子上山下乡、自我改造的表现；可以被解释为皇民文学，也可以说是记录日据末期重新踏上荆棘之路的左翼知识分子，透过劳动改造，在'皇民'的伪装下，努力朝向'人民'转化的心灵秘史"[1]。

我觉得这一"心灵秘史"的提法特别有诠释力，而且可以不限于"左翼知识分子"，今日要深化对"决战"时期文学的理解，其重点应该越过是否为皇民文学，而更应关注文本与现实、文学与行动往复的内里，以探究这一特殊环境下殖民地文学者隐蔽于文本内的封缄之言。比如，在作家们被送去"增产报国"的历史现场，"劳动"就可自然而然成为讴歌对象，从而在"文学奉公"旗帜下，偷渡其超出时局的时代意识。

1. 云中的觉悟

张文环参观的是罗东镇附近的太平山上的伐木工场。他构思了一个故事：阿秀带着女儿，到山上去找做伐木场办事员的丈夫水来。

"文学奉公"的时局背景，是如此交代的。文学要表现"大东亚战争"

---

① 施淑：《书斋、城市与乡村——日据时代的左翼文学运动及小说中的左翼知识分子》，载《两岸文学论集》，台北新地出版社，1997。

给人精神面貌的改变和振奋，所以小说中的丈夫说："山顶和战场一样，咱们是战士。工人人数虽然减少了，伐木却增加产量。"

但小说逐渐展开，我们却发现：说着堂堂战士语言的水来，实则并非那个为战争而振奋者；被寄予觉悟、自信和笃定面貌的是阿秀，而阿秀的觉悟实无关战争。

水来听了朋友劝诱到山上工作，却喜欢下山去"街上"（声色）流连，声称"要逛逛街，不然脑袋会衰老"。阿秀死去的前夫在矿场工作，因此她明了"男人的世界"；她也明了"女人的世界"，清楚像自己这般矿场里的年轻寡妇容易堕落的命运。她以"理性自洁"得以再嫁。战争来时，她决定带着三岁的女儿随水来到山顶生活，虽然到"云中"去的路途艰难、空中缆车都令她惊惧，但她喜欢"云中"素朴的生活和新鲜的空气，如此觉悟：

> 在山上，丈夫和自己都像微小的蚂蚁，既然如此微小，忧虑都没有用。不要顾虑也好。投入国家的大行动就好。阿秀决意不再嫉妒了。即使丈夫不在，即使自己成了炊饭妇，也要把这个女孩子养育成有出息的女人。①

张文环以惯用的女性叙述，掺入国家意志的言说，微妙地形成对后者的颠覆。阿秀的觉悟指向在素朴的环境中重建笃定的自我。这个自我既告别犹豫软弱的自己，更告别那个在新旧时代"投机"、自私而蒙昧（虽然是自己最密切的）的丈夫。她希望丈夫"与其做一个像绅士的办事员，宁可做一个樵夫"。投机、努力向上爬，以绅士外衣为现代文明，而终不免于作假或崩毁的台湾人形象，是张文环小说里一再出现的。底层的水来复制着这命运，但《在云中》只是一带而过，因为阿秀的眼里有了新的世界和希望。她不在乎浑浑噩噩的丈夫（当下的台湾），而把希望寄予将在山中长大的女儿（未来的台湾）。"光荣圣战"存在的意义是把她带到山顶，

---

① 《在云中》，载陈万益编：《张文环全集》卷三，台中县立文化中心，2002，第182页。

给了她这样一个重生希望的空间。对"国家大行动",这是逃离,而非"投入"。阿秀如此的心灵历程,分明是张文环面对"光荣圣战"而不得不顽强诉说的他的乡土乌托邦。

在山顶这个"战场",千年古木倒下的姿影,在阿秀眼里是"悲壮的",是"为了人类或国家而牺牲","那种尊严的感受以及神圣的使命感打动她的心"。

在现实中的"从军作家座谈会"上,张文环说,看树木倒下的心情"无限痛惜","近千年的古木在一瞬间被砍倒,那饱经风暴的漫长历史也在一刹那间被摧毁得无影无踪"。[①] 座谈会在小说写作之前,这两个同在政治压力下而显露微妙差异的"文"与"言"拼合起来,更让我们能揣摩(即便是过度诠释,仍能作为整体寓言的)张文环的心意。对千年古树的疼惜,让他的情感偏离开被严苛要求面对的"圣战"而呼吸,而千年古树因为是殖民地上的一棵树,就注定要被无情摧毁、被连根拔起。就像殖民地子民历史文化的命运,如何让人不痛惜?在被譬喻为"战场"的这伐木场上,阿秀是边缘人,如同正在奉公的文学者张文环,却在他的内心和未来想象中悄悄开辟着自己的战场。

作为一个在殖民地暗影和战争压力下诞生的新主体,张文环并不避讳阿秀(可能不洁净)的过去,小说中有隐约的一笔,提到水来的"善于交际","阿秀是在先夫还在的时候就认识他(水来),所以,认为也是一种宿命"。参照张文环的小说《艺旦之家》以及被邀请参与主持"大稻埕女服务生、艺妓座谈会"(《台湾艺术》一卷六号,1940年8月)时的记录,他对因贫穷、落后制度(养女制度)而无法摆脱风尘的台湾女性,有种超于一般同情的、以之为民族伤口也是进步动力的观照。因此阿秀在此成为作家"觉悟者"的代言,那种从艰困、容易堕落的环境中挣扎而出新主体的意志,格外具有殖民地命运的意涵。

不同于他被认为艺术风格成熟的《艺旦之家》《夜猿》《阉鸡》在细

---

① 《从军作家座谈会:真正忍耐贫困的生活、一心一意、山中的劳动者》,原载《台湾新报》1944年7月,收于《张文环全集》卷七,台中县立文化中心,2002,第212页。

腻哀婉描述中流露的暗沉的宿命感，《在云中》的"积极"格调，看似简单，是应和时局之作，却又有一种确实的（即便是想象的）对重建自我的活泼期待。似乎战争真的带来一种（掩藏在国策意志要求的明朗之下的）明朗。何以如此呢？

2. "决战"下的文坛与文学运动

自 1942 年 10 月赴东京参加"第一届大东亚文学者大会"后，张文环"献身"于各种"决战"会议中，许多见诸报端的座谈会记录都留下他或多或少的言语，而此时发表的作品也多是有关时局的散文，或被命题的报道。到 1943 年下半年，文学创作只有短篇《迷儿》《媳妇》发表。作为台湾"一线"作家，张文环被赋予"文学奉公"的表率之责，甚至在一些与文学不相干的座谈会上，也被邀为唯一的作家代表出席。如"海军特别志愿兵制纪念座谈会——'海军'与本岛青年的前进"（原载《台湾公论》1943 年 7 月号）、"责任生产制与增产座谈会"（原载《台湾时报》1944 年 9 月号）等。有意思的是，一方面给予相当重视，另一方面在对其"风俗作家"的称呼中，不乏一种轻蔑意味，认为他不过是描写台湾风俗的作家罢了。这也正是他能被委以重任的原因之一，即认为他的写作不具备什么政治危险性。

1943 年不仅是战争和国家意志步步紧逼文学者，还有借机而起的掺杂了个人宿怨、文学路线与民族意识之争的"台湾文坛的阴谋"。先是在 1942 年 10 月去东京开会的船上，据龙瑛宗的回忆，《文艺台湾》的西川满、滨田隼雄对张文环循循劝诱，将《文艺台湾》和《台湾文学》废弃，合办新的杂志。张文环唯"嗯嗯"而已，始终不肯点头答应。[①] 这是一个信号，此后同人们小心翼翼维护《台湾文学》的生存空间。1943 年 4 月，滨田隼雄先以台湾作家作品无"皇民意识"发起责难。5 月，西川满又以"粪现实主义"称台湾作家只会用欧美现实主义写台湾陋俗，譬如"虐待继子""家庭葛藤"，矛头特别指向张文环和吕赫若（吕赫若在四月出刊的《台湾文学》上发表小说《合家平安》，涉及旧家庭堕落和继子问题）。在

---

① 龙瑛宗：《〈文艺台湾〉与〈台湾文学〉》，《台湾近代史研究》1981 年第 3 期。

战争、"皇民化"、"大东亚共荣"的达摩克利斯之剑下，台湾作家以勇气和理论能力就"粪现实主义"展开一场精彩迭出的论争。张文环在《台湾文学》上对滨田隼雄的回应具有他一向的机智和稳健。关于这场论争的重要性和意义已有不少研究，在此作为 1943 年台湾作家处境的例证，而且，它在吕赫若创作变化中起到微妙作用，这一点下一节再叙。

1943 年 6 月 8 日，吕赫若在日记中写道："去文环家谈天，说是小说终于就快要不能写了。"7 月 15 日，"骑脚踏车去文环家，因他的文学停滞了，所以劝他为了打破那种状态回乡下去。他悄然无语。虽是好男儿，性格上却……"①

张文环在作品中的表现和文友的回忆中，予人的印象似乎既善于笑谑，又温柔敦厚，处事周到能转圜。吕赫若的日记有"外面因防空演习而黑漠漠的，反令文环的妙语增辉"之语（1942 年 6 月 15 日）；在张文环主持的座谈会记录中，也可以看到他如何游刃有余地发动讨论，掌握气氛。而另一方面，也会被认为性格犹豫而软弱，与西川满或有力人士的周旋，也曾招致朋友误会。但是，不看张文环在回忆中对一些旧事的辩护，单看决战时期一场场座谈会中的发言，会发现虽然很多时候他说着顺应时局或表态的话，却仍尽力引导在位者在某事某物上，对台湾民情、精神的体贴和理解；或借力打力地提出一些为台湾争取改善文化条件（如在海军志愿兵制的座谈会上，以"风俗作家"身份被咨询台湾人对海的迷信，他便提出设置海军学校或商船学校）以改变人的观念；甚或在"台湾作家"作为一种忠诚可疑者要被贴上"非皇民"（如同在日本被指"非国民"）的标签时，不惜以一种扭曲而悲壮的方式维护台湾作家。这一种表面敷衍实际"不敷衍"、尽其所能的态度，绝非"骑墙"或软弱者所能做到。

因此这样的奉公，对于张文环来说，即便已经多年历练，恐怕也极为耗磨。吕赫若劝他回乡下去，摆脱这种状况，或者回归不受精神压迫的身

---

① 因为吕赫若死于 20 世纪 50 年代白色恐怖，其家人心有余悸地烧毁了他的手稿和书籍，却有一本日记，因为记载了孩子们的出生年月日而得以存留了下来。迟至 2004 年方整理出版的《吕赫若日记》，是 1942 年至 1944 年吕赫若个人和"决战"时期台湾文学的珍贵史料。在此也为本文倚赖的文本材料。

心自然。但如同吕赫若在日记中自问的：有朝一日能安定下来从事文学吗？张文环即便回到乡下，能有一张他期待中的田园书桌吗？

张文环没有回乡下，"奉公"之外，却和吕赫若、王井泉、吕泉生、林博秋等人一起，创办、展开"厚生演剧研究会"的活动，展开了日据时代台湾新剧运动的一个高潮。

据吕赫若日记载，1943 年 4 月 29 日下午两点出席在"皇民奉公会"总部举行的"台湾文学奉公大会"成立大会典礼，三点半出席在山水亭开的"厚生演剧研究会"成立大会典礼。吕赫若的日记涉及任何时局、政治问题都基本无评论，然而两件事的平行记录，已潜藏了丰富的内容。演剧在 1937 年后因为战争宣传需求而重新兴起，也为本岛艺术家提供了打开被禁闭的"台湾自己的文化"的机会。与各种官办的"演剧挺身队"装备优越却艺术贫乏的状况相对照，"厚生演剧研究会"集中了台湾最优秀、年轻、生气勃勃的一批作家、音乐家、导演、编剧，以富有台湾风貌与精神的戏剧，有意识地进行着一场面向和赢取民众的运动。5 月，厚生演剧研究会开始排练，第一个剧目改编自张文环的小说《阉鸡》。9 月，在永乐座的演出获得盛大成功。对于战争的意识形态笼罩下的台湾，厚生演剧的成功，特别是《阉鸡》，对民众是一种台湾情感的唤起和肯定，对这些殖民地知识者，则有着维护文化尊严，以及从战争压力下喘息的意义。

11 月，台北召开"台湾文学决战会议"，西川满提议合并、"献上"文艺杂志。

12 月，《台湾文学》终不免于废刊的命运。

转年，张文环携家人搬离台北，迁到台中雾峰，在林献堂的帮助下担任雾峰街役场（区公所）主事。

战争继续，张文环的荆棘之路也继续着。1944 年 7 月，在统制后由皇民文学奉公会出刊的《台湾文艺》（一卷三号，1944 年 7 月）上，他发表了具中篇规模的小说《土地的香味》，可以说是带有自传意味的对台湾知识阶级的道路进行的一番"总决算"，透过这篇小说，也庶几能理解《在云中》透过阿秀表达的"明朗"和希望。

3. 《土地的香味》：现代青年总决算

小说始于清辉被双亲送去东京学习十年，将要回台湾，被迫展开对自己的"总决算"的时刻。学习文学的清辉，既非医学博士，也不能做律师，不能衣锦还乡是定了的。清辉的"决算"指向三个层次：一是包裹在西装里的卑俗的虚荣心；二是"现代教育的缺陷不是在于陶冶人格，不外就是以有出息、发迹为目的的死背课题的考试而已"；三是"明治时代的前辈们首先都经过了东洋式的修养，所以在醉心于西洋的时代里才能以正确的眼光去取舍选择输入外来文化。这在现代的青年是做不到的"。

这第三点无疑是最具深度，既是自省，也是对殖民地文化处境的反省。这里"现代的青年"虽然是台湾青年，"东洋"是以汉文化为基础的东洋，"如此一想，他便怀念起昔日的书塾教育"来。

（1）面向现代的传统

首先，曾经在《论语与鸡》中倒塌了的书塾和父祖一代的学问人格、人情伦理，在决战的时局下，重新成为对抗帝国言说、建设"台湾文化"的资源，吕赫若的同期创作《风水》《玉兰花》等亦有相近的运思。这在近年来日据文学的研究中，已经被普遍注意到。在张文环和吕赫若前后期的小说中普遍交织着"破败、落后、蒙昧"与"淳朴、坚韧、美善"两种乡村社会形态，看似矛盾而自有其脉络。"乡土"是在持续加强的殖民压力下被文学者反复想象和认识的。"决战"时期被重新认识的"传统"，与此前认知的"传统"，已经不是一回事。首先，"传统"是已经经历了台湾新文学兴起时的现代理性话语批判后，重新被认知的传统；也是伴随台湾现代化进程的展开，重新被认知的传统。因此，这里的"传统"经过否定之否定，是在相对于"现代"带来的困惑的层面上被挖掘的，相当具体地进入"个体"身心层面。譬如，清辉想象中的蓝布衫和西装，留学归来的人也好，台北的领薪水者也好，急急忙忙穿上西装，自此包裹起了一颗"虚荣"的心。譬如，旧式教育注重对人的品格的熏陶，而现代教育却直接与功利结合。因此，没有读完女学校却跟着父亲学习汉文的姐姐节子是幸运的，她拥有的谦和、明朗和柔韧，让自己和家人受用不尽。相对于现代的急躁、进退失据，传统是"慢"的，笃定的。留学归来的清辉抱了各种各样空茫的想象，最后还是在姐姐的引导下找到了安定身心的"农园"。

其次，传统这一概念中的时间，被空前密切地与当下的时间连接，并透露一种积极姿态：如果这传统不能够在当下迎接现代的强大潮流，去抵抗坏的、融合好的，完成一种内在的汰旧更新，那么这个传统必然会死去；反之则能成为建设一种开放、包容的台湾文化的坚固基础。

清辉回到家乡后，一方面面对的是家境的衰落，"父母露出了穷相"，以及乡人的功利短视和民风的"死板枯瘦"，是为"传统"之死；另一方面是到了台北，看到姐姐节子和她的夫家所代表的"传统"之生。节子没有被现代教育污染，是"性格明朗的旧式美人"。嫁到台北的中医之家，公公是传统中人，亦是开明之人——他空余教子弟汉文，又令子女在他身后把家中的药房让渡别人，不可以之为代代相传赚钱工具。嫁入这样家中的节子，能够如鱼得水，发挥其"旧式女子"的优长，开放性地应付新生物，在公公、丈夫先后过世后，节子成为引领家庭的中心，过得富足、笃定而有尊严。传统在此，不是抽象的理论，不是形式的祭仪，不是蒙昧的迷信，而是一种处理人情事务、面对人生变局的柔韧姿态，它有美善的原则，有"合情合理"的方式。此一传统透过姐姐节子，立足于个体，获得了面向新时代的具体内核与意义，表现在处理家庭关系上和实业经营上。譬如为了婆婆，让唯一的儿子不读小学校，而读公学校，以便不忘台湾话而能与婆婆沟通；但又要求儿子日语也要拿到甲的成绩，"不然换成祖父对爸爸过意不去哩"。这个细节很有意味。在"台湾人是日本人"的殖民地现实面前，如何为下一代考虑？如何不泯灭自己的出处，以为面对不可抗拒的现代化的主体，如同小说开头清辉的反省，汉文化不也曾经是日本明治维新一代人的内在基础吗？在这样的家庭里，即使小叔子秀谦有让人不快的所谓生意人性格和新式教育下的个人打算，却因服膺嫂子的人格，而能共同致力于家庭合伙事业。这又对应着小说开头，清辉在东京与朋友辩论，说东洋对异民族的政治道德，立足于缘而超越利。西洋的思想能治国不能平天下，云云。清辉与友人的辩论总有不踏实之感，因自己似乎缺乏"依据"。而这里，姐姐节子的以德服人，俨然就是其东洋政治价值的具体而微的实现形式。

与此相对照的，是清辉归来后的职业历程。"为了了解东洋文学才去

学习西洋文学"的清辉，认为回归来处是理所当然。但是做什么才是真的
"归来"呢？回家的第二天，他着手写在船上就构思的葡萄酒制造的论文，
把故乡传统的竹纸制造改造为种葡萄。"土地风土是否适合"是另一回事，
这是为了"拯救贫困的山地农民生活"，虽是外行人的立场，至少是有趣
的读物——有关清辉的叙述，从小说一开始，就出现了张文环作品中并不
多见的嘲讽雅谑，因为这是自嘲——《土地的香味》带着鲜明的夫子自
道，是自我"总决算"，有时却出之以嘲讽，而不是严肃剖白，却更传达
着心情上的某种"明朗性"。

清辉因这篇不切实际的论文得到老友的邀约，去台北参加一个台湾文
化人李与实业经营者合作的"小林三一"式的大实业计划。虽然对由投机
者主导，而自身将在其中扮演"站在中间抽取利润"的阴暗角色不满，却
以"跟恶打仗而推出善，才感觉妙味"说服了自己。但此后这一路实业空
想，台北领薪水者"比东京的人还爱打扮"的虚荣，消磨着清辉。直到在
姐姐的朋友，戏称"牛暴发户"的阿莺处得到刺激，开始与姐姐、秀谦合
力在草山买地经营养鸡、种甘薯的农园，清辉才似乎找到了真正身心安顿
的所在。尽管这背后仍然有一种逃避和虚荣、软弱性——清辉热爱故乡的
自然风土，但如果在故乡当一个农夫，有违父母送自己出洋读书的期待，
会丢面子，在台北草山做个农夫就没有这个负担了。

在这篇显然带有回顾来时道路意味的小说里，一方面是叙述格调上的
"明朗"，另一方面，凡涉及政治、时局变化的地方，是简略、暧昧的。与
其说暧昧，不如说用没有判断的事实陈述，刻意回避了自我立场的表白，
这是"不能言"的暧昧，不是自己无话"不言"的暧昧。最有意味的是，
小说的时间设定，是在两次战争之间，即从中日事变到"大东亚战争"。

（2）从"阴暗的中国事变"到明朗的"大东亚战争"

清辉刚回国时，在与友人谈论买地种姜的事业时提及世界形势"暗云
低迷"。"在大陆有冀察政权成为问题，在欧洲有希特勒和墨索里尼在活
跃。"然而，清辉在东京看过"二·二六"事件，所以相信日本必会走向
"要走的路去"。这段话真是足够阴暗，清辉以"生活问题"紧要无从关心
政治而于此戛然而止，但张文环的关心则在此暧昧地"低迷"。卢沟桥事

变发生了，日本走向了"要走的路"。对日本殖民地的台湾知识者，何况曾经以具有民族意识和反帝意识的左翼思想的"台湾艺术研究会"进入文学世界的张文环来说，如何不是"阴暗"的战争？小说近尾声处，则是"大东亚战争"的爆发。"对美英宣战的大诏核下了"，一年来享受着农园的忙碌的清辉，"感到身体内一种热气沸腾"，"战争，这一次就是真正的战争啊……鸦片战争，黑船……长久被英美帝国主义侵略过来的东洋，这一次真的站起来了"。

中国遭遇的鸦片战争与日本遭遇的黑船事件同为英美帝国主义侵略的开端，在此世变遭际相近的意识下，日本侵略中国的事实没变，却给被军国主义日本笼罩压迫下的一些台湾知识人以某种可以换一口气的感觉，体现着这一历史带给台湾知识人的微妙性。

1942 年 11 月，张文环和龙瑛宗作为殖民地台湾的代表，到东京参加第一届"大东亚文学者会议"。会后，日本文学报国会、情报课特地组织了一场"大东亚战争和东京留学生的动向"座谈会，召集了九名东京的台湾留学生，请张文环和龙瑛宗主持。从"在东京体验大东亚战争的各位的心情"开始，学生说："这回大陆和台湾会向同一个方向迈进，比起先前卢沟桥事变发生时，那种孤单寂寞，阴暗的感觉大不相同，虽然无法说出具体的意味。"张文环表示赞同："确实不错。先前卢沟桥事变发生的时候，就是有那么一种茫茫然地非常阴暗的心情，可是，"大东亚战争"勃发，却又近似明朗的感觉，王兄这么说实在很有意思。"他又为学生的发言做解："（卢沟桥事变）兴起了台湾和大陆的关联将要被切断的疑问，而由于这回的"大东亚战争"，一切的疑问都消逝无踪了。觉得日本毕竟是拥有开战的本钱的，刚刚王兄所意指的不只是在精神上和大陆非常的相通，而且大陆的人跟我们的结合也会越来越紧密。这点，在现今的台湾的文化运动上也渐渐地显现出来了。"发表在《台湾时报》上的会议记录，便把这一段用了"阴暗的中国事变·明朗的大东亚战争"的小标题。① 但

---

① 原载《台湾时报》1942 年 12 月号。收于《张文环全集》卷七，台中县立文化中心，2002。

这一掩耳盗铃、转移注意力的逻辑，对作为殖民地台湾人的张文环也发生了明显作用吗？一方面好像是，写于 1944 年的这篇《土地的香味》，以此作为光明的尾巴。但另一方面问题又没有这么简单，要不很难解释小说为什么又多了一笔：阿莺打电话到农园，说"终于变成大东亚战争啦"，清辉回："你的牛会涨价啦。"

对照起来，《土地的香味》虽然是想要把座谈会中不能明言的东西用小说写出来。然而这种故意失去逻辑的言语方式，现在来看，虽有了后见之明，却丢失了那言语现场漂浮的"人气"，仍然是隐晦歧义的。但至少这里展示了，无论在明或暗的脉络里，两次战争的确召唤起殖民地台湾人不同的感觉：1937 年，日本是在侵略自己曾经孺慕的汉文化，心情复杂的台湾人当然纠葛有耻；"大东亚战争"，矛头似乎指向"列强"英美，好像日本重新和汉文化站在了一起。因这看起来对抗方的转变，日本好像从侵略者变成反抗者。不管这个转换有多勉强，它带给殖民地台湾知识分子某种扭曲的、难言的安慰，却又似乎是真确的。

正是在这一点上，来理解张文环在《土地的香味》《在云中》中悄然展现的"明朗"，就会清楚，他实际上是与这些战争隔膜的，因而这种"明朗"几乎带有某种自我安慰的、乌托邦的性质。也就是，他拥护的不是"大东亚战争"，而是在无可奈何的低迷中这战争所带给他的一时的幻想空间。

二 吕赫若：以文学克服黑暗

1.《风头水尾》：是战场，不是田园

1945 年，吕赫若被派去参观的地方是台中州下谢庆农场，之后他写了小说《风头水尾》，发表于《台湾时报》（1945 年 5 月）。

"风头水尾"与"云中"，同样体现的是增产报国的后方战场，这两个空间隐含的角色意义却大为不同。在张文环笔下，"云中"生活虽贫苦却美好，素朴山林与新鲜空气是相对于都市的喧嚣和污浊，而非作为生产战场，感动和启悟了阿秀对未来的期待。而在吕赫若笔下，自然环境恶劣的海边，处于"风头水尾"的最差的农耕地，对山里来的农夫徐华来说，是个真正的战场。小说描写徐华走在堤防上，"由于正面迎接海风，他紧按住似乎要被吹走的裤子。扬起白色浪头，以堤防为目标，蜂拥而至的海浪，与青翠的耕地相形之下，更令人惊于与海作战、开垦的危险性。觉得海很恐怖，自己即将被海压倒的压迫感……"于是小说似乎全部围绕于表现海边农夫，特别是农园的负责人洪天福，带领农人与海顽强作战的精神，徐华在此感召之下，褪去恐惧，以"喜悦"之心投入战斗……这自然是响应"决战"精神的书写，然而细品，其中有些异样的东西。一是"一百多位佃农，轻易就被吸引到将近六百甲步、宽广的农园"，而且多数是山里的农夫，适应海边的劳苦和寂寞非常不易。战争生产体制带来的困苦，或是吕赫若有意不言的。二是"师傅"洪天福的形象，一方面赞美这个"每年有数十万元的生产总量，自家用轿车可以拥有两三辆的身价"的富豪，却和农夫一样穿着短裤，裸身工作——恰似皇民奉公会台中州支部事务局长远山景一在增产报国的座谈会上所讲的"日本第一的大地主本间先生，虽然持有几万甲的广大土地，但是没有穿过木棉以外的衣服，且每天热心地巡视耕作地"[①]；另一方面，农夫们和洪天福的关系，又分明是似近实远、畏多于敬，暗示了不平等与隔膜的关系。夜里徐华宴请农夫们的描写，在其乐融融之中埋藏的生硬与不安，也构成这个"奉公"作品的暗中自我解构。

施淑以之为左翼知识分子"透过劳动改造，在'皇民'的伪装下，努力朝向'人民'转化的心灵秘史"；吕正惠在《殉道者》一文中，也将此文与稍早发表的《山川草木》放在一起比较，认为后者塑造的因父亲突然亡故而放弃在东京学习声乐、做"台湾的崔成喜"梦想的简氏宝莲，带着年幼的弟妹到山中耕作，"在劳动和大自然中找到她可以掌握的真实的生命"，其面对无法逃避的现实命运的"坚忍"精神，力量远超洪天福和徐华们。两文都指出了吕赫若在皇民文学压力下的曲折抵抗，以及展现"劳

---

① 《责任生产值与增产座谈会》，《台湾时报》1944 年 9 月号。收于《张文环全集》卷七，台中县立文化中心，2002，第 228 页。

动""自然""农夫",对于此时期知识分子在战争压力下寻求出路或回归的意义。张文环与吕赫若都在各自的散文、日记中多次表白:自己毕竟是个乡下人。然而,宝莲的"山里",阿秀的"云中",清辉的"农园",又分明都带有乌托邦性质,现实中不管"山里"还是"云中"其实都无法逃离政治压力与生活艰困。宝莲在山里的耕作,虽让她从娇小姐变成健康、坚忍的农夫,但她种出的是"营养不良"的粮食,若非舅舅帮助,并不够养活弟妹们;有舅舅照顾弟妹,仍不肯回东京完成艺术之梦的宝莲,对着山和树的永恒、静穆反思:在艺术和学问中打转的"我们","像患了夜游症的人"。她如此"狂妄"反思,又说真心话是"住在这儿也是很寂寞的"!换言之,田园是不得已、实际归不得之归处。做个远离违心话语与喧嚣都市的农夫,可能是张文环的梦想,却不是吕赫若的梦想,他的选择是在战场苦斗,如徐华与恐怖的海风、海浪和盐化的恶劣土壤苦斗,而文学正是吕赫若的战场。

2. 从东京到台湾,寂寞与战斗

吕赫若在东京时期的日记,频频"被寂寞的情绪笼罩"。理解其寂寞,应包含了许多个人生活、文学追求及思想意识的意涵。身为殖民地有觉悟的文学者,那些能言与不能言的,都被"寂寞"一词包蕴。

第一,吕赫若于1940年才负笈东京,拖家带口,学习声乐,而东京的氛围和个体环境,已经不是20世纪30年代张文环留学时那样,有着为思想鼓动而形成的青年团体,通过成立研究会(台湾艺术研究会)、办杂志(《福尔摩沙》)来展开一场虽在海外却与台湾紧密相连的文化运动。吕赫若一边学习声乐,一边为生计故加入东京宝塚剧团演出。没有文学同道和思想撞击的生活,是"寂寞"的。这时期吕赫若写的小说,一般寄给张文环的《台湾文学》。来自张和台湾亲友的信,是他生活中极大的安慰。"文环说,三四年内不要回台,好好用功吧。当然是那样啰。要拼命努力,要写作,好好干一番吧!……对人生总感觉有点寂寥。吾人毕竟没有艺术则活不下去。"(1942年2月8日)

第二,20世纪30年代台湾青年在东京的文化活动与左翼思想紧密相关,内含强烈的基于反殖民的弱小民族意识,虽遭监禁整肃,"左翼"在其时的日本仍是时代强音。1940 年吕赫若到东京，日本的左翼文学运动早已经历溃散、"转向"，是年成立的"大政翼赞会"，将文坛纳入军国体制。1942 年，日本军队在中国攻城略地，东京街上不时就热闹起来的庆祝活动，对吕赫若意味着什么呢？出身于地主之家，青年期家庭败落，其左翼思想和殖民地民族的自觉，最初应是受堂姐夫林宝烟（日本法政大学毕业，20 世纪 30 年代为"台湾赤色救援会"丰原地区的委员，常在社口庙口演讲）的影响；21 岁发表于日本《文学评论》的成名作《牛车》（1935 年），即对台湾农村破败背后的社会动因和经济结构有着深刻的认识，或得益于此。在东京吕赫若日记中提及阅读的杂志，如《中央公论》《改造》，令其同声相应的评论家如小田切秀雄，文学家如石川啄木，无不是以进步或左翼思想知名。那么"庆祝攻陷新加坡之日。全市淹没在'太阳旗'的旗海里。市街游行真是热闹！大家都满怀着战胜之喜"（1942 年 2 月 18 日），吕赫若果然是在"大家"之中同喜的吗？

　　一个月前的另一则日记或许更令人疑惑："文环来信。得知他对铳后小说（后方小说）的热情。归根究底，描写生活，朝着政策的方向去阐释它，乃是我们这些没有直接参与战斗者的文学方向吧。"（1942 年 1 月 16 日）

　　有意思的是，吕赫若使用的日式日记本，一本包含三年。在 1 月 16 日这页，第一框是 1942 年的，第二框是 1943 年的——此时吕赫若已经回到台湾，投身以《台湾文学》杂志为基础的文学、演剧等运动——如此写着：

> 　　昨晚派出所送来传唤书，所以早上去公会堂，一看，原来是志愿兵的事。以警察力量强迫人家志愿什么的，实在是文化国家的耻辱。总之我觉得是种吊儿郎当的做法。在此终究感到文化运动的必要性了。

　　吕赫若对于其文学使命与时代关系的认知，显然远非以铳后小说响应政策这么简单。这个留待下文分析其作品时再论。单看在东京，即使是要写"铳后小说",在远离台湾的土地上,如何"描写生活"呢?

> 为郁闷之感所俘虏。想写出个优秀的作品却写不出来的状态。这样的话,在东京也是寂寞。(1942 年 3 月 8 日)
>
> 今天是寂寞的一天,非常寂寞,太过寂寞而觉得悲伤了。什么事也没做。到底是怎么啦?!究竟在东京是为了什么呢?在东京到底有什么获益呢?(1942 年 3 月 17 日)

这大约是最啮咬一个视文学为生命的写作者的寂寞。

第三,东京之于一个文学者的魅力的幻灭或暗淡的寂寞。

> 东京呀!你不可思议的魅力之存在于空想之中,现实却很无谓。(1942 年 4 月 10 日)
>
> 买新创刊的杂志《演剧》,多谬论。拿自个本身的,特别是老来的心境对文化性的事物说三道四的,到底该不该?现今日本的文化不是被青年们,而是被老一辈的人把持着,实在可悲。日本文学没有指望。难道真是肺病?死非所惧,唯恐没有可以传世之作。(1942 年 4 月 3 日)

东京魅力的丧失,看来也是多方面的,无论基于现代都市文化、基于思想氛围,还是基于能够在此吸收世界文艺滋养的开放性,都并不分明。但似乎更重要的,还伴随着一个在"舞台演出/演剧"和文学创作之间的抉择,虽然到东京来是以学习声乐的名义,并且参加着日本剧场的演出,但真正对他具有"行动"意味的,是文学。就戏剧活动而言,写剧本的热情也远大于歌唱。

他大量观赏日本的戏剧演出,购买《近代戏剧集》这样包含欧美戏剧的大部头系列书籍,动手创作剧本,好的构思一个接一个,还立志把《红楼梦》改编成戏剧。

要创作戏剧。很想为台湾的戏剧运动做些贡献。……以戏剧为专门吧！因为自己现在就在剧场工作着，格外有利。（1942年3月28日）

还是非回台湾不可。身体虚弱，而且再留在东宝也是一筹莫展。舞台经验到此就可以了。最重要的是要买很多书带回去。（1942年4月6日）

从东宝辞职。拍电报回故乡。今后专事文学、文学！（1942年4月7日）

专事文学。怎样专事？怎样的文学呢？

读《中央公论》二月号，小田切秀雄的文艺时评《间隙的克服》一文很能与自己的创作态度起着共鸣。自己的创作态度毕竟没错。（1942年2月8日）

——探索现实上应被否定的事物之根源，而且彻底加以描写，以资真正去克服它的这种文学里头才能感受到美。

——正因为有希望光明而厌恶黑暗的、不易止息的希求之心，所以希望文学从根底彻底描写黑暗，以达到克服黑暗。（1942年2月28日）

从日记中看，东京时期的吕赫若一方面像典型的文艺青年，有才华、感伤、自我期许、进步理想，时时冲撞生命，另一方面对文学的认知，并非高蹈华丽，而是努力要与自己的土地情感、文化血脉连接的，是真正面对艰难现实、具有战斗性的。因此，"寂寞"于他，其实包含着强烈的激情和行动意志。

1942年5月，吕赫若携妻子回到台湾，几乎是立刻就投入了以《台湾文学》杂志为核心的，包含了写作、办杂志、演剧各种形式的殖民地"文化运动"。此后的日记中也曾出现"寂寞"一词，旋之被要振奋面对的现实卷去——因为回到台湾，他是站在了以文学"克服黑暗"的一线战场。

1942—1943 年，吕赫若写下的《财子寿》《庙庭》《月夜》《风水》《合家平安》都鲜明体现了他表现台湾人在社会变迁中的命运的自觉。1943 年 5 月"粪现实主义"论争发生时，西川满、叶石涛直接针对张文环、吕赫若的作品，称只会写"虐待继子""家庭的葛藤"之类本岛陋俗，张文环写的是"回不来的世界"，吕赫若的"像乡下上演的新剧"。①

性格激烈而以文学信念和才华自负的吕赫若，在日记中称西川满是文学阴谋家。而在"世外民"和杨逵回击"粪现实主义"的文章里，都代张文环、吕赫若阐明了现实主义之于殖民地写作的意涵。"它是从对自己生活的反省以及对将来怀抱希望这一点出发的，这些作品描写了台湾家庭的葛藤，因为这些现象都是处于过渡期的当代台湾社会的最根本问题"。"如果现实是臭的就除去其恶臭；是黑暗的，即使只有一丁点光，也非尽力使其放出光明不可。对于人们背脸捂鼻的粪便，也一定要看到它的价值，要看到它使稻米结实，使蔬菜肥大的效；要对它寄予希望，珍爱它，活用它。"② 在"粪现实主义"的论战中，台湾作家一方的回应，既针对西川满以"浪漫主义""日本文学传统"责难台湾作家为"粪现实主义"的创作方法指控，也针对其背后"消极""没有皇民意识"的政治指控，其反应之犀利敏锐、论辩方式之生动机智、理解总结之扎实有力以及令人感喟、激发的能量，或许应该感谢西川满等人的挑衅，给了台湾文学一个理论总结和升华的机会。对吕赫若作品"克服黑暗"的现实主义的理解，代表了多数台湾作家对于殖民地文学路线的共识。而这一场论争，也让在 4 月中还"最近感觉到大家合不来"的吕赫若，燃起台湾作家互相爱护、"要团结"的热情。"看李石樵名片印有'台阳展会会员'的头衔，他爱他的同志、爱他的团体的至诚令我感动。我们也印上'台湾文学编辑同仁'吧！——在今后的名片上。"（1942 年 5 月 14 日）也感念在台的日本教授、

---

① 叶石涛：《给世外民的公开信》，原载《兴南新闻》1943 年 5 月 17 日。经曾健民译为中文，刊于《喑哑的论争》，人间思想与创作丛刊 1999 年秋季卷，第 132 页。

② 伊东亮（杨逵）：《拥护"粪现实主义"》，原载《台湾文学》三卷三号，1943 年 7 月。经曾健民译为中文，刊于《喑哑的论争》，人间思想与创作丛刊 1999 年秋季卷，第 138 页。

日本友人的支援，以及比以往更强烈的"要写出好的作品""文学总归是作品""要以极度的苦痛从事文学"的自我激励。

有意味的是，吕赫若《合家平安》之后发表的小说《石榴》《玉兰花》果然有所转变，描写起"情感之美"。日记为证，这一转变在被西川满攻击之前就酝酿了。"早上校订自己的作品《合家平安》。读着读着，不觉深深讨厌起来，觉得希望更具有感情的一面……觉得自己的文章欠缺柔软性。"（1943 年 4 月 12 日）而在此之前小说脱稿时，他曾写下"自信此作是自己前所未有的、具前进性的作品"。（1943 年 3 月 10 日）

吕赫若是个对文学之美、之"有为"有着高度自觉和追求的作家，对《合家平安》的自许和"讨厌"，都是这一自觉之下的省视。《合家平安》中，地主范福星的破落，把一种深埋于民族根性里的怠懒写得惊心动魄。是否"欠缺柔软性"呢？这柔软性，当是指的文学的敏锐省察的根底，是爱人。

　　找陈逸松，他向我要求：希望在文学上是更具有民族爱的作品。非常赞同。（1943 年 5 月 24 日）

　　我并不是不会写以人的个性美为对象的小说。而是一直更想以社会为对象，描写人的命运的变迁。（1943 年 6 月 8 日）

　　与其说是回应西川满的指控，不如说是回应东京大学的日本教授给他"多注意美"的建议，以及"工藤好美劝我研究历史哲学，必须认识政治与政策、时代与时局之间的差别"。（1943 年 7 月 1 日）

于是有了描写困苦处境下兄弟情感的《石榴》（《台湾文学》三卷三号，1943 年 7 月）和描写"日台亲善"的《玉兰花》（《台湾文学》四卷一号，1943 年 12 月）。前者原拟名《血》，"《血》一题在当前局势下太骇人，所以改为《流》。对时局性的处理感到为难。"（1943 年 6 月 7 日）《石榴》的确会让读者陷入一种失落时空、仿佛暗沉宿命的困惑。而《玉兰花》在"时局"的处理上终于找到一种高度艺术而有力的方式——小说看起来以"日台亲善"的政策为旨，回忆孩提时代留学日本的叔父带回来一个日本客人铃木善兵卫,透过孩童的眼睛描写一段台湾家庭与日本人相处的因缘。叔叔逃家赴日留学的故事,把一个台湾家族的兴起、人情伦理、殖民地风貌的变动娓娓带入叙述,此后将小孩子的"我"对日本人铃木善兵卫从恐惧到热爱再到离别的过程,写得生趣盎然,处处留"意"——日本作为殖民国的可怕,台湾作为殖民地的悲哀的暗影,被如此巧妙地镶嵌在这段宛如错置的童话般的日台亲善因缘中。爱哭、爱撒娇、纯真热切的小孩子的无辜目光,折射的是殖民地的深切痛楚。以小孩子的视角透视殖民堂皇政策后的欺罔,在张文环的《重荷》、周金波的《尺的诞生》中都有成功的运用,而《玉兰花》以之为"克服黑暗"的方式时,把小孩子的叙述与台湾传统大家庭的风俗伦理温婉地结合,由此形成的抒情,吊诡地表现出一种极其复杂、丰厚的质地。不必嘲讽,不必正话反说,而让真相以默默流动的方式进入人心。因为是爱哭的小孩子做主角,文本中满溢眼泪,却又始终感到一种刚健。可以说,这篇小说蕴含形成了一种新的殖民地/弱小民族的书写美学。"粪现实主义"之争在这里显示出微妙的影响是,吕赫若以创作回答了写美的事物,应该是怎样的。

《玉兰花》发表于1943年12月的《台湾文学》。吕赫若在编辑这期杂志时,已知道了这一文学阵地终不免于废刊的命运。在小说结尾,猛烈的风中,院子里的玉兰花树上,爬着几个小孩子,遥望远去的他们莫名所以喜爱的铃木善兵卫,"我"因为太小爬不高,只能听着阿兄们愉快的议论,而越发焦急。

"让我看!让我看!"我于是抱紧树干,哭了起来。

"日台亲善"与铃木善兵卫随风而逝,现实中的台湾人,似乎始终抱在这猛烈风中的、怎么也爬不上去的玉兰树上,遥望殖民地母国的美丽说辞,不知何去何从。

3.《清秋》:本岛知识阶层的方向与批判

1944年,不只要亲善,而且更多台湾人接受征召,要加入日本"南进"的队伍了。因此,吕赫若写下小说《清秋》。

看起来，这篇意图"写出本岛知识阶层的方向"的小说，与张文环的《土地的香味》在动机和某些元素上颇为对照呼应，但也正是在这些对照呼应之处，显示了吕赫若与张文环的文学荆棘之道的最终分歧。

同样是留学东京十年后，学医的耀勋被祖父和父亲召回台湾，决定在家乡镇上开业行医。客观上他有两个困难：一是开业许可证，担心镇上已有的医师，特别是小儿科医生的江有海，出于利益竞争暗中阻挠；二是开业的地方，为了建医院，要将出租给一对母子开小吃店的店铺收回。这两个客观困难也造就耀勋的主观犹疑。镇上医师的状态，让他认为医学在台湾已沦落为赚钱工具、庸俗的商业，不再是为人类福祉服务的科学。自己要开业，从传统美德讲是躬行孝道，在实际层面却与镇上的庸医并无分别。而母子二人在战争管制环境下，找不到可以再开业的房屋，也让耀勋感到"自责"。

最后，因为"南进"政策，这些困难意外地解决了：小吃店的黄金明去当兵，母亲依舅舅生活，开业的房子解决了；江有海则被征召去南方从事医疗服务，特地对耀勋托付"本庄人民的医疗服务"，而检讨自己之前阻挠其开业的"污秽"。

小说的结尾，耀勋宛如卸下包袱，而背负起另一个责任重担。"南进"的时代剧变，让自己既达成工作岗位的职责，又尽了孝道，"不亦善哉"。"他不禁抚腕仰望苍穹。宛如大陆的秋天、许久不曾有过这么清澄的青空，是那么高耸，薄薄的绵云描绘出石阶的形状。"

论者多已意识到了这个"决战小说"的多重声音。比如，所谓雄飞、南进，无论对黄金明还是江有海，都不过是迫不得已，耀勋因此解决包袱，堪为讽刺。但我觉得其中更有意思，也是隐藏更深的，是吕赫若对"父亲和祖父—耀勋"所代表的台湾两代知识阶级的反省。与张文环《土地的香味》比较，吕赫若或许才是真的对本岛知识阶级来了个"总决算"。

《清秋》中的祖父在耀勋和弟弟心中，"像神一样"，"文秀才"的祖父，写有《中国诗人传记》，年老而越发有"亲近自然的风流"，以种植高雅的白菊为乐。与耀勋饭间闲谈，讲的是"从前，即使是政治家，也要先从文章入手。因为文章不只有助于教化世道人心，也是了解政治的最根本"，"盖文章乃经国大业不朽之盛事……"然而追述之中，祖父自身求的是科举及第，殷殷期待父亲的也不过是"飞黄腾达"，到了耀勋兄弟时，"连祖父都劝他们朝医药方面发展"。叙述有意归之为"时代的影响力真令人瞠目"。但其实祖父对学问的态度是不变的：终究是功利性的个人主义。没能完成祖父"望子成龙"心愿而在庄公所当会计的父亲，劳苦工作送耀勋兄弟去日本学医药。十年后，父祖二人催着耀勋从东京回来在镇上开业，所求亦不过"财富"与"光宗耀祖"。小说透过耀勋的眼睛和口，极尽表达对祖父的学问、父亲的辛苦的恭敬热爱。然而在庄重到近乎矫情的叙述的内层，却又时时出现不谐和的音符。譬如小吃店的黄金明对耀勋一家人始终如一的亲切、明理，对照着父亲在听到宽限时日的恳求时的愤怒失态。黄金明说："像我这样没有积蓄的贫穷人，只要一天停止生意，立刻就会断炊。"父亲"胡乱反击"道："那是你的事吧。忘了我们的事也是大事，可真令人伤脑筋啊。"

因此，大不同于此前在《风水》《玉兰花》中描写乡村民俗与父祖亲情，发掘"我们自己风俗的优点"，以之抵抗殖民地现代化的压力①，《清秋》中以耀勋祖父代表的传统文人，其学问文章徒然在"时代的剧变中"成为社会价值堕落的帮凶和一种虚矫的、自我满足的门面。

回头看吕赫若对汉文化于台湾人的意义，一直有着自觉。他时常购买日文的中国古典文学书籍，日记中有如下记录：

> 晚上身体比较舒服一点，所以动手翻译自去年以来处于放弃状态的《红楼梦》。尽管费上十年功夫也行，一定要把这部杰作译出来广为流传。这是自己作为一个台湾人的义务。(1942年3月14日)
>
> 去宝塚剧场看《兰花扇》的彩排。孟姜女的戏剧化非由我们自己来做不可。看到中国的文化那样子被歪曲，实在令人难忍。(1942年

---

① "试着读《台湾风俗志》。我们似乎遗忘了要去认识我们自己风俗的优点了，拯救她吧！"参见《吕赫若日记》1942年3月6日，"国家"台湾文学馆，2004。

5月1日)

　　买了很多书，与中国有关的，我认为可以借由那些书来看台湾生活。(1943年3月2日)

　　今天买了《诗经》《楚辞》《支那史研究》。研究中国非为学问而是我的义务，是要知道自己。想写回东洋、立足于东洋的自觉的作品。(1943年6月7日)

作为一个身为日本人的台湾人，吕赫若在"东洋"的脉络里看汉文化，自己是比日本人更懂得、更接近东洋的根底的。这虽然是一种殖民地弱小民族的文化骄傲。同样，在张文环战后的回忆中，亦有此类表达：

　　有一位高等刑事问我："日本有皇族、贵族、士族、平民，你们台湾人是只有平民其他都没有的，所以台湾人是日本新平民，待遇少有相差有什么不满呢？"我说："你对东洋史是外行的。日本历史一千六百年，中国历史四千年，在这四千年的历史演变中，汉民族无论哪一姓，没有做过皇帝便做过王，所以全体的汉民族不像日本有什么贵族不贵族。"他睁大眼睛说："可是可以说大部分是文盲的多呢？""不是文盲多少的问题，他们的血液中有帝王或王公的血统！"①

然而在"决战下的台湾"，文学报国的巨大压力下，吕赫若不像张文环在《土地的香味》中那样，继续从旧文人"传统"中寻求连接"现代"的动力，反而转身对自己所来自的阶层做了更严厉的的省视。这是为什么？

　　吕赫若写《清秋》的动机是"想描写当今的气息，以明示本岛知识分子的动向"(1943年8月7日)，小说真正的重心诚然是"本岛知识分子"耀勋，祖父是作为其文化主体的一处来源（另一处是东京所受现代教育)，

---

　　① 原载《台湾文艺》第9期，1965年10月。收于《张文环全集》卷七，台中县立文化中心，2002，第59页。

被加以表现的。然而正是这样的血脉,让耀勋回乡准备开业时自然而然想的是:"前辈的医生们在盖了医院后,立刻积下巨富,所以自己不可能办不到。不,办得到!而且会成果斐然,一定要光宗耀祖,让父亲安心。"①耀勋以祖父的风流学问贬斥自己所受现代教育不过是"时事所趋的营利思想罢了",没想过祖父的文章经世、飞黄腾达不过是不同时代的功利。在这样的新旧思想孕育下的耀勋,实则是一个软弱的、犹豫的、有着虚伪的人道主义的小知识分子。去小吃店检查时,面对贫穷的老婆婆,对自己要扮演的逼对方腾出空间的"恶魔角色"感到后悔,但"立刻调整思绪,这只不过是小小的感伤,为了大事也是莫可奈何的。他故意夸大地仰首望着天花板"。老婆婆的哭泣带给他的懊恼,与其说是同情,不如说是怕被别人议论而丢面子。当耀勋勉励自己如果拘泥于同情就是"廉价的人道主义",那么此后面对黄金明找不到房子的困苦,去南方当兵为他让出房子的"人情",耀勋片刻的自责,恰恰证明其"廉价的人道主义"了。小说末尾耀勋在明朗清秋下,为"南进"给予他的忠孝两全、道德与利益两全而喜悦,而背后,是台湾人在南进政策下的生计无着。这是对决战下台湾另一面社会现实隐蔽而沉痛的揭示。

比较起张文环在《土地的香味》中做着"现代青年"的"总决算",对清辉时时语带嘲讽而实则自我包容,吕赫若的讽刺虽然是更严厉和深刻的。如果说张文环笔下的清辉是在现代教育与传统出身之间的一个进退失据、时时茫然的小知识分子,于是寻求"山上的农园"的桃花源,以及与旧文人这一"传统"结合的思想出路,那么吕赫若在无情揭示了这一新旧杂交小知识分子的软弱和伪善之后,连带揭示了台湾旧文人传统与新时代必然以"功利"结合,因而作为台湾出路的不可能性。

这是吕赫若以文学"克服黑暗"最冷峻的一种方式,超出了他在描写农村家族败落时的冷峻,这里显露了吕赫若作为一个左翼知识分子的世界观与时代意识。日据时代能够受高等教育、出洋留学的台湾人,多出身于地主或"实业家"家庭,因受现代教育而接触进步思想的,往往成为殖民

---

① 《清秋》,载《吕赫若小说全集》,台北印刻出版,2006,第512页。

地文化运动的推动者，是"本岛知识阶级"。台湾文学中不乏知识阶层的自我忏悔，却几乎未见如《清秋》这般如此痛切揭示知识阶层的"软弱伪善"及其代表的时代动向的小说。除了受左翼的影响之外，这也得自吕赫若激烈的个性和文学观念。

> 买陀思妥耶夫斯基的传记。有被现实那样折磨而还是坚持到底的人？比起他，我们的困苦简直是骗小孩。然而，古往今来身为文学家的人在心情上都是相同的。自己也是。我知道自己的心情也是属于文学家的。文学终究是苦难的道路，是和梦想战斗的道路。（1943 年 7 月 27 日）

对困苦的态度，是与之缠斗而绝不逃避的个性。对他而言，文学非但不是艺术至上者逃避现实的浪漫趣味，不是对伤痛的自我恋栈和抚摸，而且绝不可敷衍。在日记中，他曾对杨云萍、龙瑛宗甚至张文环都做过毫不客气但毫无恶意的评价，从中亦可看到他的文学与现实之观念。

> 三人一道去外双溪拜访杨云萍。他住在半山腰，口若悬河，滔滔不休。虽感佩其风流韵味与文学欲望，终不过是个老式学究而已。我无法同意他稍显消极的文学观。（1943 年 1 月 10 日）

有关龙瑛宗，则是：

> 他胆子小，从事得起激烈的文学吗？（1943 年 5 月 11 日）

龙瑛宗在光复后曾如此论及日据末期的台湾作家处境：

> 台湾人的作家们在决战与"皇民化"的喧嚣声中，宛如京剧中的小丑般，鼻尖涂白、动作滑稽地手舞足蹈。实际上，其内心在暗自哭

泣吧。总觉得当时先天上本来就失调的台湾文学被权力之手使劲绞杀。[1]

而吕赫若，早以其生命的消失和文学的留存，对这一哀景写下了"我无法同意"。

三　决战到光复：克服黑暗的文学之路的断裂

张文环和吕赫若在"决战"时期，在"皇民文学"的外壳下，不约而同地对台湾知识阶层进行了"总决算"和反省，其时他们大概都不会想到一年之间日本就投降了，也未必想得到日本投降之后台湾的命运是回归中国——他们的反省，是在殖民地政治压力最剧烈、要求文学者对自身做彻底"改造"的时刻，本能地、不得不地要对自身的来路和去向，做出思考。在这样的文学中，也可以找到光复后两人道路抉择、命运分殊的线索。

日据时代末期，文艺家"在大东亚战争下越来越受重视"，被要求"必须以文章报国"（《台湾代表作家——文艺座谈会》，《台湾艺术》三卷一号，1942 年 11 月），在日本左翼作家的普遍"转向"对照下，殖民地台湾作家的反应虽然是多样和晦涩的。对于直接兴起于"皇民化"浪潮的周金波、陈火泉等，顺应是其生存必要，即便如此全盘接受"皇民化"，在他们的小说中，仍有着想做皇民而不得的犹疑和裂隙。如杨逵这样有着国际主义色彩的左翼，始终是作为有思想问题者被特高课警察关注，从 1937年后以"首阳农场"种花到"决战时期"再度写作、发表，他的抵抗意识是一以贯之的，只是写作更臻于技巧，他的决战小说《增产的背后》与吕赫若的《风头水尾》颇有神似相通之处。张文环在东京留学的 20 世纪 30年代，亦是在左翼思想影响下开始其文学活动，但从团体分化开始就逐步转向了一种温和与稳健的文化抗争路线。对"大东亚战争"的欺罔，不是

① 龙瑛宗：《〈文艺台湾〉与〈台湾文学〉》，原载《台湾近代史研究》1981 年第 3 期。

不清楚，然而仍期待着在此特殊时局，战争带来的大开大合下，为台湾文化和民族问题都带来一种更生契机。这就是《土地的香味》和《在云中》中，对传统的新期待，对世外桃源的梦想的来源。也因此，张文环最好的作品，仍是1942年的《夜猿》与《阉鸡》。光复后，张文环曾以为"我们轻松了，多士济济，而且再也没有民族问题来打扰我们"[1]。从担任乡长之职到竞选县议员，张文环在短暂的从政之路上，同他在决战时期座谈会上一样，面对高压的政权，发挥他稳健的能力，竭力争取一个"改善"与"民主进步"的可能。但即便这种议政，也很快失去其空间。他往复于银行、酒店管理等商业职务上终老。到了晚年提笔写作《滚地郎》（1974），却已是失去其历史紧张感的怀旧言说。

吕赫若作为1942年才从东京回台湾的才华横溢的艺术家，他的创作中的战斗性格，在其时或许并没有被充分认知。而《清秋》中对知识阶层的批判，对于今日试图碰触那时代的文学者心灵的人来说，或许是一个钥匙般的秘史。打开这一秘史，就不难理解接下来的《山川草木》，我们看到的是曾为实业家之女而今为农妇的宝莲，虽只能种出"营养不良的稻子"，并为艺术之梦的放弃和山里的生活感到"寂寞"，却在此困苦中坚持反省空喊艺术、学问时期的虚妄；然后，是《风头水尾》中，在自然条件最恶劣的开垦地，与海天斗争的农夫徐华；再接下来，就是光复后的吕赫若自身的生命传奇。

光复初期的喜悦，学习用中文写小说，毫无遮拦地写出殖民地时代台湾人的心声——吕赫若要开展的新的文学生命，很快就被国民党统治的现实打破了。他在"二二八"前后加入地下组织工作，1951年在鹿窟武装基地，背着沉重的发报机在山上流动发报，死于毒蛇之口。这个匪谍档案中身份为"台北歌手"的文学者，成就了一个浪漫革命的传奇，或者被认为同许多台湾知识者那样，因为见识了国民党的腐败堕落，而转向共产党。但细读其战争末期的小说，特别是最后几篇在皇民文学外壳下对台湾知识

---

[1] 原载《台湾文艺》第9期，1965年10月。收入《张文环全集》卷七，台中县立文化中心，2002，第59页。

者的反省，早就为其后来的道路埋下了线索。张文环对中国传统的现代适
应性和再生有信心，也就是对有民族文化的空间的现代化道路有信任，而
吕赫若对此做了严厉的剖析和否定的判断，就会更倾向革命所带来的更
生，这个视文学为"苦难的道路，和梦想战斗的道路"的现实主义作家，
能够"背叛自己的出身"，在无法拿笔的年代，拿起枪绝非冲动。

战争末期的几年间，吕赫若为台湾新文学留下了包含了厚重历史内容
和高度艺术价值的作品，也从这里产生了他"克服黑暗"的殖民地叙事美
学。无论如何，吕赫若是以文学实现他的不朽的，如同他对 26 岁就死去的
社会主义文学者石川啄木的感怀：

啄木的苦难生涯呀，是艺术家必走的命运。我们也不能不觉悟。
但艺术家直到后世犹然动人心弦者还是"美"。(1942 年 2 月 23 日)

(发表于《现代中文学刊》2013 年第 2 期)

伦理世界的技术魅影

——以《创业史》中的"农技员"形象为中心

李　哲

引子　韩培生与梁生宝的"对应"与"反差"

在《创业史》写作中，柳青对韩培生这一人物着墨不多，其作为个体的人物形象和性格特征也非常模糊。即使之于小说中那些为数众多的"次要人物"，韩培生也显得颇不起眼。① 但有趣的是，如果我们将韩培生这一"次要人物"与梁生宝这一"主要人物"并置，却会发现两者之间存在别有意味的对照关系。与其说形成这种对照关系的基础是人物本身，倒不如说是附着于人物之上的身份，后者其实指涉着他们在合作组（合作社）组织中的不同位置，以及在推进合作化运动中所发挥的不同功能。这种"边缘人物"和"焦点人物"的对应关系肯定会有相应的现实依据，但作家柳青对现实的认知模式及由此而生成的叙事视野同样是不容忽视的重要因素。

众所周知，柳青的《创业史》是以梁生宝为"焦点"展开的，梁生宝乃是作为"社会主义新人"的"典型"被树立起来的。对身兼干部与作家

---

①　柳青的女儿刘可风就曾经回忆父亲与自己讨论"《创业史》中的人物发展"，这些讨论几乎囊括了所有"书中的人物"，但无一涉及韩培生。参见刘可风：《柳青传》，人民文学出版社，2016。

双重身份的柳青而言，"人物典型"的来源乃是多重的①，但皇甫村的互助组组长王家斌显然是非常重要的一个。按柳青自己的记述，王家斌及其所在的互助组之所以能被"发现"，首要的原因在于它实现了"丰产"："他们有一亩五分九厘做合理密植试验的稻田，达到了每亩九百九十七斤半的平均产量，其余都达到平均六百二十五斤，创造了全区的丰产纪录。"② 在这个"丰产"面前，柳青迅速"被一个具有社会主义觉悟的新人的性格抓住了"，他沉浸在对"典型"之发现的兴奋中："新的人物总是在人们不知不觉中生长起来，当他们做出了惊人的业绩时，人们才看见他们。"③ 但是，在"看见"王家斌这个"典型"的同时，另外一个人物却在无意中被忽略了。如在叙述王家斌丰产的情况时，柳青提及："王家斌在人们不注意他的时候，他偷偷地下了决心干。农业技术指导员曹大个帮他们的互助组订了水稻合理密植计划，他就自告奋勇坐火车到几百里外的眉县去买优良稻种。"④ 对这个农业技术指导员曹大个的情况，柳青几乎没有什么详细交代，他只是在文中提及，王家斌的互助组"过河要蹚水，河底是卵石，夜里去开会，行动很不便；我一回也没去过，有一个农业技术指导站的同志经常住在那里"⑤。

在 20 世纪 50 年代，包括"密植"在内的现代农业技术开始由苏联大规模引入，并对各地农村的丰产起到了至关重要的作用，如《人民日报》所指出的那样，"苏联专家介绍的棉花密植法和水稻密植法，在提高单位面积的产量上，已经有了优异的成效"⑥。由此亦可推知，农业技术指导员曹大个和他订的"水稻合理密植计划"对王家斌互助组的"丰产"而言具有不可忽视的意义。但是，柳青似乎把更多的精力用于"发现"互助组领导人王家斌身上的"新人的性格"，而曹大个这位长期驻扎互助组工作的

---

① 程凯：《典型的诞生：从蒲忠智到王家斌》，载贺照田、高士明主编：《人间思想》第七辑，中国台湾人间出版社，2017，第 41 页。
② 柳青：《灯塔，照耀着我们吧！》，载《柳青小说散文集》，中国青年出版社，1979，第 13 页。
③ 同上，第 15 页。
④ 同上，第 14 页。
⑤ 同上，第 13 页。
⑥ 《苏联专家帮助我国进行农业建设》，《人民日报》1951 年 11 月 10 日第 2 版。

重要人物则只能在柳青视野的边缘如"魅影"一般若隐若现。很难把这种"视而不见"视为偶然，因为这不仅仅是对某个具体人物的喜恶，更可能涉及柳青对"技术"之于"合作化运动"价值意义的判断——他显然不愿意把"技术革新"视为王家斌互助组取得成功的主导因素，而他理想中的"社会主义新人"及"社会主义"本身都对那种能够实现"丰产"的"技术"有着某种疏离和规避。

与皇甫村互助组的曹大个一样，《创业史》中的技术员韩培生这一人物也是"高大个子"，同样的职业身份和相似的体貌特征，表征着两者之间有非常密切的关系。当然，与记叙散文《灯塔，照耀着我们吧!》中一笔带过的曹大个不同，长篇小说《创业史》中的韩培生显然已经是一个远为丰富、立体且有着完整"经历"的人物。由此可以说，在《创业史》中，《灯塔，照耀着我们吧!》中那个被略写的人物被柳青大幅度地"展开"了。但需要指出的是，这种"展开"并不意味着柳青在态度上对这一人物及其与之相关的"技术"的改变。因为随着人物一起"展开"的，正是那种在《灯塔，照耀着我们吧!》中已经出现了的人物关系的不平衡性，而在《创业史》中，柳青把两个人物嵌入了一个充满对应的结构，这使得彼此疏离"焦点人物"与"边缘人物"产生了某种近距离的"反差"效果。

首先需要提及的是梁生宝"买稻种"这一关键情节。"买稻种"意味着梁生宝的出场，在诸多柳青研究者那里，它也最充分地体现了梁生宝大公无私的"觉悟"和"社会主义新人"品性。这一认识也与作家柳青自身的创作意图若合符节，即使是在《灯塔，照耀着我们吧!》中叙述合作组丰产的过程时，也是从王家斌买稻种写起："农业技术指导员曹大个帮他们的互助组订了水稻合理密植计划，他就自告奋勇坐火车到几百里外的眉县去买优良稻种。"① 如前文曾经论及的那样，柳青在讲述"丰产"时把精力主要集中在对王家斌的"发现"中，因此，"买稻种"的细节被详细地铺陈出来："他除了车票、稻种价、脚价，没多花一个钱。他用竹篮子提

---

① 柳青:《灯塔，照耀着我们吧!》，载《柳青小说散文集》，中国青年出版社，1979，第14页。

着干锅饼，来回吃了一路。"① 也正是通过这些细节，柳青才得以把握王家斌身上"新人的性格"。但是，柳青在记叙散文中的这个说法，同样暴露了另一个重要的意思：王家斌买稻种是"自告奋勇"，这个"自告奋勇"指向的人物恰恰是技术员曹大个，也就是说，"买稻种"这一体现"新人性格"的行动本身是对曹大个"水稻合理密植计划"的实施，是这个计划中的一个环节。而在《创业史》中，柳青实际上把与曹大个对应的技术员韩培生的出场时间大幅度后移，而"买稻种"也就成为专属于梁生宝一人的独立行动，一个没有前因的、具有"开端性"的"事件"。

显然，这个"事件"的"开端性"不仅仅意味着长篇小说叙事的开始，更是表征着作为"典型人物"的梁生宝在文学叙事上的诞生。但值得注意的是，柳青在现实中对"典型人物"的"发现"过程，其实也是把"人物"从"水稻合理密植计划"这类"技术"范畴予以解放的过程。而他在叙事上对"典型人物"的"呈现"，同样也伴随着对"技术"的"遮蔽"和"变形"。由此，王家斌所身处的那种"技术语境"，在柳青笔下的梁生宝身上已经被悄然抹除。

但是，柳青显然无意把自己理想中的"社会主义新人"从"伦理"这个单一的维度上展开，进而成为平面化的"道德模范"，因此，那个因"技术"（及其相关的知识、文化）被抹除而空出的场域就必须有与之对应的替代物予以填充。因此，小说中的下述描述就需要格外注意：

> 生宝注意到一个非常有趣的事情：渭河上游的河床很狭窄，竟比平原低几十丈；而下游的河床，只比平原低几尺，很宽，两岸有沙滩，河水年年任性地改道。这是什么道理呢？啊啊！原来上游地势高，水急，所以河淘得深；下游地势平，水缓，所以淤积起来很宽的沙滩。
>
> "高，是高。这里地势是高。"他自言自语说："同是阴历二月中间天气，我觉着这里比汤河上冷。"站在这里时间长了，他感觉出这

---

① 柳青：《灯塔，照耀着我们吧!》，载《柳青小说散文集》，中国青年出版社，1979，第14页。

个差别来了。

噢噢！对着哩！怪不得这里有急稻子。这里准定是春季暖得迟，秋季冷得早，所以稻子的生长期短。

生宝觉得：把许多事情联系起来思量，很有意思。他有这个爱好。

咦咦！这里的土色怎么和汤河上的土色不同哩？汤河上的土色发黑，是黑胶土，这里好像土色浅啊！他弯腰抓起一把被雨水湿透了的黄土，使劲一捏，又一放。果然！没汤河上的土性黏。他丢掉土，在麻袋上擦着泥手，心里想：

"啊呀！这里适宜的稻种，到汤河上爱长不爱长哩？种庄稼，土性有很大的关系；这是个事哩！跑这远的，弄回去的稻种使不成，可就糟哩。"

这样一想，倒添了心思。他急于过渭河到太白山下的产稻区看看稻种，问清楚这稻种的特性。

这段文字虽然也在梁生宝"买稻种"的情节中出现，但它却不具有情节推演的功能，反倒像是逸出于叙事的一段闲笔。在这里，柳青似乎让我们窥视到梁生宝丰富的内心世界，这个青年农民对他所处身的世界充满了好奇，他体察着它的地理、物候、土壤，并试图和他所要买的稻种关联起来。但需要强调的是，这里的地理、物候、土壤并不是直接被视为"农业技术"（以及与之相关的科学知识）的范畴，文字中那些充满"噢噢！""咦咦！"之类的惊叹词，其实是表明梁生宝这个识字不多的青年农民在凭借一种"觉悟"把握世界——这个世界并不是与自己内心割裂的客观世界，或者说，它不是那种笛卡儿意义上被主体认知的"自然界"。有关这个世界的种种奥秘不是作为自身自外的"科学知识"而被主体"认知"的，反倒像是从主体与世界的切身的接触与交融中源源不断地涌出，可以说，这是一种充满智慧的"在地经验"。需要强调的是，这种经验并不处于与现代技术相互暌隔乃至对立的位置上，如当时的《人民日报》上，就有如下关于苏联农业科学及密植技术的表述："我国农民的实际经验，已经证明了苏联农业科学上的密植增产的方法，在我国是可以推行的。……
这些丰产经验和苏联农业科学上的密植思想不谋而合。这些事实说明：我
们必须十分重视劳动群众的创造，必须用科学的方法，总结群众的经验。
这些丰产经验和苏联农业科学上的密植思想不谋而合。"① 在作者看来，
"农民的实际经验"是与现代农业科学"不谋而合"的，甚至从某种意义
上说，"经验"产生还先于"科学知识"，它是后者的"来源"——"自
然科学理论的根本来源就是群众的生产经验。各种优越的生产经验必是合
乎一定的科学原理的"②。柳青对"技术"的认知也可以放在这样一种时代
话语的情境中予以审视。因此，他在塑造"典型人物"时对"技术"的变
形和遮蔽其实潜隐着一个"反转"的逻辑，这不是对"技术"的简单否
定，而是对它的超越。具体来说，他理想中的"社会主义新人"乃至"社
会主义社会"本身都不是以"技术"为基点展开的现代化想象，而是有着
超越于"技术"的伦理层面。

如果说梁生宝代表了柳青理想中的"社会主义新人"形象，那么韩培
生则是一个非常现实的人物。在梁生宝理想之光的照射之下，技术员及其
所指涉之"技术"的现实性限度会暴露得更为明显。在叙事上，柳青除了
大幅度后移韩培生的出场时间之外，也改写了他与合作组之间的关系。在
《灯塔，照耀着我们吧！》中，曹大个是长期驻扎在合作组中工作的，但在
《创业史》中，柳青却把这个长期驻扎的状态转变为一个"县委派遣入组"
的动作，如此，技术员韩培生实际上成为一个半途加入的"外来者"。因
此，他与互助组之间的关系不像梁生宝那样是天然的，对他而言，这种关
系的建立需要一个非常曲折的过程。如果说有关梁生宝的叙事是在理想层
面展开，那么韩培生则处于错综复杂的现实矛盾中，这种经历折射出的是
合作化运动困难、挫折的一面。因此，前文所说的两者人物之间的"反
差"，其实就是"理想"与"现实"的反差。在《创业史》第一部中，柳
青特意把韩培生到来的时间安排在梁生宝带领部分社员进山割竹子的节点

---

① 《经济生活简评 对于农业生产上的先进经验要作出科学的总结》，《人民日报》1951 年 12
月 26 日第 2 版。

② 同上。

上，前者不仅住进了后者空出的"草棚屋"里，而且也在事实上代行了后者在互助组中的领导职能。因此，韩培生此时的工作其实包括两个方面：第一，作为技术员推广先进的农业技术，帮助互助组实现增产；第二，作为一个"技术型领导"，管理互助组日常事务，并推进互助合作工作顺利展开。但这两项工作的效果却大不相同：作为农业技术员的韩培生非常出色地完成了任务，选种、育秧、除虫都是一把好手，展示出了极高的职业素养，而互助组在他的技术加持下，也确实最终实现了丰产；但是，这个暂时由"农业技术员"领导的互助组本身，却先后遭遇了两起退社事件，陷入了濒临散伙的严重危机。这种充满征候性的叙事暴露出柳青对"技术"及"合作化运动"关系的深刻认识：通过"技术"来实现的"丰产"并不是意味着合作化运动本身的成功，两者并不能等同为一回事。

而在《创业史》第二部中，作为驻社干部的韩培生已经褪去了早期的稚嫩，很好地融入了合作社的各项工作当中，成为社主任梁生宝身边一个非常得力的帮手。但此时这个政治上成熟了的韩培生恰恰丧失了自身"农业技术员"的身份，而成为一个驻社干部了。表面上看，《创业史》第一部分的韩培生有一个相当完整的"成长经历"，这个"技术的消失"过程也可以视为技术员在自身"成长"过程中艰难曲折的自我否定。但是，从"技术员"到"驻社干部"的转换的逻辑并不必然就是韩培生"成长"的内在逻辑。对这一点，柳青在叙事上缺乏必要的说明。因此，与第一部中"技术"引发的诸多矛盾一样，这种"技术性的消失"本身同样可以看作柳青叙事的某种征候。事实上，韩培生从第一部到第二部的"转变"，并不是一个成长过程的顺延，而是一个断裂，是"驻社干部"所指涉的力量对"技术员"所指涉的因素的否定和克服。正是在与梁生宝的比照中，同样作为正面人物的韩培生及其他所掌握的"农业技术"，似乎呈现某种令人不安的负面意义，而他笔下的"合作化叙事"，自然也有某种对"技术"要素予以规避乃至克服的内在逻辑。与理想人物梁生宝对"技术"的"乌托邦"式超越不同，在处于现实关系中的技术员韩培生身上，对"技术"的超越是无从完成的，而对它的否定、克服也与现实矛盾彼此纠缠，甚至上述文本叙事的"断裂"本身就意味着那种现实意义上否定、克服的未完成性。

那么，究竟该如何判断柳青在《创业史》中对韩培生这一人物的塑造，又如何看待韩培生与梁生宝这两个人物之间的"反差"式对应关系？自然，会有人认为柳青这种充满"征候"的叙事乃是对历史本真的涂抹，而他在思想中对"技术"的警惕和在叙事上对"技术"的规避也应被视为合作化运动的"反现代性"因素予以排斥，它们显然贬低了"技术"之于经济发展和社会进步的意义。但这一判断的前提却是错误的，它不仅仅误解了"合作化运动"及20世纪50年代中国的社会主义实践，也在很大程度上误解了"技术"本身的意义。蔡翔曾在论述20世纪80年代中国"现代化"观念时提及："所谓'现代化'，也更多地被技术化，或者可以称之为'技术现代性'。正是'技术'（科学）的介入，这一所谓的历史转折才可能完成，显然，技术崇拜——科学崇拜——制度崇拜——意识形态崇拜，也正是20世纪80年代的逻辑演变，这一逻辑帮助中国重新回到'世界体系'之中。"① 蔡翔的论述其实指明了非常重要的一点，一种"现代化"意义上的"技术"观念主导了人们对未来的想象。而需要补充的是，那种客观、中立、自足的"技术"观念在主导人们对现实和未来想象的同时，也同样干扰了我们对20世纪50年代的历史的认知。因此，探讨《创业史》中的韩培生形象及这一形象的文学意义，首先要恢复"技术"这一词语在20世纪50年代的政治意涵和历史语境。正如派遣韩培生下乡进入互助组的杨书记所说，技术员"要克服单纯推广农业新技术的偏向，要帮助做点巩固和提高互助组的工作"。在那个充满高度构造性的时代，这种"克服单纯推广农业新技术的偏向"是中国共产党和政府农业技术推广工作的基本精神，但其实也是柳青在《创业史》中对韩培生这一人物的叙事策略。他所要警惕、超越、否定、克服的"技术"并不是"技术"本身，而是那种将"技术"视为一种客观、中立、自足范畴的政治理念。

---

① 蔡翔：《代序·流水三十年》，载《神圣回忆：蔡翔选集》，中国台湾人间出版社，2012。

一 新中国成立前后"技术"话语的 流变：从"政治"到"经济"

　　首先需要说明的是，"技术"乃是一个历史性概念，在不同的时间和空间之中，可能有着不同的意义。由于《创业史》以中国农村的"合作化运动"展开叙事，而技术员韩培生实际上应该是一个"农业技术"的推广者，因此，本文所论述的"技术"具体是指"农业技术"。而对这个"农业技术"概念，必须在中国共产党人领导的革命实践和社会主义建设实践中予以历史性把握。1988 年 6 月，邓小平在全国科学大会上提出了"科学技术是第一生产力"的著名论断。将"技术"与"科学"连用，且将其归入"生产力"范畴，这也代表了当下社会总体对"技术"的普遍理解。事实上，邓小平上述论断的依据，是"生产力决定生产关系"这一马克思主义经典命题。但如果历史地看，"生产力决定生产关系"并不能予以教条式的理解。中国曾长期处于极端落后的发展中国家状态，因此对领导中国革命实践和建设实践的政党而言，提高生产力水平不仅是一个自然而然的前提，更是紧迫的现实任务。因此，要创造性发挥上述马克思主义经典命题的另一面，即通过生产关系的变革，解放和发展生产力。无论是土地革命战争时期，还是之后的社会主义改造，这一逻辑始终贯穿于中国共产党的农村政策。在这样一个视域中考察"技术"，会发现它有一个从"生产关系"范畴向"生产力"范畴转移的过程。

　　中国共产党话语中"技术"第一次的大规模出现可以追溯至 20 世纪 40 年代中期革命根据地的"大生产运动"。当时的太行根据地领导人赖若愚在一篇总结性文章中提及："大生产运动的第一年——四四年，我们就取得了很大成绩和很多经验，召开了第一届群英会。……运动中涌现了大批劳动英雄，各种技术能手和领导生产的模范工作者，并在他们的领导之下，农业生产上广泛的组织起来了。"[1] 按照这篇文章，"提高技术"也正

①　赖若愚：《太行两年来翻身杀敌生产经验》，《人民日报》1947 年 1 月 15 日。

是在此次群英会后迅速发展起来的："四四年的时候，武乡许多村中，如东堡红旗大队即设有技术指导员，指导生产，四五年和今年许多村都成立了技术研究会。据黎城、潞城、平顺、武乡、邢台等八个县，计有村技术研究会六百个，参加的会员仅黎城一县就有一千六百多人，大多是英雄、能手，他们有很多创造，打破了农民生产上许多传统的约束……"①

与今天相比，20 世纪 40 年代中期的中国共产党人对"技术"的理解有诸多特殊性，体现在以下方面。

首先，这里所指涉的"技术"不是指那种 20 世纪 80 年代以后现代化意义上的"科学技术"，虽然也有诸多"科学"意识的成分，但更多关联着乡村内部在地的农事经验。因此，上文中所谓"技术能手"并不是指那些掌握了现代科学知识的人，而是指乡村内部的土生土长的"庄稼把式"："主要是把土生土长的技术能手组织起来，利用他们的实际经验加以提高，才有了新的成绩和创造。"② 而在很多地方，那些有丰富耕作经验的老农民也会成为共产党人极为倚重的"技术人员"——"受训的干部下去，结合有经验的老农，以及劳动英雄等组成提高生产技术的指导核心；不断地向群众学习，采用科学与经验结合的方法推动耕作技术。"③

其次，这里所指涉的"技术"也不是当下那种客观、中立、自足的领域，"技术工作"的重点不在研发，而在推广、传播。在这种要求之下，"技术能手和技委会不仅自己要有技术，更要善于组织群众技术，明确了这一点后，在作法上就不是单纯自己干，而是面向群众发现群众创造，组织群众经验，传播群众技术"。④ 事实上，根据地村庄中的技术委员会有着非常重要的技术交流功能，"潞城在今年大生产运动中，农业上的技术指导已深入大部老解放区农村，全县一百六十八个行政村中已有八十二村建立了健全的村技术委员会，或技术指导小组等组织。其他村庄（大部为新

---

① 赖若愚：《太行两年来翻身杀敌生产经验》，《人民日报》1947 年 1 月 15 日。
② 席凤洲：《组织改进农业技术》，《人民日报》1946 年 12 月 12 日。
③ 黎城联合办公室：《增产的保证 精耕细作提高技术》，《人民日报》1946 年 11 月 12 日。
④ 《农业技术领导中的群众路线——太行三专区一年农林工作检讨》，《人民日报》1947 年 12 月 9 日第 2 版。

区）在锄苗运动中亦有请老师、互相观摩等技术研究活动"。① 在这种交流之中，原本专属个人经验的技术，能够为更多的人所掌握，如报道所述："技术学习在潞城农村中已形成热潮，农民再不墨守成法而日求改进，老农在村中获得尊敬，热心地把技术传给年轻人而再不保守。"② 这种技术推广不仅面向一般农民，而且会把原本处于家庭内部的妇女和儿童纳入公共生产活动之中。"在技术委员会推动下，向无植棉技术的潞城农民，今年植棉达三万五千七百亩，超过计划百分之十九，棉田全部锄了三遍以上，大部村庄的妇女儿童都学会了打杈去顶的技术。"③ 由此可见，此一时期的"技术"并不同于当下那种建立在个人私有财产基础上的专利技术、知识产权技术，其实是中国共产党早期在革命根据地推行的"合作化"实践的一个重要环节，直到 20 世纪 50 年代，华北农业厅仍然"要求号召农民群众贯彻组织起来与技术密切结合的方向，提高农业技术，战胜灾害，发展和改善供销合作社工作"④。所以与 20 世纪 80 年代的论断相比，此时的"技术"并不能归之于"生产力"范畴，而恰恰属于某种"生产关系"的层面，深度契合了中国共产党人通过变革生产关系解放和发展生产力的理念。正因为此，吴玉章在 20 世纪 50 年代仍以此作为宝贵的经验予以重申："农业技术虽然落后，但是以解放区的经验证明，只要稍稍加以改良，就能大大提高生产。"⑤

1949 年中华人民共和国成立之后，"技术"的外部语境和它自身的内涵都发生了巨大的变化。从外部看，中国共产党已经掌握国家政权，国家的现代化建设和社会主义事业成为重要的范畴。在革命战争时期，通过"组织起来"发展农业生产活动是为了让个体农民通过联合"抵御天灾"并实现"生产自救"，而其最终的导向则是将乡村纳入中国共产党领导的根据地政权和战争动员机制。但是随着战争的胜利和中华人民共和国的成

---

① 李俊：《科学指出结合老农经验 潞城改进农业技术》，《人民日报》1946 年 9 月 11 日。
② 同上。
③ 同上。
④ 《华北党为完成新的伟大任务而斗争》，《人民日报》1950 年 7 月 2 日第 1 版。
⑤ 《吴玉章同志在全国第一次科学会议筹委会上的讲话》，《人民日报》1949 年 7 月 14 日第 2 版。

立，乡村农业生产活动的经济意义开始凸显。1949 年 12 月，全国农业生产会议召开，会议确定了"一九五〇年以恢复生产为主的总方针，制定了增产粮食一百亿斤、植棉五千万亩、产皮棉十三亿斤的总计划，并明确提出各地可因地制宜，拟定主要特种作物出口产品的恢复与增产的要求"①。在这里，各地乡村的农业生产已经被组织进一个全国性的农业部门，并通过这个部门被纳入新中国整体的经济运行机制之中。事实上，1949 年之后由国家针对乡村发动的多项"运动"其实都兼具这种"经济"的维度。例如，"土地改革运动"虽然具有高度的政治性，但同时也被视为通过经济关系的变革解放和发展生产力的实践。而在抗美援朝期间，发展经济、提高农业生产水平仍然是重中之重的任务，1951 年的全国农业会议，各地与会代表就制订了"爱国生产运动"的计划："为了争取今年全国的丰收，为国家的经济建设奠定良好的基础，在目前全国抗美援朝的形势下，必须开展一个全国性的爱国生产运动（老区为爱国丰产运动），以便更加提高全国农民的生产情绪，顺利地完成今年全国农业增产任务。"②

需要强调的是，这个被不断凸显的"经济"维度并不完全与中国共产党既有的政治实践完全契合，反而会发生诸多抵牾。如 1953 年，《人民日报》就发文批评"各地农村开会太多严重妨碍生产"，而这种错误的根本原因就在于县级领导"没有明确地指出春耕生产是压倒一切的中心任务"③。同样，著名劳模李呈桂也因不专注于"丰产"而受到批评："李呈桂从春耕到夏收，因开会而浪费的时间是很多的（有些会完全不必要参加），不能集中精力在他的丰产事业上。"④ 如果说"开会"还只是形式，那么东北局委员林枫的谈话则点出了经济与政治思想上的冲突，他在谈及农村工作时指出："过去在农村中曾经有一个时期不敢宣传社会主义，据

---

① 《全国农业生产会议闭幕 制定明年增产计划 增产粮食百亿斤、植棉五千万亩、产皮棉十三亿斤》，《人民日报》1949 年 12 月 26 日第 2 版。

② 《农业工作会议决定开展爱国生产运动 争取今年全国丰收 要为国家的经济建设奠定良好的基础》，《人民日报》1951 年 3 月 2 日第 1 版。

③ 《把春耕生产作为农村压倒一切的中心工作 各地农村开会太多严重妨碍春耕生产》，《人民日报》1953 年 4 月 11 日第 2 版。

④ 雷金、方堤、罗光裳：《李呈桂的"丰产田"为什么没有丰收》，《人民日报》1952 年 2 月 24 日第 2 版。

说是怕增加群众思想顾虑，影响生产情绪，显然这是放松了党在农村中的思想领导。"① 无论是把"生产"视为"压倒一切的中心任务"，还是要求农村干部群众"集中精力在丰产事业上"，其实都表明"经济"已经形成了一个与社会主义的政治理想并不完全重合的维度，这个维度甚至试图取代"政治"的中心地位，形成一套自足性的发展逻辑。

正是基于上述这种外部语境的变化，原本在"大生产运动"中发展起来的"技术"及其内涵也随之发生了变化。在前太行区的生产运动中，"技术"是与"组织起来"的政治实践密切相关的，它隶属于"生产关系变革"的范畴，因此"改进技术"伴随着"交流经验"，"不仅推动了生产运动，且使党与群众的关系得到进一步改善"②。从这里可以看出，"组织起来"是"改进技术"的内涵和最终导向，而所谓"推进生产"仅仅是其中的一个环节。但是在中华人民共和国成立以后的国家的经济建设中，"生产"在农村一度成为"压倒一切的中心任务"，而"技术革新"也被纳入了"粮食丰产"的经济范畴，并作为"丰产"的必要手段而被认知。如 1952 年发布的《中央人民政府政务院关于一九五二年农业生产的决定》（简称《决定》）所说："有计划地总结和推广丰产模范的经验，对提高单位面积产量有极大的作用。农业技术部门和国营农场应做好科学技术和农民经验相结合的工作，及时地给农民以指导，打破农民'生产到顶'的自满情绪和农业技术上的保守思想，普遍地建立起农村的技术研究组，推广优良品种，并从各方面改进耕作技术。"③

在上述《决定》中，尤其值得注意的乃是"打破农民'生产到顶'的自满情绪和农业技术上的保守思想"的表述，这其实意味着一个"永续发展"的经济范畴已经开始形成。需要强调的是，不仅仅是这个范畴改变了"技术"的内涵和语境，作为新观念的"技术"本身也参与了那种"永续发展"模式的建构。事实上，20 世纪 50 年代中国充满现代性的农业

① 林枫：《加强党在农村中的教育工作》，《人民日报》1952 年 7 月 13 日第 3 版。
② 史林琪：《前太行区的生产运动与经验的介绍》，《人民日报》1949 年 9 月 3 日第 2 版。
③ 《中央人民政府政务院关于一九五二年农业生产的决定》，《人民日报》1952 年 2 月 27 日第 1 版。

技术是从苏联引进的，在一本介绍苏联农业的书中，作者提及：

> 农业的根本改造，用头等技术来装备它，利用农业生产中的科学成就，要求社会主义农业工作人员广泛地掌握新技术和先进而科学的耕种法。苏维埃农业的先进者运动，就是群众对这个要求的直接回答。它奠定了农业生产中的真正革命的基础。社会主义农业中的先进者，粉碎了关于土壤肥沃水平、牲畜繁殖率、机器生产率的陈旧观念，他们发掘出了提高劳动生产率的潜在可能性，达到了在资本主义制度下没有过的和不能想象的高度记录。①

事实上，这样一种通过技术不断提高劳动生产率的发展思路，是以米丘林-李森科的生物学说为基础的。米丘林的农业生物学观念建立在这样一种认识的基础上："每一种有机体的品质，都或多或少地由周围环境——或正确地说，由于生活条件——的影响而改变。有机体在生活之中逐渐累积起来的变异能够遗传给后代。理解这个自然规律，对于我们非常重要，因为如果人改变了植物和动物的生物条件，便可以按照人所需要的方向改变它们的遗传性。"② 本文在这里没有能力探讨米丘林学说原理的科学性，但是这种学说衍生出的观念和意识形态却对人们的农业生产产生了巨大的影响。正是基于这样一种原理，那种通过技术促进生产的永续发展思路才得以真正形成："科学有义务帮助人民，给人民指引走向提高收成、创造新品种的道路。既然科学揭露了植物的生活规律，既然我们可能在较短的时期内创造出人所需要的品种，那么我们何必还要等待几百、几千年呢。"③ 在 20 世纪 50 年代初期，随着相关农业技术书籍的译介和苏联农业技术专家的到来，米丘林-李森科的农业生物学说开始大规模传入中国，并深度影响了人们对农业生产实践的认知。如作为中央人民政府农业部顾问苏联农学专家的卢森科就在"分析了各地的情况后告诉我们：中国农业

---

① [苏] A. 卡拉瓦也夫等：《苏联农业》，终南译，生活·读书·新知三联书店，1950，第 62 页。
② [苏] 格鲁申柯：《苏联农业生物学的创始者》，王汶译，开明书店，1952，第 36 页。
③ 同上。

生产存在着无限的潜在力"。在他看来，"由于中国历史上长期存在过封建的生产关系，由于帝国主义者在中国散布的反动的'土地报酬递减率'和'生产极限'说的影响，中国还存在许多不适合先进农业科学要求的农业技术栽培方法"①。也正是在这种技术观念的指引中，中国乡村的农业生产实践发生了巨大变化："广大农民在已有劳动实践的基础上，因为逐渐接受了苏联先进经验的影响，在爱国增产竞赛运动中，出现了许多丰产典型，从而打破了'生产到顶'的保守思想。"②

　　由上文论述可知，在革命战争时期处于"生产关系变革"层面的范畴，已经在新中国成立后的经济建设中转移至"生产力发展"的范畴，或者说，"技术"从既往的"政治"语境中游离出来，而深度嵌入"经济"领域，形成了一个"技术-经济"的现代化逻辑。基于当下的现实语境及观念，人们往往会关注政治对技术的压抑，因此"技术"对"政治"的游离往往被视为一种反抗行为，而在这种反抗中，客观、中立、自足的科学领域才得以形成。但是从20世纪50年代中国具体的历史语境出发，我们会发现"技术"游离"政治"的过程也正是被"经济"吸纳的过程。事实上，那种客观、中立、自足的科学技术领域并不存在，甚至从某种意义上说，"技术"的客观性、中立性和自足性本身就是"经济"话语塑造的结果。只有经过这样一种塑造，"技术"才能被作为"生产投入"而纳入整体性的经济运作过程。

　　但需要指出的是，上述这种"技术-经济"的逻辑并没有形成对那种"技术-政治"逻辑的取代。相反，中国共产党人一直对那种新兴的"技术"观念保持高度警惕，他们不承认那种客观、中立、自足的"技术"领域的存在："从来只有科学及其应用的问题，而没有所谓纯粹科学与应用科学的区别问题。既然如此，则学院派的为研究而研究的想法与做法，便不应该在我们农业试验场中占有位置。"③ 但是，并不能将这样一套话语视为政治对技术的压抑，更不能理解为某种反科学的"前现代"观念。对于

---

① 李蓬茵：《中国人民感谢苏联农学专家卢森科》，《人民日报》1952年8月23日第2版。
② 同上。
③ 张庆泰：《论农业技术改进的群众路线》，五十年代出版社，1950，第3页。

这两者，当时的中国共产党人有非常明确的区分："我们曾反对教条主义，反对技术上的投降主义，搬用外国的一套，反对沉迷于个人兴趣，企图向外国取得博士学位的脱离群众的做法，也反对抵抗应用现代自然科学成就的经验主义。"① 从这个意义上说，当时的中国共产党内的农村工作者们充分意识到了"技术-经济"这一现代化逻辑的"脱域"性，即"技术"提高劳动生产率的同时，也会脱离群众的实际需要和切身利益，进而游离出"社会主义"的根本方向。如在 20 世纪 50 年代出版的技术小册子中，就提及过这样的问题："有的试验场个别同志，不从实际出发，而完全按照书本办事，因此对其所养的马，往往不看具体条件，一定要用较贵的芦荟治病。对其所养的鸡，往往不看具体条件，一定要喂鱼骨粉（这里还不是反对任何用特殊饲料的培养育成法）。对其所养的猪，往往不看具体条件，一定要修盖洋式砖舍洋灰澡堂（这里并不是反对修盖猪舍讲求科学与卫生）。"② 就这些问题来说，政治的介入显然是非常必要的，其本义并非对技术予以压抑和干涉，而是要克服"技术-经济"逻辑衍生的诸多问题，并通过"群众路线"恢复"技术"作为科学实践、社会实践和政治实践的多重意蕴。只有在这种情形之下，"技术"才不会演变为某种投入生产环节的资本要素，而是将它视为一个多重政治力量博弈的场域。

二 "阶级政治"话语中的 "技术-经济"逻辑

柳青的《创业史》关注的是 20 世纪 50 年代尤其是 1953 年"总路线、总任务"颁布前后中国农村的"合作化运动"。因此，无论是"合作化运动"本身还是《创业史》的叙事，都不能脱离此时中国社会具体的历史语境。需要指出的是，"总路线、总任务"的颁布标志着社会主义在中国不再是一个发展远景，而是进入了具体实践的现实层面。由此，原本作为两

---

① 田活农：《战时农村中的科学普及工作》，《人民日报》1949 年 7 月 26 日第 4 版。
② 张庆泰：《论农业技术改进的群众路线》，五十年代出版社，1950，第 5—6 页。

个不同历史阶段的"新民主主义革命"和"社会主义革命"形成了一种共时性的并置状态。在这样一种新的形式之下，中国共产党人领导的社会实践也就兼具了"国家现代化建设"和"社会主义建设"的双重逻辑。事实上，前文提及的那种发源于前太行根据地的"技术-政治"与新中国成立后凸显的"技术-经济"就是这一逻辑在"农业技术"方面的具体表现。中国共产党人对这样一种双重逻辑非常清楚，在制订农业方针和农村政策时也一直力图将两者统一起来。如1951年，在农村互助组呈现停滞涣散的情势之下，"山西省府及时提出了'组织起来与提高技术相结合'，充实了新的内容。凡抓住了提高技术的互助组，产量均有提高，互助组也得到了巩固"。① 而在1956年，国家提出"农业合作化和农业技术改造应当密切地结合起来"，如薄一波即在回忆中指出："在党中央的正确领导下，我们国家的农业的社会主义改造运动正在迅速地健康地向前发展。这个运动的主要的方面，是农业合作化，即农业的社会主义改造；它还有另外的一个重要的方面，就是农业机械化、电气化、化学化，即农业的技术改造。"②

以上述历史语境为前提考察《创业史》，会发现小说对"技术"的相关叙事同样呈现这种双重逻辑。首先，那种"技术-经济"的逻辑并没有被柳青所忽视，甚至在他笔下，这一点也不完全是负面性的存在。如前文所述，王家斌及其领导的互助组之所以能够进入柳青的视野，首先就在于他们实现了"丰产"，如柳青自己所记述的那样："他们有一亩五分九厘做合理密植试验的稻田，达到了每亩九百九十七斤半的平均产量，其余都达到平均六百二十五斤，创造了全区的丰产新纪录。"③ 这样一组有关丰产情况的描述被柳青完全移入了《创业史》的文本之中："梁生宝互助组的成功，使得总路线的意义在蛤蟆滩成了活生生的事实了。生宝互助组密植的水稻，每亩平均产量六百二十五斤，接近单干户产量的一倍。组长梁生宝一亩九分九厘试验田，亩产九百九十七斤半，差二斤半，就是整整一千斤了。这

---

① 陈连：《组织起来，开展生产互助运动》，《人民日报》1951年2月19日第2版。
② 薄一波：《农业合作化和农业技术改造应当密切地结合起来》，《人民日报》1955年11月17日第3版。
③ 柳青：《灯塔，照耀着我们吧！》，载《柳青小说散文集》，中国青年出版社，1979，第13页。

八户组员里头，有五户是年年要吃活跃借贷粮的穷鬼，现在他们全组自报向国家出售余粮五十石，合一万二千斤哩。"两相对比，就会发现柳青在小说中所写的"丰产"数据与《灯塔，照耀着我们吧！》分毫不差，两者也同样详细、精确。这里能看出柳青在现实实践中对"丰产"的重视程度，对他而言，"丰产"其实是"互助组"真正成功的标志和优越性所在。

在 20 世纪 50 年代初期，这种以"丰产"标识"互助组"之"优越性"的思维其实是非常普遍的，如《人民日报》对"互助组"实现"丰产"的报道就非常频繁："几年来，在中国共产党和人民政府的正确领导下，我国的农村互助合作运动有很大的成绩。有许多互助组和农业生产合作社曾创造了高额的生产纪录，无可怀疑地显示了它的优越性。"① "丰产"标识的优越性，在"合作化运动"陷入停滞涣散的低潮期时会更为凸显。事实上，柳青自身对王家斌互助组的发现也是在"皇甫村的互助组散得剩不下几个"，而他自己"劲头也不那么大了"的时候。正因为如此，王家斌互助组的"丰产"才能够令柳青兴奋无比。当然，互助组的优越性是通过与"单干户"的比较而呈现的，这种比较的背后则是彼时中国共产党人在推行"农业合作化运动"时采取的相对温和的基本策略，他们尤其强调："在农民完全同意和有适当经济条件的地方，亦可试办少数社会主义性质的集体农庄，以便取得经验，并为农民示范。至于单干的农民，我们也要以满腔的热情去照顾和帮助他们，耐心地教育他们，绝不能对他们加以歧视和讥笑，绝不能粗暴地挫伤他们个体经济的积极性。"② 这种温和的政策不仅仅体现在具体实施的过程中，同样也在宣传工作中有所反映，如有报道就批评那种"把宣传工作变成了强迫命令的工具"的错误思想："在宣传互助合作时，不是具体地宣传互助合作制度在生产上的优越性，从而吸引农民自愿地参加互助组和合作社，而是错误地宣传'单干就是不爱国'，就是'走资本主义的道路'，就是'走蒋介石、美帝国主义的道路'；在推广农业增产的先进经验时，不是具体地宣传这些先进经验的优

---

① 沙英：《逐步实现国家对农业的社会主义改造》，《人民日报》1953 年 11 月 17 日第 3 版。
② 同上。

越性，而是错误地宣传不采用先进耕作法就是'不爱国'，就是'不响应党的号召'，甚至对那些还不懂得先进耕作法的优点，因而暂时还不愿意采行新耕作法的农民，施行惩罚手段。"①

这样一种"优越性比较"不仅仅是国家推进合作化运动的实践策略和宣传策略，自然也会影响到文学创作方面，如柳青自己也洞悉此理，因此他才在小说中借助县委杨书记之口提出："在互助合作这方面，还要做出榜样来，叫群众一看哩。有一部分先进群众，讲道理，可以接受，可是大部分庄稼人要看事实哩！这个和土改不同，你说得天花乱坠，他要看是不是多打粮食，是不是增加收入。"其实在20世纪50年代有关合作化方面的新闻报道和文学作品中，这种"优越性比较"是被广泛采用的叙事结构。而在这些作品中，"优越性"往往是通过采用先进的农业技术予以实现的。如由陶熊所著的快板剧《深耕密植多打粮》就讲述了一个父子二人"比收成，看谁粮食打得多"的故事，儿子由于大胆采用了深耕密植法而实现了丰产，而父亲则"在事实面前相信了新法种田的好处，表示今后也要采用新办法了"，而邻居单干户老王则受到震动，"提出要求参加互助组"②。事实上，这部快板剧中的"儿子"和"父亲"可以分别指代农村的"新青年"和"老农民"。如前所述，"老农民"是前太行根据地在推行农村"技术交流"时非常倚重的力量，传播他们丰富的"经验"一度成为提高粮食产量的关键，而新中国成立之后，苏联传来的新式耕作技术则被国家强力推行，并最终在农村落地。而在这样一种情势之下，两者自然会产生冲突。从这个意义上说，快板剧所采用的"优越性比较"叙事本质上是一种"技术进步"的现代化叙事。在这样一套叙事中，冲突的展开乃是在一条线性的时间维度上——儿子的"新技术"战胜了父亲的"旧经验"。

通过一种"新旧更迭"的"进步"叙事，这类作品对"农村"及"合作化运动"所展开的想象也是那种"技术–经济"层面的现代化想象。社会主义合作运动是通过"集体化"来实现"现代化"，最终实现全体人

---

① 《认真改善农业生产宣传工作》，《人民日报》1953年4月5日。
② 陶熊：《深耕密植多打粮》，华东人民出版社，1954。

民的共同富裕。而在这样一个过程中，那些"单干户"所代表的"小生产者"往往被认作大规模采用先进农业技术的阻碍，如郭小川认为："小生产者人手太少，土地又是一小块一小块的，就不能利用许多新的农业技术（农作法）。因为，一方面，人少活多，不容易找出功夫来学农业技术、学文化；另一方面，有好些规模较大的新技术就是学了也因人少地少用不上。不能使用新技术，生产就不能有很大的发展。农业生产不能有大的发展，农民当然就不能大富裕。"① 但这里的问题在于，郭小川对这种小生产者的分析是从政治经济学层面展开的，因为小生产者意识在具体实践中的克服也必然会触及一些政治经济层面的矛盾。但是在前述这类文学作品中的"新旧叙事"，却抽空了政治经济学层面的社会语境。需要指出的是，这种"技术"层面的"新旧矛盾"是一种完全可以调和的矛盾，是可以随着现代化进程的演进而自然化解的矛盾。正因为此，快板剧最终是一个"父子和好如初"的大团圆结局。

把"乡土经验"与"现代技术"放置在一个历时性展开的时间维度上，只不过制造出一个虚假的"新旧冲突"的表象，而那种共时性上存在的诸多错综复杂的根本矛盾则被遮蔽了。事实上，这类作品的叙事总会让人想起如下问题：互助组的增产究竟是生产力变革本身的效果，还是仅仅在于推行了新技术？新技术既然能被互助组采用，那又为何不能被单干户所采用？而单干户在"比拼"失败后要求加入互助组，究竟是对它所代表之社会理想的认同，还是仅仅在于可以谋得私利？而对于这些问题的答案，此类作品显然无力回答，而只能搁置乃至回避。而正是在对根本问题的搁置和回避中，他们才会将"社会主义合作化运动"窄化理解为一场"去政治化"的"现代化运动"。事实上，形成这样一种叙事的根源或许不在叙事本身，而是在于那个"技术—经济"的认知框架。通过"优越性比较"来评判"合作化运动"，本身就消解了"两条路线斗争"的政治意义，它将尖锐的"斗争"转换成了温和的"竞争"。正是在这种"竞争"之中，有关"丰产"的量化数字（如粮食产量和收入）才最终成为唯一能

① 郭小川：《社会主义的路是农民共同富裕的路》，《人民日报》1953 年 12 月 12 日第 3 版。

够核算的直观标准。也正因为如此，"新民主主义革命"和"社会主义革命"的差别被消融在一片数字的比较之中，而"合作化运动"本身的政治实践也被纳入了"技术-经济"的想象之中。

与上述这些作品相比，柳青虽然也在《创业史》中提及"优越性比较"的问题，但整部小说的叙事却并不是以此为基础的。这种不同的背后，决定于作家柳青对"社会主义"更为深刻的理解。中苏两国建交之后，中国政府曾经安排各界人士出访苏联，以学习苏联的社会主义建设经验，而这些人在归国后也往往会将自己的见闻写成文字发表于报刊。而正是在对苏联见闻的感受和认识方面，柳青和其他人有诸多不同。如山西劳模李顺达在参观苏联集体农庄时，往往会关注农村现代化的景观，他看到："苏联城市里有的东西，农村里几乎都有。城里生产用机器，农庄里也用机器；城里有汽车、电灯、电话、无线电、自来水、澡堂，农庄里也有；城市里有高等学校、电影院、歌舞团、图书馆、医院、托儿所、百货商店和银行，农庄里也有；城里人穿绫罗绸缎，农庄里的人也穿；城里过星期日，农庄里也过；城里人文化水平高，农庄里人文化水平也不低。基辅州'十月胜利'农庄一个女庄员一冬就读了四十八本书。有了集体化，什么也好办了。"① 而另一位劳模韩恩的感受也非常类似："他们耕种的土地和农业生产上使用的机器（如拖拉机、脱谷机等）都是国有的；而庄员们各家的小块园地、奶牛、果树等等都归庄员自己所有。他们由于大规模地使用了机器，生产有了高度的发展，庄员们的物质、文化生活也大大提高了，吃的是面包和罐头，喝的是牛奶和汽水，穿的大多数都是哔叽和呢子衣服；他们在劳动生产上，每天下地干活都用汽车接送，在一天的劳动结束以后，都有足够的娱乐和休息时间，庄员们都是那样健壮，过着那样美满幸福的生活。"② 而作家柳青的感受却不同，他的见闻随想中几乎是刻意不谈那种现代化的物质景观和生活方式。在他看来，"人们不应该光羡慕人家的成就，而更重要的是学习人家创造这些成就的精神。两个月里，

① 培蓝：《苏联农民的道路就是我国农民的道路——中国农民代表参观团谈访苏观感》，《人民日报》1952 年 9 月 20 日第 2 版。
② 韩恩：《我们沿着苏联农民所走的道路前进》，《人民日报》1953 年 11 月 7 日第 2 版。

我时时注意着我所遇到的苏联人的行动，他们给我造成了这样一种永忘不了的印象：那就是积极的工作精神和朴素的生活态度已经不止为少数先进分子所具有，而是变成社会道德的一般水平了"[1]。在这里，柳青关注的不仅仅是社会主义现代化建设的成就，更在于那些"先进的社会制度里的人们的工作精神和生活态度"。

这种对苏联见闻的感受方式，自然也会投射到他对中国自身社会主义建设事业的认知上，即他不仅仅要建设一个富强的现代化国家，也要建构一个公平正义的理想社会。从这个意义上说，柳青对社会主义的想象是从"信仰"层面展开的，这其中隐含着一个具有超越性的伦理维度。当然，与古代的宗教不同，中国共产党人所要建构的信仰必须植根于其所领导的社会主义实践之中，也就是说，这种信仰并非游离于现实，而是与现实实践有着密切的互动关系。尽管如此，它仍然是一个具有超越性的维度，在某些时候，它会与现实融为一体，但在另一些特殊的时段，它却可能会与社会现实产生距离乃至矛盾。

具体到柳青的《创业史》而言，这种"信仰"与"现实"关系的变化就体现在20世纪50年代初期，从"土地改革"向"社会主义改造"演进的历史过程里。在"土地改革"的过程中，中国广大农民分到了土地，而中国共产党人也践行了自己"耕者有其田"的许诺。在这个时候，信仰与利益是统一在一起的。但对柳青这样对社会主义有清醒认识的作家而言，这种"利益"与"信仰"的一体化状态恰恰是令人忧虑的，他通过自己的观察发现："人们用镜框子把土地证装起来，挂在屋墙上毛主席像下面，却打着自己的小算盘。"[2] 在这些农民眼中，毛主席成了私人土地财产的保护神，而那种更为宏阔的社会主义理想则在现实面前丧失了自身的超越性。柳青其实在这里已经认识到，"改变贫穷的生活，没有什么了不起的困难；改造落后的意识，才是我们党真正的负担"。在这里，前半句话点出了"社会主义革命"和"新民主主义革命"之间的连续性，而后半句

---

① 柳青：《苏联人民——真正幸福的人们》，《人民日报》1952年2月13日。
② 柳青：《灯塔，照耀着我们吧！》，载《柳青小说散文集》，中国青年出版社，1979，第12页。

话才真正划出了两者之间的分野。对柳青而言，隶属于"社会主义革命"范畴的"农村合作化运动"必须从两个维度上同时展开，它既是一场经济革命，但同时更是一场触及"意识"的伦理革命。在新民主主义革命的范畴中，"经济"和关乎公平正义的"伦理"实际上被处理成两个前后相续的历史阶段，即中国先通过发展资本主义建成富裕强盛的民族国家，然后再通过国家主导的分配机制实现社会主义层面上的平等诉求。而在"社会主义革命"范畴里，虽然有关公平正义的伦理诉求必然会得到凸显，但对作为后发国家的中国而言，那种现代化建设的任务也并不能放弃。因此，两个历时性的因素被并置于共时性的场域之中，所以它们之间必然产生某种内在的结构性矛盾。如何面对和克服这种矛盾，不仅仅对中国共产党人的执政能力提出了严峻的挑战，也是对写作此类题材作家的写作态度和叙事能力的重大考验。

与同时期的诸多作家不同，柳青显然直面了这一问题。《创业史》中的叙事不是一个在线性时间维度上展开的"新旧交替"过程，而是一个以"阶级话语"构筑起的矛盾重重的世界。尽管在"土地改革"之后地主已经不复存在，但是村中的"自发势力"如野草般蔓延，富农姚士杰对新政权暗藏祸心，富裕中农梁生禄打着自己的如意算盘，而贫农王瞎子则对互助合作的前途毫无信心，即使像土地改革后涌现出的进步人物郭振山也开始谋取自己的私利……而这一系列人物其实建构起一组组尖锐的阶级矛盾，存在于富农与贫下中农之间、中农与贫农之间，乃至贫农与贫农之间……由此可见，柳青心目中的社会主义革命是建立在新民主主义革命的重重危机之上，是对这一危机的克服。因此，社会主义革命所召唤出的先进人物必然要有与新民主主义革命完全不同的"精神品格"，必须要破除那种"利益–信仰"的关系。正是在这个意义上，梁生宝这类理想型的人物才得以诞生，在他的身上，"利益"和"信仰"被离析开来，且形成尖锐的矛盾——"利益"成为"信仰"的试金石，而"信仰"则必须在对"个人利益"的弃置中保持自身的纯粹性。那么，为什么《创业史》中没有展开那种"技术进步"的叙事呢？其原因就在于，当柳青以细分的阶级成分组织人物关系时，那种"新旧交替"的时间维度根本就无从展开。在

《创业史》中，那些有"经验"的、作为"庄稼把式"的"老农"，恰恰是富裕中农郭世富这类人物；而掌握了现代农业技术的韩培生也是一个强烈要求进步的中农知识分子。可以说，柳青恢复了"技术"本就应有的政治语境，也把那种"技术–经济"的现代化逻辑置于被严肃审视的相对化位置上。于此，"技术"在叙事中自足性的维度已经被彻底消解，而成为多重力量角逐的政治场域。

《创业史》叙事既是理想主义的，又是现实主义的，呈现了一个相互交织的过程。正是通过那种严苛的现实主义标准，柳青在《创业史》的叙事中淬炼出了梁生宝这个理想型人物；而反过来，梁生宝身上所散发出的理想之光，又将小说中复杂、严峻的现实矛盾烛照得更为清晰。从这个意义上说，《创业史》所呈现的核心矛盾正是这种"乌托邦理想"和"当下现实"的矛盾，而柳青的写作也正是处于由这一矛盾而形成的"高度紧张"之中。但需要指出的是，柳青并不是一个中立的分析者，他始终站在了理想的一维，毫不妥协地揭示着"合作化运动"遭遇的种种现实矛盾，并通过种种拷问式的叙事淬炼出社会主义的伦理向度。从某种意义上说，这种揭示、拷问的强度并不下于一部暴露讽刺的作品。同时，柳青也不是一个局外的观察者，由于20世纪50年代有限的写作空间，更因为自己作为党员干部所处的位置，他不可能也无意把小说中的种种矛盾引向一种批判的维度，而必须试图提供一种切实可行的解决方案。就这一点而言，《创业史》的叙事和柳青所参与的合作化运动的历史，其实保持了高度的同构性，甚至可以说，《创业史》的叙事本身就是介入合作化运动的具体行为。由此，我们也就能够理解柳青为什么会在小说中对"技术员"韩培生及其所指涉的现代农业技术予以处理，因为对他而言，在叙事中切割"技术革新"与"粮食增产"的关系，凸显技术员在实践中遭遇的危机，本身就是对那种"技术–经济"逻辑进行反思和修正。

三 在"国家"与"乡村"之间："技术下乡"的多重实践

如前文曾论及的那样，从 20 世纪 40 年代解放区的"技术交流"，到 50 年代的"技术研发"和"技术推广"，发生了一个具体意涵的流变过程。从观念层面看，这一流变意味着"技术"从"生产关系变革"层面转移至"生产力"范畴，即从"政治"转入了"经济"。而从社会史层面来说，这一过程要更复杂一些。

与前太行根据地乡村社会内部的"技术交流"不同，新中国的农业技术是从苏联引进的。在制度方面，新中国开始恢复并加强农业科学学院、技术研究所建设的力度，并效仿苏联体制建立了大批国营农场和技术推广站。以这些结构为中心，苏联的轮作、深耕密植法、选种、育秧、除虫等技术也开始在全国各地的乡村推广采用。在人员方面，中国政府招募了大量处于失业状态的农业技术人员，并动员他们下乡从事农业技术推广工作。此外，各个地方设立了大量农业技术短期培训班，对从农村选拔出来的青年农民予以技术培训。在思想方面，大量相关的技术书籍被翻译过来，而米丘林、李森科等人的农业生物学说也在中国广为传播。这些具体的现象标识出一个最为核心的变化——一个国家层面的农业技术推广体制开始形成，国家已经成为技术研发和推广的主体，而乡村则成为技术推广的接受者。因此，我们所说的"技术"也必须要在这样一个"国家-乡村"的二元结构中予以审视。

在这种情形之下，"技术"在社会中的运作过程被分为截然两段，一段是"技术"的研发和生产，另一段则是对"技术"的推广。就研发和生产环节来说，"技术"主要集中在相关的农业科研机构，如国营的试验农场，它们已经处在乡村社会之外。而与 20 世纪 40 年代的"大生产运动"不同，这里所说的"技术"也不再是乡村内部的"群众经验"，而是由苏联大规模引进的现代农业科学技术——之于乡村，它是"外来的"因素。这样一种新的技术生产模式其实对中国共产党人在技术工作中一直倚重的

"群众路线"提出了严峻的挑战。技术之于乡村的"外来性",使得技术推广很难形成"群众路线"意义上的内部循环,即它无法"从群众中来",而只能"到群众中去"。作为技术生产之后的"技术推广",似乎也就成为一个"技术"进入乡村内部的过程,具体来说,就是"国家"将"农业技术"推广至乡村内部的过程。

但需要指出的是,由于中国作为落后农业国家的具体国情,这个"技术下乡"的过程并不能简单视为"国家"对"乡村"单向的"主体-客体"实践。这一点,在与苏联农业"集体化"历史的比较中可以看得更为分明。具体来说,苏联的农业集体化过程,伴随着工业化对农业的强力支持,苏联在历次"五年计划"中实现的大幅度增产也是以工业机械的大规模投入为前提:"在斯大林五年计划的年代中,在农业的机械装备方面起了根本的数量质量的变化,而且在后来,农业的机械化还在不断地提高着,动物牵引及原始的,在相当程度上是手工的小农生产工具,已为机械牵引及最新式的机器所代替了。由于这种变化,苏联的农业劳动在各方面已经日益变为变相的工业劳动了。"① 由此可以看出,"技术"在苏联语境中所指涉的范围远比 20 世纪 50 年代的中国丰富,它还包括了实体层面的农业机械和电气设备。正因为此,苏联的农业技术推广是以强大的工业体系为后盾,而所谓"技术下乡"也就可以视为一场以"国家"为主体、以"乡村"为客体的强力现代化实践。

但是,中国在 20 世纪 50 年代的"技术推广"却有着与苏联完全不同的条件——在这个贫穷落后的农业国家中,工业基础极为薄弱,对农业所能提供的支持极为有限,苏联农业中的那种机械化、电气化的因素在中国乡村根本无从谈起。这也使得中国对"技术"的认知体现出自身的特点。事实上,中国在 20 世纪 50 年代所要推广的"技术"很少涉及机械化、电气化的实体层面,更多是指选种、育秧、施肥、除虫这类新式的方式,其背后所依托的乃是相对抽象的"农业生物学知识"。与那些能够直接开进

① ［苏］A. 卡拉瓦也夫等:《苏联农业》,终南译,生活·读书·新知三联书店,1950,第46—47 页。

村庄的拖拉机和播种机不同，这些非实体的"知识"只有转换成新的"经验"，才能够进入乡村并发挥影响。就这一点而言，50年代的"农业技术推广"尽管是已经处于"国家"与"乡村"的二元结构之中，但这种"国家"与"乡村"的关系必须是一个双向互动的过程——"国家"在将"农业技术"推广至"乡村"的过程中，必须同时伴随着"乡村"将"异己"的"技术"予以吸纳并转换为内部经验的过程。

事实上，上述这一将"技术"转换为"经验"的过程仍然接续着革命战争时期"大生产运动"的传统，意味着"技术推广"仍然要由具体的"人"来完成。从这个意义上说，柳青笔下的农业技术员韩培生，正是一个"国家"与"乡村"互动的中介人物。在《创业史》中，柳青借县委杨书记之口谈及对"农业技术推广"工作的看法："今年，我们县上改变做法了。要各区把两个农技员分开放在两个互助组里，不要在全区跑罗。讲来讲去，人家不信嘛。做出样子，给人家看看嘛。"在这里，我们能看到作为基层干部的柳青非常明白"口头宣讲"的无效性——无法使得"技术"脱离"知识"的范畴，也就无法被乡村和那些文化水平较低的农民群众接受。而派遣技术员韩培生直接进驻互助组，则意味着他真正进入了乡村内部，他不再仅仅是"知识"的普及者，更是新式"经验"的创造者。

但值得注意的是，韩培生的"技术推广"在柳青笔下呈现非常丰富的内部层次。

首先，"技术推广"乃是指向客观自然的科学实践。柳青非常细致地描摹了韩培生在技术推广工作中的诸多场景，如下秧、除虫等，如果从农业技术层面来看，这些场景似乎能够组成一个完整的技术程序链条。而作为这种科学实践的结果，则是试验田中的新式秧苗的苗壮成长，柳青用非常传神的笔触写道：

> 梁生宝互助组的扁蒲秧，不管互助组在人事方面发生了什么事情，它只管按照自然界的规律往高长。秧苗出息得一片翠绿、葱茂、可爱，绿茸茸的毯子一样，一块一块铺在秧床上。在灿烂的阳光照耀下，这种绿，真像宝石一样闪光哩！

扁蒲秧不能感觉人的喜、怒、爱、憎，当微风吹拂过来的时候，秧床上泛起了快活的波纹。

在这里，韩培生精心培育的扁蒲秧被归入"自然界的规律"，这似乎是一个"自足性"领域，在柳青笔下被呈现为某种充满了诗性的"风景"。但问题在于，这片被"风景化"的试验秧田并非在展示韩培生"农业技术推广"的成果，而是暴露出那种指向"自然"的科学实践在乡村世界中的"脱域"。事实上，"风景"的出现恰恰是在合作组面临退社危机的时刻，所以它越是"优美"，就越会昭示出技术员韩培生内心的分裂感——"但培育这些扁蒲秧的韩培生，看见自家孩子一般可爱的秧苗，想起互助组的分裂，他心中怎能不难受呢?"

如上所述，柳青笔下那种"风景化"的试验秧田恰恰是一种乡村社会征候，那种科学实践意义上的"技术推广"并不存在自足性，而必须被纳入某种更具整体性的社会实践才能存在。正是在这个意义上，韩培生技术实践的指向其实并不是客观的"自然界"，而是指向了乡村社会内部的各种关系。就 20 世纪 50 年代中国具体的社会语境而言，韩培生的"技术推广"工作可以放在"国家-乡村"二元互动的社会结构中展开。正如由国家研发、生产的"农业技术"是之于乡村社会的异质性存在一样，由国家组织培训的技术员同样也是乡村社会的"外来者"。从这个意义上，柳青在小说中将技术员的出场时间后移且强化其作为"外来者"的身份其实深度契合 50 年代的社会逻辑，这也把"国家"与"乡村"之间的关系暴露得更为充分。在这样一种结构中，韩培生既是一个技术员，但同时也是一名国家干部，他的技术实践也是国家意志在乡村的施行。

但是需要强调的是，这里所说的"国家-乡村"二元结构是就总体性而非单一性而言。正如前文曾经论述的那样，作为技术员的"人"（即韩培生）其实构成了"国家"与"乡村"之二元互动的中介。因此，他的任何技术都与"人"本身有关，而"人"则必然处于某种复杂的社会关系中。具体而言，"技术推广"的一端是代表国家意志的技术员韩培生，而另一端则是梁生宝互助组的组员乃至整个蛤蟆滩的村民。但从社会关系的层面来看，这两端的人都不是单一性的：一方面，韩培生虽然只是个体，但是他同样有着多重的身份，如技术员、国家干部、年轻人、知识分子等；另一方面，无论是互助组组员还是蛤蟆滩村民，都不是铁板一块的整体，他们分属于不同阶级成分，也有着差异很大的财富状况、文化水平和政治觉悟。韩培生的多重身份会对不同的村民产生不同的影响，在某些个人或群体那里构成优势的身份，在另一些个人和群体那里却会变成阻力。因此他的"技术推广"工作不可能是一个单向度的直线式过程，而是会形成分岔式复杂态势，进而演绎成一个社会人事关系网络内部多重力量的博弈。

与梁生宝"买稻种"一样，韩培生进入蛤蟆滩也是作为一个"事件"被树立起来的。但与"买稻种"围绕梁生宝展开叙事不同的是，柳青对这一"事件"的描述是以互助组组员和蛤蟆滩村民的视野展开的——韩培生以及他的"到来"本身都构成了乡村视野观察的对象。在这众多接受韩培生的村民当中，首先要注意的人物是互助组的少年欢喜。事实上，欢喜在小说中是与韩培生一同出场的。早在县委杨书记跟梁生宝提及派技术员入组时，就已经特地叮嘱："应该把欢喜留在家里下稻秧子。因为刚才杨书记说，今年要从培育壮秧做起。实行一系列的新技术，不是光搞密植。"而在描写韩培生到来之前，柳青也用相当的篇幅讲述了欢喜的求学和成长经历，以及他对"新技术"的企盼。也就是说，在韩培生尚未到来之前，他与欢喜之间已经确立起某种具有像"师徒"一样的社会关系。柳青对韩培生外貌的初次描写也是通过少年欢喜的眼光实现的，这种外貌本身已经深深受到二人之间"师徒"关系的影响，"欢喜见那个灰制帽底下，是一个白白净净的知识分子脸盘"。韩培生被村庄的接受，首先是被这个名叫欢喜的少年的热情接受："他们和这个比他高一头的韩同志，并排走着，多么兴奋，多么荣耀！"需要再次强调的是，欢喜的"兴奋"和"荣耀"并不来自韩培生的"技术"本身，而来自他作为"文化人"的身份——"韩同志肩上挂的那一挎包书，引起他深深的尊敬。他深信：这是一个有学识的人。"一个是有学识、有文化的老师，另一个则是求知若渴的少年学生，在这里，"技术推广"就成了师生之间的"技术传授"。另一个对韩培生保持高度热情的人则是生宝妈。同欢喜一样，生宝妈对韩培生的体验和感受同样是基于自己作为村民的内部视角：好像不是政府为了发展互助合作事业，派农技员来蛤蟆滩的，好像是这几家庄稼户为了多打粮食，请个"把式"来给技术上的指导似的。对不懂技术的生宝妈而言，技术员韩培生更多的是以一个过来帮忙的"把式"的身份呈现在自己面前。正是基于这样一种关系，她对韩培生心生感激，不仅帮助韩培生浆洗枕巾、缝补袜子，还要给他"开小灶"，"隔两天单另给他做一顿面吃"。

由此可见，在韩培生与以欢喜和生宝妈为代表的村民个体接触之前，一种基于自己身份和对方期待的关系就已经形成了。因此，作为技术员的韩培生进入乡村的过程中必须面对这些既成的"关系模式"，要么自觉地嵌入它，要么就对其予以调整、改造乃至放弃。就他与欢喜的关系而言，韩培生采取了前一种策略，他显然自觉嵌入了二人那种"师徒关系"，并尽心尽力地担负起做一个"老师"的职责，将自己所掌握的技术毫无保留地传授给欢喜。但是在与生宝妈的关系方面，韩培生则展开了坚决而有分寸的抵制："他和老妈妈商量：往后不要给他单另做面条吃；一定要给吃，把要给他吃的东西，隔些日子做得大伙在一块吃一顿……"在对生宝妈"好意"的拒绝中，韩培生一再重申党员干部的原则、工作纪律以及"为人民服务"的宗旨。在这里，技术员韩培生显然对自己的干部身份有非常明确的自觉意识，生宝妈对自己的特殊照顾也被视为某种群众对党的工作的支持。由此，韩培生把生宝妈预设的那种"把式"与"主家"之间的关系，悄然改造成了那个理想的、充满鱼水情的"干群关系"。

因此，技术员韩培生"进入乡村"并不仅仅是空间位移，而更意味着他将自身嵌入乡村内部错综复杂的社会关系之中。如果说与欢喜关系的描写还标识着韩培生作为"外来者"的身份，那么在写到与生宝妈的关系时，韩培生则已经变成了乡村社会的"自己人"。柳青在这一章的开头就写道："'老韩！老韩！'女人们和娃们都这样喊叫他。他知道：农村群众把党和政府派下来的干部，不管年纪大小、职位高低，统称老张、老李或老王的时候，那里头已经带着了解、亲热和尊敬的混合意味了。"这种人事关系层面的融入固然意味着技术员韩培生进入了乡村的内部，也意味着国家意志借助技术员这个中介获得了在乡村立足、施行、展开的基点。但是，这种基点的获得本身仅仅是开始而非完成。就韩培生来说，无论欢喜还是生宝妈，都只是与他构成了一种点对点的私人关系，而他的"技术推广"工作显然不是在这里展开，而是需要进入一个乡村社会内部的公共空间之中。与那种点对点的私人关系不同，"技术推广"在乡村公共空间的实践更为复杂，技术及其所携带的国家意志会激活乡村内部的多种力量，并将他们之间以及他们与国家之间的博弈推到前台。对此，柳青借助韩培生"下秧"这一情节的描写予以了非常生动的呈现。

在柳青的笔下，韩培生推广"新式育秧法"的工作是在村民众目睽睽的围观之下进行的。"不知不觉间，人们沿着秧子地的塄坎，站满了一圈。高高低低的人影子，倒映在泥水里。"在这里，"秧子地"已经形成了技术员与村民之间二元互动、多人参与的公共空间。但是，韩培生与这些围观村民互动的整体过程，却呈现前后两种截然不同的态势：在前半部分，韩培生身体力行的实践与口头宣讲相互结合，达到了非常好的效果，村民们不停发出各种赞许，"他的话投了庄稼人的心"。但是在后半部分，村民的评价却急转直下，人们开始对他的"技术"充满了疑虑、鄙视乃至咒骂。为什么会出现如此剧烈的转折呢？一个根本的原因就在于韩培生在中间将新式秧田与梁生禄的"满天星"秧田予以比较，并将后者称之为"牛毛秧"。如前所述，技术员的技术推广工作，需要将之于乡村的"异质性"科学知识转化为乡村内部的"经验"。而这种经过转化的"新经验"在推进的过程中必然要与乡村旧有的传统经验彼此冲突，稚嫩的韩培生显然没有意识到这一点，"他第一次和蛤蟆滩的群众接触，就直率地、毫无保留地说出全部真理，伤了这些庄稼人的自尊心"。

需要进一步指出的是，技术推广工作在公共空间中爆发的冲突，并不仅仅是新旧两种经验的冲突。韩培生所贬低的"满天星"其实正是对互助组心怀二心的梁生禄私自所下的秧苗，因此这不仅仅刺伤了"庄稼人"的自尊心，更是把互助组与组外单干户村民的矛盾暴露无遗。互助组与单干户的矛盾指涉着农村两条发展路线的尖锐矛盾。与乡村社会中那些错综复杂的社会矛盾相比，这一矛盾更具贯穿性和根本性。在这样一个视野中重新审视，就会发现孙水嘴对新技术的质疑，乃至姚士杰"啥'扁蒲秧'？不如干脆叫成'政策秧'算哩"的咒骂，都不是对"技术"本身的反对，而是对国家推行的社会主义合作化运动的抵制。由此，韩培生的"技术推广"工作在科学实践、社会实践维度之外，也就暴露出第三重也是最根本的一重属性，即政治实践的维度。

政治实践的属性不能混同于科学实践和社会实践。韩培生虽然能够通过技术革命促进粮食的增产，但不能通过技术阻止互助组的分裂；他虽然能够通过社会实践嵌入乡村内部错综复杂的关系，但这并不意味着他深度参与到合作化运动这一历史进程之中。如果说科学实践是一种"主体-客体"的认知活动，那些社会实践是指充满互动性的协调活动，那么政治实践则必然是一种充满斗争意味的权力活动。因此，政治实践所遭遇的矛盾是难以通过"脱域"规避或通过"协调"化解的，而只能通过权力的运作予以克服。

但是，恰恰是在这个最为根本性的政治实践层面上，技术员韩培生的技术推广活动遭遇了难以逾越的瓶颈，或者说，技术员韩培生似乎难以将技术推广工作纳入政治实践的范畴。这一点，在他对"退组"事件的处理中表现得淋漓尽致。在拴拴和梁生禄两户人家退组后，互助组陷入了空前的危机。这个时候的韩培生不得不放下技术推广，而去做说服两家人的工作。但是拴拴父亲王瞎子和梁生禄却给他的工作造成了全方位的困顿。对于王瞎子，韩培生试图用"增产"的效果说服老汉——"互助组要用集体的力量压倒富裕中农"，但是王瞎子"打断了农技员的宣传"，他对庄稼地有一种顽固、自负的经验性认知，这彻底消解了韩培生的"技术促进生产"的言说："甭说稻子，连水渠边的野草，我王老二都知道它们姓啥名谁，怎个脾性！你们甭糊弄我哩！"与王瞎子不同，梁生禄其实欣然接受了韩培生推广的新式技术——"韩培生建议生禄：在'满天星'秧床上拨开一尺多宽的空行，人进去有插足的地方。生禄不好意思地接受了。"对此，韩培生将之理解为中农"进步的表现"，但欢喜的话指出了这一"进步"背后的利益逻辑："眼看见有利益的事，人们就情愿着哩。"在这里，王瞎子对"技术"的顽固拒绝和梁生禄对"技术"的欣然接受共同表征着技术员韩培生在政治实践层面的挫败。对韩培生而言，王瞎子是一个无法接受任何改变的老顽固，"他是蛤蟆滩公认的死角，什么风也吹不动他"。而梁生禄则虽然接受了新技术，但这种接受本身更令人触目惊心：我们在这里看到，那种认为是"中立性"和"开放性"的技术本身恰恰是与"阶级性"相互关联的——所谓"中立性"意味着技术可以不接受政治的干预，而它的"开放性"则表征着它能够为各方自由共享，但在一个阶级社会中，处于强势地位的阶级往往能够掌握技术的社会运作，进而垄断技术革新带来的福利，如此，现代化意义上的"技术"实际上成了资本的构成要素。

对于上述问题的严重性，韩培生最初实际上并不明了，他对县委"团结中农"的精神有着比较教条式的理解。事实上，互助组组长梁生宝其实对此一问题有非常清醒的理解："这如今的互助组和土改不同哩！土改中间，贫农和中农没矛盾，一股劲儿斗地主。这如今互助组里头，贫农和中农矛盾才大哩！"与梁生宝相比，韩培生对"团结中农"的认识显然缺乏清醒的政治意识。从这个意义上说，他的政治实践之所以没有办法展开，其根本原因在于自身对"合作化运动"固守着"去政治化"的理解——那种"去政治化"的科学实践、社会实践都无法真正触动"合作化运动"遭遇的核心问题。

在柳青看来，韩培生对"团结中农"这一问题的"去政治化"理解，其实与他的阶级出身和政治身份有密切的联系——他除了是农业技术员和国家干部，同时还是一个中农知识分子。这样的出身和身份，一方面暴露了他在政治上缺乏清醒意识的根本原因，但同时也指明了一条参与政治实践的新路径。对这个中农知识分子而言，政治实践不再是指向外在的合作化运动，而是指向了自身。在这里，他不再将自己视为实践的主体，而是作为客体存在。而只有在一个不断自我质疑、自我否定的过程中，他才能真正获得政治意识和与无产阶级同样的阶级立场。

事实上，这样一种"指向自我"的政治实践过程才是贯穿韩培生整个成长过程的基础线索。尽管韩培生对"团结中农"的立场有所偏差，但始终对自己的政治身份有着非常清醒的意识，"中农知识分子""普通的党外技术干部"这类指称自我的头衔会反复出现在他的脑际，而像欢喜、生宝妈这类接受他的技术的劳动人民其实也构成了他涤荡自我、进行自我教育的场域："环境可以鼓舞人的！生活在劳动者中间，使人更多地更高地要求自己。"无论是与欢喜讨论"团结中农"的政策，还是通过日记"热烈地歌颂当时正在对面屋里搂着才娃睡觉的生宝他妈"，都是他在政治实践中自居"客体"位置的表征。甚至从这个意义上说，拴拴和梁生禄退组事件其实也对韩培生有特殊的意义。它们固然标识出韩培生以自身为主体的政治实践遭遇挫败，但对他那条自居"客体"位置的政治实践路径而言，这一挫败又构成了一个必要的环节。正是在这样一种挫败之后，韩培生才真正获得了那种对合作化运动有切身感受的政治意识："离开了互助合作的基础，甭想在单干农民里头，大规模地推广农业新技术；要是能普遍推广，那一定是一个资本主义的新农村。中国不走这条路！"

综上所述，我们可以看出柳青对韩培生的叙述最大限度地呈现了"技术推广"的历史语境，这一语境既是科学的，又是社会的，同时更是政治的。与"科学"与"社会"相比，政治绝不是多余的，它恰恰体现出柳青对 20 世纪 50 年代出现的种种"技术"问题的深刻把握。如本文第二部分所述的那样，在 20 世纪 50 年代新中国的社会主义建设实践中，"技术–经济"这一现代性逻辑已经脱域而出，而它的种种负面问题也开始凸显。柳青在《创业史》中的叙事则表明，他试图强化"技术"的政治性，进而用"技术–政治"的框架去制衡"技术–经济"的逻辑。我们看到，给中农知识分子韩培生最大工作动力的，乃是一种追求进步的强烈冲动，早在下乡之前他就"向领导表示了自己争取入党的意图"；而在互助组分裂危机后与梁生宝见面时，他"入党的要求更强烈了"，"非入不可！一切都决定于自己！"正是这种对进步的追求，使得韩培生居于"客体"位置的政治实践转换成一种"克己复礼"意义上的伦理实践。由此，韩培生尽管居于"客体"的位置上，但仍然充满了主体的能动性。而这一伦理实践的表现，就在于他对自身"技术员"和"国家干部"身份的涤荡，所涤荡的是"国家干部"身份附带的权威，以及由"技术员"身份加持的文化象征资本，而这种涤荡自我的过程也正是一个政治上不断进步的过程，使得技术下乡成为一个"为人民服务"的具体行动。

在这里，柳青实际上提供了一个克服"技术-经济"逻辑的理想方案。如果说资本主义将"技术"视为一种资本要素并期望获得相应的红利回报，那么柳青则试图烛照出"技术-经济"逻辑背后隐含的政治意涵，并通过一种伦理实践将"技术"从资本要素的位置上解放出来。在柳青笔下，"技术"的边界消融了，甚至那种"技术-经济"本身的力量也被瓦解了，一切都消融在韩培生这个中农知识分子对政治"进步"永续不绝的追求中。

四　"技术"魅影中的国家想象

如上所述，在一系列"克己复礼"的伦理实践之后，技术员韩培生终于获得了他所期待的政治意识和政治立场。在第二部中，他成为一个稳重、干练的"驻社干部"，这意味着他不仅融入了乡村社会关系，同时也已经投身到"合作化运动"的历史进程之中。但奇怪的是，这个作为"驻社干部"的韩培生负担的工作已经不再和"技术"有任何关系。在柳青的叙述中，他"分管建社的'四评'（评土地、劳力、牲畜和农具），并且帮助小会计欢喜建账"。从韩培生的成长经历来看，那个克己复礼的伦理实践显得太过彻底，它不仅仅克服了"技术-经济"逻辑滋生的种种资本主义弊端，甚至连"技术"本身都克服了。这个时候，韩培生已经成为梁生宝身边的"影子人物"，他与这位曾经崇拜的"梁伟人"同样"进步"，但是他作为技术员身上的那种丰富性和复杂性也随之消失。

但需要指出的是，韩培生这种"进步"的完成（或者说是终结）并不意味着一个"政治伦理"世界的最终实现。即使是在文本叙事层面，柳青的理想与现实也有着严苛的界限，对他而言，乌托邦理想并不会把人们的目光引向渺无边际的未来，反倒会进一步烛照出现实的矛盾。事实上，柳青提供的那套伦理实践的方案更多聚焦在韩培生这个具体的人物身上，与梁生宝的人物形象一样，韩培生这个现实人物的"成长"过程同样充满了乌托邦色彩。从这个意义上说，那种"技术-经济"逻辑的矛盾也只是在韩培生个人身上克服，而在整个蛤蟆滩的伦理世界中，"技术"及其与之相关的"技术-经济"想象，仍然像魅影一般四处飘荡。在这里，韩培生来蛤蟆滩时带的那个盒子构成了一种隐喻。在前来接站的欢喜眼中，这个盒子充满了神秘色彩："那人肩上挂着一个鼓鼓囊囊的挎包，手里提一个白布包袱，包着什么盒子呢？"在后来的第二十六章，这个盒子隐藏的秘密被揭开了：

> 韩培生带来了几张表明稻螟虫、小麦吸浆虫和玉米钻心虫怎样由虫卵变成幼虫，由幼虫变成蛹，又由蛹变成成虫的彩色示意图。农技员把它们在泥巴墙上挂了起来，给梁生宝光棍农民的住室，增添了科学和文化的气氛。

但是，这个被揭开的秘密不仅仅没有消除盒子的神秘感，反倒把这种神秘感推到了极致：

> 在老婆婆心目中，那些书籍和玻璃盒子贵重到神圣不可侵犯的程度。而带来这些东西，完全是为了帮助她的庄稼汉儿子，从事一项毛主席提倡的崇高事业。看来，老婆婆对待农技员的东西，比敬神用的东西还要严肃哩。

在生宝妈这个目不识丁的农村妇女看来，这个象征着"技术"的盒子不仅仅是"神秘"，而且"神圣不可侵犯"，甚至就是"神"本身，而"毛主席提倡的崇高事业"同样嵌入在这样一种虔敬的神性话语之中。因此，韩培生的盒子及其代表的"技术"本身其实被赋予了某种神话意味，它像是希腊神话中的潘多拉魔盒一样，释放出了"现代化"这个幽灵。在这里我们看到，"技术"及其代表的"现代化"不仅仅意味着某种实体或者过程，而是形成某种"科学和文化的气氛"，弥散在乡土世界的空间之中。当然，生宝妈并不懂那些科学知识的具体原理，但是她同样被笼罩在由技术滋生的"科学和文化的气氛"之中。

事实上，"技术"并不仅仅是某种物质实体，也不是一个有着清晰时空边界的"事件"，它更是一种现实感觉和未来想象。从这个意义上说，"社会主义合作化"所指涉的那个乌托邦理想固然能够超越乃至克服现实层面的"技术"，但是它却无法完全清楚"想象"层面的技术。甚至从某种意义上说，正是在对现实技术的克服之中，那种想象性的技术才会形成魅影一样的存在。如在《创业史》的叙述中，韩培生那一套克己复礼的伦理实践在消解"技术–经济"的资本主义逻辑，甚至弃置了自己作为"技术员"的身份本身，但是弥散性的"科学和文化的氛围"以及由"技术"引发的种种现代性魅惑却是难以祛除的，而韩培生自身基于"技术"展开的想象同样如此。

在与梁三老汉夫妇的交谈中，韩培生就向老两口展示了那种基于技术的现代化想象："农技员给老两口宣传怎样用机器犁地，用机器剪羊毛和挤牛奶……他说：有的是烧汽油的动力，有的是电动。"而在《创业史》第二部中，杨书记同样问韩培生和牛刚："你们两位说，端着碗在饲养室吃饭的娃们长成小伙子的时候，咱们能把现在的老牛和毛驴换成拖拉机吗？"事实上，柳青本人并没有对这样一种现代化想象持否定态度，在《新事物的诞生》中，他记录了有关这种想象的现实场景：

> 会后，农民在村子附近的田野里看斯大林格勒工厂出品的拖拉机表演。当拖拉机拖着犁扬起一片尘土驰过时，人群中响起了热烈的鼓掌声和欢呼声。二十四行播种机和圆盘耙也参加了表演。
> 由于观众的要求，这些农业机器表演了好几回。

借助观看拖拉机表演的农民之口，柳青呈现这种想象背后的逻辑：

> 我听到许多农民说："咱们可不能照老样子过下去。单干户豆腐干大的土地机器怎能使得开呢！""哎！"另一个说。"咱们得加油干，生产更多余粮卖给国家。咱们得自己造机器才成！"

如果仔细辨析，两个农民所说的内容并不在同一个层面上。第一个农民所要表达的是农村土地合作化运动的必要性。但实际上，这与韩培生那种"离开了互助合作的基础，甭想在单干农民里头大规模地推广农业新技术"的认识并不完全相同。韩培生的这一认识是充满政治意味的，他已经通过一系列的教训认识到："改变贫穷的生活，没有什么了不起的困难；改造落后的意识，才是我们党真正的负担。"但是，这个农民的话语却是一种去政治化的理解，在他的逻辑里，"合作化"只是作为"现代化"的前提，而"现代化"则是"合作化"的目标和导向。因此对他而言，"合作化"的伦理想象实际上已经消融在"现代化"的"技术-经济"想象之中。

第二个农民的话语则暴露出一个更为严重的问题，即"合作化运动"中的"国家-乡村"二元关系问题。在《创业史》的第一部中，"国家-乡村"的二元关系构成了韩培生技术推广工作基本的社会语境。而《创业史》第二部中的韩培生固然丧失了"技术员"这一职业身份，但在第一部中附着于他的"国家-乡村"二元结构并没有一起消失。也可以说，"技术员"这一职业身份的消失恰恰反向凸显了他作为国家干部的身份，凸显了"国家-乡村"二元结构中的中介性角色。对于国家来说，韩培生作为干部参与合作社的日常管理，而对于互助组来说，他又成为打听县里有关政策消息的重要渠道。由此可见，"国家-乡村"的二元结构乃是贯穿《创业史》整体叙事的空间结构，包括"技术想象"在内的诸多因素都可以放在这样一个结构中予以审视。那么接着要问的是，这个二元结构中的"国家"和"乡村"各自指涉着什么？它们之间又处于怎样的关系之中？对于这一点，这个农民的话语其实已经点出了要害，要"生产更多余粮卖给国家。咱们得自己造机器才成"。①

在中华人民共和国成立后，已经确定了优先发展重工业的总体战略。在这一战略中，农业在初期要通过自身的积累为工业提供粮食、资金，等到工业发展到一定水准以后，再反过来支援农业的现代化建设。而在20世

---

① 柳青：《新事物的诞生》，载《柳青小说散文集》，中国青年出版社，1979，第6页。

纪 50 年代工业化刚刚起步的时候，广大农村已经被国家放置在需要暂时付出和牺牲的位置上。因此，"国家"与"乡村"的关系实际上是"国家"需要汲取乡村资源支援工业化建设的关系。所以在粮食统购统销紧张的时期，面对那些利益暂时受损的乡村和农民，建构一种"国家-乡村"二元关系的想象是非常必要的："如果我们能把国家工业化的好处，特别是工业化对农民的利益讲清楚，就能激发农民的爱国主义热情，积极支援国家的建设，踊跃地把粮食按照合理价格卖给国家。如果我们能把农业合作化的好处，把苏联农民的幸福生活，给农民讲清楚，就能鼓舞农民参加互助合作运动的热情，愿意和工人阶级一起走社会主义的道路。"①

而柳青本人在给农民上课时，也给农民算过一道与之类似的丰产账：

> 我只参加了他们的一次会，也没说很多的话；道理在大会小会上说得够多了。我只帮助他们算了一下他们的丰产账：化学工厂制造的赛力散、硫酸铵和过磷酸钙使他们多打了多少粮？农具工厂制造的解放式水车代替了清朝传下来的老式木斗水车，使他们多浇多少水，多打多少粮？组织起来集体使用劳动力使他们的庄稼多加了多少工，多打多少粮？而在他们没有这些条件的时候只打多少粮？这些条件是谁给他们的呢？当他们的互助组发生散伙危险的时候，是谁派人来帮助他们呢？谁给他们准备了化学肥料和新式水车？谁派人来住在村里给他们技术指导呢？②

在柳青看来，这样一种账目显然起到了非常好的效果：

> 会从吃了早饭开起，结束的时候已经点起了灯。他们明白了多余的粮食是党、政府和工人阶级给他们的，现在要拿合理的价格收购，能不卖吗？卖了的粮食将要变成更多的更便宜的化学肥料和新式农

---

① 沙英：《逐步实现国家对农业的社会主义改造》，《人民日报》1953 年 11 月 17 日第 3 版。
② 柳青：《灯塔，照耀着我们吧！》，载《柳青小说散文集》，中国青年出版社，1979，第 18 页。

具，更多的更能干的干部和技术人员；这样循环着变化，拖拉机开到村里并不要好多年。……讨论的结果，六千零四斤粮食自报出来了；同时接收了四户新组员，立刻开始浩浩荡荡给冬麦地里上粪，在统购粮如仓的前几天就送完了。①

与柳青的丰产账一样，《新事物的诞生》中那两个农民的话语也应该在这样一种"国家-乡村"二元关系的想象中予以理解。事实上，"观看斯大林格勒工厂出品的拖拉机表演"本身就是建构这种"国家想象"的行动，而两个农民的表述也可视为这种建构的结果。而在《创业史》中，韩培生那种基于技术展开的想象同样无法脱离这一范畴，如前面提及他跟梁三老汉和生宝妈讲述的故事同样是"国家想象"："在吃饭的时候，他说些这个拥有六亿人口的大国其他地方发生的新事。有时候，经常看报纸的农技员，也说些其他国家发生的新事。"

如果具体分析这种"想象"的内涵，就会发现它有两重属性。首先，从空间上看，它是一种"异域想象"，无论是斯大林格勒工厂出产的拖拉机，还是"用机器剪羊毛和牛奶"的畅想，都昭示出这种"国家想象"的样板就是苏联现代化的集体农庄。从某种意义上说，这也正是列宁"苏维埃加电气化"的共产主义理想在中国语境中的投射。其次，从时间上看，这又是一种远景想象，在韩培生看来，这样一种想象最终变成现实要经过漫长的过程，是要等中国工业现代化最终完成以后的事情。

"空间"上的"异域"和"时间"上的"远景"其实意味着国家层面的"现代化想象"之于乡村的异质性，因此它落实在乡村内部，并为个体农民所接受并非易事。例如，梁三老汉和生宝妈就难以理解韩培生口中的诸多"异质性"知识，以至于他不得不"拿到黄堡镇来过的大卡车、每天在汤河流域上空飞过的北京—西安班机打比方。老两口就明白了这不是吹。只有电这种玩意儿，一下子解释不清楚，老两口也马马虎虎相信了"。在这里，"飞过的北京—西安班机"在宣讲现代化知识的同时，也呈现某

---

① 柳青：《灯塔，照耀着我们吧!》，载《柳青小说散文集》，中国青年出版社，1979，第18页。

种国家范围的想象空间，但对老两口而言，这种"国家想象"连同那种现代化知识本身都无法根本理解，而只能"马马虎虎相信"。事实上，这种谈论在乡村社会内部更多具有娱乐功能，他们仅仅是"从这些谈论里，感到世界的有趣，忘了儿子和女儿不在家的郁闷"。但究竟能在多大程度上，"扩大老庄稼人夫妇的内心世界"就很难设想了。而更为有趣的是，当韩培生与老两口笑谈"现代化"最开心的时候，王瞎子突然上门，要求拴拴退组。这显然是柳青在叙事上的有意安排，"合作化的分裂"的残酷现实中断了韩培生建构"国家想象"的过程。事实上，对于这个中断韩培生建构"国家想象"的过程，王瞎子称之为"清朝的冤魂"，他只能通过旧社会的巫鬼观念想象新社会，韩培生在他葬礼上提及："五〇年的时候，开头他说土改是乱世之道。最后他不得不参加乱世，又说是天官赐福。"显然，这个顽固的直戆老汉不仅仅标志着以韩培生为主体的政治实践的失败，同时也标志着他建构"国家想象"的失败。

事实上，这种以国家为主体展开的"现代化现象"之所以难以在乡村落地，根本就在于它自身存在着结构性的矛盾。

首先，无论是空间上的"异域性"还是时间上的"远景性"，都显得过于缥缈，丧失了与乡村现实实践的衔接。因而当这种"异质性"的"想象"投射到乡村内部时，并不能调动乡村内部的积极性，反而会进一步凸显"理想"与"现实"之间的巨大反差，甚至会将"现实"视为某种难以改变的顽固实体——在中国思想界长期流行的"小农意识"就是如此。从这个意义上说，恰恰是那种"异质性"的"国家现代化想象"本身"想象"出了王瞎子这类"顽固"的人物。就这一点来说，第二部中所写的王瞎子的葬礼别具意味，在这里，"所有的人都不怀疑：是总路线的宣传和灯塔社的建立，结束了老汉不光彩的一生"。但问题在于，老汉这"不光彩的一生"恰恰暴露了那种国家现代化想象失效的一面，以至于只有通过让他死去，才能让这种想象重新展开。

其次，国家层面的现代化想象是整体的想象，并没有给农村内部的农民个体留出足够的想象空间，反而予以压抑。在这种想象中，农民个体的现实利益、精神诉求往往驱逐在"理想"之外，而成为某种具有负面意义的"现实"。但吊诡的是，当这种个体利益诉求在"国家想象"中找不到位置时，那么个体自身往往成为"想象"的主体。在这里，郭振山即是一个典型的例子。郭振山同样有对国家的想象，但这种现象完全剔除了社会主义的伦理层面，而成为一个纯粹的工业现代化，而农村和农民自身也由此丧失了主体性，被嵌入一个"工业化"的进程之中。如此，那种"农业支持工业，工业反哺农业"的历时性想象，只留下了"农业支援工业"的维度。但是，这种单向度的"支援"已经不再意指着农村整体对工业和国家的支援，而是指农村中的个体投身国家的工业化进程。正是基于这样一种想象，郭振山才强烈主张改霞离开蛤蟆滩，"投身国家的工业化建设"。如果再进一步分析，就会发现在郭振山的这种想象中，"工业"与"农业"并不是一个平等互助的关系，而是重新变成了森严的等级关系。对郭振山而言，投身工业并不真是为了工业建设本身的需要，而是因为工业建设在国家经济结构中处于优先发展的位置上，能够实现更大的个人价值和分配到更多的个人利益。正如郭振山对改霞妈妈所说的那样："改霞妹子住工厂，对你老也不是没好处，人家二年学徒出来，又有了手艺又有了文化。人家当了正式工人，每月起码的工资三四十元。人家吃过穿过，还能接济家里。你看河那岸下堡村的职工家属，哪一家不是掀了房上的稻草换瓦顶？哪一家不是雨伞、胶鞋、暖水瓶、花布被子……样样全!"在这里，"雨伞、胶鞋、暖水瓶、花布被子"这些充满了摩登气味的物件，按着一套现代生活方式而非生产方式，一种现代性的魅惑再次向乡村发出召唤。

但是需要指出的是，这样的现代魅影召唤出的不再是乡村整体未来的发展图景，而是乡村内部的一个个"个人"。事实上，《创业史》中的改霞就是这样一个样本式的个体。与梁生宝、韩培生对国家社会主义事业"忘我"式的整体性想象不同，改霞的想象包括了她自己在内，这里的"自己"不仅仅包括利益，也包括情感、事业以及如何在伟大的历史运动中实现个人价值的理想。但是，梁生宝、韩培生那种国家层面的现代化想象中，并没有为改霞这样的"个人"以及她的人生腾出位置，也无法为她的选择提供有效的参照。最终，改霞只能落入郭振山建构的那种"工业化想象"中："这样我留在蛤蟆滩，几十年以后，我就是一个抱孙子的老太婆了。我还是奔城里的社会主义吧。"在改霞的这种想象中，社会主义已经不再是一个整体的想象，而是有了"城乡之别"。"城市"已经成为"农村"发展的蓝图和样板，"国家－乡村"的二元关系被窄化成了一种充满等级意识的"城乡关系"。如果韩培生的想象还有对乡村自身的期待（如"拖拉机开进村庄"），那么改霞基于个人对城市的想象则已经与乡村无关，那是她个人的选择，是对自己在城市中的事业和生活方式的想象。正是在这个意义上，个人想象中的伦理意义被削弱乃至取消了。

在20世纪80年代以后的新时期文学叙事中，改霞其实成为一个具有原型意义的形象，而她的"出走"也已经成为经典的叙事方式。唯一不变的可能还是那个"国家－乡村"的二元结构，以及由它产生的并不断被再生产的"城乡等级"关系。只是此时，城市散发出的现代魅影已经充满了消费主义气息，而再也没有任何政治、伦理维度能够制衡它的泛滥了。与当年的改霞相比，香雪和高加林们的选择已经不再有什么强烈的挣扎，新时期的意识形态已经把这些青年的"出走"改写成了堂而皇之的"进城"，而"乡村"则逐渐被风景化，成为那些"进城"失败者舔舐伤口的安慰之地。但是，很难将这种新时期的叙事视为与《创业史》叙事的断裂。从某种意义上说，乡村中那种充满"个人主义"的想象往往是对那种"国家想象"的强力反弹，那些被"国家想象"贬斥为"自私自利"的东西，将在"自我想象"中再度合法化乃至神圣化。

（发表于《上海大学学报（社会科学版）》2018 年第 4 期）

再造社会主义新人的尝试及其内在危机

——蒋子龙小说《赤橙黄绿青蓝紫》中的青年问题

符　鹏

引　言

　　"社会主义新人"作为一个类型学概念，被广泛运用于当代文学批评。不过，一旦脱开具体的历史状况，仅止于长时段的类型考察，便很容易抽空这个概念的特定意旨。① 事实上，在前三十年的社会主义叙事中，"社会主义新人"作为专有名称几乎没有出现过，常见的指称性说辞是"新人"，并没有"社会主义"的修辞限定。而这个概念的真正出现是在新时期的开端。在1979年第四次文代会上，邓小平要求文艺工作者在新的历史条件下"描写和培养"与"现代化"的时代精神相匹配的人物典型，并首次将之称为"社会主义新人"。② 那么，从不言自明的"新人"到须加限定的"社会主义新人"，社会主义实践所要求的主体精神究竟发生了怎样的内在转换？

　　尽管不少研究者都以"新人"来泛指具有社会主义精神的文学人物，

---

① 这一类研究在当代文学领域中极为常见，比较典型的论述如黄平：《再造"新人"——新时期"社会主义现实主义"之调整及影响》，《海南师范大学学报（社会科学版）》2008年第1期；刘卫东：《从"新人"到"英雄"——社会主义新人理论的演变》，《文学评论》2010年第5期。

② 邓小平：《在中国文学艺术工作者第四次代表大会上的祝词》（1979年10月30日），载《邓小平文选》第二卷，人民出版社，1994，第209—210页。

但培养"新人"作为一种特定的历史诉求，乃是 20 世纪 60 年代社会主义教育运动的产物。这场运动直接反映了毛泽东"反修防修"的危机意识，他特别强调其性质乃是"把势力中间的绝大多数人改造为新人的伟大运动"①。随后爆发的"文化大革命"，将这场运动引向难以控制的灾难性局面，并最终宣告"以阶级斗争为纲"的社会主义教育的失败。而邓小平在新时期开端的特定历史语境中重提"新人"，显然是为了重塑"文革"结束后人们危机四伏的主体意识。而他以"社会主义"加以限定，否定其阶级斗争的诉求，重新赋予其"社会主义精神文明"的意涵。事实上，正是在这次文代会上，邓小平首次提出这个概念，并将培养"社会主义新人"的文艺要求纳入"社会主义精神文明"的意识形态规划之中。那么，这种以再造新人为旨归的意识形态规划，是否能将转型时代的中国人带向身心安顿的伦理状态？要回答这个问题，便需要重审这种规划是否有效地回应了当时人们遭遇的主体危机。

如果更切近地考察当时中国共产党以及知识界关注这一精神问题的社会面向，会发现青年问题正是其力图回应和解决的核心问题。毫无疑问，转型时代的张力与冲突在青年身上得到最为直接、最为激烈的显现。而所谓的"培养社会主义新人"，主要指向的便是青年群体："新人形象的塑造是应当更加着眼于青年的。青年意味着未来，意味着希望。作家在当代青年中去寻找、去发现新人，虽然他们也许只不过是新人的雏形或胚胎。"②

基于以上理解，本文将以蒋子龙的小说《赤橙黄绿青蓝紫》为中心，围绕其中塑造的青年工人形象，讨论新时期之初再造社会主义新人的尝试及其内在危机。

---

① 毛泽东：《转发浙江省七个关于干部参加劳动的好材料的批语》（1963 年 5 月 9 日），载中共中央文献研究室编：《建国以来重要文献选编》第十六册，中央文献出版社，1997，第 293 页。
② 余斌：《新人的概念与文学中道德主题的出现》，《文艺报》1981 年第 24 期。

一 《赤橙黄绿青蓝紫》与当代中国精神史中的青年问题

如今，蒋子龙是一位几乎要被遗忘的作家，尤其是他在新时期之初创作的工业题材小说，更是鲜有研究者关注。随着 20 世纪 80 年代"改革文学"风潮的过去，经过"纯文学"洗礼的研究者往往以批评的眼光，将这种类型的创作看作改革主义意识形态的产物。这种表面化的判断沿袭至今，而对其在特定历史状况下的思想意涵，却没有予以足够重视和认真讨论。其中，与盛名犹存的《乔厂长上任记》相比，蒋子龙另一篇轰动一时的小说《赤橙黄绿青蓝紫》则早已被人淡忘。

《赤橙黄绿青蓝紫》发表于 1981 年第 4 期《当代》杂志，随后获得第一届《当代》文学奖，次年又获得全国第二届优秀中篇小说奖。这篇小说之所以在当时引发轰动效应，与其塑造的两个形象鲜明的青年工人形象——解净和刘思佳密切相关。1981 年底，就有研究者在评论中将这两个青年工人称赞为"四化建设中的社会主义新人"。① 后来为数不多的讨论都沿用这种说法，而其理解大抵没有超出改革主义意识形态之类的断言。在我看来，仅仅停留于这样的意识形态批判，便无法解释这篇小说何以在当时获得许多青年人的共鸣和认同。蒋子龙在后来的创作札记中，专门引述青年人阅读这篇小说时的种种痴迷情状，并强调当时读者来信的数量虽不及此前的《乔厂长上任记》和《开拓者》等作品，却有几个显著的特点：

一、来信者多是青年人；二、每封信都有一定的内容，那种空泛而简单的祝贺信较少，即使是对小说提出批评，也很具体；三、来信者多是和小说中的人物对上了号或者从解净、刘思佳身上照出了自己的影子。以往也有不少人跟我的小说中的人物对号，但多是找"反

---

① 刘士昀：《在四化建设的广阔背景上塑造新人——评蒋子龙的新作〈赤橙黄绿青蓝紫〉》，《思想战线》1981 年第 6 期。

面"人物。这常常使得我哭笑不得。而这次惹得许多青年人来对号的两个人物，却是深深地寄托着我的同情和信任的"正面"形象。①

不难明白，这两个虚构的青年工人形象，包含着蒋子龙对"文革"结束之后青年问题的敏锐观察和深刻把握。那么，如何理解这种把握方式在"文革"结束、新时期开始之时的思想意涵？

最近少数关注《赤橙黄绿青蓝紫》的研究者，有意识将之与前一年发生的"潘晓讨论"关联起来，试图重新打开这篇小说的历史意义。有论者从这次讨论中引申出"潘晓难题"，即"文革"结束之后潘晓一方面对既有的共同体理想感到不满，另一方面又不甘心退守个人主义狭小空间的两难境地，进而将该小说视为这种难题的文学展现。② 也有论者将"潘晓来信"视为某种历史"询唤机制"，借此"建构"和"召唤"一个受害的青年形象，对"文革"的错误进行否定，并以此为据重审这篇小说所塑造的"社会主义新人"背后的意识形态裂隙。③ 显然，这些解读方式的高下，在很大程度上取决于作者对于"潘晓讨论"作为青年问题在当代精神史中意义的认识。

正如贺照田对此的深度解读所示，从表面上看，潘晓对人生意义的追寻，是作为否定"文革"的个体形式出现的，但他在此过程中表现出的理想主义冲动，得益于社会主义教育。因此，他身上表现出的意义焦虑包含着双重内涵："一方面是真实的虚无情绪，否定一切价值的冲动，另一方面是同样真实的理想主义冲动，对意义感的强烈渴望。"在这种意义上，"潘晓来信"对当代知识生产的真正挑战在于：如何一方面转化此理想主义，另一方面吸收和涵纳虚无主义情绪。④ 相比之下，这些深层的精神史问题并没有被上述论者带入讨论视野。

---

① 蒋子龙：《创作札记》（1981 年 7 月 24 日），载《蒋子龙文集》第 14 卷《人生笔记》，人民文学出版社，2013，第 228—229 页。

② 朱杰：《人生"意义"的重建及其限制——"'潘晓'难题"的文学展现（1980—1985）》，上海大学博士论文，2010。

③ 杨庆祥：《"潘晓讨论"：社会问题与文学叙事——兼及"文学"与"社会"的历史性勾连》，《南方文坛》2011 年第 1 期。

④ 贺照田：《从"潘晓讨论"看当代中国大陆虚无主义的历史和观念成因》，《开放时代》2010 年第 7 期。

不仅如此,上述论者也没有注意到潘晓与解净、刘思佳共同的身份特征——青年工人。"潘晓讨论"本身并不包含明确的阶级指向,"潘晓"的名字也是《中国青年》编辑部为了讨论需要而虚构的。但需要强调的是,这种身份设定显然来源于人物原型之一黄晓菊,她当时是北京的青年女工(另一人物原型潘祎是大学生)。而"潘晓来信"中所述的人生经历和主要观点都源自她的来稿。① 从这个角度来说,由此引发的人生观讨论,在很大程度上主要反映了城市青年,尤其是青年工人的身心状况。事实上,20世纪80年代初期出现了大量关于青年问题的社会学调查研究。从这些研究中,我们不难看到青年工人与青年农民在体认和调整人生观方面的诸种差异,甚至在农村青年中流行这样的说法:"理想是城里人才有的东西。"② 在此意义上,由"潘晓讨论"带出的青年问题面向,并不能完全涵括农村青年的身心感受。正是因为这种失察,上述论述较为宽泛地把握"潘晓讨论"作为青年问题与《赤橙黄绿青蓝紫》的内在关联,而未能有效打开青年工人这一阶级身份背后的历史变动的思想意涵。

如果深究这部小说中的青年问题在当代精神史中的思想位置,就必须将之纳入当代工人阶级主体性叙事的历史脉络。大体而言,在20世纪50年代的工业题材小说中,我们可以看到工厂体制创造的劳动空间对工人阶级主体意识的深刻形塑,以及由此构造的伦理共同体所滋养的工人精神状态的饱满和充实。用梁漱溟的说法,这种体制创造的团体生活,使得"工人生活得到保障安定而人心透出",获得个人尊严和创造性。③ 不过,如蔡翔的深刻分析,在这种以"尊严政治"为中心的想象性叙事背后,隐藏着"工人/主人"这一身份概念与现代生产/管理体制之间的深刻冲突。这种体制性力量一方面威胁着工人阶级的主体意识,另一方面也不断生产出他

① 彭明榜:《"潘晓讨论"始末》,载《中国青年》编辑部编:《"潘晓讨论":一代中国青年的思想初恋》,南开大学出版社,2000,第10—14页。

② 这方面的调研资料很多,兹不一一列举,可参见《青年研究》《青年探索》《上海青少年研究》等杂志。关于青年工人的研究报告,影响比较大的是于燕南在《红旗》杂志1982年第17期发表的《正确估计我们工人阶级的新一代》一文;关于青年农民的上述说法出自高克勤:《农村思想政治工作的重点要放在青年农民方面》,《青年研究》1982年第18期。

③ 梁漱溟:《中国建国之路》,载《梁漱溟全集》第三卷,山东人民出版社,2005,第365—411页。

们的个体欲望。① 这一结构性矛盾在 20 世纪 60 年代的社会主义教育运动中，被表述为资产阶级思想观念和生活方式的潜在威胁。1963 年丛深的剧作《千万不要忘记》正是这种危机意识的文学化表述。该剧通过青年工人丁少纯利用业余时间"打野鸭子"事件所引发的观念冲突，揭示了社会主义工业化生产所要求的"工人/主人"的阶级主体，在面对物质欲望形塑的日常生活诉求时所产生的伦理焦虑。尽管剧作的结尾以阶级斗争话语驯服了这种日益增长的个体意识，但由此引发的思想难题，并没有因为"文革"的爆发而得到根本解决：如何处理革命生产与日常生活的关系？如何将社会主义的革命理想转化为一套足以安顿日常生活的伦理原则？

如果说 20 世纪 80 年代个人主义话语对阶级斗争话语的反转，是以解决社会主义实践中的这种结构性冲突为根本旨归，那么改革规划的展开是否提供了回应上述问题的有效方案？这个问题很容易将我们引向直观的对照视野，即将《赤橙黄绿青蓝紫》和《千万不要忘记》做比较。的确，有心的读者都会注意到，在《千万不要忘记》中备受批判的物质消费和业余生活趣味，在《赤橙黄绿青蓝紫》中获得了正当性。不只是刘思佳、叶芳注重吃穿用度的日常消费，甚至解净也开始学会着装打扮。更重要的是，在人物关系上，解净和刘思佳的人物关系也很容易被类比为季友良与丁少纯的"范导者"与"落后青年"的关系。② 然而，在我看来，这种简单比照的方式，大大简化了蒋子龙这部小说在转型时代所展开的社会思想问题的诸多面向。一方面，我们很难简单地将这部小说抽象为 80 年代个人主义意识之成长的缩影，因而也不能视之为《千万不要忘记》中阶级话语的直接反转。另一方面，蒋子龙在小说中所讲述的并不只是"范导者"教育"落后青年"成长的故事。事实上，解净在小说中并非完美的"范导者"，教育"落后青年"刘思佳的工作，同样是她自我意识的再造。更为重要的

---

① 参见蔡翔：《革命/叙述：中国社会主义文学—文化想象（1949—1966）》第六章"'技术革新'和工人阶级的主体性叙事"，北京大学出版社，2010，第 273—323 页。

② 黄平：《再造"新人"——新时期"社会主义现实主义"之调整及影响》，《海南师范大学学报（社会科学版）》2008 年第 1 期；杨庆祥：《"潘晓讨论"：社会问题与文学叙事——兼及"文学"与"社会"的历史性勾连》，《南方文坛》2011 年第 1 期。

是，她以政工干部身份进入工厂汽车队的目的，并不仅仅是为了引导刘思佳，而是要通过现代管理手段将其重新打造成一个有效运转的生产空间。

因此，真正的问题在于，由此形塑的新的观念状态和现实规划，是否能够吸纳和转化以"潘晓"为代表的青年工人身上的理想主义诉求，涵括和吸收他们的虚无主义情绪，从而再造安顿"社会主义新人"的政治、社会和伦理机制。一旦我们这样思考这篇小说，便必然会触及其中落实这种诉求的现代管理体制、思想政治工作方法、物质奖励与再分配、个人意识与共同体重建（一与多）的关系等一系列相互关联的思想环节。显然，经由这些环节寻求进入特定历史状况的方式，仅仅打通文学史和思想史是不够的。如前所论，蔡翔通过这种方式重构文学与政治的关系，并以此对"十七年文学"进行了开创性的研究。他所关注的是文学或意识形态想象的总体性方面，亦即黄宗智所谓的"表达性现实"，而基本不涉及作为"个体"的工人的真实存在状况，也就是"客观性现实"。[1] 在他看来，以个人的丰富性和复杂性来评述文学，已经是文学批评的常识。[2] 很明显，如果借用黄宗智以"客观性现实"批评"表达性现实"的思路来看文学，正是蔡翔所说的批评常识。这里要强调的是，在中国共产党的革命实践中，这两种现实往往不可分割地关联在一起，重要的不是以一者批评另一者，而是要在理论、政策和经验的相互作用关系中，理解历史的结构性矛盾的运动方式。这要求我们在面对工人问题时，除了文学史和思想史层面的考量之外，还要关注中国共产党对工厂的理念设计、制度规划和组织方式。只有通过这两个方面的参照和互动，才能从整体上把握《赤橙黄绿青蓝紫》这部小说背后所对应的政治、社会和伦理过程。

---

[1] 黄宗智对这两种现实的区分，参见其论文《中国革命中的农村阶级斗争：从土改到文革时期的表达性现实与客观性现实》，载黄宗智主编：《中国乡村研究》第二辑，商务印书馆，2003，第66—95页。

[2] 参见蔡翔：《革命/叙述：中国社会主义文学—文化想象（1949—1966）》第六章"'技术革新'和工人阶级的主体性叙事"，北京大学出版社，2010，第323页。

二　现代管理学的诞生与思想政治
工作的再出发

　　管理问题是邓小平推动改革转型的核心问题之一。然而，这个问题迄今尚未被当代史研究者作为专门的思想课题加以关注。事实上，邓小平对此极为重视。自1973年开始，管理问题一直贯穿在他关于工业问题的历次讲话中，并被视为恢复和发展工业生产的关键所在。而蒋子龙的工业题材小说创作，对这种改革转型的态势保持了高度的配合关系。如何通过现代管理手段整顿和重建"文革"后工厂的生产活动，成为其创作的核心主题之一。这些年，有研究者开始注意到蒋子龙小说对管理问题的处理方式，但这种关注主要集中在最为著名的《乔厂长上任记》，而少有关涉其他相同主题的小说。① 真正关注到《赤橙黄绿青蓝紫》这篇小说，并以参照视野讨论管理问题，只出现在朱杰的博士论文《人生"意义"的重建及其限制——"'潘晓'难题"的文学展现（1980—1985）》中。不过，作者过快地以管理者与工人阶级的关系问题抽象概括这篇小说的主题，而忽略了蒋子龙处理这一问题的内在脉络。

　　如何管理工厂是中国共产党在中华人民共和国成立后一直非常关心的问题。由于缺乏管理经验，工厂管理主要采用苏联的"厂长负责制"（一长制）。1950年初《人民日报》刊发社论《学会管理企业》，强调与此相配合的职工代表大会和工厂管理委员会。② 这三个方面构成中国共产党实施民主化管理的主要实践方式。然而，在具体的实践环节中，这三个方面因为不同历史状况下的政治论争和经验差异而落实为不同的管理政策。1951年，东北局以统一党政工团工作的愿望，提议实施"党委领导下的厂长负责制"。中央随后在推行这种制度时强调，这只是为了弥补管理干部

----

① 李海霞：《新的科学与人生信条的诞生——对新时期改革文学的再认识》，《文学评论》2010年第6期；项静：《告别与想象：重返转折年代》，《扬子江评论》2011年第1期。
② 《学会管理企业》，《人民日报》"社论"，1950年2月6日第1版。

的经验不足，经过提高之后将过渡到"一长制"。① 1953 年第一个五年计划开始实施，这种制度逐步得到推行。然而，在此后的工厂管理中，这种体制不断遭到批评，如弱化党的领导，不利于群众参与生产管理。因此，1956 年召开"八大"，重新确立"党委领导下的厂长负责制"。1958 年"大跃进"开始之后，工厂体制改革的步调日渐激进。1960 年毛泽东依据鞍钢的技术革新报告，提炼出著名的"鞍钢宪法"（两参一改三结合）。与此同时，邓小平在"大跃进"之后，修改调整"八大"确立的管理体制，突出厂长的生产责任，并将之写入 1961 年"工业七十条"的管理章程："在企业的生产行政上，实行党委领导下的厂长负责制，实行集体领导和个人负责相结合的制度。"② "文革"期间，"工业七十条"被批判为修正主义的教条，而"鞍钢宪法"得到高度赞扬。"四人帮"被粉碎之后，"鞍钢宪法"不再被提起，邓小平在不同场合多次肯定"工业七十条"中的相关条款（后来被概括为"工业三十条"），并强调坚持"党委领导下的厂长负责制"的重要性。

不过，在这些表面的历史延续性背后，邓小平已经开始调整工业管理体制。在 1975 年钢铁工业座谈会的讲话中，他强调建立坚强的领导班子，乃是钢铁工业需要解决的首要问题。③ 蒋子龙 1976 年发表的《机电局长的一天》，与这种调整保持高度配合的关系。如有研究者所注意到的，党政关系在此时发生微妙变化：霍大道作为行政领导成为恢复和发展生产的主导性力量，而作为党委书记的云涛"只是一个帮他敲敲边鼓的角色"④。不过，即便如此，小说对领导关系的处理，并未脱离"党委领导下的厂长负

---

① 刘少奇：《关于在国营工厂中建立党委的问题给高岗的信》（1951 年 5 月 16 日）；《中共中央东北局关于党对国营企业领导的决议》（1951 年 7 月 19 日），载中共中央文献研究室编：《建国以来重要文献选编》第二册，中央文献出版社，1992，第 270—271、410—428 页。

② 相关论述参见武力：《五十年代国营企业党政关系的演变》，《改革》1996 年第 5 期；邓力群：《〈工业七十条〉起草始末》，《百年潮》2011 年第 12 期。

③ 邓小平：《当前钢铁工业必须解决的几个问题》（1975 年 5 月 29 日），载《邓小平文选》第二卷，人民出版社，1994，第 8—9 页。

④ 程光炜：《文学的"超克"——再论蒋子龙小说〈机电局长的一天〉》，《当代文坛》2012 年第 1 期。

责制"：霍大道以强力直接介入生产的每一步，都及时向云涛汇报并征得同意后才付诸实施。

从表面上看，霍大道的这种威权式管理方式缺乏民主：职工代表大会和工厂管理委员会在此不复存在。但这样批评显然脱离历史语境，事实上，这两种管理方式的消失是霍大道式改革的前提，而非其结果。"文革"中"党政合一""政企合一"的激进做法，基本取消了这两者的效用。真正值得重视的问题是，这种威权式管理的实际效果在小说中付诸阙如。尽管工人的意见以大字报的形式受到霍大道的重视，但这种抽象化的间接处理方式，显然略过了工人群体在"文革"后实际的身心状态和主体诉求。

到了 1979 年发表的《乔厂长上任记》，蒋子龙的关注点开始从管理者扩展到管理方法。在此过程中，他处理党政关系的方式更为激进。与霍大道和云涛的关系相对应，小说中同样出现了乔厂长和党委书记石敢的角色。不过，有所不同的是，石敢完全成了乔厂长组织生产的副手，在乔厂长的调动安排下介入工厂管理，而不再以党委书记的身份统筹和监督其组织工作。这种处理方式，显然已经超出了"党委领导下的厂长负责制"的范畴。而在不久之前的中国工会第九次全国代表大会上，邓小平所强调的仍是这种领导体制。[1]

蒋子龙对党政关系的激进处理，显示出他对现代管理方法的理解。在小说中，这种管理方法被表述为"大考核，大评议"，以此确定奖惩的具体对象和标准。"文革"期间，工人阶级工资收入、奖金福利的严格受限，以及相关生产制度的恶化，都大大挫伤了工人的积极性。物质奖励在此作为管理手段重新出现，主要是为了调动工人的劳动积极性，恢复和发展生产。[2] 不过，需要强调的是，这种管理手段在工厂体制中所处的位置已经发生变化。1949 年之后中国共产党在工厂管理中实行物质奖励制度，提出在原则上服从思想政治工作的阶级教育诉求，因此，在不同时期的形势判

---

① 邓小平：《工人阶级要为实现四个现代化做出优异贡献》（1978 年 10 月 11 日），载《邓小平文选》第二卷，人民出版社，1994，第 137 页。

② ［美］华尔德：《共产党社会的新传统主义：中国工业中的工作环境和权力结构》，龚小夏译，中国香港牛津大学出版社，1996，第 215—248 页。

断中，这种制度处于不同的管理层次。而在"文革"结束之后，邓小平主张放弃阶级话语，重新理解政治与经济关系，以经济方式处理政治问题。① 由此，物质奖励不再受制于阶级斗争形势的总体判断，而成为恢复生产、激励工人的核心手段。

不过，以这样的方式表现现代管理的主题，在同时期的工业题材小说中极为常见。真正有意思的是，蒋子龙在叙述这一管理过程时所连带出的工人阶级身心状态。在小说中，乔厂长在深入车间整顿生产的过程中，最关注的是机器运转的效率，以及工人与这种现代化生产的配合度。至于工人阶级在"文革"后身心状态的变化，并没有进入他的视野。但是，作为党委书记的石敢注意到了这一点：

> 电机厂工人思想混乱，很大一部分人失去了过去崇拜的偶像，一下子连信仰也失去了，连民族自尊心、社会主义的自豪感都没有了，还有什么比群众在思想上的一片散沙更可怕的呢？这些年，工人受了欺骗、愚弄和呵斥，从肉体到精神都退化了。②

乔厂长对此的失察，使得他在面对像杜兵这样自由散漫的青年工人时，仅止于不满他们的操作技术和工作态度，并不深究这种表现背后的身心状态。故而，他采取的办法是，通过"大考核，大评议"，将考评不合格的青年工人编入服务大队。但问题在于，由于没有经过思想教育的环节，这些小青年并未坦然接受这种结果，认为自己"栽了跟头，没脸见人"。而杜兵更是因此被女友抛弃，"对乔光朴真有动刀子的心了"。③ 可以想见，这种不配合的身心状态，必然会影响到乔厂长组织生产的最终效果。然而，此时蒋子龙沉醉于对这种管理方案的想象性实现，并没有意识到其中潜藏的危机，而只是强调工人在面对决策英明的厂长时，"习惯于

---

① 邓小平：《关于经济工作的几点意见》（1979 年 10 月 4 日），载《邓小平文选》第二卷，人民出版社，1994，第 195—196 页。
② 蒋子龙：《乔厂长上任记》，《人民文学》1979 年第 7 期。
③ 同上。

服从他，甚至他一开口就服从"①。

蒋子龙意识到工人的身心变化对乔厂长式管理学提出的挑战，一方面开始以现代科学修正这种管理方式，另一方面重新提出思想政治工作在新的历史条件下的意义。在次年发表的《开拓者》中，他借省委书记车篷宽之口，首先提出这两者在青年工作中应有的配合关系。担任工厂团委书记的青年女工凤兆丽向车篷宽请教工作中遇到的青年问题，他在回信中这样解答：

> 你是做团的工作的，自己又是个青年人，应该成为党的出色的思想政治工作者。我所说的思想政治工作，不能简单地理解为谈心，解疙瘩，交朋友。这远远不够。思想政治工作是一门科学，在我们企业里一直没有得到重视，甚至连它的定义都被曲解了。因此，有些人，特别是年轻人，一听到思想政治工作这几个字就有点反感。其实企业的思想政治工作，应该渗透到生产和管理中去，把思想政治工作同现代化生产紧密地结合起来。而且还要结合工业的特点，吸收现代科学中合理的成分，如工业工程学、工业心理学、工程心理学、工效学和社会学中那些确实反映了事物客观规律的部分，加以整理，使之成为一门科学。②

显然，蒋子龙试图将思想政治工作科学化，纳入现代工业管理的具体过程。然而，这不过是一种完美的设想，并没有在随后的情节中得到展现。重要的是，他由此提出同时代作家很少触及的问题：如何在改革规划中，将青年工人的思想政治工作与现代工业管理结合起来。在我看来，他随后发表的小说《赤橙黄绿青蓝紫》，正是对这一问题的直接回应。

蒋子龙在多篇创作谈中都曾提及这篇小说的创作，缘于一位担任政工干部的女孩在"文革"后的遭遇。这个女孩在1970年进厂后，"表现得很

---

① 蒋子龙：《乔厂长上任记》，《人民文学》1979 年第 7 期。
② 蒋子龙：《开拓者》（1980），载《蒋子龙文集》第 6 卷《赤橙黄绿青蓝紫》，人民文学出版社，2013，第 21 页。

好，不穿奇装异服，不烫发，不提前谈恋爱"，后来顺利被提升为团支部书记、政工组长。然而，"四人帮"垮台之后，政工干部不受待见，加之没有技术，并不能像其他工人一样涨工资。更糟糕的是，碍于她的党员和政工干部身份，即便别人热心介绍，也未能找到恋爱对象。后来风气渐变，她开始学会穿衣打扮，总算如愿以偿。① 正是这些观察，启发他创造了解净这个青年工人形象。

在小说中，解净是钢厂党委书记祝同康一手培养起来的青年政工干部。在这位勤勉正直的领导的影响和保护下，解净对政治工作保持着单纯而执着的热情，"她对政治生命比对自己的肉体更重要"。可是，"文革"以后，这种政治热情和工作方法都遭遇巨大的危机。首先是一向善于知人的祝同康发现，原本应对裕如的工作，自己开始难以胜任：

> 职工的阶级成分比过去简单得多了，纯洁得多了，可是思想却十倍、百倍的复杂了，甚至可以说复杂到混乱的地步。他拼命想去了解，想摸索出一条新的规律，可是办不到。职工涨了工资，发了奖金理应能够减轻思想政治工作的负担，谁知反而加大了思想政治工作的难度和重量。②

祝同康所遭遇的这些困难，折射出"文革"结束后工人阶级的身心变化。在中国共产革命过程中，工人的数量十分有限，中华人民共和国成立后不少农民和手工业者的加入，逐渐扩充了工人阶级的队伍。而"文革"结束后，青年工人已成为工人阶级的主体。按照1981年底的统计数据，全国1966年以来参加工作、年龄在35岁以下的青年工人已达到六千多万，占职工总数的60%左右。他们大多数来自城市，出身工人家庭的占到80%左右。③ 与为数不多的老工人相比，他们对社会主义的集体情感和主人翁

---

① 蒋子龙：《漫谈写小说——1989年12月在本钢文学创作座谈会上的发言（摘要）》，载《蒋子龙文集》第14卷《人生笔记》，人民文学出版社，2013，第391—392页。
② 蒋子龙：《赤橙黄绿青蓝紫》，《当代》1982年第4期。
③ 于燕南：《正确估计我们工人阶级的新一代》，《红旗》1982年第17期。

的责任感都不够强烈。因而，虽然工人群体的阶级成分相对简单，但思想问题反而越发突出。不仅如此，他更加敏锐地感觉到，工资和奖金作为现代管理手段，无助于团结和统一工人阶级的思想。换言之，蒋子龙在此充分展开了《乔厂长上任记》中隐而未彰的问题：乔厂长式管理在面对工人阶级身心危机时的有限性。

面对上述工作困难，祝同康意识到，自己二十多年的政治工作经验难以发挥效用。他无法理解青年工人身上发生的变化，尤其是玩世不恭的刘思佳对工人的影响力，居然超过自己。他为此陷入巨大的困惑："是他党委书记的影响力太弱，还是刘思佳这伙青年人的腐蚀力太强？现在的青年人一个个简直都是无法猜透的谜，自己的儿子是谜，刘思佳是谜，现在解净也成了谜。"① 显然，最出其意料的是，"解净也成了谜"。事实上，"文革"后，他作为老干部，"地位和威望越来越高"，而解净身为从事宣传的新干部，"由接班人的地位一下子降到处处吃白眼"，陷入巨大的身份危机。这些变化都远远超出祝同康既有的政治经验。更令他吃惊的是，解净坚决放弃自己的政治地位，不愿继续担任政工干部，希望回到基层。在他眼中，"她以前单纯得厉害，现在又固执得可怕"②。然而，深究起来，解净这种选择不仅依赖于他的过度保护所形塑的政治认识，而且受制于以否定"文革"取代对原有政治经验做深度分析的流行做法。因而，这种选择本身并不能直接带给她进入基层的工作方式。

事实上，解净一进入汽车服务队，便遭遇基层青年工人的直接挑战：他们对其曾经的政工干部身份充满敌意，不计后果地制造事端捉弄她。这些出人意料的状况，极大挫伤了她的自尊心："这算什么工人阶级，简直是一群流氓。"她开始觉悟到，自己对基层工人身心状态的隔膜："进工厂六年多了，却没有真正了解工厂。"这种隔膜感使她无力应对青年工人的挑衅行动，并进而彻底怀疑以往政治工作的意义："现在当她感到自己心里的长城一下子垮掉了，过去她视为很崇高很重要的工作，原来并没有什

---

① 蒋子龙：《赤橙黄绿青蓝紫》，《当代》1982 年第 4 期。
② 同上。

么实际价值，甚至有许多是空对空，是糊弄人的，对群众不仅无益反而有害。"① 解净的这种否定方式，与其政治工作经验的有限密切相关。作为"文革"期间被提拔的新干部，她不可避免地从一开始便陷入空泛失衡的政治宣传工作。这种有限性决定了她不可能从这种空洞匮乏的经验，转向对"文革"前中国共产党政治工作传统的深度分析和整理，反而是以偏概全地从总体上否定了政治工作的内在价值。

经由这种表面化的否定性认识，解净希望把学习业务作为重建个人生活信念的第一步："一切从头开始，掌握一门实实在在的本领。" 她相信，只有具备了良好的业务能力，才能够摆脱政工干部在车队青年工人心中的负面形象。后来的事实表明，解净的这些努力，的确对刘思佳和何顺这样的"二流子"工人起到威慑作用，剪灭了他们有恃无恐的挑衅姿态，重塑了个人形象。但问题并未因此得到解决，解净和基层工人之间的关系依然毫无改善，面对何顺的不服从，她无计可施，不得不采取"拉泼头"式恐吓威胁的办法。虽然何顺最后无奈服从，但她满心委屈，"实实在在地感到发愁，自己什么也不懂，光看到一堆问题，却拿不出一个解决办法"②。

在遭遇这些实际困难之后，解净开始着手整顿汽车服务队的管理工作。借助刘思佳匿名提供的"八卦图"，她制订了服务质量和经营管理的考核标准图。究其实质，这张科学管理图表与乔厂长式管理并无两样，即责任考评和奖惩制度。对于整顿秩序而言，这两项举措的效果很快便发挥出来。解净通过申明个人责任与奖惩利害，终于制服了何顺，同时她又宣布恢复奖金制度，鼓动其他青年工人的劳动积极性。蒋子龙力图借此塑造解净的正面形象，至于这种管理方式的收效，在此并未明言。如果联系前引祝同康的困惑，便不难明白其中的限度。不过，他在这里无意忽略的环节，在同时期的其他小说中表现得更加明了。如《弧光》中白如信以为，涨工资就能鼓励工人的干劲，尝试失败后感慨："现在有的人连为了涨工

---

① 蒋子龙：《赤橙黄绿青蓝紫》，《当代》1982 年第 4 期。

② 同上。

资而表现一下自己的热情都没有了。冷漠，可怕的冷漠，对一切都不在乎！"① 而《锅碗瓢盆交响曲》中的青年干部牛宏同样为管理工人发愁。经过整顿和奖励后，"饭店变好了，人的面貌并无大的改变"，"最可气的是一个人一个心眼儿，不抱团儿，不以饭店为重，你跟我上不来，我跟你过不去，今天这两人吵嘴，明天那俩人又不说话了，而且和顾客争吵的事也时有发生，影响饭店声誉"②。显然，由这些描述来看，此时蒋子龙已明确意识到，现代管理方法并不能真正回应青年工人的身心危机。因而，在《赤橙黄绿青蓝紫》的末尾部分，蒋子龙重新引入政治工作的维度，通过解净与刘思佳的谈话，试图探讨政治工作和管理工作结合的可能。那么，如何认识这种努力所包含的思想内涵，关系着再造社会主义新人的尝试能否最终实现。

三　政治反讽、"哥们儿义气" 与理想主义的归途

在《赤橙黄绿青蓝紫》发表后不久，就有研究者这样评论："（解净）敢于向官僚、旧的思想工作方法挑战，摸索出一套新时期做青年思想工作的新经验。这种经验正是三中全会精神最生动具体的体现。"③ 尽管蒋子龙的写作一向对中央政策的变动保持高度敏感，但绝非对十一届三中全会精神的简单附会。事实上，这种评论忽视了小说更为切近的创作背景。在这篇小说发表的前一年，邓小平在中央政治局的扩大会议上，已经明确决定："有准备有步骤地改变党委领导下的厂长负责制、经理负责制，经过试点，逐步推广、分别实行工厂管理委员会、公司董事会、经济联合体的

---

① 蒋子龙：《弧光》（1981），载《蒋子龙文集》第6卷《赤橙黄绿青蓝紫》，人民文学出版社，2013，第321页。
② 蒋子龙：《锅碗瓢盆交响曲》（1982），载《蒋子龙文集》第6卷《赤橙黄绿青蓝紫》，人民文学出版社，2013，第414页。
③ 刘明馨：《向生活矿藏的深层掘进——读蒋子龙中篇小说〈赤橙黄绿青蓝紫〉》，《信阳师范学院学报（哲学社会科学版）》1982年第2期。

联合委员会领导和监督下的厂长负责制、经理负责制。"① 这意味着，随着阶级斗争话语的退场，党委一元领导的工厂管理体制逐渐瓦解，政治工作丧失了原有的总体性角色，转变为经济工作的辅助性角色。② 尽管他同样强调在这种情况下不是不要政治工作，"政治工作是要做的，而且是要好好地做。但是，政治工作要落实到经济上面，政治问题要从经济角度来解决"③。然而，真正的问题在于，经过上述工厂领导关系的分工和重组，政治工作恰恰丧失了进入工人阶级身心状态的可能。这种困境非常典型地体现在 20 世纪 80 年代初期关于青年工人精神问题的讨论中。这些讨论往往都提供了丰富的社会调研材料，但大多最终提不出有深度的分析，只是教条地征引共产主义教育的信条作为思想资源，而青年工人在阶级政治中的地位和意义已经消失不见。因此，政治工作的地位逐渐动摇，活力丧失，无力为经济工作所创造的对象世界提供新的主体形式。

在这种改革主义氛围中，蒋子龙处理政治工作的方式显示出特别的意义。在这篇小说中，他并不是以领导关系分工和重组的方式来处理政治问题，而是通过解净作为政工干部的身份转型来重新吸纳和整合政治工作和管理工作。就此而言，他在更深层意义上触及了这两者结合的内在可能与限度。不过，随之而来的疑问是，小说虚构的一场谈话，真的能够上升到"一套新时期做青年思想工作的新经验"的高度吗？要回答这个问题，首先需要考量刘思佳这个青年工人形象，在特定历史语境中是否具有典型意义。

蒋子龙在小说最后这样概括其形象："其实他（刘思佳）既不像党委书记认为的那么坏，也不像油库领导看的那么好，他就是他，有好有坏，不好不坏，吃人间烟火，受人间局限。"④ 这番概括力图表明，刘思佳只是

---

① 邓小平：《党和国家领导体制的改革》（1980 年 8 月 18 日），载《邓小平文选》第二卷，人民出版社，1994，第 340 页。

② ［美］华尔德：《共产党社会的新传统主义：中国工业中的工作环境和权力结构》，龚小夏译，中国香港牛津大学出版社，1996，第 263—265 页。

③ 邓小平：《关于经济工作的几点意见》（1979 年 10 月 4 日），载《邓小平文选》第二卷，人民出版社，1994，第 195 页。

④ 蒋子龙：《赤橙黄绿青蓝紫》，《当代》1982 年第 4 期。

一个普通青年工人，而不是"高大全"的英雄人物。事实上，也正因为这种定位，刘思佳这个人物形象在青年工人中获得广泛的心理认同。根据当时一份关于青年工人价值观念变化的调研材料，青年工人在评价和选择生活方式时，90%的人赞同刘思佳式人物，而对于三年前因为徐迟的《哥德巴赫猜想》而家喻户晓的陈景润，只有36%的人赞同其通过个人努力，成就一番事业的方式。① 这种差别当然不仅仅因为刘思佳的职业身份与广大青年工人的亲缘关系，而且也意味着这个人物形象更为切中普通青年在"文革"后的身心体验。在这种意义上，如何认识这个人物形象在特定历史语境中的思想意涵，对于理解解净重启的政治工作方式的有效性，具有至关重要的意义。

其实，刘思佳作为普通青年在小说中的角色并不普通。故事一开始，他通过卖煎饼事件在钢厂掀起轩然大波。祝同康非常清楚，不少钢厂工人都无心生产，私下利用各种机会赚外快。但像刘思佳这样毫无顾忌地公开做小生意，则直接挑战了他假装无视的态度，使其陷入不知所从的尴尬境地。刘思佳这样做的目的，当然并非针对祝同康本人，而是对党委领导体制的不满。这种不满直接表现为他对祝同康和解净充满挑衅的反讽态度。采取这种态度对待政工干部，当然不只是刘思佳一人（何顺同样如此）。按照祝同康的说法："小青年挑逗老头子，取笑干部，这在当前是常有的。"② 显然，干群关系的恶化，与"文革"后广泛存在的"政治疲劳症"密切相关。人们习惯于以主流意识形态的眼光，将对"文革"的不满简化为对整个社会主义政治实践的失望。不过，值得注意的是，蒋子龙并没有为刘思佳的政治反讽态度寻求个人经验的基础。在他的叙述中，刘思佳桀骜不驯性格的形成，在很大程度上源自城乡差异造成的精神创伤，而并非

---

① 这次调研的具体内容如下："［……］有意识地选择了人生道路上的几个典型模式，让三百名青年工人对这些典型模式的生活方式各做评价。调查结果，其中90%的人赞同刘思佳式人物；36%的人赞同通过个人努力，成就一番事业的陈景润式的人物；18%的人赞同长期埋头苦干、任劳任怨的老黄牛式的人物；13%的人赞同'头子活络'，到处吃得开的所谓'路路通'式的人物；只有5%的人赞同'青春不乐，一世白过'满足于吃喝玩乐的花花公子式的人物。"（魏海波、亚平：《试论青年工人业余生活的变化》，《上海青少年研究》1983年第4期。）

② 蒋子龙：《赤橙黄绿青蓝紫》，《当代》1982年第4期。

个人愿望在"文革"中的蹉跎。就此而言，这种政治反讽态度，在很大程度上反映了蒋子龙在"文革"后的个人认识。事实上，这篇小说的初稿被一家刊物接收后又退回，被批评"有一股盲目反政治的倾向"，[①] 后来投给《当代》后，编辑的审稿意见也指出："刘思佳对于'政治'发的那些牢骚话，似有过火的地方，为了避免副作用，似可稍抹掉一点。"[②] 最后，蒋子龙按照编辑意见修改后才得以顺利发表。由此不难想见，他最初的写作冲动中包含着强烈的政治批判诉求。

即便如此，我们从蒋子龙最终修改发表的版本中，依然可以读出这种政治反讽的特别意味。反讽以共同体的存在为前提。作为一种语言修辞，它通过某种疏离意识维持个体与共同体的关系。刘思佳在"文革"中参加造反派的经验，使之将社会主义政治的本质简化为权力争斗，并通过反讽修辞与既有的政治共同体理想及其话语形式保持距离。但他并没有像何顺和叶芳那样由此堕入庸俗的个人主义，而是保持着理想主义的冲动。如前所论，这种冲动乃是社会主义教育的直接后果。因此，不管是通过"八卦图"事件，还是借助卖煎饼风波，他都在尝试寻找参与和塑造新的共同体的契机。然而，仅仅依靠政治反讽，并不能使之建立整理现实经验的思想形式。他无法从这些行动中获得稳定的意义感，反而是"每寻找这样一次刺激"，"自己的痛苦就增加一分"。[③] 如克尔凯郭尔所言，反讽者生存的困境就是缺乏意义。但刘思佳并没有因此陷入彻底虚无的境地。这不仅仅是因为理想主义的冲动为其提供的意识高度，而且也依赖于"哥们儿义气"为其创造的日常伦理形式。

事实上，当刘思佳从既有的政治组织中摆脱出来之后，他首先在"哥们儿义气"中找到了个体意识的依托形式。更具体地说，他并不是在其与叶芳的爱情中寻求情感安慰，而是在友谊中找到精神寄托。显然，在社会主义革命的历史中，无论是话语层面还是行动层面，友谊都与革命保持着更

---

① 蒋子龙：《水泥柱里的钢筋》，《编辑之友》1983 年第 3 期。
② 朱盛昌：《〈赤橙黄绿青蓝紫〉的面世》，《当代》2009 年第 3 期。
③ 蒋子龙：《赤橙黄绿青蓝紫》，《当代》1982 年第 4 期。

为密切的关系，而爱情与革命的关系则缺乏稳定性，常常处于矛盾冲突的状态。① 那么，在他作为反讽者的生存困境中，"哥们儿义气"能否成为承载理想主义冲动的伦理形式？

对于刘思佳来说，"哥们儿义气"之所以重要，是因为它创造了一种替代性的集体生活。而这种诉求，在青年工人中间有着广泛的心理基础：

> 这些年反复无常的政治风尘污染了社会，毒化了人们的思想，离间了群众和干部的关系，造成信仰的混乱，使工人一下子觉得刘思佳这一套是重感情、讲义气，压强扶弱，济国救危。不靠"阶级斗争"了，也不靠"最高指示"了，靠起哥们儿义气来了。②

在这种氛围和诉求中，刘思佳作为"七机部长"的良好风度，让钢厂青年男女"佩服得简直到了崇拜的地步"，"他在青年中说一句话，比团委书记的话还顶用"。而同时，"他在工作上不让人抓着一点差错，使得老工人对他也很赏识，造成了他在运输队的特殊地位：不是干部的干部，不是队长的队长"③。因此，可以说，失去信仰的工人通过"哥们儿义气"被重新组织起来。祝同康完全不能理解刘思佳的感召力，在他的眼中，他们不过是打扮时髦、胡吃海喝的"二流子"和"流氓"。他不会想到，刘思佳在尝试通过这种伦理形式，将自己的理想主义冲动转变为一种民主生活。在关于卖煎饼的问题上，他组织非正式、自愿参加的会议，让大家一起讨论所得收入是否可以送给孙大头的老婆治病，最终，他分文不取的无私精神打动了参会的工人。然而，这种看上去有效组织工人的伦理形式其实暗藏危机。这次会议结束时，刘思佳为了帮助孙大头，希望管考勤的司机替他把事假画成出勤，以防止被再扣工资。但解净的严格管理措施使得对方

---

① 此处的分析受到前引贺照田分析潘晓一文的启发。另外，朱杰在讨论《赤橙黄绿青蓝紫》中的"哥们儿义气"时，也指出"同志关系"与"友情关系"的区别与联系。（详论参见前引朱杰博士论文）
② 蒋子龙：《赤橙黄绿青蓝紫》，《当代》1982 年第 4 期。
③ 同上。

犯难。这使他很吃惊，解净逐渐在工人中树立的威信已经开始危机到"哥们儿义气"。这意味着，这种松散的伦理形式无法为其理想主义提供共同的价值信念。与此相应，"哥们儿义气"追求的江湖情义，也不能与刘思佳同样期冀的现代化工业管理相匹配。在这种意义上，这种伦理形式所提供的不过是暂时的精神寄托，而不可能使之摆脱虚无主义情绪，转化理想主义冲动。那么，面对刘思佳的这种状态，解净重启的政治工作方式能否为之创造新的契机呢？

解净经过几次与刘思佳的交锋之后，非常清楚地意识到，要想进入对方的内心世界，必须首先打破其政治反讽的一贯态度。而战胜一种反讽的办法只能是另一种反讽。因此，她在循循善诱地切入他最关心的话题时，也不断以更加鞭辟入里的反讽，刺激他彻底放下自己孤傲的面具，袒露内心的纠葛。在此过程中，她一方面敏锐地指出，刘思佳"把个人的力量，把哥们儿义气看得过分强大了，把组织的力量、集体的力量看得太软弱了"，另一方面也试图以自己的经历和追求来感化和引导他："向把人推向消极、庸俗、自私、冷漠的势力拼命抗争，做一个自己认为是有价值的人，一个为社会所需要的人。"然而，得到的却是尖锐的反问："没有一个明确的前途，谈什么重建人生的信念。"① 尽管随后解净的说教更为诚恳和宽容，但直到谈话结束，她也无法给予他明确的回答。

显然，在这种政治工作的新尝试中，一旦抛弃阶级话语作为结构政治信念的方式，解净无法为之重建新的生活信念，指出明确的前途。故而，她并不能由此引导他真正走出内心的困境。因此，刘思佳在谈话后并没有感到解脱，而是陷入被冒犯的痛苦："她刚才这一番话，把她两年来所受的委屈全对过去了。她彻底报仇了，真是骂人不吐核儿，不带一个脏字，却又损，又阴，又刻毒。她太有理智，太清醒了，没有一般人的感情。她今天纯粹是拿他耍着玩儿，和这样的人打交道是永远得不到好处的。"② 这种感受，恐怕是解净在尝试这种工作方式时所始料未及的。

---

① 蒋子龙：《赤橙黄绿青蓝紫》，《当代》1982 年第 4 期。
② 同上。

不过，这个悬而未决的思想问题，最终被化解在小说结尾的油库救火事件中。面对油库火险，解净奋不顾身的表现，令刘思佳和何顺都为之震惊和折服。经过这次事件，她得以成长为社会主义新人。而刘思佳尽管在救火前有些迟疑，但在解净的感召下，同样勇敢参与到救火行动中，仿佛也由此摆脱自我围困的精神状态，并顺利转向社会主义新人的再造之路。

然而，这样仓促的结尾方式，令人怀疑这次偶然性事件是否能够提供社会主义新人成长所需要的政治、社会和伦理因素。对此，在小说发表后不久，就有研究者批评，解净的工作能力和成绩与她的历史不相称，作者没能写出她的成长过程。① 其实，蒋子龙并非没有意识到这一点。在后来的创作谈中，他也说："《赤》稿的后半部分我写时就很不满意，解净的成长还应更真实、更艰难，她到车队后还会有新的反复。结尾更是匆匆忙忙，一点也不俏皮，尤其是刘思佳这个人，最后他还应有新的'绝活'。"② 显然，这样的解释并不充分。解净这个人物形象的问题，并不在于其成长曲折与否，而是如何构想其意识再造所需要的因素和条件。同样，刘思佳形象的问题也并非性格是否足够俏皮，而是怎样创造引导和转化其反讽态度的政治工作方法。那么，蒋子龙原本包含着历史可能性的写作尝试，何以在此陷入这种认识论困境？在我看来，这与他组织这篇小说的人性信念密切相关。

四　"单颜色"与"全颜色"：再造社会主义新人的内在危机

以往对这篇小说的讨论，都忽略了标题"赤橙黄绿青蓝紫"的深意。蒋子龙对此曾解释，题目来自毛泽东的诗词"赤橙黄绿青蓝紫，谁持彩练当空舞"，"意思是人性应该是多颜色的，生活的色彩是非常丰富的，绝不

---

① 刘明馨：《向生活矿藏的深层掘进——读蒋子龙中篇小说〈赤橙黄绿青蓝紫〉》，《信阳师范学院学报（哲学社会科学版）》1982年第2期。

② 蒋子龙：《创作札记》（1981年7月24日），载《蒋子龙文集》第14卷《人生笔记》，人民文学出版社，2013，第228页。

可以把人搞得太单调"。而他写作这篇小说，正是要"显示生活的丰富多彩，人性的复杂"①。此番解释，构成了蒋子龙写作这篇小说的人性论前提。正是由此出发，他在小说中展开了关于"单颜色"和"全颜色"的讨论。

这些讨论主要集中在解净和叶芳之间。解净在祝同康的保护和培养下，灵魂单纯，不抽烟喝酒，不打扮，不谈恋爱。叶芳第一次见到她时，就讽刺她"是个单颜色的大姑娘"。解净并不明白。她便解释说："就是红色啊！你不是搞政治的吗？光会搞政工的人就像你身上穿的衣服一样单调、别扭。草活一秋，人活一世，凡是人应该享受的都要尝一尝。"②叶芳的这番解释，代表了"文革"结束后普通青年工人的基本认识。当一体化的政治诉求丧失历史可能性之后，人们被压抑的日常生活焦虑充分释放出来，并投射在各种具体的关于"物"的想象之中。刘思佳不仅成为钢厂第一个"七机部长"（家有电视机、录音机、电唱机、照相机、洗衣机、袖珍计算机、电冰箱），而且从太阳镜、喇叭裤到中山服、西装，一路引领钢厂的时尚潮流。这种建立在"物"之上的新的生活趣味，成为其他青年工人模仿的对象。"钢厂的小青年，尤其是爱漂亮、赶时髦的青年男女，对刘思佳佩服得简直到了崇拜的地步。"而一旦他们被置于这样由"物"的差异构成的符号系统中时，生活趣味的实现便不再是要求某一物的满足，而是个体体验的全面满足。这便是叶芳所谓的"全颜色"："草活一秋，人活一世，凡是人应该享受的都要尝一尝。"显然，这种"全颜色"背后不过是一个被抽空的消费主体。而她正是以此反对政治的"单颜色"。

解净并不赞成叶芳的"全颜色"论，但前半句话还是引起了她的共鸣。因为她也有爱美之心，喜欢把自己打扮得漂亮一点。事实上，她随后不仅开始懂得打扮自己，而且学会了汽车队抽烟喝酒的"规矩"。从她后来面对祝同康的态度来看，这些变化同样包含着挑战已有政治信念的因

① 蒋子龙：《漫谈写小说——1989 年 12 月在本钢文学创作座谈会上的发言（摘要）》，载《蒋子龙文集》第 14 卷《人生笔记》，人民文学出版社，2013，第 392 页。
② 蒋子龙：《赤橙黄绿青蓝紫》，《当代》1982 年第 4 期。

由。然而，她终究与叶芳大为不同。在小说最后，她开始反过来批评叶芳的"全颜色"论：

> 人应该是全颜色，单色不好。就像穿衣服一样，太单调不好，大红大绿太傽也不好。什么是全颜色呢？难道抽烟、喝酒、下馆子、玩玩闹闹、打架骂街、出风头、发牢骚就是全颜色吗？不对，这正是单调无聊、庸俗浅薄的表示。人的全颜色应该是德、才、学、识、情、貌、体魄、喜怒哀乐、琴棋书画等等。①

在她眼中，叶芳所谓的"全颜色"恰恰是"单颜色"，是单调无聊、庸俗浅薄的表现。换言之，不管是总体性的政治理想，还是片断化的日常生活，都太过单调乏味。那么，究竟什么是全颜色？解净在此列举"德、才、学、识、情、貌、体魄、喜怒哀乐、琴棋书画等等"。诸如此类，似乎可以无限列举下去。但问题是，这样的"全颜色"背后对应着怎样的主体？一方面，蒋子龙在这里没有划定这些颜色的界限，所以，我们无法分辨某一种颜色究竟符合叶芳的"全颜色"，还是从属解净的"全颜色"。另一方面，蒋子龙也没有澄清解净的"全颜色"之间的价值关系，因而，我们同样不能将之视为内在统一的整体。在这种意义上，这种"全颜色"背后的主体性诉求，最终难以获得具有总体性的精神形式。

据此来看解净对叶芳最后的教导，同样令人生疑。她说："不能像动物似的只求活着，人应该生活，我们这一代人本来就学得最少，懂得最少，普遍的毛病是肤浅。人生的头一课没有上好，现在新的学期开始了，再不能不及格了，生活中最复杂、最困难，肯定也是最美好的东西还在前面。"② 而叶芳听完之后，若有所悟地决定开始新的生活。然而，应该怎样生活？前面最美好的东西是什么？叶芳并不问这些问题，但刘思佳曾经问过："没有一个明确的前途，谈什么重建人生的信念。"就此而言，真正值

---

① 蒋子龙：《赤橙黄绿青蓝紫》，《当代》1982 年第 4 期。
② 同上。

得深思的是，"颜色"的"一"与"多"究竟是什么关系？

"一"与"多"是政治哲学的基本命题。这个命题的基本关心是，如何将个体纳入共同体而又不丧失其个体性？事实上，这种关心构成了当代中国社会主义实践，尤其是工业问题的基本线索。现代工业生产的组织形式，决定了它对工人作为稳定的劳动力来源的要求。因此，社会主义教育的任务是如何通过共同的政治理想，塑造工人阶级的主人翁意识，从而保证劳动主体的内在同一性。其中，最关键的一环是如何组织和安排社会生活，尤其是八小时之外的生活。前文所引《千万不要忘记》所处理的正是这一问题。剧作的表面意图是"千万不要忘记阶级斗争"，而深层诉求乃是"在上下班之间，在公共—职业时间（工作）和私人—业余时间（休息）之间建立起意义的连续性"[1]。然而，社会主义实践始终没有解决革命生产与日常生活之间的冲突，更明确地说，未能有效地将共同体的政治理想，落实为一套有效安顿身心的日常伦理原则。

20世纪80年代出现的个人主义话语作为克服这种矛盾的尝试，将日常生活从共同体的统一性原则中解放出来，以去政治化的面目落实多元化的生活趣味。最终，这种话语实践塑造出叶芳式的消费主义主体。[2] 在时代转型的关节点上，蒋子龙并没有拥抱这种主体，而是以高度的政治、社会和伦理敏感，对这种主体形式进行了批判，并试图将之引向社会主义新人的方向。然而，他向青年提问的方式，仅仅停留于"自己要做个'全色'的青年呢，还是做个'单色'的青年"[3]。因此，他以"全颜色"同时批判两种"单颜色"的诉求中包含的政治、社会和伦理可能性，最终停留于一种表面化的多元人性论。因此，蒋子龙在处理解净的政治工作方法时，仅止于打开刘思佳的理想主义诉求，而并不在意其对"明确的前途"的要求。然而，一旦这种政治工作无法创造出与经济工作匹配的主体形

---

[1] 唐小兵：《〈千万不要忘记〉的历史意义——关于日常生活的焦虑及其现代性》，载唐小兵主编：《再解读：大众文艺与意识形态（增订版）》，北京大学出版社，2007，第228页。

[2] 1980年，通俗刊物《八小时之外》在天津创刊，介绍各种生活娱乐知识及掌故见闻，在广大读者中十分受欢迎。

[3] 蒋子龙：《全色总比单色强——写在影片〈赤橙黄绿青蓝紫〉放映之际》，载《蒋子龙文集》第14卷《人生笔记》，人民文学出版社，2013，第311页。

式，那么，解净的"全颜色"便很容易堕为叶芳的"全颜色"。事实上，这种危险后来成为 20 世纪 80 年代历史展开的过程：个人主义话语开始大行其道，叶芳式的消费主体成为社会主流。与此相应，解净式的政治工作方法逐渐失掉其原有的政治、社会和伦理敏感，越来越脱离相应历史进程的演进，而刘思佳终究无法成长为社会主义新人，依旧在其精神困顿中不能自拔。

（发表于《文学评论》2015 年第 5 期）

《平凡的世界》的社会史考辨：逻辑与问题

陈　思

　　路遥的《平凡的世界》以孙少安、孙少平兄弟为线索，忠实地记录了中国西北部"文革"后期至20世纪80年代中期（1975年春—1985年春）每一年发生的变化。从时间上看，小说以季度甚至月份为刻度，并与当时农业生产和社会变动的各个环节紧密对应。从空间上看，小说人物的活动空间，从村落（双水村）起步，到公社/乡镇（石圪节公社），再到县城（原西县）、地区（黄原市）和省城，全景式地反映了农村改革时期不同环境和层面的社会问题。

　　目前，对于这部小说的研究已经比较充分，但细细来看，研究视角多集中在"人物"，更进一步说是"主人公"。依托主人公来分析长篇小说，是最具可操作性的批评路径。但这样也难免将次要人物、次要情节甚至"闲笔"置之不理——正是这些被忽略的东西，共同带出了支撑人物为之欲求、为之焦虑和对之实践的"世界"。一旦我们的视野仅仅局限在主人公身上，广阔的"世界"就会过快地集中到"城乡交叉地带"，并进一步缩小到"农村青年进城记"，而这样的《平凡的世界》就无非是《人生》的扩展版而已。那么，我们如何能够直面而不是回避、还原而不是窄化小说人物背后的那由时间和空间搭建起来的庞杂"世界"？

　　对文学做一定的社会史研究是必要的，这也是对文本"历史化"的第一步。通过搜集社会史材料，本文欲图达致下面三重目标。首先，以考订社会史信息的方式为小说细节做注解。其次，在此基础上，梳理路遥小说对中国农村改革的"五步走"认识逻辑，即从集贸市场放开、清算集体经济、逐步实现包产到户到农村剩余劳动力的两种转移。最后，在上述梳理的基础上进一步指出，在这认识逻辑内部，存在着作为其内部解构力量的五组问题：一是在放开市场与投机倒把的转化中，是否暴露了"改革"意识形态内部悖论；二是在清算农业集体化时，是否引出 20 世纪 80 年代社会治理的旧根源与新问题；三是在描绘家庭联产承包责任制逐步推开的过程中，农村改革是否出现了令人担忧的效果，如农业负担加大、土地重划问题重重、贫富差距拉大、精神领域重组等；四是在农村剩余劳动力的转移当中，如何理解农村青年进城"走关系"的问题；五是如何在农村公有经济向私有经济转型时处理集体经济遗产的问题。恰是路遥对这些问题的讨论，可以作为探视路遥对社会主义实践经验的具体取舍以及作家复杂思想资源的研究起点。

本文主体分成五个小节来聚焦小说中的五个主题，这五个主题又恰好对应作家笔下 1975 至 1985 年农村改革的五个环节。于是，我们得以从农村市场、土地制度、农业结构、劳动力、社会关系、日常生活、价值观念等方面释放小说携带的社会史细节。尽管《平凡的世界》是一部文学文本，但是要想真正理解它所传递的信息，必须首先添补材料，恢复这个"世界"芜杂的全貌，并对作家对社会史细节的选择方式做出初步说明，并提供一些问题和思考角度。只有这样，我们才能为今后的路遥研究预先打下基础。

一　从"逛鬼"王满银谈起——集贸市场放开到"投机倒把"

兰香揩了一把眼泪说："姐夫叫公社拉到工地上劳教去了……"

"我还以为他死啦！在什么地方？"少平问妹妹。

"就在咱村里。"

"为什么劳教？"

"出去贩了点老鼠药，人家说他走资本主义道路……"

在小说一开头，王满银因为贩卖老鼠药而被劳教，首先带出了"文革"后期（1975）中国农村市场的实际状况。中华人民共和国成立以来中国农村市场经历了几次盛衰起伏。先是由于国家对主要农产品采取统购统销，农村初级市场上能上市的农产品种类和数量减少，又由于自留地和家庭副业在农业社会主义改造当中受到限制，农村市场萎缩。1957 年情况有所好转。薄一波回忆："1957 年 9 月 8 日国务院第 56 次全体会议通过的文件，对进一步开放农村市场的集市贸易问题作出了规定。"① 1957 年 10 月 22 日国务院发布的文件规定："某些适合于分散经营的家庭副业，应当在合作社的统一安排和帮助下，由社员家庭分散经营，收益全部归个人所有。"② 这些后来被称为"小自由"的规定随着人民公社化开展和 1958 年成都会议对邓子恢的批判而取消，到第二次郑州会议之后，又陆续恢复。③ 1960 年 11 月的《关于农村人民公社当前政策问题的紧急指示信》、1962 年八届十中全会正式通过的《农村人民公社工作条例（修正草案）》将自留地、家庭副业、集市贸易等政策固定下来。此后，随着"阶级斗争"的开展，农村集市贸易受到严格限制。"文革"期间，农村集市贸易日趋衰落，但黑市交易仍然在进行。

进入新时期，1979 年 9 月中央通过的《关于加快农业发展若干问题的决定》提出："为了搞活商品流通，促进商品生产的发展，要坚持计划经济为主，市场调节为辅的方针，调整购销政策。"④ 国家在全面推行家庭联产承包责任制之前，启动了农产品流通体制改革，开放集市贸易，允许农民自主出售农产品，促使农产品集贸市场迅速恢复和发展起来。

小说紧扣上面所提到的政策，恰恰从 1979 年秋天开始，石圪节集市显出热闹的景象：

---

① 薄一波：《若干重大决策与事件的回顾》（下册），中共党史出版社，2008，第 922 页。
② 《国务院关于统一管理农村副业生产的通知》（1957 年 10 月 22 日），载中共中央文献研究室编：《建国以来重要文献选编》第十册，中央文献出版社，1994，第 619 页。
③ 中共中央、国务院：《关于组织农村集市贸易的指示》（1959 年 9 月 23 日），载中共中央文献研究室编：《建国以来重要文献选编》第十二册，中央文献出版社，1996，第 580—585 页。
④ 《关于加快农业发展若干问题的决定》，载黄道霞主编：《建国以来农业合作化史料汇编》，中共党史出版社，1992，第 910—917 页。

"庄稼人挤得脑袋插脑袋。大几部分人都带着点什么，来这里换两个活钱，街道显然太小了，连东拉河的河道两边和附近的山坡上，都涌满了人。"前去赶集的孙少安，口袋里的老南瓜很快卖光，只见到："戴蛤蟆镜的青年人在人群中招摇而过，手里提的黑匣子像弹棉花似的响个不停，引得老百姓张大嘴巴看新奇。"

此后，集贸市场的大量涌现，促进城乡物资交流，带动农产品商品生产与流通的发展，农产品生产专业户、运销专业户大量产生，独立的市场主体开始发育。随着农产品商品量的增加和流通范围的扩大，交易活动从最初的部分鲜活产品、土特产的就近自产自销，逐步发展到长途贩运、批量经营。集贸市场恢复之后，是批发市场成长阶段。随着农产品商品生产的发展和流通体制改革深化，批发市场兴起。1984 年，广州、西安、武汉等城市先后放开了水产品、蔬菜的价格和经营；1985 年，开始全面改革农产品统派购制度；到了 1992 年以后，有了保证城市居民蔬菜副食供应的"菜篮子工程"，农产品市场体系已基本形成。①

发展到 20 世纪 80 年代之后，"集贸市场"成为《平凡的世界》中越发重要的文学装置。一方面，"集市"本身构成人物邂逅、事件发生、关系结成的场所；另一方面，对集市的描绘也配合着"改革"意识形态，对社会现实进行细腻的想象。1979 年，孙少安积累了后来办砖窑的启动资金——为县中学拉砖块，这要归功于老同学刘根民与他在集市上的相遇。1980 年孙少平踏上"劳动进城"的第一站，也是黄原城的"东关市场"。东关在汽车站边上，各种市场摊点和针对外地人的服务性行业也多，同时也存在着低档的旅馆和饭馆——这时候，私营饭馆和旅店已放开。桥头作为传统出卖劳动力的市场，挤满了匠人和小工，到了晚上还有人四处叫卖茶饭。这一年兄弟分家之后，原西县的街道上，出现了许多私人货摊和卖吃喝的小贩。不少"个体户"出现了：少平在这里邂逅了同学侯玉英，后者和丈夫依靠她父亲的关系办了营业执照，摆起了货摊。

---

① 韩俊主编：《中国经济改革 30 年·农村经济卷》，重庆大学出版社，2008，第 75—77 页。

田润生开车经过 1981 年在原西县外一个大村庄的集市，在这个集市上与卖羊肉饺子的寡妇郝红梅相遇。田润生与郝红梅的邂逅不仅仅改变了他自己的命运，他们的爱情也成为压垮田福堂的最后稻草。这个村庄的集市不仅是构成田润生爱情关系的情节装置，更是观察新时期社会文化生活的切面。此前不曾出现三个"新事物"——戏台、庙堂和照相摊子。戏台上演的是老戏《假婿乘龙》。伴随民间文化复苏，迷信文化也悄然回归，"眼前一座砖砌的小房，凹进去的窗户上挂了许多红布匾；布匾上写着'答报神恩'和'有求必应'之类的字，……庙门两边写有一副对联，似有错别字两个：入龙宫风调雨顺，出龙宫国太（泰）明（民）安……"。在照相摊前，"一些农村姑娘羞羞答答在照相摊前造作地摆好姿势，等待城里来的流里流气的摄影师按快门"①。

在小说中，农村集贸市场的恢复是伴随社会风气、观念体系甚至法律体系一同改变的，也必然引起像田福堂这样的人的不安："再看看！现在到处的集市都开放了——这实际上是把黑市变成了合法的。有的人还搞起了长途贩运，这和投机倒把有什么两样？"

在 20 世纪 80 年代初期，"长途贩运"在市场开放过程中始终是争议性话题——它算不算"投机倒把"？孙少安在 1981 年的"夸富会"认识的胡永和，当时也仅仅是承包县运输公司的卡车，为公家拉面粉、赚运费，不属于"私商长途贩运"②。《平凡的世界》中大部分农民个体搞长途贩运，要等到 1983 年田福军担任黄原市委书记才开始。在重新划定权钱交易的法律术语诞生之前，"投机倒把"在法律史上经历了曲折的脱罪过程，这之前它必须首先剥去经济罪附加的政治色彩。③

田福堂的担心一定程度上代表了作者对于市场经济的担忧。进入 1981

---

① 有心的研究者不难想起 1981 年全国短篇小说奖的《黑娃照相》（张一弓）。张一弓的文本对 1981 年前后农村集市进行了更丰富、细腻的描写，而"照相摊子"扮演了歌颂农村改革的功能：它承载着一个农民对未来"现代化"生活的想象。

② 张一弓正面歌颂农民自己长途贩运的小说《春妞儿和她的小嘠斯》，灵感也来源于 1984 年春季在河南临汝县的采风。

③ 张学兵：《当代中国史上"投机倒把罪"的兴废——以经济体制的变迁为视角》，《中共党史研究》2011 年第 5 期。

年，国家尚未放开所有农产品，仍然需要开自产证，王满银贩到上海的黑木耳在火车站被扣下——结果他开始往家乡贩运走私的塑料芯电子表。1981 年端午节，石圪节公社搞物资交流大会，盗窃犯金富（1982 年底在"严打"中被抓）趁机摆开了衣服摊，售卖他偷来的时髦衣物。不仅走私、盗窃、假冒商品现象大量出现，"投机倒把"也越来越成为普遍现象。1980 年孙少平与田晓霞在影院外邂逅的时候，卖《王子复仇记》的票贩子到处都是。小说第三部中，孙少安扩大生产、到河南提制砖机，发现火车软卧上到处是买了黄牛票的个体户——这才不过是 1982 年。采购员满天飞，建筑材料供不应求，许多国营单位早早加入"投机倒把"之中。小说中提到，1987 年，国家专门出台了有关规定，限制种种新型的"投机倒把"行为。

不可否认的是，自由市场的放开是农村改革红利的一部分。但如果将新时期的"经济改革"视为国家从经济生活诸多方面退出的过程，那么从"自由市场"滑向"投机倒把"，即便不提"官倒"后来发展成 20 世纪八九十年代之交社会危机的内在组成，在这个关节点上，路遥就已经暗示了"改革"的尴尬。

二 以"水利"为中心的讨论——
"农业学大寨"的后果

从小说试图描绘的历史本身看，家庭联产承包责任制推广（1980—1983）比集贸市场的开放（1979）晚一些。整个小说第一部（1975—1978），孙少安自发的包产到组被制止，"政社合一"的人民公社体制仍在发挥强大的组织功能，小说要到第二部才正式进入家庭联产承包责任制的推广过程。作为家庭联产承包责任制的"前史"，作家必须要在第一部中完成对"农业学大寨"的清理与清算。

"农业学大寨"运动从 1964 年开始，到 1979 年底结束，"农田基建"是重中之重。查阅《延川县志》，我们知道延川在学大寨运动中多次开展农业水利建设。① 作家路遥本人除了生活时代的交集外，就直接参加过学大寨农业生产。根据《路遥传》，作为返乡青年，他在武斗结束不久即挂着"革委会副主任"帽子返乡参加劳动，最初就在大寨农田基建会战工地。②

水利问题成为小说第一部矛盾的集中点和情节高潮。人民公社化对于农业总体贡献主要有四方面（一是农田水利，二是农村电力，三是种子、农药和化肥，四是农业机械化），首当其冲的就是水利建设："集体化时期开展了大规模的农田水利建设，平整了土地，修筑了机耕路和排灌水渠道，购置了动力机械。"③ 一般说来，我们如今对农业集体化时代的评价，也大多肯定其在组织人力物力进行水利建设上面的成就。④ 因此，要完成对农业集体化的清算，就必须完成对其最大成就——水利建设——的清算。

小说主要依托水利问题描绘了农业集体化三个方面的弊端：唯意志论造成的劳民伤财问题、资源分配问题和工程移民问题。

唯意志论造成的劳民伤财问题主要围绕田福堂的线索展开。田福堂作为农业集体化时代的英雄人物，在双水村的农业学大寨运动中起到关键性的作用。依靠农业学大寨，田福堂的个人权威在这一时期达到顶峰，甚至可以体现在家庭地位上。女儿田润叶和孙少安的爱情关系之所以终结，原因就是他的从中作梗。而后来他身心状况的"垮掉"，实际上又和整个农业制度变迁、农业学大寨的式微紧密相关——他终究是一个要随着"旧时代"埋葬的"旧人"。在小说第一部结尾处，安排他一意孤行要修筑"拦河大坝"的情节。最终，在东拉河上修筑"拦河大坝"、改造出"一片米

---

① 1965年4月2日，中国共产党延川县委公布本县首批建成大寨式的生产队有关家庄、王家原、高家屯、孙家原、曲溪交等20个队。12月28日《延安报》报道，延川在秋冬两季大搞农田基建，全县扩大灌溉面积2418亩，治理川、塬地5426亩，修水平梯田624亩，垒石帮埝造田418亩。1976年2月4日，县农业学大寨群英会召开，会期7天，1595人参加，会议号召4年建成"大寨县"和4年基本实现农业机械化。

② 厚夫：《路遥传》，人民文学出版社，2015，第56页。

③ 张乐天：《告别理想：人民公社制度研究》，上海人民出版社，2005，第240页。

④ ［美］莫里斯·迈斯纳：《毛泽东的中国及其后：中华人民共和国史》，杜蒲译，中国香港中文大学出版社，2005，第433页。

粮川"这样异想天开的工程必须垮掉——因为它是唯意志论的结果。

路遥对这一矛盾的设计不仅是文学考虑的结果，也是政治考虑的后果。"大寨"典型昔阳县最遭人诟病的也正是水利——"西水东调"工程。该工程原定要通过人工工程将黄河水系的潇河水跨水系东调，进入昔阳县缺水的东部山地，可新发展水浇地 74200 亩，改善灌溉条件 15800 亩。该工程由于工程量大、投资多、干旱期调水潜力可疑，一直等到 1973 年陈永贵拍板上马兴建。由于匆忙上马，坝址不断改动，干了四年，投工 500 万人，耗资上千万元，在四方批评声中下马。虽然今日仍有人认为这一工程并不像 20 世纪 80 年代初人们所抨击的那样，但是 1980 年 6 月 15 日《人民日报》头版突出位置刊登了《昔阳"西水东调"工程缓建》消息，并发表社论《再也不要干"西水东调"式的蠢事了》。[①] 当时对大寨水利工程的主流舆论，对于小说情节的设计很可能产生了决定性的影响。

相对于对"蠢事"的批判，路遥对历史的敏感性更多体现在对另外两个问题的描述上。首先，人民公社在资源分配中的问题，体现在"抢水"情节当中。小说写道，因为旱季到来，各地出现农业灌溉用水困难。恰恰在这个时候，人民公社丧失了"一大二公"的优势。因为公社领导偏袒自己所在的石圪节，导致下游村子缺水。于是胆大的田福堂决定组织人到上游挖坝偷水。借偷水，小说展现了不同人物的性格与能力。我们既看到了生产队长孙少安、金俊山的组织能力，也看到了孙玉亭缺乏威信、魄力，更为以金富为代表的新一代农村青年与农村集体"连带感"的丧失[②]埋下伏笔。

路遥还注意到农田水利建设当中另一个重要的问题——工程移民问题。集体化时代库区移民搬迁主要依靠行政命令、政治动员，包括领导干部的个人威信。田福堂创造性的下跪，使得金老太太和金家湾一带的移民问题得到暂时解决。由于不属于情节主线，路遥在这里并没有做多少深入的描写。但小说中还以背景的方式提到了另一起移民事件。小说第三部的

---

① 陈大斌：《大寨寓言：农业学大寨的历史警示》，新华出版社，2008，第 105—106 页。
② 尽管被再三叮嘱，金富偷水时依然"从土坝中间挖"。这不只是功利主义的考虑，更是留不留余地的问题，涉及村与村、人与人之间的共同体存亡。

高潮段落，田福军就任省会城市市长，不久之后该省就暴发洪水，造成田晓霞的牺牲和孙少平爱情的破灭。在小说第三部高潮段落到来之前，田福军同样创造性地暂时缓解了库区移民回迁抢地造成的国营农场工人闹事游行。

根据应星的研究①，第一，这类移民"遗留问题"的产生，是由于"总体性国家"体制下通过社会动员来进行国家建设的能力很强，而化解国家建设开展起来后带来的各种具体问题的能力很弱的缘故。因此，勘查选址、安置方案、补偿标准等方面都过于粗放、不公，损害了不同人群的利益，激化了矛盾。第二，"遗留问题"的再生产又与"文革"之后国家从农村社会生活退出——"专制权力"下降——有关。第三，国家从农村社会仓促退出之时，尚未形成更为精致的治理手段，例如应星所谓"拔钉子""挤脓包""开口子""打界桩"等一套"摆平理顺"的标准化流程，从而政府暂时只能凭借领导干部的个人能力、威信和智慧，"创造性"地缓解问题。虽然小说写到1985年就戛然而止，但这些农业集体化时代的遗留问题，将会始终困扰着田福军们。

三　基层组织与农业生产的问题性呈现
——"家庭联产承包责任制"的历史展开

小说第二、三部开始描写家庭联产承包责任制在农村的推广。在小说的逻辑中，正是因为"农业学大寨"运动中暴露了集体化农业的诸多问题，作为对这些问题的克服的家庭联产承包责任制才能登上历史舞台。

历史对家庭联产承包责任制的描述是曲折的。1978年十一届三中全会通过的《人民公社试行工作条例》宣称："不许包产到户。"1979年中央批转《国家农委党组报告》重申："凡搞了包产到户的地方要重新将农民组织起来。"但是1979年秋十一届四中全会通过的《中共中央关于加快农

① 应星：《大河移民上访的故事：从"讨个说法"到"摆平理顺"》，生活·读书·新知三联书店，2001。

业发展若干问题的决定》出现了松动，规定某些副业生产特殊需要的农户和边远地区、交通不便的单家独户可以包干到户。1980 年 9 月，中央印发《关于进一步加强和完善农业生产责任制的几个问题》，把包产到户的许可范围扩大到边穷地区。1982 年中央批转《全国农村工作会议纪要》才第一次把包产到户的自发行为规定为"社会主义农村经济组成部分"。1983 年 1 月的 1 号文件指出：联产承包责任制"是在党的领导下我国农民的伟大创造，是马克思主义农业合作化理论在我国实践中的新发展"。到 1984 年中央一号文件《关于一九八四年农村工作的通知》强调，要继续稳定和完善家庭联产承包责任制，并做出土地承包期一般应在 15 年以上的规定，这一制度在全国范围内才稳定确立。但历史经由小说的展开却远比这种程度的"曲折"还要复杂得多。

小说附加的第一个层面是基层组织的变化。

从一开始，责任制的推广就伴随村社两级权威大大削弱。因为是否搞生产责任制是由生产队来决定的。孙少安和田福堂之间的矛盾，不仅仅体现在田福堂对于孙少安、田润叶爱情的阻挠，更是生产队和村级领导之间路线斗争和权力斗争的缩影。1979 年田福军开始推广包产到组。[①] 田福军不仅在地区层面受到了苗凯、高凤阁等派系、路线斗争的困扰，在实际推广中也受到县、社、村三级领导的推诿抵制。以公社主任徐治功、村书记田福堂为例，小说写到了社村两级领导对大权旁落的恐惧——"最使人想不通的是一再强调要尊重生产队的自主权，那公社和大队的领导还有什么权？现在这两级领导都怨气冲天，趿蹴下不工作了——工作啥哩？一切都由生产队说了算嘛！"（第二部第三章）

社村两级基层干部的积极性下降，中国基层组织开始涣散。进入 1980 年，田福堂赌气放开单干，放弃领导，导致混乱瓜分集体财产。"在分土地的时候，尽管是凭运气抓纸蛋，但由于等次分得不细，纸蛋抓完后还没到地里丈量，许多人就在二队的公窑里吵开了架；其中有几个竟然大打出

---

①　查阅《延川县志》可知，1979 年路遥所生活工作过的地方已经开始了包产到组的试点工作，并于 1980 年在全县推开。

手。在饲养院分牲口和生产资料的时候，情况就更混乱了。人们按照抓纸蛋的结果纷纷挤在棚圈里拉牲口。运气好的在笑，运气不好的在叫、在咒骂；有的人甚至蹲在地上不顾体面地放开声嚎了起来。"

1982 年夏天，革委会党政分家，重建党、政和人大三套班子——人民公社制度撤销迫在眉睫。尽管人民公社制度全国范围内完全撤销要到 1984 年，此时各级基层干部越发对仕途前景感到灰心——田福堂一度到山西去当包工头。1983 年春天，改革开放深入发展，这一年开始全国党政机关机构实行改革，中央和省委指示，五十岁以下占三分之一，大专文化占三分之一。田福军的地委领导班子组成后，就组织各部、局、委、办，人事大洗牌，年纪大的退居二线，剩下是年轻的和有大专文凭的。小说以张有智等人为例一笔带过了县、市级当中心灰意冷的干部的状态。在这一时期，为了配合市场经济和新时期关于"现代化"的意识形态，倾向于任用"文化干部"和"改革干部"，这批被调整下去的人物都带着人民公社时期集体主义和革命话语的烙印，这一调整也配合了市、县级以下中国基层政治生态的变化，一定程度上驱逐了集体主义的残余。

同一年，出于"现代化"的发展需要，在地区一级的新执政重点，初步变成向上的"争资跑项"。田福军和高步杰发挥黄原地区"三老"干部多的优势，在中央搞汇报会，向中央要政策要拨款，与中央各部委建立"横向联系"。虽然路遥并未给出明确的态度，20 世纪 90 年代后中国基层工作重心从向下转为向上，政权从"汲取型"向"悬浮型"的转变①已初见端倪。

从第二个层面上看，家庭联产承包责任制作为 20 世纪 80 年代撬动中国农村变迁的着力点，不仅直接造成基层组织的"涣散化"和政权的"悬浮化"，更同时影响了整个农业生产的形态。

通行说法是，责任制的优势被后设性地概括为农民生产积极性的提

---

① 周飞舟：《从汲取型政权到悬浮型政权：税费改革对国家和农民关系之影响》，《社会学研究》2006 年第 3 期；渠敬东、周飞舟、应星：《从总体支配到技术治理——基于中国 30 年改革经验的社会学分析》，《中国社会科学》2009 年第 6 期。

高，从而导致产量逐年增加。① 1980 年政策对"自留地"开始放开，夏季麦收之后开始搞责任制，"田家圪崂那面的人像发了疯似的，起早贪黑，不光把麦田比往年多耕了一遍，还把集体多年荒芜了的地畔地楞全部拿镢头挖过，将肥土刮在地里。麦田整得像棉花包一般松软，边畔刮得像狗舔得一般干净"。秋收之前，农民又有了消闲时间，可以赶集或者做家庭副业。1981 年之后，对责任制深恶痛绝的田福堂也承认这一年农民将不再缺粮。

农村的农业结构调整也以编年史的方式呈现在小说的情节之中。在1982 年，农村一些嗅觉灵敏的人已经开始从单一的种植业转移向"多种经营"，嗅觉灵敏的大队会计田海民第一次在村里挖鱼塘，兼任村主任的金俊山也养起了山羊。这一年，孙少安到河南巩县买制砖机，升任原西县百货公司驻铜城采购站站长的金光明委托少安把意大利蜜蜂带回农村让自己的弟弟去养殖。1983 年春天，改革开放深入发展，田福军在全地区推行农业结构调整，从单一种植变为发展多种经济作物（花生、果树、泡桐等），搞多种养殖业。到了 1984 年，除了孙少安的砖厂开始盈利之外，双水村许多人家种植了泡桐，蜜蜂、水产和山羊的养殖也都发展起来，原本属于地主富农后代的金家湾，有许多人也开始做起了生意。

除了做出上述符合宣传口径的描述外，路遥在小说中还试图给出关于"改革"的更为复杂的描述。

首先，小说已经多次暗示，包产到户使得每家每户承担的劳动更重，从而使得一些劳力弱的家庭出现生活危机。"其实，一家一户种庄稼，比集体劳动活更重；但为自己的光景受熬苦，心里是畅快的。"（第二部第十八章）由于土地的细碎化和人力、牲畜、生产工具的分散，每一户所要承担的农活更为全面。孙玉厚一家曾经光景最为"烂包"，可是现在却让人羡慕，因为拥有三个强劳力。而田福堂和孙玉亭等人，甚至一些老弱妇孺的生计都受到了威胁。为此，孙玉厚不仅帮助亲兄弟孙玉亭点种，也

① 这一说法可参见曹锦清、张乐天、陈中亚：《当代浙北乡村的社会文化变迁》，上海远东出版社，2001，第 59 页。

帮助曾经的劳动能手、如今病入膏肓的田福堂犁地（第二部第十五章）。后来发生的事情还有金强与卫红的婚事。因盗窃罪入狱的金富有一个弟弟金强。在 1982 年，出身不好的金强通过共同劳动，俘获了贫农出身的孙玉亭之女的芳心，并在她未婚先孕的情况下得到了孙玉亭对婚事的承认。

其次是土地的不断重划带来的滥用地力问题。小说写道，1982 年小暑、大暑之间、包括白露前的农忙时期都需要化肥钱，孙少安因为河南师傅的无能烧出一窑废砖，只能举债为乡亲们垫付工资——这笔工资就是为了购买化肥。由于农家肥增产效果不如化肥，无人再去拾粪，也造成农村公共卫生状况的下降。

第三个层面是农村贫富差距的拉大。1982 年之后，传统种粮农户的收入水平即将开始下降，而多种经营者和企业主即将登上历史舞台。"再过几年，双水村说不定有人能起楼盖房，而有的人还得出去讨吃要饭！谁来关心这些日子过不下去的人？村里的领导都忙着自己发家致富，谁还有心思管这些事呢！按田福堂解释，你穷或你富，这都符合政策！" 1980 年公社副主任刘根民已经拿着人造革的皮包。近郊阳沟大队书记曹书记率先跻身为先富起来的一批人——他当时不仅在酝酿箍新窑，更已喝上价格不菲的啤酒。1981 年孙少安在原西县国营食堂宴请百货公司经理，也能够花 18 元住进国营旅社黄原宾馆。乡村内部的穷人群体却在迅速扩大。1982 年之后，除了田福堂、孙少亭这些受到冲击的干部之外，民间艺术家田五和前任大队饲养员田四，就因为缺乏劳力和门路，连化肥都买不起。

最后一个层面，是精神领域的重组，主要表现在三个方面。

一是乡村共同体观念的瓦解。1980 年，大队已经名存实亡："以前几乎每晚上他都要在这里开半晚上会，现在他竟然又不由自主地来到了这里！可是，会议室门上那把冰冷的铁锁提醒他：这里不再开会了！"（第二部第五章）1982 年重建三套班子之后，大队干部转向致富而非治理村庄，一盘散沙的情况愈演愈烈。到了 1984 年，村内纠纷越来越多。田福堂终于时隔四年之后召开了第一次村委会。在这次村委会上，路遥借人物之口点出了乡村共同体瓦解的其他表现：村修水利工程，需要在窑顶走水沟，如今谁都不让水沟走自家地里；有人把坟地建在水地里，违背之前村里的约定；村委会也开始变质，成为村级领导牟利的工具——孙玉亭为女婿金强要宅基地的事件体现出各村委之间结成了错综复杂的亲族、利益关系。

二是随着个人主义的崛起，"家庭"观念也随之受到冲击。比如前大队会计田海民就"理性"地拒绝了父亲田五和叔叔田四加入鱼塘的副业生产。1984年，金光辉的媳妇与养蜂致富的金光亮因为该地区推广的经济林木泡桐结怨。早在1980年，孙玉厚老汉推动了孙少安、孙少平兄弟分家。孙少安因此能够理解田海民拒绝提携父亲的冷酷，因为他早已先走了一步。他或者路遥唯一不能理解的是，何以一种以家庭为单位的生产方式却反过来促成了"家庭"的解体？"分家"因此构成"家庭联产承包责任制"内部一个问题性的悖论。

三是迷信重新泛滥。"集体制度的取消当然会破坏集体观念，填补这种思想真空的是各种传统习俗、信仰、迷信及各种礼仪实践的复活。"① 先是"文革"期间田万有求雨，接着是1981年田润生在集镇上所见的庙会与山神庙，双水村里刘玉升老汉成为神汉。1982年冬至，金老太太的葬礼完全复兴了旧俗，金家从米家镇请来阴阳先生。渐渐地，村子里神棍刘玉升的信徒越来越多。小说到了第三部，路遥刻意并置两种性质的集体事业——村庙和村学。刚刚成为乡镇企业主的孙少安在孙少平的点拨下，兴建了乡村小学，恢复了因为责任制推广而一度中断的乡村教育；此时，神汉刘玉升却仅仅依靠信众的捐资就建起了村庙。

四　孙少平和小伙们——农村青年的进城路

从小说的逻辑出发，伴随包产到户的推进对于生产积极性的提高，农村必然出现剩余劳动力。那么，剩余劳动力就必须转移。其中一条转移途径是就地转移（从单一种植转向多种经营，或者向其他产业转移），另一条途径是进城。

---

① ［美］莫里斯·迈斯纳：《毛泽东的中国及后毛泽东的中国》，四川人民出版社，1989，第587页。

在许多读者看来，《平凡的世界》故事的核心是农村知识青年如何跨越城乡二元体制的问题。然而，进城的也不仅是孙少平这样的"知识"青年，还有许多"普通"的农村青年，我们不仅仅从孙少平身上，还要从孙少安、兰香、金秀、金波、金二锤、田润生等农村青年的出路中，全面探视 20 世纪 80 年代初农村剩余劳动力进城的问题。

中华人民共和国成立后第一代"进城"的农民，并不是孙少平或者兰香，竟是孙玉亭。起初，国家的建设重心完全转移到城市，确立了迅速实现工业化和优先发展重工业的经济发展战略，从 1950 年到 1957 年，大批农民进城成为工人。1952 年全国城市人口 7000 万，到了 1957 年增加到9949 万，1960 年达到 1.3 亿。^① 小说中，1947 年孙玉亭十三岁，参加了给解放军送粮的运输队，孙玉厚又将他送到山西上学，1954 年孙玉亭初中毕业后，到太原钢厂当了工人。

在现实生活中，从 1958 年末到 1959 年初，中央采取了严格控制城镇人口的政策^②，中断了乡村人口向城镇的自由迁移。1961—1962 年，人口迁移的方向发生了重大逆转，大批工人从城市回迁农村。当时的宣传理由是：三年自然灾害期间，城市经济需要紧缩调整，号召工人阶级为国家分担困难。家属在农村的工人首先成为动员回乡的对象，因为这会大大节省下放工人的回乡安置费用，同时也有利于说服动员工作。孙玉亭显然也是动员的对象，他的短暂的"进城"行动以失败告终："一九六〇年困难时期，玉亭突然跑回家来，说他一个月的工资不够买一口袋土豆，死活不再回太原去了；他说他要在家乡找个媳妇，参加农业生产呀。"

到了责任制推广初期的 1980 年，主人公孙少平萌生了进城的想法。首先，由于责任制使得各家的农活更重，学生都被叫回家中种地，村中学解体；其次，初中毕业已三年，孙少平迫切需要寻找一种有价值感的独立自我；再次，由于责任制的施行，农民获得了对自身劳动力的支配权，孙少

① 邹农俭：《城市化三论》，《江海学刊》1998 年第 2 期。
② 1958 年 1 月 9 日，国务院颁布《中华人民共和国户口登记条例》，规定："公民由农村迁往城市，必须持有城市劳动部门的录用证明，学校的录取证明。"自此，中国开始实行城乡二元户籍制度，由此衍生出城乡有别的劳动力就业和社会福利待遇制度。

平有了凭借劳动力进城务工的自由。

从农村剩余劳动力转移的历史看，1978—1983 年中国农村劳动力仍然属于严密控制下的有限流动。这一时期首先外出打工的农民，基本出自具有长期进城务工传统的江浙一带。以出县为标准，全国劳动力流动就业尚不足 200 万人。[①] 由于粮食生产尤其城市的副食供应不足、大批返城知识青年需要安排工作、城乡二元体制尚未解除，国家制定了一系列政策来控制农村人口以招工等途径向城市的流动。由于国家政策对于农村流入人口的限制和农村改革的成效（连续五年农业丰收），劳动力总体呈现由城市向农村倒流的趋势。[②] 此后，农村剩余劳动力转移在 20 世纪 80 年代还有几次起伏反复。由于城市改革的推进，第二、三产业发展，城市提供更多的就业机会，1984—1985 年为农村剩余劳动力向城市高速流动时期；因为城市改革出现的问题和崛起的乡镇企业对劳动力的就近吸纳，这一趋势在1986—1988 年转缓。[③] 1989—1991 年，由于此前的大规模入城的农民工对交通、治安造成的混乱，经济体制改革中暴露的问题，城镇公有、私有、乡镇企业大规模的萎缩，国家又开始出台一系列限制"盲流"的政策[④]，剩余劳动力再度呈现逆向流动。新一轮"打工潮"的兴起，要等到 1992 至1996 年。

回过头来看小说，孙少平是在政策最严格的时期完成了"进城"的任

---

① 赵树凯：《农民流动：内部成因和生活预期》，《农业经济问题》1996 年第 10 期。
② 1981 年与 1978 年相比，中国农业劳动力增加 2320.1 万人，其中种植业劳动力增加 2000 万人，非农产业劳动力减少 122.7 万，参见解书森：《改革以来中国农村劳动力转移浅析》，《中国农村经济》1992 年第 4 期。
③ 1984 年 1 月 1 日，国务院颁布《关于 1984 年农村工作的通知》；1984 年 10 月 13 日，国务院颁布《关于农民进入集镇落户问题的通知》；1985 年 1 月 1 日，中共中央、国务院发布《关于进一步活跃农村经济的十项政策》；1986 年 7 月 12 日，国务院颁布《关于国营企业招用工人的暂行规定》；1988 年 7 月 5 日，劳动部国务院贫困地区经济开发领导小组颁布《关于加强贫困地区劳动力资源开发工作的通知》。
④ 1989 年 3 月，国务院办公厅颁布《关于严格控制民工外出的紧急通知》，4 月 10 日，民政部、公安部也联合颁布《关于进一步做好控制民工盲目外流的通知》；1990 年 4 月 27日，国务院颁布了《关于做好劳动就业工作的通知》，国务院办公厅还同年 2 月颁布了《关于劝阻民工盲目去广东的通知》。

务。在这一时期，除了直接出台限制性的政策外①，配合这些政策的还有文化宣传上面的举措，包括《中国青年》刊发的一系列鼓励"土专家""外流变回流"的文章。② 在这一背景下，孙少平采取了"进城揽工—迁移户口—煤矿招工"的三步战略。小说第二部写少平进城打工的经过，1980年孙少平进城揽工，因吃苦耐劳和知恩图报博得了城郊村书记曹书记的好感，这是他进城的第一步。这一年，曹书记为了更长远的谋划，帮助孙少平把户口调动到了黄原城的城郊，孙少平成为没有土地、房屋的"空挂户"。这第二步至关重要，因为双水村所在县、乡并无多少工业，招工机会有限，只有户口调到黄原城郊，才有机会。对比地委行署夏令营老师的工作，建筑工的生活让少平看不到任何尊严和希望。偏偏这时候"小翠委身胡永洲事件"给了他一个巨大的刺激，孙少平意识到必须成为有尊严的国企工人。"小翠事件"顺带成为路遥对进城农民工在20世纪90年代命运的预言。为了区别于"跑关系"的高加林，小说下面对于孙少平关键性的第三步跳跃颇多隐讳。1981年夏天，阳沟村曹书记探听到铜城煤矿要从黄原市招收20名农村户口的煤矿工人。孙少平因为自己落的是没有土地的"空头户"，"怕地区和劳动部门找麻烦"，就要田晓霞帮助活动。田晓霞让各个关口都开了绿灯，甚至让孙少平冒充地委书记田福军的儿子。路遥的寥寥几笔，说明感同身受的他对"进城"要绕过的政策非常熟悉：第一，农村招工必须经过省（市、自治区）人民政府批准。③ 第二，当时政府刚刚出台有关文件，严格控制那些违反政策将家居农村的干部子女迁入城镇

---

① 1980年8月，中共中央、国务院颁布《关于进一步做好城镇劳动就业工作的意见》，要清退来自农村的计划外用工，农村招工从严控制，经省（市、自治区）人民政府批准。1981年10月17日，中共中央、国务院又颁布《关于广开门路，搞活经济，解决城镇就业问题的若干决定》，指出要严格控制农村劳动力流入城镇，对农村多余劳动力，要通过发展多种经营和兴办社队企业，就地适当安置，不使其拥入城镇。对于农村人口、劳动力迁入城镇，应当按照政策从严掌握。对于违反政策将家居农村的干部子女和亲属的户口迁往城镇的，必须坚决制止和纠正。

② 例如《广大农村青年成才之路》（《中国青年》1981年第15期）、《农村青年的思想在朝哪里变》（《中国青年》1982年第11期）。

③ 参见1980年8月中共中央、国务院颁布的《关于进一步做好城镇劳动就业工作的意见》。

的行为。① 在"劳动""苦难"的浪漫悲情色彩之下，是田晓霞帮助他打通了一级级政府关口，又伪装成高干子女，走了政策的"后门"，才最后完成了孙少平"进城"的壮举。

小说中的孙少平止步于煤矿，但实际上孙少平的现实原型王乐天最后摆脱了体力劳动的工作。1979—1980 年，路遥弟弟王乐天的进城之路也是"三步走"。王乐天高中毕业当了一年农村教师，后来到延安城里当了两年揽工汉。虽然其时高考恢复，但是王乐天放弃高考的原因实际在于自身文化水平的欠缺——为了凸显劳动和吃苦的美学，孙少平放弃高考的原因在小说中做了淡化处理。路遥对于弟弟也采取了孙少平"先调户口后招工"的方式：他先委托延安县委书记张史杰帮助把弟弟户口从榆林地区清涧县调动到延安县冯庄公社刘庄大队，然后让弟弟到铜川矿务局鸭口煤矿当煤矿工人。此后，路遥并没有让弟弟在煤矿继续当工人，而是如早逝的田晓霞一度展望的，把弟弟从煤矿调出，先调到《延安报》社当记者，后调到《陕西日报》当记者。② 可以说，孙少平进城的故事，正是路遥亲身经历和"十七年"劳动美学的混合。正是因为劳动美学的需要，路遥没有让主人公走出脱离体力劳动的那一步。

小说中除了强调自食其力的招工进城之外，还提供了哪些农村青年进城的路径呢？金波是农村青年顶替父母招工的范例。1978 年金波提前复原回家，比孙少平更早在黄原城找到工作。这一时期政府虽然限制农村向城市的户口转移，但是同时解开了对城镇职工流动的禁锢，提出实行合同工、临时工、固定工等相结合的多种就业形式来解决城镇就业压力。金波能到黄原市邮政局当搬运工，是依靠当运输公司司机的父亲金俊海所经营的关系，但这些关系也仅仅能够帮助他获得临时工的地位。从 1975 年到 1988 年，中国对农村实行父母退休、子女顶替的招工办法。根据当时政策，具有初中文化程度且未婚的青年男女才能顶替父职。这就是为什么国

---

① 参见 1981 年 10 月 17 日中共中央、国务院颁布的《关于广开门路，搞活经济，解决城镇就业问题的若干决定》。

② 厚夫：《路遥传》，人民文学出版社，2015，第 132—135 页；梁向阳：《新发现的路遥1980 年前后致谷溪的六封信》，《新文学史料》2013 年第 3 期。

企司机这样"吃香"的岗位，他却要犹豫如此之久——正式工的岗位必须以父亲的提前退休为代价。

农村青年进城的合法手段还有参军和高考。金波在 1978 年参军，金二锤在 1979 年秋季参军。比起金波，金二锤次年的参军更具有轰动性的历史意义。根据小说描述，这一年四类分子摘帽，地主富农子弟在参军、高考、招工上不再受到限制。这一情节的现实背景是，1979 年 1 月 29 日，中共中央发布《关于地主、富农分子摘帽问题和地、富子女成分问题的决定》。兰香和金秀走的则是高考的路径。供一名子女上大学对于农村家庭是巨大的负担。小说对于 1976 年高中毕业的孙少平在 1980 年才选择劳力进城而不是在 1978 年重新复习冲击高考，侧面给出"家庭经济条件"方面的解释。金秀的父兄先后有了工人身份、家中人口较少，而纯农业家庭的孙兰香，她的入学就必须以孙兰花、孙少安、孙少平的接力式牺牲为基础。考上北方工业大学天体物理系的兰香，从某种程度上已经不算是农村青年。她不仅仅获得了高干子弟吴仲平（父亲为省委副书记吴斌）的爱情，而且在未来公婆面前已经"言谈举止没一点农村人味道"了。

除了这些一般进城道路之外，还存在着因为社会关系而形成的"走后门"现象。村书记大女儿田润叶，原本和孙少安一起在村小上学，后来去了县中学读初中，70 年代留在原西县城关小学教书，成了跳出农门的"公家人"。后来她又因为同学丽丽担任地区劳动局长的公公的关系，从教学岗位调动到团地委，后来又很快从少儿部长提拔为团地委副书记。"至于是否有人为了讨好田福军而在提拔她的问题上'做了工作'，我们就不得而知了。但愿不是这样。"相比之下，田润叶的弟弟、田家本该最受宠的小儿子田润生就没有这么走运了。除了个人性格能力方面的因素之外，他对婚姻对象的选择，尤其是父亲田福堂在农村改革之后的大权旁落，使他只能和媳妇留在农村——其时，田福堂的能力最多帮儿媳当上村办小学教师，替儿子买拖拉机搞长途贩运还需要借钱，不再可能替他谋一个城里的工人身份。

回到孙少平。如果说，《人生》中高加林的进城一方面强调了孤独的农村知识青年渴望进城的欲望，另一方面对这一欲望进行了压抑；那么，孙少平进城的欲望被小心翼翼地给予了更多的支撑。这一方面是对劳动美学的突出，另一方面则是对于他所凭之进城的社会关系网的隐藏。小说高度强调孙少平的个人能力、吃苦精神和超人意志，他不会主动利用田晓霞、田润叶或金秀，只在关键时刻"接受"她们的"帮助"。这种拒绝态度，会不会反过来恰恰说明路遥的左翼思想和改革意识形态，对于日常生活组成部分之一的"关系网"，缺乏更全面的理解力呢？

五 孙少安的个人奋斗——被改写的乡镇企业史

以小说逻辑看，农村青年除了进城，就是留在农村。留在农村的青年除了一部分从事传统种植业（如金强和卫红）之外，一部分从事副业生产（如养蜂的金光亮），还有少数人以各种方式脱离农业生产，例如搞长途运输（如田润生）或者兴办乡镇企业（如孙少安）。

小说关于创办乡镇企业的叙述，主要突出孙少安的"同学关系—个人努力—政府扶持—回馈乡里"的新型"个人+集体"主义。孙少安从同学刘根民那里得到致富信息；依靠劳力拉砖积累原始资金，从家庭手工作坊起步，1982年夏天扩大生产，第一次贷款从河南巩县买回制砖机；随即遭遇了技术和资金的困难，受骗上当后陷入困顿；原西县政府出面解决了第二笔贷款，孙少安请回真正懂行的制砖师傅，1983年还清债务，1984年开始盈利；渡过难关后，孙少安开始解决本村剩余劳动力和老弱妇孺的就业生计问题，进而承包乡里一家陷入困境的大制砖厂。

表面上看起来，这是路遥身上强调"劳动"的左翼色彩的遗存。尤其是当孙少安致富之后没有变成伏脱冷式的胡永和，而是始终不忘村里人，为了解决村民化肥钱不惜冒着破产危险扩大生产，社会主义记忆似乎正在得到抚慰。可是，悖论在于，恰恰是在孙少安的新型"个人+集体"主义中，历史实存的"集体"被更隐晦地放逐了。

为什么这么说呢？从根本上说，孙少安的发家之路是以"包产到户"为起点的。论述逻辑是，只有通过包产到户，农民生产积极性和农业产量才能提高。农村出现剩余劳动力，这批劳动力要解决收入问题，于是转向乡镇企业。也就是说，小说认为，村办工业或乡镇企业是以集体经济的垮台、个体经济的崛起为前提的。

　　社会史却与小说的描述有着出入。乡镇企业的前身诞生于人民公社初期的农村工业化浪潮，最初被称为"公社企业"。1961 年进入经济调整时期，在公社之下设大队和生产队，此后的农村工业改称"社队企业"。1984 年，中国撤除公社和大队建制，设立乡和村，农村工业再度易名，被称为"乡镇企业"。在 20 世纪 90 年代，乡镇企业转制为私人企业，造成乡镇企业的覆灭。农村工业化有两个阶段的发展。第一个阶段是从 1958 年"大跃进"和人民公社化开始的。1959 年 3 月，毛泽东谈道：人民公社"目前直接所有的东西还不多，如社办企业、社办事业，由社支配的公积金、公益金等。虽然如此，我们伟大的，光明灿烂的希望也就在这里"①。随着"大跃进"的失败，激进派让位于务实派，核算从公社大队下放到生产队，1961 年社队企业锐减，1962 年规定公社、大队不能成立副业生产队，也一般不办工业。② 一直到"文化大革命"之前，全国只有 1.1 万家社队企业，产值不足四五亿元③，公社企业名存实亡。1964 年四清运动，其中一项内容就是清查农村基层干部的腐化，而社队企业垮台往往就是罪证。第二个阶段是在"文革"爆发后，激进派当权，这段时间是社队企业发展的高速时期。1970—1975 年，社队企业年产值增长速度平均为 24%④。中国从 1975 年开始统计社队企业总产值，不仅包括制造业，还包括交通运输、建筑、服务及受社队企业资助的农业产值。1975 至 1978 年，平均年增长 28.6%。⑤ 这一增长视同与整个 80 年代乡镇企业高达 29%年均增长率差不多。自始至终，小说隐藏的是村办工

---

① 毛泽东：《在郑州会议上的讲话》，载中央文献研究室编：《建国以来毛泽东文稿》第八册，中央文献出版社，1993，第 65—75 页。

② 《中共中央、国务院关于发展农村副业生产的决定》（1962 年 11 月 22 日），载《农业集体化重要文件汇编》第二卷，中共中央党校出版社，1981，第 659 页。

③ 于驰前、黄海光主编：《当代中国的乡镇企业》，当代中国出版社，1991，第 47 页。

④ 1971 年创造工业产值 92 亿元，1972 年涨到 110.6 亿元，1973 年增至 126.4 亿元，1974 年为 151.3 亿元，1975 年增加到 197.8 亿元。参见张毅：《中国乡镇企业：艰辛的历程》，中国法律出版社，1990，第 21 页。

⑤ 1975 至 1978 年之间，全国社队企业年产值分别为 234 亿元、303 亿元、435 亿元、493 亿元。参见国家统计局编：《中国统计年鉴 1995》，国家统计出版社，1995，第 363—365 页；国家统计局编：《中国统计年鉴 1990》，国家统计出版社，1990，第 399—401 页。

业在社会主义时期曾经获得成功的前史，而将它作为新时期的一项"发明"。

回到小说，1975—1983 年，在（双水）村—（石圪节）公社—（原西）县—（黄原）城的范围内，社队企业几乎凭空消失。小说提到社队企业，第一次是 1981 年春天孙少安去购买中型制砖机（第二部第三十章），第二次是经营不善的乡办企业，成为 1984 年孙少安的承包对象。孙少安学会制砖的经过更是蹊跷，作者给予的解释是他 1980 年"在城里拉砖时，就已经把烧砖的整个过程和基本技术学会了"，绝不是 70 年代社队企业里学会的。[①] 可是，根据马杰三的统计，在包产到户之前，1978 年全国社队企业总共有 2800 多万农村工人，占农村劳动力的 9.5%，当时 94.7% 的公社和 78.4% 的大队都拥有自己的工业企业，近 30% 的公社和大队收入都来自社队企业。[②] 那么，小说中孙少安毫无社队企业根基的个体致富之路就耐人寻味了。

第一个疑问是，路遥对于乡镇企业与社队企业、社会主义时期集体经济的关联性一无所知吗？答案显然是否定的，而且答案就在小说中。

虽然路遥对双水村和石圪节公社的社队工业前史只字不提，但是孙少安前往河南购买制砖机的情节暴露了作者的认识背景。孙少安买大骡子去的是老丈人所在的山西，而 1982 年购买制砖机去的是举目无亲的河南巩县。为什么必须是"巩县"？这个巩县是 20 世纪六七十年代社队企业的成功典型。1966 年，巩县的回郭镇公社最先开始办社队企业，一开始是从生产队和农民手中征集了原始资本，与"大跃进"时期一样。八年之后，这个公社有 64 家社队企业，公社总产值一半以上出自这些社队企业。1974 年《河南日报》、1975 年《人民日报》都有报道介绍回郭镇公社经验。正如大寨模式首先被山西省昔阳县各个公社模仿，回郭镇模式首先在巩县产生影响。小说中两位制砖师傅都来自河南。巩县作为在地工业化的典型、集体经济和农村工业结合的成功范例，路遥对此不仅耳熟能详，而且在这里留下了线索。

乍一看，如果从社队企业开始承包的话，孙少安的致富之路无疑将容易

---

① 对于这个疑点，电视剧特意改写成孙少平购买了一本书，教会了孙少安制砖技术——这当然是一次不太高明的补台。

② 于驰前、黄海光主编：《当代中国的乡镇企业》，当代中国出版社，1991，第 58 页。

很多。根据潘维的研究，以集体经济为支撑的乡镇企业才是当时的主流①，它相比农民个人面对市场的个体经济具有许多优势。集体企业建设的好处在于乡政府和村集体的投入。比如提供原始资金、免费或低价给企业转让耕地，以及为企业获取国家计划（或半计划）控制下的工业原料。由于隶属一级政府机构，乡办企业和村办企业的信誉比私有企业高，这对于刚刚兴起的工业市场来说很重要。从地方利益出发，地方政府也乐于为本地的集体企业减税。

相比集体企业的优势，孙少安从家庭手工业、手工工场一直到初步机械化的制砖厂，走了一条非常崎岖的道路。首先是资金，他需要的贷款迟迟不能批复，但只有县级财政才有能力提供贷款。其次是机器与技术，农民个人很容易受骗上当，孙少安吃尽了苦头。最后，砖块这样的建材还需要有特定的市场与销售渠道，孙少安还必须跟着胡永和去公关，提高国营单位对砖块的收购价。今后他还将面临市场需求的不稳定。随着企业规模的扩大，孙少安还面临本村人劳动力素质低的问题。

不仅是致富的难度不同，一旦集体企业兴办起来，用来回馈乡村的力度将大很多，看起来也更符合社会主义对于共同富裕的追求。比如，20 世纪 80 年代早期几乎所有农村基层政权都不同程度地把乡镇企业用作再分配的手段。收入用来缩小农民之间的收入差距，资助丧失劳动能力的农民，修建学校和工业基础设施，补贴摇摇欲坠的农业部门和濒于垮掉的农村水利设施。通过集体工业，农村干部恢复了社区的凝聚力，农民恢复了对集体的信心。在集体工业高度发达的地区，农村基层干部还能很容易地完成国家粮食订购任务。

---

① 村办、社办企业的前提是集体经济，即要对"包产到户"有一定程度的抵制。村办企业起家大多靠包产到户时未被农民分光的大队财产。最初，村政权兴办企业是件简单的事。一旦大队书记决定了一个项目，大队的集体闲置房屋就被变成"车间"，企业也就建立起来了。再后来，经营企业变得越来越复杂，村集体不仅要设法弄到资金、能源、设备、技术、生产原料和市场，还必须学会与税务、环保以及上级机构打交道。乡办企业的启动资金来自从前人民公社的积累、社办企业的收入和乡政府所掌握的其他财政来源。国有金融机构是乡办企业的一个重要资金来源。参见潘维：《农民与市场：中国基层政权与乡镇企业》，商务印书馆，2003，第 26—87 页。

那么，第二个疑问是，既然路遥明明知道，乡镇企业（不仅河南巩县，包括苏南地区和珠江三角洲）的兴起与社会主义集体经济和人民公社体制密不可分，为什么非要为孙少安设计这样一条舍易从难的发展之路呢？

我们的猜测有两个方面。第一种可能性是社会史方面的。由于路遥生活过的清涧县、延川县地处偏远、远离城市，生产落后、工业薄弱，这些地方往往落实责任制较快，尤其是对"包产到户"推进较为彻底，农村基层组织极为涣散，集体经济确实遭到了很大破坏，在这些地区，社队企业往往早已垮台。出于现实主义的考虑，孙少安"只好"走上这条个人兴办农村工业的道路。

第二种可能性在于改革意识形态对作家的限制。在改革意识形态对于集体经济的全面否定当中，路遥无法为孙少安安置一条依靠集体经济致富的道路。除了完全在 1975 至 1984 年的情节当中抹去任何社队企业的痕迹之外（包括在农村否定"农业学大寨"的一系列成就），集体经济下的乡办工厂虽然在 1984 年露面，却只能作为失败者成为孙少安的收购对象，为市场和个体经济的成功做垫脚石。这样做，可以视为路遥的一种文学选择。

但是，我们也不能就此简单地下结论说，路遥在捡拾一部分社会主义精神遗产（乡村共同体、共同富裕、平等等）的时候，把另一部分更为深刻的社会主义经验放逐了，即集体经济的历史地位。尽管从文本的意识层面，路遥的论述逻辑符合改革意识形态的规范，尤其在对乡镇企业的叙述部分，"不成功地隐瞒"社队企业和集体经济的前史；但是这种遮遮掩掩、欲语还休的暧昧，究竟意味着怎样的态度？今后在讨论路遥与左翼思想的关系时，我们不仅需要指认、敲定他与左翼思想之间的亲近关系，更需要有分寸地指出他到底对哪些部分的遗产进行了继承，又对哪些部分的社会主义实践做出了反省，以及这种取舍与他个人的经历与思想资源又有何种关联。只有这样，路遥研究才能向历史纵深真正展开。

（发表于《文学评论》2016 年第 4 期）

叩问"现代之路":在小说与田野之间

——从中国台湾布农族作家田雅各的《忏悔之死》说起

李　娜

布农族医生、作家田雅各,是中国台湾少数民族汉语写作的前驱。[①]他的两部小说集《最后的猎人》(1987)、《情人与妓女》(1992)和笔记《兰屿行医记》(1999),写出了少数民族在战后台湾社会的"卑贱与愤怒""彷徨与抗争"。即便他没有更彻底地追究这些现象的结构性原因,他对"变迁中的部落"质朴而又微妙、深切的书写,已提供了把握少数民族现代化问题的极重要文本。尤有意味的是,田雅各作为一个受现代(医学)教育的布农知识分子,一方面在主流论述所强化的"传统与现代""山地人与汉人"的二元对立中,思考少数民族的现代化之路;另一方面,他所成长的部落,以及他曾访问的海拔更高的布农部落,一直以丰饶的生活实践,回应、挑战也延续着他的困惑和思考。因此,本文从田雅各的小说《忏悔之死》入手,进入其文学写作的时代现场(《人间》杂志)与田野现场(东埔的布农部落),结合文本细读与实地调研,探索布农族的文学、古调、历史与传统信仰、狩猎文化、现代生活的关系。这对我们今天反思现代化、探寻深入社会肌理的民主形式仍具有启示意义,特别是探寻在所谓后发地区,能够有效地转化传统、建立有活力的社会关系的"现代

---

① 日据时代前期,殖民政府称台湾的少数民族为"番人";后期采用"高砂族"以示"一视同仁"。光复后,改为"高山族",习惯称"山地民族""山胞""山地人"。台湾少数民族有的居山上,有的居海边,"山地民族"一词虽并不确切,但有其时代内涵。"原住民"一词是 20 世纪 80 年代"原住民运动"中"自我正名"的产物。本文视语境需要,交替使用以上称呼。

之路"将如何成为可能？

一　在"人间"：现代化与暴力的潜在结构

1. 番茄的滋味

1987 年 10 月，陈映真主持的摄影报道杂志《人间》副刊上，刊载了田雅各的短篇小说《忏悔之死》。玉山东埔的布农族老人利巴，酒后抢劫了来东埔温泉游玩的一家三口，弯刀划伤了男人的手，流出了暗色的血。夜里，天神雷哈宁、被抢一家化身的鬼魂、母亲、上帝乃至"执法的人"纷至沓来，利巴在梦与现实的边界，经历辩护、忏悔、抵抗的痛苦折磨，这个六十七岁仍有着精壮手臂、乌黑头发的布农，终于在黎明蜷缩着死去。

在田雅各的创作中，这篇小说颇为特殊。田雅各曾是家乡部落唯一的"哈卡西"（大学生），在医学院读书时开始创作，便想要以"知识"来帮助族人适应现代社会，虽然这种理性和文明的信仰，不断遭遇着来自族人和自我的怀疑。被称为"台湾的史怀哲"、投身偏乡医疗工作的田雅各，总是细致入微地阐释布农族以及他行医的兰屿达悟族的生活与文化，"写作的最终目的，仍是想藉文字使不同血统、文化的社会彼此认识，以便达到相处融洽的地步"①。在涉及族群冲突的《马难明白了》《撒立顿的女儿》《冲突》等小说中，田雅各无不秉持这一心意。在他深刻表现了山地人经济、文化困境的代表作《最后的猎人》（1983）中，他的控诉指向政府及其山林政策，。而《忏悔之死》的布农将愤怒施于普通人——其中有个小女孩。并且，田雅各为利巴的暴力，做了"无微不至"的辩护。

故事一开始，利巴和巴路干在东埔达鲁曼的家中，喝自酿的小米酒，下酒菜是"一大碗贱价肥猪肉，一锅子的炒番茄"。对话就从番茄开始了。

---

① 田雅各：《作者序：写作的最终目的》，载《最后的猎人》，台中晨星出版社，1987 年初版，2012 年二版，第 15 页。

"你的土地种些什么？我还是种番茄。"巴路干开口问达鲁曼。

"我也是，早先计划种甘蓝菜，但五个月前那个水土仔带钱跟我打合约，他再三保证价钱很好，收成后一定再给我钱。"

"水土仔，怎么你还跟他来往呢？他在新东埔不知骗了多少人呢。大家都说他是没有心肝的人，专门吸别人心脏里的血。"利巴也回答他们。

"哼！收获时，他说今年城市的番茄价钱不好，城市人不吃番茄了，不但钱泡汤了，还向我伸手讨肥料跟农药钱。"

"新东埔的番茄也销不出去。"

"都是一样，他们不知不觉吸走布农多少血汗，哪天被我撞见，一定摘下他们的头颅当酒杯喝酒。"

巴路干、达鲁曼吓着了，目瞪口呆互相对看，利巴怎么说出这几句话，没有开玩笑的口气，脸皮绷紧状似恐怖面具。喝酒后的利巴一向很关心他人，愈醉愈仁慈，今天他有点反常。[1]

关于番茄的对话，内涵的信息极为丰富。

东埔，行政区划上是台湾南投县信义乡的一个村，Tumpu 即邹语的"斧头"之意。这个名字，透露了布农族与邹族在浊水溪流域争夺猎场与土地的历史。但东埔在台湾是以"东埔温泉"知名的。20世纪70年代以来台湾休闲娱乐业发展，有温泉的山地遭到肆意开发，《人间》杂志曾经特别报道"东埔温泉"如何在观光业者的经营下，成了色情业发达的温柔乡。而此地本是"东埔二邻"布农族人的居处。[2] 1974年修订的"山地保留地政策"规定禁止土地转卖的同时，却对平地人和企业放宽"合法承租"，予以开发方便。[3] 在如此"保护"与观光业者的巧取豪夺之下，东埔

---

① 田雅各：《忏悔之死》，载《最后的猎人》，台中晨星出版社，1987年初版，2012年二版，第149—179页。

② 邻，台湾行政区划单位中最小一级，一个村有若干邻。"南投县信义乡东埔村"共有六个邻。

③ 台湾省文献委员会编印：《台湾省政府公报中有关原住民法规政令汇编》，1998。

二邻土地流失,不少族人搬迁至更靠近深山的地方。这就是小说《忏悔之死》开场布景的由来:旅馆林立之中,残留三座布农石板屋,其中一座传出"含有酒味的谈话声",就是达鲁曼的家。

六十七岁的老布农利巴和他的晚辈巴路干、达鲁曼一样,靠种蔬果谋生,中盘商利用价格、通路、农药、肥料和贷款等一系列手段,牢牢控制着山地农耕。

光复后不到二十年间,布农从云雾猎人到番茄农夫的改变,虽然是过于迅速的。

在日据时代,布农族是抵抗最久、被认为最落后也是最难驯化的"凶番"。殖民政府压抑其语言、祭典、巫术、狩猎等习俗之外,更大的举措是采用"集团移住"(即集体迁居到较低、控制可及的地方)和"定耕水稻"来进行生产方式的"改造"。光复后,依据国民党政府的少数民族政策,"高砂族"改称"山地同胞";1951 年实行"山地三大运动",包括"山地人民生活改进""定耕农业"和"育苗造林",意图从卫生观念、国语教育和生产方式全面推行山地的现代化——这个"现代化"方案以"同化"即汉化作为内核。有意味的是,日据时代被认为最难驯化的布农,仍然是最难"同化"的,一般认为这是布农居于高山,交通相对封闭的缘故。事实上,除了"封闭"之外,更与布农族的部落共同体组织形式有关。概括言之,战后部落的所谓现代化改造,是一个进入资本主义社会的过程。1961—1964 年的土地测量和登记,从法律上将布农原本"氏族公有"的土地,确立为个人所有,以"氏族"为单位的共同体开始松动;基督教的进入以"个人对上帝负责"的意识,加剧了共同体的崩解;货币需求的产生和流通,经济作物、农机设施的引入,使山地农业逐渐纳入了台湾资本主义发展的链条。

因此,今年番茄贱价,对利巴、巴路干和达鲁曼,是一场无从抵御的灾难。就着一锅卖不出去的"炒番茄"下酒,利巴燃起了新仇旧恨。20 世纪 20 年代,他们这支焚耕游猎的布农被日本人强迫迁居东埔以便统治。他们热爱驰骋的森林猎场,先是成了日本人开发掠夺的"林班",战后又为"姓林的"(林务局)所有。猎人做不得,农夫被压榨,如今更被观光旅馆逼出部落。"你们必要好好看住新东埔，再退进森林已经是玉山了，那块地早被一座铜像占去了。记住，一定要靠自己，靠自己。"① 利巴检讨东埔土地流失中身为"老人的责任"，如此告诫巴路干和达鲁曼。

《忏悔之死》开场这场谈话，借着东埔布农族为世人所见的伤口，借着失意之人仰赖的酒精，几乎全面触及了布农自日据时代以来的战争迁移、部落崩解、文化断裂的伤心史。它们被讲得简要、急促甚至破碎，内里的痛楚，非此中人难以体会。这种语言形式上的特征，也对应着现实中"开不了口"或"不足为外人道"的处境。

番茄的滋味，原本酸酸甜甜如利巴的女人，如今却是苦不堪言的象征。离开达鲁曼家，将巴路干当拐杖、摇摇晃晃上路的利巴，一路又经历了各种痛苦：杂货店老板不肯接受他"用贱价的番茄换酒"，予以一个布农老人不应遭受的大声斥责；饭馆里的游客，对他的友好招呼漠然戒备，他醉中挥舞弯刀叫嚷，更坐实了游客眼中的"野蛮人"。"现代化的东埔"是温泉饭店、餐馆、山产铺子、杂货店和游客们的天下，不再是家园。

因此，在吊桥上看到服色鲜亮的一家三口，利巴忽然生出抢劫之念，是被充分铺垫的。一念之间的导火索则是：嚷嚷着要下去溪流看鱼的小女孩，让利巴想起自己因无钱医疗而死去的孙女；想起巴路干是为女儿治病借钱回来东埔的，却没有一家商店肯借给他；想起"同年龄的布农儿童，自小就失去信心般，不敢显露出与大自然为伍的光荣。或许布农就永远带着卑贱的面具，永不能翻身"②。

我们几乎是透过田雅各悲伤的目光，看着老人利巴一路走向"犯罪"的"宿命"的。田雅各不惜进一步呵护：利巴没有拿皮夹里的金项链和支票，只取了现金，且打算为他们留下油费餐费；但男人的表白激怒了利巴，原来他是中盘商："如果我不来你们山地，你们的青果蔬菜就换不到钱。"③

---

① 田雅各：《忏悔之死》，载《最后的猎人》，台中晨星出版社，1987年初版，2012年二版，第149—179页。
② 同上。
③ 同上。

男人的傲慢背后，是利巴无法理解也无从抵抗的经济逻辑。他只能从品德上评判，深深厌恶中盘商的狡诈。而下一代布农会不会在此归顺呢？巴路干不就认为失去东埔，怪"我们的老人被平地人说几句就搬家"吗？

在利巴的弯刀前，男人跪下了，请求他"保证"不伤害自己，利巴想要鼓掌欢呼："不只是依靠番茄生存的人会弯腰，穿西装的也有低头的时候。"①

田雅各偏爱写文化和历史，甚少直接讲经济问题，而《忏悔之死》以番茄为线索，以东埔为背景，有点粗放却相当尖锐地讲述了一个山地民族"被强制的现代化"的过程，并且用利巴随身的弯刀告诉我们：布农的暴力，是忍无可忍。

然而正是在这一点上，我们几乎要为田雅各担心了。《忏悔之死》短短的篇幅中，将一个部落的历史与现实如此浓缩于三个男人的"酒味谈话"和醉眼蒙眬中。在入山还需要申请、管制，对山地人的无知和歧视还很普遍的年代，对田雅各或对山地民族如若没有多一点的了解，恐怕难以辨识背后的沉重意涵。而相映小女孩的笑、弯刀上的血，作者的辩护又会不会显得太用力了呢？受压迫者是被同情的，但以暴抗暴，特别是指向"普通人"的暴力呢？在那时的台湾社会，这篇小说会被谁阅读、怎样阅读呢？

2. 汤英伸、吴凤与《人间》

《忏悔之死》刊登于 1987 年 10 月的《人间》，而在此之前的一年间，《人间》最引人注目的系列报道，大概是汤英伸案。

1986 年 1 月，十九岁的曹族（1998 年更名为邹族）少年汤英伸，在台北杀死了自己打工的洗衣店老板一家三口。惊惶而清秀的脸，出现在电视新闻里：雇工向老板索回自己的身份证未果，"细故行凶"。而《人间》同人敏锐地感受到，"一定有其他的原因"。此后，《人间》发了多篇深度报道，追踪这个家人、族人、老师、同学眼里懂事又优秀的"阿里山的少

① 田雅各：《忏悔之死》，载《最后的猎人》，台中晨星出版社，1987 年初版，2012 年二版，第 149—179 页。

年"和他背后山地民族的命运，掀开了一场由众多媒体、文化人士和普通读者参与的"汤英伸救援"行动。汤英伸打开了富裕社会的"黑暗之心"，引发了关于教育积弊、城乡差异、民族歧视、死刑存废的大讨论。有着左翼背景的《人间》，也有意（而又克制地）引导了对台湾内部民族问题与现代化意识形态的反省。

陈映真曾以"国境内的异国"指称在资本主义经济发展过程中被摧毁了生活方式与生存价值的台湾乡村，而山地无疑是"异国中的异国"。1984 年台湾接连发生大矿难，阿美族矿工大比例的死难数字也进入公众视野。1985 年《人间》创刊之初，即推出关晓荣的摄影报道《八尺门连作》，追踪阿美人在台北边缘聚居、打工的生活，呈现底层生存的艰难与光彩。此后，《人间》关于山地民族的报道一直很多，华西街的山地雏妓、种高丽菜的环山部落、鹰架上的阿美女工、兰屿的核废料……1987 年，《人间》还报道了东埔另一件事：南投县政府应"东埔温泉"观光业主修建停车场的需求，不经公开与部落说明商议，由包商将东埔一块公墓擅自开挖、曝尸。东埔族人匍匐于祖先墓地的哀恸照片刊登于《人间》，旁边是排湾族诗人莫那能的长歌《来自地底的控诉》。"东埔挖坟事件"引发了其时已自我正名"原住民"的运动团体的串联行动，也启蒙了许多部落青年的民族意识。

事实上，正如中盘商剥削、土地流失的问题对台湾农民、渔民来说，都不陌生，山地民族卷入台湾整体的经济发展与现代化链条，与平地农民有相同的结构性困境，只是其过程更为粗暴。相对于农耕文明的汉族，"现代化"对山地民族生活方式的冲击也更为巨大，他们还要承担民族歧视和文化崩解带来的压力。《人间》早期大量刊发有关山地民族的报道，一方面基于这个现实，另一方面，山地民族的"文化"色彩，也稍微掩盖问题内涵的阶级色彩，更适于以小知识分子和城市白领为代表的读者群体。

现实之外，还有历史。在台湾的小学教科书中，有一篇讲述清代阿里山"通事"吴凤①，为了革除曹族人"猎人头"的陋习，如何舍生取义，

---

① 清代所谓"通事"，在汉番之间从事交易、翻译。并非官府职务，但有时附带公务职能。

将自己献祭出去的故事。20 世纪 80 年代都市山地民族大学生喊出了"吴凤是奸商"的口号，要将山地民族从"大汉沙文主义"的历史叙述中解脱出来。在《人间》第 22 期，记者再度来到汤英伸的故乡阿里山，写下《一座神像的崩解》，试图用文献资料和口述调查还原：从清代到日据时代到战后，吴凤是如何持续被不同时代的统治者塑造成为"感化野蛮人"的英雄、"番人"的原罪的。①

田雅各有一篇小说《马难明白了》（1986），讲的是在城市长大的布农小孩马难，不可避免地在"生活伦理"课上遭遇吴凤的话题，同笑话他是"野蛮人"的小朋友打了一架。身为父亲的"我"如何为孩子开解呢？除了玩笑"当时山地人可能看错了吧！误杀了那个叫吴凤的人"，"我"只想借机为孩子讲解布农狩猎农耕的文化，为何布农与经商的汉人有不同的头脑。这本是田雅各写作的一贯立场，从文化差异理解冲突，以"谦卑"面对交往，以避免"不必要的困扰和仇恨"②。然而在《忏悔之死》中，这一理性似乎被打破了。

1987 年 5 月，汤英伸就刑，1987 年 10 月，吴凤故事被公布将从教科书中删除。汤英伸偿还了杀人之罪，吴凤把历史正义还给了曹族人。

这就是《忏悔之死》发表的媒体与社会环境。不管有意无意，《忏悔之死》已经是一个内在包含了汤英伸、吴凤、东埔，以及诸多有关山地问题的报道和讨论的文学文本。看起来，它如同将汤英伸和吴凤的故事，换个时空重新写了一遍。《忏悔之死》发表于汤英伸案后，写作于 1986 年，是否有意融入了汤英伸的故事，并不确知。但从中可以确知的是，这样的暴力冲突，迟早发生，或早已存在：不是汤英伸，或会是高英伸；不是利巴，或会是比恩。而那个被利巴弯刀划破手掌的中盘商，莫非是现代的吴凤？

可以看到，这"重写"超出了《人间》报道的限度。《人间》的汤英伸报道偏于以"宽赦与爱"召唤读者、诉诸人道主义建构社会意识，限制

---

① 官鸿志：《一座神像的崩解》，《人间》第 22 期，1987 年 8 月。
② 田雅各：《马难明白了》，载《最后的猎人》，台中晨星出版社，1987 初版，2012 年二版，第 104—121 页。

了对暴力的追问。而田雅各以一个部落的日常生活、以个人的也是民族的眼睛，审视暴力的压抑结构：战后台湾社会的"现代化"作用于山地民族时，其内含的政治、经济、知识乃至意识形态的暴力，是产生山地民族"反抗的暴力"的土壤。这个双向的暴力结构，并不以一方主动理解文化差异的善良意志为转移，也不会因山地人"掌握现代知识"就消失。汤英伸是一个积极的少年，他有一个理想是"到美国看音乐会"，以及学会先进的汉人的知识，做一个山地教师，像父亲一样，以己身作为桥梁，让山地小孩走向"外面的世界"。但这条路失败了。汤英伸倒在他所追求的文明脚下，这失败并非个人奋斗的失败，而是山地民族在资本主导的现代世界中的命运的隐喻。田雅各的第一篇小说《拓跋斯·塔玛匹玛》（1981）中，身为大学生的"我"就像另一个汤英伸，"我"试图向族人说明"林务局不是人的名字"，以免他们再因伐树做儿女的婚床而被法院传讯，但"我"的财产观招致了族人嘲笑——"喂，大学生，不要乱讲，讲'国语'的没来这里前，那些树就长这么高，我们看着它们长大，没人敢说是他的，它们属于森林"①——何尝不是作者的自嘲！田雅各早就意识到现代知识和法律之于山地人的不公平与不适用。由此来看，他"突然"的激烈，或许并不突然，而是一直在他书写"独特的布农"和兰屿行医的经验中，在20世纪80年代勃发的社会运动的进程中，酝酿着。

二十余年后重看田雅各的《忏悔之死》，在汤英伸所激起的运动能量和文化空间里，它不但是参与了这个汉族知识分子所主导的文化运动，并且因为执着于布农的心和眼，无意中为运动光芒所遮盖的东西，留下了见证。通过利巴压抑的苦痛和爆发的暴力，田雅各照亮了那些在汤英伸案报道中来到台北法庭、只能"哭泣和抽搐"的曹族父老，也默默为20世纪80年代"原住民运动"（以下简称"原运"）的缺陷，做了一个注。

这个缺陷就是，破解吴凤神话是"原运"的里程碑，但也预示了：以"大汉沙文主义"和"国民党威权政治"为反对对象，不碰触政治经济结

---

① 田雅各：《拓跋斯·塔玛匹玛》，载《最后的猎人》，台中晨星出版社，1987初版，2012年二版，第28—29页。

构,不致力于部落基层组织的 "原运",只能走向依附政党政治之路。2000 年部分 "原运" 精英随着民进党执政步入庙堂后,"原运" 的成果主要体现在 "原住民行政委员会""原住民电视台",以及 "正确" 的 "原住民" 的名字。此后,"原住民文化" 在学院生产和文创产业的层面上得到了高度开发,但台湾少数民族整体的结构性困境没有改变。也是在此时,从 1999 年 9·21 大地震中产生的新的 "原运" 团体,喊出了 "原运再起" 的口号,有意识对此前的路线拨乱反正:深入部落,以及真正重视与汉族劳动者的连带关系。

20 世纪 80 年代身在 "原运" 的田雅各,未必自觉于这些问题,但《忏悔之死》却为轰轰烈烈的运动及其缺陷,留下了一个具体可感的切面。或许也正是在这里,凸显了文学的价值和特殊性。某些将留存于历史的意识,虽然田雅各自己还不清楚,但是他的文学却已经先于他传达了。

二 在东埔:信仰与狩猎文化的现代转化

1. 山地人的罪与罚

《忏悔之死》所坚持的布农的心与眼,如果说对外是追问强制现代化中的暴力结构,对内则是幽微呈现了 "传统与现代" 如何重塑一个布农的身心结构。

小说用了三分之一还多的篇幅,写利巴在夜里的自我审判。田雅各难得用现代主义的语言,在梦与醒之间,声影重重,意识流动,幻觉中的一切,都如此沉重地对应着现实。梦中的利巴有如 "背负六十公斤番茄" 跋涉山岭,这是一场惊心动魄的山地人的 "罪与罚",是 "一个人的战场",也是现代法律与部落的 "神鬼信仰与道德律" 的遭遇战。

是日,抢了吊桥上的一家三口,续了酒,利巴把剩余的钱全部给了巴路干,叮咛他给女儿看病,并且 "大声呵斥巴路干,钱是利巴的,他与钱没有沾到一点关系，只有利巴才能决定它的用途"①。

回家后倒在地板上沉沉睡去的利巴，夜半醒来，再也不得安宁。

老鼠碰倒一个铁罐子，在地上叮当作响。利巴分明听到了桥上警戒用的铁罐子响，白天，是这叮当声让他看到了桥上的一家三口。此时，女人和小女孩的影子冲向利巴，又向天呼唤"哈尼肚"来审问利巴，仔细看，不是"哈尼肚"，是桥上的男游客，不，是男游客的鬼魂。

首先来问罪的，果然是传统的神鬼信仰与道德律。

与泰雅族、排湾族、卑南族等都特别强调祖灵崇拜不同，布农族的传统信仰里更为重要的是"雷哈宁"（dehanin）和"哈尼肚"（hanidu）。dehanin 即天神，至高无上，没有形象，还可以宽泛到一切与"天"有关的气候，包括风雨雷电。对农业生产和自然规律掌握不足，使得布农格外仰赖"天"的庇佑，神就是想象的部落体。布农最著名的古调《八部和音》便是以集体合声模仿风、瀑布、蜜蜂等自然界的声音，以完美和谐献给 dehanin，以"祈祷小米丰收"的。除了与小米岁时农耕有关的祭祀，布农还有婴儿祭、打耳祭、首祭（出草祭）（见木刻的布农行事历）。② 日据时代，这些祭典作为"迷信"被一再禁止；在战后的"现代化/同化"政策中，祭典及与其相关的古调，也是作为落后文化被压抑、被遗忘的。《忏悔之死》书写的 20 世纪 80 年代，如利巴这样的老布农虽然常常把 dehanin 挂在嘴上表达祝福，如安慰为小孩子生病担忧的巴路干，"雷哈宁会保佑她"，但与日常生活关系更密切、仍然令他谨慎戒惧的，还是"哈尼肚"（hanidu），《忏悔之死》注释为"天神，属恶神"，人类学家则倾向于称之为"精灵"，考虑到布农的 hanidu 颇有些拟人化，以"精灵"相称是有道理的。

---

① 田雅各：《忏悔之死》，载《最后的猎人》，台中晨星出版社，1987 年初版，2012 年二版，第 149—179 页。

② 布农没有文字，有一种刻在木板上的行事历。1937 年，日本人类学者在"新高郡加年端社（Qanitoan）"（今南投县信义乡地利村）头目 Talum ma-bungzavan 家中发现了一块木刻"画历"，长约 122.7 厘米，宽约 11.8 厘米，厚 2.4 厘米，以类似象形字和图画的符号记载着农事、出猎等行事。现收藏于台湾省"中研院"民族学所。1994 年在地利村发现第四块布农"画历"，使用符号与 1937 年发现的"画历"相似。

日据时代的学者有如此的记录:

> 依布农人的信仰,人有两个精灵分别在左右两肩。在右肩者柔和、友爱、宽仁;在左肩者则粗暴、易怒、贪婪。这些精灵受当事人心灵状态所使唤,同时也有其独立的意志或感情,可反过来影响人的心灵状态。①

布农的 dehanin 和 hanidu 信仰并不定于一尊,也不成"体系",在人类学学者的记录和布农自己的叙述中,都不无矛盾和暧昧。② 结合现在布农言语谈话提及精灵的方式,可以得知的是,hanidu 以其无处不在(死去的猎物、敌人的头颅,莫不有灵)和拟人化(人人身体内都有着善与恶的精灵),成为人日常生活中的"伙伴"或监督者,是行为规范的体现。

因此,受了伤的游客可以化身哈尼肚,来审判利巴。而利巴不得不招供今日做的一切,"但他强烈地相信自己没有罪,而是帮助朋友解决困境的好人"。鬼魂的脸裂成碎片,还是要潜入他心里。利巴又搬出了祖父讲的故事。布农猎人在交易山货时被务农经商的外族所骗,愤而拔刀伤人,回来后告诉族人:"为了生存,布农也该有不择手段的时候……但只限于对付非常自大的外族。"

于是,"不择手段的声音,像山泉不断地滴落在利巴的耳膜,在他的心里累积成强大的勇气,愈来愈强过哈尼肚的责备"③。

面对游客化身的哈尼肚的审判,利巴可以以抵抗外族为自己辩护,但回到自身,作为一个布农(人)的角度,他无法接受自己做出"抢劫"这样"令人作呕"的行为,不得不以"是因为酒精吗""是金钱诱惑吗"的检讨,来再度确认自己内心的坦荡和品德的无可指摘。

---

① 黄应贵:《"文明"之路》,台湾省"中央"研究院民族学研究所出版,2012,第24—31页。
② 布农族自己的讲述或写作,也常常打破这些"记录",比如田雅各小说中以 dehanin 为善神,hanidu 为恶神,而不是 hanidu 有善恶之分。
③ 田雅各:《忏悔之死》,载《最后的猎人》,台中晨星出版社,1987年初版,2012年二版,第149—179页。

"布农"（bunun），作为与他族相区分的自称，本身即"人"的意思，因此这个词常常出现在人们的日常对话里，对于"怎么才算是个人"，布农有着强烈的自觉和价值评判。利巴六十七岁，在现代之前的部落，一个能够组织狩猎行动或拥有丰富劳动经验的老人会被视为财富，是备受尊重的。老人有老人的语言，有保护年轻人和部落的责任，可以对不管是不是自己儿子的年轻人加以训诫。这是共同体的结构和伦理的体现。而在共同体崩解时，人人成为个体劳动者的现代部落，狩猎、种小米、仪式禁忌的经验都不复"有用"，老人的价值衰微。虽然巴路干仍然恭敬对待利巴，却也不无大胆地说老人要对东埔的土地流失负责。不能守护部落，身为老人的尊严也是无从依附的，这也体现在小说贯穿始终的"喝酒"上面。当故事开头利巴大声说话，"真难得，大家对利巴的印象是张开嘴巴只顾吞酒而不出声的酒鬼"。原本可以成为优秀的猎人，却"莫名其妙为番茄担忧"、成为"酒鬼"的利巴，仍然以猎人的勇敢、责任要求自己——可竟然挥舞弯刀抢劫弱小！这一"堕落"带来的自责和耻辱，对利巴来说，毋宁比天神的查问、哈尼肚的审判、异族的指责都可怕。他想到"别人是如何精彩地重演自己的动作……他把自己的心扭曲得禽兽不如"，"部落的布农会排拒他，教堂的大门不会为他而开，失去心灵的避难所"。[①]

心灵的避难所，是指在这时上帝出现了。利巴跪下来诚心祈祷，想起牧师讲的《出埃及记》。耶和华为帮助犹太人，将埃及士兵淹死在红海里。为了正义，为了民族的生存，可以不择手段，上帝不也这样吗？犹太人从其民族立场叙述的生存史，应和着利巴被侵害的悲情。利巴还想向牧师忏悔，因为他想起来：上帝是唯一愿意赦免人的罪的神。自从上帝"被介绍来部落，利巴每星期日上教堂，不曾与上帝如此接近，也不曾那么清楚地确定上帝的存在，利巴心中有了上帝，上帝战胜了心中的哈尼肚"。上帝站在伸手可及的地方，"点头不说话，像长者赐给幼年者的承诺，毫不犹

---

① 田雅各：《忏悔之死》，载《最后的猎人》，台中晨星出版社，1987年初版，2012年二版，第149—179页。

豫"。① 利巴终于"舒畅"了。这个情节如此意味深长。在这里,利巴从内心接受了上帝,不是他接受上帝的教诲,而是上帝认同了他的暴力抵抗,并遵循了布农的传统:用长者保护幼者的方式。

在梦与现实的边界,利巴展开的信仰世界是混杂的、混沌的,竟也是圆融的。

上帝是如何来到部落的?如此落实于利巴的心中,又意味着什么呢?

20世纪五六十年代,天主教和基督教的传播在台湾迎来一个高峰,尤其是在少数民族地区。以人口比例论,台湾少数民族信教比例最高;基督信仰和教会对少数民族生活介入甚广。20世纪80年代以来,知识界开始不断出现对此的反思和批评,如"基督教从根底上破坏了原住民的传统文化","不同教派的争抢教徒,造成部落伦理、家庭情感长久的内伤","宗教依赖让原住民麻木",等等。长期关注山地民族问题的陈映真,却(不无愧疚地)说,毕竟,在战后山地社会的动荡中,"只有基督教真正照顾了山地人民的心灵"②。

基督长老教会从1951年开始到东埔地区传教,最早在二邻建立"东埔教会",20世纪70年代一邻建立了"东光教会"。在东埔布农地区的顺利传播,有许多外在因素,包括基督教长老教会及其附属机构在医疗、食物、教育上提供的救济帮助。从部落内部的角度,则可以看到布农对天神dehanin的崇敬、对共同体崩解后的情感需求,如何在耶稣身上得到转化。

的确,耶稣在台湾少数民族各族中被仰赖,与他们在现代社会中的挫败经验有着密切关系。在整体的歧视、剥削结构中,部落丧失了原有人之为"人"的准则,共同体也丧失了对族群个体的保护能力,在这个过程中,耶稣正提供了一个结构性的补偿作用——法律不能给予的公义,耶稣能给予;勤劳不能给予的温饱,耶稣能给予;医药不能给予的安乐,耶稣能给予。唯有耶稣才能救治,凡所祷告必被听到。台湾少数民族的"现代化"普遍有此无告之苦,是基督教得以长期发展的基础。

---

① 田雅各:《忏悔之死》,载《最后的猎人》,台中晨星出版社,1987年初版,2012年二版,第149—179页。
② 官鸿志:《我把痛苦献给你们——汤英伸救援运动始末》,《人间》第20期,1987年6月。

回到《忏悔之死》的 20 世纪 80 年代，其时的台湾少数民族知识分子，多经历了在传统信仰、基督教与知识理性的纠葛中寻求主体重建的过程，也以此开展对部落现代化之路的思考。田雅各透过利巴所透露的，是一种不无犹疑但饱含同情的姿态：利巴是布农走向现代化的"中间物"，上帝和教会其实是作为"现代文明的一部分"进入部落的，即使已经成为利巴的日常生活习惯（每星期日上教堂），雷哈宁、哈尼肚与猎人仍是他内心固守的信仰与规约。其实，神鬼信仰作为焚耕狩猎生活的反映，必然会随着生活方式的改变而改变，只是布农遭遇的"现代化"如此粗暴，基督教则以其柔软姿态，特别是与部落传统道德律的契合之处，成为布农"现代化适应"的一个缓冲。利巴正是在这里，让"上帝战胜了心中的哈尼肚"。

终于得到信仰赦免的利巴，放下重担的瞬间，意识到还有"法律"。他可以不对"抢劫"忏悔：抢强盗的钱、去帮助被强盗欺负的人，算不算犯罪？但法律不会赦免他，他开始担心："抢钱是不是死刑？"

在明清时期，台湾少数民族与汉人移民相对隔绝，主要以交易和武力（猎人头）划出彼此的界限。战后因林木资源开发和经济发展对山地农业、劳动力的需求，部落被快速且全面地卷入平地社会，所谓"原汉冲突""文化差异"与资本社会的政治经济问题交织在一起，在这之间，"法律"成了重要的中介。由"文明"和国家机器支持的法律，与由信仰、伦理、禁忌构成的部落约法，一再发生冲突。法律以公正的姿态维护不公正的结构，成为山地人难以言说的噩梦。田雅各的第一篇小说《拓跋斯·塔玛匹玛》中，老人笛安按照布农的习俗去森林找坚硬且花纹美的榉木，为要结婚的儿子做婚床，却被控诉偷了林务局的财产。猎人乌玛斯安慰他，林木属于森林，布农郑重地取用，造物主不会发怒，滥伐的是汉人和林务局。《最后的猎人》中，国家公园成立、禁猎令颁布，不愿意去工地做捆工的猎人，被斥责"懒惰"、打猎破坏自然。猎人说："停止打猎才是违反自然。"《忏悔之死》有个细节，在杂货店，巴路干唯恐醉中的利巴伸手拿走柜台里的米酒，因为他记忆深刻：一位平地老人采了别人的番石榴，被主人当场砍断了手指。在部落，有好吃的不与人共享，那才是令人羞耻的事。

长期以来部落与法律的冲突经验告诉利巴："法律就像陷阱，有铁夹子、暗箭、洞窟、绳索……掉进去的是坏人，运气好的，也躲不过警察猎人般的耳目，良心逃不过法律的谴责，更避不了执法者设下的情报网，执法者的……"① "执法者"在梦中化身为红光，步步逼近。在咬紧牙关、捂住胸口尖锐刺痛，"宁死决不屈服于执法者"的挣扎中，利巴死去。

利巴的死，如果不是由田雅各叙述，或许就只是一个酒鬼的死。田雅各进入东埔部落访问的 20 世纪 80 年代，一定遇到过不少这样耽溺于酒的老人，他们喝极便宜的、本是用来煮菜的台湾专卖局红标米酒，通常是"愈醉愈仁慈"，恨不得掏光身上的钞票，请你尝遍小店或家中仅有的菜色；也会像利巴一样讲起吸布农血汗的中盘商，讲起用高利贷骗去族人土地的杂货店，讲起欺负猎人的国家公园……按住弯刀、悍然作色：很久没有杀人了呃！

共同体时代只有在祭典时才能喝、只有在有余粮时才能酿的小米酒，早已被专卖局的酒精取代，便宜且随手可得。无处宣泄的愤懑，在酒精里流淌。在清晨发现一个如利巴这样捂着胸口蜷缩死去的老人，人们或许不会像巴路干那样惊恐地喊"有哈尼肚"，更可能的是默叹："又一个败给酒精的人。"

利巴究竟败给谁了呢？夜晚一个人的战场上，利巴被传统和现代弄乱了的身心在挣扎，在信仰的层面上赦免自己，在法律的层面他不接受罪的认定，而在身为布农的荣誉和尊严的层面上，遭到了自我最严厉的审判。所以吊诡的是，"忏悔之死"，利巴不是死于忏悔，而是死于抵抗；"死"是不认罪，但死也是赎罪。上帝、压迫者、法律，都不能作为利巴的审判者，而作为一个布农、一个"人"的信仰，才是利巴的审判者。

2. 作为"人"的猎人与作为组织形式的狩猎文化

第一遍读《忏悔之死》会觉得，利巴是（或至少曾经是）猎人。但再

---

① 田雅各：《忏悔之死》，载《最后的猎人》，台中晨星出版社，1987 年初版，2012 年二版，第 149—179 页。

读时仔细搜索，小说并没有这样的信息。为何会有此错觉？从利巴"可使布农少女魂魄形销的鼻子，也许是它，造成利巴自大的心理"的外貌，到不离身的弯刀，到"一定摘下他们的头颅当酒杯喝酒"的言语，到对年轻人"不可再退"的叮咛，喝醉后大唱出草（猎人头）的歌，到他把钱给巴路干时的呵斥，那是不由分说的"责任全在于我"，那不就是自负又沉痛、剽悍又无奈的猎人！

相比较《最后的猎人》中拒绝向"现代生活方式"投降、孤独地走向森林的猎人比雅日，或许利巴更不幸，他才应该是"最后的猎人"：他小腿粗壮且如"山猪腿一样强韧"，手臂也不因年老而萎缩，但现实中这样的小腿和手臂却用来"扛番茄"。在梦中经历哈尼肚、父母、上帝的审判和宽赦之后，他"仿佛背负六十公斤的番茄，越过了三座山峰的脚程，全身疲惫不堪"，他的身体感觉已经是番茄农夫的而不是猎人的。然而他对"人"的定义，对荣誉的坚持，仍是以猎人为典范的。

田雅各的第一本小说集《最后的猎人》出版时，书底有个布农式幽默的广告："拓跋斯（田雅各的布农族名）从小就梦想出入山林当猎人，可是他的舅舅看看他的小腿肉，只是笑笑，并不想把猎枪给他。他暗地里祈祷上帝，原谅舅舅的骄傲，虽然如此，他却完成了这一部伟大的猎人小说。"①

田雅各对消逝中的猎人文化抱有深切的恋慕。他的小说对"一个猎人如何与森林相处"以及"一个猎人如何在政权机器和现代文明的步步紧逼下成为最后的猎人"，做了极其浪漫也极其沉痛的抒发。除此之外，他喜欢在故事中插入猎人的角色，或借猎人之口饶有趣味地讲布农的传说、禁忌，也借猎人那往往转化为愤懑的剽悍态度，传达部落的立场。

不只是布农族的田雅各，泰雅族、赛德克族、排湾族知识分子也多以猎人文化作为山地民族传统的象征，20世纪80年代有"原运"杂志就叫《猎人文化》。对田雅各的猎人书写，泰雅族作家瓦利斯·诺干的态度是肯定的，认为他以"猎人"这个山地民族尊严、生命的象征符号，写出了

---

① 田雅各：《最后的猎人》，台中晨星出版社，1987年初版，2012年二版。

"现代文明入侵之后，价值体系的全面崩溃"①。新世纪以来关于田雅各的研究，则强调其笔下猎人山林生活的智慧，对于当下生态文化的贡献。

如果我们从田雅各的猎人书写往下推一步："猎人"树立了布农对"人"的更高要求，除了出色的狩猎能力，还有勇气、责任、互助、共享的品德，否则就不值得夸耀，甚至称不上猎人——那么这种对"人"的要求，是从什么样生产方式与社会关系中产生出来的呢？这是田雅各的猎人书写不够、不及的层面，然而也是更值得追究的层面。今日讨论少数民族的传统智慧如何能在进入现代的过程中被"激活""转化"，而不是只成为怀恋的记忆、追慕的价值——价值并不会因为被阐释擦亮，就自动落实——就不能不从这一价值体系产生的部落共同体中去寻找。

在信义乡人伦部落长大的田雅各，当年为了写猎人小说，跑到高海拔的（也更多保留母语、古调等文化传统的）东埔部落找老猎人们访谈。他看到了"东埔温泉"开发对二邻的破坏，也看到了在玉山国家公园领域内"被管制"的一邻的老猎人。但田雅各没看到的是，东埔一邻自20世纪80年代末以来在各种因缘际会之下展开文化、信仰和共同体重建的实践。后者正可以提供我们思考田雅各书写中所未能触及的问题：作为组织形式的狩猎文化，以及它对布农探索自主的现代化道路所构成的意义。

东埔一邻的邻长Aliman这一代人（20世纪六七十年代出生），青年时代适逢"原运"兴起，但他们不是被都市里追随党外反体制的"原运"启蒙，而是被发生在家门口的"东埔挖坟事件"和东光教会的阿浪牧师刺激了反抗的民族意识。20世纪90年代他们从都市劫后余生般回归部落，面对部落经济上的残破和文化上的危机，开始自觉地寻求布农的重建。1995年，他们成立"布农文化工作室"，跟老人学习快要被遗忘的布农古调，与抢占部落土地和水源的"养鳟场"斗争——这样有着政府支持和黑道背景的企业财团，如若不是遭遇如此顽强、连枪都不怕的布农的抵抗，只怕会接踵而至。1999年的9·21大地震一度让"上山下海"的社会运动复

---

① 瓦利斯·诺干：《新的声音，新的生命——谈台湾原住民文学的发展》，载《番刀出鞘》，稻香出版社，1992，第137页。

苏，东埔一邻也迎来"工伤协会""原住民族部落工作队"等社运组织。这一代部落青年从在地斗争和社运组织的合作中迅速地成长。他们对布农传统文化的学习和整理，也因为有了这样的现实出发点，而产生明晰、笃实的理解和付诸实践的可能。

"布农文化工作室"录制的古调专辑《云雾猎人》，可以作为我们理解布农狩猎文化的入口。我们从四首古调来看：

> "Pis lai"（《祭枪》）是狩猎前必定举行的仪式。男人们围成半圆，以茅草向放在中间的枪挥舞，一人领唱，众人呼应："请加强我们枪的法术。所有的动物，山羌，水鹿，都到枪下来吧。"
>
> "Mazi rumah"（《报讯》），mazi 是朝向，rumah 是家，意思是"朝家的方向呼喊"。狩猎归来时，隔着山谷，向可以看到部落的地方，猎人们开始呼喊，告知人们前来背猎物、分猎物，准备庆祝。
>
> "Malastapan"（《报战功》）是在祭典或欢宴中，猎人的竞相夸功。
>
> "Ma nand"（《首祭》），祭祀敌人头颅的歌，不同于一般的"狩猎"，这是为了猎场争夺、复仇去猎取敌人——不管是邹族、泰雅族、平地人还是日本人的头颅，这是"猎人"之为"勇士"、维护部落生存的要求。

成为"猎人"不容易。除了要有出色的枪法和关于森林、风声、水源、粪便、气味、足迹的各种知识之外，同等重要的还有分配工作、协调意见、分配猎物。狩猎是集体行动，而猎物是要供给氏族需求的。切割、分配猎肉是荣耀、是技能，也是培育"猎人品格"的机会。

更为重要的是，一个具备了出色狩猎能力与品格的猎人，才是部落"首领"（lavian）的人选。lavian 由公共选举而来，负责的是统筹劳动、狩猎和对外作战的角色。

在布农的狩猎时代，农业是粗放的游耕。土地由氏族所有，以"家庭"为耕作单位，使用而非"占有"土地。日据时代人类学家调查时，布农的家庭常常是一种被称为"扩展家庭"的模式，几代人一起工作生活，能够多达"八十人"。[①] 有意味的是，没有血缘关系的人也可因加入一个家庭工作而被接纳，并继承"财产"。这种传统留下的影子，就是至今孤儿或者父母疏于照顾的小孩，在部落是可以吃百家饭的，或者被不一定是直系的亲属收养。可以推想的是，在耕猎共同体时期，每个人的"劳动"以及未来的劳动力补充，也就是小孩子健康成人，对集体的生存很重要，"血缘"反而没那么重要。"老人"的生产和狩猎经验，也是重要的资源或是"集体财产"。事实上，对一个布农来说，"土地"与能够劳动、提供经验的自己，都是"再生产的条件"、共同体的财产。在这样的共同体中，作为首领的 lavian，没有对土地、小米和猎物的特权，他只在行动中（如统领与召集，联盟与作战）凸显首领的地位。

与其他族群比较，可以更清楚地理解布农的这一组织形式。台湾南部的排湾族，农耕水平较早达到了定耕，有了手工艺（服饰、雕刻与歌者）的独立，头目作为共同体象征，可以不耕而食——"丰收时最美的小米献给头目"——头目是领有土地、掌握古调、传承历史、主导祭祀的世袭贵族，同时也有维持族人一定的生活水平、照顾鳏寡孤独的责任，这是与布农不同的保证部落延续性的方式。排湾族和布农族的猎人/勇士和首领的关系也因此不同。[②] 排湾族古调 Curisi（《战歌》）与布农族的 Malastapan（《报战功》），都是勇士在聚会上"夸功"的歌。但排湾族勇士除了夸耀"猎场就像我家的厨房"，还强调对头目的忠心："头目过世的时候，我会第一个跑到他的家里。"[③] 排湾族勇士和世袭的头目之间，已有一定程度的依附或隶属关系。而布农族勇士"效忠"的不是首领，而是整个氏族的生存。也因此，不称职的首领是可以罢免的。在这样的布农共同体中，人可

---

① ［日］森丑之助：《生番行脚》，杨南郡译，远流出版社，2012，第 579 页。

② "头目"或"土目"的称呼，沿袭自日据时代的殖民当局和学者，tomuk，统治者以此称呼所有族群的首领，带有承认、拉拢同时隐含赐予其权柄的意味。但布农自己称为 lavian 的人，与日本人（以及现在的执政者）想象定义的"头目"内涵差异甚大。排湾族如今多接受"头目"称呼。但布农族谈论起来仍习惯称呼 lavian。因此，这里暂以"首领"一词区别。

③ 《战歌》，载《百年排湾，风华再现——一个头目吟唱的生命史》音乐专辑，飞鱼云豹音乐工团，2010。

以因其能力、见识和公心当上首领；人有能力、分工的差别，却没有特权和贵贱。由此，产生了最为重要的部落民主机制——"共同议决"，一件事情，即便是 lavian 召集，也总要通过共同体成员的共同商议，达致共识，这就是布农所称的 mabeedasn。[①]

布农族的这一"部落民主"形态，在台湾少数民族各族中是十分特殊的，有人类学学者以"平权社会"称之，但建立在"权利义务"观念上的"平权"概念，恐怕并不能精确表达这种部落民主的基础：对共同体中的任何一个人来说，并没有可以两分的权利和义务。

或许正是因为高度发展的狩猎文化和部落民主，布农能够在迁移和对外作战上展现强大的能力。日据时代被称为"深入番地第一人"的人类学家森丑之助，曾赞叹布农族"个个都很勇敢又同心协力"，相比较"群雄割据"、崇尚个人英雄因而可以分化挟制的泰雅族，布农族因而是更可畏惧的敌人。[②] 森丑之助做出如上评论时，是在 1913 年他告别台湾的演讲中。之后，1915—1933 年花莲的布农拉荷·拉雷领导的十八年抗日，和1930 年雾社的泰雅–赛德克人"莫那·鲁道"领导的一个月的抗日，似乎呼应了他的观察——虽然历史条件诸多不同，两族的共同体组织及其孕育的民族性格差异，应该是值得深入的线索。

森丑之助在台湾山地深入既久，知道最剽悍的布农族其实最"温和"，但也是最难"征服"的。森丑之助心仪布农，但他并未能够解释，他所赞美的种种"天性"，其实由共同体的运作机制而来；尤为重要的，便是至今仍有现实意义的"部落民主"。

在东埔一邻，这一"部落民主"不只是文化遗产般留存在意识里，也自觉不自觉地在新的时代条件下演进出新的实践形式。2003 年，公共部门与有关财团私相授受，要将部落划出玉山国家公园，让财团进入开发。东埔一邻紧急动员、组织了部落大会，就"被管制"还是"被开发"做集体表决。留在国家公园内继续"被管制"的选择虽然沉重，却好过像东埔二

---

① mabeedasn，黄应贵称之为"大家都同意"原则，本文称之为"共同议决"，以反映这一"都同意"的实现形式。

② ［日］森丑之助：《生番行脚》，杨南郡译，远流出版社，2012，第 578—579 页。

邻那样"被开发"。这次"全体动员"，是部落共同体重建的一个重要契机。废止多年的部落会议机制以"家户长会议"的方式重生了。一个季度一次的"家户长会议"（一个家庭由一个家长做代表），可以对部落的任何公共事务发问、表决。对部落"共识"的强调和尊重，也表现在财务、资源、外来关系的公开透明上。邻长 Aliman 这一代从民族运动中成长的青年进入中年，日渐成熟，能力与品格被族人认可，陆续被选入部落最重要的公共组织——教会，担任长老，又将部落民主的自觉，带入教会的改造。这是很有意味的：教会曾以"个人对上帝负责"的宣导和对山地经济转型的积极介入，加速了共同体的瓦解；如今却为东埔共同体的再造提供着载体。在这里，常常被作为保守堡垒看待的教会，却在演变为共同体存在的基石。

在东埔一邻，这些正在进行的实践，也就是狩猎文化、部落民主的现代化转化，已经有了许多成功的探索，可惜的是，却没有进入"原住民汉语文学"的视野。

田雅各无疑是一个深刻敏感于时代脉动的作家。二十余年后重读《忏悔之死》，首先会注意的，便是它提供了在 20 世纪 80 年代资本主导的强制现代化过程中，布农部落与族人所遭逢的震荡。田雅各以"东埔抢劫事件"为故事中心的写法，呼应了"原住民运动史"上的重要事件"汤英伸救援""东埔挖坟事件"和"破解吴凤神话"。而对利巴的噩梦的书写，其核心关涉的则是现代化中的暴力结构，如何侵及一个布农老人的精神灵魂深处，这又补充扩展着"原运"的自我理解深度。从这点来看，不能不说《忏悔之死》对于台湾少数民族问题的把握与呈现，贡献很大。虽然《忏悔之死》在田雅各创作中受重视的程度，远不及《最后的猎人》。

作为"猎人文化"的源头性书写，《最后的猎人》有其不可替代的价值。但田雅各的目光高度投射于"猎人"的人格和魅力，却对猎人所来自的文化，特别是文化背后的共同体组织形式，缺少意识，当然也就不能有效思考狩猎文化在当代实践、转化的可能性。这使得《最后的猎人》的猎人书写止于个人英雄主义式的向往追慕，看似有效树立起了传统文化的"价值"，但这"价值"却是缺少现代转化可能性的。这样的书写在当下少数民族文学创作中颇为常见，它隐含的危险就是：向威权政治和现代文明提出抗诉的同时，自身却深陷个人主义式的现代。而正是在这样一种观念习惯中，东埔部落从狩猎文化中学习"部落民主"，并用于共同体再造的实践，就不容易被文学所感受和处理。

　　"原住民文学"这些年受到特别的关注，不只是因为它为文学提供了新的内容、视角和美学探索，也因为，在台湾社会试图以"多元""平等"进行文化重构的年代，少数民族文学具有先天的正当性优势。面对全球现代性危机，许多论者提出从"亚洲传统"或"部落主义"寻求另类思想资源，"原住民文学"也在这些思潮中受到重视。但如果缺少对少数民族社会文化实践的深入把握，文学创作者和研究者同样可能被这些思潮和观念所限制。2013—2014 年笔者在东埔部落的生活、调研中，发现和布农狩猎文化密切相关的布农部落民主传统，在现实生活中重新获得活力，意识到一点：通过活用传统，从而走出一条不是抗拒现代，也不是在"适应"现代中丧失自我的"现代之路"，是可能的。而这是在面对现实的斗争中获得的。这一经验也又一次提示我，对于像田雅各这样对其民族关怀很深、有强烈时代介入意识的作家，想要有深入的开掘和把握，结合历史学、人类学的研究乃至田野调研的方法，常常是必要的。

（发表于《文学评论》2015 年第 6 期）

不能忘记历史，不能忘记社会，更不能忘记人
（编后记）

一

《社会·历史·文学》论文集，是北京·当代中国史读书会（以下简称"读书会"）核心骨干成员的第一部自选文集；也是——基于读书会骨干成员的研究而成立的——中国社会科学院文学研究所创新工程项目"20世纪中国革命和中国文学"的阶段性成果。为尽量避免与读书会其他出版成果重复，编入这部文集的论文主要是读书会骨干成员发表于2013—2017年的研究成果，内容方面更偏重文学研究。编入本书时大部分作者还对所收论文的部分内容予以精心修改。

二

北京·当代中国史读书会曾应《中共党史研究》编辑部和北京大学人文社会科学研究院的要求，由读书会成员集体参与，读书会召集人何浩主笔，于2020年初夏撰定《努力扎根于经验的沃野——记"北京·当代中国史读书会"》①一文，对读书会予以扼要介绍。为了方便大家了解读书会，为了免去大家查找之烦劳，我把这篇文章的主体部分引在下面：

---

① 《读书的风景 | 何浩：努力扎根于经验的沃野——记"北京·当代中国史读书会"》，北京大学人文社会科学研究院（pku. edu. cn）。北大文研院发布的这一稿，定稿于2020年6月初。我下面的大幅引用，对个别文字略有更动。

"北京·当代中国史读书会"（以下简称读书会）由中国社会科学院文学研究所学者于 2011 年 1 月发起成立，是一个以北京高校和科研机构师生为主的不拘泥于学科界线的历史研习团体。……

读书会的基本关切是 20 世纪中国革命史，尤其关注 1949 年后新中国政治、经济、文化、生活实践探索的历史、思想意涵，和这些探索对更处于历史规划者位置之外的更为普通的历史当事人的身心感觉是若何意涵。读书会发起人为文学研究出身学者的这一起点，使其进入当代中国史研究领域特别基于人文知识思想要比较好地回应当代状况、当代问题所应具备的历史认知不足所进行的反思，和由这些反思进而对我们该如何把握当代史经验所做的思考。相对于一些通过文学文本处理历史问题的当代文学研究，读书会更希望在对历史中"人"的状态加以充分体察和剖析的基础上，探索、把捉、呈现当代文学、思想、精神、政治、社会、生活的感觉构成逻辑与经验构成方式，由此辨识、捕捉、显形那些尚未获得理解或足够理解，但在当代史认识深化中绕不开的节点的历史内蕴，探求视野更为打开也更贴近历史当事人感受、认识的文学研究、历史研究、思想研究、社会研究、政治研究相互借鉴和促进的认识通道。

自成立以来，读书会的日常活动便以细致研读 1949 年再创刊的《中国青年》杂志为主，目前已读至 1959 年。大致每两周一次，同时配合相关历史文献、文学文本、学术成果进行扩展阅读。之所以选择和中华人民共和国诞生、成长同步的《中国青年》杂志作为我们过去近十年历程主要的研读材料，读书会有着自己的学术考量。

首先，新中国成立后，中共希望将以往在革命实践中行之有效的培养"新人"的诸多积累，转化为形塑全社会青年的实践。《中国青年》直接展现党和国家关于"新人"的理解，其在不同层次对"青年"问题的整理与回应，更集中呈现着中共如何在具体的情境中落实"新人"的形塑，即在鼓励和召唤各个社会领域有进步意愿的青年群体参与新的建国实践时，通过对这些青年的各种调动、塑形，进而对全社会青年乃至整个社会的思想、价值、道德、精神加以引导和塑造。显然，这种意识有助于长期受"文学是人学"理念熏陶的读书会成员，立体而非概念地体会和理解在中国共产主义革命进程中居于重要地位的"新人"塑造是如何在具体历史进程中被赋形和落实的。

其次，《中国青年》在 1949 年创刊到 1966 年停刊这段时间中，对变化快速的时代始终保持着敏锐的反应能力。目前读书会已经阅读完毕的近十年《中国青年》，可分为新中国初期（1949—1953）、社会主义改造（1953—1956）、社会主义改造完成之后（1956—1958）三段。对这三阶段的《中国青年》阅读，读书会成员又保持着不同的阅读意识。贯穿三个阶段，《中国青年》都是一方面发表大量反映新中国建设成就的文章、报道、评论、群众来信等，积极宣传和介绍新中国的建设成就；一方面积极把捉时代脉络中的各类青年问题，推动对这些问题的积极面对与解决。前者，让读书会对时代顺利行进的一面有非常展开的了解；后者，《中国青年》在时代建设、时代期待中对变化快速的历史中青年问题的敏锐捕捉、赋形与回应，则为读书会观察国家建设进程中青年人与历史现实之间的往复型构关系，提供着丰富且很有认知指示意义的视角。与这样一种总的特征相比，第一、二阶段，特别是第一阶段，相比第三阶段，更有如下突出特点：中共的建国构想落实到从新中国成立前延续下来的社会，在这种社会形态的不同方面引发了各种反应，特别是青年群体响应革命和建设号召，积极参与到时代的历史进程，其与时代课题发生的种种关联所表现出的对现实的各种复杂理解与回应方式，非常有助于我们细致体会"新中国"怎样从"旧中国"诞生出来，和这一过程对时代变动中具体的"中国人""中国社会"意味着什么。

读书会之所以以差不多两周的时间读一期杂志、每次五六个小时的慢速度开展研读，和读书会的如下选择有关，就是我们并不以社会史、文化史一类的学科化视角或先入为主设定问题的眼光来挑选研读文章，而是试图认真对待杂志上的每一篇文章，逐一分析在杂志中被归类为社论、时事、思想工作、政策文件、农村建设、工业建设、哲学、文化、文学、读者来信、编者按等不同类型的文章，甚至看似处于补白位置的插图、广告、书目、笑话等，我们也会因担心漏掉理解历史的信息而努力打量、细思。读书会希望通过这种充分尊重材料对象的方式，来打造研究者对历史构造中变化多端的各种动态机制的理解和把握能力。当然，读书会如此进行自己的日常研读并不是试图无所不包地叙述和理解历史，而是力图以"人"为中心，不带预设地在可见和不可见的历史运作机制中寻找具有结构性意义的时间节点与事件节点，以不受未经过认真、必要的历史认知程序便过快定型的历史理解和历史认知的规限。

正是基于这样的自觉意识，读书会极力避免那种在常规研究中时常出现的从理论逻辑、现成历史叙述模式和价值立场出发理解历史经验的工作方式，而希望通过长期、细致、耐心的阅读、整理、体贴，尽量体会与把握历史中的丰富性与微妙性，并谨慎尝试在对历史的细腻把捉与认真的分析和检讨中，发现可供当下思想和实践运用或经转化后可运用的资源。在这一意义上说，以新的工作方式重新认识、定位、面对和深入中国"经验"，既是读书会研习工作的出发点，也是读书会研习努力的目标。

从这样的历史理解和自我期许出发，读书会也极为重视历史事件发生场域的田野调查，有计划地开展对地方社会的考察，以认识、体会在中国的大地山川所发生的多样化历史、社会与文化经验，并特别关注发生于这些历史、社会与文化经验中的"人"的精神感受与心情，以充实读书会成员仅仅通过历史文献不容易充分感知的那些历史、社会与文化方面。近年来，读书会组织或参与的田野调查活动主要有两类：一是到与读书会重点研习材料直接相关的历史发生之地的考察；一是参与一些地方经验本身就有特别认知意义、相关学科又有长期认知积累的地方的考察，借此近身学习不同学科学者的工作方法和"问题意识"。……

这些考察活动进一步打开了读书会的历史社会认知视野。

培养必要并有深度的学术视野对于学术工作的重要性不言而喻。除了考察，读书会还特别针对自己的不足，邀请学者做系列专题讲座。……

与此同时，读书会在与东亚不同区域、不同学科学者长期互动的基础上，还以两个系列的学术研讨会进一步深化我们的研习诉求：其一是以历史研究为聚焦主题的当代史系列会议，其二是以文学为聚焦主题的"社会史视野下的中国现当代文学"系列会议。经由这些自我磨炼和对话研讨，读书会希望将每一步的艰难摸索过程，落实为接下来思考、研究的坚实积累。……

读书会力争将每一次会议都打造为"规模不大，但主题紧凑、讨论充分"的深度学术研讨会。围绕各次会议主题，读书会邀请大陆各高校和研究机构以及东亚地区的诸多学者参与。会议论文经过随后长达近一年时间的反复修改，大部分结集发表在由贺照田和高士明主编的《人间思想》（简体字版）学术辑刊。……

读书会不仅是一个以较为密集的日常讨论为基础的老师们的学术共同体，还有众多来自北京各高校的同学参与读书讨论。以中国社会科学院研究生院、首都师范大学、清华大学、中国人民大学、北京师范大学、北京大学、中央民族大学、中国艺术研究院等高校为主的硕士博士同学，自2011年始陆续加入读书会讨论之中。他们不仅在读书会日常讨论、学术活动中发挥着重要作用，还针对自己学习、成长中碰到的人生困扰、学术疑难和社会关切，自己组织了多次专题讨论会。这些跨高校跨学科跨年纪的讨论交流，所收获的除参与者学术能力的成长外，还包括彼此理解的增进和因对他人的深入理解而带来的对社会的新认知，以及基于这些理解、认知基础上的自我打开，与因对他人的深入理解、自我的诚恳打开而重塑的个人生命状态、读书会群体状态。而读书会年轻人的这些学习、成长状态，更加推动读书会不仅是学术共同体，也同时是以学术、思考为契机的友爱共同体，而友爱共同体形成经验又反过来启发、滋养我们的人文研究、人文思考。

此外，读书会还积极参与国内学界组织的各种相关学术研讨会……

经过多年的扎实研读和耐心积累，读书会以开放的学术心态和崭新的研究理念，获得了不同学科中很多研究者的支持与认可。在朋友们的关爱、鼓励中，我们深知自己仍有诸多不足，并诚心向更多朋友学习，希望得到更多的批评和帮助。"夫道，天下之公道也；学，天下之公学也。……故言之而是，虽异于己，乃益于己也。"通过不断向他人学习来自我磨砺、校正、拓展，是读书会特别要求自己的重要学习方式。读书会希望每一年都针对自身问题不断做出调整，努力尝试新的交流和探索方式。读书会期待每一个成员都努力把自己的每一步知识工作奠基在坚实的历史与现实经验之上，相信只有经过这样的努力，才能为中国人文学术未来的创造性进展做出更多实实在在的贡献。

……

三

通过阅读如上文字，大家已可对北京·当代中国史读书会有相当展开、深入的了解。故关于读书会，我只就——为什么我们这批文学研究者会发起成立以历史为主要研读内容的读书会——这一很多朋友都爱问的问题，做些补充说明；然后再对被很多学界朋友作为读书会文学研究标签，也已经有了不少讨论的"社会史视野下的中国现当代文学"，做些补充说明。希望这些补充说明能给大家读这本论文集，添些理解背景。

首先，我们会如此，当然是由于二十世纪中国文学有太多经验，都与其所处身的历史有非常紧密的关系。也正是二十世纪中国文学这一重要特征，使得在中国现当代文学研究界，"历史化"已经成为过去二十余年最重要的研究潮流，并产生了诸多非常有价值的知识成果。不过毋庸讳言，现当代文学研究界行之多年的"历史化"潮流，和我们2011年之回到历史有很大的不同。

多做些考察就可发现，在"历史化"旗帜下通行的现当代文学研究界之回到历史，其主要细究的历史部分，或是根据我们今天的文学认知理解，认为要充分地认识现当代文学离不开的那些历史部分，如过去三十年的现代文学研究界非常关心的广义的现代文学制度或曰文学场域是如何确立和演变的，而这就涉及社团、报刊、出版社、印刷、售卖、广告、稿酬、阅读风尚、读者群的形成、教育体制中文学教育的建立与演变等方面；或是和重要作家的写作、思考，重要作品的产生，重要文学现象所以出现直接相关的那部分历史（如作家经历的对作家写作和思考有直接影响的历史事件等）。而除了对这些可以被归入广义文学史范围的历史方面有特别关怀之外，现当代文学研究界"历史化"潮流之感知历史的方式，生产历史知识时的认识论、方法论感觉，都和史学界通行状态基本相同，并且这一相同常常不是经过认真思考后的相同，而是没有经过必要反思便自然认为应当如此的相同。

与之相比，我们之发起"北京·当代中国史读书会"，则在认真学习现当代文学研究界"历史化"研究成果和史学界的有关研究成果之外，亦清楚看到，在对文学认识、思考很重要的"人"的维度方面，现有历史学大部分研究对当代历史中"人"的关注方式、关注达致的把握程度，常常是不能满足我们作为一个文学研究者所需要的"人"的认识的。

这么说，是因为现在的历史学当然也会大量涉及"人"，却主要是在政治史、经济史、制度史、思想史、社会史、外交史等框架中涉及"人"。政治史、经济史等这些历史领域的划分当然是必要的，对这些历史领域研究不够，也确定会妨碍我们对二十世纪中国史有非常展开的掌握、充分有力的认识，而且处身于二十世纪中国历史中的中国人，也都不能不受到这些历史方面或多或少的影响。但如此仍不等于，把通过这些专史看到的人的面向相加，就能对文学所特别关注的由人的观念意识-无意识、精神意识-无意识、生活意识-无意识、行为意识-无意识等积极参与塑形的那些"人"之生命状态、身心感受有很深入的把握。而对"人"的这部分生命状态、身心感受的把握与呈现，对和这部分生命状态、身心感受紧密关联的生活-工作世界、观念-价值世界的呈现与剖析，却通常正是文学之所以可被面无愧色地称为"人学"时，它最为核心聚焦也相当有力处理了的世界部分。

也就是，要建立起对文学认识、思考最为关键的那部分"人"的认知，离不开对——和很多专史相关，但不能通过直接延伸各个专史给出的认知就可以把握住的——通常很不好赋形，却又为体察、认识文学所关注的"人"的世界所不可或缺的历史部分的细腻考察。这样说，是因为即使在二十世纪五十年代末至七十年代中这一历史时段，留给"人"的可自主空间——因政治的过多、过强要求，制度设计、运转对人时间、精力的过度组织，个人可支配、利用的物质、文化条件过于有限，居住条件的困难，等等——被极大地压缩，但仍不等于这种历史状况中的所有"人"都可以被这些有极强规定性的历史方面完全左右，而仍要求我们对这个阶段的"人"之"为人"问题去做耐心考察与探问。就是，即使在一个生命可自主空间很被压缩的时代，文学要发挥其作为"人学"的力量，除对时代使生命遭遇不必要的艰难、毁坏，特别是使生命艰难、毁坏，但以通常形式又不容易赋形的时代存在、时代质地予以认真、痛切的努力揭示外，还必须致力于思考与呈现：在这样的艰难中，诸多生命是如何不被这些艰难完全压倒，在有限的可自主空间中仍然活出相当的生命尊严与意义支撑的。也即，要把握、思考历史中这样的"人学→文学"问题，文学研究者不能不有自己对"历史中'人'"的认识要求和对"人"所处身的"历史"的特别认识要求。

而如果这样"人"之"为人"空间被过于规定的历史时期都有各专史不能涵盖的属"人"的历史需要我们去认真掌握，那在"人"可自主空间更大的历史时段，无疑更需要对"历史中'人'"和"人"所处身的"历史"进行细致考察、把握。否则，要对这样历史中的"人学→文学"问题进行把握、思考，同样会成为无源之水、无本之木。

必须强调的是，只有认识到除了在非常非常极端的情况下，也即在通常我们认为对生命有极强规定性的绝大多数历史情境中，生命仍然可以有自己的空间，仍然可以有不被极端历史完全左右自己生命存在状态的"人"的存在，我们才会对历史中本来应该有充实而有光辉之成长的生命，却未能有如人们预期之成长，和一些看起来极为挑战与艰难之时代，其中却有生命艰难但充实地长成等，进行认真的考察与分析；才会由对这些出乎人们意料的生命所以成长、生命所以损毁之认真考察与分析，真切打开我们对一段历史中"人"之"为人"之理解、认知；才会由这样的理解、认知出发，认真审视与追究"人"之成就与损毁得以发生所直接处身的有关世界，和参与造成着这一生命直接处身世界背后更大的世界。而当然，由历史中"人"之"为人"所提供的各种观察、理解线索，所展开的对生命直接处身世界和这世界背后更大的世界之追究与审视，也常常会让我们对各种专史所呈现的历史面貌与认知重新生成一种体味、进入角度，并进而对专史形成新的分析思考，乃至发现新的赋形方式；而也只有经过这样的反复认真努力，由一段历史中"人"之真实生命存在为出发基点的关于这段"历史"的认识才能被充分、有力地建立起来。而也只有当历史认知的这一面向被充分发展出来，历史认知之"人"的品格，或曰历史学之人文面向，才可说被真正建立起来。

显然，我们这些发起北京·当代中国史读书会的文学研究者，所期待与需要的历史研究，是"人"之品格充分或曰人文品质充分，非常有助于从"历史中'人'"审视、思考"历史中'文学'"的历史研究。

四

当然，1949 年后很多历史书写都聚焦中国现当代史中的"人"，并且在这些聚焦于"人"的历史书写中，一定量的书写就是由历史学者完成的。如果说在这些重点聚焦"人"，或核心聚焦重点不在"人"但相当程度涉及"人"的历史学者中，主要关注在专门史研究的学者，其涉及"人"常常系因从其专史研究关注出发，从而使其"人"的把握不免缺少常常需要多面向的审视才能带来的对历史中"人"的认识的更充分打开，而容易出现过于突出自己熟悉的角度对"人"的规定性之问题；那么，1949 年后，那些很大兴趣甚至主要兴趣在现当代"人"的历史学者，其关于"人"的把握，又和我们这些文学出身的人们所需求的"历史中'人'"的认识，有什么不同呢？

要讨论这一问题，首先不能不说，二十世纪五十年代至七十年代，多数近代以来的人物传记写作，特别是对革命中人或跟革命密切有关人物的传记写作，常常以配合时代政治逻辑、时代政治要求为前提。而五十年代至七十年代的有关要求常常有明确、刚性、尊重历史学专业逻辑不够等特点，又使得人物不直接配合时代逻辑的部分很难出现在人物传记、研究的书写中；不仅人物被认为和时代逻辑冲突的部分基本不会出现在有关书写中，而且多数时候那些和时代强调逻辑不冲突但也不正面配合的部分也会被认为"多余"，因而极少有机会被写入传记、研究中。这样带来的一个相当严重后果便是，不仅"历史中'人'"能被呈现出的"人"的面向有限，而且有限的呈现还要被充分组织进时代强调的逻辑中，从而使得这被呈现的历史部分也很难被"历史"地去认识与理解。

这样的状况在"文革"后开始改观，进入到二十世纪八十年代后则改变得更多，历史学家的可自主写作空间日益增大。但即使如此，仍然不能不承认，由于八十年代占据时代知识思想思潮领导地位的学院知识分子，有着非常强的推动中国坚定走改革开放道路的责任意识，故其时的历史写作乃至历史学界的专业写作，都不能不受到这样一种时代氛围的强力塑造，从而使得其时的人物写作，一旦涉及革命特别是五十年代至七十年代，往往自觉不自觉聚焦于八十年代理解的反保守–反左，一方面控诉"左"倾–保守带来的历史负面影响，一方面歌颂和保守–"左"倾拉开了距离的务实、开明与强调经济建设。在这样的历史理解、书写氛围中，五十年代至七十年代让人印象极深的接二连三的政治运动，或者因本身就是八十年代认定的"左"倾运动，或者不被整体判定为"左"倾但由于认为运动的方式不合建设应遵循的规律，再加上运动中常常出现的激烈、过火行为，使得一个运动即使整体上不被判定为"左"倾，也会因运动这种方式和运动中的过火伤害行为而被八十年代活跃知识分子唾弃。这些不能不使得八十年代诸多写五十年代至七十年代人物或跟革命有关人物的历史书写，容易选择被八十年代活跃知识分子理解认可，却在革命中受到"左"倾激进政治伤害的干部、知识分子、民主人士作为书写对象，并特别聚焦他们在"左"倾政治尤其各种运动中受到的伤害。

也即，由于八十年代始终存在的改革、反改革较力的现实，和大多数中青年知识分子以改革、反改革斗争为感觉、认识时代的基本框架所确立出的现实感，以支持改革、反对反改革为自己在尽迫切的历史-现实责任心的意义感认识，都使得很有时代责任心的历史学者不能不在上述这样一种时代感觉中进行自己的有关历史认知、书写工作；而这样造出的时代有关氛围，则使责任心实际上不那么强但也愿意自己的研究、书写被更多关注，愿意自己的研究、书写被赋予更多意义的历史学者，更容易也更积极去关注浩如烟海的当代史史料中，和已有相当定型化认识最能配合的特定历史时段中特定人群的特定经验面向，而这样无疑等于又在加固已经过度众口一词的有关五十年代至七十年代及其前后的历史像了。

与历史写作相比，"文革"后文学的有关表现有过之而无不及。伤痕文学潮流、反思文学潮流不必说，看起来关注点更在写作所处身的当下现实的改革文学潮流，作品中所渲染的改革者在面对五十年代至七十年代"左"倾政治、经济、管理留下的非变不可的现实时，五十年代至七十年代"左"倾政治、经济、管理留下的既得利益者们还对这样的现实或出于无脑或出于自私的麻木不仁，叙述人物历史时，时代改革者总是在之前"左"倾政治当道特别是政治运动中不断遭遇坎坷，"文革"后麻木不仁、极端自私的干部却在当年"左"倾政治当道特别是"左"倾政治主导的运动中左右逢源乃至飞黄腾达，也都和当时常见的相关史学写作一起，共构出了一个正确-"左"倾二元分明而"左"倾常会占上风的五十年代至七十年代的时代像。

当然，"文革"后十余年的文学写作和史学写作在相同中也有不同：一个是七十年代末八十年代上半叶，文学的受众更广，对民众，特别是其时的青年尤其是关心时代走向青年的历史感觉、历史认识的塑形力更强；另一个是文学中塑造了很多干部和知识分子之外的小人物，通过小人物的欢欣、痛苦，小人物的个人与家庭命运的起伏，证明正确-"左"倾的二元认识并不是一部分精英的私见，而还可由历史与现实中没有机会正面发声的绝大多数小人物的真实命运作证。

而上所述被认为有着很强时代推动功能与意义的历史和文学书写，以及与这样的历史、文学书写同调的电影、电视创作等，在八十年代始终占据历史、现实的主调认识位置，合力打造出的笼罩了时代的众口一词的关于五十年代至七十年代的历史像建构和对"文革"后历史、现实展开的认识，一方面非常强有力地塑造了更多人的时代感、时代认识，另一方面这种极具时代笼罩性的众口一词，也在有力塑形诸多历史过来人的历史记忆方向、历史记忆重点和历史讲述语言、讲述方式，从而使得诸多历史当事人的历史记忆、历史讲述也自觉不自觉地朝向和时代这种具有压倒性认识地位的历史像相配合。也即，时代持续的有关氛围、认识和这样的氛围、认识持续带给人的导引与压力，会造成大部分当年历史当事人的历史讲述，也在有意无意参与证成居于时代主导认识地位的历史像确实正确。

<h2 style="text-align:center">五</h2>

　　经过"文革"后十余年如上氛围与理解的塑造，使得二十世纪九十年代以来当一些知识分子开始关注不是从国家、政治、精英而是从社会普通人出发的历史认识、历史讲述，致力推动聚焦社会普通人的历史讲述，聚焦通过普通人的直接讲述形成历史认识，一方面当然为 1940—1970 年的历史提供了非常丰富的细节，另一方面则由于对前面十余年的历史塑形所带来的挑战正视不够，使得绝大多数这类历史书写、历史讲述并没有跳出过去十余年的历史塑形，而仍是以被塑形过的历史理解为叙述、组织线索的。也即，九十年代很多看起来非常具体、生动的生命、生活故事讲述，实际上其核心叙述组织逻辑、经验材料剪裁、叙述细节的方式等，还是被前面所述那样一种时代有关氛围与理解深深塑造过的。

　　而如此，当然也就导致九十年代以"人""普通人"、社会为名义、为追求的关于五十年代至七十年代的历史认知努力，如果对自己在九十年代要实现这样目标的困难缺少足够自觉的反思，缺少把反思认识如何落实为有效历史认知工作的成功探索，那有关书写、出版工作难免会堕入之前时代为此努力挖好的陷阱。就是看似有效的努力，实会因有关努力中内含太多和已经流行多年的历史叙述、历史理解配合的记忆组织、记忆剪裁，太多和流行多年的历史理解、分析配合的历史认知组件，实际上努力成果并不是努力者期待的那种从"人""普通人"、社会出发的历史书写、历史理解。但不能否认，这种主观意识在普通人、社会，实际呈现面貌在普通人、社会的历史书写，虽然距离"人"的目标还远，却给了很多人以为自己已经知道历史中"人"的误导与自信。

为了突破这样一种关于"人"的认识状况，真的对历史中"人"的生命、生活有既深入又展开的理解，我们读书会的历史研究关怀，相比历史学界的历史研究状态，当然就更加注重对历史中具体人的耐心掌握、细腻体察，研读、处理史学界通常也在阅读、处理的那些文献与课题时，也会更注重这些文献与课题——和历史中人的身心、生活感受，精神、生命状态等有关联的那些信息——的认真把握与反复体味。

而有了如上所述的史学努力，我们和现当代文学研究界通行的"历史化"也就有着如下不同，即我们的历史化是更加以对"人"的认真、展开把捉为聚焦点和核心媒介的，这样回到文学和历史的关联，也主要是以对历史中活生生"人"的关怀与认识为媒介的；也即我们以历史中"人"为聚焦点和核心媒介的历史掌握，更方便也更能和——同样以当时历史中"人"为关键媒介和互动目标的（或历史中"人"实际上没有成为关键媒介但其以历史中"人"为互动目标则是真诚的），把当时的现实（今天看当然就是"历史"）转化为文学关键质料的——文学存在相对话：不仅更展开、更深入地认识历史中"人"，有助于我们理解作家是如何呈现、转化这些"人"为其作品的内容、人物，而且还有助于我们分析、思考作家对这些"人"的呈现、转化方式，是否有助于作家主观上设定目标的达成——通过这样一种和读者的对话，既有助于读者掌握现实，又能推动读者介入现实，往他期待的目标方向有效改造现实。

而有了对作品和作家的时代-社会性关联更为细致、更为打开的掌握，我们也才能更展开、更准确地看到作家是怎么把个人的时代-社会性关联转化为作品的时代-社会性关联。由之，我们对作家、作品的美学特色也才更能在有根有据基础上把握得更准、更深、更为立体，对作家与作品的文学性的讨论也才更能以最贴近作家、作品的方式有根有据、有条不紊。

六

我想通过如上颇费篇幅的讨论，大家已可了解，作为主要由文学研究者发起的以历史为研读重点的学术团体，读书会没有也不可能真正忘情于文学。只是读书会骨干们经过从 2011 年初到 2014 年夏三年多专心专力在历史中很多挫折也很多成长的摸爬滚打，很多痛苦也很多快乐的与多种多量的历史文献的缠斗后，当 2014 年夏读书会同仁决议重新开始用一部分精力转回文学研究时，对当时文学研究意识的准确表达，应该是"以历史中'人'为媒介的中国现当代文学研究"，而不应该是用现在学界熟悉的"社会史视野下的中国现当代文学"，作为我们——和已经强调历史化多年的中国现当代文学研究者们相当不同的——文学研究意识的标识。

关于"社会史视野下的中国现当代文学"，2015 年第 6 期《文学评论》刊有既是读书会骨干成员又是"20 世纪中国革命和中国文学"创新工程项目组成员的程凯、萨支山、刘卓、何浩的四篇笔谈，2020 年第 5 期的《文学评论》又刊有在中国现代文学研究界中非常有代表性的学者倪伟、吴晓东、倪文尖、姜涛、铃木将久的五篇笔谈。对我们"社会史视野下的中国现当代文学"想法有兴趣的朋友，读了这九篇笔谈，已可对其意涵何谓有相当展开的了解。这里我就不再辞费，而只想就——我是"社会史视野下的中国现当代文学"这一命名，和从这一研究意识做出我们第一阶段研究规划（当时计划用六年的时间完成，后来发现六年的时间不够）的始作俑者——这一当事人角度，对我和读书会伙伴们 2014 年中所以选择"社会史视野下的中国现当代文学"为我们的研究意识、研究规划、举办的会议命名，而没有用"以历史中'人'为媒介的中国现当代文学研究"命名，做些扼要情况介绍。

回顾 2014 年夏"社会史视野下的中国现当代文学"命名，就要了解这一命名的出现，是以之前读书会骨干们的现当代文学研究、关怀为背景，以当时现当代文学研究界有关研究意识、研究状况为背景，再加上到了 2014 年中，我们以《中国青年》为线索的对二十世纪四五十年代诸多史料的研读摸索已经过去了三年多，我们又决定以 1942—1965 年中国新民主主义革命和社会主义革命中的文学经验为我们接下来一些年的研究重点。我们自己的背景和过去三年多的努力，让我们深切了解这段时期中最吸引我们的那些文学经验，都和它们所处身的历史有着极为重要的关联，特别是和所处身时代的革命政治与革命所要召唤、改造的社会有极具核心关键性意义的关联。

而其时学界对二十世纪四十至六十年代革命中文学的研究与思考过于受政治-文学把握架构的限制，而非是更适合这一时期革命文学的政治（以革命政治中对这一政治有自觉和不够自觉的"人"为媒介更能打开对这一"政治"的认识）-社会（以社会中"人"为媒介更能打开对这一"政治"要介入的"社会"场域的认识）-文学的三维研究把握架构。

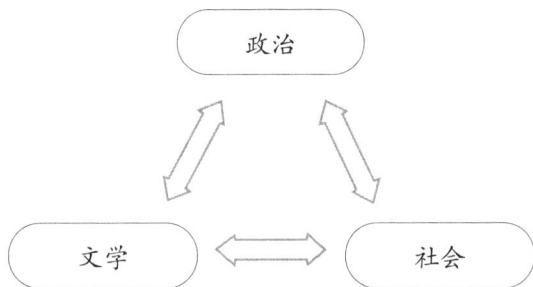

由之，我们当然会对当时通行的二十世纪四五十年代革命文学的研究过于受制于政治-文学研究路径的状况不满。因为政治-文学的研究路径在面对四五十年代革命中比较单薄、除了直接配合时代政治课题的意义没有更多有意义剩余的作家、作品时，当然有其相当充分的有效性，但对四五十年代那些响应其时深入生活号召又相当有能力把自己在"深入"中的观察、感受、思考带入其作品中的作家，和他们由之写的有相当生活、生命饱满度的作品，过于受政治-文学研究、把握路径的限制，显然会影响我们对这个时期这些最值得研究的作家、作品中最有意思的那些作品内容、文学经验、文学思考的理解、掌握。

我们当然不否认二十世纪四五十年代的革命作家，其深入生活、深入群众主要是其时政治号召的结果，从这点来说，作家之深入社会起点也是政治。不过，对更有意思、更值得研究的作家、作品来说，其努力深入社会、理解社会的起点是政治，常常也非常信服时代政治并渴望为时代政治主导的革命服务，并不等于其之努力深入社会所带给其文学写作、文学思考与感受，都能直接回收进时代政治。而且对那个时代众多都信服时代政治、渴望为革命贡献自己力量的作家而言，常常是其深入社会时的敏锐性、把握力与其转化有关经验、感受、理解的能力，决定了这些作家、作品品质的高下。

也就是，如果研究的关怀不只是对二十世纪四五十年代革命中的文学和政治的关系予以批判性的概要考察，不只是指出时代文学中诸多平庸表现的时代结构性原因，而还想对——时代中认同革命政治、渴望为革命做出贡献又以"深入生活""深入群众"为自己创作路径的关键部分，但其相当部分写作和许多时候的文学感受、文学理解又无法直接被政治充分回收的——作家做深入考察与理解，重重引入"社会"的维度便是不可避免的。就是通过由"'社会'中人"为媒介的"社会"维度的认真引入，我们才能对作家所深入的"生活""群众"有更多的认识、体会；我们对作家的"生活""群众"认识品质及其认识特点，才可能有更深、更可靠的理解与评估；我们也才更有可能对如下关键性构成我们文学性理解的诸问题方面——作家如何转化其"深入"成果，该怎么历史-现实实践地理解、评估作家的"转化"，如何文学性、美学性地理解、思考不同作家的不同"转化"——做出深入、有力的考察，准确、公正的认识。而也只有当文学研究者在如上几个环节、层面都有结实、充分的掌握，我们才能算对这过于以政治为前提时期的有意思作家、作家值得研究的作品与思考，做了把其文学性、美学性充分包括在内的高度完成性的把握。而只有当我们对这一时期有代表性的诸作家、作品都做了这种高度完成性的把握，我们才有足够条件，可对这一时期文学的经验与教训做——更有启发性、更公平也更能打开和滋养我们文学理解的——总结。

并且在我们2014年夏的认识中，把"社会"重重插进来的研究意识与研究路径的建立，其可带来的认知打开不只对政治-文学-社会三维研究意识框架中的"文学"有效并重要，对这一框架中的"政治"之维的打开认识也非常重要且有效。

就是研究二十世纪四五十年代革命中的文学不能不注重政治，因为政治之维对其时的文学确实构成着最关键的结构性规约。当然，仔细考察这一时期文学常常被政治特别关注，我们即可明了，这一时段之政治关注文学，常常因为文学是政治权力介入思想文化问题、聚焦革命中知识分子的主体打造问题等的方便发言点，并非文学本身实际成为规约其时代政治感构型的关键性维度①，尤其到 1945 年抗战胜利革命本身实力大大增长后，特别是到 1949 年革命成功新中国成立后，文学对政治的塑造力更为下降②。而相比文学，对社会的认识，对所认识的社会可进行什么样的动员、推动、组织，能让社会更积极、充分地参与到自己的革命、建设设想中去，显然在四五十年代革命政治主导者主观意识中，更是参与构成他们时代政治感确立的关键维度。而这也就意味着从四五十年代政治的社会感、社会理解角度，可以为我们以贴近的方式深入审视这一时期不同时段的政治，提供极有效的理解切入点。比如，这一时期的多数时段中国共产党的政治感都是可圈可点的，而这又与其社会感可圈可点密切相关。熟悉中国共产党历史的人都知道，从对中国社会相当教条的理解，到二十世纪三十年代后期开始对中国社会有一种更准确的把握，是中国共产党经过相当艰难的努力才做到的，而这又为贯穿掌握着四五十年代革命不同时段政治主导权的领导者及其周边，在不断变动、总是充满挑战的四十年代、五十年代前期，在不断变动的时势中多数时候都能及时、准确地调整、确立自己新的政治认识、新的政治实践方向与路径，提供了来自社会认识方向的非常重要的支撑。相比，特别是从五十年代中期开始，仍然是同一个掌握着政治主导权的领导人，却在时代政治认识、政治实践方向与路径的确立上出现偏差，原因当然是多方面的，但其中一个非常关键的方面，则在其对新民主主义革命、社会主义改造打造过的中国社会，始终未能建立起足够

---

① 至于文学可不可以、应不应该成为革命确立自己政治感时的核心参照维度，当然是一个有高度认识打开作用的重要问题，尤其具体到二十世纪中国革命，从上述角度我认为可以引出一些极为重要的理解、思考来，希望将来有机会正面聚焦讨论这一问题。

② 关于二十世纪中国历史特别是革命历史中文学对政治的塑造与影响问题，很多研究都涉及，但可惜都没有把文学对政治的塑造作为正面主攻问题，从而既准确把握、呈现不同时期文学对政治的影响，又在对相关历史前后变迁的准确、系统勾勒后，认真体味、分析这些变迁何以发生，其发生的历史、思想、政治、文化意涵是什么。

从文学角度关注二十世纪中国革命的学者，要做出对文学之外诸多领域都有特别启发性的研究贡献来，这个注解和上个注解提出的问题，我想应该是从文学角度关注二十世纪中国革命的学者不能面对的那些重要问题中具有不能被代替地位的两个问题。

准确的以其时"历史、社会中'人'"的深入理解为媒介的社会感。

而正是如上这些——关于"社会"的认真引入，对我们深入认识我们设定的文学对象，对我们深入认识相当强力规约着这些文学的政治都非常重要的——认识，和我们对研究对象决定研究方法的认识论、方法论信念坚执，共同使得我们2014年年中决定启动自己的文学研究计划时，没有多想就使用了既强调自己的研究意识又突出和"政治-文学"研究架构对话的自我命名"社会史视野下的中国现当代文学"，而没有把自己命名为能更突出我们研究基点意识的"以历史中'人'为媒介的中国现当代文学研究"。

后来很多朋友过于着急——从史学界通行的社会史理解、社会史研究状态——对我们的"社会史视野下的中国现当代文学"研究意识做反应，从而生发出很多误解，基于误解的批评与基于误解的称赞。应该说这种情况的出现，和我作为始作俑者却只在读书会及读书会举办的个别活动中，对我当初的命名有过扼要说明外，但从未公开为文解释，确有一定的关系。故希望这次借本书后记所做的回忆性说明，有助于关心我们的朋友对我们的研究意识有更准确的了解，然后在有更多了解的基础上，对我们做质疑、批评。

当然，我也希望我如上——关于我们在研究、思考上和现当代文学研究界蔚为风潮的"历史化"同异的介绍，有助于大家更多了解我们这个主要由文学研究者发起的以历史为最主要聚焦的学术团体"北京·当代中国史读书会"，更多理解我们"社会史视野下的中国现当代文学"研究计划的追求所在，当然也更盼这些介绍，有助于大家了解隐在本书所收论文直接聚焦目标、具体分析论证展开背后的那些认识论、方法论意识，从而理解这些论文为什么这样设定问题，为什么这样来确定研究文献范围，为什么在文献解读、现象分析、思考努力上是这样一种努力方向。

七

这部由我和何浩负责编辑的论文集顺利编成，得益于中国社科院文学所刘跃进老师、李超处长的大力支持，得益于11位作者的鼎力相助，得益于我们读书会的老朋友复旦大学倪伟教授，慨允我们以他重要文章《社会史何以作为视野？》作为本文集的序。

这部文集的顺利出版，则得益于中国社科院文学所出版资金的特别支持，和知识出版社总编辑李默耘女士的特别支持。而它能以这么漂亮的设计、这么精良的编辑和读者见面，则得益于我们老朋友程园编辑高度认真、专业的工作。

期待大家喜欢这部耗费了作者、编者、出版者非常多心血的文集！

贺照田

2021—2022 于北京-杭州